LES TRIBUS DE GOR

JOHN NORMAN

Le tarnier de Gor	*J'ai lu*	3168/4
Le banni de Gor	*J'ai lu*	3229/4
Les prêtres-rois de Gor	*J'ai lu*	3351/5
Les nomades de Gor	*J'ai lu*	3435/5
Les assassins de Gor	*J'ai lu*	3497/6
Les pirates de Gor	*J'ai lu*	3548/6
Les esclaves de Gor		
Les chasseurs de Gor	*J'ai lu*	3668/7
Les maraudeurs de Gor	*J'ai lu*	3909/6
Les tribus de Gor	*J'ai lu*	4026/7
La captive de Gor		
Les monstres de Gor		
Les explorateurs de Gor		
Le champion de Gor		
Le forban de Gor		
Guardsman of Gor		
Savages of Gor		
Players of Gor		

JOHN NORMAN

LES TRIBUS DE GOR

TRADUIT DE L'AMÉRICAIN
PAR DANIEL LEMOINE

ÉDITIONS J'AI LU

Collection créée et dirigée
par Jacques Sadoul

Titre original :

TRIBESMEN OF GOR

1

LA DEMEURE DE SAMOS

Il y avait des clochettes, trois rangées, petites et dorées, solidement attachées par une lanière de cuir à la cheville gauche de la jeune femme.

Le sol de la salle, brillant, en mosaïque somptueuse, étendu, réfléchissant la lumière des torches, était une carte.

Je regardais la jeune femme. Elle avait les genoux légèrement fléchis. Son poids reposait sur les talons, libérant les hanches. Sa cage thoracique était gonflée mais ses épaules, détendues, étaient baissées.

Ses abdominaux étaient également détendus, relâchés. Elle avait le menton orgueilleusement levé. Elle ne daignait pas nous regarder. Sa longue chevelure noire tombait en cascade sur ses reins.

– Il y a de nombreuses choses que je ne comprends pas, me dit Samos. (Je pris une tranche de larma et mordis dedans.) Pourtant, reprit Samos, il me semble important que nous arrivions à la vérité sur ce point.

Je regardai la carte immense de la salle. Je voyais, tout en haut, le Glacier de la Hache, le Torvaldsland, Hunjer, Skjern, Helmutsport et, plus bas, Kassau, les immenses forêts vertes, le Laurius, Laura, Lydius et, plus bas encore, les îles, dont principalement Cos et Tyros ; je voyais le delta du Vosk, Port Kar et, à l'intérieur des terres, Ko-ro-ba, les Tours du Matin, Thentis, dans les Montagnes de Thentis, renommée pour ses troupeaux de tarns ; et, au sud, parmi de nombreuses autres villes, Tharna et ses riches mines d'argent ; je voyais la Chaîne des Voltaï, Ar la Glorieuse, Cartius et, tout au sud, Turia, les îles d'Anango et de Ianda, proches de la côte de Thassa, et, sur la côte même, les ports libres de Shendi et Bazi. Il y avait, sur cette carte, des centaines de villes, de promontoires et de péninsules, de fleuves, de lacs et de mers.

La cheville gauche de la femme, sous les clochettes, la lanière de cuir, le métal doré, était brune.

– Il est possible que tu te trompes, lui remontrai-je. C'est peut-être sans importance.

– Peut-être, accorda-t-il avec un sourire.

Dans les coins de la salle, casqués, armés de lances, se tenaient des hommes d'armes.

La jeune femme portait des soieries de danse goréennes. Elles étaient basses sur ses hanches nues, et tombaient jusqu'à ses pieds. Elles étaient écarlates, diaphanes. Une partie de cette robe en soie était passée derrière elle et glissée, lâche et drapée, sous la ceinture de soie roulée qu'elle portait sur les hanches ; une autre partie de cette robe était passée devant elle et glissée, lâche et drapée, sous la ceinture de soie, sur la hanche droite. Bas sur les hanches, elle portait une ceinture de pièces d'or de faible valeur, tressées, se chevauchant. Un voile jaune nous la dissimulait presque complètement, glissé sous la bretelle ornée aussi de pièces de son épaule gauche et sous la ceinture ornée de pièces de sa hanche droite. Aux bras, elle portait de nombreux bracelets. Au pouce et à l'index des deux mains, elle avait de petites cymbales en or. Au cou, elle avait un collier.

Je pris une autre tranche de larma.

– Je présume, dis-je, que tu as des informations ?

– Oui, répondit Samos.

Il frappa dans ses mains. Immédiatement, la jeune femme se redressa devant nous, magnifiquement, vive, les bras levés, les poignets tournés vers l'extérieur. Les Musiciens, un peu à l'écart, bougèrent, se préparant. Leur chef était un joueur de czehar.

– Quelle est la nature de ton information ? demandai-je.

– Ce n'est rien de précis, répondit-il.

– Ce n'est peut-être pas important, suggérai-je.

– Peut-être, reconnut-il.

– Les Kurii, les Autres, repris-je, après l'échec de l'invasion du Nord, lancée par les Kurii indigènes, invasion stoppée au Torvaldsland, se sont tenus tranquilles, n'est-ce pas ?

– Il faut se méfier d'un ennemi silencieux, releva Samos.

Il regarda la jeune femme. Il frappa dans ses mains, sèchement.

Les petites cymbales émirent une note claire, brève, subtile, délicate, et l'esclave dansa devant nous.

Je regardai les pièces tressées, se chevauchant, sur sa ceinture et ses bretelles. Elles réfléchissaient magnifiquement la lumière du feu. Elles scintillaient mais n'avaient qu'une faible valeur. On vêt ces femmes de pièces sans grande valeur faciale ; elles sont esclaves. Ses mains glissèrent vers le voile, sur sa hanche droite. Elle détournait la tête, comme si elle agissait contre sa volonté, à contrecœur, mais savait qu'elle devait obéir.

– Viens avec moi, dit Samos.

Je vidai en une seule gorgée le reste de mon gobelet de Paga.

Il m'adressa un sourire ironique.

– Plus tard, tu pourras l'avoir, m'offrit-il. Elle dansera de temps en temps, au cours de la soirée.

Samos se leva, derrière la table basse. Il adressa un signe de tête à ses convives, hommes de confiance. Deux belles esclaves en tunique courte s'écartèrent devant lui, à genoux, le front par terre, leurs cruches à la main.

Dans un coin, nue, solidement attachée avec des lanières de cuir noir, les poignets et les chevilles, des bandes lui passant entre les seins et lui entourant les cuisses auxquelles ses poignets étaient attachés par des boucles, une jeune femme à la peau pâle, blonde, effrayée, était agenouillée. Ses épaules, comme celles de presque toutes les femelles de la Terre, étaient tendues, crispées. Son corps, comme celui de presque toutes les femelles de la Terre, était raide, sur la défensive. Comme presque toutes les autres, elle avait été conduite, subtilement, à minimiser, cacher et nier la douceur organique naturelle de sa musculature et de sa structure, poussée à afficher une neutralité physique formelle et digne, considérée comme convenable par les femmes d'une société mécanisée, industrielle, technologique dans laquelle les machines gouvernent et présentent les symboles et les paradigmes du mouvement conçu comme répétition, mesure, régularité, précision et fonction. Les êtres humains ne se meuvent pas de la même manière dans une société technologique et dans une société non technologique ; ils se tiennent différemment ; l'acculturation de l'individu est visible dans son comportement. Rares sont ceux qui comprennent cela ; beaucoup considèrent comme mouvements et positions naturels du corps ce qui est, en fait, la conséquence d'un ballet mécanique dû au conditionnement subconscient, une chorégraphie de marionnettes, l'imitation de modèles, dont ils sont prisonniers des stridulences. Pourtant, sous le comportement conditionné, il y a l'animal, qui bougeait naturellement avant que la civilisation lui ait enseigné les propriétés des mécanismes. Il n'est pas surprenant que l'être humain de la Terre, lorsqu'on ne le voit pas, même l'adulte, se roule parfois par terre et crie, simplement pour goûter la joie de ses mouvements, se libérer des tensions imposées par les rigidités des contraintes civilisées. Les chaînes visibles sont souvent les plus lourdes.

Je regardai la jeune femme. Elle était terrifiée, pitoyable.

– Dis-lui, demanda Samos, de regarder une femme véritable et d'apprendre à être femelle.

Il montra la danseuse goréenne.

La jeune femme n'était pas sur Gor depuis longtemps. Samos l'avait achetée cinq tarsks d'argent sur Teletus, avec de nombreuses autres, à des prix divers. C'était la première fois qu'elle quittait les cages de sa Demeure. Elle était marquée au fer rouge sur la cuisse gauche. Une bande métallique toute simple avait été fixée autour de son cou par un Forgeron au service de Samos. Elle n'avait pas de valeur et ne méritait pas le collier à serrure. Personnellement, j'en aurais fait une Esclave de Cuisine. Pourtant, en la regardant plus attentivement, en l'examinant avec impartialité, tandis qu'elle tournait la tête, pitoyable, je constatai qu'elle n'était pas dépourvue de promesses. Peut-être pourrait-elle apprendre. La caractéristique fondamentale exigée de la femme goréenne est, naturellement, la féminité ; de toute évidence, ce n'est pas la caractéristique fondamentale que l'on attend d'une femme de la Terre ; en fait, si mes souvenirs sont bons, chez les femmes de la Terre, la féminité est socialement dévaluée du fait qu'elle complique les relations neutres, politiquement pratiques dans une structure sociale technologique et complexe dans laquelle les relations sexuelles sont inutiles, sinon nuisibles. Dans l'idéal, il faudrait que les sociétés occidentales industrialisées soient dirigées par des créatures de métal, sans sexe, fonctionnant avec régularité, programmées pour entretenir et perpétuer la société du métal. L'homme, sur Terre, est finalement parvenu, au fil des siècles, à créer une société dans laquelle il n'a pas vraiment sa place ; il a, finalement, construit une maison dans laquelle il ne peut pas vivre, dans laquelle il n'y a plus une pièce qui convienne à l'habitation humaine ; il appelle cela un foyer ; il y est étranger ; son environnement, de par son propre fait, est devenu inhospitalier ; son efficacité, ses machines, ses institutions, entre ses mains, sont finalement parvenues à l'évincer de ses réalités ; les femmes ont honte d'être femmes ; les hommes n'osent plus écouter leur sang et être des hommes ; dans leurs cellules de plastique, dans le bourdonnement de leurs machines, la nuit, les hommes se tordent et pleurent, se haïssant, se tourmentant parce qu'ils ne correspondent pas aux critères d'un monde étranger à leurs vérités sensuelles ; les robots peuvent pleurer parce qu'ils ne sont pas des hommes, pas les hommes parce qu'ils ne sont pas des robots ; ce qui est fort, beau, puissant, n'est pas condamnable ; seuls ceux qui sont vils, mesquins, incapables de s'imposer sont de cet avis ; mais il y a peu d'espoir pour les hommes de la Terre ; ils craignent d'écouter car ils pourraient entendre des tambours antiques.

La jeune femme blonde baissa la tête. J'adressai un signe au garde qui se tenait derrière elle. Il la prit par les cheveux. Elle cria. Rudement, il lui redressa la tête et la rejeta en arrière. Elle me regarda.

Je montrai la danseuse.

La jeune femme la regarda, horrifiée, vexée, scandalisée. Elle frémit, tira sur ses liens. Ses poings étaient serrés contre ses cuisses, où ses poignets étaient immobilisés dans les boucles du harnais.

– Regarde, Esclave, lui dis-je en anglais, une femme véritable.

La jeune femme, autrefois, s'appelait Priscilla Blake-Allen. Elle était américaine. Ensuite, elle avait été marquée au fer rouge.

Ce n'était plus qu'une possession sans nom dans la Demeure d'un Marchand d'Esclaves, parfaitement semblable aux centaines de filles enfermées dans les cages des sous-sols.

La danseuse bougeait doucement, au rythme de la musique.

– Elle est tellement sensuelle, murmura la jeune femme blonde, horrifiée.

Je me retournai et regardai la danseuse. Elle dansait bien. A ce moment-là, elle se débattait contre le « Poteau d'Esclave » qui la maintenait en place. Le poteau n'existe pas matériellement, bien entendu, mais, parfois, il est difficile de croire qu'il n'est pas présent. La jeune femme imagine qu'un poteau, mince, souple, oscillant, immobilise son corps. Autour de ce poteau imaginaire, qui constitue un centre de gravité hypothétique, elle bouge, ondulant, se balançant, se soumettant parfois extatiquement à lui, luttant parfois contre lui tandis qu'il la maintient continuellement en place, prisonnière. Le contrôle auquel on parvient par l'utilisation du Poteau d'Esclave est remarquable. Une tension voluptueuse incroyable est presque immédiatement produite, manifeste dans le corps de la danseuse et ressentie kinestésiquement par les spectateurs. Des hommes poussèrent des cris de joie. La danseuse avait posé les mains sur les cuisses. Elle les regarda avec colère, sans cesser de bouger. Ses épaules montaient et descendaient ; ses mains caressèrent ses seins et ses épaules ; elle rejeta la tête en arrière et foudroya une nouvelle fois les hommes des yeux. Ses bras étaient levés, très haut. Ses hanches se balançaient. Puis la musique cessa soudain et elle resta parfaitement immobile. Sa main gauche était posée sur la cuisse ; la droite au-dessus de la tête ; elle fixait sa hanche, figée dans son balancement ; puis il y eut à nouveau le tintement clair des petites cymbales et la musique reprit ; puis elle bougea à nouveau, prisonnière du poteau. Les hommes jetèrent des pièces à ses pieds.

Je regardai la jeune femme blonde.

– Apprends à être femme, lui dis-je.

– Jamais ! cracha-t-elle.

– Tu n'es plus sur Terre, repris-je. Tu apprendras.

Les leçons seront douloureuses ou agréables, mais tu apprendras.

– Je ne le souhaite pas, répliqua-t-elle.

– Ce que tu veux ou souhaites ne signifie rien, lui précisai-je. Tu apprendras.

– C'est dégradant ! jeta-t-elle.

– Tu apprendras, répétai-je.

– Elle est tellement sensuelle ! lança la jeune femme avec colère. Comment les hommes peuvent-ils voir en elle autre chose qu'une femme ?

– Tu apprendras, dis-je.

– Je ne veux pas être une femme ! cria-t-elle. Je veux être un homme ! J'ai toujours voulu être un homme !

Elle se débattit dans son harnais, luttant contre ses liens. Les lanières de cuir et les boucles, naturellement, l'immobilisaient parfaitement.

– Sur Gor, lui dis-je, ce sont les hommes qui sont virils ; et ici, sur cette planète, ce sont les femmes qui sont féminines.

– Je ne veux pas bouger ainsi, sanglota-t-elle.

– Tu apprendras à bouger comme une femme, affirmai-je. (Je la regardai.) Toi aussi, tu apprendras à être sensuelle.

– Jamais, sanglota-t-elle, luttant contre ses liens.

– Regarde-moi, Esclave ! ordonnai-je.

Elle me regarda, les yeux pleins de larmes.

– Je vais te parler avec gentillesse pendant quelques instants, dis-je. Ecoute attentivement car ce seront vraisemblablement les dernières paroles gentilles que tu entendras avant longtemps.

Elle me fixait, la main du garde dans ses cheveux.

– Tu es une esclave, lui expliquai-je. Tu es possédée. Tu es une femelle. On te contraindra à être femme. Si tu étais libre et goréenne, les hommes te permettraient de rester telle que tu es, mais tu n'es ni goréenne ni libre. Les Goréens n'accepteront aucun compromis sur le plan de ta féminité, pas de la part d'une esclave. Tu seras ce qu'ils souhaitent, c'est-à-dire une femme, entièrement, et leur propriété. Si nécessaire, on te fouettera ou on te laissera mourir de faim. Tu peux lutter contre ton maître. Il te laissera faire, s'il en a envie, pour prolonger le plaisir de ta conquête mais, au bout du compte, tu resteras l'esclave ; et tu perdras. Sur Terre, tu avais une société derrière toi, résultat de nombreux siècles de féminisation ; lorsqu'un homme osait simplement te parler durement, tu pouvais fuir ou faire appel aux magistrats ; ici, cependant, ce n'est pas toi que la société soutient, mais lui ; elle tiendra compte de sa volonté, car tu n'es qu'une esclave ; tu ne pourras ni fuir ni appeler quelqu'un à ton secours ; tu seras seule avec lui, et à sa merci. En outre, ils ne sont pas conditionnés à lutter contre leurs instincts, à se sentir coupables, à se haïr ; ils ont appris l'orgueil et, dans l'air même qu'ils respirent, la domination des femmes. Ces hommes sont différents. Ce ne sont pas des Terriens. Ce sont des Goréens. Ils sont forts, ils sont durs et ils feront ta conquête. Avec les hommes de la Terre, tu ne serais peut-être jamais une femme. Avec les hommes de Gor, je t'assure que, tôt ou tard, tu en seras une.

Elle me regarda, désespérée.

La danseuse gémit, cria, comme sous l'effet d'une souffrance atroce. Néanmoins, elle resta prisonnière du Poteau d'Esclave.

– Le maître goréen, appris-je à la jeune femme blonde, suscite la sensualité chez ses esclaves.

Elle regardait fixement la danseuse, les yeux pleins de désespoir. Les hanches de la danseuse, à présent, bougeaient apparemment indépendamment du reste du corps bien que ses poignets et ses mains suivissent très subtilement le rythme de la musique.

– Tu es incapable de bouger ainsi, soulignai-je à la jeune femme blonde. Toutefois, il est possible d'exercer les muscles. Tu apprendras à bouger comme une femme et non comme une marionnette en bois. (Je lui adressai un sourire ironique.) Tu apprendras la sensualité.

Samos, d'un claquement de doigts, indiqua à la danseuse qu'elle n'était plus prisonnière du Poteau d'Esclave. Elle se dirigea, tournant sur elle-même, vers nous. Devant nous, libérant son voile sur la hanche droite, elle dansa. Puis elle le défit sur son épaule gauche, où il était glissé sous une bretelle. Ayant retiré le voile qui la couvrait, le tenant dans les mains, elle dansa devant nous. Puis elle nous considéra, avec ses yeux noirs, par-dessus le voile ; elle le fit tourner autour de son corps ; puis, au grand désespoir de la jeune femme blonde, elle posa la soie sur elle, la couvrant de sa douceur diaphane. Je vis les lèvres entrouvertes, les yeux agrandis par l'horreur, de la jeune femme attachée et à genoux, à travers le voile léger et jaune ; puis la danseuse le retira et, pivotant sur elle-même, regagna le centre de la pièce.

– Tu apprendras ta féminité, affirmai-je à la jeune femme blonde. Et je vais te dire où tu l'apprendras.

Elle leva les yeux vers moi.

– Aux pieds de ton Maître, déclarai-je.

Je pivotai sur moi-même et, suivant Samos, quittai la salle.

– Il faudra qu'elle apprenne le goréen, et vite, dit Samos, à propos de la jeune femme blonde.

– Des esclaves, avec des badines, s'en chargeront, fis-je.

– Exactement, approuva Samos.

Il n'existait pas de moyen plus rapide d'apprendre le goréen à une femme de la Terre, à condition d'y ajouter des bonbons, des gâteaux et quelques petites faveurs comme, par exemple, une couverture dans la cage. L'apprentissage était étroitement associé, dès le départ, à la récompense et à la punition. Parfois, même quelques mois plus tard, les jeunes femmes se tassaient sur elles-mêmes, lorsqu'elles commettaient une erreur de grammaire ou de vocabulaire, comme si elles s'attendaient à recevoir un coup de badine. Les Goréens ne choient pas leurs esclaves. C'est une des premières leçons que les jeunes femmes apprennent.

– T'a-t-elle appris quelque chose ? s'enquit Samos.

J'avais interrogé la jeune femme lors de son arrivée dans la Demeure de Samos.

– Son histoire, répondis-je, est similaire à celle de beaucoup d'autres jeunes femmes. Enlèvement, transport sur Gor, esclavage. Elle ne sait rien. C'est à peine si elle comprend, à présent, le sens de son collier.

Samos eut un rire désagréable, un rire de Marchand d'Esclaves.

– Pourtant, elle t'a fourni une indication qui semble intéressante, releva Samos, me précédant dans un couloir.

Dans le couloir, nous croisâmes une esclave. Elle tomba à genoux et posa la tête par terre, les cheveux éparpillés sur les carreaux, lorsque nous passâmes.

– C'est un simple hasard dépourvu de signification, dis-je.

– Dépourvu de signification en soi, précisa-t-il. Mais, en regard d'autres choses, il éveille en moi une sorte d'appréhension.

– La remarque qu'elle a entendue, en anglais, concernant le retour des vaisseaux transportant les esclaves ? demandai-je.

– Oui, répondit Samos.

Lorsque j'avais interrogé la jeune femme dans les cages, impitoyablement, la contraignant à évoquer tous les détails, même les détails qui semblaient apparemment dérisoires et sans importance, elle s'était souvenue d'une chose qui m'avait paru bizarre, troublante. Je n'avais pas bien compris, mais Samos avait manifesté de l'inquiétude. Il connaissait mieux que moi les problèmes liés aux Autres, les Kurii, et aux Prêtres-Rois. La jeune femme avait entendu une remarque, assoupie, droguée, peu après son arrivée sur Gor. Nue, encore sous l'effet de la drogue, l'anneau d'identification des Kurii à la cheville gauche, elle était couchée sur le ventre, avec d'autres jeunes femmes, dans l'herbe fraîche de Gor. On les avait sorties des capsules d'esclave dans lesquelles elles avaient été transportées. Elle s'était soulevée sur les coudes, la tête pendante. Elle avait vaguement pris conscience du fait qu'on la retournait, qu'on la soulevait puis qu'on la portait à un endroit différent, déterminé par sa taille, de la file. En général, la jeune femme qui est la plus grande occupe la tête de la Chaîne, la taille diminuant régulièrement jusqu'à l'autre extrémité, où se trouve la jeune femme qui est la plus petite. C'était une Chaîne ordinaire, que l'on appelle parfois Chaîne de Marche ; il ne s'agissait pas d'une Chaîne d'Exposition ; dans la Chaîne d'Exposition, ou Chaîne de Vente, la disposition des jeunes femmes est souvent déterminée par diverses considérations esthétiques ou psychologiques ; par exemple, on fait alterner les blondes et les brunes, les jeunes femmes voluptueuses et les jeunes femmes minces, vives, les aristocrates et les paysannes douces, et ainsi de suite ; parfois, on place une belle jeune femme entre deux autres qui le sont moins, afin de souligner sa beauté ; parfois, on garde la plus belle pour la fin de la Chaîne ; parfois, on utilise la Chaîne pour classer les jeunes femmes, la plus belle étant placée en tête et les autres luttant continuellement pour gagner des places. On l'avait jetée à plat ventre dans l'herbe puis on lui avait plaqué le bras gauche, tendu, le long du corps. Elle avait entendu le tintement de la chaîne puis le cliquetis périodique des anneaux. Elle sentit la chaîne froide sur l'arrière de ses cuisses. Puis, sur son poignet gauche, se referma l'anneau et elle fut également une fille enchaînée. Un homme se tenait non loin d'elle, notant des indications dans un registre. Quand l'anneau d'identification lui fut retiré, après qu'elle eut été enchaînée par le poignet, l'homme chargé de ces opérations avait dit quelque chose à celui qui s'occupait du registre et une indication avait été notée. Quand les filles furent toutes enchaînées, le responsable du registre avait signé un papier et l'avait donné au capitaine du vaisseau. Elle comprit qu'il devait s'agir d'un reçu concernant la marchandise. La cargaison, apparemment, était correcte. Elle avait tiré faiblement sur l'anneau qu'elle avait au poignet mais, naturellement, il l'immobilisait. C'est à ce moment-là que le responsable du registre avait demandé au capitaine s'il reviendrait bientôt. Le responsable du registre avait l'accent goréen. Le capitaine, supposa-t-elle, ne parlait pas goréen. Le capitaine avait répondu, selon elle, qu'il ne savait pas quand il reviendrait, qu'il avait reçu des ordres et qu'il n'y aurait plus de voyages aussi longtemps que d'autres ordres ne seraient pas transmis. Elle assista au départ du vaisseau ; elle avait conscience de l'herbe sous son corps, de la chaîne posée sur ses cuisses, de l'acier de l'anneau qu'elle avait au poignet gauche. Elle sentit la chaîne glisser lorsque sa voisine bougea. Son poignet gauche fut légèrement déplacé. Elles étaient couchées à l'ombre d'un arbre, invisibles depuis le ciel. Il leur était interdit de se lever. Lorsqu'une jeune femme cria, on lui donna des coups de badine. Miss Priscilla Blake-Allen n'avait pas osé crier. Après la tombée de la nuit, on les avait fait monter dans un chariot.

– Pourquoi, demanda Samos, les vaisseaux cesseraient-ils leur activité ?

– Une invasion ? m'enquis-je.

– Peu probable, répondit Samos. Si une invasion devait être lancée, il est vraisemblable que le trafic d'esclaves continuerait. Son interruption alerterait les Prêtres-Rois. En général, on ne provoque pas un état d'appréhension ou de méfiance chez l'ennemi que l'on veut attaquer.

– Cela me semble exact, reconnus-je, sauf si les Kurii estiment que ce mouvement a des chances de prendre les Prêtres-Rois par surprise du fait qu'il est trop évident pour être considéré comme le prélude d'une guerre.

– Mais cette possibilité, de toute évidence, releva Samos avec un sourire, sera vraisemblablement prise en considération par les souverains des Sardar.

Je haussai les épaules. Il y avait longtemps que je n'étais pas allé dans les Sardar.

– Cela signifie peut-être qu'une invasion se prépare, reprit Samos. Mais je crois que les Kurii, qui sont des créatures rationnelles, ne prendront pas le risque d'une guerre totale avant d'être sûrs de son issue. Je crois qu'ils ne sont pas encore prêts. L'organisation des Kurii indigènes, qui constituait un magnifique service d'espionnage, et était vraisemblablement conçue, au départ, comme telle, ne leur a fourni que peu d'informations.

Je souris. L'invasion des Kurii indigènes du Nord, descendants des survivants de vaisseaux kurii, avait été arrêtée au Torvaldsland.

– Je crois, conclut Samos, qu'il ne s'agit pas d'une invasion. (Il m'adressa un sourire lugubre.) Il s'agit, à mon avis, de quelque chose qui rendrait une invasion inutile.

– Je ne comprends pas, reconnus-je.

– J'ai très peur, me confia Samos.

Je le regardai. Je l'avais rarement vu ainsi. Je regardai son visage lourd et carré, brûlé par le vent et le sel de Thassa, ses yeux clairs, ses cheveux blancs et courts, les petits anneaux d'or qu'il portait aux oreilles. Son visage semblait avoir perdu ses couleurs. Je savais qu'il pouvait, sans reculer, affronter cent épées.

– Qu'est-ce qui rendrait l'invasion inutile ? m'enquis-je.

– J'ai très peur, répondit Samos.

– Tu as dit que tu avais d'autres informations, rappelai-je.

– Deux choses, répondit Samos. Suis-moi.

Je le suivis dans de nombreux couloirs, descendis

des escaliers. Bientôt, les murs devinrent humides et je compris que nous étions sous les canaux. Nous franchîmes des portes aux barreaux épais, soigneusement gardées. Des mots de passe, correspondant aux différents étages et parties de la demeure, furent échangés. Il y en avait chaque jour de nouveaux. A un moment donné, nous traversâmes un secteur des cages. Quelques cellules, avec leurs barreaux sculptés, leurs tentures rouges, leurs cuvettes de cuivre, leurs couvertures, leurs coussins et leurs lampes, étaient très confortables ; quelques-unes avaient plus d'un occupant ; quelques jeunes femmes étaient autorisées à se maquiller, à porter des soieries d'esclave ; en général, cependant, les filles des cages sont nues, à l'exception de leur collier et de leur marque, comme les esclaves mâles ; le tailleur, le parfumeur, le coiffeur les transforment alors suivant leurs instructions ; toutefois, pour l'essentiel, les cages ne sont pas aussi confortables ; en général, il s'agit simplement de cages métalliques ; quelques-unes sont des cubes de ciment, avec une petite grille coulissante sur le devant, posés les uns sur les autres contre les murs ; à un moment donné, nous empruntâmes une passerelle métallique dominant les cages ; nous traversâmes deux salles de préparation ; donnant sur un couloir, il y avait une infirmerie, avec des matelas et des chaînes ; nous traversâmes des salles de gymnastique, des salles d'entraînement ; nous traversâmes une salle de marquage ; j'y vis des fers maintenus au rouge ; nous traversâmes également la salle redoutable où les esclaves étaient châtiés ; des fouets étaient suspendus aux murs et il y avait une grande table en pierre.

Tandis que nous passions devant les cages, les esclaves mâles nous regardaient lugubrement ; en général, les femmes reculaient. Une jeune femme passa les bras entre les barreaux.

– Je suis prête à être vendue à un homme, sanglota-t-elle. Vends-moi ! Vends-moi !

Un garde donna un coup de fouet sur les barreaux, juste devant son visage, et elle recula précipitamment jusqu'au fond de sa cellule.

– Elle n'est pas encore prête pour l'estrade, relevai-je.

– Non, répondit Samos.

Si elle avait été agenouillée contre les barreaux, les genoux passés entre les barreaux, le corps, le visage, pressés contre eux, les bras tendus, acceptant que ses bras soient fouettés dans l'espoir vague de toucher le corps du gardien, alors peut-être aurait-elle été assez chaude. Il est fréquent que les filles qu'on envoie sur l'estrade soient tremblantes, brûlantes de passion. Souvent, elles frémissent et frissonnent à la moindre caresse du commissaire-priseur. Parfois, à l'insu des acheteurs, on les excite au pied de l'estrade, mais on ne les satisfait pas. On les voit alors, nues, sur l'estrade, et on les vend dans cet état cruel de frustration. Leur volonté d'intéresser les acheteurs à leur chair est parfois extraordinaire. Il arrive qu'elles hurlent de désespoir, désirant ardemment l'achèvement de ce qui a été fait à leur corps. J'ai vu des filles que le commissaire-priseur devait écarter de lui à coups de poing, simplement pour pouvoir les présenter correctement. Ces filles, naturellement, sont des esclaves qui ont déjà eu un maître. Les femmes qui n'ont pas été précédemment possédées, essentiellement les femmes libres, même lorsqu'elles sont nues et portent un collier, ne comprennent pas leur sexualité. Seul un homme, lorsqu'elles sont complètement sous sa domination, peut la leur enseigner. Une femme non possédée, donc une femme libre, ne peut jamais faire totalement l'expérience de sa sexualité. Par conséquent, bien entendu, l'homme qui n'a jamais serré une femme possédée dans ses bras ne pourra jamais comprendre complètement sa virilité. Le désir sexuel, cela mérite d'être mentionné, est diversement considéré par les femmes libres ; il est obligatoire, toutefois, chez les esclaves.

On croit que la passion entrave, dans une certaine mesure, la liberté et l'intégrité de la femme libre ; elle est mal considérée parce qu'elle l'amène à se comporter, dans une certaine mesure, comme une esclave ; les femmes libres, par conséquent, pour protéger leur honneur et leur dignité, leur liberté et leur intégrité, leur individualité, doivent lutter contre la passion ; l'esclave, naturellement, n'a pas droit à ce privilège ; il lui est refusé par son maître et par la société ; alors que la femme libre doit rester calme et maîtresse d'elle-même, même entre les bras de son compagnon, pour éviter d'être véritablement « possédée », l'esclave ne peut se permettre ce luxe ; ce sont les mains de son maître qui décident pour elle et elle doit, au moindre mot de son maître, s'abandonner, frémissante, aux chaleurs humiliantes de l'extase de l'esclave. Il n'y a que la femme possédée qui puisse véritablement procurer du plaisir.

Un urt soyeux, à la fourrure mouillée, me frôla la jambe.

– Nous y sommes, annonça Samos au bout d'un couloir, un des plus profonds des cages.

Il s'arrêta devant une porte épaisse, renforcée avec du métal, et donna un mot de passe. Elle s'ouvrit. Derrière, il y avait un autre couloir, mais plus court. Il était sombre et humide. Samos prit la torche d'un garde et se dirigea vers une porte. Il regarda par le petit judas, levant la torche. Puis il ouvrit le verrou et, plié en deux, entra dans la pièce. A l'intérieur, stagnait une puanteur d'excréments.

– Qu'est-ce que tu penses de cela ? s'enquit Samos.

Il leva la torche.

La forme enchaînée ne bougea pas. Samos prit un bâton qui se trouvait près de la porte, avec lequel le gardien poussait les bols d'eau ou de nourriture vers la forme.

La forme était apparemment soit morte, soit endormie. Je ne l'entendais pas respirer.

Un urt courut soudain, brusquement, vers une fissure du mur. Il disparut à l'intérieur.

Samos toucha la forme avec son bâton. Soudain, elle se retourna et le mordit, les yeux étincelants. Elle se jeta en avant, malgré ses quatre cents kilos, arrêtée cependant par les six chaînes qui l'immobilisaient, chaque chaîne étant fixée à un anneau distinct, contre le mur. Les chaînes tirèrent plusieurs fois sur les anneaux. La créature voulut nous mordre. Ses griffes sortirent, rentrèrent, sortirent à nouveau de ses appendices à six doigts tentaculaires. Je regardai le museau plat, parcheminé, les yeux avec leur pupille noire et leur cornée jaunâtre, les oreilles plaquées contre le crâne, la gueule énorme, armée de crocs, si grande qu'elle aurait pu contenir la tête d'un homme. J'entendis les anneaux crisser dans la pierre. Mais ils tinrent bon. J'écartai la main que j'avais posée sur le pommeau de mon épée.

L'animal s'assit contre le mur, nous regardant. Il battait des paupières, à présent, à cause de la lumière de la torche.

– C'est le premier que j'aie vu vivant, souligna Samos.

Un jour, dans les ruines d'une Salle du Torvaldsland, plantée sur un pieu, il avait vu la tête d'un animal semblable.

– C'est un Kur, aucun doute, dit-il.

– Oui, répondis-je. C'est un Kur adulte.

– Et un gros, n'est-ce pas ? demanda Samos.

– Oui, répondis-je, mais j'en ai vu beaucoup qui étaient plus gros.

– Selon nos estimations, fit Samos, ce n'est qu'un animal ; il n'est pas rationnel.

Je souris.

Il était enchaîné en six endroits : les poignets, les chevilles, la taille et le cou. Chaque chaîne aurait pu immobiliser un bosk ou un larl.

Il gronda, ouvrant sa gueule armée de crocs.

– Où l'as-tu capturé ? m'enquis-je.

– Je l'ai acheté à des Chasseurs, expliqua Samos. Il a été capturé au sud-est d'Ar alors qu'il se dirigeait également vers le sud-est.

– Cela semble bizarre, relevai-je.

Rares étaient les Goréens qui s'aventuraient dans cette direction.

– C'est vrai, reconnut Samos. Je connais le chef des Chasseurs. Ses déclarations étaient claires. Six hommes ont été tués pendant la capture.

L'animal, apparemment assoupi, nous regardait.

– Mais qu'est-ce qu'un Kur pouvait bien faire là-bas ? demandai-je.

– Il est peut-être fou, suggéra Samos.

– Pourquoi un Kur entreprendrait-il un tel voyage ? demandai-je de nouveau.

Samos haussa les épaules.

– Nous n'avons pas pu communiquer avec lui, répondit-il. Les Kurii ne sont peut-être pas tous rationnels, poursuivit-il. Peut-être celui-ci, comme d'autres, probablement, n'est-il qu'un animal féroce.

Je regardai la créature dans les yeux. Ses lèvres se retroussèrent légèrement. Je souris.

– Nous l'avons battu, reprit Samos. Nous l'avons fouetté, frappé. Nous l'avons privé de nourriture.

– La torture ? demandai-je.

– Il ne réagit pas à la torture, répondit Samos. Je crois qu'il n'est pas rationnel.

– Quel était ton objectif ? demandai-je à l'animal. Quelle était ta mission ?

L'animal ne répondit pas.

Je me levai.

– Regagnons la salle, dis-je.

– Très bien, répondit Samos.

Nous quittâmes la cellule.

La cheville gauche de la danseuse décrivait de petits cercles sur la mosaïque du sol, dans le tintement des clochettes et le contrepoint des cymbales qu'elle avait aux doigts.

Les hommes levèrent leurs gobelets, saluant Samos, lorsque nous entrâmes dans la salle. Nous répondîmes à leur salut.

Deux Guerriers, des gardes, tenaient, entre eux, une esclave à la peau sombre. Elle avait de longs cheveux noirs. Ses bras étaient étroitement serrés contre ses flancs, ses poignets croisés et attachés dans le dos. Ils la firent se courber devant nous.

– Une messagère, annonça l'un d'entre eux.

Samos m'adressa un bref regard. Puis, à un des convives, qui portait les robes vertes des Médecins, il dit :

– Obtiens le message.

– A genoux ! ordonna-t-il à la fille. (Elle s'agenouilla. Il la dominait de toute sa taille.) A qui appartiens-tu ? demanda-t-il.

– A toi, Maître, répondit-elle.

Il est fréquent que la jeune femme soit donnée au destinataire du message.

– A qui appartenais-tu ? demanda alors Samos.

– J'ai été achetée anonymement dans les cages publiques de Tor, répondit-elle.

Certaines cités, comme Tor, faisaient du trafic d'esclaves, achetant des filles invendues aux caravanes et les revendant, avec bénéfice, à d'autres Maîtres de Caravane. En outre, les Guerriers de la cité recevaient une prime pour toute femme capturée dans une ville ennemie, généralement un tarsk d'argent pour une femme ordinaire en bonne santé.

– Tu ne sais ni qui t'a achetée ni pourquoi ? résuma Samos.

– Non, Maître, répondit-elle.

Elle ignorait tout du message qu'elle portait.

– Comment t'appelles-tu ? s'enquit Samos.

– Veema, répondit-elle, si cela convient au Maître.

– Quel était ton numéro dans les cages de Tor ? demanda Samos.

– 87 432, répondit-elle, Maître.

Le représentant de la Caste des Médecins, près de qui se tenait un autre homme avec une cuvette, posa les mains sur la tête de la femme. Elle ferma les yeux.

– Dans ce cas, dis-je à Samos, tu ignores de qui provient ce message.

– Oui, acquiesça-t-il.

Le Médecin souleva les longs cheveux de la femme, posant le rasoir sur sa nuque. Sa tête était penchée en avant.

Samos tourna le dos à la femme. Il me montra un homme qui était assis à l'extrémité d'une des tables basses. Il ne buvait ni vin ni Paga. L'homme, ce qui était rare à Port Kar, portait le kaffiyeh et l'agal. Le kaffiyeh est un foulard carré, plié en deux pour former un triangle et posé sur la tête, une pointe sur chaque épaule et l'autre dans le dos, pour protéger la nuque. Il est attaché sur la tête par plusieurs tours d'une corde que l'on appelle : agal. La corde indique la tribu et la région.

Nous allâmes près de l'homme.

– Voici Ibn Saran, Marchand de Sel du port fluvial de Kasra, le présenta Samos.

Le Sel Rouge de Kasra, ainsi nommé en raison du port d'où il provenait, était célèbre sur tout Gor. Il était extrait de fosses et de mines secrètes de l'intérieur, attaché, dans de lourds cylindres, sur le dos de kaiilas de trait. Chaque cylindre, attaché aux autres avec des cordes, pesait approximativement dix Pierres, c'est-à-dire une vingtaine de kilos, un « Poids » goréen. Un bon kaiila pouvait porter seize cylindres semblables, mais le chargement normal était de dix. Les chargements se composent de nombres pairs, naturellement, afin que le fardeau soit équilibré. Le kaiila mal chargé transporte un fardeau beaucoup plus lourd que celui dont le chargement est régulièrement placé.

– Ibn Saran, au cours de ces derniers mois, a entendu parler d'une chose étrange, dit Samos. Je l'ai apprise par un Capitaine qu'il connaît, avec qui je me suis récemment entretenu sur le Quai du Sel.

Samos présidait le Conseil des Capitaines de Port Kar, assemblée qui régnait sur la Cité. Il était rare que les événements intéressants ne soient pas portés à son attention.

– Le Noble Samos s'est montré extrêmement courtois, souligna Ibn Saran. Son hospitalité a été extrêmement généreuse.

Je tendis la main à Ibn Saran qui, s'inclinant deux fois, passa deux fois légèrement la paume de sa main contre la mienne.

– Je suis heureux de faire la connaissance de celui qui est l'ami de Samos de Port Kar, dit Ibn Saran. Puissent tes outres ne jamais être vides. Puisses-tu ne jamais manquer d'eau.

– Puissent tes outres ne jamais être vides, répondis-je. Puisses-tu ne jamais manquer d'eau.

– Voudrais-tu, Noble Ibn Saran, demanda Samos, raconter à mon ami ce que tu as entendu dire à Kasra.

– Cette histoire a été racontée par un palefrenier de kaiilas. Sa caravane était petite. Elle a été prise dans une tempête et un kaiila, rendu fou par le vent et le sable, a cassé sa longe et s'est enfui dans l'obscurité. Stupidement, le jeune garçon l'a suivi. L'animal transportait de l'eau. Au matin, la tempête était passée. Le jeune garçon creusa une tranchée de protection. Au camp, on organisa la roue.

La tranchée de protection est une tranchée étroite, d'un mètre cinquante de profondeur et d'une soixantaine de centimètres de large. Le sable, sous l'effet du soleil, peut atteindre en surface des températures de plus de soixante degrés. Posées sur des pierres, des plaques de métal de soixante centimètres de long et vingt centimètres de large sont parfois utilisées par les femmes nomades pour faire griller la nourriture. Une soixantaine de centimètres sous la surface, la température est déjà beaucoup moins élevée. En outre, et surtout, la tranchée fournit de l'ombre. La température de l'air dépasse rarement cinquante degrés à l'ombre, même dans le Pays des Dunes. Bien entendu, on creuse toujours la tranchée perpendiculairement à l'axe du soleil, afin qu'elle fournisse un maximum d'ombre pendant le plus longtemps possible.

Lorsqu'on est seul et qu'on n'a pas d'eau, on ne marche pas de jour, dans les sables. Bizarrement, en raison de l'absence d'eau en surface, les nuits, lorsque le soleil a disparu, sont fraîches et même, parfois, froides. Par conséquent, lorsqu'on n'est pas en caravane, on marche de nuit. La conservation de l'eau du corps est un paramètre capital de la survie. On bouge peu. On transpire le moins possible.

La « roue » est une structure de recherche. Bergers, gardes et palefreniers quittent le camp suivant un « rayon » de la roue, s'espaçant à intervalles réguliers. Le nombre d'hommes détermine la longueur du rayon. Aucun membre de la caravane ne s'éloigne du camp de plus de la longueur du rayon correspondant à une caravane donnée. Le jeune garçon, par exemple, vraisemblablement, s'il avait toute sa tête, n'aurait pas suivi le kaiila au-delà du « bord » de la « roue ». Tandis que la « roue » tourne autour de son axe, le camp, les hommes tracent, à intervalles réguliers, des flèches dans le sable ou la poussière, ou bien, s'il y a des pierres, les disposent en flèches pointées vers le camp. Quand les recherches sont abandonnées, qu'elles se soient soldées par un succès ou par un échec, ces points de repère sont détruits de peur qu'on ne les confonde avec les flèches d'eau, indiquant la position des puits, des citernes souterraines ou des oasis. Les kaiilas de caravane, incidemment, les animaux de trait comme les montures des gardes, ont de nombreuses clochettes. Cela contribue à la cohésion des animaux, rend les déplacements dans le noir plus faciles et, dans un pays où on voit rarement au-delà de la dune suivante, constitue un important facteur de survie. Sans les clochettes, les caravanes, lentes et généralement silencieuses, pourraient passer sans le savoir à quelques mètres d'hommes ayant désespérément besoin de secours. Les kaiilas des pillards, incidemment, n'ont jamais de clochettes.

– Vers midi, poursuivit Ibn Saran, on retrouva le jeune garçon. En entendant les clochettes de la monture d'un garde, il sortit de sa tranchée et, attirant l'attention de l'homme, fut secouru. Bien entendu, il fut sévèrement battu parce qu'il s'était éloigné de la caravane. Le kaiila rentra seul, plus tard, parce qu'il avait faim.

– Quelle histoire raconta le jeune homme ? m'enquis-je.

– Ce qu'il a découvert en poursuivant le kaiila, répondit Ibn Saran. Sur un rocher, ce message était gravé : « Méfie-toi de la tour d'acier. » Troublant, n'est-ce pas ?

Samos me regarda. Pour moi, cela ne signifiait pratiquement rien.

– Près du rocher, reprit Ibn Saran, couvert de cloques, noirci par le soleil, desséché, ne pesant pas plus qu'un enfant ou une femme, il y avait un homme. Il avait déchiré ses vêtements et bu du sable.

Sa mort n'avait certainement pas été douce. Il était vraisemblablement devenu fou, croyant avoir trouvé de l'eau.

– Compte tenu de ses vêtements, poursuivit Ibn Saran, il s'agissait d'un pillard.

– Y avait-il un kaiila ? m'enquis-je.

– Non, répondit Ibn Saran.

– L'homme venait-il de loin ? demandai-je. Depuis combien de temps était-il dans le désert ?

– Je ne sais pas, dit Ibn Saran. Connaissait-il bien le désert ? Avait-il de l'eau ?

L'homme avait pu parcourir des milliers de pasangs avant que son kaiila meure, ou s'enfuie.

– Depuis combien de temps était-il mort ? demandai-je.

Ibn Saran eut un mince sourire.

– Un mois, répondit-il. Un an ?

Dans le désert, la décomposition est très lente. On a retrouvé, bien conservés, les cadavres d'hommes tués plus d'un siècle auparavant. Il est rare de trouver des squelettes, dans le désert, sauf si les cadavres ont été dévorés par les animaux ou les oiseaux.

– « Méfie-toi de la tour d'acier », répétai-je.

– Cette phrase était gravée sur le rocher, précisa Ibn Saran.

– Pouvait-on déterminer la direction d'où venait l'homme ? demandai-je.

– Non, répondit Ibn Saran.

– « Méfie-toi de la tour d'acier », dit à son tour Samos.

Je haussai les épaules.

Samos se leva et, effleurant par deux fois la paume d'Ibn Saran, prit congé. Je remarquai qu'Ibn Saran ne mangeait qu'avec la main droite. C'était la main de la nourriture et la main du cimeterre. Il ne se nourrissait qu'avec la main qui, maniant l'acier, pouvait faire couler le sang.

La danseuse tournoya près de nous, puis m'enveloppa dans son voile. Dans l'intimité du voile qui nous entourait, elle fit onduler lentement son corps devant moi, les lèvres entrouvertes, gémissant. Je la pris dans mes bras. Sa tête était rejetée en arrière, ses yeux fermés. Ensemble, nous goûtâmes le sang et le rouge de sa soumission. Elle s'écarta légèrement, du sang au coin de la bouche. Ma main, refermée sur sa nuque délicieuse, l'empêchait de s'éloigner. Lentement, j'écartai le voile, le jetai. Puis, avec la main droite, le quiva tuchuck serré dedans, la tenant toujours avec la gauche, tandis qu'elle continuait de bouger au rythme de la musique, je coupai ses bretelles. Puis je la poussai devant les tables afin qu'elle donne davantage de plaisir aux invités de Samos, Premier Marchand d'Esclaves de Port Kar. Elle m'adressa un regard de reproche mais, voyant mes yeux, se tourna avec frayeur vers les hommes, les mains au-dessus de la tête, pour les satisfaire. Son corps, bien entendu, n'avait jamais cessé de bouger au rythme de la musique. Les hommes crièrent, satisfaits de sa beauté.

– La messagère est prête, annonça l'homme qui portait le vert des Médecins.

Il se tourna vers son voisin ; il laissa tomber le rasoir dans la cuvette, s'essuya les mains dans une serviette.

La femme, attachée, était à genoux entre les gardes. Ses yeux étaient pleins de larmes. Sa tête avait été complètement rasée. Elle n'avait pas la moindre idée de ce qui était écrit dessus. On confie ce type de message à des analphabètes. A l'origine, on lui avait rasé la tête avant de lui tatouer le message sur le crâne. Ensuite, on avait laissé ses cheveux repousser. Seule la femme savait qu'elle était porteuse d'un message et elle en ignorait la teneur. Même ceux qui avaient été payés pour la livrer dans la Demeure de Samos ne la considéraient que comme une marchandise ordinaire.

Je lus le message. Il indiquait simplement : « Méfie-toi d'Abdul. » Nous ignorions d'où venait le message et qui l'avait envoyé.

– Emmenez la femme dans les cages, dit Samos aux gardes. Avec des aiguilles, effacez le message.

On fit brutalement lever la femme.

Elle regarda Samos.

– Ensuite, reprit Samos, s'adressant aux gardes, utilisez-la comme Esclave de Peine dans les cages, principalement au nettoyage. Un mois avant que ses cheveux aient complètement repoussé, quand elle sera bonne à vendre, mettez-la dans une cage de stimulation et donnez-lui une formation intensive.

La femme lui adressa un regard désespéré.

– Ensuite, vendez-la, conclut Samos.

La cage de stimulation est une cage aux barreaux sculptés, basse de plafond ; elle est plutôt grande, en dehors du plafond bas, qui se trouve à environ un mètre cinquante du sol. La femme ne peut se lever sans baisser la tête en signe de soumission. Dans une telle cage, et pendant la formation, quand elle n'est pas dans la cage, la femme logée dans une cage de stimulation n'est pas autorisée à regarder les hommes dans les yeux, même les esclaves. Ceci est destiné, psychologiquement, à rendre la femme extrêmement timide devant les mâles. Lorsqu'on la vend, et seulement à ce moment-là, si le maître le souhaite, il peut lui dire : « Tu es autorisée à regarder ton Maître dans les yeux. » Quand, effrayée, tendre, timide, elle lève les yeux vers lui, s'il daigne lui sourire, la femme, joyeuse et reconnaissante, autorisée enfin à poser les yeux sur un autre être humain, tombe souvent à genoux devant lui, esclave en adoration. Quand elle le regardera à nouveau, son regard sera grave et elle baissera rapidement la tête, effrayée. « Je vais essayer de bien te servir, Maître », souffle-t-elle. L'ameublement de la cellule de stimulation est conçu en fonction de l'effet qu'il produit sur l'esclave. Il y a des pinceaux, des parfums, du maquillage, des bijoux, des colliers, des bracelets, des anneaux, des bagues ; il n'y a pas de vêtements ; il y a également des coussins, des cuvettes en cuivre et des lampes en étain. Surtout, il y a également des surfaces de textures diverses, une épaisse couverture, des satins, des soieries, de la laine de kaiila grossièrement tissée, des brocarts, du reps, des couvertures de cuir, un coin dallé, une fourrure de sleen, des tissus ornés de perles, des nattes de roseau, etc. L'objectif de ceci est d'aiguiser les sens de l'esclave, nue à l'exception de son collier et des parfums, produits de maquillage ou bijoux qu'elle porte conformément aux directives de son instructrice, afin qu'elle éprouve et ressente avec une vigueur exceptionnelle ; les sens et la peau de nombreux êtres humains sont, en fait, morts au lieu d'être aiguisés et sensibles à des centaines de différences subtiles de température, d'ambiance, de surface ou d'humidité, par exemple. Une femme dont les sens et le corps sont vivants est, naturellement, beaucoup plus passionnée que celle dont les sens et le corps dorment. La peau elle-même, chez une femme entraînée, devient un organe sensoriel magnifique et merveilleusement subtil. La moindre parcelle de l'esclave, si elle est correctement formée, est vivante. Cela a pour objectif, naturellement, de la rendre plus sensible à la caresse de son maître. Lorsqu'elle s'abandonne à lui, les entrailles déchirées par l'amour qu'elle éprouve pour lui, c'est, naturellement, une esclave beaucoup plus satisfaisante. Ces humiliations, bien entendu, ne sont pas infligées aux femmes libres. On leur permet de traverser la vie les yeux mi-clos, pour ainsi dire. C'est ainsi qu'elles préservent leur dignité. Parfois frigides, il arrive que les femmes libres goréennes hurlent de colère, ne comprenant pas pourquoi leur compagnon les a abandonnées pour aller à la taverne ; là, naturellement, pour le prix d'une tasse de Paga, il peut avoir une fille vêtue de soie, avec des clochettes : une esclave ; la femme libre doit s'opposer à son compagnon, dénonçant ses désirs ; cependant, les filles douces, aux yeux noirs, sensuelles, des tavernes sont trop occupées pour cela ; elles n'ont pas le temps de dénoncer les désirs des clients de leur maître ; elles sont trop occupées à les servir et à les satisfaire. L'instructrice dirige la femme dans la cage, ou dans les exercices, s'occupant, observant, prescrivant, la transformant avec compétence en un animal domestique sensible, une esclave goréenne, avec son collier, asservie, capable de rendre un homme fou de désir, puis de servir ce désir, vulnérablement, fréquemment et absolument. La femme fut traînée dehors, entre les deux gardes. Je me demandai ce que l'instructrice prescrirait pour elle. Les femmes diffèrent, les instructrices diffèrent. Je regardai brièvement la jeune femme blonde à genoux dans un coin, miss Priscilla Blake-Allen. A la place de l'instructrice, au début du moins, puis plus tard, pour lui apprendre la discipline, je lui aurais fait porter le harnais de corde des esclaves. Après une nuit dans un tel harnais, les poignets attachés dans le dos afin qu'elle ne puisse pas le retirer, elle serait probablement docile et veillerait à bien profiter de ses leçons.

Quand la femme eut franchi la porte conduisant aux cages, je me tournai vers Samos.

– Qui est Abdul ? demandai-je.

Samos, troublé, me regarda.

– Qui est Abdul ? répétai-je.

– Je ne sais pas, répondit Samos.

Il me tourna le dos et regagna sa place derrière la table basse.

Les convives ne faisaient guère attention à nous. Tous les regards étaient fixés sur la danseuse aux cheveux noirs, la robe de soie diaphane et écarlate ondulant sur ses hanches. Ses mains bougeaient comme si, folle de désir, elle cueillait des fleurs sur le mur d'un jardin. On croyait voir les branches sur lesquelles elle les ramassait avant de les porter à ses lèvres et, de temps en temps, elle se pressait contre le mur qui la retenait prisonnière. Puis elle se retournait et, comme si elle avait été seule, dansait son désir devant les hommes.

– Il y a là de nombreuses choses qui semblent dépourvues de sens, releva Samos. Pourtant, il doit y avoir un sens, une structure. (Avec une fourchette décorée d'un motif turien, Samos frappa le plateau de la table. Il me regarda.) Dernièrement, il ne s'est pratiquement rien passé dans la guerre qui oppose les Prêtres-Rois aux Autres.

– Méfie-toi d'un ennemi silencieux, lui rappelai-je.

Samos sourit.

– Exact, fit-il.

Puis il tendit la fourchette vers la jeune Américaine prisonnière d'un harnais de cuir, à genoux sur les dalles, à notre droite, entre deux gardes armés de lances. Les hampes épaisses des lances étaient posées à ses côtés. Elle avait les poings serrés dans les boucles de cuir de son harnais, immobilisés contre ses cuisses par des lanières.

– Nous avons appris par cette esclave, dit-il, montrant miss Blake-Allen, que, faute d'ordres à venir, le trafic d'esclaves entre la Terre et Gor a été suspendu.

– Oui, dis-je.

– Pourquoi ? demanda-t-il.

– Le trafic a-t-il effectivement cessé ? demandai-je.

– Les informations en provenance des Sardar, répondit Samos, indiquent qu'il a effectivement cessé. Il n'y a eu ni détection ni poursuite depuis trois semaines.

La semaine goréenne comporte cinq jours. Chaque mois se compose de cinq semaines. A la fin de chaque mois, qui sont au nombre de douze, les séparant, il y a une Main Transitoire de cinq jours. La douzième Main Transitoire est suivie d'une Main Patiente, période de cinq jours précédant l'Equinoxe de Printemps, qui marque le nouvel an goréen. On était alors à la fin de l'hiver de l'an 3 de la souveraineté du Conseil des Capitaines, à Port Kar, l'an 10 122 C.A., Constata Ar, depuis la Fondation d'Ar. Il y avait douze mois que j'étais rentré du Torvaldsland, où j'avais réglé quelques affaires au fil de l'épée.

– En outre, ajoutai-je, un animal est prisonnier dans tes cellules, et il s'agit manifestement d'un Kur.

– Il semble irrationnel, releva Samos. Ce n'est qu'un animal.

– Je crois qu'il est rationnel, affirmai-je. Son intelligence, à mon avis, est égale à la nôtre, sinon supérieure.

Samos me dévisagea.

– Bien entendu, il ne parle peut-être pas le goréen. Rares sont les Kurii qui le savent. Il leur est extrêmement difficile de l'apprendre.

– La direction dans laquelle il allait a-t-elle un sens pour toi ? demanda Samos.

– Oui, répondis-je.

– Bizarre, fit Samos.

L'animal avait été capturé au sud-est d'Ar alors qu'il se dirigeait vers le sud-est. Ce chemin le conduisait au pied des premiers contreforts orientaux des Voltaï, puis au sud. C'était incroyable.

– Qui peut bien vouloir aller dans un tel endroit ? demanda Samos.

– Les caravanes, qui le traversent, dis-je. Les nomades, qui y font brouter leurs troupeaux de verrs.

– Qui d'autre ? s'enquit Samos.

– Les fous ? fis-je avec un sourire.

– Ou ceux qui ont un objectif, estima Samos. Quelqu'un qui avait quelque chose à faire, à cet endroit, qui avait des intentions déterminées ?

– Peut-être, reconnus-je.

– Quelqu'un qui avait une mission, qui savait exactement ce qu'il cherchait ?

– Mais il n'y a rien, là-bas, soulignai-je. Et seuls les fous, dans cette région, quittent les itinéraires des caravanes, qui vont d'une oasis à l'autre.

– Un palefrenier, jeune homme qui s'était éloigné de son camp, rappela Samos, a trouvé un rocher. Sur ce rocher, on avait gravé : « Méfie-toi de la tour d'acier. » Non ?

– Et la messagère, ajoutai-je. Nous ne savons pas, je suppose, qui est cet Abdul et de qui nous devons nous méfier ?

– Non, fit Samos, troublé. Je ne connais pas d'Abdul.

– Et qui aurait envoyé ce message, et pourquoi ?

– Je ne sais pas, dit Samos.

Je regardais distraitement la danseuse. Elle me fixait. Il semblait qu'elle me tendait des fruits mûrs, de gros larmas fraîchement cueillis. Ses poignets étaient l'un contre l'autre, comme s'ils étaient attachés par ses bracelets. Elle posa les larmas imaginaires contre son corps, se caressant et ondulant puis, le regard pitoyable, tendit les mains comme si elle me suppliait d'accepter les fruits mûrs. Les convives frappèrent les tables du plat de la main et me regardèrent. D'autres se frappèrent l'épaule gauche. Je souris. Sur Gor, l'esclave désirant son maître, mais craignant parfois de lui parler, de peur d'être battue, a quelquefois recours à certains artifices dont la signification est généralement établie et culturellement bien comprise. Je mentionnerai deux artifices de ce type. Il y a, d'abord, le nœud d'asservissement. Presque toutes les esclaves goréennes ont les cheveux longs. Le nœud d'asservissement est un simple nœud, fait dans la chevelure de la femme, et qu'elle porte généralement sur la joue droite ou devant l'épaule droite. La jeune femme, nue, s'approche de son maître, s'agenouille, le nœud d'asservissement, lâche, tombant sur sa joue droite ou bien devant son épaule droite. Un autre artifice, fréquent à Port Kar, exige de la femme qu'elle s'agenouille devant le maître, baisse la tête et lève les bras, lui offrant des fruits, généralement des larmas ou bien des pêches goréennes jaunes, mûres et fraîches. Ces artifices, incidemment, sont parfois utilisés par des esclaves qui haïssent leur maître mais dont le corps, formé pour l'amour, ne peut supporter l'absence de caresses masculines. Ces femmes, malgré leur haine, offrent parfois le larma, furieuses contre elles-mêmes mais impuissantes, prisonnières de leurs désirs d'esclave, contraintes de mendier à genoux la caresse d'un maître rude qui jouit de l'horreur de leur situation ; les satisfera-t-il ? si telle est sa volonté, oui ;

si telle n'est pas sa volonté, non. Ces femmes ne sont que des esclaves.

La fille s'agenouilla devant moi, son corps soumis tremblant, palpitant aux ordres sensuels et mélodieux de la musique.

Je regardai les mains ouvertes, tendues vers moi. Les bracelets semblaient les immobiliser. Elles paraissaient tenir un gros larma. Je tendis les bras au-dessus de la table, la tirai, la fis pivoter sur elle-même et la jetai sur le dos devant moi, sur la table. Je la soulevai et appuyai mes lèvres sur les siennes, écrasant ses lèvres d'esclave sous les miennes. Ses yeux étincelèrent. Je la repoussai. Elle tendit les lèvres vers moi. Je ne la laissai pas me toucher. Je la relevai brutalement et, la retournant partiellement, lui arrachai sa robe de soie, la jetai sur le sol représentant une carte où elle resta, à demi couchée, à demi accroupie, une jambe sous elle, esclave nue en dehors de son collier, sa marque, ses bracelets ornés de clochettes aux poignets et aux chevilles, furieuse.

– Amuse-nous encore ! ordonnai-je. (Ses yeux lancèrent des éclairs.) Et reste par terre, Esclave ! ajoutai-je.

La musique, qui s'était tue, recommença. Elle tourna, furieuse mais gracieuse, tendant une jambe, se touchant la cheville, faisant remonter les mains le long de sa jambe, me regardant par-dessus l'épaule, puis elle roula, se tordit, comme sous le fouet du maître.

– Tu lui apprends bien la discipline, apprécia Samos.

Je grimaçai un sourire.

La jeune femme était à présent à plat ventre, pourtant, subtilement, aux accents de la musique, elle rampa vers nous, levant pitoyablement les mains.

J'entendis un cri de consternation, de protestation que poussa miss Blake-Allen, horrifiée.

Samos se tourna vers elle. Il n'était pas content.

– Détache-lui les jambes ! dit Samos à un garde.

Le garde détacha les lanières qui lui attachaient les chevilles puis les glissa dans l'anneau de métal brillant cousu à l'arrière du collier de cuir du harnais, couvrant le simple collier métallique qui faisait d'elle, même si elle avait été habillée et sa marque dissimulée, une esclave. Les lanières étaient précédemment passées dans l'anneau et attachées autour de ses chevilles, la contraignant à rester à genoux. Elle avait à présent les jambes libres. Les lanières, cousues sur les côtés du collier, enroulées à présent autour du collier et croisées derrière, puis glissées dans l'anneau situé sur l'avant du collier, tenaient lieu de laisse. Le harnais est conçu pour attacher les femmes de diverses manières. La jeune femme, les jambes libres, regarda Samos avec horreur. Mais il ne s'intéressait déjà plus à elle.

La danseuse était à présent couchée sur le dos et la musique était visible dans sa respiration, dans les petits mouvements de sa tête et de ses mains. Ses mains étaient petites et jolies.

Elle était couchée sur la carte du sol, la tête tournée vers nous. Elle était couverte de sueur.

Je fis claquer les doigts et elle glissa les jambes sous elle, s'agenouilla, la tête rejetée en arrière, les cheveux sur les dalles. Ses mains bougèrent, délicates, jolies. Lentement, si on le lui permettait, elle se redresserait ; ses mains, tandis qu'elle se levait, étaient tendues vers nous. Quatre fois, je dis : « Non ! » Chaque fois, mon ordre jeta sa tête en arrière, arqua son corps et, chaque fois, au rythme de la musique, elle se redressa. La cinquième fois, je la laissai se redresser complètement. La dernière partie de son corps qui se redressa fut sa belle tête. Elle avait un collier autour du cou. Ses yeux noirs, brillants, vulnérables, pleins de reproche, me fixaient. Néanmoins, elle bougeait toujours au rythme de la musique, dont elle était toujours prisonnière.

D'un geste, je l'autorisai à se lever.

– Danse ton corps, Esclave, lui ordonnai-je, pour les invités de Samos !

Furieuse, allant de l'un à l'autre, lentement, de façon suggestive, la jeune femme dansa sa beauté devant les invités. Ils frappèrent sur les tables et crièrent. Quelques-uns essayèrent de s'emparer d'elle mais, chaque fois, elle recula.

Samos se leva et marcha sur la carte du sol. Je le suivis.

Il s'arrêta à un endroit donné, sur le sol de mosaïque lisse. Je le regardai.

– Oui, dit-il. Par là.

Je regardai la mosaïque complexe du sol. Sous nos pieds, lisses, polis, il y avait des centaines de petits morceaux de carreaux, principalement jaunes et marron dans cette partie. Les morceaux semblaient doux, lustrés, dans la lumière des torches. La danseuse, qui se trouvait derrière nous, continuait de passer devant les tables. Les yeux des hommes luisaient. Devant chacun, apparemment pour lui tout seul, elle dansait sa beauté.

– Il y a encore une chose, reprit Samos, que je ne t'ai pas dite.

– Laquelle ? demandai-je.

– Les Kurii ont envoyé un ultimatum aux Sardar.

– Quel ultimatum ? demandai-je.

– Livrez Gor, dit Samos.

– C'est tout ? demandai-je.

– C'est tout, répondit Samos.

– Cela ne me paraît guère sensé, estimai-je. Pour quelle raison cette planète serait-elle livrée aux Kurii ?

– Cela paraît dément, souligna Samos.

– Pourtant, les Kurii ne sont pas déments, assurai-je. Aucune alternative n'est proposée ? demandai-je.

– Aucune, répondit Samos.

– Livrez Gor... répétai-je.

– Cela semble une exigence folle, reconnut Samos.

– Et si tel n'était pas le cas ?

– J'ai peur, avoua Samos.

– Et comment les Sardar ont-ils réagi ? demandai-je. Ont-ils repoussé cette exigence avec ironie, ont-ils ridiculisé son absurdité ?

Samos sourit.

– Misk, un Prêtre-Roi, dit-il, haut placé dans la hiérarchie des Sardar, a demandé aux Kurii de fournir des détails supplémentaires.

Je souris.

– Il gagne du temps, soulignai-je.

– Bien sûr, acquiesça Samos.

– Quelle réponse a-t-il obtenue ? demandai-je.

– Livrez Gor, répondit Samos. La répétition de l'exigence d'origine. Ensuite, les transmissions sont restées silencieuses.

– Ensuite, les Kurii ne se sont plus manifestés ? insistai-je.

– Exactement, dit Samos.

– C'est, de toute évidence, un bluff de la part des Kurii, estimai-je. Les Prêtres-Rois ne comprennent pas bien ce genre de chose. Ils sont en général parfaitement rationnels et logiques. Leur esprit raisonne rarement en termes de défis injustifiés, de stratégies psychologiques, d'exigences non fondées.

Samos haussa les épaules.

– Parfois, je crois que les Prêtres-Rois ne comprennent pas bien les Kurii. Ils sont peut-être trop différents d'eux. Peut-être ignorent-ils les passions, les énergies, les haines qui leur permettraient de comprendre entièrement les Kurii.

– Ou les hommes, releva Samos.

– Ou les hommes, reconnus-je.

Les Prêtres-Rois avaient vraisemblablement des énergies et des passions mais, à mon avis, elles étaient, dans l'ensemble, très différentes de celles des hommes ou, en réalité, de celles des Kurii. La nature de l'expérience sensorielle des Prêtres-Rois était toujours pour moi, dans une large mesure, un mystère. Je connaissais leur univers comportemental ; j'ignorais tout de leur expérience intérieure. Leurs antennes étaient leurs organes centraux de transduction physique. Bien qu'ils eussent des yeux, ils se fiaient rarement à eux et étaient parfaitement à l'aise dans le noir total. La lumière, dans le Nid, était destinée aux humains et aux autres créatures à dominantes visuelles qui le partageaient. Leur musique était une rhapsodie d'odeurs dont beaucoup étaient, pour les narines humaines, désagréables. Leur décoration était principalement constituée de structures d'odeurs construites avec le plus grand soin à l'intérieur de leurs compartiments. De leur point de vue, l'expérience la plus intense et la plus agréable consistait peut-être à plonger leurs antennes dans la crinière filandreuse, narcotique, du Scarabée Doré qui, alors, les transperçant avec ses pinces courbes, creuses, à mouvement latéral, les vidait de leurs fluides corporels, se nourrissant, les tuant. Le lien social des Prêtres-Rois est la Confiance du Nid. Cependant, malgré leur évolution et leur physiologie distinctes, ils avaient appris le sens du mot : « ami » ; en outre, je savais qu'ils comprenaient, à leur manière, l'amour.

Je souris intérieurement.

– Parfois, m'avait un jour dit Misk, dans le Nid, je pense que seuls les hommes comprennent les Kurii. (Puis il avait ajouté :) Ils se ressemblent tellement.

C'était une plaisanterie. Mais elle ne m'avait pas paru fausse.

Malheureusement, je doutais, et avec réalisme il me semble, que les Prêtres-Rois, grosses créatures dorées, douces et délicates, aimant s'occuper de leurs affaires, comprennent vraiment leurs ennemis, les Kurii. Leur entêtement, leur agressivité, les fièvres du sang, le désir, l'instinct territorial de ces animaux leur étaient, dans une large mesure, incompréhensibles. Les concepts lucides des Prêtres-Rois ne leur permettaient guère de comprendre les emportements et les folies des hommes et des Kurii. Il me semblait que les hommes et les Kurii se comprenaient mieux que les Prêtres-Rois ne les comprenaient. Tant que les Kurii restaient au-delà du cinquième anneau, celui que détermine l'orbite de la planète que l'on appelle Jupiter sur la Terre et Hesius, d'après un héros légendaire d'Ar, sur Gor, les Prêtres-Rois ne s'intéressaient guère à eux. Ils laissaient ces loups furieux chasser le long de leurs clôtures et gratter à leurs portes.

– Comme les hommes, ils constituent une forme de vie intéressante, m'avait un jour dit Misk.

Mais, à présent, les mondes kurii, conscients de la faiblesse des Sardar après la Guerre du Nid, qui avait détruit leur source d'énergie et éventré le Nid lui-même, approchaient. Les mondes d'acier, à présent, ou bien quelques-uns d'entre eux, apparemment, cachés, protégés, étaient tapis en deçà de la ceinture d'astéroïdes. Des points de contact, des bases, avaient apparemment été établis sur les rivages mêmes de la Terre. La première tentative importante, l'organisation des Kurii indigènes par les Kurii des vaisseaux, s'était déroulée récemment. Elle avait échoué. Elle avait été arrêtée au Torvaldsland. Les Kurii des vaisseaux, ainsi, ignoraient dans quelle mesure la puissance des Prêtres-Rois était diminuée. C'était notre avantage essentiel. Les Kurii, prudents comme des requins, ne voulaient pas lancer le gros de leur attaque sans être sûrs de son succès. S'ils avaient connu la faiblesse des Sardar et le temps nécessaire à la reconstitution des sources d'énergie, laquelle se régénérait à présent suivant un rythme inexorable déterminé par les lois naturelles, ils auraient probablement lancé leurs flottes. Ils craignaient vraisemblablement une ruse, une affectation de faiblesse destinée à provoquer une attaque au cours de laquelle ils seraient décimés. En outre, je savais qu'il y avait des factions chez les Kurii. De toute évidence, il y avait des individus audacieux et des individus prudents. L'échec de la tentative du Torvaldsland avait dû fortement influencer leurs délibérations. Peut-être un parti nouveau était-il venu au pouvoir. Peut-être une nouvelle stratégie, un nouveau plan étaient-ils en voie de réalisation.

– Livrez Gor... fit Samos, regardant la partie de la carte qui se trouvait sous ses pieds.

Je regardai la carte. Etait-ce en cela que le nouveau plan des Kurii, si un tel plan existait, concernait notre monde primitif ?

– Le trajet du Kur capturé, indiqua Samos, le doigt tendu, l'aurait conduit ici.

– Peut-être avait-il l'intention de seulement traverser ? estimai-je.

Samos, du doigt, montra l'ouest de Tor.

– Non, dit-il, il est plus pratique de passer à l'ouest de Tor, où il y a beaucoup d'eau.

– Il faut, de toute évidence, un guide et une caravane, relevai-je, pour survivre à l'est de Tor.

– Bien sûr, admit Samos. Pourtant, l'animal était seul. Je pense que la destination de l'animal ne se trouvait pas de l'autre côté de cette région, mais à l'intérieur.

– Incroyable, jugeai-je.

Samos haussa les épaules.

– Pourquoi un Kur irait-il là et pénétrerait-il dans cette région ? demandai-je.

– Je ne sais pas, répondit Samos.

– Etrange que, dans le même temps, soulignai-je, le trafic d'esclaves cesse et que l'ultimatum, inexplicable, exigeant de livrer Gor, soit adressé aux Sardar.

– Que cherchait le Kur dans cette région ? demanda Samos.

– Et que dire, ajoutai-je, du message gravé sur le rocher : « Méfie-toi de la tour d'acier » ?

– C'est un mystère, reconnut Samos, et la solution est là.

Je regardai par terre. Bien qu'elle n'occupât que

quelques pieds sur la carte, la région était immense. Elle avait, en gros, la forme d'un long trapèze dont les côtés étaient orientés vers l'est. Dans le coin nord-ouest, se trouvait Tor. A l'ouest de Tor, sur le Fayeen Inférieur, affluent lent, tortueux, comme le Fayeen Supérieur, du Cartius, se trouvait le port fluvial de Kasra, célèbre pour ses exportations de sel. C'était dans ce port que les entrepôts d'Ibn Saran, Marchand de Sel actuellement invité de Samos de Port Kar, se trouvaient. La corde de son agal et les bandes de sa djellaba indiquaient qu'il était originaire de cette ville.

La région, à l'est de Tor, faisait des centaines de pasangs de large et des milliers de long. Le mot goréen désignant cette région signifiait simplement : le Désert, ou le Vide. C'était une étendue immense, généralement rocheuse et montagneuse, sauf dans le Pays des Dunes. Elle est presque continuellement battue par les vents et presque complètement dépourvue d'eau. Dans certaines régions, il n'a pas plu depuis des siècles. Les oasis sont alimentées par des cours d'eau souterrains venus des pentes des Voltaï. L'eau, s'infiltrant sous le sol, monte parfois, à cause de formations rocheuses, formant les sources des oasis, mais, le plus souvent, seuls des puits profonds permettent de l'atteindre. Certains puits font plus de soixante mètres de profondeur. L'eau met parfois plus de cent cinquante ans à effectuer son voyage souterrain, s'infiltrant, des centaines de mètres sous la surface desséchée, ne parcourant que quelques dizaines de mètres par an, avant d'atteindre les oasis. Le jour, à l'ombre, il fait souvent près de cinquante degrés. La température de la surface, de jour, est, naturellement, beaucoup plus élevée. Dans le Pays des Dunes, de jour, celui qui serait assez fou pour marcher pieds nus serait rapidement estropié, la peau étant brûlée en quelques heures.

– C'est ici, insista Samos, montrant la carte, que se trouve le secret.

La danseuse s'éloigna des tables et, les mains au-dessus de la tête, se dirigea vers moi. Elle se balança devant moi au rythme de la musique.

– Tu m'as ordonné de danser ma beauté devant les invités de Samos, dit-elle, Maître. Tu es également un invité.

Je la regardai, les paupières plissées, tandis qu'elle tentait de me plaire.

Puis elle gémit et me tourna le dos, tandis que la musique s'accélérait follement, puis pivota, tournoya dans le tintement des clochettes et des bijoux barbares, devant les invités de Samos. Puis, lorsque la musique cessa brusquement, elle tomba sur le sol, impuissante, vulnérable, esclave. La sueur faisait briller son corps dans la lumière des torches. Elle était essoufflée ; son corps était beau, ses seins montant et descendant tandis qu'elle respirait profondément. Ses lèvres étaient entrouvertes. A présent que la danse était terminée, c'était à peine si elle pouvait encore bouger. Nous n'avions pas été doux avec elle. Elle me regarda et leva la main. C'était à mes pieds qu'elle gisait.

Je lui fis signe de se mettre à genoux. Elle obéit. Ses cheveux touchaient la carte du sol.

Ils touchaient la partie de la carte que nous contemplions, Samos et moi. Je regardai les lettres, en écriture goréenne.

– Le secret est là, insista de nouveau Samos, montrant la carte, dans le Tahari.

Délicatement, timidement, la danseuse tendit les bras et me toucha la cheville. Elle me regarda, désespérée.

Je fis signe aux gardes. Elle hurla désespérément quand ils la traînèrent par terre, par les chevilles, puis la jetèrent sur les petites tables.

Je laisserais les autres l'échauffer.

Les hommes poussèrent des cris de joie.

Son abandon total, je l'obtiendrais d'elle plus tard, quand j'en aurais envie.

Miss Priscilla Blake-Allen, autrefois jeune femme libre de la Terre mais à présent asservie, se mit péniblement debout, les yeux dilatés par l'horreur, essayant de reculer mais les mains des gardes sur elle, qui n'était qu'une esclave sans nom car son maître ne lui en avait pas donné, l'immobilisèrent.

Elle regarda son maître, Samos de Port Kar. Il fit un signe. Elle hurla.

Elle tira sur ses liens.

Elle fut également jetée sur les tables.

Ibn Saran, Marchand de Sel de Kasra, resta assis à sa place. Il avait les yeux mi-clos. Il ne s'intéressa pas au viol des esclaves. Il semblait également contempler la carte.

– Tu peux utiliser ces deux femmes, Noble Ibn Saran, l'invita Samos, si tu le souhaites.

– Merci, répondit-il, Noble Samos. Mais c'est dans ma tente, sur les nattes de soumission, que j'apprends son asservissement à une esclave.

Je me tournai vers Samos.

– Je partirai au matin, décidai-je.

– Dois-je comprendre, demanda Ibn Saran, que tes pas te conduisent dans le Tahari ?

– Oui, répondis-je.

– Je vais également dans cette direction, dit Ibn Saran. Je partirai également au matin. Peut-être pourrions-nous voyager ensemble ?

– Bien, acquiesçai-je.

Ibn Saran se leva, effleura deux fois la paume de Samos, puis deux fois la mienne.

– Puissent tes outres ne jamais être vides. Puisses-tu ne jamais manquer d'eau.

– Puissent tes outres ne jamais être vides, répondis-je. Puisses-tu ne jamais manquer d'eau.

Puis il s'inclina, pivota sur lui-même et sortit.

– Le Kur, dis-je.

Je pensais à l'animal que Samos retenait prisonnier.

– Oui ? fit Samos.

– Libère-le, dis-je.
– Le libérer ? s'étonna-t-il.
– Oui, répondis-je.
– As-tu l'intention de le suivre ?
– Non, fis-je.

A mon avis, rares sont les êtres humains, à supposer qu'il y en ait, capables de suivre un Kur adulte. Ils sont agiles, extrêmement intelligents. Leurs sens sont extraordinairement aiguisés. Il serait très difficile, sinon impossible, de suivre, peut-être pendant des semaines, une créature aussi perceptive, agressive et méfiante. Tôt ou tard, elle se rendrait compte qu'elle est suivie. A ce moment-là, le chasseur deviendrait chassé. La vision nocturne des Kurii est formidable.

– Sais-tu ce que tu vas faire ? s'enquit Samos.
– Il y a des factions chez les Kurii, dis-je. J'ai l'impression que ce Kur est peut-être notre allié.
– Tu es fou ! lança Samos.
– Peut-être, admis-je.
– Je vais libérer le Kur, accepta Samos, deux jours après que tu auras quitté Port Kar.
– Peut-être le rencontrerai-je dans le Tahari, envisageai-je.
– Je n'espérerais pas une telle rencontre, releva-t-il.

Je souris.

– Tu partiras au matin ? s'enquit Samos.
– Je partirai *avant* le matin, précisai-je.
– Tu ne voyageras donc pas avec Ibn Saran ? demanda Samos.
– Non, répondis-je. Je n'ai pas confiance en lui.

Samos hocha la tête.

– Moi non plus, reconnut-il.

2

LES RUES DE TOR

– De l'eau ! De l'eau ! cria l'homme.

– De l'eau, dis-je.

Il vint vers moi, penché, en loques, noiraud, grimaçant un sourire, l'outre en peau de verr sur l'épaule, les tasses d'étain, une douzaine, attachées sur l'épaule et à la ceinture, s'entrechoquant bruyamment. Son épaule gauche était mouillée à cause de l'outre. Il y avait des marques de sueur sur sa chemise déchirée, sous les lanières. Il décrocha une tasse attachée à sa ceinture. Laissant son outre sur l'épaule, il remplit la tasse. Il avait une écharpe enroulée en turban sur la tête. Elle protège la tête du soleil ; ses plis permettent à la chaleur et à la transpiration de s'échapper, par évaporation et, naturellement, à l'air d'entrer et de circuler. Chez les mâles de Basse Caste, en outre, elle constitue un coussin doux sur lequel il est pratique de poser les fardeaux que l'on porte sur la tête, tout en assurant leur équilibre avec la main droite. L'eau coula dans la tasse par une sorte de petit robinet qui gâche peu d'eau, en réduisant l'écoulement, et est fixé, l'étanchéité en étant assurée par de la cire, à l'avant de la patte antérieure gauche de la peau de verr. Les peaux sont soigneusement grattées et toutes les déchirures sont recousues et enduites de cire. Quand la peau est correctement nettoyée et rasée, on y fixe des bretelles, de sorte qu'il est aisé de la porter sur l'épaule ou sur le dos, les même bretelles permettant, grâce à des réglages, les deux modes de transport. La tasse était sale.

Je pris l'eau et donnai un tarsk de cuivre à l'homme.

Je respirai les épices et la sueur de Tor. Je bus lentement. Le soleil était haut.

Tor, qui se trouve au coin nord-ouest du Tahari, est le point de ravitaillement principal des communautés disséminées dans les oasis de ces immensités desséchées, presque un continent de roche, de chaleur, de vent et de sable. Ces communautés, parfois importantes, comptant des centaines ou même des milliers de citoyens, cela dépend de l'eau disponible, peuvent être séparées les unes des autres par des centaines de pasangs. Elles dépendent des caravanes, venant généralement de Tor, mais aussi de Kasra et même de Turia, pour la satisfaction de la majorité de leurs besoins. Au retour, naturellement, les caravanes exportent les produits des oasis. Les caravanes des oasis apportent des produits divers, par exemple du reps, des tissus brodés, des soieries, des tapis, de l'argent, de l'or, des bijoux, des miroirs, des défenses de kailiauk, des parfums, des peaux, du cuir, des plumes, des bois précieux, des outils, des aiguilles, des objets de cuir travaillé, du sel, des amandes et des épices, des oiseaux exotiques, des armes, du bois brut, des feuilles de fer-blanc et de cuivre, du thé de Bazi, de la laine de hurt, des fouets ouvragés et ornés de perles, des esclaves et de nombreuses autres marchandises. Les exportations des oasis sont principalement constituées de dattes et de briques de dattes séchées. Il y a des palmiers qui font plus de trente mètres de haut. Il faut dix ans avant qu'ils ne commencent à donner des fruits. Ensuite, ils donnent des fruits pendant plus d'un siècle. Par an, un arbre produit entre un et cinq Poids goréens de fruits. Un Poids équivaut à dix Pierres, soit une vingtaine de kilos terrestres. Il y a de nombreuses cultures, dans les oasis, mais les produits ainsi obtenus sont rarement exportés. Dans les oasis, on cultive un Sa-Tarna hybride, brun, adapté à la chaleur du désert ; le Sa-Tarna est généralement jaune ; et des haricots, des baies, des oignons, diverses sortes de melons, un légume à feuilles comestibles qui s'appelle le katch et plusieurs espèces de racines comme les navets, les carottes, les radis des variétés sphérique et cylindrique, et le kort, gros légume à la peau épaisse et brune, sphérique, faisant en général une vingtaine de centimètres de diamètre, dont l'intérieur est jaune, filandreux et parsemé de nombreuses graines. Dans les oasis, en raison de la chaleur, les agriculteurs peuvent obtenir au moins deux récoltes par an. On produit également du larma et du topsit, dans les oasis, dans de petits vergers. On cultive également la plante Rep, pour fabriquer du tissu, le reps, mais l'essentiel du tissu est importé. On trouve des kaiilas et des verrs, dans les oasis, mais en petites quantités. Les troupeaux sont plutôt dans le désert. Ils sont la propriété de nomades qui vont de pâturage en pâturage à mesure que les puits s'assèchent. Ils utilisent les petites sources au printemps, car elles sont les premières à se tarir, et celles qui sont plus abondantes ensuite. Il ne pousse pas d'herbe, autour de ces puits, car de nombreux animaux viennent y brouter. Il s'agit, en général, de mares boueuses, entourées de quelques arbres rabougris, au milieu d'un grand cercle de terre nue, sèche, craquelée. Les nomades fournissent de la viande, des peaux et du tissu aux habitants des oasis. En échange, ces nomades reçoivent du Sa-Tarna et du thé de Bazi. Ils reçoivent également, bien entendu, d'autres produits importés. Curieusement, bien qu'ils élèvent des animaux, ils mangent très peu de viande. Les animaux sont une monnaie d'échange extrêmement précieuse, à cause de leur toison et de leur lait, de sorte qu'on les tue rarement pour les manger. Il est fréquent qu'un jeune nomade de quinze ans n'ait mangé de la viande qu'une douzaine de fois dans sa vie. Les pillards, cependant, aiment beaucoup la viande. Les animaux ne signifient rien, pour eux, et ils se les procurent à bon compte. Le thé est extrêmement important pour les nomades. On le sert brûlant et très sucré. Il leur donne des forces, à cause du sucre, les rafraîchit en les faisant transpirer, et les stimule. On en boit trois tasses à chaque fois, en le mesurant soigneusement.

Je vidai ma tasse et la rendis au Porteur d'Eau. Il s'inclina, tout souriant, la grosse outre humide sur l'épaule et, suspendant la tasse à sa ceinture, s'éloigna.

– De l'eau ! cria-t-il. De l'eau !

Je clignai des yeux pour lutter contre la chaleur et l'éclat du soleil. Les bâtiments de Tor sont en briques de boue séchée, couvertes de plâtre coloré qui a tendance à s'écailler. Mais, à cette heure-là, dans le soleil et la poussière soulevée par les passants, tout semblait dépourvu de couleur. Il me faudrait bientôt acheter des vêtements appropriés. Dans une telle ville, j'étais aisément repérable.

Je pris la direction du bazar.

Je connaissais la lance légère et le kaiila rapide, soyeux. Je les avais appris avec les Peuples des Chariots. Mais je ne connaissais pas le cimeterre. Mon glaive court, suspendu sur mon épaule gauche, comme cela se pratique ordinairement, ne serait pas très utile à dos de kaiila. Les hommes du Tahari ne combattent pas à pied. Un homme à pied dans le désert, en cas de bataille, est considéré comme mort.

Je regardai les bâtiments. J'étais à présent à l'ombre, descendant une rue étroite conduisant au bazar. Les bâtiments de Tor ont rarement plus de quatre étages, ce qui est la hauteur à laquelle on peut construire en toute sécurité avec des briques de boue et des poutres. Cependant, compte tenu de la topographie, Tor étant construite dans une région de collines rocheuses, comme le reste du Tahari, de nombreux bâtiments, construits sur des terrasses, paraissaient beaucoup plus hauts. Ces bâtiments, à l'extérieur lisse et nu, à part quelques fenêtres étroites, pas assez larges pour qu'un homme puisse s'y glisser, donnent directement sur les rues, de sorte que les rues font penser à des couloirs profonds, bordés de murs. Au centre de la rue, il y a un caniveau. Il pleut rarement, à Tor, mais le caniveau sert d'égout, les esclaves y jetant les déchets. Néanmoins je savais, en passant dans les rues, que ces murs cachaient souvent des jardins magnifiques, bien arrosés, et des pièces fraîches, obscures, protégées de la chaleur du soleil et souvent superbement meublées. Tor était, dans le concert des cités goréennes, une ville commerciale riche. C'était le quartier général de milliers de Marchands. Elle abritait également de nombreux artisans pratiquant leur métier : Sculpteurs, Vernisseurs, Ebénistes, Tailleurs de pierres précieuses, Orfèvres, Cardeurs, Teinturiers, Tisserands, Tanneurs, Tailleurs, Bourreliers, Potiers, Verriers, Porcelainiers, Armuriers et beaucoup d'autres. La ville, naturellement, était organisée en fonction des caravanes. Il y avait de nombreux entrepôts entourés de murs, exigeant leur personnel de Scribes et de Gardiens et, dans des centaines de cabanes, vivaient Palefreniers et Conducteurs de kaiilas qui, aux tables de caravanes, après avoir dépensé tout leur argent, posaient leur candidature, inscrivant leur marque sur le tableau, pour une nouvelle caravane. Les gardiens de ces caravanes, incidemment, étaient généralement connus des marchands qui continuaient à louer leurs services entre deux voyages. Il s'agissait d'hommes de confiance. Palefreniers et conducteurs, dans l'ensemble, allaient et venaient. Des méthodes de sélection reposant sur le hasard, à base de bûchettes, de pièces ou de formules, étaient parfois utilisées par les marchands qui tenaient à être sûrs que les conducteurs, lorsqu'ils ne les connaissaient pas, étaient choisis au hasard. On affirmait aux palefreniers et aux conducteurs que cela évitait les injustices. En réalité, naturellement, chacun savait qu'il s'agissait d'une précaution destinée à éviter le danger d'engager *en bloc*[1] un groupe d'hommes organisés qui auraient pu, avant leur engagement, former le projet d'assassiner les gardes et les marchands, puis de s'enfuir avec la caravane. Palefreniers et conducteurs, cependant, comme les hommes en général, étaient honnêtes. Quand ils rentraient à Tor, naturellement, ils avaient passé un long temps dans le désert. A la fin du voyage, ils recevaient leur salaire. Parfois, à moins de cent mètres des entrepôts, ces hommes étaient assaillis par les propriétaires entreprenants de cafés, vantant les avantages de leurs établissements respectifs. Ces propriétaires, en général, amenaient une Chaîne de femmes, nues, contrairement à l'habitude des femmes libres de la région du Tahari, intentionnellement une sélection représentative du stock disponible.

– Dans ma demeure, criaient-ils, loue la clé de sa chaîne !

Mais en général les hommes passaient sans s'arrêter devant ces tentations qui n'étaient, d'après ce que j'ai pu voir, absolument pas négligeables, et prenaient rapidement la direction de leur café préféré dont les marchandises, je présume, n'avaient pas besoin d'une telle publicité, dont la valeur et l'aptitude à fournir une satisfaction totale étaient apparemment bien connues. Il serait peut-être utile de mentionner certains cafés. *L'Oasis de Soie* est célèbre, même à Ar, mais il est très cher ; dans une fourchette de prix moyens, il y a *La Chaîne d'Or* et *Le Collier d'Argent*, tous deux dirigés par un Turien du nom de Haran ; les bons cafés relativement bon marché sont *La Lanière*, que je recommande, *Le Veminium, La Grenade, Les Cages rouges* et *Le Jardin des Plaisirs*. Ces établissements, et plus de quarante autres, du point de vue des palefreniers et

1. En français dans le texte. *(N.d.T.)*

des conducteurs, ont une chose en commun. Ils parviennent à soulager, avec célérité et efficacité, un individu de son argent. Je crois qu'ils sont, à l'exception de *L'Oasis de Soie*, raisonnables. L'objection du conducteur, à mon avis, est dans une large mesure fonction du fait qu'il n'a pas beaucoup d'argent à dépenser. Ce qu'il a, de ce fait, semble fondre rapidement. Palefreniers et conducteurs vont souvent d'un café à l'autre pendant quelques nuits. Le salaire d'un voyage, qui dure en général plusieurs mois, est dépensé en dix jours ou, si l'on fait attention, quinze. Ce sont, naturellement, dix ou quinze jours agréables. Au terme de cette période, après un ou deux jours d'inconfort physiologique, violentes nausées et migraines le plus souvent, il n'est pas rare de retrouver l'homme aux tables de caravanes, essayant une nouvelle fois de louer ses services au Maître d'une Caravane.

Un homme me dépassa, transportant plusieurs vulos vivants, la tête en bas et les pattes attachées. Derrière lui, marchait un autre homme avec un panier d'œufs.

Je les suivis car ils se rendaient manifestement au marché, qui se trouve près du bazar.

Dans une oasis, naturellement, l'eau se trouve à l'endroit le plus bas. Les résidences, dans une oasis, sont construites sur les hauteurs, où il ne pousse rien. C'est, bien entendu, la vallée qui, irriguée généralement à la main, mais parfois avec des machines primitives, en bois, fournit les produits agricoles. La terre, dans une oasis, du fait qu'elle fournit la nourriture, n'est pas utilisée pour les demeures. Tor, de même, bien qu'il y ait peu de cultures à l'intérieur des murs, étant construite en hauteur, autour de son eau, plusieurs puits dans la partie la plus basse de la ville. L'architecture de Tor, en cercles concentriques, parcourus de nombreuses rues étroites et tortueuses, était fonction de l'éloignement des puits. L'avantage de cette organisation municipale, naturellement, bien qu'il ne s'agisse pas d'un dessein intentionnel, réside dans le fait que l'eau se trouve dans la partie la mieux protégée : le centre. Il est nécessaire de mentionner que Tor avait amplement assez d'eau. Je n'en ai pas vu beaucoup, mais elle était fière de ses nombreux jardins ombragés. L'eau nécessaire à ces jardins, par contrats avec les Maîtres d'Esclaves, était transportée par des Chaînes d'esclaves mâles et stockée dans des citernes où elle était prise par les esclaves de la demeure, et soigneusement répartie sur l'ensemble du jardin.

J'étais arrivé dans la partie inférieure de la ville.

– De l'eau ! entendis-je. De l'eau !

Derrière moi, me retournant, je vis le Porteur d'Eau à qui j'avais acheté une tasse d'eau, un peu plus tôt.

Une femme voilée me croisa. Elle avait un enfant sous sa cape, lui donnant le sein.

Je continuai mon chemin dans la rue en pente, me dirigeant vers le bazar et le marché.

J'étais à Tor depuis quatre jours, après avoir gagné Kasra à dos de tarn. J'avais vendu l'oiseau, car je ne voulais pas me faire remarquer à Tor, du fait que les tarns y sont rares. A Kasra, j'avais pris un dhaw et remonté le Fayeen Inférieur jusqu'au village de Kurtzal, qui se trouve au nord de Tor. Les marchandises transportées de Tor à Kasra transitent parfois par Kurtzal avant de partir vers l'ouest par le fleuve. Kurtzal n'est qu'un petit port de transit. A Kasra, descendant de mon tarn, j'étais un Guerrier. Un tarnier mercenaire. Elément de mon déguisement, sans collier, attaché sur le dos en travers de ma selle, il y avait le corps nu d'une femme. Elle était blonde. C'était une barbare. Elle ne parlait pas le goréen. On me félicita de ma capture. Je me rendis chez un Forgeron pour acheter un collier. Nous avions estimé, Samos et moi, que personne ne soupçonnerait qu'un individu accompagné d'une femme aussi maladroite, ignorante, manifestement asservie récemment, puisse être au service des Prêtres-Rois. Ce n'était qu'une captive dont un tarnier s'était aisément emparé, qu'il utiliserait pendant quelque temps avant de la vendre pour quelques disques au tarn.

– Je l'ai capturée dans le camp d'un Marchand d'Esclaves, dis-je au Forgeron.

– Je vois que sa marque est récente, répondit le Forgeron.

C'était vrai. Elle n'avait pas été marquée à Teletus. Parfois, on ne marque les femmes que lorsqu'on les vend pour la première fois. Il y a diverses marques. Parfois, les maîtres aiment choisir la marque des esclaves. Cependant, moins d'une heure après son arrivée dans la Demeure de Samos, la femme avait été envoyée au marquage. La marque ordinaire des Kajira, conformément à la politique de la Demeure, avait été brûlée dans sa chair.

Les maîtres, incidemment, marquent rarement eux-mêmes leurs esclaves. Marquer correctement une femme exige une main sûre et, en général, de l'expérience. Lorsqu'ils forment un individu au marquage des esclaves, les Marchands d'Esclaves, au début, lui donnent toujours les femmes les moins belles, les lui faisant marquer parfois plusieurs fois, jusqu'à ce qu'il soit devenu efficace. En général, après une quinzaine ou une vingtaine de femmes, l'individu est capable de les marquer profondément, de façon précise et propre. Il est important que la cuisse de la femme soit maintenue immobile ; parfois, il faut plus d'un homme pour la tenir ; parfois, on l'attache à la roue d'un chariot ; parfois, dans les demeures des Marchands d'Esclaves, on utilise un chevalet de marquage équipé d'un étau. Les femmes sont généralement marquées impersonnellement, rapidement, comme du bétail. Bien qu'elles ressentent leur marquage intensément, physiquement, son effet est encore plus intense, plus profond, psychologiquement ; il n'est pas rare que, en elles-mêmes, elles transforment radicalement l'image qu'elles se font d'elles-mêmes, leur personnalité ; elles deviennent alors des esclaves sans volonté individuelle, sans droits, au service des maîtres ; la marque est une désignation impersonnelle ; les femmes s'en rendent compte ; lorsqu'elles sont marquées, elles comprennent qu'elles ne sont pas marquées par un homme donné pour un homme donné, afin d'appartenir uniquement à lui mais, pour ainsi dire, qu'elles sont marquées pour tous les hommes ; pour tous les hommes, une femme marquée est une esclave ; en général, naturellement, avec le temps, elle n'aura qu'un seul maître ; la marque est impersonnelle ; le collier, lui, est intensément personnel ; la marque indique la propriété ; le collier désigne le propriétaire, celui qui l'a capturée ou a payé pour se le procurer ; le fait que la marque soit le symbole impersonnel de l'absence de statut dans la structure sociale explique peut-être pourquoi les maîtres ne marquent pas souvent leurs esclaves eux-mêmes ; la relation entre la marque et l'homme libre est institutionnelle ; la relation au collier, en revanche, est intensément personnelle ; il n'est pas rare que les maîtres s'enorgueillissent de la profondeur avec laquelle ils connaissent leurs esclaves ; cette profondeur est beaucoup plus grande, à mon avis, que celle qui existe entre le mari et la femme, sur Terre ; l'esclave n'est pas seulement une personne avec qui l'homme vit ; elle compte beaucoup pour lui : c'est une possession à laquelle il tient beaucoup ; il la possède ; il veut connaître totalement et profondément les origines, la vie, l'esprit, l'intelligence, les appétits, la nature et les dispositions de cette possession ; cette connaissance, naturellement, la met encore davantage à sa merci ; comme cela lui permet de jouer sur ses sentiments, d'exploiter ses faiblesses, ses manques, etc., elle se trouve dans l'impuissance de l'asservissement de sorte qu'il dispose de tous les pouvoirs. Par exemple, il n'est pas rare que le maître contraigne son esclave à lui parler longuement et en détail des côtés secrets de sa personnalité, à exposer et à expliquer ses fantasmes ; lorsqu'elle sait écrire, il arrive qu'il la contraigne, nue, portant un collier, à genoux derrière une petite table, parfois avec les chevilles enchaînées, à les écrire ; cela, bien entendu, fournit au maître de nombreux matériaux qu'il peut ensuite utiliser pour la faire davantage sienne ; parfois, la femme tente de tromper son maître ; dans ce domaine, l'authenticité n'est pas difficile à déceler ; dans ce cas, elle est battue ; en outre, il arrive qu'on lui demande d'inventer des fantasmes, quelquefois d'un type donné ; lorsque le maître est malin, ils sont très instructifs, puisqu'elle les a inventés ; ces exercices intellectuels et émotionnels, exigés de la femme asservie, surtout s'ils font partie intégrante d'un ensemble intensif d'exercices, comme poser sous le regard des hommes par exemple, lui donnent une conscience extrêmement nette de son collier ; ils éveillent son corps et, ce qui compte autant pour les Goréens, mais pas pour les Terriens qui considèrent le sexe, avec la perception d'un hippopotame, comme une simple question de frottement des corps, son imagination et son intelligence ; elle cherche bientôt à connaître les implications de ce qu'elle est, simple propriété de son maître ; puis, avec autorité, avec assurance et fermeté, jusqu'au plus profond de son intelligence et de son imagination, elle est formée ; l'esclave fait l'expérience d'un paradoxe de la liberté ; la femme libre est physiquement libre, mais misérable, s'efforçant d'être ce qu'elle n'est pas ; l'esclave, physiquement asservie, portant un collier et parfois des chaînes, n'est autorisée par les hommes qu'à être totalement et précisément ce qu'elle est, c'est-à-dire une esclave ; les esclaves, bizarrement, sont presque toujours joyeuses et vives ; elles sont, paradoxalement, dans leurs sentiments et leurs émotions, libérées ; elles ne sont pas pincées ou psychologiquement inhibées ; j'ignore pourquoi c'est ainsi ; le spectacle de ces femmes, la tête haute, les yeux brillants, le corps bougeant avec une grande élégance de mouvements, est très agréable ; jamais les femmes de la Terre n'oseraient se comporter ainsi ; certaines se montrent parfois tellement insolentes, fières de leur collier que je me suis vu être obligé de les enchaîner à mes pieds pour leur rappeler qu'elles ne sont que des esclaves.

Nous avions eu de la chance que la marque de la femme soit récente, qu'elle ait été marquée dans la Demeure de Samos et non à Teletus.

Cela rendait plus plausible le fait qu'elle ait été récemment capturée et enlevée, comme je l'avais dit au Forgeron, dans le camp d'un Marchand d'Esclaves. Nous aurions pu, naturellement, prendre une autre femme dans les cages de Samos. Celle-ci, cependant, semblait idéale. Elle était, de toute évidence, sans formation, fille maladroite, stupide et brute, à part quelques viols, aussi crue qu'un morceau de bosk, nouvellement asservie. En outre, ce qui était idéal, elle ne parlait pas le goréen. Ainsi, il était impossible qu'elle nous trahisse, volontairement ou non, par des mots ou des regards. Elle ne savait rien. Ce n'était qu'un élément de mon déguisement. Néanmoins, c'est avec grand plaisir que je refermai le collier sur le petit cou élégant de miss Priscilla Blake-Allen, de la Terre, à genoux, nue, me foudroyant du regard.

Mais, lorsque je montai sur la passerelle du dhaw que je pris pour remonter le fleuve de Kasra au village de Kurtzal, je n'étais plus un tarnier. J'avais vendu le tarn quatre disques d'or au tarn. Je portais les haillons d'un conducteur de kaiila. Penché, portant un sac de grosse toile de laine de kaiila, plein de vêtements divers, je posai le pied sur les planches fendues du quai de Kurtzal. Quelques instants plus tard, je mis pied à terre, enfonçant jusqu'aux chevilles dans la poussière. Me suivant sur la passerelle, vêtue d'un haïk noir, descendit une femme qui aurait pu être ma compagne, femme libre pitoyable partageant ma pauvreté. Le haïk, noir, couvre la femme de la tête aux pieds. A la hauteur des yeux, il y a une mince bande de dentelle noire, à travers laquelle elle peut voir. Aux pieds, elle portait de douces babouches noires, sans talon, à l'avant relevé ; elles étaient ornées d'un fil d'argent.

Sous le haïk, personne ne pouvait deviner que la femme était nue et portait un collier.

Nous prîmes un chariot à sel, vide, entre Kurtzal et Tor.

Il y avait une autre raison qui m'avait poussé à emmener miss Blake-Allen, et il me semble nécessaire d'en parler dans l'intérêt de la simplicité, dans la région du Tahari. Les habitants du Tahari aiment les femmes froides, à la peau blanche. Ils aiment les asservir. Ils aiment, sur leurs nattes de soumission, les transformer en esclaves impuissantes, abandonnées. En outre, les femmes blondes, aux yeux bleus, sont statistiquement rares dans la région du Tahari. Celles qui s'y trouvent sont des esclaves importées. Compte tenu de la couleur de sa peau, j'estimai, et Samos fut d'accord avec moi, que nous pourrions la vendre un bon prix à Tor, ou à l'intérieur, sur le Marché d'une oasis. Nous étions convaincus que les hommes du Tahari seraient prêts à acheter un bon prix le corps et la personne de miss Blake-Allen. Je m'étais également dit qu'il pourrait être extrêmement profitable, dans certaines conditions, de l'échanger contre des informations.

A Kasra, je m'étais procuré le nom du jeune garçon qui avait découvert, en poursuivant un kaiila, le rocher sur lequel était gravé : « Méfie-toi de la tour d'acier », ainsi que celui de son père. Il s'appelait Achmed et son père Farouk, Marchand de Kasra. Je n'avais pas pu les rencontrer à Kasra, comme je l'avais prévu, mais j'avais appris qu'ils se trouvaient dans la région de Tor, achetant des kaiilas pour une caravane se rendant à la kasbah, ou forteresse, de Suleiman, de la tribu des Aretai, maître d'un millier de lances et Ubar de l'Oasis des Neuf Puits.

Un marchand me croisa, sur les pavés de la rue.

Il portait une large robe rayée, à capuche, une djellaba. Les rayures étaient celles de Tcheera, district situé au sud-ouest de Tor, à la lisière du Tahari. Une femme, vêtue d'un haïk noir, le suivait. Soudain, je sursautai. Lorsqu'elle me croisa, de son pas mesuré, j'entendis le tintement d'une chaîne légère et celui de clochettes. C'était une esclave. Elle tourna la tête, brièvement, et me regarda ; je vis ses yeux, noirs, à travers la petite ouverture du haïk, derrière la petite bande de dentelle d'environ deux centimètres de haut sur huit centimètres de large. Puis, dans le tintement de la chaîne et la petite musique des clochettes, elle suivit son maître. Je supposai que, sous le haïk, elle était nue et portait un collier. L'utilisation de la chaîne de marche, qui attache les chevilles, et que l'on fait porter à l'esclave lorsqu'elle accompagne son maître dehors, n'est pas rare dans la région du Tahari. Au Tahari, on pense qu'une démarche mesurée est un des attraits de la femme. Tout le monde n'est pas d'accord sur la longueur de la chaîne, de sorte que celle-ci varie. A mon avis, il semble évident qu'il faut expérimenter en fonction de la femme. La taille et la structure des hanches varient. Je pris la décision d'acheter une telle chaîne à l'intention de miss Blake-Allen. J'avais envie de savoir quelle longueur de démarche irait le mieux à cette esclave. Les femmes libres du Tahari, incidemment, en général, même dans leur demeure, mesurent également leur démarche. Quelques-unes s'attachent les chevilles avec une cordelette de soie. D'autres vont jusqu'à utiliser une chaîne, mais elles en conservent la clé. Les jeunes filles libres, qui ne sont pas encore Compagnes, mais en âge d'accepter une Compagnie, signalent parfois leur disponibilité aux soupirants éventuels en portant à la cheville gauche une clochette unique, la « Clochette de la Vierge ». La note de cette clochette, haute et claire, se distingue aisément de celle des clochettes avilissantes et sensuelles des esclaves. Parfois les jeunes filles libres, lorsqu'elles sont en groupes, se procurent des clochettes d'esclave et, s'enchaînant les chevilles, mettent des haïks et vont se promener en ville. Parfois, leur comédie juvénile ne tourne pas comme elles s'y attendaient. Parfois, elles sont capturées, vendues et envoyées dans une oasis perdue.

J'entendis des cris et, passant sous un grand porche, entrai dans les petites ruelles étroites du marché.

J'écartai deux vendeurs d'abricots et d'épices.

– Viens avec moi au café des *Cages rouges*, m'interpella un jeune garçon, me tirant par la manche.

Ils reçoivent un tarsk de cuivre chaque fois qu'ils amènent un client au café. Je donnai un tarsk de cuivre au jeune garçon et il s'en alla en courant.

Je me frayai prudemment un chemin dans la foule.

Les vendeurs viennent tôt au marché, quittant leurs villages des environs de Tor avant l'aube, afin de pouvoir trouver un emplacement, de préférence près de la porte principale, et d'y présenter leurs marchandises. Je fus bousculé par deux hommes en djellabas. Je ressentis un picotement à la cheville. J'avais failli poser le pied dans un panier de prunes. Sans même lever la tête, la femme avait crié puis, avec un bâton, m'avait frappé, protégeant ses fruits.

– Melons ! cria son voisin, tendant une sphère jaunâtre, à rayures rouges, vers moi.

Un jeune garçon passa, crachant des graines de topsit. L'image de Kamchak, de la tribu des Tuchuks, me traversa l'esprit. Je souris. Seuls les topsits à longue tige, rares, contenaient un nombre pair de graines. Dans les Plaines de Turia, ou dans le Pays des Peuples des Chariots, on n'en trouvait qu'à la fin de l'été. A Tor, cependant, où il y a généralement deux récoltes, on doit en trouver beaucoup plus tôt. Néanmoins, si l'on avait insisté, j'aurais dit que le topsit du jeune garçon contenait certainement un nombre impair de graines. C'est le cas de presque tous les topsits. Néanmoins, je n'eus pas la possibilité de parier sur ce point avec Kamchak des Tuchuks. Je fus légèrement surpris du fait que le jeune garçon mangeait le topsit cru, car ce sont des fruits très amers, mais je savais que les habitants de la région du Tahari, de ces régions torrides et ensoleillées, aimaient les goûts et les parfums forts. Les poivres et les épices, que les enfants des régions du Tahari eux-mêmes aimaient, suffisaient à persuader le citoyen ordinaire de Thentis ou d'Ar qu'on lui arrachait la langue et le palais.

Je regardais autour de moi, de temps en temps, comme le font les Guerriers. Il est rare qu'ils parcourent une grande distance sans regarder ce qu'il se passe derrière eux. Puis je poursuivis mon chemin en direction du bazar.

Je passai devant des caisses de suls.

Une femme voilée vendait des tefa de dattes. Une main avec les cinq doigts fermés, pas ouverts, est une tef. Six poignées de ce type constituent une tefa, ce mot désignant un petit panier. Cinq paniers de ce type forment une huda.

Un peu plus loin, un homme vendait du savon. Il était en pains ronds et bruns, coupés en tranches. On le fabrique en faisant bouillir des cendres avec de la graisse animale.

Lorsque j'étais arrivé à Tor, j'avais immédiatement loué un petit compartiment dans les bâtiments en briques peintes proches des rues des tables des caravanes. Presque toujours, sauf au plus fort de la chaleur de l'été, entre la Quatrième et la Sixième Mains Transitoires, alors que seules de rares caravanes traversent les étendues désertiques du Tahari, il y en a toujours qui sont libres. On y accédait par un étroit escalier de bois et il donnait sur un couloir étroit éclairé par des lampes à huile de tharlarion ; il y avait également, dans ce couloir, les portes d'autres pièces semblables.

Dès que la porte fut refermée, la barre ayant été glissée dans ses logements, je me tournai vers miss Blake-Allen. Elle était debout, dissimulée par le haïk, et me regardait. Je me dirigeai vers elle et la jetai à mes pieds sur les planches grossières, lui arrachant son vêtement. Elle me regarda, terrifiée.

– Une fille, dis-je, en entrant dans le compartiment de son Maître, s'agenouille.

– Je ne savais pas, Maître, dit-elle.

– En outre, repris-je, en général, en présence d'un homme libre, les femmes s'agenouillent.

– Oui, Maître, dit-elle, effrayée.

Je la regardai. J'espérai qu'elle n'était pas stupide.

Puis je la jetai sur le dos dans la paille et me servis d'elle. Quand j'eus terminé, je lui dis :

– A présent, je vais dormir. Fais le ménage !

– Oui, Maître, dit-elle.

Tandis que je dormais, avec un balai, un morceau de tissu et une cuvette d'eau, à quatre pattes, elle nettoya le compartiment. Quand je fus réveillé elle resta à genoux, tremblante, tandis que j'inspectais la pièce. Elle était impeccable.

– C'est bien, dis-je.

Ses épaules se détendirent. Elle ne serait pas battue. Puis, sur la paille, je me servis à nouveau d'elle. Je l'embrassai et la mordillai beaucoup autour de sa marque, lui en faisant prendre une conscience aiguë. Allongée sur le dos, elle gémissait de désespoir. Du bout du doigt, j'en traçai doucement les contours.

– Jolie marque, appréciai-je.

– Merci, Maître, souffla-t-elle. (Avant de partir, je lui enchaînai les chevilles, serrant, afin qu'elle ne puisse pas se lever. Couchée sur le flanc, elle tendit les bras vers moi.) Quand reviendras-tu, Maître ? sanglota-t-elle.

Je lui passai les menottes et, en larmes, elle se tourna sur le ventre, la tête pendante, ses larmes tombant sur la paille.

Je l'avais laissée ainsi et étais allé dans les cafés, à la recherche d'informations. Dans les cafés, comme dans les tavernes du Nord, on côtoie la réalité d'une ville, on apprend les dernières nouvelles, ce qui se passe, quels sont les dangers, les plaisirs et les détenteurs du pouvoir.

J'avais surtout appris qu'il y avait une mauvaise entente entre les Kavars et les Aretai. Les raids étaient devenus plus fréquents. Si la guerre éclatait, les tribus vassales telles que les Char, les Kushani, les Ta'kara, les Raviri, les Tashid, les Luraz, les Bakahs, seraient impliquées. La guerre ferait rage dans le Tahari.

J'appartiens à la Caste des Guerriers.

Néanmoins, la perspective d'un conflit de grande envergure dans le Tahari ne me plaisait pas.

Il ne me rendrait pas, s'il se produisait, la tâche plus facile.

Les danseuses des cafés étaient splendides. Dans deux cafés, je payai une pièce au Maître de Danse et, par les cheveux, conduisis celle qui m'avait plu dans une alcôve.

J'étais rentré tard dans le compartiment. Miss Blake-Allen, la tête par terre, s'agenouilla lorsque j'entrai. Dans les cafés, j'avais festoyé. J'avais mangé de la viande de verr coupée en morceaux et grillée sur des tiges métalliques, avec des tranches de poivron et de larma ; du ragoût de vulo avec du raisin, des oignons et du miel, et un kort avec du fromage fondu et de la muscade ; du thé de Bazi, brûlant et sucré puis, plus tard, du vin noir de Turia. Je n'avais pas oublié l'esclave, bien entendu. Je jetai des croûtes de pain sur les planches, devant elle. C'était du pain d'esclave, fait de farine grossière. La jeune femme les mangea avec avidité. Elle ignorait si elle mangerait ce jour-là. Il arrive qu'on ne fasse pas manger les esclaves. Cela se produit parfois pour des raisons esthétiques comme, par exemple, lorsque ses mensurations, qui sont étroitement surveillées, s'éloignent un tant soit peu de l'idée que se fait son maître des courbes idéales ; parfois simplement pour lui rappeler de qui elle dépend, totalement, jusque dans sa vie ; parfois, c'est un entraînement ou une mesure disciplinaire ; parfois, c'est simplement pour la troubler et la déconcerter ; qu'a-t-elle fait ? On ne le lui dit pas ; n'a-t-elle pas été assez agréable ? On ne le lui dit pas. La femme, effrayée, anxieuse, redouble d'efforts pour plaire dans les mille sphères de son asservissement, intellectuelles, physiques et imaginaires ; on dit que le maître qui n'a pas privé son esclave de nourriture ne la connaît pas ; comme les surprises réservées à celui qui croyait connaître son esclave et la retrouve après cette petite expérience sont agréables ! L'intelligence de la femme est plus vive ; elle devient pleine de ressources, impuissante, désespérée, attentive, inventive. « Donne-moi à manger, Maître, supplie-t-elle. Donne-moi à manger ! » Au terme de cette expérience, lorsqu'on lui donne à manger, c'est toujours à genoux, nue, dans la main. Elle n'oublie pas la leçon. Rares sont les choses qui font mieux sentir à une femme la domination du mâle, et sa dépendance vis-à-vis de lui, que le contrôle de sa nourriture. Cette domination, à condition qu'elle soit absolue, excite la femme jusqu'au plus profond d'elle-même.

J'avais, de temps en temps, affamé miss Blake-Allen, ne lui donnant que de maigres rations. Toutefois je ne lui avais pas véritablement fait prendre conscience, au moyen de la nourriture, de son asservissement. Je ne voulais pas qu'elle soit à plat ventre à mes pieds. Ce plaisir, je me le refusais, afin qu'il soit réservé à son premier maître véritable.

Je voulais qu'elle reste, à l'exception de quelques raffinements, une femme libre de la Terre, portant un collier, jusqu'à sa vente. Le plaisir d'en faire une esclave véritable, complètement, dans tout le sens du terme, je l'accordais à l'individu à qui je la vendrais ou la donnerais. Je l'imaginais, avec ses yeux bleus et sa peau claire, furieuse, fière, rebelle, déterminée et indomptée, debout, nue, sur la natte de soumission de sa tente. Au bout d'une semaine, je me demandai comment elle serait.

Quittant le marché, je m'engageai dans une rue bordée de boutiques et d'échoppes, le bazar où, à Tor, on accède par le portail du marché.

– Les Aretai vont agir, dit un homme à un autre.

Je m'arrêtai devant une échoppe où l'on vendait de légères chaînes de marche. Elles étaient suspendues sur des morceaux de bois semblables à des perchoirs de perroquet. Sans marchander beaucoup, j'en achetai une qui me parut jolie. Elles sont réglables d'une longueur de cinq centimètres, pour immobiliser l'esclave, à une longueur de pas d'environ quatre-vingts centimètres. Deux clés sont fournies, une pour chacun des anneaux de cheville. J'achetai également des clochettes d'esclave, fixées sur une lanière de cuir de préférence à un anneau métallique. Elles sont moins chères ; en outre, on peut les fixer sur d'autres parties du corps, au cou, au poignet, à la cheville, autour de la cuisse ou du bras, etc. ; avec des clochettes, les femmes sont ravissantes ; elles ne peuvent les enlever, naturellement, sans la permission du maître.

Je passai devant la porte de la demeure d'un Marchand d'Esclaves. Au dernier étage de la demeure, par une des fenêtres étroites, je vis une femme qui regardait dehors. Elle sourit et passa le bras par la fenêtre, me faisant signe. Son visage était pressé contre les barreaux. Elle avait un collier. Je lui envoyai un baiser à la manière goréenne, le lui envoyant du bout des doigts.

Je regardai dans une boutique où l'on tournait des pots. Dans un coin, non loin des tours, contre un mur, assis au milieu de nombreux récipients, un jeune garçon, avec le doigt, appliquait soigneusement du pigment bleu sur une grande cruche à deux anses. Quand la cruche serait mise dans le four, le pigment cuirait et deviendrait lisse. Les fours étaient au fond de l'échoppe.

– Les Kavars recrutent déjà des lances, entendis-je.

Les tapis de Tor sont très beaux. Je m'arrêtai pour en regarder quelques-uns, suspendus à l'étalage, et de nombreux autres, empilés à l'ombre. Certains tapis représentent le travail de cinq femmes pendant plus d'un an. Les motifs, mémorisés par les spécialistes, qui sont parfois aveugles, sont complexes et restent dans les familles. Ils sont réalisés sur des métiers simples et le poil est noué sur la chaîne et la trame. Certains tapis ont plus de quatre cents nœuds à l'hort carré. L'hort fait, approximativement, un peu plus de trois centimètres. Tous les nœuds sont faits à la main par une femme libre. Il y a de nombreuses variétés de tapis. Presque tous sont incroyablement beaux. Les teintures utilisées dans la fabrication de ces tapis sont, dans l'ensemble, des teintures naturelles, végétales, provenant d'écorces et de feuilles, de racines et de fleurs et d'autres produits animaux, d'insectes écrasés par exemple. En plusieurs endroits, dans le bazar, suspendus au treillis tendu entre les bâtiments, séchaient de nombreux écheveaux de laine de couleurs vives. Les Cardeurs et les Teinturiers, incidemment, sont des sous-Castes des Tisserands. Toutes sont des sous-Castes des Tapissiers qui est elle-même, bizarrement peut-être, une sous-Caste des Tailleurs. Les Tapissiers, cependant, se considèrent en général dans leurs diverses sous-castes, comme indépendants des Tailleurs. Un Tapissier ne veut pas être mis sur le même plan qu'un fabricant de kaftans, de turbans ou de djellabas.

Je regardai les écheveaux de laine suspendus aux poteaux soutenant le treillis. Ils étaient très colorés. La meilleure laine, toutefois, se récolte au printemps sur le ventre des verrs et des hurts de sorte qu'il ne serait possible de s'en procurer que plus tard. Le marché de la laine était, bien entendu, pour l'instant en sommeil.

Je passai devant la porte de la demeure d'un autre Marchand d'Esclaves. Je balançais tranquillement la chaîne au bout de mon bras. Elle serait jolie sur les chevilles minces de la belle miss Blake-Allen.

Je passai devant un homme qui faisait des incrustations sur bois ; devant la boutique d'un Orfèvre, et des boutiques pleines de paniers dont certains, destinés au grain, auraient pu contenir un homme. Ailleurs, du cuir tanné, teint, était suspendu, pourpre, rouge, jaune. Dans une échoppe, un jeune garçon utilisait un tour à arc. Il faisait tourner le bois avec l'arc tendu qu'il tenait dans la main droite. Avec la main gauche et le pied droit, il guidait l'outil tranchant. Dans une autre boutique, on vendait des djellabas et des burnous, vêtements sans manches, avec une capuche, convenant au désert. On peut, du fait qu'il n'a pas de manches, rejeter le burnous en arrière, alors que c'est impossible avec la djellaba, ce qui libère les bras. Ceux qui montent le kaiila rapide, manient le cimeterre et la lance préfèrent le burnous.

Je passai devant une autre boutique, où l'on vendait des nattes. On s'en sert à divers usages, verticalement comme paravent ou, plus normalement, horizontalement pour s'asseoir et dormir. On peut les rouler, de sorte qu'elles ne tiennent pas beaucoup de place. Je vis des nattes d'esclave, à fibres rugueuses et, parmi elles, les plus rugueuses de toutes, les nattes de soumission sur lesquelles l'esclave est contrainte de plaire à son maître.

Il y avait des vendeurs de foulards et d'écharpes, de voiles et de haïks, de chalwars et de robes, de babouches et de kaftans et de cordes destinées aux agals. En outre, il y avait des marchands de tissu, avec leurs soieries et leurs rouleaux de reps. Le tissu se mesure en ah-ils, longueur comprise entre le coude et l'extrémité du majeur, et en ah-rals, qui équivalent à dix ah-ils. Je vis des dagues qu'il est possible de cacher dans la manche. J'écartai un vendeur de nattes.

Dans une autre boutique, on vendait une esclave. Je la regardai, pendant quelques instants, danser devant moi, puis je m'en allai.

Je sentis l'huile de veminium.

Les pétales de veminium, le « Veminium du désert », violacés, par opposition au « Veminium de Thentis », bleuâtre, dont les fleurs poussent à la lisière du Tahari, ramassés dans des paniers peu profonds et versés dans un alambic, sont bouillis dans l'eau. La vapeur, en se condensant, forme une huile. Cette huile est utilisée pour parfumer l'eau. On ne boit pas cette eau mais on l'utilise, dans les demeures de la classe moyenne et de la classe supérieure, pour rincer la main qui mange, avant et après le repas du soir.

Un peu plus loin, sur une petite estrade de pierre, plusieurs femmes, enchaînées, nues, étaient à vendre, bizarrement à prix fixe. C'était une vente municipale, sous la juridiction des tribunaux de Tor. Une jeune femme à la peau brune, aux yeux noirs, qui n'avait pas plus de quinze ans, à genoux, les poignets et les chevilles enchaînés, me regarda. On la vendait pour payer les dettes de jeu de son père. Je l'achetai et l'affranchis aussitôt.

– Où est ton père ? m'enquis-je.

– Aux tables de jeu du *Kaiila d'Or*, sanglota-t-elle.

Je la regardai. Elle était jolie. Je regardai les chaînes restées sur l'estrade de pierre. D'autres femmes tendirent les bras vers moi. Je me tournai à nouveau vers la jeune fille.

– Dans un an, lui dis-je, tu seras de nouveau à genoux sur l'estrade de pierre, sous l'auvent. (Je la dévisageai.) Tu seras alors trop belle, ajoutai-je, la fixant, pour qu'il soit possible de t'affranchir.

– Je dois rentrer vite chez moi, dit-elle, et préparer le dîner de mon père.

Je la regardai courir, honteuse, dans les rues. Elle était jolie. J'étais persuadé qu'elle finirait par porter des clochettes d'esclave. Même si elle n'était pas vendue par la magistrature de Tor, elle tomberait vraisemblablement dans les filets d'un Marchand d'Esclaves.

– Achète-nous ! Achète-nous, Maître ! crièrent les autres femmes rassemblées sur l'estrade.

– Restez esclaves ! leur répondis-je, tournant le dos.

Elles pleurèrent. J'entendis le fouet s'abattre sur elles.

Ici et là, dans le bazar, je fis des achats.

Par deux fois, je croisai deux gardes vêtus de robes blanches à rayures rouges et armés de cimeterres, la police de Tor.

Moins de cinq pas derrière eux, je vis un voleur en haillons couper la bourse d'un marchand, en faisant tomber le contenu dans sa main puis, plié en deux et ricanant, disparaître dans la foule. Le marchand poursuivit son chemin. L'homme avait agi avec adresse. Je me souvins d'une jeune femme nommée Tina, autrefois de Lydius, à présent de Port Kar. C'était également une excellente voleuse. Mes pièces se trouvaient dans les poches de ma ceinture, sous mes robes, à l'exception d'une petite bourse que je portais au côté. Je me déplaçais dans Tor, à présent, déguisé en voyageur originaire de Turia, petit marchand. Je vérifiai ma bourse. Elle était intacte.

D'autres voleurs n'avaient pas eu autant de chance. Plusieurs mains droites coupées étaient clouées sur une planche où était affiché le prix du sel.

Il n'y avait pas de mains féminines, sur la planche. A Tor, même lorsque c'est son premier délit, la voleuse est immédiatement réduite en esclavage.

Je jetai un coup d'œil derrière moi. Pour la deuxième fois, je vis quatre hommes, les quatre mêmes. Mais ils n'étaient que quatre.

Je m'arrêtai pour laisser passer une Chaîne d'esclaves mâles, poussés à coups de hampes de lances. Ils partaient pour les mines de sel du Tahari, d'où viennent presque toutes les caravanes de sel. A mon avis, la moitié n'atteindraient pas les mines. Ils portaient au cou de lourds colliers avec un anneau. Une lourde chaîne, passée dans les anneaux, les attachait les uns aux autres. Des menottes leur attachaient les poignets dans le dos. Ils étaient nus. Ils portaient des capuchons d'esclave. Les hommes leur crachèrent dessus lorsqu'ils passèrent.

Miss Blake-Allen n'était plus dans mon compartiment. Elle était, à présent, dans les cages publiques de Tor. Le matin du deuxième jour, dans le cadre de ma mission pour le compte des Prêtres-Rois, j'étais entré dans les bureaux du Maître des Esclaves municipaux de Tor.

– Ne bouge pas ! avais-je ordonné à miss Blake-Allen, montrant le centre de la pièce, devant le bureau du Maître des Esclaves. (Elle resta à l'endroit indiqué.) Quitte tes babouches ! avais-je ajouté.

Elle quitta ses babouches, noires avec un filet d'argent. Elle était à présent pieds nus. Le Maître des Esclaves se leva et fit le tour de son bureau. Il s'appuya contre, assis sur le bord.

– Quitte ton haïk ! avais-je à nouveau intimé à la femme.

Elle quitta son vêtement. Elle resta nue devant nous.

Le Maître des Esclaves la regarda. Puis il tourna lentement autour d'elle. Elle se tenait droite, comme une femelle examinée par un homme. Elle ne le regardait pas. Le Maître des Esclaves me consulta du regard. Je hochai la tête. Son corps se crispa et elle ferma les yeux tandis que ses mains de Goréen habitué à juger la chair, compétentes, sensibles, professionnelles, efficaces, estimaient rapidement la texture de la peau, qui diffère suivant les endroits, le tonus de la musculature, ses diverses douceurs et fermetés, les délices tendres et complexes de ses courbes, ses formes manifestement excitantes, ainsi que les formes plus subtiles, les courbes de la hanche, de l'épaule, de l'intérieur du pied, de la nuque ; il éprouva également, provoquant chez elle une horreur impuissante, les plaisirs latents en son corps, rapidement révélés, puis apaisés ; ils trahirent la sensibilité incroyable de son corps ; ses yeux étaient pleins de larmes ; comme la femme, me dis-je, est précieuse et belle, comme il est naturel qu'un homme énergique, volontaire, ait simplement envie de posséder une créature aussi fantastique, délicieuse, comme il est naturel que, dans la chaleur glorieuse de son sang, il veuille la posséder, la dévorer, la dominer, être son maître ! Sur Gor, bien entendu, les hommes sont libres d'agir à leur guise, du moins avec les esclaves comme l'était, contre sa volonté, l'infortunée miss Blake-Allen.

Le Maître des Esclaves s'éloigna de l'esclave.

– A genoux ! lui dis-je.

Elle s'agenouilla.

– Blonde, évalua-t-il, apparemment déterminée à rester frigide, avec les yeux bleus, pas encore domptée, un potentiel incroyable de chaleur sexuelle impuissante, un potentiel incroyable de soumission impuissante dans l'asservissement ; excellent. Veux-tu la vendre ?

– Tiens-toi droite, Esclave ! ordonnai-je.

Effrayée, miss Blake-Allen se redressa et leva la tête. Elle était assise sur les talons, les genoux écartés, les paumes des mains sur les cuisses. C'était la position de l'Esclave de Plaisir. Je lui avais enseigné cette position. C'est une des premières choses qu'une jolie femme, asservie sur Gor, apprend.

– Veux-tu la vendre ? demanda à nouveau le Maître des Esclaves de Tor.

Je savais que ses services ne m'en donnaient pas le meilleur prix car les cages publiques achètent et vendent bon marché. Elles existent principalement en tant que service destiné aux Maîtres des Caravanes qui achètent les femmes invendues et les revendent au détail à d'autres marchands, lorsqu'il leur arrive de manquer de chair fraîche pour le trafic avec les oasis. Les cages municipales existent essentiellement en fonction de ce service, pas pour faire des bénéfices.

– Que proposes-tu ? demandai-je.

– Onze tarsks d'argent, dit-il.

Je savais que je pouvais obtenir deux fois plus dans une demeure privée.

– Quinze ? s'enquit-il.

– Non. (Je souris.) Mais ta proposition est rassurante.

Il sourit à son tour.

– Je ne pensais pas que tu voulais la vendre, reconnut-il. C'est pourquoi je me suis montré honnête avec toi. Maintenant que je suis sûr que tu ne veux pas la vendre, je peux te dire que, à mon avis, ajouta-t-il en regardant la femme agenouillée, son potentiel est fantastique.

– Cela me fait plaisir, opinai-je.

Miss Blake-Allen, en position d'Esclave de Plaisir, regardait la pièce. Elle ne pouvait comprendre ce que nous disions, car nous parlions goréen. C'était peut-être préférable.

En général, les cages publiques achetaient les femmes deux ou trois tarsks d'argent la pièce. Je savais, à présent, que miss Blake-Allen avait beaucoup de valeur au Tahari. Cela me fit plaisir.

Je la regardai. Elle était belle. J'étais d'accord avec le Maître des Esclaves. De toute évidence, elle serait un jour une excellente esclave.

– Je voudrais, dis-je, la mettre en pension et lui donner un peu de formation.

– Notre tarif est d'un tarsk de cuivre par jour, me renseigna-t-il. La formation est en supplément mais, à mon avis, à un tarif aussi raisonnable.

– Elle ne parle pas le goréen, ajoutai-je.

Il sourit.

– Elle apprendra vite, promit-il.

Puis nous discutâmes les détails de la formation. Le

régime de la cage de stimulation serait inclus dans cette formation. Pendant les cinq premières nuits, suivant ma recommandation, elle porterait le harnais de corde. Ensuite, si nécessaire, il serait utilisé comme punition.

– Toutefois, ajoutai-je, autorise-la à regarder son professeur dans les yeux, ainsi que les autres mâles. Je ne veux pas qu'elle devienne l'esclave d'amour du premier homme qu'elle sera autorisée à regarder.

– Je comprends, dit l'homme.

– Y a-t-il autre chose ? demandai-je.

– Aurons-nous le droit de la priver de nourriture et de la fouetter ? s'enquit-il.

– Naturellement, répondis-je.

Puis je me tournai vers la jeune femme.

– Comment t'appelles-tu ? lui demandai-je en anglais.

– Priscilla Blake-Allen, répondit-elle.

Je la fixai. Son visage blêmit.

– Je n'ai pas de nom, Maître, souffla-t-elle. Je ne suis qu'une esclave sans nom.

Je réfléchis. Priscilla Blake-Allen. Blake-Allen. Ellen. Allen. Allena. Ah-leh-na. Puis je trouvai. Un nom excellent et assez répandu dans le Tahari goréen.

– Je vais te donner un nom, l'informai-je.

Elle me regarda.

– Alyena, décidai-je.

Le « l », dans ce nom, est roulé, un des deux « l » fréquents en goréen. La traduction anglaise, quoique imparfaite, serait : « Ahl-yieh-ain-nah », le « ain » étant prononcé comme une rime de « enne ». La première et la troisième syllabes sont accentuées. C'est un nom mélodieux. A mon avis, il augmenterait son prix. Les commissaires-priseurs utilisent souvent les noms.

– Voici, Nobles Messieurs, que vous est présentée une esclave nommée Alyena. Contemplez-la ! Vous plaît-elle ? Bouge devant ces Nobles Messieurs, Alyena. Montre ta beauté. Ces maîtres t'excitent-ils ?

As-tu envie de les servir ? Contemplez, Nobles Messieurs, Alyena danse sa beauté pour vous. Combien offrez-vous pour la belle Alyena ?

– Alyena, souffla la jeune femme.

– Alyena, répétai-je.

– Oui, Maître, souffla-t-elle à nouveau.

– Je ne te vends pas, repris-je. Tu es ici dans les cages publiques de Tor. Je t'y mets en pension et tu y seras formée. Tu commenceras par apprendre le goréen. Tu apprendras comme un enfant, sans passer par l'anglais. Tu apprendras vite. Tu feras également des exercices et tu recevras une instruction d'esclave.

– Une instruction d'esclave ? s'enquit-elle.

– Oui, répondis-je. Est-ce clair, Alyena ?

– Oui, Maître, souffla-t-elle.

– Si tu ne coopères pas, ou si tu apprends lentement, tu seras privée de nourriture ou battue... fouettée... Compris ?

– Oui, Maître, répondit la jeune femme, les yeux dilatés.

Je jetai un tarsk d'argent au Maître des Esclaves. Il claqua dans ses mains. Franchissant un rideau de fils d'argent, entra une esclave grande et puissante. Elle portait un simple collier métallique, avec un anneau. Elle portait un soutien-gorge de cuir ; deux bandes de cuir, attachées à la ceinture, lui couvraient les cuisses ; sur ses mollets, des lanières de cuir attachaient de lourdes sandales à ses pieds. A la main, elle avait une cravache de cuir longue et souple, normalement destinée aux kaiilas, d'environ un centimètre de large et un mètre de long.

La femme puissante regarda avec gourmandise la douce et tendre Alyena. Puis, avec sa cravache, elle montra le rideau de fils d'argent.

– File, ma jolie ! dit-elle à Alyena, rudement, en goréen.

Misérablement, comprenant ce que l'on exigeait d'elle, Alyena courut vers le rideau.

Puis elle se retourna et me regarda. La cravache s'abattit, violemment, sur son épaule. Poussant un cri de douleur, la jolie Alyena pivota sur elle-même et, en larmes, trébuchant, franchit le rideau de fils d'argent, entrant dans les cages de Tor.

– A propos, demandai-je au Maître des Esclaves, tranquillement, bien que ce soit pour cette raison que j'étais venu, il y a une femme qui m'intéresse et qui, d'après mes renseignements, s'appelle Veema et a séjourné dans tes services. J'aimerais savoir ce qu'elle est devenue. As-tu des renseignements la concernant ?

– Connais-tu son numéro ? demanda-t-il.

– 87 432, dis-je.

– Ce type d'information est généralement confidentiel, releva le Maître des Esclaves.

Je posai un tarsk d'argent sur la table.

Sans un mot, il se dirigea vers une étagère chargée de gros registres à reliure de cuir.

– Nous l'avons achetée deux tarsks à un Maître de Caravane nommé Zad, de l'Oasis de Farad, dit-il.

– Je préférerais savoir qui l'a achetée, relevai-je.

– Nous l'avons vendue quatre tarsks, dit le Maître des Esclaves.

– A qui ? insistai-je.

– Garde ton tarsk, fit l'homme avec une grimace. Aucun nom n'est indiqué.

– Te souviens-tu de cette femme ? demandai-je.

– Non, répondit-il.

– Pourquoi avez-vous omis d'indiquer un nom ? m'enquis-je.

– Apparemment, aucun nom n'a été donné, répondit-il.

– Vendez-vous souvent les femmes ainsi ? demandai-je.

– Oui, affirma-t-il. C'est l'argent qui nous intéresse. Peu nous importe le nom de l'acheteur.

Je vérifiai personnellement le registre. Les indications n'étaient pas codées.

– Garde le tarsk, dis-je à l'homme.

Puis je sortis du bureau du Maître des Esclaves de Tor. Je n'avais pas pu me procurer le nom de l'individu qui avait acheté Veema et l'avait sans doute envoyée à Port Kar avec un message. A mon avis, le Maître des Esclaves de Tor, dans l'exercice de ses activités, était honnête.

J'étais satisfait qu'il ne sache pas à qui avait été vendue Veema, 87 432, numéro turien. Je me souvins du message qu'elle portait : « Méfie-toi d'Abdul. »

Je dis au revoir au Maître des Esclaves.

Dans le bazar, je m'arrêtai, feignant de regarder des miroirs. Les quatre hommes que j'avais déjà vus, deux grands et deux petits, vêtus de burnous blancs, me suivaient toujours.

Je me faisais appeler Hakim, nom du Tahari convenant à un Marchand.

Je choisirais l'endroit avec soin.

Je passai devant la boutique d'un Parfumeur et pensai à Saphrar de Turia. Puis je passai devant une échoppe où l'on fabriquait des selles légères et hautes de kaiilas. On pouvait également y acheter des couvertures de selle, des cravaches, des clochettes et des rênes. Les rênes de kaiilas sont simples, très légères, recouvertes de différentes variétés de cuir. Il y a souvent entre dix et douze bandes de cuir teint par rêne. Chaque bande, bizarrement, compte tenu de la résistance de la rêne, est un peu plus épaisse qu'une grosse lanière. Les bandes sont coupées au couteau, et c'est un travail extrêmement précis. La rêne est attachée dans un trou percé dans la narine droite du kaiila. Elle passe sous la mâchoire de l'animal, vers la gauche. Lorsqu'on veut que l'animal aille à gauche, on tire la rêne à gauche ; lorsqu'on veut qu'il aille à droite, on tire à droite, passant la rêne sur le cou de l'animal, exerçant une pression sur sa joue gauche. Pour l'arrêter, on tire en arrière. Pour le faire démarrer ou accélérer, on lui donne des coups de talon dans les flancs ou bien on utilise la cravache.

Je passai devant un des puits de Tor. Des marches, larges, plates, usées, en cercles concentriques, permettaient d'accéder à l'eau. A cette époque de l'année, huit marches étaient hors de l'eau. Beaucoup de gens venaient chercher de l'eau. Je vis des enfants boire à quatre pattes, des femmes remplissant des jarres, des hommes submergeant des outres, l'air formant des bulles tandis qu'elles se remplissaient. Comme presque toute l'eau du Tahari, l'eau de Tor était légèrement saline et trouble.

Regardant distraitement autour de moi, je jetai un coup d'œil aux quatre hommes. Je les jaugeai, décidant lequel serait le plus rapide, le plus dangereux, le chef ; puis celui qui serait juste un peu moins dangereux ; puis les autres.

Je vis également le Porteur d'Eau avec ses tasses en étain. Je trouvai soudain bizarre qu'il soit dans le bazar, qui se trouve dans la partie basse de la ville, à proximité des puits. De toute évidence, personne n'achèterait de l'eau alors qu'il était possible de s'en procurer gratuitement. Il descendit les marches et plongea son outre dans l'eau, m'adressant un sourire, me reconnaissant. Je lui rendis son sourire et m'éloignai. C'était un pauvre type, inoffensif, servile, sans importance. Je me trouvai stupide. Naturellement, il lui fallait bien aller au bazar. Pouvait-il remplir son outre dans la poussière des terrasses supérieures de Tor ?

Je m'engageai dans une rue adjacente, puis dans une autre, à l'extrémité de laquelle se dressait un mur. Il y avait peu de passants.

J'entendis les pas précipités des hommes. Je balançai légèrement la chaîne de marche dans ma main, sans regarder derrière moi, ne quittant pas les ombres des yeux.

Ils me croiraient pris au piège dans l'impasse.

J'avais choisi cette impasse, afin qu'ils puissent agir rapidement, croyant choisir alors que c'était moi qui avais pris la décision. En outre, je leur laissais la possibilité de fuir. Je ne voulais pas les tuer. Il s'agissait probablement de brigands.

Je vis les ombres, j'entendis le bruissement des robes.

Riant, avec l'exaltation du Guerrier, je me retournai rapidement, lançant la chaîne de marche, pivotant une fois sur moi-même. Elle atteignit le chef en plein visage. Il ne m'avait fallu qu'un instant, la chaîne quittant ma main, pour constater qu'il se trouvait exactement où je l'attendais, à l'endroit où il se trouvait chaque fois que je m'étais retourné, légèrement sur la droite. Il hurla, la chaîne lui déchirant le visage. J'utilisai son corps pour bloquer deux hommes sur ma gauche. Je bondis, les genoux fléchis, le corps penché, les jambes comme des ressorts bandés, vers l'homme qui se trouvait à la gauche du chef. Un pied le frappa en pleine poitrine, l'autre lui projeta la tête en arrière. Je me glissai derrière le chef, pris un de ses petits compagnons par un bras et le projetai, la tête la première, contre le mur. Le dernier, je le pris à bout de bras et le jetai contre le même mur. Il s'y écrasa, sur le dos et la tête, puis s'effondra près de l'autre qui gisait, inerte. Le chef, le visage en sang, s'essuya le front et les yeux, reculant.

– Tu es de la Caste des Guerriers, souffla-t-il.

Puis il pivota sur lui-même et s'enfuit.

Je ne le poursuivis pas.

Je retournai au bazar et demandai où je pourrais acheter de l'acier et un kaiila. Un jeune garçon, en haillons, à qui je donnai un tarsk de cuivre, me fournit les indications nécessaires. La Rue des Armuriers était proche du bazar. Le marché aux kaiilas se trouve devant la Porte Sud de Tor.

En gagnant la Rue des Armuriers, je rencontrai une

nouvelle fois le Porteur d'Eau. L'outre qu'il portait sur l'épaule était à nouveau mouillée, noire, gonflée.

– Tal, Maître, me dit-il.

– Tal, répondis-je.

Je gagnai la Rue des Armuriers. J'avais très envie de faire la connaissance du cimeterre du Tahari.

– Les Kavars et les Aretai vont se faire la guerre, dit un homme.

Je gagnai la Rue des Armuriers. Légèrement, dans ma main droite, je balançai la chaîne de marche. Elle serait jolie sur les chevilles minces de la belle Alyena, esclave que j'avais mise en pension dans les cages de Tor.

Ce soir, me dis-je, j'irai dîner à *La Grenade*. On dit que les danseuses y sont magnifiques.

3

JE NE PARTICIPE PAS À CE QUI SE PRODUIT DANS LA COUR ; JE RETROUVE UN TARSK D'ARGENT

Le kaiila de guerre, se dressant sur ses pattes postérieures, les griffes néanmoins rentrées, se jeta sur l'autre animal, ses pattes postérieures griffues le poussant, dans une explosion de sable, en avant ; son cou se tendit, la longue tête gracieuse, dont la gueule armée de crocs était fermée par une lanière de cuir, frappa l'homme chevauchant l'autre animal. Il écarta la tête avec le bouclier et, se dressant sur les étriers de la haute selle, me frappa avec sa lame courbe dans son fourreau de cuir. Je parai le coup avec ma lame, également dans son fourreau qui, comme le sien, était richement décoré.

Les kaiilas, avec la rapidité et l'agilité de chats, tournèrent sur eux-mêmes, se baissant, poussant des cris de frustration, puis se lancèrent à nouveau à l'attaque. Avec la rêne légère, je tirai mon kaiila vers la gauche, au moment où nous nous croisâmes et mon adversaire, en essayant de me toucher, fut déséquilibré. Décrivant un arc en arrière, ma lame gainée le frappa et il tomba à la renverse sur sa selle.

Il passa et fit pivoter son kaiila, puis le fit cabrer sur le sable.

Je me préparai à un autre passage.

Depuis dix jours, nous nous entraînions dix heures goréennes par jour. Sur les quarante passages précédents, huit avaient été jugés à égalité, le sang n'ayant pas été versé. Trente-deux fois, j'avais été considéré comme vainqueur, le coup ayant été dix-neuf fois mortel.

Il retira le voile qui couvrait son visage brun, le laissant suspendu à son cou. Il rejeta son burnous sur ses épaules. Il s'appelait Harif et était considéré comme la meilleure lame de Tor.

– Du sel, dit-il au juge.

Le juge fit signe à un jeune garçon qui lui apporta un petit plat de sel.

Le Guerrier descendit de sa selle et, à pied, s'approcha de moi.

Je restai sur ma monture.

– Coupe la lanière de cuir qui ferme la gueule du kaiila, dit-il.

Puis il adressa un signe au jeune garçon afin qu'il retire les fourreaux passés sur les griffes de l'animal. Il obéit prudemment, tandis que l'animal, nerveux, bougeait.

Je me débarrassai du fourreau et, avec la lame nue, coupai la lanière de cuir qui fermait la gueule du kaiila. Le cuir tomba par terre. De la soie, que l'on laisse tomber sur le cimeterre du Tahari, coupée immédiatement, tombe sur le sol. L'animal se cabra, griffant l'air, et rejeta la tête en arrière, mordant le soleil.

Je levai la lame courbe du cimeterre. Elle brilla. Je la rengainai et mis pied à terre, donnant la rêne de ma monture au jeune garçon.

Je fis face au Guerrier.

– Chevauche librement, dit-il.

– Je le ferai, répondis-je.

– Je ne peux plus rien t'apprendre, ajouta-t-il.

Je restai silencieux.

– Le sel doit être entre nous, reprit-il.

– Le sel doit être entre nous, répétai-je.

Il posa un peu de sel sur le dos de son poignet droit. Il me regarda. Ses paupières étaient plissées.

– J'espère, dit-il, que tu ne t'es pas moqué de moi.

– Non, répondis-je.

– Dans ta main, reprit-il, l'acier vit, comme un oiseau.

Le juge acquiesça. Les yeux du jeune garçon brillaient. Il recula.

– Je n'ai jamais vu cela, à ce point. (Il me dévisagea.) Qui es-tu ? demanda-t-il.

Je posai du sel sur le dos de mon poignet droit.

– Un homme qui partage le sel avec toi, répondis-je.

– Cela suffit, opina-t-il.

Je posai la langue sur le sel de son poignet droit en sueur et il posa la langue sur le sel de mon poignet droit.

– Nous avons partagé le sel, dit-il.

Puis il mit dans ma main le disque d'or au tarn, d'Ar, avec lequel j'avais payé mon entraînement.

– Il t'appartient, m'étonnai-je.

– Comment cela serait-il possible ? s'enquit-il.

– Je ne comprends pas, fis-je.

Il sourit.

– Nous avons partagé le sel, dit-il.

Je regagnais mon compartiment, à Tor, venant des tentes de Farouk de Kasra. C'était un Marchand. Il campait à proximité de la ville, achetant des kaiilas pour une caravane se rendant à l'Oasis des Neuf Puits. Cette oasis est gouvernée par Suleiman, maître de mille lances, Suleiman des Aretai.

C'était sur mon invitation que Farouk avait accepté de juger les passages armés qui constituaient l'étape finale de l'entraînement au maniement du cimeterre.

Cela ne l'avait pas gêné car il était venu voir des kaiilas parqués près de la Porte Sud de Tor.

Le jugement n'avait pas été difficile de toute manière, car les passages avaient été clairs. Un passage, adjugé pour moitié à chacun de nous, considéré comme « sans effusion de sang », aurait pu être sujet à discussion. Harif avait voulu m'en donner le bénéfice. J'avais refusé, bien entendu, car son corps n'avait pas été touché. Le juge, pourtant, ne s'était pas trompé. Le coup en question était un retour montant. Bien que la lame soit gainée, j'avais retenu le coup, l'arrêtant à un hort de son visage. Le cuir lui aurait déchiré le front au-dessus du nez. Je ne voulais pas le blesser. Sans gaine, appuyé, ce coup lui aurait ouvert la tête à travers la capuche du burnous.

– Veux-tu être mon invité, ce soir, dans mes tentes ? avait demandé le juge, Farouk de Kasra.

Son fils avait apporté le sel et dénudé les griffes du kaiila. Le jeune garçon se tenait un peu plus loin, les yeux étincelants. Il s'appelait Achmed. C'était lui qui, alors qu'il travaillait dans une caravane, plusieurs mois auparavant, avait découvert le rocher sur lequel : « Méfie-toi de la tour d'acier » était gravé.

– Cela me ferait grand plaisir, dis-je au Marchand, de dîner avec toi ce soir.

Ce soir-là, quand nous eûmes terminé notre repas et qu'une esclave habillée, portant des bracelets, propriété de Farouk, nous eut rincé les mains avec de l'eau parfumée au veminium, versée sur nos mains au-dessus d'une petite cuvette en cuivre martelé, je sortis un petit chronomètre goréen, plat, fermé, de sous mes robes. Il était carré. Je le donnai au jeune garçon, Achmed. Il l'ouvrit. Je regardai les petites aiguilles qui bougeaient. Le jour goréen a vingt heures, ou ahns. Les aiguilles des montres goréennes ne bougent pas comme celles des montres de la Terre. Elles tournent en sens contraire. Dans ce cas, elles tournent en sens contraire des aiguilles d'une montre. Cette montre, fabriquée à Ar, était belle, solide, exacte. Elle avait également une trotteuse, marquant le passage des ihns. Le jeune garçon regarda les aiguilles. Ces objets étaient rares dans la région du Tahari. Il me regarda.

– Elle est à toi, dis-je. C'est un cadeau.

Le jeune garçon posa la montre dans la main de son père, la lui offrant.

Farouk, Marchand de Kasra, sourit.

Puis le jeune garçon, portant la montre, fit le tour du petit feu, sur le sable de la tente ; devant tous les membres de sa famille, il s'arrêta ; dans toutes les mains, il posa la montre.

– Je te la donne, dit-il.

Tous regardèrent la montre. Puis tous la lui rendirent. Le jeune garçon revint s'asseoir près de moi. Il regarda son père.

– Tu connaîtras l'heure, dit Farouk de Kasra, par la vitesse de ton kaiila, par le cercle et l'ombre de ton bâton, par le soleil.

– Oui, Père, dit le jeune garçon, baissant la tête.

– Mais, reprit le père, tu peux garder le cadeau.

– Oh, merci, Père ! s'écria-t-il. Merci. (Il se tourna vers les membres de sa famille.) Merci.

Ils sourirent.

– Et toi, Guerrier, me dit-il, je te remercie.

– Ce n'est rien, répondis-je.

Farouk de Kasra me regarda.

– Je suis content, dit-il. (Puis il demanda :) Quelles sont tes occupations, Hakim de Tor, et en quoi pourrais-je t'être utile ?

C'était sur le chemin de l'Oasis des Neuf Puits que le jeune garçon avait vu le rocher.

– Je suis un humble marchand, dis-je. J'ai quelques pierres, petites, que j'aimerais vendre à l'Oasis des Neuf Puits, pour acheter des pains de dattes séchées et les vendre à Tor.

– Tu ne manies pas l'épée comme un Marchand, releva Farouk de Kasra avec un sourire.

Je souris également.

– Je dois également, reprit Farouk de Kasra, partir

pour l'Oasis des Neuf Puits. Je serais honoré si tu acceptais de m'accompagner.

– Je serais heureux de le faire, répondis-je.

– J'ai acheté les kaiilas dont j'ai besoin, m'apprit Farouk.

– Quand partiras-tu ? demandai-je.

– A l'aube, indiqua-t-il.

– Je dois aller chercher une femme aux cages publiques, dis-je. Je te rejoindrai sur la piste.

– Connais-tu le désert ? s'enquit Farouk.

– Non, répondis-je.

– Achmed, dit-il, t'attendra à la Porte Sud.

– Très bien, répondis-je.

Après avoir quitté les tentes de Farouk de Kasra, à l'extérieur des murs de Tor, je regagnais tard mon compartiment, qui se trouvait dans le quartier des palefreniers et des conducteurs.

Les choses, à mon avis, allaient bien. En chemin, je trouverais le rocher qu'avait découvert, quelques mois auparavant, Achmed, fils de Farouk de Kasra. Ce rocher serait l'endroit où commenceraient mes recherches. Après l'avoir localisé, je continuerais jusqu'à l'Oasis des Neuf Puits, où je me procurerais des provisions et de l'eau, tenterais d'engager un guide puis, retournant près du rocher, partirais vers l'est dans le Tahari. En interrogeant les nomades, que je rencontrerais probablement dans ces étendues désertiques, et les habitants de diverses oasis, dont beaucoup se trouvaient à l'écart des routes des caravanes, j'espérais glaner assez d'éléments et d'informations pour trouver la mystérieuse tour d'acier. A mon avis, cette tour existait selon toute probabilité. Je doutais qu'il puisse s'agir du produit de l'imagination de l'homme qui avait gravé l'inscription, puis était mort dans le désert. Les tours d'acier ne comptent pas au nombre des hallucinations, des miracles auxquels sont exposés les gens rendus fous par le désert. Leurs mirages sont influencés par le désir de satiété ; ils concernent l'eau. En outre, il est peu probable qu'ils prennent le temps de graver des messages sur les rochers. Quelque chose avait poussé l'homme dans le désert, quelque chose qu'il devait dire. Il s'agissait, apparemment, d'un pillard. Néanmoins, pour une raison inconnue, il s'était aventuré dans le désert, probablement à pied à la fin, agonisant, se dirigeant vers la civilisation pour avertir quelqu'un, ou quelque chose, de l'existence de la tour d'acier. J'étais persuadé que cette tour existait. En revanche, j'aurais très peu de chances de la trouver en partant à l'aveuglette dans le désert. Il me faudrait entrer en contact avec des nomades, ou autres, dans l'espoir de trouver finalement quelqu'un qui aurait entendu parler de la tour ou la connaîtrait. Si elle se trouvait dans le Pays des Dunes, loin des oasis et des pistes de caravanes, rares seraient ceux qui la connaîtraient. Néanmoins, j'étais convaincu qu'un homme au moins l'avait vue, celui qui avait gravé l'inscription, qui était mort, dont le corps était desséché, noirci, par le soleil.

Les rues de Tor étaient obscures. Parfois elles étaient en pente raide ; souvent, elles étaient étroites et tortueuses. Par endroits, une petite lampe brûlait au-dessus d'une entrée.

Je crus entendre des pas derrière moi. Je rejetai mon burnous en arrière, dégainai mon cimeterre. J'attendis.

Je n'entendis plus rien.

Je poursuivis mon chemin dans les rues. Je n'entendis plus de pas derrière moi.

Je tournai la tête. Les rues étaient noires.

Je crois que je n'étais pas à plus d'un demi-pasang de mon compartiment quand, approchant d'une porte ouverte, une quarantaine de mètres devant moi, éclairée par des torches fixées aux murs, je m'arrêtai.

C'était une petite cour que j'avais l'intention de traverser.

Je vis une ombre, furtive, disparaître derrière un des piliers de la porte.

Au même moment, j'entendis des hommes derrière moi. Ils étaient cinq.

J'abattis le premier. J'abattis le deuxième. J'arrêtai trois cimeterres avec ma lame et reculai d'un bond. Ils se séparèrent, intelligemment, et, ramassés sur eux-mêmes, avancèrent sur moi. Je reculai, ramassé moi aussi. J'espérais attirer l'homme du centre de sorte que, si j'allais sur la gauche, il bloquerait l'homme qui se trouvait à sa droite et, si j'allais sur la droite, il bloquerait l'homme qui se trouvait à sa gauche. Mais il resta en arrière et les deux autres avancèrent. Quel que soit l'homme que j'attaquerais, il n'aurait que lui-même à défendre ; les deux autres pourraient profiter de cet instant pour frapper. Ces hommes n'étaient pas des brigands ordinaires.

Soudain, les trois hommes s'immobilisèrent. Je me crispai. Un homme jeta son cimeterre par terre. Puis ils s'enfuirent tous trois.

Derrière moi, j'entendis les portes de la cour se fermer. Les torches, fixées au mur de la cour, vacillaient, faisant des plaques de lumière jaune sur le plâtre et l'enduit.

Puis j'entendis un hurlement d'horreur de l'autre côté de la porte.

J'ignore combien d'hommes attendaient dans la cour. Je ne crois pas qu'il en réchappa un seul.

Tout en haut d'un mur qui se dressait à ma droite, une lumière apparut.

– Que se passe-t-il ? cria un homme.

Des lumières apparurent à d'autres fenêtres étroites. Je vis des hommes regarder dehors. Je vis une femme, serrant son voile sur le visage, regarder dans la rue.

Moins de deux ou trois ehns plus tard, des hommes avec des torches et des lampes arrivèrent dans la rue. Nous entendîmes également des hommes de l'autre côté de la cour. Dans la cour, nous entendîmes également des pas. Une femme hurla. Je vis des mouvements et des torches dans l'étroit espace séparant les deux portes.

– Ouvrez ! cria un homme, donnant des coups de poing contre la porte, de notre côté.

Nous entendîmes la barre sortir de ses logements, puis les portes pivotèrent en grinçant sur leurs gonds de huit centimètres de diamètre. Quatre hommes poussèrent les portes. La foule massée dans la cour recula, formant un cercle. Je regardai le sommet des murs, les toits voisins. Puis je regardai également les dalles de la cour.

Onze hommes gisaient là, ainsi que des morceaux d'hommes.

– Qu'est-ce qui a bien pu faire cela ? souffla un homme.

Je me demandai si un seul avait pu s'échapper. J'en doutais.

Quatre hommes avaient eu la tête arrachée ; deux autres avaient la tête partiellement dévorée ; le cou d'un homme semblait avoir été entaillé par des hachettes parallèles ; je connaissais bien l'écartement de ces blessures ; un homme sans bras avait été éventré ; il avait également des marques de dents sur l'épaule ; je connaissais ce genre de chose ; je l'avais souvent vu au Torvaldsland ; l'homme est pris par le cou et les épaules, immobilisé, tandis que les pattes postérieures puissantes, griffues, ouvrent l'abdomen ; trois mètres d'intestins étaient éparpillés dans le sang et les robes, semblables à une corde mouillée et tachée de rouge ; l'homme qui avait perdu une jambe avait eu la colonne vertébrale cassée d'un coup de dents ; on voyait l'estomac ; un autre, qui avait également eu un bras arraché, avait été partiellement dévoré, les côtes sortant de la cavité pulmonaire ; le cœur et le poumon gauche avaient disparu ; le onzième homme avait été proprement tué ; autour du cou, sur les côtés, il y avait six marques noires, comme des marques laissées par une corde ; sa tête était penchée sur le côté ; sa nuque avait été arrachée.

Je regardai à nouveau les murs, les toits entourant la cour.

– Qu'est-ce qui a bien pu faire cela ? demanda à nouveau le même homme.

Je pivotai sur moi-même et quittai la cour. Près des deux hommes qui, dans la rue, avaient goûté l'acier de mon cimeterre, plusieurs citadins de Tor étaient rassemblés.

Je regardai les corps.

– Les connais-tu ? demandai-je à un homme.

– Oui, répondit-il. Tek et Saud, des hommes de Zev Mahmoud.

– Ils n'assassineront plus, dit un autre.

– Où pourrais-je trouver le Noble Zev Mahmoud ? m'enquis-je.

– On le trouve souvent, avec ses hommes, au *Café des Six Chaînes*, m'informa l'homme.

Je souris.

– Merci à toi, Citoyen, dis-je d'un ton enjoué.

J'essuyai ma lame sur le burnous d'un mort et la rengainai.

Levant la tête, je vis, se dirigeant rapidement vers nous, une torche à la main, le petit Porteur d'Eau que j'avais rencontré plusieurs fois. Il me regarda.

– As-tu vu ? demanda-t-il. (Son visage était blême.) C'était horrible, dit-il.

Il tremblait.

– J'ai vu, dis-je.

Je montrai les deux hommes gisant dans la rue.

– Connais-tu ces hommes ? demandai-je.

Il les regarda attentivement.

– Non, répondit-il. Ce ne sont pas des habitants de Tor.

– N'est-il pas tard pour porter de l'eau ? fis-je remarquer.

– Je ne porte pas d'eau, Maître ! se récria-t-il.
– Dans ce cas, que fais-tu dans ce quartier ? m'enquis-je.
– J'habite tout près d'ici, répondit-il.
Puis il s'éloigna, courbé, portant sa torche.
Je me tournai vers l'homme à qui j'avais déjà parlé un peu plus tôt.
– Habite-t-il ce quartier ? demandai-je.
– Non, répondit l'homme. Il habite près de la Porte Est, non loin des hangars où l'on tond les verrs.
– Le connais-tu ? m'enquis-je.
– Tout le monde, à Tor, le connaît, répondit l'homme.
– Et qui est-ce ? demandai-je encore.
– Abdul, le Porteur d'Eau, répondit l'homme.
– Merci à toi, Citoyen, dis-je.

– Zev Mahmoud ? m'informai-je.
L'homme puissant, portant le kaffiyeh et l'agal, leva la tête, furieux. Puis il blêmit.
La pointe de mon cimeterre était sur sa gorge.
– Dans la rue, lui dis-je.
Je regardai deux autres hommes qui étaient assis avec lui autour de la table basse. Je leur adressai un signe de tête.
– Dans la rue ! répétai-je.
– Nous sommes trois, releva Zev Mahmoud.
– Dans la rue ! lui enjoignis-je de nouveau.
Ils se regardèrent. Zev Mahmoud sourit.
– Très bien, acquiesça-t-il.
L'un d'entre eux, qui avait perdu son cimeterre, en emprunta un à un client du café.
– On nous paiera, dit un des hommes de Zev Mahmoud.
Je les suivis dans la rue.
Puis j'en terminai avec eux.
Je ne voulais pas les laisser derrière moi, à Tor.
Il était tard quand je regagnai mon compartiment, dans le quartier des palefreniers et des conducteurs.

Je ne fus pas surpris de voir le Porteur d'Eau qui m'attendait sur les marches.

– Maître, dit-il.

– Oui ? répondis-je.

– Tu es arrivé récemment à Tor, et tu ignores peut-être les coutumes de la ville. Je connais bien Tor et je pourrais t'aider.

– Je ne comprends pas, dis-je.

– Les Kavars et les Aretai vont bientôt se faire la guerre, expliqua-t-il. Les routes des caravanes seront peut-être coupées. Il sera peut-être difficile de trouver des palefreniers et des conducteurs. Compte tenu du danger, il est possible qu'ils partent dans le désert.

– Et comment, m'enquis-je, au cas où un tel malheur se produirait, pourrais-tu m'être utile ?

– Je pourrais te procurer des hommes, des hommes compétents, honnêtes, courageux, qui accepteraient de t'accompagner.

– Excellent, dis-je.

– Mais, en cette époque troublée, reprit-il, se tassant sur lui-même, leur salaire sera peut-être plus élevé qu'en temps normal.

– Cela se comprend, répondis-je.

Il parut soulagé.

– Où vas-tu, Maître ? s'enquit-il.

– A Turia, répondis-je.

– Et quand seras-tu prêt à partir ? s'enquit-il.

– Dans dix jours, répondis-je, à partir de demain.

– Excellent, fit-il.

– Eh bien, acceptai-je, cherche des hommes pour moi.

– Ce sera difficile, dit-il, mais fais-moi confiance.

Il tendit la main. J'y mis un tarsk d'argent.

– Le Maître est généreux, releva-t-il.

– Ma caravane est petite, dis-je. Quelques kaiilas seulement. Je crois qu'il ne me faudra pas plus de trois hommes.

– Je connais ceux qu'il te faut, fit-il avec un sourire.

– Ah ? m'enquis-je.
– Oui, affirma-t-il.
– Et où les trouveras-tu ? demandai-je.
– Je crois, estima-t-il, qu'ils sont au *Café des Six Chaînes*.
– J'espère, dis-je, que tu ne penses pas au Noble Zev Mahmoud et à ses amis.
Il parut stupéfait.
– L'histoire court Tor, précisai-je. Apparemment, il y a eu une bagarre, devant le café.
Le Porteur d'Eau blêmit.
– Dans ce cas, je vais essayer d'en trouver d'autres, Maître.
– Très bien, acquiesçai-je.
Le tarsk d'argent glissa entre ses doigts. Il recula. Puis, soudain, jetant un coup d'œil par-dessus l'épaule, il pivota sur lui-même et s'enfuit.
Je me baissai et ramassai le tarsk. Je le remis dans ma bourse. J'étais fatigué. A mon avis, je n'entendrais plus parler du Porteur d'Eau. Dix jours s'écouleraient, si je ne me trompais pas, avant mon départ pour Turia.
Il fallait que je me repose car je devais me lever à l'aube. Je devais faire divers préparatifs. Je devais aller chercher une femme aux cages publiques de Tor. Achmed, fils de Farouk, m'attendrait à la Porte Sud de la ville. Je rejoindrais la caravane de Farouk sur la piste, probablement avant midi.
J'espérais qu'il n'y aurait pas de guerre entre les Kavars et les Aretai. Cela me compliquerait le travail.
J'espérais pouvoir me procurer un guide et des provisions à l'Oasis des Neuf Puits. Elle était gouvernée, si mes souvenirs étaient exacts, par Suleiman, maître de mille lances, de la tribu des Aretai.
Puis je pivotai sur moi-même et gravis l'étroit escalier de bois conduisant à mon compartiment. Je ne reverrais pas, supposais-je, le Porteur d'Eau nommé Abdul.

4

DES CAVALIERS REJOIGNENT LA CARAVANE DE FAROUK

La caravane avançait lentement.

Je fis pivoter mon kaiila et, lui donnant des coups de talon dans les flancs, parcourus rapidement la longue file d'animaux chargés.

Du bout de mon cimeterre, je soulevai un rideau.

La jeune femme, surprise, poussa un cri. Elle était assise, les genoux sur la gauche, les chevilles jointes, son poids reposant partiellement sur les mains, sur la droite, sur le petit coussin recouvert de soie du panier. Celui-ci est semi-circulaire et fait environ un mètre à l'endroit le plus large. La superstructure du panier fait environ un mètre vingt de haut, à l'endroit le plus élevé enfermant, comme dans un demi-globe à fond plat, dont l'avant serait ouvert, son occupant. Ce panier, cependant, est complètement couvert de couches de reps blanc, pour réfléchir le soleil, à l'exception du devant, qui était fermé par un rideau de reps, blanc également, s'ouvrant par le milieu. Le panier était en bois de Tem. Il est léger. Il est transporté par un kaiila de trait, attaché sur l'animal, et maintenu en équilibre, sur les côtés, par des supports reposant sur les couvertures du harnais. Ce panier s'appelle, en goréen, kurdah. Il sert à transporter les femmes, qu'elles soient libres ou esclaves, dans le Tahari. La femme n'était pas enchaînée, dans le kurdah. Cela n'était pas nécessaire. Le désert fait office de cage.

– Voile-toi ! dis-je en riant.

Furieuse, Alyena, autrefois miss Priscilla Blake-Allen, de la Terre, prit le minuscule voile triangulaire, jaune, totalement diaphane, et le tint devant son visage, en couvrant la partie inférieure. Le voile était tendu et elle le tenait au niveau des oreilles. La soie légère passait sur l'arête de son nez où, magnifiquement, sa texture jaune, vaporeuse, s'étendait à droite et à gauche. Sa bouche, furieuse, était visible derrière le voile. Il lui couvrait également le menton. Les hommes du Tahari, et les Goréens en général, considèrent que la bouche des femmes est extrêmement provocante, sexuellement. Le voile d'esclave est une moquerie, dans un sens. Il révèle autant qu'il dissimule, pourtant il ajoute une touche de subtilité, de mystère ; les voiles d'esclave sont faits pour être arrachés ; les lèvres du maître écrasant ensuite celles de l'esclave.

En dehors du voile et de son collier, elle était complètement nue dans le kurdah.

Elle tenait le voile devant son visage. Je vis ses yeux, très bleus, au-dessus du jaune.

– Au moins, à présent, lui dis-je, tu n'as plus le visage nu.

Ses yeux étincelèrent.

– Impudique ! ajoutai-je.

Elle tenait le voile devant son visage.

– Attache-le, repris-je, et garde-le dans le kurdah. Si je te revois aussi impudiquement dévoilée, sans ma permission, tu seras fouettée !

– Oui, Maître, répondit-elle, et, tenant le voile d'une main, elle chercha, sur le coussin, la petite cordelette dorée avec laquelle elle pourrait l'attacher.

Ecartant la pointe de mon cimeterre, je laissai tomber le rideau de reps, la cachant à nouveau dans le kurdah.

Je ris et fis pivoter le kaiila, entendant un petit cri de fureur à l'intérieur du kurdah.

J'étais convaincu, cependant que, lorsque j'ouvrirais à nouveau le kurdah, je trouverais une esclave voilée à l'intérieur.

Alyena était très jolie, bien qu'elle ait beaucoup à apprendre. Elle n'avait pas encore été fouettée. Ce détail, cependant, sauf si elle me déplaisait, je le laisserais à son nouveau maître, celui à qui je la vendrais ou la donnerais.

Le kaiila du désert est un kaiila et se comporte similairement, mais ce n'est pas exactement l'animal que l'on rencontre, sauvage ou domestique, aux latitudes moyennes de l'hémisphère sud de Gor ; cet animal, que les Peuples des Chariots utilisent comme monture, n'existe pas dans l'hémisphère nord de Gor ; il y a, de toute évidence, une affinité phylogénétique entre les deux variétés, ou espèces ; je suppose, bien que je n'en sois pas sûr, que le kaiila du désert a la même origine que son congénère, mais s'est adapté au désert ; les deux animaux sont des créatures de haute taille, fières, soyeuses, au cou long et à la démarche élégante ; les deux variétés ont trois paupières, la troisième étant une membrane transparente, très utile dans les tempêtes de sable des plaines méridionales du Tahari ; les deux variétés ont à peu près la même taille, entre vingt et vingt-deux mains à l'épaule ; toutes deux sont rapides ; toutes deux ont une énergie incroyable ; dans de bonnes conditions, toutes deux peuvent parcourir six cents pasangs par jour ; dans le Pays des Dunes, naturellement, où le sable est épais et glissant, une étape de cinquante pasangs est considérée comme bonne ; les deux variétés sont ombrageuses et ont mauvais caractère, et cela mérite d'être mentionné ; la couleur des kaiilas du Sud va du jaune au noir ; les kaiilas du désert sont presque tous marron, mais j'ai vu quelques kaiilas du désert noirs ; des différences, parfois frappantes et importantes, existent cependant entre les animaux ; la plus importante, peut-être, est que le kaiila du désert allaite son petit ; les kaiilas du Sud sont vivipares mais le jeune, quelques heures après sa naissance, chasse par instinct ; la mère accouche à proximité du gibier ; bien qu'il y ait du gibier, dans le Tahari, oiseaux, petits mammifères, sleens des sables et quelques espèces de tabuks, il est rare ; l'allaitement des petits, chez le kaiila du désert, est un facteur important de la survie de l'animal ; le lait de kaiila qui, comme le lait de verr, est utilisé par les habitants du Tahari, est rougeâtre et a un fort goût salé ; il contient beaucoup de sulfate de fer ; une autre différence entre les deux animaux, ou les deux espèces de kaiilas, est que le kaiila du désert est omnivore alors que le kaiila du Sud est strictement carnivore ; les deux ont des tissus de stockage ; les deux peuvent rester plusieurs jours sans boire : le kaiila du Sud, cependant, a un estomac de stockage et peut rester plusieurs jours sans manger ; le kaiila du désert, malheureusement, doit manger fréquemment ; dans une caravane, de nombreux animaux de trait transportent du fourrage ; ce qui est nécessaire, et que l'on ne peut se procurer en chemin, doit être transporté. Parfois, avec un berger monté, on lâche les kaiilas de la caravane afin qu'ils puissent chasser le tabuk ; la différence la plus visible entre le kaiila du désert et le kaiila du Sud réside dans le fait que les pattes du kaiila du désert sont beaucoup plus larges, les doigts étant même reliés entre eux par une membrane fibreuse, et que ses coussinets sont beaucoup plus épais que ceux de sa contrepartie du Sud.

Je regagnai ma place dans la file de la caravane.

Dans le Tahari, il y a presque continuellement du vent. C'est un vent très chaud mais les nomades, et ceux qui voyagent dans le Tahari, l'aiment. Sans lui, le désert serait presque insupportable, même pour ceux qui ont de l'eau et dont le corps est protégé du soleil.

J'écoutai les clochettes de la caravane, dont le tintement est agréable. Le kaiila avançait lentement.

En général, dans le Tahari, le vent souffle du nord ou du nord-ouest. Il n'est pas dangereux, sauf au printemps lorsqu'il souffle de l'est, et en automne lorsqu'il souffle vers l'ouest.

Nous traversions une région montagneuse, avec beaucoup de buissons. Tout autour de nous, se dressaient de gros rochers. Nous marchions dans la poussière et les pierres.

A l'ombre des rochers, et sur les pentes abritées du soleil, ici et là, poussait de l'herbe à verr, rabougrie et brune. De temps en temps, nous passions près d'un puits et des tentes de nomades. Autour de ces puits, il y avait une douzaine de petits arbres, flahdahs semblables à des parapluies sur un manche tordu, qui ne dépassaient pas trois mètres de haut ; leurs branches sont minces et leurs feuilles en fer de lance. Autour de l'eau, généralement quelques mares boueuses, rien ne poussait en dehors des flahdahs ; on ne trouvait, à plus d'un pasang à la ronde, que de la terre craquelée, blanchâtre et piétinée ; la végétation, à supposer qu'il y en ait jamais eu, avait été broutée, jusqu'aux racines ; les craquelures de la terre étaient larges comme la main ; toutes les craquelures se rejoignaient, formant un motif réticulé ; tous les carrés de ce motif sont légèrement concaves. Les nomades, lorsqu'ils campent près d'un point d'eau, plantent généralement leur tente sous un arbre ; cela leur procure de l'ombre ; en outre, ils suspendent des marchandises aux branches des arbres, les utilisant comme points de stockage.

De temps en temps, la caravane s'arrêtait et, faisant bouillir de l'eau sur de petits feux, nous faisions du thé.

Près d'un trou d'eau, à un nomade, j'achetai pour Alyena une djellaba d'esclave d'occasion, en reps, à rayures noires et blanches. Elle ne lui couvrait pas complètement les cuisses. C'était pour qu'elle ait quelque chose à se mettre pendant la nuit. Elle n'était autorisée à la porter que pour dormir. Elle dormait à mes pieds. Je lui appris à monter la tente, à cuisiner, à faire tout ce qui est utile à un homme.

Le soir, quand la caravane s'arrêtait, je sortais Alyena du kurdah et, la faisant passer sur la selle, la posais par terre.

– Va voir Aya, lui disais-je. Supplie-la de te mettre au travail.

Aya était l'esclave de Farouk.

Un jour, elle avait osé répondre :

– Mais Aya me fait faire tout son travail !

Je donnai des coups de talon au kaiila qui se jeta sur elle et elle fut renversée, roulant sur les pierres ; puis elle resta immobile, se protégeant le visage avec les mains, sur le dos, sous les pattes de l'animal qui crachait et martelait, griffait le sol autour d'elle.

– Vite ! ordonnai-je.

Elle se releva d'un bond et courut vers Aya.

– Je fais vite, Maître ! cria-t-elle.

Sans s'en rendre compte, elle avait crié en goréen. Je fus content.

Naturellement, Aya l'exploitait. Cela correspondait à mon intention. En outre, Aya, avec une cravache à kaiila, continuait de lui apprendre le goréen. Et puis elle lui enseignait les tâches utiles aux femmes du Tahari : la fabrication de cordes avec des poils de kaiila, le coupage des rênes, le tissage de nattes et de tissus, la décoration des objets en cuir, le maniement du mortier, l'utilisation de la meule à grain, la préparation des ragoûts, le nettoyage des verrs et surtout, lorsque nous campions près des puits, à proximité des nomades, la manière de traire les verrs et les kaiilas. En outre, elle apprit à battre le lait dans des outres.

– Elle m'enseigne les tâches d'une femme libre, avait un jour protesté Alyena.

Je lui avais fait signe de s'agenouiller.

– Tu ne comprends rien, lui avais-je dit. Je te vendrai peut-être à un nomade. Dans sa tente, les durs travaux de la femme libre te seront peut-être confiés, outre les travaux de l'esclave.

– Il faudra que je travaille comme une femme libre, souffla-t-elle, et pourtant que je sois aussi esclave ?

– Oui, appuyai-je.

Elle frémit.

– Vends-moi à un homme riche, supplia-t-elle.

– Je te vendrai, te donnerai, te prêterai ou te louerai, précisai-je, à qui me plaira.

– Oui, Maître, dit-elle, furieuse.

Le soir, autour du feu de camp, je la faisais mettre à genoux derrière moi, les poignets attachés dans le dos. Je la nourrissais à la main. Elle dépendait de moi pour sa nourriture.

J'écoutai les clochettes de la caravane. Je tirai le burnous devant mon visage, protégeant mes yeux.

Les mouvements des hommes du Tahari sont, pendant les heures chaudes, généralement lents, presque languides ou gracieux. Ils font peu de gestes inutiles. S'ils peuvent l'éviter, ils s'efforcent de ne pas s'échauffer. Ils transpirent aussi peu que possible, ce qui conserve les fluides du corps. Leurs vêtements sont larges et volumineux, mais faits d'un tissu aux mailles serrées. Leur vêtement extérieur lorsqu'ils marchent en caravane, généralement le burnous, est presque invariablement blanc. Cette couleur réfléchit les rayons du soleil. L'ampleur des vêtements, qui les fait gonfler en cas de mouvement, fait circuler l'air autour du corps et cet air, en circulant sur la peau humide, rafraîchit le corps par évaporation ; les mailles serrées du vêtement ont pour objet de conserver l'humidité à l'intérieur du vêtement, autant que possible, de sorte qu'elle puisse se condenser à nouveau, de préférence, sur la peau. Il y a deux éléments essentiels sur ce point ; le premier consiste à minimiser la transpiration ; le second consiste à conserver, dans toute la mesure du possible, l'humidité perdue par transpiration.

Je m'assoupissais, bercé par les clochettes et le pas régulier du kaiila.

Sur une éminence, rejetant mon burnous en arrière, je me dressai sur mes étriers et regardai derrière moi. Je vis l'extrémité de la caravane, à plus d'un pasang de moi. Elle serpentait lentement, gracieusement, entre les collines. Derrière, venait un homme monté sur un kaiila. De temps en temps, il mettait pied à terre, ramassant les poils de kaiila et les mettant dans un sac accroché à sa selle. Le kaiila, contrairement au verr et à l'hurt, n'est jamais tondu. Lorsqu'il perd ses poils, cependant, il est possible de les ramasser et, en fonction de la nature de ces poils, on peut fabriquer divers types de tissu. Il y a les poils doux et fins du ventre de l'animal, les plus appréciés ; il y a les poils courts de la toison inférieure, moins doux, qui sont utilisés dans la fabrication de la majorité des tissus ; et il y a les longs poils de la toison extérieure. Quoique doux et souples, ils sont comparativement plus rudes. On utilise principalement ces poils pour fabriquer des cordes et des toiles de tente.

Je scrutai l'horizon. Je ne vis rien.

Alyena apprenait rapidement le goréen. Cela me faisait plaisir. Quand j'étais allé la chercher dans les cages de Tor, elle y était depuis quatorze jours, presque trois semaines goréennes. J'avais, naturellement, demandé un rapport au Maître des Esclaves, qui avait consulté les registres. On l'avait mise, naturellement, conformément à ma demande, dans une cellule de stimulation ; les cinq premières nuits, le harnais de corde avait été utilisé comme je l'avais spécifié ; il n'avait pas été utilisé par la suite, cependant, comme punition, car la femme s'était montrée coopérative et diligente ; en outre, sa concentration et ses efforts avaient été tels qu'il n'avait pas été nécessaire de la priver de nourriture ou de la fouetter ; elle n'avait pas été privée de nourriture ; elle n'avait pas été battue.

Les premiers mots de goréen que la jeune femme avait appris, et elle les avait appris dans les cages de Port Kar, étaient : « La Kajira », qui signifie : « Je suis une esclave. »

– La barbare, me dit le Maître des Esclaves, est très intelligente, pour une femme, mais, bizarrement, son corps est stupide ; tous ses muscles semblent noués.

– As-tu entendu parler de la Terre ? demandai-je.

– Oui, répondit-il. J'en ai entendu parler. (Il me regarda.) Cet endroit existe-t-il vraiment ? demanda-t-il.

– Oui, affirmai-je.

– Je croyais qu'il était mythique, dit-il.

– Non, déclarai-je.

– J'ai eu des femmes, dans les cages, évoqua-t-il, qui prétendaient venir de là-bas. Quelques-unes me suppliaient de les renvoyer sur Terre.

– Que faisais-tu d'elles ? m'enquis-je.

– Je les fouettais, dit-il, et elles se taisaient. Bizarrement, je n'ai jamais vu de femmes qui prétendaient être originaires de la Terre et qui, ayant été entièrement possédées, voulaient y retourner. En fait, il suffit de menacer de les renvoyer sur Terre pour qu'elles acceptent de faire n'importe quoi. (Il sourit.) Elles aiment le collier.

– « Il n'y a que lorsqu'elle porte un collier que la femme peut être vraiment libre », citai-je.

C'était un proverbe goréen. Sur Terre, il y a bien longtemps, l'histoire a tourné le dos au corps, à la nature, aux besoins des hommes et des femmes, aux réalités psychobiologiques liées à la génétique ; cette attitude, finalement et inévitablement, avait produit une planète mal aimée, exploitée, polluée, grouillante de populations misérables d'animaux malheureux, mesquins, égoïstes et frustrés ; les êtres humains de la

Terre n'ont pas de Pierre de Foyer ; cette attitude n'avait jamais prévalu sur Gor.

– Donc cette femme, reprit le Maître des Esclaves, faisant allusion à Alyena, est originaire de la Terre ?

– Oui, répondis-je, c'est une femme de la Terre qui est arrivée ici, comme beaucoup d'autres, dans un vaisseau de transport d'esclaves.

– Intéressant, fit-il.

– Sur une période de plusieurs années, expliquai-je, des ensembles de muscles ont été habitués à bouger suivant des structures mécaniques, comme les pièces d'une machine ; d'autres muscles, qui sont peut-être partiellement atrophiés, n'étaient pas utilisés du tout.

– Nous l'avons soumise à un programme intensif d'exercices, rapporta l'homme, mais pratiquement sans succès. Elle ne se sent pas encore femme, elle ne bouge pas encore comme une femme. Je crois qu'elle ne sait pas encore ce que c'est que d'être une femme.

– Cela, dis-je, c'est un homme qui le lui apprendra.

– Toutes les femmes de la Terre sont-elles ainsi ? s'enquit l'homme.

– Beaucoup, opinai-je. Pas toutes.

– Ce doit être un endroit lugubre, estima-t-il.

– Sur Terre, dis-je, les femmes s'efforcent de ressembler aux hommes.

– Pourquoi ? demanda l'homme.

– Peut-être parce qu'il n'y a pas beaucoup d'hommes, répondis-je.

– La population masculine est faible ? demanda-t-il.

– Il y a de nombreux mâles, précisai-je, mais peu d'hommes.

– Cela me paraît difficile à comprendre, reconnut le Maître des Esclaves.

Je souris.

– Cette distinction, soulignai-je alors, est presque sans signification pour un Goréen.

Il haussa les épaules.

– Je ne blâme ni les mâles, repris-je, ni les femelles.

Ce sont tous deux des victimes. En vertu de facteurs historiques, sociaux, institutionnels et technologiques, tenant au développement d'une planète donnée, le mâle, depuis le berceau, est programmé avec des valeurs antimasculines, apprend à se méfier de ses instincts, à les haïr et à les craindre et, idéalement, à jouir de sa démasculinisation. Il vit misérablement, naturellement, insatisfait, frustré, sujet à des maladies hideuses, et ne peut se consoler que par la servilité ignorante avec laquelle il porte ses chaînes, tirant un orgueil suffisant, vertueux, de son allégeance.

– Dans un tel monde, alors, les femmes ont gagné ? demanda l'homme.

– Non, répondis-je. C'est la machine qui a gagné. Les femmes aussi ont perdu.

– Sur Terre, émit l'homme, les hommes oseront sans doute un jour être des hommes.

– Je ne le crois pas, fis-je, sauf quelques rares individus. Le processus de conditionnement, inconscient, subtil, omniprésent, est trop efficace. Il n'est pas rare que les femmes aient peur de leur féminité ; on admet moins fréquemment que les hommes ont peur de leur virilité ; ils cachent leur sang ; ils font comme s'il n'existait pas ; il est même dangereux, dans une telle société, de suggérer que les hommes soient honnêtes sur ce point, de suggérer qu'ils puissent oser être des hommes, de suggérer qu'ils pourraient, s'ils le voulaient, arracher leurs chaînes. Les plus faibles, les plus coincés sont souvent les premiers, hystériquement, sachant qu'ils ne sont pas assez forts pour prendre les libertés qui leur reviennent, et craignant que ceux qu'ils craignent aient cette force, à dénoncer ces suggestions.

– Les faibles, souligna l'homme, sont toujours ceux qui ont peur des forts.

– Ils ont peur, bizarrement, d'un monde où tout le monde serait comme eux.

– Il faut que tout le monde soit faible, puisque je le suis, releva l'homme avec un sourire.

– Oui, dis-je.

– Et les femmes ? s'enquit l'homme.

– Elles s'efforcent d'imiter la masculinité qu'elles ne trouvent pas chez les hommes, répondis-je.

– Grotesque, fit l'homme.

– C'est déprimant, opinai-je. Voyons l'esclave.

Le Maître des Esclaves frappa dans ses mains, puis appela à travers le rideau de fils d'argent :

– 92 683 ! lança-t-il. Son corps bouge un peu plus fluidement, un peu plus sensuellement, expliqua-t-il. Elle bouge légèrement mieux. Elle a fait des exercices.

Il posa une feuille de papier devant moi. Je la regardai. Il s'agissait d'exercices ordinaires, des exercices d'esclave, destinés à rendre les femmes souples, détendues, vives, prêtes à servir leur maître.

– Connais-tu les problèmes de régime ? s'enquit-il.

– Oui, répondis-je.

Le régime alimentaire des esclaves était réglé avec la même attention et le même soin que celui de chiens de concours, ou d'autres animaux domestiques estimés, sur Terre. La quantité de calories était supervisée avec un soin particulier. Un problème fréquent, avec les esclaves, était les larcins, car elles essayaient toujours de voler des gâteaux ou des bonbons. Beaucoup d'esclaves adoraient les bonbons. En général, on ne leur en donne pas. Les femmes devaient souvent se comporter superbement, pendant des heures, devant leur maître avant que, dans sa générosité, il consente à leur jeter un bonbon.

– Son corps, naturellement, reprit l'homme, est à présent beaucoup plus sensible à ce qui l'entoure.

C'était le résultat de la cellule de stimulation. A présent, sa peau serait beaucoup plus sensible à des changements presque imperceptibles tels que les mouvements de l'air dans une pièce, la température, l'humidité et ainsi de suite ; en outre, elle était beaucoup plus sensible aux textures avec lesquelles son corps entrait en contact comme, par exemple, le grain des dalles sur lesquelles elle marchait, leur degré d'humidité, la caresse de la soie, dans ses différentes variétés, sur son épaule, la sensation précise de la trame d'un tapis sous sa cuisse, la sensation d'une bretelle sur son corps, la sensation exacte produite par les menottes d'esclaves, froides et inflexibles, sur ses poignets fins. Son corps tout entier, à présent, serait vivant, orgue de toucher, feuille de vitalité savante. J'étais satisfait. C'était un pas vers la sensualité.

– L'esclave numéro 92 683 ! annonça une voix de femme.

La jeune femme franchit les fils d'argent du rideau.

– A genoux, petite Alyena, dit le Maître des Esclaves.

Je regardai la jeune femme s'agenouiller. Je trouvai que le Maître des Esclaves s'était montré trop modeste. Subtilement, mais indubitablement, c'était une femme différente. Elle avait encore beaucoup à apprendre mais il y avait, indéniablement, une amélioration. Bizarrement, je sentis que la jeune femme ne comprenait pas complètement les changements qui s'étaient opérés en elle. De toute évidence, elle se croyait encore semblable au jour de son arrivée aux cages. Certains changements, principalement dans les mouvements, et la posture, sont parfois les conséquences inconscientes des exercices ; ils accompagnent, conséquences agréables, valeurs latentes, d'autres exercices dont l'objectif manifeste est autre. Un exemple évident est la cellule de stimulation dont l'objectif manifeste est l'affinement des réactions physiques et psychologiques de surface ; cette réaction, cependant, affecte l'ensemble du comportement de la femme. En fait, pour ainsi dire, on ne forme pas les femmes à la vitalité apparente ; on les rend pleines de vitalité ; ensuite, souvent, sans même comprendre, sans y penser, elles paraissent pleines de vitalité.

La jeune femme s'agenouilla devant le bureau du Maître des Esclaves. Je m'assis à côté, sur une chaise curule. Elle était à genoux, soumise, belle, en position d'Esclave de Plaisir. Elle était en présence d'hommes libres. Je vis ses yeux se fermer brièvement, jouissant de la sensation des dalles du sol, tandis qu'elle était assise sur les talons, les genoux et le bout des orteils ; je vis son corps se redresser, s'exposer, assimilant l'atmosphère de la pièce. Ses yeux étaient très vifs, très bleus. Elle semblait irritée.

– Et en ce qui concerne, demandai-je au Maître des Esclaves, les plaisirs destinés aux hommes ?

– Je lui ai enseigné quelques rudiments, répondit-il. C'est à peu près tout ce dont elle est capable pour le moment.

– Lui as-tu appris à danser ? demandai-je.

– Elle n'est pas encore prête pour la danse, déclara le Maître des Esclaves.

J'observai la jeune femme afin de deviner ce qu'elle comprenait de notre conversation en goréen. Sa compréhension était imparfaite.

– Debout, Petite ! ordonnai-je en goréen.

Gracieusement, elle se leva. Je l'observai.

– Menottes, dis-je, durement, en goréen.

La femme se mit en position, les mains sur les fesses, la tête droite, le menton levé, légèrement tournée sur la gauche. Dans cette position, il est facile de lui passer les menottes et de la fouetter.

– A genoux, lui dis-je.

Elle s'agenouilla de nouveau, en position d'Esclave de Plaisir.

Dans un coin, les bras croisés, la cravache à la main, avec ses bandes de cuir et son soutien-gorge, son collier et son bracelet, avec ses sandales lacées sur les mollets, se tenait l'esclave puissante qui avait emmené la jeune femme, lorsque je l'avais amenée aux cages. Elle souriait.

Du bout du pied, je montrai les dalles.

– Rampe ! dis-je en goréen.

La jeune femme se mit à plat ventre et, comme une esclave, rampa vers mes pieds. Elle posa les lèvres sur mon pied ; je sentis ses cheveux dessus.

– Retourne ! ordonnai-je.

A plat ventre, sans lever la tête, elle regagna l'endroit où elle était à genoux.

– A genoux ! ordonnai-je.

Elle s'agenouilla une nouvelle fois en position d'Esclave de Plaisir. Ses yeux étaient pleins de colère.

Excellent, me dis-je.

– S'est-elle montrée diligente ? demandai-je au Maître des Esclaves.

– Oui, répondit-il.

Je souris. La jeune femme appliquait la rébellion de l'acceptation. Pour éviter la privation de nourriture et le fouet, elle obéissait parfaitement, mais extérieurement. Elle tentait de protéger une île où elle resterait maîtresse d'elle-même. Elle croyait nous tromper. Je ne pensais pas que tel était mon rôle mais, indubitablement, son maître, lorsqu'il le souhaiterait, la briserait, lui prenant cette île, faisant d'elle une véritable esclave. Pour le moment, je la laisserais croire qu'elle nous trompait. Plus tard, quand un maître le souhaiterait, il la briserait, la soumettant, complètement, à sa volonté.

J'étais persuadé que la jolie Alyena, un jour, entre les bras d'un homme puissant, à l'intention de qui je la gardais, deviendrait une véritable esclave, propriété adorable et vulnérable de son maître.

J'adressai un regard à l'esclave puissante, avec sa cravache, debout près du rideau de fils d'argent.

– Pourquoi ne portes-tu pas la soie des esclaves ? lui demandai-je.

Ses yeux étincelèrent. Sa main se crispa sur la cravache.

– Elle est utile dans les cages, expliqua le Maître des Esclaves. Elle terrorise les femmes féminines.

Je me tournai vers Alyena.

– Que penses-tu, demandai-je en anglais, de cette esclave ?

– Elle me fait peur, souffla la frêle et jolie Alyena.

– Pourquoi ? demandai-je.

– Elle est très forte, très dure, répondit Alyena.

– Ce qui te fait peur chez elle, dis-je, c'est sa masculinité, mais ce n'est pas une véritable masculinité ; elle est fausse. (Je la fixai.) La masculinité dont tu dois avoir peur, repris-je, c'est la masculinité des hommes.

– Elle peut résister à n'importe quel homme, souligna Alyena.

L'orgueil faisait briller ses yeux.

Je me tournai vers le Maître des Esclaves.

– Fais venir un esclave mâle, dis-je.

On en amena un. Il n'était pas grand. Néanmoins, il avait deux centimètres de plus que l'esclave à la cravache.

– Tu me certifies, dis-je au Maître des Esclaves, que cet homme n'est ni stupide, ni maladroit, ni ivre, ni un Maître des Arts martiaux décidé à susciter la confiance de ses disciples ?

– Je le certifie, répondit-il avec un sourire. Il fait le ménage dans les cages. C'est un conducteur qui a falsifié les marques de caisses d'épices.

Je posai un disque de cuivre au tarn sur le bureau du Maître des Esclaves.

– Combattez ! dis-je aux esclaves.

– Combattez ! dit le Maître des Esclaves.

L'homme parut troublé. Avec un cri de rage, strident et méchant, l'esclave se jeta sur lui, le frappant au visage avec sa cravache. Elle le frappa deux fois avant que, furieux, il lui arrache la cravache et la jette dans un coin.

– Ne me mets pas en colère ! la menaça-t-il.

Il se tourna et amortit son coup de pied avec la cuisse gauche. Elle bondit sur lui, les doigts comme des griffes, pour lui arracher les yeux. Il lui prit les poignets. Il la fit pivoter sur elle-même. Elle ne pouvait plus bouger. Puis, avec une force considérable, tandis qu'elle poussait des cris de désespoir, il la jeta à plat contre le mur. Puis il recula, lui balaya les chevilles et la jeta à plat ventre sur les dalles, s'agenouillant ensuite sur son dos. Elle pleurait et martelait les dalles avec les poings. Puis il lui arracha son soutien-gorge et, lui tirant les bras en arrière, lui attacha les poignets avec. Il arracha la ceinture et les bandes de cuir. Il lui ôta ses sandales. Avec une de leurs longues lanières, il lui attacha les chevilles, après les avoir croisées. Puis, furieux, lui faisant mal, il amena l'anneau de son collier sur la nuque. Avec l'autre lacet, passé dans l'anneau et la lanière qui lui immobilisait les chevilles, il la contraignit à plier les jambes, les attachant ainsi. Puis il s'accroupit au-dessus d'elle, qui était attachée à ses pieds. Il lui tourna la tête, au-dessus de l'épaule droite, afin qu'elle lui fasse face ; il était accroupi de sorte qu'elle ne pouvait bouger ; sa cheville droite était contre sa joue gauche. Il leva les pouces, tendus vers le bas, au-dessus de ses yeux.

– Je suis une femme à ta merci, sanglota-t-elle. Je t'en prie, Maître, ne me fais pas de mal.

Il se tourna vers le Maître des Esclaves. Le Maître des Esclaves gagna l'endroit où la femme gisait. Il la regarda. Il appela deux esclaves qui entrèrent par le rideau. Ils regardèrent la femme. Puis le Maître des Esclaves dit :

– Fournissez des soieries à cette esclave, puis donnez-la aux esclaves mâles.

On détacha la lanière qui reliait ses chevilles à l'anneau de son collier.

On la fit lever et on la soutint ; elle ne pouvait rester seule debout car ses chevilles étaient croisées et attachées.

– Quels sont les maîtres ? lui demanda le Maître des Esclaves.

La femme, les cheveux sur le visage, tenue par deux hommes, regarda Alyena. La femme tremblait.

– Les hommes, souffla-t-elle. Les hommes sont les maîtres.

Le visage d'Alyena blêmit.

La femme fut emportée dans les cages. J'achetai l'esclave mâle un tarsk d'argent, puis l'affranchis.

– Debout ! dis-je à Alyena, qui tremblait.

Je lui mis la chaîne de marche que j'avais achetée quelques jours plus tôt au bazar.

Je la regardai dans les yeux.

– Quels sont les maîtres ? demandai-je.

Elle me foudroya du regard. Puis elle répondit :

– Les hommes... Les hommes sont les maîtres.

Puis je quittai le bureau du Maître des Esclaves de Tor, l'esclave me suivant.

Sur le dos du kaiila, sur le chemin de l'Oasis des Neuf Puits, somnolant, j'écoutai les clochettes des kaiilas.

C'était la fin de l'après-midi. Nous nous arrêterions, dans une ou deux ahns, et dresserions le camp.

On allumerait les feux. On mettrait les kaiilas en cercles, dix par cercle, et de jeunes garçons jetteraient du fourrage au centre.

Les tentes seraient montées. L'ouverture d'une tente du Tahari est généralement tournée face à l'est, afin que le soleil du matin réchauffe l'intérieur. Gor, comme la Terre, tourne en direction de l'est. La nuit, en général, on a besoin d'une épaisse djellaba et d'une couverture. Beaucoup de nomades font un feu de crottin de kaiila, qu'ils laissent brûler doucement pendant la nuit, pour se réchauffer les pieds. Cela ne m'était pas nécessaire, naturellement, puisque miss Priscilla Blake-Allen, Alyena, dormait à mes pieds.

La nuit, les kaiilas sont entravés. Les esclaves aussi sont également entravées. Avec les kaiilas, un simple nœud de la corde en poil de kaiila, au-dessus des pattes, sous le genou, suffit. Les femmes, naturellement, sont enchaînées. Quand j'en avais terminé avec elle, je croisais les chevilles d'Alyena et, avec la chaîne de marche, convenablement raccourcie, je les enchaînais. Ainsi, elle ne pouvait se mettre debout. Ensuite, je lui jetais sa courte djellaba, à cause du froid du désert, puis lui ordonnais de se mettre en position de sommeil. Sur la natte, vers l'aube, elle tirait la capuche sur son visage et remontait les genoux contre la poitrine ; la djellaba ne lui couvrait pas complètement les cuisses ; je la regardais parfois dormir car elle était très belle. Un jour, elle ouvrit les yeux.

– Maître, dit-elle.

– Dors, Esclave ! lui ordonnai-je.

– Oui, Maître, dit-elle.

Au matin, je la détachais tôt afin que, comme les autres esclaves du camp, elle puisse accomplir ses tâches. Un jour, elle vola une datte. Je ne la fouettai pas. Je l'enchaînai, les bras au-dessus de la tête, contre le tronc d'un flahdah. Je permis aux enfants nomades de se moquer d'elle. Ce sont de petits mendiants sournois. Ils la chatouillèrent avec les feuilles en fer de lance de l'arbre. Ils lui mirent du miel sur la peau, pour attirer les petites mouches de sable noires, qui infestent ces mares au printemps. Quand nous prenions la piste, je la mettais dans le kurdah.

J'entendis le galop d'un kaiila sur le sol desséché. Soudain, je fus en alerte, tous les sens en éveil.

Je fis pivoter mon kaiila et me dressai sur les étriers.

Un homme venait le long de la caravane, un éclaireur.

– Des cavaliers ! cria-t-il. Des cavaliers !

Je les vis alors, plus de cent, franchissant le sommet d'une colline et se dirigeant vers nous, sur ma gauche, à l'ouest. Leurs burnous volaient derrière eux tandis qu'ils franchissaient la crête puis, les animaux se laissant presque glisser, ils descendirent la pente, se dirigeant vers nous. Les gardes de notre caravane partirent rapidement à leur rencontre. Je restai debout sur les étriers. Je ne vis personne venir dans les autres directions. Il pouvait, naturellement, y avoir des charges postérieures. Rassuré, je vis des éclaireurs prendre position autour de la caravane, en prévision d'une telle éventualité. Je vis Farouk, Marchand et Maître de Caravane, passer au galop, le burnous gonflé, la lance à la main. Six hommes l'accompagnaient. Je vis les conducteurs, tenant les rênes des animaux, regarder l'ouest, à travers la poussière, la main au-dessus des yeux. Un membre de la famille de Farouk gagna les kurdahs des esclaves, des chaînes suspendues au pommeau de sa selle. Il s'arrêtait devant chaque kurdah, jetait une chaîne à la femme et lui ordonnait :

– Entrave-toi !

Il attendait que la fille ait refermé le petit anneau sur son poignet droit puis le grand, derrière son corps, sur sa cheville gauche ; les anneaux sont séparés par vingt centimètres de chaîne ; il ne s'agit pas d'entraves de nuit, qui n'immobilisent que les chevilles ; puis il gagnait rapidement le kurdah suivant, jetant une entrave à la femme suivante et réitérant son ordre. Je suivis la caravane jusqu'au kurdah d'Alyena. Elle sortit la tête, voilée, les poings maintenant le rideau de reps écarté.

– Que se passe-t-il ? cria-t-elle.

– Tais-toi ! ordonnai-je.

Elle parut effrayée.

– Reste dans le kurdah, Esclave, lui intimai-je, et ne regarde pas dehors !

– Oui, Maître, répondit-elle.

Je fis pivoter le kaiila, tirai le cimeterre de son fourreau.

– Ce sont des Aretai ! cria quelqu'un.

Je repoussai d'un coup sec le cimeterre dans son fourreau.

Je vis, à une centaine de mètres de la caravane, les cavaliers s'arrêter. Je vis également Farouk, s'entretenant avec leur capitaine. Les gardes de la caravane, montés sur des kaiilas nerveux, qui grattaient le sol, se tenaient derrière lui. Les lances étaient levées, l'extrémité étant glissée dans le fourreau d'étrier, comme des aiguilles dressées vers le ciel.

Je fis avancer mon kaiila de quelques pas, vers les hommes, puis retournai auprès de la caravane.

– Ce sont des Aretai, dit un conducteur.

La caravane, je le savais, se rendait à l'Oasis des Neuf Puits. Celle-ci était gouvernée par Suleiman, maître d'un millier de lances. C'était le Grand Pacha des Aretai.

Plusieurs nouveaux venus prirent position autour de la caravane. Un groupe gagna sa tête, un autre alla en queue. Une vingtaine d'hommes, avec Farouk et quelques gardes, descendirent le long de la caravane, un animal après l'autre, vérifiant les conducteurs et les palefreniers.

– Que font-ils ? demandai-je à un conducteur proche de moi.

– Ils cherchent les Kavars, répondit-il.

– Que feront-ils s'ils en trouvent ? demandai-je.

– Ils les tueront, répondit l'homme.

Je regardai les hommes, montés sur leurs kaiilas, accompagnés de Farouk, Maître de Caravane, se dirigeant lentement vers nous.

– Ce sont les hommes de Suleiman, précisa le conducteur, debout près de moi, les rênes de son kaiila à la main. Ils sont venus pour nous escorter jusqu'à l'Oasis des Neuf Puits.

Les hommes approchèrent, s'arrêtant, repartant, allant d'un homme au suivant le long de la file. Ils étaient conduits par le capitaine, qui portait un burnous bordé de rouge. Plusieurs hommes avaient posé leur cimeterre, dégainé, en travers de leur selle.

– Tu n'es pas un Kavar, n'est-ce pas ? demanda le conducteur.

– Non, répondis-je.

Les cavaliers étaient devant nous.

Le conducteur repoussa la capuche de son burnous et tira le voile sur son visage. Sous le burnous, il portait un bonnet. Le voile de reps était rouge ; il était teint avec une teinture primitive obtenue avec de l'eau et des racines de telekint écrasées ; comme il avait transpiré, il avait déteint ; son visage était taché. Il remonta la manche de sa chemise.

Le capitaine se tourna vers moi.

– Ta manche ! dit-il.

Je remontai la manche de ma chemise, exposant mon avant-bras gauche. Il ne portait pas le cimeterre bleu, tatoué sur le bras du jeune Kavar à l'âge de la puberté.

– Ce n'est pas un Kavar, dit Farouk.

Il fit mine de continuer son chemin le long de la file.

Le capitaine maintint sa monture immobile. Il ne m'avait pas quitté des yeux.

– Qui es-tu ? s'enquit-il.

– Je ne suis pas un Kavar, répliquai-je.

– Il s'appelle Hakim de Tor, précisa Farouk.

– Près de la Porte Nord de Tor, dit le capitaine, il y a un puits. Comment s'appelle-t-il ?

– Il n'y a pas de puits près de la Porte Nord de Tor, répondis-je.

– Comment s'appelle le puits proche des échoppes des Selliers ? demanda le capitaine.

– Le Puits de la Quatrième Main Transitoire, répondis-je.

Le puits, plus d'un siècle auparavant, avait été découvert pendant la Quatrième Main Transitoire de l'Administrateur Shiraz, alors Bey de Tor.

Je fus content d'avoir consacré quelques jours, avant de prendre les leçons de cimeterre, à apprendre la ville de Tor. Il n'est pas prudent d'emprunter une identité que l'on n'est pas capable de prouver.

– Tu n'as pas l'accent de Tor, souligna le capitaine.

– Je n'ai pas toujours habité à Tor, répondis-je. Je viens, à l'origine, du Nord.

– C'est un espion des Kavars ! lança un des lieutenants qui se tenaient aux côtés du capitaine.

– Pourquoi vas-tu à l'Oasis des Neuf Puits ? s'enquit le capitaine.

– J'ai des pierres que je voulais vendre à Suleiman, ton Maître, dis-je, en échange de pains de dattes séchées.

– Laisse-nous le tuer, insista le lieutenant.

– Est-ce ton kurdah ? s'enquit le capitaine, montrant le kurdah d'un kaiila tout proche.

– Oui, répondis-je.

Tandis qu'ils visitaient la caravane, ils avaient, avec leurs cimeterres, ouvert les rideaux des kurdahs, car il aurait pu y avoir des Kavars à l'intérieur. Néanmoins, ils n'avaient trouvé que des esclaves entravées.

– Qu'y a-t-il à l'intérieur ? s'enquit-il.

– Seulement une esclave, répondis-je.

Il poussa son kaiila jusqu'au kurdah et, avec l'extrémité de son cimeterre, voulut lever la moitié du rideau qui se trouvait à sa droite.

La lame de mon cimeterre bloqua la lame du sien.

Les hommes se crispèrent. Les poings se serrèrent sur les poignées des cimeterres. Les lances furent baissées.

– Tu caches peut-être un Kavar à l'intérieur, émit le capitaine.

Avec l'extrémité de mon cimeterre, j'écartai le rideau. Dans le kurdah, à genoux, effrayée, nue en dehors de son collier et de son voile, la jeune femme recula.

– La cuisse ! dit le capitaine.

La femme lui présenta son flanc gauche, lui montrant sa cuisse et sa marque.

– Ce n'est qu'une esclave, dit le lieutenant, déçu.

Le capitaine sourit. Il considéra les courbes douces, délicates, séduisantes, exposées, de l'esclave.

– Mais elle est jolie, souligna-t-il.
– Dévoile ton visage ! lui ordonnai-je.

La jeune femme, les mains derrière la tête, sur la lanière dorée, abaissa son voile. Son corps s'était magnifiquement redressé lorsqu'elle avait levé les bras pour détacher le voile. Je notai la manière dont elle l'avait fait. Je ricanai intérieurement. C'était une esclave et elle ne le savait pas.

– Oui, reprit le capitaine, une belle esclave. (Ses yeux s'attardèrent sur la bouche dévoilée, puis il but le reste de son visage, puis son corps. Il me regarda.) Je te félicite de posséder une telle esclave, ajouta-t-il.

D'une inclinaison de tête, j'acceptai le compliment.

– Peut-être, ce soir, suggéra-t-il, pourrait-elle danser pour nous ?

– Elle ne sait pas danser, répondis-je.

Puis, à la jeune femme, en anglais, je dis :

– Tu n'es pas encore prête à danser pour le plaisir des hommes.

Elle se tassa sur elle-même.

– Bien sûr que non ! répliqua-t-elle, en anglais elle aussi.

Mais je constatai que, en dépit de sa fureur, de sa dénégation, son regard avait été excité, curieux. De toute évidence, elle s'était déjà demandé de temps en temps quel effet cela ferait, esclave portant un collier, de danser nue sur le sable, dans la lumière du feu de camp, s'efforçant vulnérablement, sous la menace du fouet, de plaire à des guerriers goréens. Il faudrait du temps, à mon avis, avant qu'Alyena à la peau blanche supplie :

– Fais-moi danser ! Fais-moi danser pour le plaisir des Guerriers !

– C'est une barbare, dis-je au capitaine. Elle ne parle pas bien le goréen. Je lui ai dit qu'elle n'était pas prête à danser pour le plaisir des Guerriers.

– Dommage, dit-il.

Dans la danse des femmes goréennes, la danseuse

doit souvent satisfaire complètement les passions qu'elle parvient à susciter chez son public. Il ne lui est pas permis d'exciter puis de s'enfuir ; quand, lorsque la musique se tait, elle se jette par terre, à la merci des hommes libres, la danse n'est qu'à moitié terminée ; il lui faut encore payer le prix de sa beauté.

– Tu dois lui faire apprendre la danse, dit le capitaine.

– C'est bien mon intention, répondis-je.

– Le fouet, rappela le capitaine, peut apprendre beaucoup de choses à une fille.

– Tu parles en vérité, opinai-je.

– Une jolie esclave, dit-il encore.

Puis il fit pivoter son kaiila et, suivi de ses compagnons, poursuivit l'inspection des hommes de la caravane. En faisant pivoter son kaiila, le lieutenant qui l'accompagnait, qui avait affirmé que j'étais un espion des Kavars et avait conseillé de me tuer, m'adressa un regard noir. Puis il suivit les autres, et Farouk, le long de la caravane.

– Il ne sera pas nécessaire, Maître, dit Alyena, hautaine, en goréen, d'avoir recours au fouet pour me faire danser.

– Je sais, répondis-je en riant, ... Esclave.

Elle serra les poings.

– Voile-toi ! ordonnai-je.

Elle obéit.

– Reste à l'intérieur, ajoutai-je, et ne regarde pas dehors.

– Oui, Maître, dit-elle.

Je vis ses yeux, bleus, furieux, au-dessus du voile jaune puis, riant, avec mon cimeterre, je fis retomber la moitié droite du rideau, qui cacha l'esclave.

Progressivement, à mesure que la femme comprend qu'elle est esclave, véritablement, dans une société où il y a des esclaves, dans laquelle elle ne peut être que cela, sans possibilité de fuite, des transformations fantastiques s'opèrent en elle. Je constatais déjà le commencement de ces transformations chez Alyena. Elle était déjà excitée par son collier et le fait d'être possédée par les hommes. Elle s'intéressait à eux. Elle devenait effrontée, impudique, comme cela convient à un article de propriété. Elle s'autorisait à présent des pensées et des rêves qui auraient scandalisé une femme libre mais étaient pour elle, qui n'était qu'une esclave, tout à fait appropriés. Elle devenait mesquine, jolie et provocante. Elle devenait sensuelle. Elle devenait sournoise, rusée, possédée. Récemment, elle s'était baissée pour voler une datte. Bien que je l'aie, naturellement, punie, j'avais été très satisfait. Cela signifiait qu'elle devenait une esclave. A présent, je venais de la voir se redresser magnifiquement en retirant son voile devant les hommes. J'avais perçu sa curiosité concernant l'effet que cela ferait de danser devant eux. Elle m'avait indiqué qu'il ne serait pas utile d'utiliser le cuir sur elle pour qu'elle se mette à l'étude des danses des esclaves. Elle se croyait, en elle-même, tout à fait libre, n'ayant de l'esclave que le collier et le nom, mais elle se trompait. Je me dis que je pouvais lui accorder ce petit morceau d'orgueil jusqu'au jour où un maître le lui prendrait et que, brisée, effondrée sur les dalles, ou la natte de soumission, elle comprendrait véritablement qu'elle n'était qu'une esclave.

La belle Alyena, bien qu'elle ne le sût pas, et aurait probablement refusé de le croire, était sur le bon chemin.

Elle devenait une esclave.

5

CE QUI ARRIVA DANS LE PALAIS DE SULEIMAN PACHA

– Combien en veux-tu ? demanda Suleiman.

Il était assis sur des coussins posés sur des tapis de Tor.

Il portait le kaffiyeh et l'agal, la corde étant celle des Aretai.

Devant nous, sur le plancher lisse, écarlate, incrusté, se tenait la jeune femme. Son corps était détendu, néanmoins son maintien était magnifique. Elle ne nous regardait pas. Elle paraissait ennuyée, légèrement insolente.

Sur les hanches, retenue par une ceinture de tissu roulé, elle portait une soierie de danse au drapé turien, les cuisses nues, le coin avant droit de la soie passé sous la ceinture, derrière et à gauche, le coin arrière gauche passé sous la ceinture devant et à droite. Elle était pieds nus ; elle avait des bracelets en or aux chevilles, davantage à la cheville gauche. Elle portait un soutien-gorge de soie jaune, attaché haut pour accentuer sa beauté. Elle portait un collier à serrure en or et, autour du cou, de nombreux pendentifs et chaînes légères ; aux poignets, elle avait de nombreux bracelets ; sur les avant-bras, serrés, elle avait également des anneaux, encore une fois plus nombreux à gauche. Elle secoua la tête ; ses cheveux étaient défaits.

– Prépare-toi à plaire à un homme libre, dis-je à la jeune femme.

Elle était blonde, avait les yeux bleus et la peau claire.

Elle fléchit les genoux, le poids du corps sur les talons, leva les mains au-dessus de la tête, les poignets joints, dos à dos ; sur ses pouces et ses doigts, prêtes, de petites cymbales.

J'adressai un signe de tête aux Musiciens. La musique commença. Les petites cymbales tintèrent et Alyena dansa pour nous.

– Est-ce que l'esclave te plaît ? demandai-je.

Suleiman la regarda, ses lourdes paupières mi-closes. Son visage ne trahissait aucune émotion.

– Elle n'est pas sans intérêt, dit-il.

Je sortis de sous mes robes la ceinture dans laquelle j'avais caché les pierres précieuses. Je coupai les points qui maintenaient les deux parties l'une contre l'autre et, une par une, je posai les pierres précieuses sur la table basse, incrustée, laquée, derrière laquelle Suleiman était assis. Il regarda les pierres précieuses, les prit l'une après l'autre entre le pouce et l'index de sa main droite. De temps en temps, il les levait dans la lumière. Je m'étais assuré, dans le cadre du marché, de la valeur des pierres et savais approximativement à quel poids de dattes pressées elles correspondaient.

A la droite de Suleiman, languide, un autre homme était assis. Il portait le kaffiyeh et l'agal, un kaftan de soie. C'était un Marchand de Sel de Kasra.

– Je regrette, dit Ibn Saran, que nous n'ayons pas pu aller ensemble à Kasra, puis à Tor.

– J'ai dû partir très vite, dis-je, pour affaires.

– Tant pis pour moi, sourit Ibn Saran, portant à ses lèvres une fine tasse décorée pleine de vin noir.

Suleiman, du bout du doigt, repoussa quelques pierres vers moi.

Je les remis dans ma bourse. Il s'intéressait surtout, apparemment, aux diamants et aux opales.

Ces deux types de pierres étaient rares sur le marché du Tahari.

Je regardai Alyena. Son corps semblait à peine bouger, pourtant il dansait, comme contre sa volonté. Il semblait qu'elle tentât de rester immobile, comme si elle luttait contre son corps, mais qu'il la contraignait à danser, trahissant son asservissement devant les yeux des maîtres. Ses yeux étaient fermés, ses lèvres serrées, son visage plein de souffrance ; elle avait les bras au-dessus de la tête, les poings serrés et pourtant, apparemment tout seul, apparemment contre sa volonté, son corps bougeait, la contraignant à être belle devant nous. L'artifice de la danseuse atteignit une intensité fantastique. Cela n'échappa ni à Suleiman ni à Ibn Saran.

J'avais attendu un mois, à l'Oasis des Neuf Puits, avant d'obtenir une audience avec Suleiman.

Ibn Saran, sans quitter Alyena des yeux, leva le doigt. Une esclave, pieds nus, portant des bracelets, portant un chalwar serré à la ceinture, en soie diaphane, serré également aux chevilles, ainsi qu'une étroite tunique de soie rouge, laissant la taille nue, se précipita vers lui, avec un pot argenté, haut et élégant, contenant le vin noir. Elle était voilée. Elle s'agenouilla, remplissant sa tasse. Sous le voile, j'aperçus le métal du collier.

Je ne pensais pas avoir une telle chance. Elle ne me regarda pas. Elle regagna sa place, avec le pot de vin noir.

Ibn Saran leva un autre doigt. Une autre femme apparut, une femme rousse, à la peau claire. Elle portait également un chalwar, une tunique, des bracelets et un collier. Elle apporta un plateau chargé de cuillères et de sucres. Elle s'agenouilla, posant le plateau sur la table. Avec une petite cuillère, dont l'extrémité ne faisait pas plus d'un hort de diamètre, elle mit quatre mesures de sucre blanc, et six de sucre jaune, dans la tasse ; avec deux autres cuillères, une pour le sucre blanc et une autre pour le sucre jaune, elle tourna le breuvage après chaque mesure. Puis elle posa la tasse contre sa joue, vérifiant la température ; Ibn Saran lui adressa un bref regard ; le regardant, elle embrassa timidement la tasse avant de la lui donner. Puis, la tête baissée, elle se retira.

Je ne me retournai pas pour regarder la première femme, qui tenait le pot argenté de vin noir.

Je me demandai si elle appartenait à Suleiman ou bien à Ibn Saran. Je supposai que c'était à Suleiman parce que c'était dans son palais que nous nous trouvions et discutions affaires.

Suleiman, à contrecœur, repoussa deux autres pierres dans ma direction. Sans un mot, je les remis dans ma bourse.

Dansant, Alyena tournait sur elle-même. Je souris. Sous les fesses à gauche, je voyais que, à travers la soie jaune, le bleu n'avait pas encore disparu. Elle l'avait reçu pendant la marche de la caravane ; quatre jours plus tôt, avant que le bleu lui ait été infligé, nous avions été rejoints par les officiers et l'escorte venus de l'Oasis des Neuf Puits. Elle l'avait reçu près d'un point d'eau. Elle portait une grosse outre de lait de verr caillé sur la tête. Il lui avait été donné par un jeune nomade séduisant, souple, aux larges épaules. J'avais assisté à la scène et, à mon avis, elle s'était arrangée pour qu'il le lui donne. Avec son fardeau, elle était passée devant lui, près de lui, comme une esclave. Il s'était levé d'un bond et, rapide, les doigts comme des pinces, il avait administré ce coup sec, jovial, instructif, à la femme audacieuse. Son cri résonna sur un quart de pasang autour du point d'eau, faisant sursauter jusqu'aux verrs et kaiilas. Elle laissa tomber l'outre de lait caillé, les coutures, heureusement pour elle, tenant bon, et lui fit face, mais il la dominait de toute sa taille, à quelques centimètres d'elle.

– Tu marches bien, Esclave, lui dit-il.

Elle recula en trébuchant, effrayée, butant, jusqu'au tronc penché d'un flahdah. Elle le regarda.

– Tu es jolie, Petite Esclave, reprit-il. J'aimerais bien te posséder.

Elle détourna la tête.

– Oh ! s'écria-t-elle.

Sa main était sur elle et, se tordant, pleurant, se poussant avec les talons, l'écorce lui griffant le dos, elle gravit le tronc penché sur une trentaine de centimètres avant que, à travers son voile, il l'embrasse, laissant une trace de sang sur la soie puis, avec ses mains, lui attache les cheveux autour du tronc, la laissant ainsi. Elle pleurait, à genoux au pied de l'arbre, tentant de défaire le nœud de sa chevelure, qui l'immobilisait, nœud qui, se trouvant de l'autre côté du tronc, était invisible. Il lui fallut plus de dix ehns pour se libérer, ce qui amusa beaucoup le camp. Elle fut encore plus déconfite par le fait qu'Aya, l'esclave de Farouk qui était chargée de sa formation, la découvrit ainsi. Aya ne fut pas contente de trouver son élève attachée à un arbre par les cheveux, l'outre de lait caillé gisant dans la poussière. Aya manifesta clairement son mécontentement en frappant plusieurs fois la jeune femme, avant qu'elle ait pu se dégager, avec l'instrument coutumier de son instruction, une corde de poil de kaiila nouée.

– Paresseuse, ironisa-t-elle. Il y a un temps pour jouer et un temps pour travailler !

Quand Alyena eut enfin réussi à se dégager, en hâte, pleurant, elle remit l'outre de lait caillé sur sa tête, l'équilibrant, puis repartit en direction de la tente de Farouk.

– Et c'est le temps du travail ! cria Aya.

– Oui, Maîtresse, sanglota Alyena.

Quand Alyena fut autorisée par Aya à cesser de travailler, elle vint aussitôt me voir et raconta, en larmes, ce qui s'était passé.

– C'était un monstre horrible, n'est-ce pas ? fit Alyena.
– Oui, un monstre horrible, admis-je.
– Tu aurais dû intervenir, fit-elle d'une voix boudeuse.
Je haussai les épaules.
– A mon avis, il s'est conduit avec toi comme il fallait, dis-je.
– Oh ! fit-elle. (Puis, un instant plus tard, elle demanda :) Ne devrais-tu pas défendre ta propriété ?
– Peut-être, si je pensais qu'elle a une valeur quelconque, répondis-je.
– Oh, fit-elle.
Elle baissa la tête.
– Ote-moi mes babouches ! ordonnai-je.
Elle se pencha sur mes babouches.
Ce soir-là, tard, vêtue de sa djellaba et entravée à mes pieds, elle parla.
– Maître, dit-elle.
– Oui ? répondis-je.
– C'était un monstre horrible, n'est-ce pas ?
– Oui, répondis-je.
Il y eut un long silence. Puis j'entendis :
– Crois-tu que je le reverrai ?
– Les nomades sont pauvres, dis-je. Je croyais que tu voulais être possédée par un homme riche.
– Je ne veux pas être possédée par lui ! s'écria-t-elle. Je le hais !
– Oh ! fis-je.
Un peu plus tard, j'entendis :
– Maître...
– Oui ? répondis-je.
– Crois-tu, Maître, demanda-t-elle, que je le reverrai ?
– Je ne sais pas, répondis-je.
J'entendis la chaîne, enroulée plusieurs fois autour de ses chevilles croisées, puis fermée avec un cadenas, bouger. Puis je me rendis compte que, dans le noir,

entravée, elle était à genoux près de moi. Sa tête, sombre, était sur la natte de la tente.

– Maître, souffla-t-elle.

– Oui ? fis-je.

– Puis-je apprendre à danser ? demanda-t-elle.

– Qui es-tu ? demandai-je.

– Alyena, ton esclave, Maître, souffla-t-elle, supplie d'apprendre à danser.

– Peut-être apprendra-t-elle, dis-je.

– Elle est reconnaissante, affirma la jeune femme.

Nous restâmes quelques instants silencieux.

– Alyena, dis-je.

– Oui, Maître ? répondit-elle.

– Dans ton cœur, demandai-je, te considères-tu comme une esclave ?

– Puis-je répondre avec sincérité ? s'enquit-elle.

– Oui, acquiesçai-je.

– Je ne serai jamais véritablement une esclave, dit-elle. Je suis une femme de la Terre.

– Oh, fis-je.

Je souris.

J'écoutai la nuit, le vent, les grondements des kaiilas, les appels des gardiens.

– Pourquoi Alyena veut-elle apprendre à danser ? lui demandai-je.

La jeune femme réfléchit un instant. Puis elle renifla.

– Alyena, répondit-elle, croit que cela lui procurera peut-être du plaisir, que cela lui donnerait quelque chose d'intéressant à faire, pour passer le temps. Elle pense que cela serait bon pour sa santé. Cela l'aidera à rester mince.

– Alyena, dis-je, souhaite apprendre à danser – les danses véritables des femmes – parce qu'il y a, dans son cœur, un secret qu'elle ne dit à personne.

– Quel est le secret d'Alyena ? demanda la jeune femme.

– Dans son cœur, repris-je, elle a envie d'être esclave.
– Stupide ! fit la jeune femme.
– Mais il y a un autre secret, dis-je. Un secret qu'Alyena elle-même ignore.
– Et quel est-il ? s'enquit-elle, furieuse.
– Celle qui, dans son cœur, a envie d'être esclave est déjà esclave.
– Non, non ! s'écria la jeune femme. Non !
– Sur une telle femme, ajoutai-je, la marque et le collier ne sont que des emblèmes, des symboles, proclamant sa réalité sur son corps, sa vérité profonde, qu'elle n'est plus autorisée à dissimuler.
– Non ! cria la jeune femme.
– Sur une telle femme, repris-je, effrontément, à l'évidence, ils dévoilent le secret qu'elle n'est plus autorisée à dissimuler, à savoir qu'elle est esclave, une simple esclave.
– Non ! cria-t-elle.
– Ta marque et ton collier, Alyena, dis-je, te vont bien.
– Non, sanglota-t-elle.
Je l'entendis tirer sur son collier.
– Réjouis-toi, ajoutai-je, de les porter. De nombreuses esclaves ne les connaissent jamais.
Elle resta couchée dans le noir, agitée, pleurant, entravée, tirant sur son collier.

Ibn Saran, regardant l'esclave vêtue de soie jaune, avec un collier, danser, buvait son vin noir brûlant à petites gorgées.
Je constatai que sa beauté l'intéressait.
Elle se baissa, la jambe tendue, et, la fléchissant lentement au rythme de la musique, du genou à la cuisse, la caressa.
Alyena était agréable à regarder parce que, bien qu'elle ne le sache toujours pas, le feu de l'asservissement brûlait dans son ventre.

Parfois, elle nous regardait, nous qui étions son public. Ses yeux nous disaient : Je danse comme une esclave, mais je ne suis pas véritablement une esclave. Je ne suis pas domptée. Il est impossible de me dompter. Aucun homme ne pourra me dompter.

Avec le temps, elle comprendrait qu'elle était véritablement une esclave. Il était inutile de se dépêcher. Les hommes du Tahari sont patients.

Devant Suleiman, à présent, il y avait cinq pierres, trois diamants rouges, étincelants, tachetés de blanc et deux opales, une ordinaire, laiteuse et l'autre exceptionnelle, rougeâtre et bleu. Les opales ne sont pas particulièrement précieuses sur Terre, mais elles sont plus rares sur Gor ; il s'agissait là d'excellents spécimens, taillés en formes d'ovoïdes luminescents, et polies ; néanmoins, bien entendu, elles n'avaient pas autant de valeur que les diamants.

– Que demandes-tu en échange de ces cinq pierres ? s'enquit-il.

– Cent Poids de pains de dattes, répondis-je.

– C'est trop, dit-il.

C'était, naturellement, trop. Le problème, bien entendu, consistait à demander un prix assez élevé afin de parvenir à une valeur d'échange raisonnable plus tard, tout en évitant de faire injure à la position et à l'intelligence de Suleiman. Fixer un prix trop élevé, comme si je marchandais avec un imbécile, pouvait avoir des conséquences désagréables pour moi, la moins grave étant la décapitation immédiate, à supposer que Suleiman ait bien digéré son petit déjeuner, et ait passé une nuit agréable avec ses femmes.

– Vingt Poids de pains de dattes, dit-il.

– C'est trop peu, dis-je.

Suleiman examina les pierres. Je savais que le prix qu'il proposait était trop bas. Il voulait seulement savoir ce qu'elles valaient sur le marché.

Suleiman était un homme rusé et subtil ; il était aussi extrêmement intelligent.

C'était lui qui avait organisé le piège.

C'était la nuit que j'avais soupçonné la nature du piège, six nuits après que la caravane de Farouk eut été rejointe par une escorte de soldats Aretai.

Le lieutenant du capitaine, haut officier de l'escorte, vint dans ma tente. C'était lui qui m'avait soupçonné d'être un espion des Kavars, lui qui avait voulu me faire tuer. Nous ne nous appréciions guère. Il s'appelait Hamid. Le capitaine se nommait Shakar.

Il regarda autour de lui, furtivement, puis s'assit dans la tente, sans y avoir été invité, sur mes nattes. Je ne voulais pas le tuer.

– Tu transportes des pierres que tu souhaites vendre à Suleiman, Grand Pacha des Aretai, avait dit le lieutenant.

– Oui, avais-je répondu.

Il avait paru anxieux.

– Donne-les-moi, dit-il. Je les porterai à Suleiman, Grand Pacha des Aretai. Il ne te recevra pas. Je te donnerai, de sa part, leur équivalent en pains de dattes.

– Telle n'est pas mon intention, dis-je.

Il plissa les paupières. Son visage noiraud s'assombrit.

– Sors ! enjoignit-il à Alyena.

Je ne l'avais pas entravée.

Elle se tourna vers moi.

– Sors, dis-je.

– Je ne souhaite pas parler devant l'esclave, souligna-t-il.

– Je comprends, répondis-je.

Je ne comprenais que trop bien. S'il estimait nécessaire de me tuer, il préférait ne pas accomplir cet acte devant un témoin, même s'il ne s'agissait que d'une esclave.

Il sourit.

– Il y a des Kavars tout autour de nous, reprit-il, et ils sont nombreux.

J'avais effectivement vu, de temps en temps, au cours des jours précédents, de petits groupes de cavaliers qui nous surveillaient.

Quand les gardes ou les hommes de notre escorte se dirigeaient vers eux, ils disparaissaient dans les collines.

– Dans les environs, poursuivit Hamid, mais il ne faut pas en parler, il y a une troupe de Kavars, entre trois et quatre cents individus.

– Des cavaliers ? demandai-je.

– Des Kavars, répéta-t-il. Des membres de la tribu. Et des membres de leur tribu vassale, les Ta'Kara. (Il me regarda attentivement.) Il y aura sans doute bientôt la guerre, dit-il. Les caravanes seront rares. Les marchands ne voudront pas risquer de perdre leurs marchandises. Ils veulent empêcher Suleiman de recevoir ces marchandises. Ils veulent les détourner, ou en détourner l'essentiel, sur l'Oasis des Pierres Argentées.

C'était une oasis des Char, autre tribu vassale des Kavars. Ce nom lui avait été donné plusieurs siècles auparavant par des hommes mourant de soif qui, marchant de nuit dans le désert, l'avaient découverte. La rosée s'était déposée sur les gros rochers plats qui l'entouraient et, dans la lumière de l'aube, les avait fait ressembler, de loin, à des plaques d'argent. La rosée, incidemment, est très répandue, au Tahari, se condensant sur les rochers dans la fraîcheur de la nuit. Elle s'évapore, naturellement, presque immédiatement au matin. Les nomades déterrent parfois des pierres avant l'aube, les nettoient, les mettent dehors et, plus tard, lèchent la rosée déposée sur elles. On ne peut survivre, naturellement, avec le peu d'eau qu'il est possible de se procurer ainsi. Néanmoins, cela permet de s'humecter les lèvres et la langue.

– S'il y a un tel nombre de Kavars tout autour, relevai-je, et de Ta'Kara, vous n'avez pas assez d'hommes pour défendre notre caravane.

En fait, sur le plan militaire, dans une telle situation, une escorte de cent hommes semblait plutôt être une invitation à attaquer.

Hamid, lieutenant de Shakar, capitaine des Aretai, ne répondit pas. Néanmoins, il dit :

– Donne-moi les pierres. Sur moi, elles seront en sécurité. Si tu ne me les donnes pas, tu risques de te les faire prendre par les Kavars. Je verrai Suleiman pour ton compte. Il ne te recevra pas. Je marchanderai pour ton compte. J'obtiendrai un bon prix en pains de dattes.

– Je verrai Suleiman moi-même, dis-je. Je marchanderai moi-même.

– Espion des Kavars ! cracha-t-il.

Je ne répondis pas.

– Donne-moi les pierres ! ordonna-t-il.

– Non, répliquai-je.

– Tu as l'intention, reprit-il, d'obtenir une audience de Suleiman, puis de l'assassiner !

– Ce stratagème me semble mal conçu pour obtenir un bon prix en pains de dattes, relevai-je. Tu as dégainé ta dague, fis-je remarquer.

Il se jeta sur moi, mais je n'étais plus là. Je me levai et, abattant d'un coup de pied un des piquets de la tente, me glissai dehors, dégainant mon cimeterre.

– Ho ! criai-je. Au voleur ! Au voleur !

Des hommes arrivèrent en courant. Parmi eux, il y avait Shakar, capitaine des Aretai, et plusieurs de ses hommes, leurs lames dégainées. Conducteurs et esclaves se massèrent autour de la tente. Une silhouette se débattait sous la toile. Puis la tente, dans la lumière des torches, sur un signe de Shakar, fut écartée.

– Quoi ? m'écriai-je avec stupéfaction, c'est le Noble Hamid ! Pardonnez-moi, noble officier, je vous ai pris pour un voleur.

Grommelant, époussetant ses robes, Hamid se releva.

– Quelle maladresse de se faire tomber la tente dessus ! commenta Shakar.

Il rengaina son cimeterre.

– J'ai trébuché, expliqua Hamid.

Il n'avait pas l'air content tandis que, suivant son capitaine, regardant par-dessus l'épaule, il disparaissait dans l'obscurité.

– Redresse la tente ! ordonnai-je à Alyena qui, effrayée, me regardait.

– Oui, Maître, dit-elle.

Puis je me mis en quête de Farouk. Il n'y avait pas de raison qu'il perde des hommes.

Nous n'attendîmes pas longtemps l'attaque des Kavars. Elle se produisit peu après la dixième heure, midi sur Gor, le lendemain.

Je ne fus guère surpris de voir les hommes de notre escorte d'Aretai se ruer au combat puis, voyant le nombre d'ennemis, qui paraissait effectivement considérable, dévalant les collines, faire pivoter leurs kaiilas et, abandonnant la caravane, s'enfuir rapidement.

– Ne résistez pas ! cria Farouk à ses gardes, remontant la caravane au galop. Ne combattez pas ! Ne résistez pas !

Quelques instants plus tard, les Kavars, levant leurs lances, hurlant, leurs burnous flottant au vent, furent parmi nous.

Les gardes de Farouk, suivant son exemple, laissèrent tomber leur bouclier dans la poussière, jetèrent leurs lances par terre et, dégainant leurs cimeterres, les firent tomber, la lame en bas, sur le sol, se désarmant.

Les esclaves hurlèrent.

Avec leurs lances, les Kavars indiquèrent aux hommes qu'ils devaient mettre pied à terre. Ils obéirent. Ils furent rassemblés. Les Kavars remontèrent la caravane, ordonnant aux conducteurs de remettre rapidement leurs kaiilas en ligne.

Avec leurs cimeterres, ils entaillèrent certains sacs et caisses afin de déterminer leur contenu.

Un guerrier Kavar, avec la pointe de sa lance, traça une ligne dans la poussière.

– Déshabillez vos femmes ! cria-t-il. Mettez-les sur cette ligne.

Les femmes furent rapidement mises sur la ligne. Quelques-unes furent déshabillées à la pointe du cimeterre. Alyena, violemment sortie de son kurdah, fut jetée à terre. Tandis qu'elle était à quatre pattes par terre, levant la tête, terrifiée, un guerrier, derrière elle, à dos de kaiila, glissa la pointe de sa lance sous son voile, entre le côté de sa tête et la petite lanière dorée et, levant la lance, lui arracha son voile, lui découvrant le visage. Elle se tourna vers lui, terrifiée, accroupie dans la poussière.

– Magnifique ! cria-t-il.

– Oh, fit-elle.

L'acier, la pointe, tranchante comme un rasoir, de la lance, était sur sa poitrine.

– Cours sur la ligne, Esclave ! ordonna le guerrier.

– Oui, Maître ! cria-t-elle.

– Tu ne t'es pas désarmé ? s'enquit un Kavar, s'arrêtant près de moi.

– Je n'appartiens pas à la garde de Farouk, répondis-je.

– Tu fais partie de la caravane, n'est-ce pas ? demanda-t-il.

– Je voyage avec elle, répondis-je.

– Désarme-toi, dit-il. Mets pied à terre.

– Non, répliquai-je.

– Nous n'avons pas envie de te tuer, appuya-t-il.

– Je suis heureux de l'entendre, dis-je, car je n'ai pas davantage l'intention de vous tuer.

– Trouvez les Aretai ! cria un homme, passant à dos de kaiila. Tuez-les !

– Es-tu un Aretai ? demanda l'homme.

– Non, répondis-je.

Je vis quelques kaiilas passer. D'autres restèrent avec les conducteurs.

Il y avait un nuage de poussière, soulevée par les pattes des animaux. Je vis les femmes, debout sur la ligne. Elles avaient de la poussière sur les chevilles et les mollets ainsi que, plus légèrement, sur le corps. Elles plissaient les paupières, à cause de la poussière et du soleil. Deux d'entre elles toussaient. Quelques-unes changeaient de position car la poussière et les pierres étaient brûlantes sur la plante de leurs petits pieds. Elles étaient, toutes, nues. Aucune ne quitta la ligne. Un officier passa rapidement devant la ligne, les examinant. Il cria des ordres. La première à être poussée avec la hampe d'une lance fut Alyena.

Cela me fit plaisir car les Kavars avaient manifestement trouvé l'esclave à leur goût.

– Ne bouge pas, Petite ! ordonna un homme.

Toutefois, cela ne me surprit pas. Elle devenait plus belle de jour en jour du fait que, sans le savoir et repoussant cette idée, elle commençait à aimer son collier. C'était une esclave. Sur Gor, tôt ou tard, elle serait obligée de regarder cette évidence en face ; elle serait contrainte de regarder au fond d'elle-même ; de s'introspecter, peut-être pour la première fois, avec impartialité et une honnêteté totale ; je me demandai si, à ce moment-là, se voyant telle qu'elle était, elle deviendrait folle ou bien si, audacieusement, avec joie, elle oserait être telle qu'elle se serait découverte ; humaine de la Terre, elle avait été soigneusement conditionnée à imiter des images stéréotypées, produites par d'autres, étrangères à sa nature ; ce que la Terre craignait par-dessus tout, c'était que les hommes et les femmes soient véritablement eux-mêmes ; sur Terre, on considérait comme horrible que des millions de femmes belles et féminines, en dépit du conditionnement, veuillent être les esclaves d'hommes forts, puissants ; sur Gor, cela n'était pas considéré comme horrible, mais comme convenable ; en réalité, d'autres femmes valent-elles la peine qu'on leur mette un collier ? L'émotion que ressent généralement, au bout du compte, la femme asservie, dans une culture esclavagiste où ce type de soumission est accepté, sinon respecté, est, bizarrement peut-être, la reconnaissance. Je ne vois pas bien de quoi elles sont reconnaissantes. Elles sont totalement soumises à des maîtres puissants et doivent faire ce qu'on leur ordonne.

Six femmes étaient à présent derrière Alyena, sur le point d'être enchaînées. Six femmes avaient été rejetées par les Kavars.

– Rejoignez vos Maîtres ! cria un Kavar aux femmes rejetées.

En larmes, elles quittèrent la ligne. Je constatai qu'Alyena était fière d'occuper la tête de la file. Je constatai qu'elle était contente qu'Aya, qui l'avait maltraitée, ait été rejetée. Alyena, nue, très droite, très fière, attendait ses chaînes. On ne les lui mettrait pas, bien entendu.

– Je te conseille, dit le Kavar, de te désarmer et de mettre pied à terre.

– Je vous conseille, à toi et tes compagnons, répliquai-je, de fuir pendant qu'il en est encore temps.

– Je ne comprends pas, dit-il.

– Si tu étais un Aretai, demandai-je, aurais-tu livré la caravane sans combattre ?

– Non, bien sûr, répondit-il.

Son visage blêmit.

– Heureusement, repris-je, il n'y a de la poussière qu'à l'est. Néanmoins, je ne partirais pas plein ouest. C'est la direction qu'emprunteraient naturellement des hommes surpris, stupéfaits. Peut-être y êtes-vous attendus. Compte tenu de l'étendue du terrain et du nombre d'hommes que les Aretai ont pu rassembler, il leur sera difficile de vous encercler, sauf si vous les laissez approcher de la caravane. Je vous conseillerais, bien que je n'aie pas exploré la région, de partir rapidement vers le sud.

– Le Sud, releva-t-il, est le territoire des Aretai.

– Il me semble improbable qu'ils aient prévu un mouvement dans cette direction, estimai-je. Vous pourrez toujours vous écarter de cette route plus tard.

Il se dressa sur ses étriers. Il cria. Un officier arriva. Ils regardèrent l'est. La poussière, comme la lame d'un cimeterre noir, sur plusieurs pasangs, se dirigeait vers nous.

– Combattons ! cria l'homme.

– Sans connaître la nature et le nombre des ennemis ? m'enquis-je.

L'officier me regarda.

– Combien sont-ils ? demanda-t-il.

– Je n'en sais rien, répondis-je, mais je pense qu'ils sont assez nombreux pour accomplir ce qu'ils ont décidé de faire.

– Qui es-tu ? demanda l'officier.

– Un homme qui se rend à l'Oasis des Neuf Puits, répondis-je.

L'officier se dressa sur ses étriers. Il leva sa lance. Les hommes se mirent en formation.

Donnant des coups de talon dans les flancs de son kaiila, furieux, l'officier quitta le camp. Les Kavars et les Ta'Kara, burnous flottant au vent, s'en allèrent.

Ils partirent vers le sud. Je considérais leur chef comme un bon officier.

J'allai auprès d'Alyena. Elle me regarda.

– Apparemment, tu ne seras pas enchaînée, dis-je.

– J'en suis très contente ! cria-t-elle.

– Ne sois pas déçue, repris-je. En tant qu'esclave, tu apprendras à bien connaître les chaînes. Tu en porteras souvent, et tu ne pourras rien faire contre.

– Oh ? fit-elle avec effronterie.

– Bien sûr, affirmai-je.

Elle me regarda.

– J'aurais été enchaînée la Première, dit-elle en

riant. J'ai été la première femme choisie. J'aurais conduit la Chaîne d'esclaves !

– Il n'y aurait pas eu de Chaîne, lui remontrai-je. On ne peut pas faire marcher des femmes nues dans le désert. Vous auriez été enchaînées individuellement, ou par deux, et jetées en travers des selles.

– S'il y avait eu une Chaîne, dit-elle, je l'aurais conduite.

– Oui, acquiesçai-je.

Je la hissai sur ma selle.

– Et je ne suis pas la plus grande, insista-t-elle. Je ne suis pas la plus grande !

– Deviendras-tu insolente ? demandai-je.

– Oh, non, Maître, bien sûr que non, dit-elle. Mais cela ne signifie-t-il pas que je suis la plus belle ?

– Parmi les tarsks, répondis-je, une femelle de sleen elle-même paraît jolie.

– Oh, Maître, protesta-t-elle.

Je la mis dans le kurdah. Elle s'y agenouilla. Du bout de ma lance, je ramassai le voile dans la poussière et le posai à côté de son genou gauche.

– Répare-le, dis-je, et mets-le. Avec, cache ta bouche, qui parle trop depuis quelque temps.

– Oui, Maître, fit-elle.

Je me tournai et regardai le nuage de poussière qui s'élevait à l'est. Je voyais des cavaliers, à présent. Ils étaient quatre cents.

– Maître, dit la jeune femme.

– Oui ? répondis-je.

– Je sais que je suis belle, dit-elle.

– Et comment sais-tu cela ? m'enquis-je.

Elle était à genoux, nue, dans le kurdah, le voile près de son genou. Elle se redressa. Elle mit les mains sur son collier. Elle leva la tête et le menton fièrement. Son cou était délicat, aristocratique, un peu long, à cause de sa position, et blanc. Je regardai le collier de métal têtu, inflexible, étroit, avec son cadenas sur la nuque, qui l'entourait. Ses yeux étaient extraordinairement bleus et clairs, vifs ; sa longue chevelure blonde lui couvrait le dos.

– Comment sais-tu que tu es belle ? demandai-je.

Elle secoua la tête, arrangeant un peu ses cheveux, puis me regarda, d'une manière provocante, dans les yeux, les mains posées sur le métal qui emprisonnait sa gorge.

– Parce que je porte un collier, répondit-elle en riant.

Du bout de mon cimeterre, je m'apprêtai à la dissimuler à nouveau dans le kurdah.

Les Aretai approchaient de la caravane, à environ un pasang d'elle, se dirigeant rapidement vers elle. A l'ouest, deux cents cavaliers étaient apparus. Ces deux groupes, naturellement, ne trouveraient pas les Kavars près de la caravane. Le plan était bon mais les Kavars, apparemment, s'étaient échappés.

– Est-ce vrai, Maître ? fit-elle.

– C'est vrai, répondis-je, Esclave. Si les hommes ne t'avaient pas trouvée belle, ils t'auraient laissée en liberté. Seules les plus belles sont considérées comme dignes de la marque ; seules les plus belles sont considérées comme dignes du collier.

– Mais comme il est dommage, gémit-elle, que j'aie été asservie.

– Plus une femme est extraordinairement belle, soulignai-je, plus elle a de chances d'être soumise au fer rouge et au collier.

Elle me regarda.

– Tout homme libre, poursuivis-je, qui voit une telle femme, souhaite la posséder.

– Sur cette planète, souffla Alyena, il le peut !

– Sur cette planète, appuyai-je, c'est ce que font les hommes.

– Pauvres femmes, soupira Alyena.

Je haussai les épaules.

– Maître, souffla-t-elle.

– Oui ? répondis-je.

– Alyena, ton esclave obéissante et dévouée, peut-elle apprendre à danser ?

– Tu n'as pas oublié ton jeune nomade, n'est-ce pas ? demandai-je.

Elle baissa tristement la tête.

– Bien sûr, reconnus-je, il te sera difficile de le séduire si tu ne sais pas danser.

– Il ne me plaît pas ! cria-t-elle. C'est un monstre ! C'est un individu méprisable. As-tu vu comme il a abusé de moi ?

– Dans ses bras, soulignai-je en riant, il te traiterait comme une simple esclave.

– Ce serait terrible, sanglota-t-elle.

Provoquant son indignation, je touchai son corps. Il était chaud et mouillé.

– Oui, jolie petite Alyena, dis-je, tu vas apprendre à danser car le feu des esclaves brûle dans ton ventre.

– Non ! sanglota-t-elle.

– Le feu des esclaves, insistai-je.

Puis je laissai tomber le rideau du kurdah, provoquant un cri de rage de sa part, l'enfermant à l'intérieur.

Les Aretai, venant de l'est et de l'ouest, les lances baissées, les cimeterres levés, dans un énorme nuage de poussière, criant, hurlant, arrivèrent près de la caravane. Ils ne trouvèrent ni les Kavars ni les Ta'Kara.

Suleiman était un homme rusé et subtil ; il était aussi très intelligent.

Il examina les pierres.

C'était lui qui avait organisé le piège.

– Vingt-cinq Poids de pains de dattes, dit-il.

– Quatre-vingt-dix, dis-je.

– Ton prix est trop élevé, dit-il.

– Ton prix, à mon avis, dis-je, Grand Pacha, est peut-être un peu trop bas.

– Où sont les Kavars ? avait crié Shakar, capitaine

des Aretai, lorsqu'il était arrivé près de la caravane, son kaiila se cabrant, son lieutenant, Hamid, derrière lui.

– Ils sont partis, avais-je répondu.

Si les Kavars avaient été pris dans le piège, ils auraient été massacrés.

Suleiman était un homme qu'il fallait respecter.

La valeur réelle des pierres, que j'avais soigneusement fait estimer à Tor, compte tenu des meilleurs renseignements concernant la récolte de dattes, était entre soixante et quatre-vingts Poids de pains de dattes pressées. Mon intention n'était pas, naturellement, de faire une bonne affaire, mais de rencontrer Suleiman. J'étais dans l'oasis depuis plus d'un mois. Il venait seulement de consentir à me recevoir. Récemment, avec une caravane, Ibn Saran était également arrivé dans l'oasis. Vingt mille personnes environ habitaient l'oasis, surtout de petits fermiers et de petits artisans, avec leurs familles. Cette oasis comptait parmi les plus grandes du Tahari. Il me semblait important de rencontrer Suleiman. Désireux de confirmer mon identité d'emprunt, je voulais lui vendre des pierres. En outre, avec les dattes qu'elles me procureraient, j'espérais pouvoir aisément passer pour un marchand de pains de dattes dans mon voyage en direction de l'est. Je supposai que ma convocation devant Suleiman n'était pas sans lien avec l'arrivée d'Ibn Saran. Je supposai qu'il était intervenu en ma faveur. Je lui en étais reconnaissant. Il se souvenait de moi, naturellement, m'ayant rencontré chez Samos. Si je n'avais pas pu rencontrer Suleiman, il m'aurait fallu partir seul vers l'est. Sans guide, cela aurait été incroyablement dangereux. Les habitants du Tahari tuent ceux qui dressent des cartes du désert. Ils connaissent leur pays, ou la région qu'ils habitent ; ils ne tiennent pas à ce que d'autres les connaissent également. Sans guide connaissant l'emplacement des points d'eau, il serait suicidaire de pénétrer dans le

Tahari. J'avais proposé de bien payer un guide. Mais personne n'avait accepté. Ils prétextaient la crainte d'une guerre imminente, le risque de se trouver dans le désert pendant une telle période. Je soupçonnais, cependant, qu'on leur avait ordonné de ne pas entrer à mon service. Un homme avait accepté mais, le lendemain matin, sans explication, m'avait informé qu'il avait changé d'avis. Il était trop dangereux, selon lui, de s'aventurer dans le désert en ce moment. De temps en temps, j'avais surpris Hamid, lieutenant de Shakar, capitaine des Aretai, me suivant. Je supposai qu'il me soupçonnait toujours d'être un espion des Kavars. Mais, quand Ibn Saran était arrivé dans l'oasis, Suleiman m'avait invité à venir le voir. Je me demandai s'il avait attendu Ibn Saran. Il me semblait qu'Ibn Saran exerçait dans l'oasis une influence disproportionnée à sa qualité de Marchand de Sel. J'avais vu des hommes s'écarter du chemin de son kaiila, s'immobilisant sur le côté et lui faisant signe de la main.

Alyena, en dansant, perçut le pouvoir d'Ibn Saran. Il n'est pas difficile pour une danseuse, légèrement vêtue, montrant sa beauté, de deviner lequel des spectateurs est le plus puissant. Je ne sais pas précisément comment. De toute évidence, dans une certaine mesure, cela est lié à la richesse des vêtements. Mais surtout, à mon avis, cela est lié à la manière dont ils se tiennent, à leur assurance, à leurs yeux qui les fixent comme s'ils les possédaient déjà. L'individu puissant ne regarde pas les femmes comme celui qui ne l'est pas. Instinctivement, bien entendu, le fait d'être regardée par un homme puissant excite la femme. Elle désire, désespérément, lui plaire. C'est encore plus vrai en ce qui concerne les esclaves dont la féminité est impudiquement et effrontément exposée. Ibn Saran, languide, regardait la danseuse. Son visage ne trahissait aucune émotion. Il buvait son vin noir chaud à petites gorgées.

Alyena se jeta par terre devant lui, bougeant au

rythme de la musique. Je présume qu'elle voyait en lui l'« homme riche » qui lui apporterait une existence où elle serait dispensée des tâches d'une femme du Tahari : broyer le grain avec un lourd pilon, tisser, battre le lait dans de grosses outres, porter de l'eau, conduire les animaux avec un bâton sous une chaleur torride. Je la vis se rouler par terre, se tordre et, à plat ventre, tendre les mains vers lui.

Ses leçons, qui avaient été intensives après notre arrivée à l'Oasis des Neuf Puits, avaient coûté peu d'argent et avaient, à mon avis, beaucoup augmenté sa valeur, la doublant ou la triplant. Le coût modeste des leçons avait été, à mon avis, un excellent investissement. La valeur de ma propriété avait considérablement augmenté. Mais c'était principalement à la jeune femme que je le devais. Avec une diligence fantastique, elle s'était adonnée aux leçons et à l'entraînement. Elle avait répété pendant des heures des choses en apparence aussi insignifiantes qu'un mouvement du poignet.

Son instructrice était une Esclave de Café, Seleenya, louée à son maître ; ses musiciens étaient un flûtiste, engagé au début, puis un joueur de kaska, plus tard, pour l'accompagner.

Un jour, je la vis, nue, couverte de sueur et de bracelets, dans le sable.

– Dois-tu la battre souvent ? demandai-je à Seleenya.

– Non, répondit l'esclave. Je n'ai jamais vu de fille aussi désireuse d'apprendre.

– Jouez, dis-je aux Musiciens.

Ils jouèrent jusqu'au moment où, levant le doigt, je les fis arrêter. Alyena s'immobilisa sur le sable, la main droite levée, la gauche baissée, près de la hanche, la tête inclinée à gauche ; les yeux fixés sur les doigts de sa main gauche, comme si elle se demandait s'ils oseraient toucher sa cuisse ; puis elle abandonna la position et rejeta la tête en arrière, le souffle court. Elle avait du sable sur les chevilles et les pieds ; la sueur coulait sur son corps.

– Ta femme te plaît-elle ? demanda-t-elle.

– Oui, répondis-je. Et je suis convaincu, ajoutai-je, que tu plairais aussi au jeune nomade.

Elle leva la tête et eut une expression ironique.

– Lui et ses pareils ne m'intéressent plus, dit-elle. (Elle baissa la tête et se mordit la lèvre.) Je sais, Maître, reprit-elle, que tu feras de moi exactement ce que tu veux, mais je te rapporterais certainement davantage si j'étais vendue à un homme riche. (Elle s'agenouilla sur le sable devant moi, en sueur, avec ses bracelets ; elle me regarda avec ses yeux bleus.) Je t'en prie, Maître, dit-elle, vends-moi à un homme riche.

Je lui fis signe de se lever. J'adressai un signe aux Musiciens. Elle dansa.

Je la regardai. Il ne me parut pas impossible que l'esclave suscite l'intérêt d'hommes fortunés.

– Peut-être, dis-je.

Je me disais que je la vendrais peut-être à Suleiman.

Je la regardai bouger.

– Je n'ai jamais vu personne apprendre aussi aisément, rapidement et naturellement les danses des esclaves, insista Seleenya.

– C'est une esclave par nature, dis-je à Seleenya.

– Dans tes bras, s'enquit Seleenya, me regardant, toutes les femmes ne comprennent-elles pas qu'elles sont esclaves par nature ?

– Va dans l'alcôve, fis-je.

Je la louais.

– Oui, Maître, souffla-t-elle, serrant ses soieries autour d'elle et gagnant rapidement l'alcôve.

– Ne cesse pas de t'entraîner, recommandai-je à Alyena.

– Le fait que je puisse danser comme une esclave, dit Alyena, bougeant devant moi, ne signifie pas que je suis une esclave.

Je souris et lui tournai le dos, me dirigeant vers l'alcôve.

– Je ne suis pas domptée ! cria Alyena. Aucun homme ne peut me dompter !

Je me retournai.

– A genoux ! ordonnai-je. Dis : « Je suis domptée. » Tout de suite !

Elle s'agenouilla immédiatement.

– Je suis domptée, dit-elle.

Elle sourit. C'était la rébellion de l'obéissance.

– Continue de t'entraîner, fis-je.

Les Musiciens recommencèrent à jouer et la jeune femme recommença à danser. Elle était superbe. Et c'était incroyable. Elle ne savait pas encore qu'elle était esclave. Elle était vraiment stupide.

Je la regardai bouger.

Elle m'adressa un sourire plein de dédain. Je regardai ses cheveux blonds, soudain défaits car elle s'était mise à tournoyer follement sur elle-même. Son regard resta fixé jusqu'au dernier moment sur un point situé de l'autre côté de la pièce puis, soudain, à chaque tour, sa tête pivotait violemment et son regard retrouvait le point. Puis elle cessa de tournoyer et s'immobilisa, les mains au-dessus de la tête, le corps droit, le ventre rentré, la jambe droite fléchie et tendue, seuls les orteils touchant le sol. Puis elle reprit la position de base. Sa peau blanche, à elle seule, dans le Tahari, valait cher. Ses cheveux blonds et ses yeux bleus, en outre, dans cette région, en faisaient un spécimen rare. Mais, au-delà de ces trivialités, malgré leur importance commerciale, il y avait le fait qu'elle était belle, de corps et de visage. Son corps, quoique imparfaitement épanoui, était complètement féminin, magnifiquement proportionné et avait des courbes douces. Sa taille approximative était, en unités terrestres, de un mètre soixante-deux. Son visage était incroyablement délicat, ainsi que ses lèvres. Son visage était extrêmement sensible et féminin. C'était un visage sur lequel on lisait facilement les émotions. Ses lèvres tremblaient aisément, ses yeux s'emplissaient rapidement de larmes étincelantes. Elle se vexait facilement, ce qui est très important chez les esclaves goréennes. En outre, elle ne pouvait contrôler ses sentiments, ce qui est également excellent chez les esclaves. Ses sentiments, vulnérables, profonds, exploitables, dans ses expressions et sur son visage, la trahissaient, l'exposant aux hommes, et à leurs jeux, aussi manifestement que son corps nu. Ils la rendaient plus aisément contrôlable, plus asservie. Un jour, j'avais vu son écriture. Elle était aussi extrêmement féminine. Je la regardai danser. En outre, dans son ventre brûlait le feu de l'esclave et c'était sans doute le plus important. Elle s'en tirerait très bien. Elle se vendrait cher. Seul un homme riche, à mon avis, pourrait se l'offrir.

J'avais eu une idée brillante, ou une bonne inspiration, d'amener cette femme dans le Sud. J'étais convaincu qu'elle se révélerait utile.

– Maître ! appela Seleenya, l'Esclave de Café, la fille louée, depuis l'alcôve. (Elle se tenait derrière le rideau de perles. Elle avait quitté ses vêtements de soie.) Je t'en prie, Maître, sanglota-t-elle.

Je vis, à travers les perles du rideau, son collier.

Je me dirigeai vers elle.

Derrière moi, en écartant le rideau, j'entendis le battement du tambour, le kaska, le silence, puis un bruit tandis que le flûtiste, les mains sur son corps, au son du tambour, enseignait à la femme le rythme et l'intensité d'une variété de balancements pelviens précédant l'abandon.

– Moins fort, dit-il. Moins fort. Il faut davantage de contrôle, davantage de précision. Tu es contrainte d'agir ainsi, et tu te retiens. Tu es furieuse. Cela doit se voir sur ton visage.

– Je t'en prie, Maître, ne me touche pas, dit-elle.

– Tais-toi ! répliqua-t-il. Tu es une esclave.

– Oui, Maître, dit-elle.

– Recommence ! ordonna-t-il.
– Oui, Maître, dit-elle.
J'entendis à nouveau le tambour.
Seleenya leva les bras vers moi, les lèvres entrouvertes. Je la touchai.
– Le Maître a-t-il l'intention de m'utiliser lentement ? demanda-t-elle.
– Oui, répondis-je.
– Seleenya aime le Maître, dit-elle.

Sur un geste languide d'Ibn Saran, Alyena se redressa sur les dalles écarlates, se tournant gracieusement, à genoux, sur le côté, la tête rejetée en arrière, les cheveux touchant le sol, lentement, centimètre par centimètre mélodieux et lourd de protestation, les bras devant le corps, se dressant sur les genoux, droite, la dernière partie d'elle-même à se redresser étant la tête, dans un tourbillon de cheveux blonds. Puis, regardant Ibn Saran, soudain, elle se pencha en avant, comme si elle répondait à une impulsion, comme si elle ne pouvait s'en empêcher et, les mains sur les dalles, la tête baissée, embrassa les dalles à ses pieds, devant ses babouches. Elle le regarda. Je compris qu'elle voulait qu'il l'achète. C'était son « homme riche ». Il lui fit signe de se lever. Elle tendit la jambe droite puis, effrontément, lentement, les mains au-dessus de la tête, mouvantes, elle se leva, se balançant, à ses pieds.
– Puis-je déshabiller ton esclave ? s'enquit Ibn Saran.
– Bien sûr, répondis-je.
J'adressai un signe de tête à la jeune femme. Au rythme de la musique, elle détacha son soutien-gorge d'esclave, en soie jaune, puis, comme avec mépris, le jeta dans un coin. Je vis qu'elle était excitée d'avoir suscité l'intérêt. De toute évidence, elle voulait qu'il l'achète. Battre le lait et broyer le grain, ce n'était pas pour la jolie Alyena. C'était pour les filles laides et les

femmes libres. Elle était trop désirable, trop belle pour effectuer de telles tâches.

Je décidai que j'aimerais bien goûter le vin noir et fumant. Je levai le doigt. La femme responsable du pot argenté plein de vin noir était assise près d'un minuscule brasero sur lequel il était posé, gardant sa chaleur. Voyant mon signal, elle bougea, hésitante. Elle avait la peau blanche et les cheveux noirs. Elle portait une étroite tunique de soie rouge, avec quatre crochets ; sa taille était nue ; elle portait un chalwar retenu par une ceinture, un vêtement diaphane, semblable à un pantalon large mais serré aux chevilles ; elle était pieds nus ; elle portait des bracelets aux poignets et aux chevilles ; elle était voilée ; elle avait un collier. Elle se leva rapidement. Elle s'agenouilla, la tête baissée, devant moi. Elle versa, soigneusement, le liquide brûlant et noir dans la petite tasse rouge. Je la congédiai. Sous son voile, je n'avais pas pu lire l'inscription de son collier, qui indiquait qui la possédait. Je supposai que c'était Suleiman, puisqu'elle servait dans son palais. L'autre femme, une rousse à la peau blanche, qui portait également une tunique, un chalwar et un voile, des bracelets et un collier, leva son plateau de cuillères et de sucres. Mais je tournai la tête. Elle n'avait pas été appelée. Les deux femmes, à la peau blanche, étaient assorties, une pour le vin noir, l'autre pour ses sucres.

Alyena, à présent, lentement, détacha les soieries de danse serrées sur ses hanches, mais les maintint, les faisant onduler devant son corps, aguichant Ibn Saran qui, assis, languide, les yeux mi-clos, pouvait d'un geste lui ordonner de se dénuder immédiatement.

Il la regarda travailler les voiles ; elle était adroite ; il connaissait bien les esclaves et savait les apprécier.

Moi aussi, à ma manière, bien que vraisemblablement moins compétent que le noble Ibn Saran, je connaissais les esclaves et savais les apprécier. Par exemple l'esclave brune, assortie à sa compagne, qui était chargée de servir le vin noir, était un petit morceau de femme délicieux, une femelle sensuelle, quoique indisciplinée. La voir, c'était la désirer.

J'avais eu autrefois l'occasion de l'acheter mais, stupidement, je ne l'avais pas saisie, je ne l'avais pas conduite, enchaînée, sur mon navire, puis dans ma Demeure.

Plus tard, j'avais envoyé Tab, un de mes capitaines, un homme de confiance, l'acheter à Lydius, mais elle était déjà vendue.

On ignorait ce qu'elle était devenue.

Elle m'avait autrefois désobéi. J'avais dû la punir. Je ne l'avais pas achetée à Lydius. A cette époque, je recherchais Talena, afin de l'arracher aux forêts du Nord et de la ramener à Port Kar où nous pourrions, du moins l'espérais-je, renouer notre Compagnie. De toute évidence, il aurait été incorrect de rentrer en compagnie de Talena avec cette fille brune, d'une beauté fantastique, nue, portant mes chaînes, dans la cale de mon navire. Talena ne lui aurait-elle pas tranché la gorge, sous le collier de métal ? Et, si je l'avais affranchie, ne se serait-elle pas rapidement retrouvée captive du collier d'un autre ? Lorsqu'elle avait fui les Sardar, elle n'avait pas trouvé la liberté. Femme de la Terre, elle avait été rapidement capturée par les Femmes-Panthères et exposée, nue, attachée à un poteau, sur les rives du Laurius, les bras au-dessus de la tête, attachée à lui par le cou, le ventre et les chevilles, magnifique esclave capturée. Sarpedon, tavernier de Lydius, l'avait achetée aux Panthères. C'était dans ses chaînes que je l'avais retrouvée, belle Esclave de Taverne dans son établissement. Elle avait, en fuyant les Sardar, pris mon tarn. Pourtant, lorsque je l'avais retrouvée, à Lydius, je ne l'avais pas tuée. Je l'avais seulement utilisée, avant de l'abandonner à son sort d'esclave. Le tarn était rentré plus tard ; furieux, je l'avais chassé. Elle m'avait coûté le tarn ; il valait dix fois plus que le prix de son corps sur une estrade publique. Seul son maître aurait dû pouvoir prendre place sur sa selle. Quelle est la valeur d'un tarn de guerre qui laisse une étrangère, une simple esclave, prendre place sur sa selle ? Je l'avais chassé. Quand je pensais au tarn, j'avais parfois envie de la fouetter jusqu'à ce qu'il ne lui reste plus que les os. Néanmoins je me souvenais qu'elle avait travaillé, comme moi, avant sa fuite, sa désobéissance, pour les Prêtres-Rois. Quant à moi, dans ma simplicité généreuse, mon aveuglement romantique, à cette époque, j'avais voulu la renvoyer sur Terre, où elle aurait été en sécurité. Elle avait refusé et s'était enfuie. Elle avait agi avec bravoure. Mais cela n'avait pas été sans conséquences. Elle avait joué. Elle avait perdu. Je l'avais abandonnée à son asservissement.

Sur un signe d'Ibn Saran, Alyena s'enroula dans le voile puis, de sa petite main, le jeta par terre. Elle se tint audacieusement devant lui, les bras levés, la tête sur le côté, la jambe droite fléchie. Le voile, flottant, tomba à trois mètres d'elle, tout doucement, sur les dalles. Puis, sur une nouvelle ligne mélodique, elle dansa.

La femme de Lydius pensait-elle vraiment que je l'affranchirais, cédant à ses suppliques, moi, dans les veines de qui coulait du sang goréen, à qui elle avait coûté un tarn ? Je ne l'avais pas tuée. Elle était jolie mais stupide. Je me souvins qu'elle m'avait supplié de l'acheter. Seules les esclaves supplient. Je n'ai compris qu'à ce moment-là que c'était véritablement une esclave. Je me souvins avec tristesse que, il y a bien longtemps, nous avions cru que nous nous aimions. Je me souvins qu'une fois, délirant, faible, le corps rongé par le poison, je lui avais demandé de m'aimer. Mais, par la suite, après avoir appris les leçons du Torvaldsland, je m'étais débarrassé du poison dans le délire purifiant de l'antidote, et je ne lui avais pas demandé, dans ma faiblesse, de m'aimer, la suppliant mais plutôt, dans ma puissance, riant, je lui avais mis un collier, l'avais jetée à mes pieds, en avais fait mon esclave. Les femmes orgueilleuses, une fois leur orgueil brisé, ont leur place aux pieds d'hommes plus orgueilleux encore. Elle avait supplié d'être affranchie. C'était une esclave. Et, autrefois, j'avais été assez stupide pour l'aimer. Autrefois, il était vrai qu'elle avait servi les Prêtres-Rois, mais moi aussi. Et c'était autrefois. Et nous ne savions pas alors, elle ne savait pas, qu'elle était véritablement une esclave, comme je l'avais constaté à Lydius. Nous pensions que c'était une femme libre feignant d'être esclave. Puis, dans la taverne de Lydius, nous avions compris qu'elle était véritablement une esclave. Il était à présent hors de question qu'elle, une esclave, serve les Prêtres-Rois. Le collier, suivant la loi goréenne, annule le passé. Quand Sarpedon avait refermé son collier sur son cou, son passé de femme libre avait disparu, sa vie d'esclave avait commencé.

– Elle a quitté les Sardar, avais-je dit à Samos. Elle a désobéi. On ne peut pas lui faire confiance. Et elle en sait trop.

Il avait voulu envoyer à Lydius des hommes chargés de l'acheter et de la ramener à Port Kar afin que, sous sa direction, elle soit jetée aux urts des canaux.

– On ne peut pas lui faire confiance, avait confirmé Samos. Et elle en sait trop.

– Il y a mieux à faire avec une belle esclave, lui avais-je dit, que la jeter en pâture aux urts des canaux.

Samos m'avait adressé un sourire ironique.

– Peut-être, avait-il dit. Peut-être.

Comme j'avais été stupide de vouloir renvoyer cette femme exceptionnellement sensuelle sur Terre ! Si j'avais eu toute ma tête, je lui aurais mis un collier et l'aurais attachée à l'anneau d'esclave scellé au pied de ma couche. Je ne pouvais pas nier que j'étais à présent satisfait qu'elle ne soit pas, dans une trivialité inoffensive, isolée sur Terre. J'étais content, au contraire, que sa beauté soit sur Gor où je pouvais, ainsi que les autres mâles, y avoir accès. Elle aurait pu être en sécurité sur Terre ; elle avait choisi l'insécurité, dans laquelle vivent toutes les belles femmes sans Pierre de Foyer, de Gor. Elle paierait à présent les pénalités perçues sur sa beauté par les hommes puissants de cette culture primitive. Elle avait joué. Elle avait perdu. J'étais content qu'elle ait perdu. Mon seul regret était de ne pas l'avoir achetée à Lydius et ramenée à Port Kar où elle aurait été une de mes esclaves. Mais je croyais, à cette époque, que je retrouverais Talena. Talena, sauf si elle était elle-même soumise au collier et n'avait pas le choix, n'aurait certainement pas accepté de vivre sous le même toit qu'une telle beauté. Si elle ne l'avait pas tuée, elle l'aurait rapidement vendue, probablement à une femme ou, pour une misère, au maître le plus méprisable. J'ignorais avant Lydius que Vella, autrefois miss Elizabeth Cardwell, de la Terre, était véritablement une esclave.

Je jetai un coup d'œil indifférent sur elle, à genoux près du pot mince, argenté, à long cou, de vin noir, posé sur son minuscule brasero, simple élément d'une paire d'esclaves assorties. Ses yeux étaient furieux, au-dessus du voile. Sa taille, fine, entre la courte tunique de soie rouge et le chalwar attaché sur ses hanches, quelques centimètres sous le nombril, était très séduisante. La voir, c'était la désirer ; et la désirer, c'était avoir envie de la posséder.

Alyena, à présent au rythme d'une musique déchaînée, tournoyait devant nous, irrésistiblement entraînée par elle, dans un tintement de bracelets, vers l'apothéose.

Puis elle s'immobilisa, merveilleusement immobile, lorsque la musique se tut, la tête rejetée en arrière, les bras levés, le corps couvert de sueur puis, au dernier accent de la mélodie barbare, se jeta par terre aux pieds d'Ibn Saran. Je remarquai les poils fins de ses avant-bras. Elle était essoufflée.

Ibn Saran, magnanime, lui fit signe de se lever et

elle obéit, restant debout devant lui, la tête haute, respirant profondément.

Ibn Saran me regarda. Il avait un sourire contraint.

– Esclave intéressante, dit-il.

– Veux-tu proposer un chiffre ? demandai-je.

Ibn Saran adressa un geste à Suleiman. D'un signe de tête, celui-ci refusa la courtoisie.

– Je ne ferai pas de proposition contre un invité de ma demeure, dit-il.

– Et moi, dit Ibn Saran, je ne veux pas faire de proposition contre l'hôte de la demeure où je suis aussi bien accueilli.

– Dans mon Jardin de Plaisirs, dit Suleiman avec un sourire, j'ai vingt femmes comme celle-ci.

– Ah, fit Ibn Saran, s'inclinant.

– Soixante-dix Poids de dattes pour les pierres, me dit Suleiman.

Le prix était juste et bon. Ainsi, il se montrait magnanime avec moi. Il avait marchandé plus tôt, satisfaisant ainsi à ses habitudes de commerçant du désert. C'était à présent en tant que Suleiman, Ubar et Pacha des Neuf Puits, qu'il fixait son prix. Je fus convaincu qu'il était ferme. Il avait renoncé à un long marchandage. S'il ne s'était intéressé qu'au marchandage et aux dattes, je pensais que je n'aurais pas été autorisé à traiter directement avec lui ; il aurait confié cette tâche à l'un de ses représentants.

– Tu m'as accordé ton hospitalité, dis-je, et je serais honoré si Suleiman Pacha acceptait ces humbles pierres en échange de soixante Poids.

Sans Ibn Saran, j'étais persuadé que je n'aurais pas été autorisé à rencontrer le Pacha des Neuf Puits.

Il s'inclina. Il appela un Scribe.

– Donne à ce marchand de pierres précieuses, dit-il, un mot authentifié valable pour quatre-vingts Poids de dattes.

Je m'inclinai.

– Suleiman Pacha est la générosité même, dis-je.

J'entendis du bruit, au loin, des cris. Je ne crois pas qu'Ibn Saran et Suleiman les entendirent.

Alyena était debout sur les dalles écarlates, la tête levée, en sueur, essoufflée, nue en dehors de ses bijoux et de son collier, des bracelets aux poignets et aux chevilles, les anneaux, plusieurs chaînes et pendentifs au cou. Elle écarta d'une main les cheveux collés sur son visage.

J'entendis alors d'autres cris. J'entendis également, bizarrement, dans le palais du Pacha des Neuf Puits, au loin, le glapissement des kaiilas.

– Que se passe-t-il ? s'enquit Suleiman.

Il se leva, ses robes tournoyant autour de lui.

Alyena regarda autour d'elle.

Au même moment, écartant les gardes, les jetant à terre, provoquant notre stupéfaction, sous le portail sculpté, flanqué de tourelles, de la grande salle, apparut un kaiila de guerre, avec tout son harnachement, monté par un guerrier voilé dont le burnous tourbillonnait. Les gardes se précipitèrent. Son cimeterre jaillit de son fourreau et ils s'effondrèrent, ensanglantés, sur les dalles.

Il remit son cimeterre dans son fourreau. Il rejeta la tête en arrière et rit, puis il arracha son voile afin que nous puissions voir son visage. Il nous adressa un sourire ironique.

Je dégainai mon cimeterre et pris position entre lui et Suleiman.

– C'est Hassan, le Bandit ! cria un garde.

Le kaiila se cabra. L'homme déroula un long fouet du désert accroché à sa selle.

– Je viens chercher une esclave, dit-il.

La longue lanière de son fouet fila. Alyena, la tête haute, poussa un cri de douleur. Quatre fois, cinglant, mordant la chair, le fouet s'enroula autour de sa taille. Il la tira violemment, prisonnière de son fouet, jusqu'au flanc de son kaiila. Par les cheveux, il la hissa sur la selle.

Il nous salua de la main.

– Adieu ! cria-t-il. Et merci !

Puis il fit pivoter son kaiila et, alors que les gardes arrivaient en masse, provoquant notre stupéfaction, fit bondir son kaiila, comme un chat, entre les piliers d'une grande fenêtre voûtée de la salle du palais. Il atterrit sur un toit, bondit sur un autre toit, puis il atteignit le sol et partit au galop, les hommes se retournant pour le regarder passer.

En même temps que d'autres hommes, je tournai le dos à la fenêtre. Sur les coussins, gisait Suleiman, Pacha des Neuf Puits. Je courus vers lui. Je vis Hamid, lieutenant de Shakar, capitaine des Aretai, disparaître rapidement derrière des tentures, cachant une dague ensanglantée sous sa djellaba.

Je me tournai vers Suleiman. Il avait les yeux ouverts.

– Qui m'a frappé ? demanda-t-il.

Les coussins étaient imbibés de sang.

Ibn Saran dégaina son cimeterre. Il ne semblait plus languide. Ses yeux étincelaient. Il faisait penser à une panthère soyeuse, souple, prête à bondir. Il pointa son cimeterre sur moi.

– C'est lui ! cria-t-il. Je l'ai vu. C'est lui qui a frappé !

Je me redressai d'un bond.

– Espion des Kavars ! cria Ibn Saran. Assassin !

Je pivotai sur moi-même, entouré d'acier.

– Abattez-le ! cria Ibn Saran, levant son cimeterre.

6

UNE ESCLAVE TÉMOIGNE

Les corps nus des deux femmes étaient allongés sur les rectangles étroits de cordes tressées, nouées, sur les chevalets. Les cordes, tendues, courbaient sous leur poids. Leurs mains étaient contre les flancs, mais des cordes y étaient attachées et fixées à l'axe du treuil, au-dessus de leur tête. Toutes deux portaient un collier. Leurs chevilles étaient attachées au pied de la machine.

J'étais à genoux dans le Cercle d'Accusation. J'avais les poignets attachés dans le dos avec des menottes. Au cou, je portais un large collier métallique, fermé à coups de marteau, sur lequel étaient soudés deux anneaux, un de chaque côté, auxquels étaient fixées des chaînes, des gardes tenant ces chaînes. J'étais nu. Mes chevilles étaient enchaînées.

– Abattez-le ! avait crié Ibn Saran, levant son cimeterre.

– Non ! s'était interposé Shakar, capitaine des Aretai, retenant son bras. Ce serait trop facile.

Avec un sourire, Ibn Saran avait rengainé son arme.

Je tirai sur les chaînes. J'étais réduit à l'impuissance.

– Entendons le témoignage des esclaves, dit le juge.

La jeune femme rousse, sur le chevalet, poussa un cri de désespoir. Le témoignage des esclaves, dans un tribunal goréen, est généralement recueilli sous la torture.

Deux esclaves puissants, nus jusqu'à la ceinture, manœuvrèrent les manivelles du treuil.

La jeune femme rousse, faisant partie de la paire d'esclaves assorties, qui était chargée des cuillères et des sucres, pleurait. Ses poignets, et ceux de l'autre femme, tandis que les longues manivelles de bois tournaient, étaient tirés au-dessus de sa tête. La jeune femme rousse se tordait sur les cordes tressées.

– Maître ! sanglota-t-elle.

Ibn Saran, portant un kaftan de soie, le kaffiyeh et l'agal, se dirigea vers le chevalet.

– N'aie pas peur, jolie Zaya, dit-il. Souviens-toi que tu dois dire la vérité, rien que la vérité.

– Oui, Maître, sanglota-t-elle. Oui.

Sur un signe du juge, la manivelle bougea une fois, l'engrenage jouant avec un claquement. Son corps était à présent tendu sur le chevalet ; ses orteils étaient pointés ; ses mains étaient au-dessus de la tête, la corde rugueuse ayant glissé sur les poignets, ne pouvant aller plus loin à cause des nœuds pressés sur la paume des mains.

– Ecoute attentivement, petite Zaya, reprit Ibn Saran. Et réfléchis soigneusement.

La jeune femme acquiesça.

– As-tu vu qui a frappé le Noble Suleiman Pacha ?

– Oui ! cria-t-elle. C'est lui ! Lui ! C'est lui, comme tu l'as expliqué à la Cour, Maître.

Ibn Saran sourit.

– C'est Hamid ! criai-je, me redressant péniblement. C'est Hamid, lieutenant de Shakar !

Hamid, debout dans un coin, ne daigna même pas me regarder. Les membres du tribunal murmurèrent avec colère.

– Hamid, intervint Shakar, mécontent, debout non loin de moi, est un homme de confiance. (Et il ajouta :) Et c'est un Aretai.

– Si tu persistes à accuser Hamid, précisa le juge, ta peine sera plus sévère.

– C'est lui, insistai-je, qui a frappé Suleiman.

– A genoux ! lança le juge.

Je m'agenouillai.

Le juge fit à nouveau signe à l'esclave responsable de la manivelle du chevalet de la jeune femme rousse.

– Non, je vous en supplie ! hurla-t-elle.

Une nouvelle fois, la manivelle bougea et l'engrenage progressa d'un cran. Son corps, à présent, ne reposait plus sur les cordes tressées et était tendu entre les deux axes du chevalet.

– Maîtres ! cria-t-elle. Maîtres ! J'ai dit la vérité ! La vérité !

L'engrenage avança d'un cran. La femme, sous l'effet de la douleur, hurla.

– As-tu dit la vérité, jolie Zaya ? s'enquit Ibn Saran.

– Oui, oui, oui, oui, oui ! sanglota-t-elle.

Sur un signe du juge, l'esclave lâcha la manivelle. L'axe du treuil situé au-dessus de la tête de la femme tourna en sens inverse et le corps de la femme tomba dans le filet de cordes tressées. Un esclave lui détacha les poignets et les chevilles. Elle ne pouvait bouger tellement elle était terrifiée. Puis il la jeta au pied d'un mur où un autre esclave, glissant un mousqueton sous son collier, l'enchaîna à un anneau scellé dans le sol. Elle resta immobile, tremblante.

– Recueillons le témoignage de l'autre esclave, dit le juge.

Elle avait déjà les bras au-dessus de la tête. Elle était nue. Elle me regarda. Elle portait un collier.

– Réfléchis, à présent, ma Jolie, dit Ibn Saran. Réfléchis soigneusement, ma Jolie.

C'était l'autre femme de la paire assortie, l'autre fille à la peau blanche, qui était responsable du pot argenté, à long col, contenant le vin noir.

– Réfléchis soigneusement, à présent, jolie Vella, dit Ibn Saran.

– Oui, Maître, répondit-elle.
– Si tu dis la vérité, reprit-il, tu n'auras pas mal.
– Je dirai la vérité, Maître, répondit-elle.
Ibn Saran adressa un signe de tête au juge.
Le juge leva la main et la manivelle du chevalet tourna immédiatement. Elle ferma les yeux. Son corps était à présent tendu sur le chevalet ; ses orteils étaient pointés ; ses bras étaient au-dessus de la tête, la corde tendue, serrée sur ses poignets.
– Quelle est la vérité, jolie Vella ? demanda Ibn Saran.
Elle ouvrit les yeux. Elle ne le regarda pas.
– La vérité, répondit-elle, est telle qu'Ibn Saran l'a dite.
– Qui a frappé le Noble Suleiman Pacha ? s'enquit Ibn Saran d'une voix douce.
La jeune femme tourna la tête vers moi.
– Lui, répondit-elle. C'est lui qui a frappé Suleiman Pacha.
Mon visage ne trahit aucune émotion.
Sur un signe du juge, l'esclave responsable de la manivelle du chevalet de la jeune femme, poussant des deux mains, fit avancer l'engrenage de sorte que son corps fut suspendu entre les deux axes du chevalet.
– Dans la confusion, précisa Ibn Saran, c'est bien lui, l'accusé, qui a frappé Suleiman Pacha puis est allé, avec les autres, à la fenêtre ?
– Oui, répondit la jeune femme.
– Je l'ai vu, rappela Ibn Saran. Mais je ne suis pas seul à l'avoir vu.
– Non, Maître, répondit-elle.
– Qui l'a vu ?
– Vella et Zaya, les esclaves, dit-elle.
– La jolie Zaya a témoigné, rappela-t-il, en déclarant que c'était l'accusé qui a frappé Suleiman Pacha.
– C'est vrai, confirma la jeune femme.
– Pourquoi, Esclaves, dites-vous la vérité ? demanda-t-il.

– Nous sommes des esclaves, répondit-elle. Nous avons peur de mentir.

– Excellent, fit-il.

Elle était suspendue entre les cordes, tendue. Elle resta silencieuse.

– A présent regarde encore une fois, attentivement, l'accusé.

Elle me regarda.

– Oui, Maître, dit-elle.

– Est-ce bien lui qui a frappé Suleiman Pacha ? demanda Ibn Saran.

– Oui, Maître, répondit-elle. C'est lui.

Le juge fit signe et la longue manivelle du chevalet fit avancer à nouveau l'engrenage.

La jeune femme fit une grimace, mais ne cria pas.

– Regarde encore très attentivement l'accusé, insista Ibn Saran. (Je vis ses yeux sur moi.) Est-ce bien lui qui a frappé Suleiman Pacha ?

– C'est lui, répondit-elle.

– En es-tu absolument certaine ? demanda-t-il.

– Oui, répondit-elle.

– Cela suffit, intervint le juge.

Il fit un signe. La manivelle tourna en sens inverse. Le corps de la femme tomba dans le filet de cordes nouées. Elle se tourna vers moi. Elle souriait légèrement.

On lui détacha les poignets et les chevilles. Un esclave la souleva et la jeta au pied du mur, près de l'autre femme. L'esclave qui se trouvait là la prit par les cheveux, la forçant à baisser la tête, et, entre sa nuque et son collier, glissa un mousqueton qu'il ferma. Puis, rudement, lui brûlant le côté du cou, il fit passer le mousqueton devant ; ensuite, il tira sur le collier ; sur la chaîne, ensuite, qui l'attacha, comme l'autre femme, à un anneau scellé dans le sol. Elle garda la tête baissée, comme une esclave.

7

J'APPRENDS L'EXISTENCE DES MINES DE KLIMA ; UNE ÉVASION EST ORGANISÉE

Je levai la tête.

Je le sentais, à proximité. Mais je ne voyais rien. Je me crispai. Je m'appuyai contre le mur de gros blocs de pierre. Puis j'avançai la tête, mais elle ne pouvait aller loin. Au lourd collier de fer, aux deux gros anneaux soudés de chaque côté, une courte chaîne était attachée, fixée ensuite à un anneau boulonné dans la pierre. Mes mains, prisonnières de menottes, étaient enchaînées au mur, avec de courtes chaînes, à droite et à gauche. J'étais nu. Mes chevilles, également enchaînées, étaient attachées à un autre anneau, boulonné également, devant moi, dans le sol.

Je me penchai autant que possible, écoutant. J'étais assis sur la pierre, sur la paille souillée, étendue sur le sol pour absorber les déchets. Je regardai la porte, qui se trouvait à six mètres de moi ; elle était en bois, renforcée avec de l'acier. Elle avait une petite ouverture, dans sa partie élevée, d'environ vingt centimètres de haut sur trente-cinq de large. L'ouverture avait cinq barreaux. Il y avait une odeur de moisi, mais la pièce n'était pas particulièrement humide. La lumière entrait par une petite fenêtre, armée de barreaux, située environ trois mètres au-dessus du sol, dans le mur qui se dressait à ma droite. Elle était juste sous le plafond. Dans le rayon de lumière tranquille, en diagonale, qui semblait s'appuyer contre le mur, montant vers la fenêtre, je vis de la poussière.

Je dilatai les narines, triant les odeurs de la pièce. Je rejetai l'odeur de la paille moisie, des déchets. De dehors, me parvenaient les odeurs des palmiers, des grenades. J'entendis passer un kaiila, ses pattes martelant le sable. J'entendis, au loin, des clochettes de kaiila, un cri. Rien ne semblait anormal. Je perçus l'odeur des pelures de kort, emmêlées, séchant sur les pierres où elles avaient été éparpillées, reliefs de mon dîner de la veille. Elles étaient couvertes de vints, minuscules insectes couleur de sable. Sur les mêmes pelures, capturant et mangeant les vints, se trouvaient deux petites araignées. De l'autre côté de la porte me parvint une odeur de fromage. L'odeur du thé de Bazi était également nette. J'entendis le garde bouger, somnolant sur sa chaise, de l'autre côté de la porte. Je sentais sa sueur, et l'eau de veminium qu'il s'était passée sur le cou.

Puis je m'appuyai contre les pierres. Apparemment, je m'étais trompé.

Je fermai les yeux. « Livrez Gor ! » ordonnait un message apparemment envoyé par les mondes d'acier. « Livrez Gor ! » Et, plusieurs mois auparavant, un jeune garçon, Achmed, fils de Farouk, Marchand de Kasra, avait trouvé cette inscription sur un rocher : « Méfie-toi de la tour d'acier. » Il y avait eu, également, la messagère, Veema, dont le corps portait cet avertissement : « Méfie-toi d'Abdul. » Cela ne m'intéressait plus guère, cependant, car Abdul était le Porteur d'Eau de Tor, probablement un agent mineur des Autres, les Kurii, inoffensif, simple moustique dans le désert. Je l'avais laissé s'enfuir, terrifié. Néanmoins, je ne savais toujours pas qui m'avait conseillé de me méfier d'Abdul. Je souris. Il n'y avait apparemment pas de raison de se méfier de ce vermisseau.

Sur le chemin des Neuf Puits, en compagnie d'Achmed, de son père, Farouk, de Shakar, capitaine des Aretai, de Hamid, son lieutenant, et d'une escorte de quinze cavaliers, j'avais vu le rocher, près duquel Achmed m'avait conduit.

– Le corps a disparu ! s'écria Achmed. Il était ici.

Le rocher, cependant, était toujours là, et le message gravé dessus. Il était gravé en taharique, écriture des peuples du Tahari. Ils parlent goréen mais, comme quelques autres groupes, généralement des groupes isolés, ils n'utilisent pas l'écriture goréenne ordinaire. J'avais étudié l'alphabet taharique. Comme l'alphabet est lié aux phonèmes goréens, il est rapidement maîtrisé, comme un code simple, par les individus qui parlent goréen. L'élément le plus bizarre, du point de vue d'un homme sachant lire le goréen, est qu'il possède des signes pour seulement cinq des neuf voyelles goréennes. Toutefois, il ne me fut pas difficile de lire l'inscription. Aucun son vocalique ne devait être interpolé ou déterminé en fonction du contexte, dans ce message. Tous les signes étaient clairs. Le message, dans son ensemble, était explicite, indubitable. Les sons vocaliques représentés, incidemment, le sont par des marques minuscules près des autres lettres, presque comme des accents. Ce ne sont pas des lettres à part entière. Les sons vocaliques qui ne sont pas représentés, naturellement, doivent être insérés par le lecteur. A une certaine époque, apparemment, en taharique, aucun son vocalique n'était représenté. Quelques érudits tahariques, des puristes, refusent de représenter les voyelles, considérant leur nécessité comme utile seulement aux illettrés.

– Il n'y a pas de corps ici, à présent, dit Shakar, capitaine des Aretai.

– Où a-t-il bien pu passer ? demanda Hamid, son lieutenant.

La question n'était pas stupide. Il n'y avait pas la moinde trace d'os rongés, ou de l'action des charognards. S'il y avait eu une tempête de sable, le rocher lui-même aurait été recouvert. Les tempêtes de sable du Tahari, incidemment, bien que parfois longues et terribles, remodèlent parfois des dunes, mais il est rare qu'elles enterrent quoi que ce soit. Le sable est emporté presque aussi vite qu'il est déposé. En outre, naturellement, dans le Tahari, les cadavres se décomposent très lentement. La chair du tabuk du désert, qui meurt dans le désert, parfois séparé de son troupeau et incapable de trouver de l'eau, si elle n'est pas polluée par la salive des prédateurs, reste comestible pendant plusieurs jours. L'apparence extérieure de l'animal, en outre, peut rester inchangée pendant des siècles.

– Il a disparu, dit Shakar, faisant pivoter son kaiila et reprenant le chemin de la caravane.

Les autres le suivirent.

Je restai un peu plus longtemps, regardant l'inscription. « Méfie-toi de la tour d'acier. » Puis je fis également pivoter mon kaiila et repris le chemin de la caravane.

« Livrez Gor ! » me dis-je.

Je m'appuyai contre les pierres. Je bougeai légèrement la tête, tournant le cou à l'intérieur du lourd collier. Je tirai légèrement sur les menottes de mes poignets, à droite et à gauche. Les chaînes se tendirent. Je sentis un filet de sueur glisser sur mon avant-bras puis glisser sous le fer de mon poignet gauche. Je tirai violemment sur mes chaînes, le collier mordit la chair de mon cou ; je tordis mes chevilles enchaînées, tendant la chaîne. Puis, furieux, je m'appuyai contre les pierres. J'étais prisonnier. J'étais absolument impuissant.

Je fermai à nouveau les yeux. Suleiman n'était pas mort. Le coup de l'assassin, dans la confusion, n'avait pas atteint son but.

Le juge, sur le témoignage d'Ibn Saran et de deux esclaves à la peau blanche, Zaya, une rousse, et Vella, une brune, m'avait condamné, en tant que criminel et assassin en puissance, aux Mines de sel de Klima, dans le Pays des Dunes, où je travaillerais jusqu'à ce que le sel, le soleil et les Maîtres des Esclaves en aient terminé avec moi. On disait qu'aucun esclave n'était jamais revenu des puits secrets de Klima. Les kaiilas sont interdits, à Klima, même aux gardes. Le ravitaillement est livré, et le sel emporté, par des caravanes dont les mines dépendent nécessairement. En dehors du puits de Klima, il n'y a pas d'eau sur mille pasangs à la ronde. Le désert est le mur de Klima. L'emplacement des mines est mal connu et, pour protéger les ressources, gardé secret par les agents des mines et les marchands. Les femmes sont interdites à Klima, de peur que les hommes ne s'entre-tuent pour elles.

A nouveau, indubitablement cette fois, l'odeur pénétra dans mes narines. Les cheveux se dressèrent sur ma nuque.

Je tirai sur les chaînes d'acier. J'étais nu. J'étais complètement réduit à l'impuissance. Je ne pouvais même pas mettre les mains devant mon corps.

Il me fallait attendre.

Je sentais le Kur.

– Y a-t-il quelqu'un ? appela le garde.

J'entendis sa chaise grincer. Je l'entendis se lever.

Il ne reçut pas de réponse. Il n'y eut que le silence.

Il s'immobilisa. Je ne bougeai même pas les chaînes.

Il se dirigea vers le seuil de la grande pièce qui donnait accès aux cellules. Il avança prudemment. C'était un seuil étroit se trouvant au pied d'un escalier lui-même étroit, tortueux et incurvé.

– Qui est là ? appela-t-il.

Il attendit. Il n'y eut pas de réponse.

Il fit demi-tour et regagna sa chaise. Je l'entendis s'asseoir à nouveau. Mais, un instant plus tard, soudain, la chaise grinça encore et il fut à nouveau debout.

– Qui est là ? cria-t-il.

J'entendis son cimeterre glisser hors de son fourreau.

– Qui est là ? cria-t-il encore une fois ; puis je l'entendis pivoter sur lui-même, follement, regardant l'ensemble de la salle.

Ensuite, j'entendis un hurlement de terreur, dément, qui s'arrêta d'un seul coup. Il y eut un craquement sourd.

Il y eut peu de bruit, ensuite, seulement celui d'une grosse langue bougeant dans le sang, curieuse. L'homme, sur la base du cou, s'était passé de l'eau de veminium.

Puis j'entendis la chute du corps. Je n'entendis pas de bruits de mâchoires. J'entendis un bruit de pas, autour du corps. Puis je sentis que, dehors, un corps puissant se redressait et se tournait, lentement, vers la porte de ma cellule.

Je sentis ensuite qu'il restait immobile devant la porte de ma cellule. Je ne pouvais quitter des yeux la petite ouverture de la porte. Je ne vis rien. Pourtant je sentais qu'il était là et me regardait à travers les barreaux.

J'entendis la clé tourner dans la serrure.

La porte s'ouvrit. Je ne vis rien sur le seuil. Au-delà, gisant par terre, je vis les restes du garde, la tête, arrachée, à côté, encore reliée au corps par des vaisseaux déchiquetés, la nuque arrachée. Je vis la paille bouger à l'intérieur de la cellule. L'odeur du Kur était forte. Je sentis qu'il se tenait près de moi.

La chaîne de mon poignet droit fut levée. Deux fois, elle fut fortement tendue sur l'anneau. Puis elle heurta de nouveau les pierres.

Je sentis que l'animal se dressait.

A ce moment-là, j'entendis les voix de plusieurs hommes. Ils approchaient.

Parmi elles, impérieuse, j'entendis la voix d'Ibn Saran. J'entendis des hommes descendant l'escalier. Il y eut un hurlement d'horreur. Je vis, par la porte à présent ouverte de ma cellule, Ibn Saran en personne, vêtu d'une djellaba noire avec un kaffiyeh blanc à corde noire, franchir le seuil.

Immédiatement, son cimeterre fut dégainé, réflexe du guerrier du désert. Il ne regarda pas le spectacle horrible gisant à ses pieds. Mais, en un éclair, il regarda l'ensemble de la pièce.

– Dégainez vos armes ! cria-t-il à ses hommes effrayés.

Quelques-uns d'entre eux ne pouvaient quitter des yeux le spectacle gisant au milieu de la pièce. Il en frappa quelques-uns du plat de sa lame.

– Dos à dos ! ordonna-t-il. Tenez-vous prêts ! (Puis il ajouta :) Bloquez la porte !

Il regarda à l'intérieur de la cellule. Je le vis, dehors. J'étais assis et enchaîné. Je ne pouvais tirer sur les chaînes de mes chevilles car j'avais le dos contre les pierres ; je ne pouvais me pencher ni en avant ni sur le côté à cause des chaînes de mon collier ; mes mains étaient enchaînées au mur, de chaque côté ; je ne pouvais, compte tenu de ma position, tirer sur mes chaînes ; j'étais parfaitement immobilisé. Ibn Saran sourit.

– Tal, dit-il.

J'étais son prisonnier.

– Tal, répéta-t-il.

Je voyais son cimeterre.

– Qui a pu faire une chose aussi horrible ? demanda un de ses hommes.

– J'ai été averti de cela, dit Ibn Saran.

– Un Djinn ? s'enquit un de ses hommes.

– Sentez ! lança Ibn Saran. Sentez ! Il est toujours là !

J'entendis le Kur respirer près de moi.

– Bloquez la porte ! réitéra Ibn Saran.

Les deux hommes qui se trouvaient près de la porte regardèrent autour d'eux, brandissant leurs cimeterres, effrayés.

– Ne craignez rien, compagnons ! les exhorta Ibn Saran. Ce n'est pas un Djinn. C'est une créature de chair et de sang. Mais soyez prudents ! Soyez prudents !

Puis il disposa ses hommes en ligne contre le mur opposé de la salle, où débouchait l'escalier.

– J'ai été averti de cette possibilité, rappela-t-il. Elle s'est produite. Ne craignez rien. Nous pouvons gagner.

Les hommes se regardèrent, les yeux dilatés par la peur.

– A mon signal, ordonna Ibn Saran, parlant rapidement en goréen, attaquant sur une ligne, taillez dans chaque centimètre de la pièce. Celui qui aura le premier contact devra crier et les autres, ensuite, devront converger sur ce point, taillant, pour ainsi dire, l'air en pièces.

Un de ses hommes le regarda.

– Il n'y a rien, ici, souffla-t-il.

Ibn Saran, le cimeterre dressé, sourit.

– Il est ici, affirma-t-il. Il est ici. (Soudain, il cria :) Ho !

Puis il bondit, sa lame, en coups rapides de la figure numéro huit, la main retournée en montant suivant une courbe légère, puis la main, en descendant, suivant une courbe légère, décrivant son chemin tranchant. Son pied droit, botté, avançait, son corps était légèrement tourné vers la gauche, diminuant la surface de la cible, sa tête, sur la droite, maximalisant la vision, son pied arrière à angle droit par rapport à la ligne d'attaque, augmentant la puissance de la poussée, assurant l'équilibre. Ses hommes, quelques-uns timidement, frappant de taille et de pointe, le suivirent.

– Il n'y a rien, Noble Maître, dit l'un d'entre eux.

Ibn Saran s'arrêta sur le seuil de la cellule.

– Il est dans la cellule, affirma-t-il de nouveau.

Je regardai le cimeterre. C'était une lame à la courbe vicieuse. Je savais qu'elle était tellement tranchante qu'elle pouvait couper un morceau de soie tombant sur son fil. Je savais qu'un coup léger de cette lame, tombant sur un bras, couperait la chair, laissant une entaille d'un demi-centimètre dans l'os.

– Il sera extrêmement dangereux, expliqua Ibn Saran, d'entrer dans cette cellule. Vous me suivrez rapidement, vous mettant en ligne, le dos au mur.

– Fermons la porte à clé, suggéra un homme, l'enfermant à l'intérieur.

– Il arracherait les barreaux de la fenêtre et prendrait la fuite, répondit Ibn Saran.

– Qui pourrait faire cela ? demanda l'homme.

Je compris que l'homme ignorait tout de la force des Kurii. Je constatai avec intérêt qu'Ibn Saran n'était pas dans ce cas.

– On ne doit pas, dit-il, trouver le corps de cet animal dans la cellule. Il faut s'en débarrasser.

Je comprenais ce raisonnement. Rares étaient, sur Gor, les individus au courant de la guerre opposant les Prêtres-Rois aux Autres, les Kurii. La carcasse d'un Kur poserait vraisemblablement de nombreuses questions, causerait beaucoup de curiosité et, peut-être, des déductions avisées. Elle pourrait aussi, naturellement, attirer la vengeance des Kurii de la communauté ou du district concernés.

– Je vais entrer dans la cellule, déclara Ibn Saran. Ensuite, vous me suivrez.

Ibn Saran n'avait plus rien de doux ou de languide. Lorsque le besoin s'en fait sentir, les hommes du désert peuvent agir avec une efficacité rapide, menaçante. Le contraste avec leur comportement normal, acculturé, lent et même gracieux, est frappant. En outre, je décidai qu'Ibn Saran était brave.

Avec un cri, franchissant le seuil d'un bond, puis taillant l'air de son cimeterre, il entra dans la cellule. Ses hommes, effrayés, entrèrent rapidement à sa suite et, blêmes, prirent position en ligne contre le mur, derrière lui. L'autre porte, qui donnait sur l'escalier étroit et tortueux, n'était plus gardée. La porte de la cellule, cependant, l'était par Ibn Saran lui-même.

– Il n'y a rien, ici, Maître ! cria un homme. C'est de la folie !

– Il est parti, dis-je à Ibn Saran.

Ibn Saran sourit.

– Non, dit-il. Il est ici. Il est dans cette pièce. (Puis, s'adressant à ses hommes :) Taisez-vous. Ecoutez !

Je n'entendais même pas la respiration des hommes. La lumière tombait de la fenêtre armée de barreaux sur les pierres grises du sol couvert de paille. Je regardai les murs, les hommes, les peaux sèches de kort, par terre, près du plat métallique. Sur les peaux, les araignées continuaient de chasser les vints.

Nous entendîmes, dehors, les appels d'un vendeur de melons. Nous entendîmes deux kaiilas passer, leurs clochettes.

– La cellule est vide, dit un des hommes, dans un souffle.

Soudain, un des hommes d'Ibn Saran poussa un hurlement horrible. Je levai la tête, tirant sur les chaînes de mon collier. Je secouai les chaînes de mes menottes. Les hommes se tassèrent sur eux-mêmes.

– Aidez-moi, cria l'homme. Au secours !

Brusquement, violemment, il parut être projeté vers le haut. A trois mètres du sol, presque contre les pierres du plafond, il se débattit et se tordit en hurlant.

– Au secours ! cria-t-il.

– Tenez la position, lança Ibn Saran. Restez en position !

– Je vous en prie, sanglota l'homme.

– Tenez la position ! répéta Ibn Saran.

Puis l'homme, les manches de son vêtement retroussées au-dessus des coudes, fut lentement abaissé.

– Je vous en prie, sanglota-t-il.

Puis il cria, un cri bref, étranglé ; puis il y eut un bruit d'explosion, étouffé, comme une bulle d'air crevant à la surface de l'eau ; le côté de son cou avait été arraché d'un coup de dents ; le sang artériel, poussé par la pompe aveugle du cœur, jaillit.

– Restez en position ! cria Ibn Saran.

J'admirai son autorité. Si ses hommes avaient chargé dès le début, l'homme capturé aurait été jeté sur eux. Cassant leur formation, le Kur aurait ainsi pu s'enfuir. S'ils s'étaient précipités à présent au secours de leur camarade, la formation aurait été à nouveau rompue et le Kur aurait alors, assurément, changé de position.

Ibn Saran, homme brave, bloquait la porte ouverte de la cellule.

– Cimeterres prêts ! cria-t-il. Ho !

Sur le sol à présent couvert de sang, et la paille ensanglantée, les hommes, en ligne, Ibn Saran restant près de la porte, chargèrent. Le sang, entre les pierres, formait de minuscules rivières.

– Aiii ! hurla un homme, pivotant sur lui-même, horrifié.

Il y avait du sang sur son cimeterre. Il était terrifié.

– Un Djinn ! cria-t-il.

Au même moment, sur le seuil, Ibn Saran frappa, sournoisement, puissamment.

Il y eut un rugissement de douleur, un hurlement de rage et je constatai que son cimeterre, sur vingt centimètres, était couvert du sang clair du Kur, nettement visible.

– Nous l'avons ! cria Ibn Saran. Frappez ! Frappez ! (Les hommes regardèrent autour d'eux.) Ici ! cria Ibn Saran. Le sang ! Le sang !

Je vis une tache de sang, sur le sol, puis l'empreinte sanglante d'une grosse patte griffue. Les gouttes de sang, venues apparemment de nulle part, tombaient l'une après l'autre sur le sol.

– Attaquez le sang ! cria Ibn Saran.

Les hommes convergèrent sur le sang, frappant. J'entendis encore deux rugissements de fureur car ils frappèrent encore l'animal par deux fois. Puis un homme fut projeté en arrière, tournoyant sur lui-même. Son visage avait disparu.

Les hommes, à présent, encerclaient l'endroit où le sang tombait, qui indiquait la position de l'animal.

Soudain, j'entendis un bruit de pas précipités et je vis les barreaux de la petite fenêtre bouger, l'un d'entre eux sortant de son logement dans un déluge de pierre et de poussière.

– La fenêtre, cria Ibn Saran. Il va s'échapper !

Il bondit vers la fenêtre, frappant follement autour de lui, contre la pierre. Ses hommes le suivirent, frappant et criant.

Je souris en voyant, dans la confusion, le sang, goutte à goutte, se diriger vers la porte de la cellule, traverser la salle, franchir le seuil de l'escalier étroit et tortueux.

La diversion organisée par le Kur avait été excellente. Il avait compris qu'il n'aurait pas le temps d'arracher les barreaux puis de se glisser par l'étroite fenêtre avant d'être taillé en pièces. Mais la ruse avait éloigné Ibn Saran de la porte.

Ibn Saran pivota sur lui-même, sa lame ébréchée, tordue, inutilisable, tellement il avait frappé sur les pierres. Il vit le sang. Il poussa un cri de rage et, pivotant sur lui-même, sortit en courant.

Sur les peaux de kort, les araignées chassaient toujours les vints.

– Nous l'avons tué, déclara Ibn Saran. Il est mort.

Je supposai qu'ils n'avaient eu aucune difficulté à suivre la trace du sang. L'animal avait été frappé au moins quatre fois avec les lames tranchantes comme des rasoirs du Tahari. Ibn Saran lui-même lui avait infligé une blessure de presque vingt centimètres de profondeur. Je l'avais deviné en fonction des traces de sang sur le cimeterre. Ainsi, touché quatre fois, il me parut vraisemblable que l'animal, même s'il avait réussi à échapper, s'était caché dans un endroit obscur et avait succombé à la perte de sang.

– Nous nous sommes débarrassés du corps, ajouta Ibn Saran.

Je haussai les épaules.

– Il en voulait à ta vie, reprit-il. Nous t'avons sauvé la vie.

– Merci, répondis-je.

Il était minuit, dans la cellule. Dehors, les trois lunes étaient pleines.

La cellule avait été nettoyée, la paille et les déchets ayant été évacués, puis rincée ; presque tout le sang avait été gratté ; il ne restait plus, çà et là, que quelques taches sombres et réfractaires ; on avait mis de la paille propre ; les peaux de kort avaient été enlevées. Il ne restait pratiquement aucune trace de la bataille qui s'était déroulée dans la cellule. Les barreaux de la fenêtre eux-mêmes avaient été réparés. Le nettoyage avait été effectué par les geôliers, ce que je trouvai amusant. Je croyais qu'il serait effectué par des esclaves nues, portant un collier de travail, une chaîne et un anneau à la cheville, pour les obliger à rester à genoux par terre avec leur brosse, mais tel n'avait pas été le cas ; les condamnés aux Mines de Klima sont également privés du spectacle de femmes nues ; il n'y a pas de femmes, à Klima ; il n'y a pratiquement que le sel, la chaleur, les Maîtres des Esclaves et le soleil ; parfois, les hommes deviennent fous, tentant de fuir dans le désert ; mais il n'y a pas d'eau à mille pasangs à la ronde autour de Klima ; j'aurais aimé voir une femme nue avant de partir, enchaîné, pour Klima ; mais cela me fut refusé.

Souvent, j'avais chassé de mes pensées le visage de l'esclave nommée Vella, de son triomphe lorsque, petite et jolie, sensuelle, libérée des cordes du chevalet, elle s'était assise dans le filet, après que son témoignage eut confirmé celui des autres, celui de Zaya, l'autre esclave, et celui d'Ibn Saran, m'envoyant aux Mines de sel de Klima. Elle était satisfaite. J'irais à Klima. L'esclave avait eu sa vengeance. Son mensonge, confirmant ceux des autres, avait emporté la décision. Puis, après avoir témoigné, comme sa compagne, elle avait été enchaînée. Je me souvins de son sourire lorsqu'elle avait appris que, bien qu'innocent, j'irais à Klima.

Je n'étais pas content de cette esclave.

Je levai la tête. Avec Ibn Saran, il y avait quatre hommes. L'un d'entre eux avait une lampe à huile de tharlarion.

– Comprends-tu ce que cela signifie, demanda Ibn Saran, que d'être envoyé à Klima – d'être un Esclave du Sel ?

– Je crois, répondis-je.

– Il y a la marche jusqu'à Klima, souligna-t-il, dans le Pays des Dunes, à pied, enchaîné, au cours de laquelle de nombreux condamnés meurent.

Je ne répondis pas.

– Et si tu avais la malchance, reprit-il, d'arriver à proximité de Klima, tes pieds et tes jambes, jusqu'au genou, devraient être bandés de cuir, car tu enfoncerais jusqu'au genou dans les croûtes de sel et, sans protection, ta chair, par les millions de minuscules cristaux chauffés, serait brûlée sur tes os.

Je détournai la tête, enchaîné.

– Dans les mines, expliqua-t-il, on pompe l'eau à travers les dépôts souterrains, pour extraire le sel, et l'amener, avec l'eau, à la surface ; puis on pompe à nouveau la même eau. Les hommes meurent, au soleil, en actionnant les pompes. D'autres, les porteurs, doivent remplir leurs deux seaux d'eau et la transporter des mines aux tables de séchage ; d'autres doivent ramasser le sel et le confectionner en cylindres. (Il sourit.) Parfois, les hommes s'entre-tuent pour une tâche moins lourde.

Je ne le regardai pas.

– Mais toi, reprit-il, qui as tenté d'assassiner notre Noble Suleiman Pacha, tu n'auras que des tâches difficiles.

Je tirai sur les chaînes.

– C'est de l'acier d'Ar, souligna-t-il encore. Il est excellent, importé par caravane.

Je tirai sur les menottes.

– Il t'immobilisera parfaitement, fit-il... Tarl Cabot.

Je le regardai.

– Cela m'amusera, reprit-il, de penser que Tarl Cabot travaille dans les mines de sel. Tandis que je me reposerai dans mon palais, dans les pièces fraîches, sur des coussins, dégustant de la crème et des baies, savourant du vin, distrait par mes esclaves, dont ta jolie Vella fait partie, je penserai souvent à toi, Tarl Cabot.

Je tirai sur les chaînes.

– Le célèbre agent des Prêtres-Rois, Tarl Cabot, lança-t-il, dans les mines de sel ! Excellent ! Magnifique ! (Il rit.) Tu ne peux pas te libérer, reprit-il. Tu ne peux pas gagner.

Je cédai aux chaînes, réduit à l'impuissance.

– A Klima, détailla-t-il, la journée commence à l'aube et ne se termine qu'au crépuscule. On peut faire griller la nourriture sur les pierres, à Klima. Les croûtes sont blanches. Leur éclat est aveuglant. Il n'y a pas de kaiilas, à Klima. Le désert, sans eau, s'étend sur un millier de pasangs à la ronde. Un des aspects les moins agréables de Klima est l'absence totale de femmes. Tu auras remarqué que, après ta condamnation, le spectacle de leur chair t'a été refusé. Mais tu peux toujours penser à ta jolie Vella.

Je serrai les poings.

– Quand je l'utiliserai, promit-il, moi, je penserai à toi.

– Où l'as-tu trouvée ? demandai-je.

– Son corps est très vivant, n'est-ce pas ? s'enquit Ibn Saran.

– C'est une femme, dis-je. Où l'as-tu trouvée ?

– Dans une taverne de Lydius, répondit-il. C'est intéressant. Nous l'avons achetée, à l'origine, comme une simple esclave. Nous recherchons toujours les femmes de bonne qualité. Elles servent nos desseins, nous permettant de nous infiltrer dans les Demeures, de nous procurer des secrets, de séduire les officiers et les hommes importants, mais aussi, naturellement, de récompenser nos amis et, naturellement, de procéder à des échanges, les utilisant comme monnaie ; l'esclave est généralement très demandée, surtout si elle est belle et éduquée ; nous pouvons mettre ces femmes sur le marché quand nous le voulons ; il n'est pas difficile de les vendre ; en outre, elles n'attirent guère l'attention, commercialement parlant, car elles constituent une marchandise familière ; ainsi, l'esclave, de notre point de vue, surtout si elle est belle et éduquée, constitue une forme de richesse sûre et aisément négociable.

– C'est le cas pour tout le monde, relevai-je.

– Oui, répondit-il.

– Et Vella ? demandai-je.

– Miss Elizabeth Cardwell, de New York, sur la planète Terre ? s'enquit-il.

– Apparemment, tu sais beaucoup de choses, fis-je.

– L'esclave de la Terre nous en a appris beaucoup, reconnut-il. Nous avons eu de la chance. Pourtant, c'est par hasard que nous avons accroché notre chaîne à son collier.

– Que vous a-t-elle dit ? demandai-je.

– Tout ce que nous voulions savoir, répondit-il.

– Oh, fis-je, je vois.

– La torture n'a pas été nécessaire, précisa Ibn Saran. Il a suffi de l'en menacer. Ce n'est qu'une femme. Nous l'avons enchaînée, nue, dans une tour, avec des urts. Une heure plus tard, en larmes, hystérique, elle a supplié de parler. Nous l'avons interrogée toute la nuit. Nous avons appris tout ce qu'elle savait. Elle en savait très long.

– Ensuite, vous l'avez sans doute affranchie, dis-je, puisqu'elle vous avait été tellement utile.

– Nous avons promis de le faire, releva-t-il. Mais, plus tard, si mes souvenirs sont exacts, nous avons oublié. Nous l'avons laissée dans son asservissement.

– Complètement esclave ? demandai-je.

– Complètement esclave, répondit-il.

– Correct, fis-je.

– C'est une esclave, dit-il.

– Je sais, répondis-je. Que vous a appris, précisément, demandai-je ensuite, l'esclave de la Terre, miss Elizabeth Cardwell ?

– De nombreuses choses mais la plus importante est, sans conteste, la faiblesse du Nid.

– A présent, vous allez attaquer ? demandai-je.

– Cela ne sera pas nécessaire, répondit-il.

– Un autre plan ? m'enquis-je.

– Peut-être, fit-il.

– Ce qu'elle vous a dit, naturellement, relevai-je, est peut-être faux.

– Cela concorde avec les rapports d'autres humains qui, autrefois, il y a longtemps, ont fui les Sardar.

Il s'agissait vraisemblablement des humains du Nid qui, après la Guerre du Nid, avaient décidé de retourner sur la surface de Gor.

– Mais ces récits sont-ils véridiques, insistai-je, ou bien ceux qui les ont faits croient-ils sincèrement qu'ils le soient ?

– Il pourrait, naturellement, s'agir de souvenirs implantés, reconnut Ibn Saran. Il pourrait s'agir d'un piège destiné à attirer une attaque dans un piège.

Je restai silencieux.

– Nous sommes conscients de cette possibilité, reconnut-il. Nous avons donc procédé avec prudence.

– Mais, à présent, cela compte moins ? demandai-je.

– A présent, répondit-il, cela ne compte sans doute plus du tout. Nous n'avons plus besoin d'écouter attentivement le bavardage des esclaves.

– Vous avez une nouvelle stratégie ? demandai-je.

– Peut-être, répondit-il avec un sourire.

– Peut-être accepteras-tu de la faire partager à un homme qui part pour les Mines de sel de Klima ? proposai-je.

Il rit.

– Tu pourrais parler aux gardes, ou à tes compagnons !

– On pourrait me couper la langue, avançai-je.

– Et les mains aussi ? s'écria-t-il en riant. Et, dans ce cas, à quoi servirais-tu, dans les mines ?

– Comment avez-vous appris que l'esclave achetée uniquement à cause de sa beauté à Lydius était miss Elizabeth Cardwell ? demandai-je.

– Les empreintes digitales, expliqua-t-il. Son accent, certains comportements faisaient penser à une origine terrestre. Nous avons pris ses empreintes, curieux. Dans nos fichiers, elles correspondaient à celles de miss Elizabeth Cardwell, de New York, sur Terre, qui avait été amenée sur Gor pour porter le collier-message aux Tuchuks.

Je me souvenais de ce collier. Lorsque je l'avais vue pour la première fois, les bas en lambeaux, sa courte robe jaune tachée et couverte de poussière, le cou prisonnier de la lance de capture, les poignets attachés dans le dos, dans les Plaines des Peuples des Chariots, captive des Tuchuks, elle le portait. Elle ne comprenait pratiquement rien, à cette époque, ignorait tout des affaires des mondes.

A présent, la jeune femme était moins ignorante.

– Le collier-message, reprit Ibn Saran, n'a pas entraîné ta mort, la fin de la recherche du dernier œuf des Prêtres-Rois. (Il sourit.) En fait, la femme est devenue ton esclave.

– Je l'ai affranchie, dis-je.

– Imbécile romantique ! releva-t-il. Poussant plus loin nos recherches, comprenant qu'elle t'avait accompagné dans les Sardar, avec le dernier œuf des Prêtres-Rois, nous avons cherché d'autres connexions.

Bientôt, il devint évident qu'elle avait été ta complice, espionnant pour ton compte, dans la chute de la Demeure de Cernus, un de nos meilleurs agents.

– Comment avez-vous appris cela ? demandai-je.

– Un homme qui avait fui la Demeure de Cernus, affranchi, fut amené dans mon palais. Il l'identifia immédiatement, ce qui la terrifia. Ensuite, nous l'avons déshabillée et enfermée dans une tour, enchaînée, avec des urts. Une ahn plus tard, elle nous a suppliés de tout dire, et c'est ce qu'elle a fait.

– Elle a trahi les Prêtres-Rois ? m'enquis-je.

– Complètement, répondit Ibn Saran.

– Elle sert les Kurii, à présent ? demandai-je.

– Elle nous sert, précisa-t-il. Et son corps est exquis, délicieux.

– Tu as de la chance, dis-je, de posséder une telle esclave.

Ibn Saran inclina la tête.

– J'ai constaté avec intérêt, en outre, ajoutai-je, qu'elle a déclaré que j'avais tué Suleiman Pacha.

– Zaya également, souligna Ibn Saran.

– C'est exact, reconnus-je.

– Il a été inutile de les forcer, précisa Ibn Saran. Ce sont des esclaves.

– Vella, rappelai-je, est une femme extrêmement intelligente et complexe.

– Ce sont les meilleures esclaves, releva Ibn Saran.

– Exact, répondis-je.

En réalité, qui aurait envie de faire porter un collier à une autre sorte de femme ? Prendre les femmes les plus brillantes, les plus imaginatives, les plus belles et les mettre à ses pieds, esclaves impuissantes et passionnées, est une victoire.

– Elle te hait, précisa encore Ibn Saran.

– Je vois, fis-je.

– Apparemment, cela est lié à Lydius, ajouta-t-il.

Je souris.

– C'est avec grand plaisir que la petite esclave sournoise a déclaré faussement que ta lame avait frappé Suleiman Pacha. C'est avec grand plaisir qu'elle t'a envoyé dans les mines de sel.

– Je vois, répétai-je.

– La vengeance d'une femme n'est pas une mince affaire, apprécia Ibn Saran.

– Effectivement, opinai-je.

– Mais une chose la troublait, reprit Ibn Saran, une question à propos de laquelle, craignant pour elle-même, elle était inquiète.

– Laquelle ? demandai-je.

– La sécurité de Klima, répondit Ibn Saran. Elle avait peur que tu puisses t'échapper.

– Oh ? fis-je.

– Mais je lui ai affirmé que l'on ne s'évade pas des Mines de Klima et, ainsi encouragée, c'est avec enthousiasme qu'elle a répété son témoignage.

– Jolie Vella, fis-je.

Il sourit.

– Ce n'est pas par hasard, relevai-je, que, une fois son identité établie, elle a été amenée au Tahari.

– Bien sûr que non ! se récria Ibn Saran. Elle a été amenée ici, portant un collier, pour me servir.

– Et elle t'a bien servi, appréciai-je.

– Elle a participé activement, comme nous nous y attendions, à ta réception. Autorisée un jour, secrètement, à te regarder dans les rues des Neuf Puits, à travers le voile minuscule d'un haïk, alors qu'elle était nue dessous, sous la surveillance d'un de mes hommes, elle a confirmé plus tard, nue et à genoux devant moi, que tu étais bien Tarl Cabot, agent des Prêtres-Rois. Et ce qu'elle n'a pas accompli, avec le collier-message, dans le Pays des Peuples des Chariots, elle l'a accompli ici, sur le chevalet du tribunal.

– Elle t'a bien servi, répétai-je.

– C'est une excellente petite esclave, reconnut Ibn Saran. Et extrêmement agréable sur les coussins.

– Jolie Vella, fis-je.

– Pense souvent à elle, Esclave du Sel, dit Ibn Saran, dans les Mines de Klima.

Il pivota sur lui-même, sa djellaba tournoyant, et sortit de la cellule, suivi de ses hommes, dont le dernier portait la lampe à huile de tharlarion.

Dehors, les trois lunes étaient pleines.

Je ne pensais pas que je serais vraiment envoyé dans les Mines de sel de Klima.

De sorte que je ne fus pas surpris quand, une ahn plus tard, pendant cette même nuit de pleines lunes, avant l'aube qui devait voir mon départ pour Klima, deux hommes, portant cagoules et djellabas, furtifs, apparurent dans la salle, devant la porte de la cellule.

Il serait dangereux de conduire ou de transporter un esclave à Klima en ces temps d'incertitude entre les Kavars, les Aretai et leurs tribus vassales.

Il n'était pas impossible que la caravane pénitentiaire soit interceptée.

A la place d'Ibn Saran, je n'aurais pas pris ce risque.

La porte de la cellule s'ouvrit.

– Tal, Noble Ibn Saran, dis-je, et gracieux Hamid, lieutenant de Shakar, capitaine des Aretai.

Ibn Saran avait à la main son cimeterre dégainé. Je tirai sur les chaînes. Ils n'avaient pas de lampe mais le clair des lunes, entrant par la fenêtre de la cellule, nous permettait de nous voir.

– Apparemment, dis-je, je ne dois pas atteindre les Mines de sel de Klima.

Je regardai le cimeterre. Je ne croyais pas qu'ils me tueraient dans la cellule. Cela semblerait inexplicable, du point de vue des magistrats des Neuf Puits, un accident exigeant une enquête précise.

– Tu nous prends pour d'autres, dit Ibn Saran.

– Bien sûr, fis-je. En fait, vous êtes des agents des Prêtres-Rois feignant de travailler pour les Kurii. Devant vos hommes vous avez été contraints de jouer le jeu de leurs desseins, de peur que votre allégeance réelle soit découverte. De toute évidence, vous avez trompé tout le monde, sauf moi.

– Tu es perspicace, reconnut Ibn Saran.

– De toute évidence, les Kurii avaient l'intention de me tuer, puisqu'ils ont chargé l'un des leurs de cette tâche. Mais vous m'avez arraché à ses crocs sans pitié.

Ibn Saran inclina la tête. Il rengaina son cimeterre.

– Nous avons peu de temps, dit-il. Dehors, ton kaiila t'attend, sellé, avec une arme, le cimeterre, et de l'eau.

– Mais il n'y a pas de garde ? demandai-je.

– Il était dehors, expliqua Ibn Saran. Nous l'avons tué.

– Ah, fis-je.

– Nous traînerons le corps dans la cellule quand tu te seras échappé.

Les menottes de mes poignets et de mes chevilles comportaient des serrures. Hamid introduisit la clé dedans et les ouvrit.

– Et Hamid, soulignai-je, intentionnellement, n'a pas frappé Suleiman à mort mais, feignant la maladresse, l'a simplement blessé.

– Précisément, opina Ibn Saran.

– Si j'avais voulu le tuer, cracha Hamid, le coup aurait été mortel !

– Bien sûr, dis-je.

– Il était capital, pour notre protection vis-à-vis des Kurii, que nous paraissions tenter de te retarder, t'empêcher de terminer ton enquête pour le compte des Prêtres-Rois.

– Bien sûr, dis-je. Mais, à présent que les apparences sont sauves, vous me libérez et me permettez de continuer mon travail.

– Précisément, acquiesça Ibn Saran.

De sous sa djellaba, Hamid sortit un burin et un marteau.

– Ouvre le collier, lui dis-je, au lieu de casser simplement les maillons. Cela prendra davantage de temps mais je serai plus à l'aise.

– Quelqu'un va entendre, s'inquiéta Ibn Saran.
– Je suis persuadé que personne n'entendra, affirmai-je. (Je souris.) Il est tard.

J'avais une bonne raison de retarder mon évasion d'un quart d'ahn.

– Ouvre le collier ! lança Ibn Saran, en colère.
– C'est un beau clair de lunes, fis-je observer. Ainsi, une fois sorti, je verrai mieux mon chemin.

Les yeux d'Ibn Saran étincelèrent.

– Oui, dit-il.
– Je suis heureux, soulignai-je, d'apprendre que tu travailles pour les Prêtres-Rois.

Ibn Saran inclina la tête.

– Mon évasion exigera-t-elle des explications ? m'enquis-je.
– Le garde a été soudoyé, révéla Ibn Saran. Ensuite, traîtreusement, en t'évadant, tu l'as tué.
– Nous laisserons le corps ici, avec les outils, ajouta Hamid.
– Vous pensez à tout, reconnus-je.

Je sortis le cou du collier, qui me griffa la peau. Il resta suspendu, contre les pierres, à ses deux chaînes. J'eus beaucoup de mal à me lever. Je bougeai les bras et les jambes. Je me demandai jusqu'où j'étais censé aller. S'il était vrai que mon kaiila attendait, sellé, il me parut probable que l'attaque aurait lieu dans le désert, vraisemblablement à la sortie de l'oasis.

Le coup devait être bien préparé. Il devait être, de leur point de vue, sans faille, beaucoup plus sûr que la probabilité de me voir arriver à Klima dans une caravane pénitentiaire.

Je sortis de la cellule. Sur une table, il y avait des vêtements. Je les mis. C'étaient les miens. Je vérifiai ma bourse. Elle contenait même les pierres précieuses que j'y avais remises, après les avoir sorties de ma ceinture, lorsque j'avais négocié avec Suleiman.

– Les armes ? demandai-je.

– Le cimeterre, accroché à la selle, indiqua Ibn Saran.

– Je vois, dis-je. Et l'eau ?

– Accrochée à la selle, indiqua-t-il.

– Apparemment, en conclus-je, je te dois deux fois la vie. Tu m'as sauvé cet après-midi, lorsque l'animal a attaqué et tu me sauves ce soir, m'épargnant les Mines de sel de Klima. Je suis ton débiteur, il me semble.

– Tu ferais la même chose pour moi, répondit-il.

– Oui, dis-je.

– Vite, intervint Hamid. La relève de la garde est proche !

Je gravis l'escalier. Je traversai les salles extérieures, franchis le portail, sortis.

– Sois moins audacieux. Sois plus prudent, me pressa Ibn Saran.

– Personne ne regarde, affirmai-je. (Je souris.) Il est tard.

Je vis le kaiila. C'était bien le mien. Il était sellé ; des outres étaient suspendues sur ses flancs ; le cimeterre, dans son fourreau, était accroché avec des lanières de cuir à l'anneau de la selle, sur la droite. Je vérifiai la sous-ventrière, la rêne. Tout était en ordre. J'espérai que l'animal n'avait pas été drogué. Je passai la main devant ses yeux ; il battit des paupières, même la troisième, qui est transparente ; très légèrement, je touchai son flanc ; la peau frémit sous mes doigts.

– Que fais-tu ? demanda Ibn Saran.

– Je salue mon kaiila, répondis-je.

Les réflexes de l'animal semblaient corrects. Je doutai alors qu'il ait été drogué. S'il avait été drogué avec un produit à action rapide, le quart d'ahn que j'avais gagné, retardant mon évasion, en demandant que le collier me soit enlevé, et non les maillons cassés, aurait donné à la drogue le temps d'agir. Je ne croyais pas qu'une drogue à effet lent ait été utilisée parce que le temps était un élément important. Ibn Saran n'aurait pas pris le risque de me donner une ahn d'avance sur un kaiila rapide. Je fus content que l'animal n'ait pas, apparemment, été drogué.

Soudain, je me dis qu'Ibn Saran était peut-être, comme il le prétendait, un agent des Prêtres-Rois. Peut-être Hamid était-il également dans ce cas.

Si tel était le cas, mon retard, augmentant les risques, avait pu mettre leurs vies en danger.

Je me mis en selle.

– Puissent tes outres ne jamais être vides, dit Ibn Saran. Puisses-tu ne jamais manquer d'eau.

Il posa la main sur l'outre gonflée suspendue sur le flanc gauche de l'animal, équilibrée par une autre suspendue à droite. On boit alternativement dans chacune des deux outres, pour maintenir l'équilibre. Le poids, naturellement, ralentit le kaiila mais, dans le désert, il faut avoir beaucoup d'eau.

– Puissent tes outres ne jamais être vides, dis-je. Puisses-tu ne jamais manquer d'eau.

– Va vers le nord, me conseilla Ibn Saran.

– Merci, répondis-je.

Puis, donnant des coups de talon dans les flancs de l'animal, ses griffes projetant du sable derrière lui, je partis vers le nord.

Dès que je fus hors de portée des oreilles d'Ibn Saran et de Hamid, et entre les murs des bâtiments de l'oasis, je m'arrêtai.

Je regardai derrière moi et remarquai, très haut, dans le clair des lunes, une flèche à laquelle était attachée une banderole argentée. Elle monta de plus en plus, de plus en plus lentement jusqu'au sommet de son arc, parut s'immobiliser puis, gracieusement, tourna et descendit de plus en plus vite, le clair des lunes faisant étinceler la banderole argentée.

J'examinai les pattes du kaiila. Je trouvai ce que je cherchais, glissé dans la patte antérieure droite de l'animal. J'en retirai une minuscule boule de cire, maintenue en place par des fils. A l'intérieur de la cire qui, en raison des chocs du galop de l'animal, ainsi que de sa chaleur, se désintégrerait rapidement, je trouvai une aiguille ; je la flairai ; elle était couverte de kanda, toxine mortelle extraite des racines broyées du kanda ; j'essuyai l'aiguille avec un morceau de tissu arraché à ma manche, la nettoyant, puis jetai aiguille et morceau de tissu sur un tas de fumier.

Je goûtai l'eau des deux outres. Elle était, comme je l'avais prévu, très salée. Elle n'était pas potable.

Je sortis le cimeterre du fourreau. Ce n'était pas le mien. J'examinai la lame et trouvai l'entaille, nettement limée, sous le pommeau, cachée par la garde. Je tapai sur le sable avec la lame ; elle se cassa au niveau du pommeau, qui me resta dans la main. Je cachai la lame et le pommeau dans le tas de fumier.

J'entraînai le kaiila dans l'ombre. Deux hommes passèrent à dos de kaiila : Ibn Saran et Hamid.

Je versai l'eau salée sur le sable. Il était tard. Je décidai de chercher une auberge. Il était tard.

8

JE SUIS L'INVITÉ DE HASSAN LE BANDIT

Je ne dormis pas aussi bien que je l'aurais pu, cette nuit-là car, de temps en temps des troupes de cavaliers, avec arcs et lances, passèrent dans les rues des Neuf Puits, rentrant de sorties dans le désert. Sur plus de cinquante pasangs à la ronde, la région fut apparemment passée au peigne fin, inlassablement, mais sans livrer la moindre piste.

Néanmoins, j'eus quelques heures de sommeil ininterrompu, sur le matin quand, fatigués, épuisés, assoiffés, affalés sur leurs selles, les hommes chargés de me retrouver furent rentrés aux Neuf Puits.

Je choisis un établissement sans importance, plutôt pauvre, dont le propriétaire, à mon avis, avait mieux à faire qu'assister aux procès de la Salle de Justice. Heureusement, c'était vrai. Néanmoins, il connaissait la nouvelle.

– L'assassin s'est enfui la nuit dernière dans le désert, m'apprit-il, après s'être évadé.

– Incroyable, dis-je.

Ma réponse était appropriée car, pour ma part, je n'en croyais rien.

Je m'étais levé aux environs de la neuvième heure qui, sur Gor, est l'heure qui précède midi.

Je fis manger le kaiila dans l'écurie, où il occupait un box du fond, et le fis également beaucoup boire.

Pendant le petit déjeuner, j'envoyai un jeune garçon faire quelques courses. Quand j'eus terminé mon petit déjeuner, le palefrenier, jeune garçon vigoureux, était revenu.

Vêtu d'une ceinture et d'un burnous neufs d'un pourpre et d'un jaune plutôt ostentatoires mais convenant, cependant, à un commerçant local, ou à un marchand ambulant désireux d'attirer l'attention sur lui, je fis moi-même la tournée des boutiques. Je me procurai un cimeterre neuf. Je n'avais besoin ni d'une ceinture ni d'un fourreau. Je me procurai également des clochettes de kaiila et deux sacs de dattes pressées. Il s'agit de longues briques rectangulaires pesant environ une Pierre ou, en mesures terrestres, deux kilos chacune.

Rapidement, au puits public proche de la Salle de Justice, je remplis mes outres et appris les dernières nouvelles.

– Ecarte-toi, dit un soldat, se baissant pour s'asperger le visage.

J'obéis, ce qui me parut préférable de la part d'un marchand de dattes du pays. En outre, il avait eu une nuit difficile dans le désert.

– Avez-vous retrouvé l'assassin ? demandai-je.

– Non, grogna-t-il.

– Parfois, je crains de ne pas être en sécurité, avançai-je.

– Ne crains rien, Citoyen, répondit-il.

– Très bien, acquiesçai-je.

Les groupes chargés de me rechercher récupéreraient pendant l'après-midi et la soirée, avais-je appris. Il y avait peu de chances de retrouver une piste discrète au clair des lunes. Il n'était pas raisonnable, les hommes et les animaux étant épuisés, de recommencer avant le matin. Cela me donnerait une avance, calculai-je, d'une quinzaine d'heures goréennes.

Ce serait amplement suffisant.

Vers midi, avançant lentement, vêtu de mon burnous jaune, avec ma ceinture pourpre, les outres sur les flancs de mon kaiila, les pains de dattes pressées attachés sur la selle, les clochettes du kaiila tintant, attirant l'attention sur moi et mes marchandises, je quittai l'oasis. A un moment donné, alors que les hauts palmiers étaient tout petits derrière moi, je dus m'écarter pour ne pas être renversé par le dernier groupe chargé de me rechercher, qui rentrait en hâte.

Sur une colline, plus de deux cents pasangs au nord-est des Neuf Puits, deux jours après mon départ de l'oasis, je tirai sur la rêne, le kaiila tournant sur la crête caillouteuse.

En bas, dans la vallée, entre des collines stériles et rocheuses, je regardai la capture d'une caravane.

Deux kurdahs furent saisis par un cavalier, par l'armature, et secoués contre le flanc du kaiila, faisant tomber leurs occupantes, des femmes libres, dans un tourbillon de robes, sur les graviers.

Conducteurs et marchands furent rassemblés, à la pointe des lances, dans un coin. Un garde, se tenant l'épaule droite, poussé par la pointe d'une lance, les rejoignit.

Les paquetages des kaiilas furent entaillés, afin de déterminer la valeur des marchandises transportées et si elles avaient de la valeur aux yeux des pillards.

Quelques kaiilas furent rassemblés, leurs rênes tenues par un cavalier.

Un fardeau, attaché avec d'autres sur le dos d'un kaiila de trait, fut transféré sur un autre animal, dont le cavalier tenait les rênes.

Les mains des femmes libres furent attachées devant leur corps. Leurs mains furent attachées à l'extrémité de longues lanières. L'autre extrémité de cette longue laisse fut ensuite attachée au pommeau de la selle de leur ravisseur.

Un homme tenta de fuir. Un cavalier, se lançant à

sa poursuite, le frappa à la nuque avec la hampe de sa lance et il s'effondra dans la poussière et les pierres.

Une outre fut éventrée, l'eau faisant une tache sombre sur le flanc du kaiila qui changea de position, se cabra, l'eau tombant dans la poussière.

On coupa les lanières fixant les ballots sur les kaiilas, et leur contenu s'éparpilla dans la poussière. Puis les kaiilas, débarrassés de leurs rênes et harnais, furent frappés du plat des cimeterres et chassés dans le désert.

D'autres outres furent jetées par terre devant les hommes rassemblés.

Les deux femmes étaient à présent nues dans la poussière, dévêtues par la lame de leur ravisseur. Une femme, levant ses poignets attachés, se tirait les cheveux en poussant des cris de désespoir. L'autre femme semblait incrédule. Elle regardait ses poignets attachés, la laisse, comme si elle ne pouvait croire qu'elle était attachée au pommeau. Sa tête était levée. Elle avait de longs cheveux noirs.

Leur ravisseur, qui semblait être le chef des pillards, était à dos de kaiila. Il se dressa sur les étriers. Il cria des ordres à ses hommes. Les pillards, alors, comme un seul homme, firent pivoter leurs kaiilas et s'en allèrent tranquillement. Deux hommes tenaient les rênes de deux kaiilas de trait ; un autre homme tirait un autre animal derrière lui. Le chef, le cimeterre en travers de la selle, chevauchait en tête, le burnous légèrement gonflé par le vent. Attachées à son pommeau, trébuchant, suivaient ses deux belles captives.

Derrière, les hommes crièrent. Quelques-uns d'entre eux osèrent lever le poing. D'autres allèrent près des outres.

A pied, sur la piste, ils auraient juste assez d'eau pour gagner l'Oasis du Kaiila Boiteux, où ils trouveraient sans doute de la sympathie, mais peu d'aide sous forme d'hommes armés. En fait, elle se trouvait à l'opposé des Neuf Puits, qui étaient l'oasis de la région où l'on trouvait des soldats. Lorsque la nouvelle du raid atteindrait les Neuf Puits, les pillards seraient sans doute à des milliers de pasangs de là.

Je fis pivoter mon kaiila et descendis à flanc de colline. J'avais repéré le camp des nomades pendant la nuit.

Je les y retrouverais. Il me fallait rencontrer leur chef.

– Tu travailles bien, dis-je à l'esclave.

Elle était seule au camp.

Elle poussa un cri. Le gros pilon arrondi à l'extrémité, qui faisait environ un mètre cinquante de haut et plus de vingt centimètres de large à la base, tomba. Il pesait approximativement quinze kilos. Lorsqu'il tomba, le lourd récipient en bois, qui faisait une trentaine de centimètres de profondeur et une quarantaine de centimètres de diamètre, se renversa. Les graines de Sa-Tarna s'éparpillèrent par terre. Je la pris par les bras, par-derrière.

Comme de nombreux camps de nomades, le camp était sur une éminence, dominant les environs, mais il était dissimulé dans les buissons et les rochers. Il y avait un enclos de buissons épineux, arrachés et tressés, destiné aux kaiilas. A l'intérieur, pour le moment, il y avait quatre kaiilas de trait. Il y avait cinq tentes en poil de kaiila, brun et discret, fixées au sol sur trois côtés, avec l'avant, dirigé vers l'est pour profiter de la chaleur du soleil levant, ouvert. Ces tentes, tentes nomades typiques, étaient petites, trois mètres de haut et environ cinq mètres de large ; elles étaient soutenues par une armature de bois ; le sol, à l'intérieur, nivelé, était recouvert de nattes. A l'arrière, les tentes étaient basses, touchant le sol. C'est au fond que les marchandises sont entreposées. Dans une situation de famille nomade, les ustensiles de cuisine et les possessions des femmes sont entreposés sur la gauche et les affaires des hommes, couvertures, armes et autres, se trouvent à droite. Ces ustensiles, ceux des femmes aussi bien que ceux des hommes, se trouvent dans des sacs en cuir de tailles diverses. Ceux-ci, confectionnés par les femmes, ont souvent des franges de couleur et sont parfois magnifiquement décorés.

Je regardai autour de moi ; il y avait peu de différences entre ce camp et un camp nomade ordinaire. Une différence fondamentale, toutefois, était l'absence de femmes libres et d'enfants. Dans ce camp, il n'y avait que l'esclave, chargée de broyer le grain et de surveiller les kaiilas.

Je souris. C'était un camp de pillards.

Je lâchai la femme.

Elle se retourna.

– Toi ! cria-t-elle.

Alyena était habillée. Elle portait une longue jupe à bordure, avec un fil écarlate sur l'ourlet, qui vola lorsqu'elle pivota sur elle-même ; elle portait une veste, marron, de tissu de poil de kaiila provenant de la toison inférieure de l'animal, avec une capuche qui reposait, à ce moment-là, sur ses épaules. Sous la veste, elle portait une chemise bon marché, en reps, bleu et jaune, qui collait à sa peau.

Au cou, elle avait un collier métallique qui n'était plus le mien.

Je regardai le drapé de la soie sur ses hanches, la candeur délicate, révélatrice, de sa chemise.

Son maître ne lui avait pas donné de sous-vêtements. A quoi pourraient-ils servir à une esclave ?

Elle portait des babouches.

Elle me regarda, effrayée, les yeux très bleus, les cheveux défaits et séduisants.

– Je vois, jolie Alyena, dis-je, que tu portes à présent des boucles d'oreilles.

Il s'agissait de grands anneaux en or, barbares. Ils touchaient les côtés de son cou.

– Il m'a fait subir cette humiliation, dit-elle. Il m'a percé les oreilles avec une aiguille de selle.

Je n'en doutais pas, compte tenu de l'isolement du camp. Cette opération, naturellement, est en général réalisée par un Bourrelier.

– Il me les a mises, dit-elle.

Elle leva la tête et en fit bouger une. Je constatai qu'elle en était fière.

– Elles proviennent de ses pillages, ajouta-t-elle.

Alyena, femme de la Terre, acculturée sur le plan des boucles d'oreilles, n'était pas opposée à elles en elles-mêmes. Si elle avait eu des objections, elles se seraient probablement rapportées à d'autres points comme, par exemple, le fait qu'on lui ait percé les oreilles contre sa volonté ; le fait qu'elle n'ait pas choisi les boucles ; et le fait que, en tant que maître, sans lui donner le choix, sans se préoccuper de ce qu'elle pensait, parce que cela lui faisait envie, il les lui avait simplement mises, les faisant porter à son esclave. Mais elle ne semblait pas mécontente. Elle avait bonne mine. Alyena, bien qu'elle parût inquiète, ne semblait pas malheureuse.

– Les boucles d'oreilles, lui dis-je, par les femmes goréennes, sont considérées comme la dégradation ultime, ne convenant qu'aux esclaves effrontées et sensuelles, aux filles impudiques, heureuses que les hommes les aient contraintes à les porter, et belles.

– Les femmes libres de Gor ne portent pas de boucles d'oreilles ? demanda Alyena.

– Jamais, dis-je.

– Seulement les esclaves ?

– Seulement les esclaves les plus dégradées, précisai-je. Tu n'as donc pas honte ?

Elle rit joyeusement.

– La fierté n'est pas autorisée aux esclaves, déclara-t-elle fièrement.

Elle tourna la tête d'un côté et de l'autre, les boucles d'oreilles se balançant.

– De nombreuses esclaves, dis-je, une fois habituées

aux boucles d'oreilles, les aiment et supplient même leur Maître de leur en donner.

– J'aime les miennes, dit-elle.

– Seul le collier rend une femme plus belle, soulignai-je.

– Je porte les deux ! s'écria Alyena.

Elle leva la tête, souriante.

– Mais tu t'y opposes certainement ? m'enquis-je.

– Oh, bien sûr, répondit-elle rapidement. Les esclaves sont censées s'y opposer, n'est-ce pas ?

– Je suppose, fis-je.

– Dans ce cas, dit-elle avec un sourire, je suppose que je m'y oppose.

– Mais ton Maître fait ce qu'il veut de toi ? demandai-je.

Elle gonfla la poitrine. Elle se tenait très droite. Ses yeux lançaient des éclairs.

– Mon Maître, répondit-elle, fait exactement ce qu'il veut de moi. Il n'est pas faible !

– Je ne voulais pas insinuer qu'il le fût, me défendis-je.

– Ma volonté doit céder à la sienne, parfaitement, complètement, en tout, précisa-t-elle. Je ne suis rien. Il est tout. C'est le maître.

– Je vois, fis-je.

– Je suis possédée, insista-t-elle. Il exige une obéissance parfaite de ma part. Je ne puis que lui obéir. Je suis son esclave.

– Et que penses-tu de cela ? m'enquis-je.

Elle me dévisagea. Puis elle déclara :

– Cela me plaît.

– Fais du thé, dis-je.

Soulevant sa jupe, la jeune femme entra dans la tente pour faire du thé. Au loin, j'aperçus un nuage de poussière presque invisible. Les pillards rentraient.

J'allai dans la tente et, sur une natte, près de l'entrée, m'assis.

Je rejetai en arrière la capuche de mon burnous. Il

faisait très chaud. Dans le Tahari, il y a presque continuellement un vent brûlant.

– J'ai eu peur, quand je t'ai vu, dit la jeune femme, prenant une mesure de thé dans une petite boîte métallique, que tu sois venu me reprendre. Mais je présume que, si telle avait été ton intention, tu l'aurais déjà fait.

Elle avait, dans la tente, retiré sa veste en poil de kaiila, avec une capuche. Lorsqu'elle se pencha, ses seins tendirent joliment le reps bon marché de sa chemise.

– Peut-être pas, fis-je.

Sa main trembla légèrement sur la boîte métallique contenant du thé. Ses yeux s'embuèrent.

– Travailles-tu dur, ici ? demandai-je.

– Oh, oui ! (Elle rit.) Du matin au soir, je travaille. Je dois ramasser du bois et du crottin de kaiila pour le feu. Je dois préparer les ragoûts et les bouillies, puis laver les plats et les bols ; je dois secouer les nattes et balayer l'intérieur des tentes ; je dois frotter les vêtements, cirer les bottes et le cuir ; je dois réparer et coudre ; je tisse ; je fabrique des cordes, je couds des perles sur le cuir ; je broie le grain ; je m'occupe des kaiilas ; deux fois par jour, je traie les femelles ; je fais de nombreuses choses ; je travaille beaucoup. (Ses yeux pétillèrent.) Je fais ici le travail de dix femmes, précisa-t-elle. Je suis la seule femme du camp. Tous les travaux désagréables, sans importance, triviaux, m'incombent. Les hommes ne veulent pas les faire. C'est une insulte à leur puissance. (Elle leva la tête.) Toi-même, ajouta-t-elle, tu m'as demandé de te faire du thé.

– Est-il prêt ? demandai-je.

Je regardai la petite bouilloire de cuivre sur son petit support. Un minuscule feu de crottin de kaiila brûlait dessous. Un petit verre lourd, ventru, était à côté, sur une boîte plate, d'une contenance de quelques centilitres. On boit le thé de Bazi dans de petits verres, généralement trois de suite, soigneusement mesurés. Elle ne fit pas de thé pour elle, bien entendu.

Sans inquiétude, je regardai l'horizon. Le nuage de poussière était plus proche. Sur un poteau, près de l'entrée de la tente, était suspendue une outre d'eau.

– Et la nuit, demandai-je à la jeune femme, es-tu autorisée à te reposer ?

Elle était encore couverte de sueur, d'avoir broyé le grain devant la tente.

– Mes travaux diurnes, releva-t-elle, sont ceux d'une femme libre, mais n'oublie pas ce que je suis.

Je la considérai.

– Je suis une esclave, dit-elle en riant.

– Le soir, fis-je, tu quittes tes babouches pour mettre des soieries et des clochettes.

– Si j'y suis autorisée, précisa-t-elle avec un sourire. Souvent, je sers nue. (Elle rit.) C'est la nuit que je travaille vraiment. Oh, les choses qu'il me fait faire, des choses dont je n'aurais jamais rêvé !

– Es-tu heureuse ? demandai-je.

– Oui, répondit-elle.

– Les autres cavaliers te partagent-ils ? demandai-je.

– Bien sûr, dit-elle. Je suis la seule femme du camp.

– De temps en temps, y en a-t-il d'autres ? demandai-je.

– Parfois, répondit-elle. Des femmes libres, des esclaves capturées dans les caravanes.

– Que leur arrive-t-il ?

– On les conduit dans les oasis et on les vend, répondit-elle. Mes tâches, en tant qu'esclave, confia-t-elle, ne se limitent pas aux nuits. Il m'utilise souvent. Parfois, lorsque le désir le tient il m'appelle, en sueur parce que je travaille, et me fait le servir. Parfois, il me remonte simplement la jupe au-dessus de la tête et me jette sur les nattes, me prenant rapidement puis m'ordonnant de retourner au travail.

– Es-tu souvent fouettée ? demandai-je.

Elle se retourna et remonta sa chemise, me montrant son dos.

– Non, répondit-elle.

Il y avait peu de marques sur son dos, néanmoins je vis une ou deux traces de coups. Il n'y avait pas de cicatrices. Le fouet à cinq larges lanières souples avait été utilisé. C'est ce que l'on utilise ordinairement, en plus de la badine, avec les femmes. C'est un instrument important. Il punit avec une efficacité terrifiante mais ne laisse pas de marque.

– J'ai été punie deux fois, précisa-t-elle, une fois, au début, dans les tentes, où j'avais osé me montrer insolente, la deuxième fois parce que j'avais été maladroite. (Elle sourit.) Depuis, je n'ai plus été ni maladroite ni insolente, conclut-elle.

Elle prit la bouilloire sur le feu et, soigneusement, me servit un petit verre de thé.

Je pris le verre.

– Ton Maître est-il brutal ? demandai-je.

– Non, répondit-elle. Il n'est pas brutal, mais il est sévère.

– Dur ? demandai-je.

– Oui, répondit-elle. Je dirais qu'il est dur.

– Mais pas brutal ?

– Non, répondit-elle.

– Tes relations avec lui ?

– Esclave.

– Ses relations avec toi ?

– Maître.

– Discipline ? m'enquis-je.

Elle sourit.

– Je suis soumise à la discipline la plus stricte, répondit-elle.

– Mais tu es rarement fouettée ?

– Presque jamais, dit-elle. Mais je sais qu'il est parfaitement capable, comme il l'a démontré, de me fouetter. Si je lui déplaisais, je sais que je serais battue.

– Tu vis sous la menace du fouet ?

– Oui, répondit-elle. Et la menace n'est pas vide de sens. (Elle me regarda.) Il est assez fort pour obtenir ce qu'il veut de moi. Et il le sait. Et je l'ai compris. Il est assez fort, si je lui déplais, pour me fouetter.

– Comment trouves-tu cela ?

– Significatif, répondit-elle. Et excitant.

– Tu sembles aimer être dominée par un homme, fis-je remarquer.

– Je suis une femme, répondit-elle. (Elle baissa la tête.) J'ai découvert des sentiments que je n'avais jamais eus, expliqua-t-elle. (Elle leva la tête.) J'ai découvert, dans les bras d'un homme fort, intransigeant, la profondeur, la joie, la vitalité extraordinaire de ma sexualité féminine.

– Tu ne parles pas comme une femme de la Terre, fis-je encore remarquer.

– Je suis une esclave goréenne, répondit-elle, à genoux, touchant ses boucles d'oreilles.

– Il me semble, repris-je, que tu parais aimer ton Maître.

– S'il ne m'ordonnait pas d'y renoncer, lança-t-elle avec audace, je lécherais la poussière sur ses bottes !

Soudain, elle regarda autour d'elle. Elle avait également vu le nuage de poussière. Elle comprit que les cavaliers rentraient. Ses yeux, soudain, exprimèrent la frayeur.

– Tu dois fuir, dit-elle. Ils te tueront s'ils te trouvent ici !

– Je n'ai pas terminé mon thé, dis-je.

– As-tu, demanda-t-elle avec hésitation, l'intention de faire du mal à mon Maître ?

– Je dois le rencontrer, répondis-je simplement.

Elle recula. Je posai mon thé sur le sable, entre deux nattes, près de moi. Je ne pensais pas qu'il se renverserait. Elle recula encore d'un pas. Je tendis le bras sur le côté, pris une chaîne qui se trouvait là, sur un tas, de toute évidence destinée à enchaîner les esclaves qui seraient sans doute capturées au cours du pillage de la caravane. Alyena pivota sur elle-même et, avec un cri, s'enfuit en direction du nuage de poussière. La chaîne jaillit de ma main, s'enroula autour de ses chevilles, battant autour d'elle, dans un tourbillon de jupe et de cheveux blonds et elle tomba, les bras écartés, dans la poussière. Un instant plus tard, je fus sur elle, à genoux sur son dos, la main gauche sur sa bouche, lui tirant violemment la tête en arrière. Puis je mis rapidement la main droite sur sa bouche, avant qu'elle ait pu crier et, ma main gauche dans ses cheveux, la fis lever et la traînai dans la tente. Je regardai autour de moi et trouvai quelques tissus que je mis en tas sur les nattes. Puis je la couchai sur une natte et, à genoux sur elle, avec la main gauche, lui enfonçai une écharpe dans la bouche, que je fixai ensuite avec plusieurs tours de ceinture, utilisant le reste de la ceinture pour lui bander les yeux. Puis je la mis à plat ventre. Avec une lanière de cuir, je lui attachai les mains dans le dos. Ensuite, je lui croisai les chevilles et les attachai avec une autre ceinture. Puis je la jetai au fond de la tente, sur le côté droit qui est, chez les nomades, le côté réservé aux possessions des hommes.

Puis j'allai me poster près de l'entrée de la tente. Mon kaiila était attaché derrière.

Le chef, avec les deux femmes qui trébuchaient, épuisées, les pieds en sang, attachées au pommeau de sa selle, arriva le premier au sommet de l'éminence. Il me vit immédiatement et tous ses sens furent en éveil. Il cria un ordre à ses hommes. Ils se déployèrent en demi-cercle.

Je vis le cimeterre, levé, dans la main du chef.

Déroulant rapidement, de la main gauche, les laisses des prisonnières, il les jeta à un de ses hommes. Derrière elles, je voyais les kaiilas de trait capturés. Il y avait neuf hommes, sans compter le chef. Le kaiila du chef se cabra. Je constatai que son intention, sans mettre pied à terre, était de jeter le kaiila sur la tente, l'animal l'abattant avec son train avant. Elle serait arrachée, l'armature serait brisée mais, penché sur sa selle, il pourrait frapper.

Je pris l'outre suspendue à un poteau, devant l'entrée de la tente.

Un homme poussa un cri de rage.

Je levai l'outre et bus. Je la rebouchai et la remis sur le poteau, m'essuyant la bouche avec la manche.

Le chef rengaina son cimeterre et, souplement, mit pied à terre.

Je retournai m'asseoir sur les nattes et repris mon petit verre de thé, que je n'avais pas terminé.

Il entra dans la tente.

– Le thé est prêt, dis-je.

Il gagna le fond de la tente et, avec un poignard, coupa les liens d'Alyena. Elle le regarda, terrifiée. Mais il n'était pas en colère contre elle. C'est sans la moindre difficulté que les hommes attachent les femmes.

– Sers-nous le thé, dit-il.

Tremblante, elle lui versa un petit verre de thé. Ses hommes se tenaient dehors, méfiants.

– Ce thé est excellent, dis-je.

En partageant leur eau j'étais devenu, conformément à la tradition du Tahari, leur invité.

9

ZINA, BELLE TRAÎTRESSE, EST TRAITÉE À LA MANIÈRE DU TAHARI

– Enchaîne les deux prisonnières, dit le chef des pillards à un de ses hommes.

Puis il se tourna vers moi.

Un homme entra dans la tente et prit les chaînes roulées sur les nattes, prêtes. L'autre chaîne, il la ramassa dans la poussière où je l'avais jetée, entravant les chevilles d'Alyena.

– A genoux ! dit un des hommes.

– Non, Hassan ! cria une des femmes.

L'autre femme, celle qui s'était tiré les cheveux en poussant des cris de désespoir au moment de sa capture, s'agenouilla. La femme qui, au moment de sa capture, avait regardé ses poignets liés d'un air incrédule était furieuse, défiante.

Elle vint s'immobiliser devant lui, nue dans la tente, sur les nattes. Son corps était couvert de sueur. Ses jambes, des cuisses aux chevilles, étaient couvertes de poussière, foncées à cause de la sueur et écorchées par les myriades d'épines des buissons au travers desquels, attachée à la selle de son ravisseur, elle avait été traînée.

– C'est moi, Zina, dit-elle, qui, pour un disque d'or au tarn, ai trahi la caravane, te livrant son inventaire, son horaire et son itinéraire !

Ces éléments étaient, en général, des secrets bien gardés, au Tahari, même en temps de paix.

L'autre femme poussa un cri de colère mais n'osa pas se lever.

– Enchaîne-la, dit Hassan, montrant la femme à genoux.

Un homme, par-derrière, lui passa aux chevilles des anneaux reliés par environ trente centimètres de chaîne. J'entendis les deux claquements secs des serrures. Puis il détacha les poignets de la femme et roula la lanière de cuir. Devant le corps, il lui attacha les poignets avec des menottes.

– Au soleil, dit Hassan à deux autres de ses hommes.

Ils s'en allèrent et revinrent bientôt avec un gros pieu pointu. Il faisait environ un mètre vingt de haut et quinze centimètres de diamètre. Un homme tint le pieu tandis que l'autre, avec une lourde masse, l'enfonçait profondément, fermement, dans la terre, jusqu'au moment où seuls cinq centimètres restèrent encore visibles. A cette extrémité, fixé à une bande métallique boulonnée, logée dans une encoche profonde, il y avait un anneau métallique. L'homme qui avait tenu le pieu prit ensuite un collier à serrure, avec une chaîne d'environ un mètre de long et un mousqueton à serrure et attacha la femme à genoux, par le cou, au pieu.

– Libère-moi ! exigea Zina.

– Libère-la, dit Hassan.

Un de ses hommes lui délia les poignets.

– Paie-moi ! exigea-t-elle.

Sur un geste de Hassan, un de ses hommes prit un disque d'or au tarn dans un petit coffret et le donna à la fille. Elle le serra dans sa main.

– Donne-moi des vêtements, dit-elle.

– Non, répondit Hassan.

Elle le regarda, effrayée.

– Tu as été payée, reprit-il. A présent, va-t'en.

Elle regarda autour d'elle, effrayée. Elle regarda le disque d'or au tarn.

– Donne-moi de l'eau, dit-elle.
– Non, répondit-il.
– Je vais en acheter, proposa-t-elle, effrayée.
– Je ne vends pas d'eau, rit-il. Va-t'en.
– Non, sanglota-t-elle.
– Va-t'en, répéta-t-il.
– Je vais mourir dans le désert, pleura-t-elle.

Le disque d'or au tarn brillait dans sa main.

– J'ai trahi la caravane pour toi ! cria-t-elle.
– Tu as été payée, répondit-il.

Elle regarda successivement tous les hommes dans les yeux. Ses lèvres tremblaient.

– Non, souffla-t-elle. Non.

Elle regarda Alyena qui était à genoux près du thé, fixant les nattes, n'osant pas lever la tête. Les épaules d'Alyena frémissaient. Ses seins, pendants, libres, tendaient sa chemise de reps. La fille nue s'agenouilla près d'elle, désespérée, timide, et lui posa la main sur l'épaule.

– Prends ma défense, supplia Zina.
– Je ne suis qu'une esclave, sanglota Alyena.
– Prends ma défense, supplia Zina.

Alyena, désespérée, les yeux pleins de larmes, regarda Hassan, son Maître.

– Je prends sa défense, Maître ! s'écria-t-elle.
– Sors de la tente, sinon tu seras fouettée, dit Hassan.

Alyena se leva d'un bond et, en larmes, quitta la tente en courant.

La jeune femme, à nouveau, presque accroupie à présent, regarda successivement les visages des hommes. Elle les regarda tous dans les yeux. Leurs yeux étaient impitoyables.

Elle se leva d'un bond.

– Non, Hassan ! Non ! cria-t-elle, serrant le disque d'or au tarn dans sa petite main.
– Quitte le camp, dit-il.
– Je vais mourir dans le désert, souffla-t-elle.

– Quitte le camp, répéta-t-il.

– Garde-moi comme esclave ! cria-t-elle.

– N'es-tu pas une femme libre ? demanda-t-il.

– Je t'en prie, Hassan, sanglota-t-elle, garde-moi comme esclave.

– Mais tu es libre, souligna-t-il.

– Non ! cria-t-elle. Dans mon cœur, j'ai toujours été une véritable esclave. Je faisais seulement semblant d'être libre. Fouette-moi ! Bien que j'aie eu la chance de ne jamais porter de collier, de ne jamais être marquée et dominée, je suis une esclave naturelle ! Bien que je vive en femme libre depuis ma naissance, j'ai caché le fait que je suis une esclave véritable !

– Et quand as-tu compris cela ? s'enquit Hassan.

– Quand mon corps a changé, répondit-elle, baissant la tête.

Les hommes rirent.

Je la regardai. Ses formes étaient jolies. Il n'était pas improbable qu'elle plaise à un maître.

Elle se tenait devant Hassan, détendue, douce, bien qu'effrayée, le pied droit à angle droit par rapport au gauche, les hanches tournées, lui offrant sa beauté comme une esclave.

– Je t'avoue, Hassan, dit-elle, ce que je n'ai jamais avoué à personne... à savoir que je suis une esclave.

– Juridiquement, répondit-il, de toute évidence, tu es libre.

– « Le cœur est plus fort que la loi », rappela la jeune femme, citant un proverbe du Tahari.

– C'est vrai, répondit Hassan.

– Garde-moi, dit-elle.

– Je n'ai pas envie de toi, répliqua-t-il. (Puis il ajouta :) Chassez cette femme libre du camp !

Un homme la saisit par le bras.

– Permets-moi de me vendre, sanglota-t-elle.

En tant que femme libre, elle pouvait le faire mais, naturellement, elle ne pouvait annuler la transaction car, ensuite, elle ne serait plus qu'une esclave.

Hassan fit signe à l'homme de lâcher la jeune femme. Il obéit.

– Es-tu bien consciente de ce que tu dis ? s'enquit Hassan.

– Oui, répondit-elle.

– A genoux ! ordonna-t-il.

Elle s'agenouilla devant lui.

– Qu'as-tu à offrir ? demanda-t-il.

Elle tendit le disque d'or au tarn.

Il le regarda, tendu misérablement vers lui dans la paume de sa petite main.

– Je t'en prie, Hassan, fit-elle.

– Je vois que tu es une véritable esclave, Zina, dit-il.

– Oui, Hassan, s'écria-t-elle, je suis une véritable esclave !

– C'est beaucoup plus que tu ne vaux, ajouta-t-il.

– Prends-le, supplia-t-elle.

Il la regarda.

– Je t'en prie, prends-le ! supplia-t-elle.

Il sourit.

Elle respira profondément ; elle ferma les yeux. Puis elle les ouvrit.

– Je me vends comme esclave, déclara-t-elle.

La main de Hassan, ouverte, était immobile au-dessus de la pièce. Elle le regardait dans les yeux. Sa main se referma sur la pièce ; la transaction était terminée.

– Enchaînez l'esclave ! ordonna-t-il.

Rudement, la jeune femme qui s'appelait Zina mais n'avait, à présent, pas plus de nom qu'un kaiila venant de naître, fut sortie de la tente et jetée à plat ventre sur les cailloux, près du pieu des esclaves. Le collier, par-derrière, fut passé autour de son cou et fermé ; sa tête bascula violemment sur le côté quand, par la chaîne du collier, serrée dans la main d'un des hommes de Hassan, elle fut attachée, par le mousqueton à serrure qui se trouvait à l'extrémité de la chaîne, au pieu des esclaves. Ses chevilles étaient enchaînées, des anneaux les entourant ; sa main droite fut ensuite immobilisée dans une menotte d'esclave ; l'homme de Hassan, glissant la main qui serrait l'autre menotte sous la jambe droite, lui tira violemment le poignet droit sous la jambe droite ; ensuite, il ferma l'anneau gauche sur son poignet gauche, lui attachant les mains dans le dos et sous la jambe droite. Elle gisait sur le flanc parmi les cailloux, misérable. Lorsque des femmes libres et des esclaves sont attachées ensemble, il est fréquent de respecter la distinction qui les différencie en les enchaînant un peu différemment ; dans ce cas, les mains de la femme libre avaient été enchaînées devant son corps, celles de l'esclave sous la jambe droite ; il est fréquent que l'esclave soit mieux attachée, et d'une manière moins confortable, que sa sœur libre ; cela tient compte de la noblesse de la femme libre et elle bénéficie souvent de cette courtoisie jusqu'au moment où elle devient également une esclave.

– Donnez une badine à la femme libre, dit Hassan.

Ce fut fait ; la fille libre mania la badine à deux mains ; l'esclave, telle qu'elle était enchaînée, ne pouvait se défendre ni se protéger.

Hassan glissa le disque d'or au tarn dans sa bourse.

– Alyena ! appela-t-il.

La femme vint, en courant, s'agenouiller devant lui.

– Oui, Maître ? dit-elle.

– Sers-nous encore du thé, dit Hassan.

– Oui, Maître, dit-elle.

– Ne crains-tu pas que la fille libre la tue ? demandai-je à Hassan.

Je faisais allusion à la correction infligée à la nouvelle esclave enchaînée au pieu.

La femme qui s'était appelée Zina implorait pitié d'une voix stridente. Elle n'était pas entendue.

– Non, répondit Hassan.

– Esclave ! Esclave ! Esclave ! hurlait la femme libre, fouettant la traîtresse attachée.

Mais, quelques instants plus tard, il adressa un signe à l'un de ses hommes et celui-ci, debout derrière la femme libre, qui était à genoux, saisit la badine lorsqu'elle la leva et, provoquant sa fureur, s'en empara.

– Assez, dit-il à la femme libre.

Elle s'assit, furieuse, sur les cailloux, la tête baissée, enchaînée au pieu par le cou.

– Je t'en prie, Maîtresse, je t'en prie, Maîtresse, gémissait l'esclave.

– Alyena, dit Hassan.

– Oui, Maître ? répondit-elle.

– Ramasse du bois et du crottin, dit-il. Allume du feu. Fais chauffer le fer.

– Oui, Maître, dit-elle.

– Ce soir, dit-il, nous allons marquer une esclave.

– Oui, Maître, dit-elle.

J'étais certain que ce serait la marque du Tahari qui, chauffée à blanc, serait appliquée sur la cuisse de l'esclave, en faisant une marchandise. La surface de contact du fer serait sculptée à la forme de la lettre taharique « Kef » qui est la première lettre du mot « Kajira », qui signifie : femme esclave, en goréen.

Le taharique est une écriture très élégante. Il n'y a pas de distinction entre les majuscules et les minuscules et presque pas entre l'écriture cursive et l'écriture imprimée. Les gens capables de lire le taharique imprimé n'ont aucun mal à lire l'écriture cursive. Les habitants du Tahari aiment former soigneusement et élégamment leurs lettres, car ils ont de l'affection pour elles. Griffonner taharique est généralement considéré comme le fait d'individus lents, inefficaces, insensibles à la beauté. La première lettre, en écriture d'imprimerie, du mot « Kajira », plutôt que la cursive, est généralement utilisée pour le marquage des esclaves du Tahari. La lettre cursive goréenne et la lettre d'imprimerie taharique sont toutes deux plutôt jolies, ressemblant toutes deux à une fleur.

– Donnez de l'eau à la femme libre, dit Hassan.

Ce fut fait.

– L'esclave attendra d'avoir été marquée, ajouta-t-il.

– Oui, Hassan, dit un de ses hommes.

– Fais-la boire après les kaiilas, dit Hassan à Alyena.

– Oui, Maître, dit-elle.

– Tu perds de l'argent sur ces femmes, n'est-ce pas, fis-je remarquer, si tu en marques une avant de la conduire au Marché.

Hassan haussa les épaules.

De nombreux hommes aiment croire qu'ils achètent une femme fraîche, qui était libre. De nombreux hommes aiment briser les femmes. En outre, les Marchands d'Esclaves paient généralement les femmes libres plus cher que les esclaves. Les esclaves, moins gardées, moins protégées, sont plus faciles à se procurer. Les esclaves, en outre, sont moins souvent l'objet de tentatives de sauvetage. Personne ne se préoccupe de ce qui arrive aux esclaves. Elles portent toujours le collier d'un homme, que ce soit dans une cité ou une autre. Qu'est-ce que que cela peut faire ? Ce ne sont que des esclaves. Parfois j'ai l'impression que, tout au moins dans le Nord, il existe un accord tacite entre les cités. Les belles esclaves, pieds nus, portant des bracelets, vêtues de livrées scandaleusement courtes, qui exhibent leurs charmes considérables, portant un collier, les cheveux défaits et flottant au vent, vives, marchant avec exaltation, sont nombreuses sur les Hauts Ponts de la cité, qui réunissent les nombreux cylindres et tours, alors que les femmes libres, tranquilles, dignes, vertueuses, ne sont pas encouragées, vêtues de leurs Robes de Dissimulation, à les emprunter. Les jeunes tarniers, ainsi, pour tester leur courage, disposent d'un choix abondant de femmes correctement exposées. Qui serait assez stupide pour risquer sa vie pour une femme libre qui, une fois nue, pourrait se révéler décevante alors que, en courant moins de risques, il est possible de capturer une quantité connue, une femme qui a probablement été dressée, comme un animal, à satisfaire délicieusement les passions des hommes, une femme qui, énergique, impuissante sous sa caresse, ses mains et sa bouche déclenchant ses réflexes d'esclave, suppliera de l'aimer et de lui obéir, et fera tout son possible pour le satisfaire ? Ces arrangements, à mon avis, n'étaient pas sans lien avec le souci des cités de protéger leurs femmes libres qui, en nombre, tombent rarement à l'ennemi, sauf si la cité elle-même tombe, auquel cas elles se retrouvent, naturellement, comme les esclaves, sous les torches de victoire, complètement nues, attachées aux Chevalets de Plaisir des conquérants pour être, le lendemain matin, après la fête de la victoire, enchaînées et marquées. Les hommes respectent les femmes libres ; ils désirent, recherchent et aiment leurs esclaves.

– En tant que femme libre, dit Hassan avec un sourire, elle ne m'aurait rien rapporté. (Il faisait allusion à celle qui s'appelait Zina.) En tant que femme libre, ajouta-t-il, je l'aurais envoyée dans le désert. En tant qu'esclave, elle me rapportera tout de même un peu d'argent. (Il eut un sourire ironique.) Et, naturellement, reprit-il, sa marque sera fraîche.

– C'est vrai, reconnus-je.

– En outre, ajouta-t-il, cela me fera beaucoup de plaisir de la marquer.

Je souris.

– Dans son asservissement, dit-il en riant, elle se souviendra de celui qui l'a marquée.

– Hassan le Bandit, dis-je.

– En personne, répondit le pillard du désert. A présent, buvons le thé.

10

HASSAN QUITTE L'OASIS DES DEUX CIMETERRES

L'oasis des Deux Cimeterres est une oasis isolée, sous l'hégémonie des Bakahs qui, depuis plus de deux cents ans, après avoir perdu la Guerre de la Soie, en 8110 C.A., étaient une tribu vassale des Kavars. La Guerre de la Soie fut une guerre pour le contrôle de certains itinéraires de caravanes, pour le droit de percevoir un tribut sur les marchands. On l'appela la Guerre de la Soie parce que, à cette époque, les soies turiennes commencèrent à être importées en quantité au Tahari, ainsi qu'à Tor et à Kasra puis, de là, à Ar ainsi qu'au nord et à l'est. Le tribut, il est bon de le remarquer, n'est plus perçu au Tahari. Ou plutôt, avec le contrôle des points d'eau et des oasis, il n'est plus nécessaire. Les caravanes sont obligées de passer par ces points. Dans les oasis, les pachas locaux font généralement payer une taxe de protection aux caravanes si elles font une certaine longueur, généralement plus de cinquante kaiilas. La taxe de protection contribue à l'entretien des soldats qui, théoriquement du moins, font régner l'ordre dans le désert. Il n'est pas rare que la généalogie de presque tous les pachas régnant sur les diverses oasis contienne une certaine quantité de pillards. Au Tahari, presque tous ceux qui occupent les Tapis du Pouvoir sont les descendants d'hommes qui, à une époque plus rude, le cimeterre à la main, gouvernaient depuis le cuir rouge de la selle de leur kaiila. Les formes changent mais, au Tahari comme ailleurs, l'ordre, la justice et la loi reposent, en fin de compte, sur la détermination des hommes, et l'acier.

Il était tard lorsque, sur une file, dans les sables argentés sous la lumière des trois lunes, nous arrivâmes aux Deux Cimeterres.

Des hommes armés se précipitèrent à notre rencontre dans le noir, nous encerclant.

– C'est Hassan, dit une voix.

– On n'est jamais trop prudent, actuellement, dit une autre voix.

– Tal, dit Hassan au Marchand dressé sur ses étriers.

– Nous avons de l'eau, dit le Marchand, saluant le Bandit.

Hassan se dressa sur ses étriers, regardant les palmiers, les murs de terre cuite rouge, les bâtiments de boue séchée, dont quelques-uns comportaient un dôme, les jardins de l'oasis.

– As-tu des marchandises pour moi ? s'enquit le Marchand.

– Oui, répondit Hassan.

La femme, les reins arqués, la tête en bas, le ventre exposé, attachée sur le kaiila, devant la selle, se débattit en gémissant. C'était Zina. Mais, à présent, c'était en tant qu'esclave qu'elle portait son nom de femme libre, ce nom lui ayant été donné, pour l'humilier, par son maître, Hassan le Bandit. Sa compagne également capturée, qui s'appelait Tafa, était attachée de la même manière devant la selle d'un des hommes de Hassan. L'intérieur doux des cuisses des deux femmes était ensanglanté, couvert de taches rougeâtres, jusque sur le côté du genou, mais une seule portait dans sa chair, sur l'extérieur de la cuisse gauche, récemment imprimée, la marque des esclaves du Tahari. Seule Zina était désormais une esclave. Les autres hommes de Hassan conduisaient des kaiilas de trait portant les marchandises volées à la caravane, quatre jours auparavant.

Les bâtiments de boue séchée d'une oasis telle que celle des Deux Cimeterres durent de nombreuses années. Dans cette région, il n'est pas rare qu'il s'écoule plusieurs années sans une goutte de pluie.

Mais quand la pluie tombe, cependant, elle est parfois violente, transformant la région en fondrière. Après des pluies, des nuages énormes de mouches des sables, normalement endormies, apparaissent. Elles s'attaquent aux kaiilas et aux hommes. En général, on ne trouve des insectes volants qu'à proximité des oasis. Toutefois, on trouve diverses espèces d'insectes rampants et d'insectes prédateurs dans de nombreuses régions, même loin de l'eau. Le zadit est un petit oiseau aux plumes brunes et au bec pointu. Il se nourrit d'insectes. Quand les mouches des sables et d'autres insectes apparaissent après la pluie, se jetant sur les kaiilas, il n'est pas rare qu'ils se posent sur les animaux et restent sur eux pendant des heures, chassant les insectes. Cela soulage le kaiila mais le laisse avec de nombreuses petites blessures, irritantes et désagréables, aux endroits où l'oiseau a arraché les insectes enfoncés dans sa peau. Ces petites blessures, lorsqu'elles s'infectent, se transforment en abcès ; les conducteurs soignent ces abcès avec des emplâtres de crottin de kaiila.

– Il y a six jours, dit le Marchand, des soldats, des Aretai des Neuf Puits, ont attaqué l'Oasis du Sleen des Sables.

Ces paroles du Marchand me troublèrent.

Je regardai autour de moi. Dans le clair des lunes, je constatai que des kaiilas étaient passés à travers les jardins. Je vis des murs abattus, les hauts murs de terre séchée rouge qui maintiennent les cours à l'ombre et les protègent contre les pillards. Je comptai neuf palmiers-dattiers abattus, gisant dans la poussière, leurs feuilles déjà sèches et mortes, leurs fruits encore verts.

Il faut de nombreuses années avant qu'un tel arbre donne des fruits.

– Ils nous ont attaqués hier soir, précisa le Marchand, mais nous les avons repoussés.

– Les Aretai sont des sleens, commenta Hassan.

Je me demandai pourquoi cela le touchait tellement, lui, un bandit.

– Ils ont détruit un puits, ajouta le Marchand.

Tout le monde resta silencieux pendant quelque temps. Hassan et ses hommes ne crièrent pas.

Puis Hassan dit, d'une voix à peine audible :

– Ne plaisante pas.

– Je ne plaisante pas, insista le Marchand.

– Les Aretai sont des sleens, dit Hassan, mais ce sont des habitants du Tahari.

– Le puits est hors d'usage, maintint le Marchand. Veux-tu le voir ?

– Non, répondit Hassan.

– Nous essayons d'en retirer les rochers et le sable, expliqua le Marchand.

Le visage de Hassan était blême.

Il est difficile, pour ceux qui n'habitent pas le Tahari, d'imaginer la gravité d'un crime consistant à détruire une source d'eau. Cela est considéré comme un crime presque inconcevable, manifestement le plus hideux qu'il soit possible de perpétrer dans le désert. Un tel acte, considéré comme une monstruosité, va bien au-delà d'un simple acte de guerre. Vraisemblablement, en quelques jours, la nouvelle selon laquelle les Aretai avaient détruit, ou tenté de détruire, un puits aux Deux Cimeterres se répandrait comme une traînée de poudre dans le désert, enflammant et révoltant les hommes, de Tor aux fortins commerciaux turiens, aux comptoirs commerciaux, à Turmas. Cet acte, perpétré contre les Bakahs des Deux Cimeterres, tribu vassale des Kavars, entraînerait sans doute la guerre dans tout le Tahari.

– Les messagers de guerre sont déjà partis, annonça le Marchand.

Les tribus des diverses oasis, du désert, des territoires des nomades et des kasbahs seraient appelées. Ce serait la guerre.

Un puits avait été détruit.

– Les affaires doivent continuer, enchaîna le Marchand.

Il regarda Hassan. Sa main était posée sur le corps de Zina.

– Es-tu certain que les pillards étaient des Aretai ? demandai-je au Marchand.

– Oui, répondit-il. Ils n'ont pas pris la peine de se cacher.

– Sur quoi fondes-tu ta conviction ? m'enquis-je.

– A quelle tribu appartiens-tu ? demanda-t-il.

– C'est Hakim de Tor, répondit Hassan. Je me porte garant de lui.

– L'agal était celui des Aretai, répondit le Marchand. Les marques des selles aussi. Et ils criaient, en attaquant : « Pour les Neuf Puits et Suleiman ! » N'est-ce pas suffisant ?

– Je vois, fis-je.

– Si les Aretai veulent la guerre, et la destruction de l'eau, ils l'auront, promit le Marchand.

– Je veux partir avant l'aube, intervint Hassan.

– Bien sûr, s'empressa le Marchand. Qu'avez-vous ? demanda-t-il. Une femme libre et une esclave. (Il se tourna vers deux de ses hommes.) Conduisez les kaiilas de trait dans ma cour, ordonna-t-il, et déballez les marchandises !

Ils se hâtèrent de lui obéir.

– Intéressant, Hassan, releva le Marchand avec un sourire, que tu aies choisi de porter l'esclave devant ta selle.

Hassan haussa les épaules.

– La marque est fraîche, fit remarquer le Marchand avec un sourire.

– Exact, fit Hassan.

– Il est probable que tu as posé toi-même le fer sur sa peau, dit le Marchand.

– Oui, répondit Hassan.

– C'est de l'excellent travail, apprécia le Marchand. Ta main est précise et ferme.

La femme se débattit.

– J'ai marqué de nombreuses femmes, releva Hassan.

– Et magnifiquement, précisa le Marchand.

Ses mains sûres, exactes, firent une estimation préliminaire des courbes de l'esclave attachée.

Elle gémit.

– Est-elle sensible ? s'enquit le Marchand.

– Touche-la, et vois, répondit Hassan.

La femme se tortilla devant la selle, tirant sur ses liens, immobilisée. Elle cria, les yeux fermés, les dents serrées, la tête se balançant follement de droite à gauche.

– Elle est sensible, commenta le Marchand.

En général, on chauffe les femmes avant de les conduire dans une oasis. Il n'est pas difficile de stimuler leur sensibilité, du fait qu'elles sont attachées. On commence approximativement une heure avant d'arriver.

Le Marchand alla ensuite près de Tafa, la femme libre. Elle cria également, impuissante, tirant sur les liens qui emprisonnaient ses jolis membres.

– Es-tu libre ? s'enquit le Marchand.

– Oui, oui, sanglota-t-elle.

– Tu tires sur les cordes comme une esclave, lui dit-il.

Elle eut un gémissement de protestation. Puis, généreusement, il la laissa tranquille.

– Amène-les, dit-il à Hassan. Nous allons les mettre dans le Cercle d'Appréciation et je fixerai un prix.

Le Marchand pivota sur lui-même et entra dans la

cour. Hassan, ses hommes et moi, lentement, à dos de kaiila, nous suivîmes le Marchand dans la cour.

Tafa, en larmes, fut traînée hors du Cercle d'Appréciation. Son poignet gauche était emprisonné dans une menotte d'esclave et elle fut jetée, à genoux, contre un mur ; son flanc gauche était du côté du mur ; le bracelet ouvert, qui n'était pas refermé sur son poignet gauche, fut accroché à un anneau d'esclave vissé dans le mur, approximativement à la hauteur de son épaule gauche ; elle baissait la tête, les cheveux sur le visage ; elle resta là, en larmes, le poignet gauche attaché au mur à la hauteur de l'épaule.

– Non ! cria Zina.

Elle fut jetée sans cérémonie, nue, dans le Cercle d'Appréciation. Elle y resta tassée sur elle-même, dans ce cercle de marbre rouge de deux mètres de diamètre, furieuse, effrayée.

Elle était très belle, cette esclave. Je me demandai quel effet une autre esclave, Vella, autrefois Elizabeth Cardwell, de New York, sur la Terre, qui avait trahi les Prêtres-Rois, ferait, jetée nue dans le cercle.

Quand le fouet claqua, le gros fouet que tenait un des assistants puissants du Marchand, la jeune femme cria et son corps réagit, sous l'effet de la terreur, comme s'il avait été touché. Mais le cuir, naturellement, n'avait pas touché son corps. Le claquement n'était qu'un avertissement. Il ne toucherait son corps que si les hommes étaient mécontents d'elle.

– Debout ! ordonna le Marchand. La tête en arrière ! Les mains derrière la tête ! Encore ! Encore ! (Il se tourna vers nous.) Acceptable, dit-il.

Puis, s'adressant à la femme, il donna des ordres, rapidement, durement. Je regardai avec intérêt la femme, en larmes, obéir à ses commandements secs qui se succédaient rapidement. Pendant plus de quatre ehns, il la soumit à un régime endiablé de mouvements, un ensemble de pas d'esclave, de pas d'appréciation destinés à exhiber vulnérablement, définitivement et publiquement, sa beauté dans toutes les positions et attitudes principales.

– Les mains sur les hanches ! Sois insolente ! Les mains dans le dos ! Les mains croisées devant toi, comme si elles étaient attachées ! Les mains sur le cou, comme si elles étaient enchaînées au collier, les doigts devant la bouche ! Laisse-toi tomber par terre ! A genoux ! Baisse la tête ! Roule-toi par terre, sur le flanc, sur le dos, la jambe droite levée, puis fléchie, la jambe gauche levée, puis fléchie, les paumes à plat sur le sol ! Joue la colère ! Joue la frayeur ! Joue l'excitation ! Souris !

Il fit cela avec l'objectivité compétente et rapide, et le détachement clinique, d'un Médecin pratiquant un examen clinique de routine ; cet examen, naturellement, était un examen de la beauté, une estimation de la désirabilité d'une esclave. Le fouet claqua à nouveau. Elle poussa un cri de désespoir, frissonna.

Elle le regarda, terrifiée.

– Hassan ? demanda le Marchand.

– Très bien, dit Hassan.

Il vint s'immobiliser au bord du cercle.

– Rampe jusqu'à ses pieds ! ordonna le Marchand.

La femme commença d'avancer.

– A plat ventre ! ordonna le Marchand.

Elle obéit. A ses pieds, sans que cela lui ait été demandé, elle posa les lèvres sur ses babouches.

– Garde-moi, Hassan, supplia-t-elle.

– A mes lèvres ! dit-il.

Elle se mit lentement debout et leva les lèvres vers les siennes. Il les goûta.

– Garde-moi, Hassan, sanglota-t-elle.

Il la repoussa au centre du cercle de marbre.

– Que vaut-elle ? demanda Hassan au Marchand.

– Je t'en propose un tarsk d'argent, répondit-il, car ce n'est qu'une esclave.

– Hassan ! cria la femme.

– Marché conclu, dit Hassan, vendant son esclave.
– Non, Hassan ! cria-t-elle.
– Et deux disques d'or au tarn, d'Ar, pour la fille libre, ajouta le Marchand.
– D'accord, dit Hassan.
– Hassan ! cria l'esclave.
– Emmenez l'esclave, dit le Marchand.
Un bracelet d'esclave fut refermé sur le poignet gauche de Zina et elle fut traînée au pied du mur où on la fit mettre à genoux face au mur. Le bracelet de son poignet gauche fut ensuite accroché dans l'anneau et, ceci étant fait, son poignet droit y fut accroché, ses deux poignets étant ainsi immobilisés tout près de l'anneau, elle-même se trouvant face au mur. Elle regarda Hassan par-dessus l'épaule droite.
– Hassan ! cria-t-elle.
Hassan prit l'argent que le Marchand lui donna.
– Dans l'autre pièce, dit le Marchand, nous allons discuter le prix des autres marchandises.
– D'accord, dit Hassan.
– Hassan ! cria la femme.
Il sortit de la pièce. Il ne parla pas à la traîtresse. C'était un homme du Tahari.

– Encore, Maîtres ? demanda la femme à genoux près de la table basse incrustée de bois de Tem.
Elle portait une haute tunique de soie rouge, attachée par un unique crochet ; un chalwar de soie rouge et translucide, bas sur les hanches ; deux bracelets en or à la cheville gauche ; un collier.
– Non, Yiza, tu peux disposer, dit le Marchand.
– Oui, Maître, dit-elle.
Elle baissa la tête et, prenant le plateau avec le vin noir et les sucres, se leva gracieusement, recula, puis pivota sur elle-même et sortit de la pièce.
Ses mouvements étaient doux. Elle avait été réveillée, il ne lui avait pas été permis de se voiler et on lui avait ordonné de préparer et de servir le vin noir. Elle

avait obéi. Les coins intérieurs de ses yeux évoquaient encore le sommeil ; elle bâillait comme un chat, lorsqu'elle s'était agenouillée dans un coin ; son visage et sa bouche exprimaient la lassitude lourde d'une belle femme fatiguée ; lorsqu'elle était partie, cependant, elle se tenait droite, comme doit le faire une femme asservie, d'une démarche lente et ondulante, gracieuse, languide, somnolente, trahissant subtilement la fatigue de sa beauté, éveillée et contrainte si tôt à servir. Ses hanches ondulaient sous la soie, puis elle disparut. A mon avis, elle ne tarderait pas à quitter ses vêtements, à s'enrouler dans un drap de reps et, remontant les genoux contre la poitrine, à s'endormir sur la paille de sa cellule que, sous peine de mort, elle refermerait à clé derrière elle.

Pour sortir de la pièce, elle avait emprunté le chemin, le long des murs. Les pièces des demeures du Tahari, lorsque leurs propriétaires sont riches, sont généralement recouvertes de tapis coûteux. Il est rare que l'on traverse directement les pièces, pour éviter l'usure inutile des tapis : de longues bandes de tissu courent sur les côtés des pièces ; on les utilise pour aller d'une pièce à l'autre ; les enfants, les serviteurs et les esclaves traversent généralement les pièces en restant sur les chemins, contre les murs. Les hommes le font également, lorsqu'il n'y a pas d'invités.

– La destruction d'un puits, dit le Marchand, est un acte criminel presque inconcevable.

Nous ne lui répondîmes pas. Ce qu'il venait de dire était vrai. Auparavant, bien que telle n'ait pas été notre intention à l'origine, après notre transaction commerciale au cours de laquelle Hassan avait échangé le produit de son pillage, chair et autre, contre de l'or, nous avions été conduits par le Marchand jusqu'au puits détruit, peut-être hors d'usage. A la lumière de torches, des hommes travaillaient, retirant les pierres et le sable dans des seaux de cuir attachés à de longues cordes. Hassan avait serré les poings. Puis nous avions regagné la demeure du Marchand, pour y boire le vin noir. C'était deux ahns avant l'aube.

Les divers prix et pièces s'élevaient à onze disques d'or au tarn d'Ar et quatre de Turia. A chacun de ses neuf hommes, il avait jeté un disque d'or au tarn d'Ar. Il avait gardé le reste. Un disque d'or au tarn représente davantage que ce que gagne un travailleur ordinaire en un an. De nombreux Goréens des Basses Castes n'en ont jamais eu. Ses hommes, dehors, attendaient, tenant les rênes de leurs kaiilas.

– Et le plus étrange, révéla le Marchand, se penchant vers nous et nous fixant avec intensité, est le fait que les pillards Aretai étaient conduits par une femme !

– Une femme ? s'enquit Hassan.

– Oui, confirma le Marchand.

– Et les messagers de guerre sont déjà partis ? demanda Hassan.

– Pour toutes les oasis kavars et celles de leurs tribus vassales, répondit le Marchand.

– A-t-on parlé de trêve, ou de négociation ? demanda Hassan.

– Avec ceux qui ont détruit les sources d'eau ? demanda le Marchand. Bien sûr que non !

– Et quelle est la réaction, s'enquit Hassan, de Haroun, Grand Pacha des Kavars ?

– Qui sait où se trouve Haroun ? demanda le Marchand, écartant les bras.

– Et celle de son vizir, Baram, Cheik de Bezhad ?

– Les messagers de guerre ont été envoyés, dit le Marchand.

– Je vois, dit Hassan.

– Les tribus se rassemblent, précisa le Marchand. Le désert va s'enflammer.

– Je me méfie, dit Hassan. Et je ne crois pas qu'il serait sage de rester publiquement, de jour, aux Deux Cimeterres.

– Hasaad Pacha sait que les pillards viennent aux

Deux Cimeterres, souligna le Marchand avec un sourire. Cela sert notre économie. Nous ne sommes pas sur les grands itinéraires commerciaux.

– Il ne le sait pas officiellement, releva Hassan. Et je ne veux pas qu'il soit obligé d'envoyer une centaine de soldats battre le désert, à notre recherche, pour satisfaire les citoyens outragés. Je n'ai pas envie de parcourir un long chemin, en ce moment, et je suis convaincu que les soldats non plus. En outre, si nous nous rencontrions effectivement, ce serait très embarrassant pour les deux partis. Que ferions-nous ?

– Vous croiser en hurlant comme des fous ? suggéra le Marchand.

– Peut-être, répondit Hassan avec un sourire.

– Vous seriez probablement obligés de vous entretuer, dit le Marchand.

– Je le suppose, accorda Hassan.

– La nuit, rappela le Marchand, toi et les autres, vous êtes toujours les bienvenus aux Deux Cimeterres.

– Bienvenus la nuit, recherchés le jour, fit Hassan. Je crois que je ne comprendrai jamais les honnêtes gens.

– Nous sommes complexes, reconnut le Marchand.

– J'aimerais que les habitants des autres oasis soient aussi complexes, souligna Hassan. Il y en a beaucoup qui paieraient cher pour avoir ma tête fichée sur une lance.

– Nous, habitants des Deux Cimeterres, déclara le Marchand, ne pouvons être tenus pour responsables du comportement de ces rustres.

– Mais à qui vends-tu les marchandises que je t'apporte ? demanda Hassan.

– A ces rustres, répondit le Marchand avec un sourire.

– Sont-ils au courant ? s'enquit Hassan.

– Bien sûr, répondit le Marchand.

– Je vois, fit Hassan. Eh bien, l'aube ne va pas tarder, et je dois partir.

Il se leva, un peu raide car il était resté longtemps assis les jambes croisées, et je fis de même.

– Puissent tes outres ne jamais être vides. Puisses-tu ne jamais manquer d'eau, dit le Marchand.

– Puissent tes outres ne jamais être vides. Puisses-tu ne jamais manquer d'eau, répondîmes-nous.

Dehors, peu avant l'aube, alors que des gouttes de rosée perlaient sur les rochers, nous glissâmes le pied gauche dans l'étrier de notre selle et montâmes nos bêtes rapides.

– Hassan, dis-je.

– Oui ? répondit-il.

– Le Marchand nous a dit que les Aretai des Neuf Puits ont attaqué l'Oasis du Sleen des Sables il y a six jours.

– Oui, répondit Hassan.

– Il y a six jours, les soldats des Neuf Puits étaient à proximité de l'oasis, poursuivant un fugitif échappé de leur prison, qui avait été condamné aux Mines de Klima pour avoir tenté d'assassiner Suleiman Pacha.

– A-t-il réussi à s'échapper ? demanda Hassan avec un sourire.

– Apparemment, répondis-je.

– Cela correspond à mes renseignements, dit Hassan.

– Si les soldats des Neuf Puits étaient près de leur oasis il y a six jours, soulignai-je, ils ne pouvaient se trouver également à l'Oasis du Sleen des Sables.

– Non, admit Hassan.

– Et il semble improbable, ajoutai-je, que les Aretai des Neuf Puits aient pu être ici hier soir.

– Cela représenterait une dure chevauchée, reconnut Hassan. Et pour une petite oasis, à l'écart des itinéraires commerciaux.

– Où se seraient-ils débarrassés du butin de l'Oasis du Sleen des Sables ? demandai-je.

– Ils l'ont peut-être caché dans le désert, suggéra Hassan.

– Pourquoi les Deux Cimeterres ? demandai-je. C'est une petite oasis qui n'appartient même pas aux Kavars.

– Je ne sais pas, répondit Hassan.

– Suleiman, Pacha des Neuf Puits, dis-je, gît dans son palais, dans un état critique. Dans ces conditions, il semble étrange que les Aretai organisent des pillages dans la région.

– Effectivement, répondit Hassan avec un sourire.

– Pourtant, les pillards portaient les vêtements des Aretai, leur marque de selle et criaient : « Pour les Neuf Puits et Suleiman ! » C'est bien cela ?

– Nous pourrions également, releva Hassan, organiser une telle attaque et crier ainsi.

Je ne répondis pas.

– Bizarre, reprit Hassan, qu'ils aient crié : « Pour les Neuf Puits et Suleiman ! » Oui, étrange.

– Pourquoi ? demandai-je.

– Le nom des chefs, m'apprit Hassan, ne figure pas dans les cris de guerre des Aretai, ni dans ceux de la majorité des tribus. C'est la tribu qui compte, pas l'homme, l'ensemble, pas la partie. Le cri de guerre des Aretai, que je connais bien, est : « La victoire aux Aretai ! » Simplement.

– Intéressant, fis-je. Les Kavars ont-ils un cri semblable ?

– Oui, répondit Hassan. C'est : « Les Kavars pardessus tout ! » Voilà.

– Il semble raisonnablement clair, dans ces conditions, dis-je, que les Aretai n'ont pas attaqué les Deux Cimeterres.

– Non, dit Hassan. Les Aretai n'ont pas attaqué l'Oasis des Deux Cimeterres.

– Comment peux-tu en être sûr ? demandai-je.

– Un puits a été détruit, répondit-il. Les Aretai sont des sleens, mais ce sont des ennemis respectables. Ce sont de bons combattants, de bons habitants du désert. Ils ne détruiraient pas un puits. Ils habitent le Tahari.

– Qui, dans ce cas, demandai-je, a attaqué les Oasis du Sleen des Sables et des Deux Cimeterres ?

– Je ne sais pas, répondit Hassan. J'aimerais pourtant bien le savoir. Je suis curieux.

– Moi aussi, je suis curieux, dis-je.

– Si la guerre éclate dans le désert, estima Hassan, le désert sera fermé. Le commerce sera interrompu, il y aura des bandes d'hommes armés, les étrangers seront plus suspects qu'en temps ordinaire. On ne prendra pratiquement pas de risques. Ils seront vraisemblablement mis à mort.

Cette remarque ne me rassura pas.

– Bizarre, émit Hassan, que ces événements se produisent maintenant.

– Pourquoi ? demandai-je.

– De toute évidence, ce n'est qu'une coïncidence, fit Hassan.

– Je ne comprends pas, dis-je.

– Je projetais une expédition dans la partie inexplorée du Pays des Dunes, dit-il.

– Moi aussi, j'aime voyager, dis-je.

– C'est bien ce que je pensais, fit-il.

– Que penses-tu y trouver ? m'enquis-je.

– Qui es-tu ? demanda-t-il.

– Un pauvre marchand de pierres précieuses, répondis-je.

– Je t'ai vu à Tor, m'informa-t-il, avec le cimeterre.

– Ah ? fis-je.

– Je t'ai revu, remarquant ta progression, à un point d'eau, sur le chemin des Neuf Puits.

– C'est là que, rappelai-je, déguisé en nomade, tu as tourmenté mon esclave blonde aux yeux bleus.

– Elle était insolente, dit-il. C'est là que j'ai décidé qu'elle deviendrait mon esclave.

– Après que tu l'eus touchée et tourmentée, ris-je, elle a supplié d'apprendre les danses des esclaves.

Il sourit.

– Tu l'as capturée avec audace, dans le palais de Suleiman, appréciai-je.

Il haussa les épaules.

– Je n'ai jamais vu de meilleure capture au fouet, soulignai-je.

Il inclina la tête, acceptant le compliment.

– On pense, dit-il, si je comprends bien, que c'est toi, Hakim de Tor, qui as frappé Suleiman.

– Ce n'est pas moi, affirmai-je.

– Pourquoi pensent-ils que c'est toi ? demanda-t-il.

– Ils croient, répondis-je, que je suis un espion des Kavars.

– Oh ? fit-il avec un sourire.

– Oui, dis-je.

– Sais-tu, Hakim de Tor, me demanda-t-il, qui a effectivement frappé Suleiman Pacha ?

– Oui, répondis-je. Je le sais. C'est Hamid, lieutenant de Shakar, capitaine des Aretai.

– Il me semble intéressant, releva-t-il, que ce soit Hamid. (Puis il ajouta :) Je voulais te rencontrer.

– Oh ? fis-je.

– Je pensais, expliqua-t-il, quand j'ai volé ta belle esclave, que tu me poursuivrais dans le désert. Je ne savais pas, naturellement, que Hamid frapperait Suleiman et que tu serais jeté en prison.

– Tu souhaites me parler ? demandai-je.

– Je garde la femme, bien entendu, me prévint-il. (Il me regarda.) Veux-tu me la disputer ? s'enquit-il.

– Je n'ai pas besoin de décider cela immédiatement, n'est-ce pas ? demandai-je.

– Non, bien sûr, reconnut Hassan. Tu es mon invité. (Il eut un sourire ironique.) Tu peux l'utiliser chaque fois que tu en auras envie, bien entendu, ajouta-t-il.

– Hassan est généreux, fis-je en riant.

– Au moment même où j'ai posé les mains sur elle, dit-il, j'ai décidé qu'elle m'appartiendrait.

– As-tu l'habitude de prendre les femmes que tu désires ? demandai-je.

– Oui, répondit-il.
– Si j'avais perdu ta piste, m'enquis-je, comment serais-tu entré en contact avec moi ?
– Tu n'étais pas homme à perdre la piste, répondit-il.
– Mais si cela était arrivé ? insistai-je.
– Dans ce cas, on t'aurait indiqué où trouver ta... *ma* belle Alyena, enchaînée. Nous nous serions rencontrés à cet endroit-là.
– Que se passerait-il si j'essayais de te tuer, à présent ? m'enquis-je.
– Tu ne feras pas cela, puisque tu es mon invité, déclara Hassan. En outre, pourquoi aurais-tu emmené dans le désert une esclave blonde, à la peau pâle et aux yeux bleus ?
– Pourquoi ? demandai-je.
– Pas seulement comme esclave, répondit-il. On peut acheter ou louer des femmes dans toutes les oasis. Tu l'as amenée intentionnellement. Tu voulais la vendre, ou la donner à quelqu'un en échange de quelque chose, de l'aide, des informations, quelque chose.
– Tu es perspicace, opinai-je.
– J'espère, dit-il, que cette esclave ne va pas compliquer nos relations.
– Comment une esclave, qui n'est rien, pourrait-elle faire cela ? demandai-je.
– Exact, fit Hassan.
– Elle semble heureuse dans tes chaînes, dis-je.
– C'est une esclave, fit-il.
– Il est heureux, relevai-je, qu'elle soit blonde, ait la peau claire et les yeux bleus.
– Pourquoi donc ? demanda-t-il.
– Ces femmes-là sont froides, rappelai-je.
– Pas lorsqu'elles portent un collier, dit-il.
– Elle ne l'est pas ? demandai-je.

Je savais que le collier métallique de l'esclave, ce cercle d'acier inflexible, fermé avec une serrure, qu'elle ne pouvait enlever, contrastant tellement avec sa douceur, proclamant sa vulnérabilité et son impuissance, transformait souvent les femmes inhibées, hostiles, froides, haïssant les hommes, en esclaves abandonnées, soumises, vulnérables, passionnées, aimant se livrer sans défense à la caresse des maîtres.

Hassan rejeta la tête en arrière et rit.

– C'est la femme la plus chaude que j'aie jamais serrée dans mes bras ! s'écria-t-il.

Je souris. Je me demandai à quel point l'ex-miss Priscilla Blake-Allen serait scandalisée, embarrassée et honteuse d'entendre parler aussi lestement de ses désirs et de ses performances. La pauvre, cependant, ne se sentait plus entre les bras d'un maître.

– Elle t'aime, dis-je à Hassan.

– Je ne lui ai pas laissé le choix, fit-il.

Je supposai que cela était vrai.

Je supposai, en outre, qu'un événement rare s'était produit : une fille avait rencontré son maître et un homme sa véritable esclave. La femme, une sur des milliers de compagnes moins chanceuses, avait rencontré un mâle, qui était également, lui aussi, un sur des milliers et qui pouvait être, et était, son Maître absolu et naturel, le mâle idéal et parfait, dominant et impérieux, qui pourrait exiger et obtenir sa soumission sexuelle totale, qu'une femme ne peut donner qu'à l'homme qui la possède totalement, devant qui, et pour qui, elle ne peut être qu'une esclave en adoration. Cela ne se produit pratiquement jamais sur Terre, où la relation normale homme/femme est le résultat d'un mâle faible, agréable, libérant l'instinct maternel de la femme plutôt que l'instinct, généralement inhibé, qui la pousse à se soumettre entièrement à un mâle dominant, femelle prise, possédée, pénétrée, soumise ; cela se produit, cependant, sur Gor, où les esclaves sont fréquemment vendues et échangées. On essaie plusieurs femmes jusqu'au moment où on trouve celle, ou celles, qui sont les plus délicieuses, les plus agréables. On a tendance, ensuite, à les garder ; cela tend également à tourner à l'avantage des femmes, les esclaves, mais rares sont ceux, à l'exception d'elles-mêmes, qui se préoccupent d'elles ou de ce qu'elles ressentent ; les hommes, de toute évidence, ont besoin de dominer ; rares sont ceux qui nient cela ; rares sont ceux qui, autorisés, le nient ; dans la culture goréenne, et pas dans celle de la Terre, il existe des institutions destinées à la satisfaction de ce besoin et non à ses négation et frustration systématiques ; la principale institution goréenne destinée à la satisfaction de ce besoin est l'asservissement très répandu des femelles humaines ; la relation maître/esclave est la reconnaissance la plus profonde et la plus évidente de ce besoin masculin qu'éprouvent tous les mâles véritablement énergiques et sexués ; mais, dans la théorie goréenne, ce besoin masculin de dominer qui, refoulé, entraîne le désespoir, la maladie et une agressivité mesquine, sournoise, n'est ni une aberration ni une singularité biologique des mâles, mais correspond à un besoin complémentaire chez la femelle, lequel est le besoin, rarement satisfait, d'être vaincue et dominée ; dans le cadre de la concurrence primitive où l'intelligence, la ruse, la force psychologique et physique avaient une importance biologique, et non la richesse et le statut, les meilleures femmes allaient statistiquement aux hommes les plus forts et les plus intelligents ; il est possible, et même probable, qu'on se soit autrefois battu, littéralement, pour les meilleures femmes, afin de les posséder ; si tel était le cas, alors il est probable que quelque chose chez la femme, génétiquement, réagit à la dominance et à la puissance ; les femmes, en général, ne désirent pas vraiment les hommes faibles ; elles veulent que leurs enfants naissent non d'un égal mais d'un supérieur ; comment pourraient-elles respecter un homme qui, sur le plan du statut et du pouvoir, ne les dépasse pas, l'égal d'une femme, un prix ; si on leur donnait le choix entre porter l'enfant d'un égal et celui d'un maître, la majorité des femmes choisirait de porter l'enfant d'un maître ; les femmes ont envie de porter les enfants d'hommes qui leur sont supérieurs ; c'est une femme vaincue que celle dont le corps grossit de l'enfant d'un égal ; tout comme l'évolution, à une époque donnée, a sélectionné les hommes forts, intelligents, aptes au combat, parce qu'ils gagnaient la course à l'accouplement, de même, dans la transmission des structures génétiques, elle sélectionnait les femmes qui aimaient et se soumettaient à de tels hommes, des femmes qui étaient la spécification biologique et la juste propriété de ces hommes, nos ancêtres. Le mâle dominant est ainsi sélectionné dans la course à l'accouplement ; le mâle non dominant tend, statistiquement, à perdre face à son adversaire plus fort, plus intelligent ; de même, l'évolution a sélectionné des femmes qui aiment le mâle dominant ; celles qui fuyaient ceux-ci, ou bien s'accouplaient avec des hommes faibles, leurs enfants ayant alors de moins grandes chances de survie, ou bien s'enfuyaient pour de bon, leurs gènes, pour le meilleur ou pour le pire, disparaissaient du patrimoine génétique de l'espèce ; la femme qui était excitée par ces hommes avait envie de leur appartenir, à eux, les maîtres, d'être protégée par eux et de les servir, avait de meilleures chances de survie ; elle était plus en sécurité ; ses enfants étaient plus en sécurité ; en outre, ses enfants étaient plus intelligents et plus forts, du fait qu'ils étaient les enfants d'hommes plus intelligents et plus forts ; son désir, et la satisfaction d'être possédée par de tels hommes, et l'orgueil que lui inspirait cette possession contribuaient substantiellement non seulement à sa survie, mais aussi à celle de ses enfants ; en outre la femme deviendrait, au fil des générations, plus belle et plus désirable, sexuellement séduisante, tandis que les mâles énergiques exerceraient leurs prérogatives masculines sur les filles des filles de ces femmes ; les hommes choisissaient de s'accoupler avec les femmes qui leur plaisaient et les femmes qui leur plaisaient n'étaient ni laides, ni grossières, ni agressives, ni stupides mais intelligentes, aimantes, désirables et belles ; ces dynamiques jumelles de l'évolution, sélections naturelle et sexuelle, constituèrent ainsi, au fil des millénaires, la nature biologique de la femelle humaine ; à l'origine, il n'y avait peut-être que des tendances dues au hasard, répondant à la domination masculine, mais celles qui les avaient possédaient les meilleures chances de survie ; ces tendances furent ensuite transmises, devenant des caractéristiques génétiques générales des femmes ; les femmes possédées survivaient ; les plus belles et les meilleures étaient sélectionnées par les hommes les plus forts, les plus intelligents et les plus puissants ; c'est de ce fonctionnement complexe de la nature qu'est issue la femme intelligente, belle, sensible, la femme féminine, avec l'ensemble complet d'hormones féminines, qui désire dans son cœur se serrer amoureusement, soumise et excitée, dans les bras d'un homme puissant, lui appartenir ; en outre, on peut remarquer que la dominance et la soumission sont des traits génétiques très répandus dans le royaume animal ; chez les mammifères en général et chez tous les primates, c'est le mâle qui domine et la femelle qui se soumet ; ce n'est pas une aberration ; l'aberration, c'est sa frustration conditionnée possible, bizarrement, uniquement chez un animal assez complexe pour réagir à des régimes de conditionnement extensifs, où l'on peut utiliser les mots pour induire des réactions contraires à l'instinct, quoique, peut-être, utiles à une conception donnée des relations économiques et sociales. Nous sommes nés chasseurs ; on a fait de nous des agriculteurs.

– Le jour est presque levé, dit Hassan. Quittons l'oasis.

– Pourquoi voulais-tu me rencontrer ? lui demandai-je.

– Je crois, répondit-il, que nous avons un intérêt commun.

– Lequel ? m'enquis-je.
– Les voyages, répondit-il.
– Les voyageurs cherchent souvent les curiosités, relevai-je.
– J'ai l'intention de m'enfoncer dans le désert, dit-il.
– Ce sera dangereux, en ce moment, fis-je remarquer.
– Connais-tu un rocher, me demanda-t-il, proche de la piste entre Tor et les Neuf Puits, qui porte une inscription ?
– Oui, répondis-je.
– Et il y avait, gisant près de ce rocher, reprit-il, un homme qui avait gravé cette inscription.
– Oui, dis-je.
– J'ai ramassé le corps, révéla Hassan. Sur un grand bûcher de buissons, je l'ai vu brûler. J'ai répandu les cendres dans le sable.
– Le connaissais-tu ? m'enquis-je.
– C'était mon frère, répondit Hassan.
– Que cherches-tu dans le désert ? demandai-je.
– Une tour d'acier, répondit-il.

11

LE ROCHER ROUGE, OÙ LE SEL EST PARTAGÉ : NOUS RENCONTRONS TARNA

– Il n'y a pas de clochettes sur le harnais de ton kaiila ! dit l'homme, nous menaçant avec sa lance.

– Nous venons en paix, dit Hassan. As-tu vu, ou entendu parler, d'une tour d'acier ?

– Vous êtes fous ! cria l'homme.

Hassan fit pivoter son kaiila, avec sa rêne unique, et nous continuâmes notre chemin, ses neuf hommes, moi et l'esclave, Alyena, derrière nous.

Debout dans la poussière, avec sa lance, le nomade nous regarda partir. Derrière lui, il y avait un troupeau de onze verrs broutant les taches d'herbe brune. Il aurait donné sa vie pour défendre les animaux. Leur lait et leur laine étaient tous les moyens d'existence de sa famille.

– La tour d'acier n'existe peut-être pas, suggérai-je à Hassan.

– Continuons nos recherches, dit-il.

J'avais à présent vu de nombreux aspects du Tahari. Nous étions dans le désert depuis vingt jours.

Un jour, alors qu'un nuage noir, chargé de poussière, s'était levé au sud, nous avions mis pied à terre, entravé nos kaiilas, puis avions tourné le dos au vent. Nous avions fait un mur de nos bagages et nous étions accroupis derrière, serrant nos burnous autour de nous. Hassan, sous son burnous, abrita la femme, Alyena, lui laissant les mains attachées dans le dos afin qu'elle n'oublie pas qu'elle était une esclave. Pendant deux jours, le vent de sable avait hurlé autour de nous et nous avions attendu, à la manière du Tahari, patiemment, dans l'obscurité mouvante du sable. C'est à peine si nous bougions, sauf pour nous passer l'outre d'eau et un petit sac de farine de Sa-Tarna. Puis, aussi soudainement qu'il s'était levé, le vent de sable tomba et le soleil, brillant et immédiat, dur dans sa férocité et sa beauté, dispensa à nouveau, immuable, indifférent, le sceptre, la massue constante et impitoyable, de sa lumière et de sa chaleur sur la plaine.

Hassan fut le premier à se lever. Il secoua le sable accumulé sur son burnous. Il détacha Alyena. Elle s'étira comme un sleen. Le sable s'était amassé contre le mur de bagages.

– Quelle terrible tempête ! m'écriai-je.

Il sourit.

– Tu n'es pas du Tahari, dit-il. Sois heureux que maintenant, au printemps, le vent d'est ne souffle pas. (Puis il se tourna vers Alyena :) Fais du thé ! ordonna-t-il.

– Oui, Maître, répondit-elle.

Deux jours plus tard, il avait plu.

Les mouches, à présent, avaient disparu.

Au début, j'avais été content de voir les nuages et j'avais rejeté mon burnous en arrière pour offrir mon visage à la caresse vigoureuse de la pluie. La température tomba de plus de quinze degrés en moins d'une ehn. Alyena fut également très contente. Les hommes du Tahari, cependant, gagnèrent rapidement l'endroit le plus élevé du coin. Il y a peu d'érosion pluviale, au Tahari, de sorte qu'il y a peu de rigoles naturelles capables de favoriser l'écoulement de l'eau. Lorsqu'il pleut, il pleut généralement beaucoup sur un terrain plat, dans la poussière molle. Quelques minutes après que la pluie eut commencé, il nous fallut mettre pied à terre et tirer nos kaiilas qui résistaient, effrayés, vers une éminence. Ils s'enfonçaient jusqu'au genou dans la boue, grondant, les yeux fous, et nous, de la boue jusqu'aux hanches, les poussions et les tirions, parfois obligés de libérer leurs pattes prisonnières de la boue, vers l'endroit choisi par Hassan, le côté abrité du vent d'une formation rocheuse.

Hassan posa Alyena, qu'il portait, près de lui.

– C'est la quatrième fois, dit-il, que je vois la pluie.

– C'est beau ! s'écria Alyena.

– Peut-on se noyer dans cette boue ? demandai-je.

– C'est peu probable, estima Hassan. Elle n'est pas assez profonde. Les petits animaux, en fait, y nagent. Le danger principal, en réalité, est que les kaiilas tombent et se cassent une patte.

Je remarquai que les hommes de Hassan avaient jeté des couvertures sur les têtes des kaiilas, pour les empêcher de voir l'orage et la leur protéger de la pluie, phénomène qui, les effrayant, a tendance à les rendre indociles.

– Naturellement, reprit Hassan, il ne faut pas camper dans un cours d'eau à sec. Un orage, dont on ignore tout, à des pasangs de là, peut le remplir d'un flot soudain qui emporte tout sur son passage et peut mettre la vie en danger.

– Arrive-t-il souvent que des hommes se noient dans de tels accidents ? demandai-je.

– Non, répondit Hassan. Les hommes du Tahari ne campent pas dans de tels endroits. En outre, ceux qui sont assez stupides pour le faire parviennent en général à s'en sortir.

Au Tahari, bizarrement, beaucoup d'hommes savent nager. Les jeunes nomades apprennent au printemps, lorsque les mares sont pleines. Ceux qui habitent les oasis apprennent dans les bains. Le « bain », au Tahari, ne consiste pas simplement à ramper dans un petit récipient mais est davantage, comme sur l'ensemble de Gor, une combinaison de lavage et de nage, de jeu aquatique, généralement associée à diverses huiles et serviettes. Un des plaisirs des grandes oasis est la possibilité de prendre un bain. Aux Neuf Puits, par exemple, il y a deux établissements publics de bain.

Une heure après la fin de la pluie, le soleil occupant à nouveau, impitoyable, un ciel sans nuages, le sol était suffisamment dur, l'eau ayant disparu sous la poussière et le sable, pour supporter le poids des kaiilas. Les animaux furent découverts, nous montâmes et la quête continua.

C'est le lendemain que les mouches apparurent. Je crus, au début, que c'était une autre tempête. Mais ce n'était pas le cas. Le soleil lui-même, pendant plus de quatre ehns, fut caché par les nuages immenses qui passèrent au-dessus de nous. Soudain, comme un déluge violent et sec, les insectes se jetèrent sur nous. J'en crachai des paquets. J'entendis Alyena hurler. Le gros des nuages était passé mais, collés à nous, en taches mouvantes sur nos vêtements et dans les poils des kaiilas, des milliers rampaient, résidus de l'invasion. Je les frappai, je les écrasai jusqu'au moment où je me rendis compte qu'il était stupide d'agir ainsi. Moins de quatre ahns plus tard, un vol de zadits, petits, bruns, gazouillants et voletants, arriva dans le sillage des mouches. Nous mîmes pied à terre et laissâmes les oiseaux débarrasser les kaiilas de leurs insectes. Les zadits restèrent plus de deux jours avec nous. Puis ils s'en allèrent.

Le soleil était à nouveau impitoyable. Néanmoins, je n'étais pas pressé de revoir la pluie.

– Où, ami, demanda Hassan à un autre nomade, se trouve la tour d'acier ?

– Je n'en ai jamais entendu parler, répondit-il, méfiant. Il est probable qu'il n'en existe pas dans le Tahari.

Et nous continuâmes notre quête.

C'est sans doute la nuit que le Tahari est le plus beau. Pendant la journée, c'est à peine s'il est possible de le regarder, à cause de la chaleur et de la luminosité. Pendant la journée, il semble menaçant, blanchâtre, miroitant de chaleur, aveuglant, brûlant ; les hommes doivent protéger leurs yeux ; quelques-uns deviennent aveugles ; les femmes et les enfants restent à l'intérieur des tentes ; mais, avec l'arrivée du crépuscule, avec le départ du soleil, ce paysage immense, rocheux et dur se fait plus doux, moins hostile. C'est à ce moment-là que Hassan le Bandit dressait le camp. Tandis que le soleil se couchait, les collines, la poussière et le ciel se teintaient de nombreuses nuances de rouge et, tandis que la lumière disparaissait progressivement, ces rouges se transformaient petit à petit en ors luisants qui, lorsque les derniers rayons de lumière s'estompaient à l'ouest, cédaient la place à tout un monde de pourpres et de bleus foncés et lumineux. Puis, soudain, semble-t-il, le ciel est noir, immense, haut, parsemé d'étoiles semblables à des diamants clairs et brillants brûlant dans le silence sablonneux de la quiétude innocente du désert. Dans ces moments-là, parfois, Hassan restait assis en silence devant sa tente. Nous ne le dérangions pas. Bizarrement, dans ces moments-là, il ne tolérait près de lui que la femme au collier, Alyena. Elle seule, simple esclave, pouvait rester près de lui, couchée près de lui, la tête sur son genou gauche. Parfois, dans ces moments-là, il lui caressait les cheveux ou la joue, presque tendrement, presque comme si elle ne portait pas un collier autour du cou. Puis, une heure environ après l'apparition des étoiles, soudain, riant, il prenait la femme par le bras, la jetait sur les nattes, lui remontait les jupes et la violait comme la simple esclave qu'elle était. Ensuite, il lui attachait la jupe au-dessus de la tête, lui emprisonnant les bras à l'intérieur puis la jetait, en riant, à ses hommes et à moi, afin que nous nous amusions.

– Non, dit un homme. Je n'ai pas vu de tour d'acier,

et je n'en ai pas entendu parler. Comment une telle chose pourrait-elle exister ?

– Merci, Berger, dit Hassan, et, une fois de plus, nous reprîmes notre quête.

Les camps de nomades devenaient plus rares. Les oasis étaient peu fréquentes.

Nous avancions dans le Tahari en direction de l'est.

Certains nomades voilent leurs femmes, d'autres non. Certaines femmes se peignent le visage avec du charbon de bois. Certaines femmes nomades sont très jolies. Les enfants des nomades, jusqu'à l'âge de cinq ou six ans, garçons et filles, ne portent pas de vêtements. Pendant la journée, ils restent à l'ombre des tentes. Le soir, lorsque le soleil se couche, ils s'en éloignent et jouent joyeusement. Leurs mères leur apprennent le taharique, dessinant les lettres sur le sable, à l'ombre des tentes, pendant la journée. Presque tous les nomades de la région étaient des Tashid, tribu vassale des Aretai. Il est peut-être intéressant de remarquer que les enfants des nomades sont nourris au sein pendant dix-huit mois, ce qui est presque deux fois le temps pendant lequel les enfants de la Terre sont nourris ainsi, et deux fois celui des enfants goréens. Ces enfants, ce qui est significatif, sont presque tous heureux au sein de leur famille, forts, éveillés et confiants. Chez les nomades, bizarrement, les adultes écoutent toujours les enfants. L'enfant fait partie de la tribu. Une autre habitude des mères nomades consiste à baigner fréquemment les enfants, même si c'est seulement avec un morceau de tissu ou une tasse d'eau. Chez les nomades, la mortalité infantile est très basse, en dépit de la rigueur de leur régime alimentaire et de la dureté du climat. Les adultes, en revanche, restent parfois des mois sans se laver. Avec le temps, on s'habitue aux couches de crasse et de sueur qui se superposent et l'odeur, extrêmement désagréable au début, s'oublie.

– Jeune Guerrier, demanda Hassan à un jeune garçon qui n'avait pas plus de huit ans, as-tu entendu parler ou vu une tour d'acier ?

Sa sœur, debout près de lui, rit. Des verrs allaient et venaient autour d'eux, se frottant contre leurs jambes.

Le jeune garçon se dirigea vers le kaiila d'Alyena.

– Descends, Esclave, lui dit-il.

Elle obéit et s'agenouilla devant lui, mâle libre. La sœur du petit garçon se cachait derrière lui. Les verrs bêlaient.

– Enlève ta capuche et déshabille-toi jusqu'à la ceinture, dit le jeune garçon.

Alyena secoua ses cheveux ; puis elle laissa tomber sa cape et retira sa chemise.

– Regarde comme elle est blanche ! dit la petite fille.

– Quitte ta jupe, dit le jeune garçon.

Alyena, furieuse, obéit.

– Comme elle est blanche ! répéta la petite fille.

Le petit garçon fit le tour d'Alyena et prit ses cheveux dans sa main.

– Regarde, dit-il à sa sœur, soyeux, fins, jaunes et longs.

Elle toucha également les cheveux. Le jeune garçon vint ensuite s'immobiliser devant Alyena.

– Lève la tête, dit-il. (Alyena le regarda.) Regarde, dit-il à sa sœur, se penchant, elle a les yeux bleus.

– Elle est blanche et laide, déclara la petite fille, se redressant et reculant.

– Non, dit le petit garçon, elle est jolie.

– Si on aime les femmes blanches, grimaça sa sœur.

– Coûte-t-elle cher ? demanda le petit garçon à Hassan.

– Oui, répondit Hassan, jeune Guerrier. Veux-tu proposer un prix ?

– Mon père ne veut pas encore que j'aie une femme à moi, répondit le petit garçon.

– Ah, fit Hassan, comprenant.

– Mais quand je serai grand, reprit-il, je deviendrai

pillard, comme toi, et j'aurai des femmes comme celle-ci. Quand je verrai celle que je veux, je l'emporterai et j'en ferai mon esclave. (Il regarda Hassan.) Elles me serviront bien et me rendront heureux.

– Elle est laide, dit la sœur du petit garçon. Son corps est blanc.

– Est-ce une bonne esclave ? s'enquit le petit garçon.

– C'est une fille stupide et misérable, répondit Hassan, et il faut la battre souvent.

– Dommage, dit le jeune garçon.

– Occupe-toi des verrs ! lança sa sœur, agacée.

– Si tu m'appartenais, dit le petit garçon à Alyena, je ne tolérerais pas le moindre écart. Je ferais de toi une esclave parfaite.

– Oui, Maître, dit Alyena, nue devant lui, les dents serrées.

– Tu peux t'habiller, dit le petit garçon.

– Merci, Maître, répondit Alyena.

Elle remit sa jupe et sa chemise, sa cape et sa capuche. Bien qu'elle puisse descendre seule de son kaiila, elle ne pouvait remonter sans aide sur la couverture qui lui tenait lieu de selle. Je mis ma main sous son pied gauche pour l'aider.

– Quel petit monstre ! me souffla Alyena, en anglais.

Je souris.

– As-tu entendu parler ou vu, jeune Guerrier, demanda Hassan, une tour d'acier ?

Le jeune garçon le regarda en riant.

– Ton esclave, Pillard, dit-il, montrant Alyena, rouge de colère, vexée, sur son kaiila, te fait du thé trop fort.

Hassan hocha poliment la tête.

– Merci, jeune Guerrier, dit-il.

Nous quittâmes le jeune garçon, sa sœur et leur troupeau de verrs. Elle était en train de le houspiller à propos des verrs.

– Tais-toi, lui dit-il, sinon je te vendrai aux pillards

du Rocher Rouge ! Dans un an ou deux, tu seras assez belle pour porter un collier.

Puis il se baissa tandis que, l'injuriant, elle lui lançait une pierre. Quand nous regardâmes à nouveau, ils poussaient leur troupeau devant eux, l'éloignant manifestement de leur camp. Les harnais de nos kaiilas ne portaient pas de clochettes.

– L'Oasis de la Bataille du Rocher Rouge, m'apprit Hassan, est un des rares points avancés que conservent les Aretai. A l'ouest et au sud, le pays appartient aux Kavars.

A midi, le lendemain, je criai :

– Il y a une oasis !

– Non, dit Hassan.

Je voyais les bâtiments, blanchâtres, avec des dômes, les palmiers, les jardins, les hauts murs de terre séchée.

Je battis des paupières. Il ne me semblait pas possible qu'il puisse s'agir d'une illusion.

– Vous ne la voyez donc pas ? demandai-je à Hassan et aux autres.

– Je la vois ! s'écria Alyena.

– Nous la voyons aussi, dit Hassan, mais elle n'existe pas.

– Tu parles par énigmes, lui reprochai-je.

– C'est un mirage, dit-il.

Je regardai à nouveau. Il me semblait improbable qu'il s'agisse d'un mirage. Je connaissais deux sortes de mirages, dans le désert ceux que voit un individu normal dans des circonstances normales, pas les mirages d'un corps déshydraté, d'un cerveau dérangé par le soleil, pas les hallucinations. Le type le plus répandu de mirage est simplement l'interprétation des ondes de chaleur, miroitant sur le désert comme les rides sur l'eau d'un lac ou d'un étang. Lorsque le ciel est réfléchi dans cet air chaud qui monte, le mirage est encore plus net parce que, dans ces conditions, la surface du lac, réfléchissant le ciel, semble bleue et, ainsi, plus semblable à l'eau. Un deuxième type de mirage, plus personnel que le premier, mais tout à fait normal, est l'interprétation d'un paysage diversifié, généralement rochers et buissons, ajouté aux ondes de chaleur, en oasis avec de l'eau, des palmiers et des bâtiments. La perception est une affaire très compliquée comportant le jeu des énergies sur les organes sensoriels et la transformation de ces énergies en un monde visuel interprété. Tout ce avec quoi nous sommes en contact, naturellement, est l'énergie appliquée aux récepteurs sensoriels. Les énergies physiques sont très différentes du « monde humain » de notre expérience, riche en couleurs, bruits et lumière. Il y a, naturellement, une convergence topographique entre le monde de la physique et le monde de l'expérience. L'évolution a produit cette convergence. Notre monde expérimental, quoique très différent de celui de la physique, est bien coordonné à lui. Si tel n'était pas le cas, nous ne pourrions nous déplacer correctement parmi les objets physiques, poser la main sur les choses que nous voulons toucher et ainsi de suite. Des systèmes sensoriels différents, comme dans des types d'organisme distincts, signifient des mondes expérimentaux différents. Tous, cependant, celui de l'homme, du coquillage, du papillon, de la fourmi, du sleen ou du Prêtre-Roi, sont convergents, quoique, peut-être, d'une manière bizarre, avec le monde physique présumé unique, singulier. Au-delà, la perception repose essentiellement sur l'interprétation d'une série d'indices, d'éléments codés, sur la base desquels nous construisons un univers unifié, cohérent, harmonieux. Bien que les yeux soient nécessaires à la vision, on ne voit pas, pour ainsi dire, avec les yeux mais, bizarrement, avec le cerveau. Si le nerf optique ou, en fait, les zones concernées du cerveau pouvaient être correctement stimulées, nous pourrions avoir des expériences visuelles sans le concours des yeux. De même, lorsque les yeux sont en parfaite condition mais les centres du cerveau inopérants, on ne peut pas voir. Peut-être est-il plus correct de parler d'un système de composants nécessaires à l'expérience visuelle mais, toutefois, il est bon de comprendre que ce qui stimule les yeux n'est pas une réalité visuelle mais un spectre de radiations électromagnétiques. En outre, ce que l'on voit n'est pas seulement fonction de ce qui existe dans le monde extérieur mais est influencé par de nombreux autres facteurs tels que, par exemple, ce que l'on a déjà vu, ce que l'on s'attend à voir, ce que les autres prétendent avoir vu, ce que l'on veut voir, la condition physique de l'organisme, son conditionnement et sa socialisation, les catégories conceptuelles et linguistiques dont dispose l'organisme, et ainsi de suite. Dans ces conditions, il n'est donc pas extraordinaire que, dans un désert, un individu calme, normal, puisse interpréter faussement des données physiques, construire une oasis, avec ses bâtiments et ses arbres, sur la base des énergies réfléchies par des ondes de chaleur dans un paysage de rochers et de buissons. Il n'y a rien d'extraordinaire dans ce genre de chose.

Mais cette expérience ne me semblait pas être un mirage. Je me frottai les yeux. Je changeai la position de ma tête. Je fermai et ouvris les yeux.

– Non, dis-je, je vois nettement une oasis.

– Elle n'existe pas, insista Hassan.

– L'Oasis de la Bataille du Rocher Rouge n'a-t-elle pas, à sa limite nord, une kasbah avec quatre tours ?

– Exact, dit Hassan.

– Dans ce cas, je la vois, dis-je.

– Non, répondit Hassan.

– Il y a des palmeraies, cinq, ajoutai-je.

– Oui, dit-il.

– Le jardin aux grenades se trouve à l'est de l'oasis, dis-je. Les jardins sont sur l'intérieur. Il y a même un petit étang, entre deux palmeraies.

– Exact, reconnut Hassan.

– C'est le Rocher Rouge, conclus-je.

– Non, répondit Hassan.

– Je ne peux pas imaginer ces choses, insistai-je. Je ne suis jamais allé au Rocher Rouge. Regarde. Il y a une seule porte, dans la kasbah qui se trouve en face de nous. Sur les tours, deux drapeaux flottent.

– Les oriflammes, dit Hassan, des Tashid et des Aretai.

– Je fais la course avec toi jusqu'à l'oasis, proposai-je.

– Elle n'est pas là, dit-il. Nous n'y arriverons pas avant demain après-midi.

– Je la vois ! protestai-je.

– Je vais parler clairement, dit Hassan. Tu la vois et tu ne la vois pas.

– Je suis heureux, grinçai-je, que tu aies décidé de parler clairement. Si tu t'étais montré obscur, je n'aurais pas compris !

– Passe devant, suggéra Hassan.

Je donnai des coups de talon dans les flancs de mon kaiila, l'engageant sur la pente douce conduisant à l'oasis. Moins de cinq ehns plus tard, l'oasis avait disparu. J'arrêtai mon kaiila. Devant moi, il n'y avait que le désert.

J'étais en sueur. Il faisait très chaud. Devant moi, il n'y avait que le désert.

– C'est un phénomène intéressant, n'est-ce pas ? demanda Hassan lorsque, avec les autres, il me rejoignit. L'oasis, qui se trouve à une soixantaine de pasangs, se reflète dans le miroir de l'air, au-dessus de lui, puis se reflète à nouveau dans les ondes de chaleur.

– C'est comme un jeu de miroirs ? demandai-je.

– Exactement, répondit Hassan, les couches d'air jouant le rôle des miroirs. Un triangle de lumière réfléchie est formé. On voit le Rocher Rouge, ou son image, à plus de soixante-dix pasangs de distance.

– C'est seulement, dans ce cas, une illusion d'optique ? demandai-je.

– Oui, répondit Hassan.

– Mais ne te semblait-il pas réel ? demandai-je.

– Naturellement, répondit-il.

– Comment as-tu su que ce n'était pas le Rocher Rouge ? demandai-je.

– J'habite le Tahari, répondit-il.

– L'as-tu vu différemment ? demandai-je.

– Non, répondit-il.

– Alors, comment pouvais-tu en être sûr ? insistai-je.

Il haussa les épaules.

– J'habite le Tahari, dit-il.

– Mais comment as-tu pu savoir ? demandai-je à nouveau.

– La distance et le temps, répondit-il. Nous n'avions pas marché assez longtemps, compte tenu de notre vitesse, pour arriver déjà au Rocher Rouge.

– En le voyant, estimai-je, le voyageur imprudent pourrait renoncer à rationner l'eau et mourir.

– Dans le Tahari, dit Hassan, il est bon d'être du Tahari pour survivre.

– Je vais essayer d'être du Tahari, décidai-je.

– Je t'aiderai, promit Hassan.

Ce fut le lendemain matin, à la onzième ahn, une ahn après le midi goréen, que nous arrivâmes à l'Oasis du Rocher Rouge.

Elle était dominée par la kasbah de son pacha, Turem a'Din, commandant des clans Tashid locaux, située à la bordure nord-est. Il y avait cinq palmeraies. A l'est de l'oasis, se trouvaient les vergers de grenades. Près du centre, s'étendaient les jardins. Entre deux palmeraies, il y avait un étang. La kasbah ne comportait qu'une seule porte. Aux sommets de ses quatre tours, flottaient des oriflammes, celle des Tashid et celle des Aretai.

– As-tu peur d'entrer dans l'oasis d'une tribu vassale des Aretai ? demanda Hassan.

– Nous sommes loin des Neuf Puits, répondis-je.

– Je crois également que ce n'est pas dangereux, estima-t-il.

Nous entrâmes lentement dans l'oasis, sur une file, comme une caravane. Il y a presque continuellement un vent très chaud, dans le Tahari. Nos burnous flottaient derrière nous, gonflés paresseusement contre les flancs de nos montures. La femme, Alyena, chevauchait près du dernier cavalier, à la place la plus humble ; elle était suivie par un des hommes de Hassan, son gardien ; il y a, en général, un garde comme celui-ci ; de temps en temps, il surveille la piste derrière les cavaliers et, naturellement, empêche les esclaves de s'échapper.

L'oasis dans laquelle nous entrions doit son nom à la Bataille du Rocher Rouge, lequel est une grosse plaque de grès rougeâtre située derrière l'oasis, au nord-est du point le plus bas. C'était le poste d'observation du commandant en chef Aretai de l'époque, Hammaran, qui lança, au moment crucial, sa cavalerie d'élite et sa garde personnelle depuis ce point, renversant le cours de la bataille. Le commandant en chef Tashid de l'époque, Ba'Arub, mourut sur le rocher de grès rouge, avec dix hommes, en essayant de rejoindre Hammaran. On raconte qu'il arriva à dix mètres de lui. Ba'Arub était, dit-on, un homme courageux. On raconte également que s'il avait soutenu le siège dans sa kasbah, Hammaran aurait finalement été obligé de se retirer. Il est difficile d'assiéger un endroit pendant longtemps, dans le Tahari. Les réserves de nourriture sont faibles, sauf à l'intérieur de la kasbah, et les convois de ravitaillement prennent longtemps et sont difficiles à protéger. Si Ba'Arub avait détruit ou empoisonné les puits publics du Rocher Rouge, ceux qui se trouvaient à l'extérieur des murs de la kasbah, Hammaran aurait été obligé de se retirer sous vingt-quatre heures, perdant peut-être la majorité de ses hommes, sur le chemin du retour. Mais, étant du Tahari,

Ba'Arub, selon la légende telle qu'on la raconte autour des feux de camp, ne voulut pas agir ainsi. On raconte qu'il arriva à dix mètres de Hammaran.

Les hommes nous regardaient avec quelque curiosité, comme cela se produit lorsque des inconnus arrivent dans une oasis, mais je ne décelai ni appréhension ni hostilité.

J'en déduisis que les guerres et les raids n'avaient pas touché le Rocher Rouge.

Un enfant, par jeu, courut près de la monture de Hassan.

– Ton kaiila n'a pas de clochettes, dit l'enfant.

– Des pillards les ont volées, répondit Hassan.

L'enfant rit sans cesser de courir près de lui.

– Nous allons chercher une auberge, décida Hassan.

La bataille du Rocher Rouge, qui a donné son nom à l'oasis, s'était déroulée plus de soixante-dix ans auparavant, en 10051, C.A., dans la sixième année du règne de Ba'Arub Pacha. Depuis cette époque, les Tashid sont une tribu vassale des Aretai. Bien qu'il y ait quelques tributs, exemption de taxe pour les caravanes des Aretai et ainsi de suite, la tribu vassale est, dans les domaines qui la concernent, presque complètement autonome, avec ses propres dirigeants, magistrats, juges et soldats. Le sens des relations est, essentiellement, ce qui ne manque pas d'intérêt, une alliance militaire. La tribu vassale est liée par les serments du Tahari, prêtés sur l'eau et le sel, et soutient les efforts militaires de la tribu conquérante en lui fournissant du ravitaillement, des kaiilas et des hommes. La tribu vassale est, en fait, une unité militaire subordonnée à la tribu conquérante qui, de ce fait, la compte parmi ses forces. Les ennemis vaincus deviennent des alliés. Les adversaires d'hier deviennent les amis d'aujourd'hui. Le vaincu du Tahari est prêt, lorsqu'on lui rend son cimeterre, à défendre son vainqueur jusqu'à la mort. Le vainqueur, par sa puissance, sa ruse et sa victoire, selon le droit du Tahari, a gagné un soldat à sa cause. Je ne connais pas bien les racines historiques de cette institution sociale étrange mais elle a pour effet, en pratique, de pacifier les zones très étendues du Tahari. La guerre, par exemple, entre les tribus expansionnistes et les tribus vassales est, quoiqu'elle arrive parfois, très rare. Une autre conséquence, peut-être malheureuse, est que les diverses tribus ont tendance à se constituer en confédérations militaires de plus en plus larges. Ainsi, si la guerre éclatait entre les grandes tribus, les tribus conquérantes, les hostilités s'étendraient au désert tout entier. C'était ce qui risquait de se produire à ce moment-là car les Aretai et les Kavars étaient deux grandes tribus. Toutes les tribus, naturellement, ne sont pas vassales ou conquérantes. Quelques-unes sont indépendantes. La guerre, incidemment, entre les tribus vassales, n'est pas inconnue. Les grandes tribus ne sont pas obligées, bien qu'elles le fassent souvent, de soutenir les tribus vassales dans leurs querelles ; les tribus vassales, en revanche, sont obligées de soutenir les grandes tribus lorsqu'elles s'opposent. Parfois, il est indiqué clairement, par messager ou proclamation, si la guerre est locale ou non entre, par exemple, les Ta'Kara et les Luraz, qui ne sont pas d'accord sur un problème donné. Dans l'ensemble, les relations entre tribus vassales et tribus conquérantes contribuent probablement davantage au maintien de la paix, dans le Tahari, qu'au déclenchement des hostilités. Il est heureux que de tels arrangements existent car les hommes du Tahari, comme les Goréens en général, sont extrêmement fiers, orgueilleux, facilement vexés, avec un sens de l'honneur extrêmement chatouilleux. En outre, comme ils aiment la guerre, un rien les pousse à enfourcher leur kaiila, le cimeterre à la main. Une rumeur ou une injure, que l'on ne prend pas la peine de vérifier, peut-être intentionnellement, peuvent suffire. Une bonne bataille, ai-je entendu les hommes du

Tahari dire, en se passant la langue sur les lèvres, justifie toutes les causes. Il est peut-être utile de mentionner ici que la raison pour laquelle Hammaran est venu au Rocher Rouge il y a soixante-dix ans n'est connue ni des Aretai ni des Tashid. La cause de la guerre est oubliée, mais ses faits d'armes sont encore racontés autour des feux. La garde de Hammaran comptait soixante-dix hommes. Quand il vit qu'il avait perdu la bataille, Ba'Arub tenta de le frapper directement. On raconte qu'il arriva à dix mètres de lui.

– Nous allons descendre ici, décida Hassan, s'arrêtant devant une auberge.

Nous mîmes pied à terre. Nous déchargeâmes nos kaiilas. De jeunes garçons vinrent prendre nos kaiilas afin de les conduire aux écuries. Deux des hommes de Hassan les accompagnèrent, afin de s'assurer que les animaux seraient bien traités. Un des hommes de Hassan aida Alyena à mettre pied à terre. A petits pas, elle vint s'agenouiller près de Hassan, la tête contre sa cuisse gauche.

– Debout, Esclave ! lui dit-il.

– Oui, Maître, répondit-elle.

Il prit une outre, encore pleine, qui contenait environ quatre-vingts litres d'eau.

– Porte ce fardeau, Esclave, dit-il.

– Oui, Maître, répondit-elle.

Il le jeta sur ses épaules. Elle eut un cri étouffé. Elle se pencha en avant, équilibrant le sac avec les mains. Il était lourd, compte tenu de sa minceur. Elle faillit perdre l'équilibre. Si elle faisait tomber l'outre, elle serait battue.

Les hommes, ensuite, rassemblèrent leurs selles, leurs armes, l'eau et leurs autres possessions. Alyena nous attendit, penchée, portant le lourd fardeau sur ses petites épaules.

Chaque homme portait sa selle. Les selles comptent beaucoup dans le Tahari, et tous les hommes protègent la leur, se préoccupant de sa sécurité. Chez les nomades, elles sont rangées chaque soir dans la tente, posées dans la partie droite de celle-ci, au fond.

L'eau que nous avions apportée avec nous ne serait pas gâchée mais, conformément à la tradition du Tahari, serait versée dans la citerne de l'auberge. De cette manière, l'eau est utilisée et, dans une certaine mesure, cela évite aux employés de l'auberge d'aller chercher de grandes quantités d'eau aux puits de l'oasis. Lorsque l'on quitte l'oasis, de même, par politesse vis-à-vis de l'auberge, et de son hospitalité, on ne remplit pas les outres à la citerne, mais aux puits publics.

Hassan, alors, portant sa selle et ses affaires, entra dans l'auberge. Nous le suivîmes, ses hommes et moi. Alyena, baissant la tête, entra la dernière dans l'auberge.

– Ici, Esclave ! lui dit un employé de l'auberge, lui indiquant le chemin de la citerne de l'auberge.

Alyena, lentement, trébuchant, le suivit. Naturellement, il ne l'aida pas. Elle vida l'eau dans la citerne. Les hommes de Hassan qui portaient également de l'eau la vidèrent aussi dans la citerne. Avant qu'Alyena revienne, l'employé lui avait retiré sa capuche, révélant ses cheveux et son visage. Il la prit par les cheveux.

– Tu es une jolie esclave, dit-il.

– Merci, Maître, répondit-elle.

Il lui tourna la tête d'un côté, puis de l'autre. Puis il la lâcha, faisant claquer les doigts et montrant ses pieds. Elle s'agenouilla devant lui, lui embrassa les pieds, ses cheveux les couvrant. Puis il s'en alla. Elle se releva et vint s'agenouiller près de Hassan, qui était assis à table, sur un banc. Elle s'agenouilla perpendiculairement à sa cuisse et posa la tête, tendrement, sur sa jambe gauche. Il lui caressa la tête et les cheveux avec une tendresse rude, touchant sa peau sous le collier.

– As-tu déjà entendu parler d'une tour d'acier ? demandait Hassan à l'aubergiste.

Personne, apparemment, au Rocher Rouge, n'avait vu ou entendu parler d'une curiosité architecturale telle qu'une tour d'acier se dressant dans le désert.

Cela irrita Hassan, et moi également, car l'Oasis de la Bataille du Rocher Rouge est la dernière oasis importante avant deux mille pasangs, en direction de l'est ; elle se trouvait, effectivement, en bordure du redoutable Pays des Dunes ; il y a des oasis, dans le Pays des Dunes, mais elles sont petites et rares et se trouvent souvent à plus de deux cents pasangs l'une de l'autre ; dans les sables, elles ne sont pas toujours faciles à trouver ; dans les dunes, on peut passer à moins de dix pasangs d'une oasis et la manquer. Il n'y a pratiquement que les caravanes de sel, dans le Pays des Dunes. Les caravanes transportant des marchandises ont tendance à suivre la bordure occidentale du Tahari ; les caravanes, cela mérite sans doute d'être mentionné, vont parfois de Tor ou Kasra à Turmas, avant-poste turien et kasbah situé sur la bordure orientale du Tahari, mais elles évitent en général le Pays des Dunes, allant vers le sud et l'est, ou vers l'est et le sud, contournant les sables. Rares sont les hommes qui, sans bonnes raisons, pénètrent dans cette région.

J'étais persuadé, tout comme Hassan, que la tour d'acier se trouvait dans le Pays des Dunes, si cet édifice extraordinaire existait effectivement.

Il semblait raisonnablement clair que, si tel n'était pas le cas, quelqu'un, nomade ou marchand, aubergiste ou conducteur, guide ou soldat, en aurait entendu parler.

Les Autres, les Kurii, avaient cessé d'importer des esclaves sur Gor. « Livrez Gor ! » avait été l'ultimatum communiqué aux Sardar. Un Kur, seul, avait été capturé, se dirigeant apparemment vers le Pays des Dunes. Un message avait été gravé sur un rocher : « Méfie-toi de la tour d'acier. » Et une messagère avait été envoyée à Samos de Port Kar. Son message, qui était apparu après qu'on lui eut rasé le crâne, était :

« Méfie-toi d'Abdul. » Seule cette partie du mystère semblait être résolue. Abdul était un humble Porteur d'Eau de Tor, probablement un agent mineur des Autres, les Kurii, qui voulait m'empêcher d'entrer dans le Tahari. Seule cette partie du mystère était résolue. Toutefois, j'ignorais qui avait envoyé le message. Je m'interrogeais sur le Kur qui, invisible, était entré dans ma cellule, aux Neuf Puits. Il avait été gravement blessé. Il ne m'avait pas tué. Ibn Saran m'avait dit que l'animal avait été abattu. Néanmoins, il y avait beaucoup de choses que je ne comprenais pas.

– Nous partirons demain matin, me dit Hassan, s'étirant. Ici, personne, apparemment, ne connaît la tour d'acier.

En fait, ce qui me surprit, la nouvelle de l'attaque, probablement perpétrée par les Aretai, de l'Oasis bakah des Deux Cimeterres, quelques jours auparavant, n'avait pas encore atteint le Rocher Rouge. Personne n'en parlait. Si les habitants avaient été au courant, cela aurait vraisemblablement constitué le sujet de conversation principal. Il me parut clair que, du moins en ce qui concernait la population, personne n'était au courant. Si les Aretai avaient effectivement attaqué, il ne me semblait pas douteux que la population se serait préparée aux représailles des Kavars. Il n'était pas étrange, naturellement, que les habitants du Rocher Rouge n'aient pas encore entendu parler de l'attaque. Cela s'expliquait simplement par le fait que personne n'avait encore apporté la nouvelle. Il n'était arrivé personne qui soit au courant de l'attaque ou soit disposé à en parler. Comme le Rocher Rouge était une oasis gouvernée par les Tashid, tribu vassale des Aretai, naturellement, aucun Bakah, ou autre membre de la confédération des Kavars, ne prendrait le risque de passer et, amicalement, de leur donner ce renseignement. En fait, ils éviteraient plutôt les oasis aretai ou sous la dépendance des Aretai, du moins jusqu'au jour où ils pourraient arriver en force, remplissant avec l'acier les politesses du Tahari.

– Je suis fatigué, dit Hassan. Je vais me retirer.

Il avait déjà envoyé Alyena dans sa chambre. Ses hommes, également, étaient logés au premier étage.

Hassan regarda autour de lui.

– Quelle heure est-il ? demanda-t-il.

Un employé de l'auberge, assis, vêtu de son tablier, sur un banc proche de la grosse horloge à sable cylindrique, y jeta un coup d'œil :

– Dix-neuf ahns passées, dit-il.

Il bâilla. Il resterait jusqu'à la vingtième heure, minuit sur Gor, puis retournerait l'horloge et s'en irait.

– Les Maîtres sont-ils contents de ma maison ? demanda l'aubergiste.

– Oui, répondit Hassan. (Puis Hassan fit remarquer :) Des soldats rentrent.

J'écoutai attentivement. Je n'avais pas remarqué le bruit. Les doigts de Hassan, sur la table, avaient surpris une subtile vibration.

J'entendis alors le grondement du galop des kaiilas.

– Les soldats ne sont pas sortis, dit l'aubergiste.

Hassan se leva d'un bond, renversant la table. Il gagna rapidement l'étage.

– N'allez pas aux fenêtres ! cria-t-il.

Mais, déjà, l'aubergiste avait fermé les volets. J'entendis Hassan crier à l'étage. J'entendis des bruits de pas. L'aubergiste se tourna vers moi, blême ; il tomba par terre, cassant la flèche fichée dans sa poitrine ; « Les Kavars par-dessus tout ! » entendis-je. Je me précipitai vers la fenêtre, frappai avec mon cimeterre et la silhouette vêtue d'un burnous, accrochée à l'appui, hurla et tomba, ensanglantée, dans le noir. Je tendis les bras pour fermer les volets. Deux flèches frappèrent le bois et les éclats m'égratignèrent la joue ; puis je tirai les volets et les fixai ; une autre flèche en transperça un, restant pendante de notre côté. L'employé de l'auberge se tenait près de l'horloge, regardant follement autour de lui. Nous entendîmes les pattes des kaiilas, leurs glapissements, rugissements, sifflements. J'entendis un homme hurler. J'entendis une porte voler en éclats mais ce n'était pas, à mon avis, celle de l'auberge.

– Les Kavars par-dessus tout, entendis-je.

– Montez, cria Hassan, sur le toit !

Je montai l'escalier, quatre marches à la fois, jusqu'au premier étage. L'employé de l'auberge, terrifié, disparut dans la cuisine.

Alyena, blême, était debout, tenue par un des hommes de Hassan.

– Suivez-moi, dit Hassan.

Les clients de l'auberge, eux, dévalèrent l'escalier. Une femme hurla.

Nous gravîmes une étroite échelle, poussâmes la trappe qui donnait sur le toit. Nous nous immobilisâmes sous les trois lunes de Gor. Le désert était blanc. En bas, dans les rues, les gens couraient, quelques-uns emportant leurs affaires.

– A la kasbah ! cria un homme.

– Réfugiez-vous dans la kasbah !

Parmi les fuyards, chevauchaient des cavaliers qui se frayaient un chemin à coups de cimeterre.

– Les Kavars par-dessus tout ! criaient-ils.

– Les Kavars ! criai-je.

Hassan me regarda follement, furieux.

– A la cour des écuries ! lança-t-il.

Nous courûmes, sur le toit, jusqu'au mur de la cour des écuries. Il cria des ordres, rapidement. On alla chercher les selles, deux hommes sautèrent dans la cour, puis coururent jusqu'à l'écurie. Je vis une flèche enflammée filer dans le ciel au-dessus des palmiers. J'entendis le bruit des haches. On entendait des hurlements, de l'autre côté du mur. La porte de l'auberge fut enfoncée. En bas, dans la cour de l'écurie, tenant les rênes de nos montures, apparurent les hommes de Hassan.

– Garde la trappe, dit Hassan à un de ses hommes.

Presque au même moment, la trappe se souleva et la tête d'un homme apparut ; l'homme de Hassan lui plongea son cimeterre dans la bouche et le retira, ensanglanté, avant de refermer la trappe.

– A la kasbah ! cria un homme, terrifié, dans la rue.

– Dans le désert ! hurla une femme. La kasbah est fermée à cause des pillards ! On meurt à la porte, succombant sous les coups de cimeterre, sans pouvoir entrer !

– Au feu ! criai-je.

Une flèche enflammée était tombée dans la cour, touchant la paille entreposée sur la droite. Un homme sauta par-dessus la porte de la cour de l'écurie. Il retomba dans la rue, frappé par la lance d'un des hommes de Hassan. La paille brûlait, à présent, dans la cour de l'écurie, les kaiilas glapissaient de frayeur. Les hommes de Hassan jetèrent leurs burnous sur les têtes des animaux. Deux d'entre eux étaient sellés.

– Regardez ! criai-je.

Deux pillards étaient montés sur le toit, bondissant depuis le dos de leurs kaiilas. Nous les attaquâmes furieusement, Hassan et moi, les faisant reculer et tomber sur la foule hurlante qui encombrait la rue. Je vis un palmier s'abattre. Quatre bâtiments brûlaient.

Une femme hurla.

La majorité des cavaliers, se frayant un chemin à coups de cimeterre, passait dans la rue.

– Leurs vêtements et leurs selles, dit Hassan, sont kavars.

Depuis le toit, nous voyions les hommes, les femmes et les enfants courir dans les palmeraies et les jardins.

Un autre bâtiment, sur notre gauche, cette fois, prit feu. Je sentis la fumée.

– L'auberge brûle, dis-je.

– Tarna ! entendis-je. Tarna !

Hassan gagna le bord du toit et regarda dans la cour en flammes de l'écurie.

– Suivez-les ! cria Hassan, montrant les deux hommes qui se trouvaient en bas, à ses autres hommes, même à celui qui gardait la trappe.

Ils gagnèrent le bord du toit et sautèrent dans la cour. En hâte, ils sellèrent leurs kaiilas. Alyena, folle de terreur, se tourna vers Hassan.

– Maître, sanglota-t-elle.

Mais il était déjà parti.

Nous courûmes à nouveau de l'autre côté du toit. Nous vîmes d'autres pillards arriver. Ils étaient répartis en plusieurs groupes, et étaient plusieurs centaines.

– A mon signal, dit Hassan, ordonne-leur d'ouvrir les portes de la cour et de fuir !

Je gagnai le sommet du mur surplombant la cour. Je vis l'homme à qui Alyena avait été passée. Elle était à présent sur son propre kaiila. Il était au milieu des autres.

– Je transmets le signal de Hassan ! lançai-je. A ce signal, fuyez !

– Il y a deux kaiilas sellés pour vous, me dit l'homme, indiquant les deux montures.

– A ce signal, lançai-je, fuyez !

– Et toi ? cria l'homme. Et Hassan ?

– A ce signal, répétai-je, fuyez !

– Préparez-vous à ouvrir les portes ! lança l'homme à deux de ses compagnons qui, à dos de kaiila, prirent position.

Ils soulèveraient les barres.

– Hassan ! hurla Alyena, Hassan !

L'un d'entre nous devait surveiller, pour choisir le moment favorable à la fuite, l'autre devait transmettre le signal.

– Hassan ! hurla Alyena, en bas.

Je souris intérieurement. Elle avait osé souiller le nom de son Maître en lui faisant franchir ses lèvres qui, quoique jolies, étaient celles d'une esclave. En général, les femmes ne sont pas autorisées à prononcer le nom de leur maître. Elles l'appellent : « Maître » lorsqu'elles s'adressent à lui ou lui répondent. Si Hassan survivait, il la battrait copieusement. Quelques maîtres, toutefois, permettent aux femmes de prononcer leur nom s'il est accompagné du titre qui leur revient comme, par exemple : « Maître Hassan. » Hassan, cependant, n'était pas aussi permissif ; il n'avait pas encore donné cette liberté à sa belle Alyena. J'étais persuadé que, s'il survivait, la jolie petite femme serait copieusement fouettée pour cet écart qui frisait l'insolence.

Il avait le bras levé. Il baissait la tête, regardant la rue. J'entendis un groupe de soldats passer dans un bruit de tonnerre. Son bras s'abaissa.

– Partez, criai-je.

Les barres furent levées ; les portes s'ouvrirent ; les burnous posés sur les têtes des kaiilas furent retirés et les animaux sortirent à toute vitesse de la cour en flammes, débouchant dans la rue.

Nous entendîmes des cris.

Quelques instants plus tard, les kaiilas et leurs cavaliers avaient disparu dans la rue.

– Il reste deux kaiilas sellés ! criai-je à Hassan. Vite !

– Prends-en un ! cria-t-il. Pars ! C'est le moment. Pars !

Mais je le rejoignis au bord du toit.

Puis un autre groupe de cavaliers passa dans la rue. Nous baissâmes la tête.

– Tu ne viens pas ? demandai-je.

– Pars ! souffla-t-il. Attends, ajouta-t-il.

Puis, en bas, dans les rues, vêtus de burnous pourpre et jaune, arrivèrent onze cavaliers.

– Tarna ! entendîmes-nous. Tarna !

Ils s'arrêtèrent, presque sous le toit. Plusieurs autres cavaliers, des pillards, étaient avec eux, derrière eux.

– Tarna ! entendîmes-nous.

Le chef des cavaliers, en burnous pourpre et bleu, se dressa sur ses étriers, regardant le carnage.

Des lieutenants faisaient leur rapport au chef. Des

ordres leur étaient donnés et, sur leur kaiila, ils s'éloignaient rapidement. Le chef, élégant, mince, énergique, était dressé sur ses étriers, le cimeterre à la main.

– Les puits ? demanda un homme.

– Détruisez-les, ordonna-t-elle.

Il s'éloigna au galop, suivi d'un groupe de cavaliers. La femme se rassit sur sa selle, son burnous gonflé par le vent, son cimeterre léger, à la courbe sournoise, en travers du pommeau.

– Détruisez les palmiers, brûlez les bâtiments ! ordonna-t-elle.

– Oui, Tarna, dirent les lieutenants ; puis ils firent pivoter leurs montures, rejoignant leurs hommes.

La femme regarda autour d'elle puis, rapidement, dans un nuage de poussière, elle lança son kaiila en direction de la kasbah. Elle fut suivie, immédiatement, par les dix cavaliers qui l'accompagnaient, et plusieurs autres cavaliers.

– Prends ton kaiila et fuis, dit Hassan.

Le toit était brûlant ; l'auberge brûlait ; sur notre droite, des flammes traversaient le toit.

– Tu ne viens pas ? demandai-je.

– Pour le moment, répondit-il, j'ai envie de voir un de ces Kavars.

– Je vais avec toi, dis-je.

– Sauve-toi, me pressa-t-il.

– Je vais avec toi, répétai-je.

– Nous n'avons même pas partagé le sel, releva-t-il.

– Je t'accompagne, décidai-je.

Il me regarda un long moment. Puis il remonta sa manche droite. Je posai les lèvres sur le dos de son poignet droit, goûtant, dans la sueur, le sel. Je lui tendis ensuite mon poignet droit et il y posa ses lèvres.

– Comprends-tu ceci ? demanda-t-il.

– Je crois, dis-je.

– Suis-moi, lança-t-il, nous avons à faire, mon frère !

Nous traversâmes le toit, qui était presque complètement en flammes, et sautâmes dans la cour de l'écurie. Nos kaiilas, attachés, la fumée leur piquant les narines, nerveux, nos couvertures de selle sur la tête, s'y trouvaient. Nous les conduisîmes dans la rue, où nous leur retirâmes leurs couvertures. Je vis le corps d'un employé de l'auberge, un peu plus loin, contre le mur du bâtiment d'en face. La vingtième heure devait être passée. L'horloge n'avait pas été retournée. Nous entendîmes le toit de l'auberge s'effondrer. Au loin, retentissaient des hurlements. Nous conduisîmes nos animaux dans les rues de l'oasis. Par deux fois, nous contournâmes des groupes d'hommes qui se battaient. A un moment donné, quatre soldats Tashid passèrent en courant.

Un peu plus tard, au bout d'une ruelle, dans la rue perpendiculaire, nous vîmes des combattants montés. Une dizaine de soldats Tashid, montés, attaquaient l'état-major des pillards. Puis ils furent repoussés, avec des lances, par des dizaines de pillards. Puis ils s'enfuirent, poursuivis par les pillards, l'état-major, en burnous pourpre et jaune, suivant. Je vis Tarna, chef des pillards, debout sur ses étriers, le cimeterre levé, encourageant ses hommes, puis se joignant à la poursuite.

– Qui êtes-vous ? cria une voix.

Nous pivotâmes sur nous-mêmes.

– Sleens Aretai ! cria l'homme.

Il monta sur son kaiila, jeta sa monture en avant. Nous bloquâmes la charge avec nos kaiilas. Les animaux glapirent et grognèrent. A cause des animaux, nous ne pûmes frapper correctement. L'homme, avec un cri de rage, fit reculer son animal et s'enfuit dans le noir. Ce n'était pas stupide de sa part. Dans la ruelle, du fait que nous étions deux, les choses auraient pu mal tourner pour lui.

– Nous l'avons manqué, dis-je.

– Il y en a d'autres, dit Hassan.

Quelques instants plus tard, nous arrivâmes au pied

d'un épais mur de terre rouge. Devant le mur, il y avait six pillards, quatre avec le cimeterre à la main. Contre le mur, à genoux, nues, le ventre pressé contre lui, la pointe des cimeterres sur le dos, entre les omoplates, le menton levé, contre le mur, les bras au-dessus de la tête, les paumes contre le mur, se trouvaient quatre belles femmes. Un homme, le cimeterre rengainé, se préparait à passer les menottes à la première ; un autre homme, le cimeterre également rengainé, déroulait une mince chaîne destinée à attacher les esclaves par le cou.

– Tal, dit Hassan, les saluant.

Ils se tournèrent vivement vers lui. Tous portaient les vêtements et l'agal des Kavars. Les selles de leurs kaiilas étaient kavars.

Ils se jetèrent sur nous, les deux derniers dégainant leur cimeterre. Lorsqu'ils arrivèrent sur nous, les quatre autres étaient à terre. Ils reculèrent, puis pivotèrent sur eux-mêmes et s'enfuirent. Nous ne les poursuivîmes pas.

Les femmes restèrent où elles étaient. Elles n'osèrent même pas tourner la tête.

Hassan en embrassa une sur la nuque.

– Oh ! s'écria-t-elle.

– Etes-vous des esclaves ? demanda-t-il.

– Non, Maîtres ! cria l'une d'entre elles.

– Dans ce cas, fuyez dans le désert, dit Hassan.

Elles se retournèrent, tassées contre le mur, essayant de se cacher.

– Mais nous sommes nues, lui remontra l'une d'entre elles.

– Fuyez ! répéta Hassan, en frappant une du plat de sa lame.

– Oh ! s'écria-t-elle, puis elle s'enfuit, suivie des autres, dans le noir.

Nous riions.

– Elles sont jolies, releva Hassan. Peut-être aurions-nous dû les garder.

– Peut-être, admis-je.

L'une d'entre elles, une petite brune aux hanches larges, aurait été très bien à mes pieds.

– Cependant, reprit Hassan, ce n'est guère le moment de passer les menottes à des femmes.

– Tu as raison, acquiesçai-je.

– En outre, releva Hassan, elles étaient bien jeunes. Dans deux ans, elles seront à point.

– D'autres les captureront peut-être, relevai-je.

Il haussa les épaules.

– Il y a toujours assez de belles jeunes femmes à asservir, assura-t-il.

– Exact, reconnus-je.

Il regarda nos quatre adversaires tombés. Les lunes et la lumière d'une torche glissée dans un anneau du mur nous éclairaient.

– Voyons, dit Hassan, s'agenouillant près d'un homme à terre.

Je le rejoignis. Hassan remonta la manche gauche.

– C'est un Kavar, dis-je.

Je vis, sur le bras gauche de l'homme, le cimeterre bleu.

– Non, dit Hassan. Regarde. La pointe du cimeterre est vers l'intérieur, en direction du corps.

– Et alors ? demandai-je.

– Le cimeterre kavar est dirigé vers l'extérieur, vers l'ennemi.

Je le regardai.

Hassan sourit. Il releva sa manche gauche. Stupéfait, je vis la marque sur son avant-bras.

– Voici, dit Hassan en souriant, la marque des Kavars.

Je vis que la pointe, comme il l'avait dit, était dirigée vers l'extérieur, vers l'ennemi.

– Tu es un Kavar ? m'étonnai-je.

– Bien sûr, répondit Hassan.

Nous pivotâmes sur nous-mêmes. Nous entendîmes un bruit très faible. Nous levâmes la tête. Nous étions au centre d'un cercle de cavaliers vêtus de burnous pourpre et jaune, derrière lesquels se trouvaient des guerriers plus simplement habillés. Des lances nous menaçaient, nous clouant au mur. Des flèches étaient pointées sur nos cœurs.

– C'est bien eux, dit l'homme que nous avions affronté dans la ruelle.

– Faut-il les tuer ? demanda un homme en burnous pourpre et jaune.

– Jetez vos armes ! dit Tarna.

Nous obéîmes.

– Relevez-vous ! dit-elle.

Nous obéîmes.

– Faut-il les tuer ? répéta l'homme.

– Levez la tête ! ordonna la femme.

Nous fîmes ce qui nous était commandé.

– Tarna ? demanda-t-il.

– Non, dit-elle. Ils sont beaux et forts. Ils m'intéressent. Prenons-les comme esclaves.

– Oui, Tarna, dit l'homme.

– Celui-ci, reprit la femme, me regardant calmement, déshabillez-le et enchaînez-le à mon étrier.

12

CE QUI ARRIVA DANS LA KASBAH DE TARNA ; NOUS DÉCIDONS, HASSAN ET MOI, DE QUITTER CET ENDROIT

Je roulai sur le dos, faisant jaillir l'eau.

C'était très agréable. La température de l'eau était peut-être un peu trop élevée. En outre, elle était parfumée. Mais cela ne me gênait pas. Il y avait des semaines que je n'avais pas pris de bain. J'appréciais cette hospitalité dans le sérail masculin de la kasbah de Tarna, femme-bandit du Tahari.

– Presse-toi, Esclave ! dit la grande femme brune, aux bras nus, vêtue d'une large robe blanche qui lui couvrait les chevilles. La Maîtresse sera bientôt prête à te recevoir.

Elle tenait quatre lourdes serviettes neigeuses, toutes d'un degré d'absorption différent. Un peu plus loin une autre femme, vêtue identiquement, replaçait sur des étagères les huiles dont j'avais été enduit avant d'entrer dans mon second bain. Je les avais à présent rincées mais je n'étais pas pressé de sortir de l'eau. Je m'y plaisais.

Hassan, vêtu d'un court vêtement de soie, était assis non loin de là.

– Ne sois pas trop triste, me dit-il.

– Ta Maîtresse, Tarna, est-elle jolie ? demandai-je à la grande femme brune.

– Sors et essuie-toi, dit la femme.

– J'ai bien besoin d'un bain, répondis-je avec un sourire.

– C'est vrai, admit-elle. Presse-toi.

Quatre jours auparavant, à l'aube, Tarna, à la tête de ses hommes, quitta l'Oasis du Rocher Rouge en flammes. Seule sa citadelle, sa kasbah, avait été imprenable. Ses palmeraies avaient été abattues, ses jardins détruits, quatre de ses cinq puits publics effondrés ou comblés. L'autre puits, par de trop nombreux hommes, avait été trop courageusement défendu. Il y avait eu entre quatre et cinq cents pillards. Lorsqu'ils quittèrent l'oasis, leurs kaiilas étaient chargés de butin. Une quarantaine d'esclaves, enchaînées, attachées les unes aux autres par le cou, avaient été capturées. Deux mâles avaient également été capturés : Hassan et moi. Quand Tarna avait quitté le Rocher Rouge, sans regarder derrière elle, droite sur sa selle, le burnous gonflé par la brise du matin, je marchais près d'elle, nu, les poignets enchaînés dans le dos, attaché par le cou à son étrier. Hassan, attaché de la même manière, était enchaîné à l'étrier d'un des lieutenants de Tarna. Avant que le soleil soit haut, et le sable brûlant, nous atteignîmes les chariots qui attendaient dans le désert. Hassan et moi, un capuchon d'esclave sur la tête, fûmes enchaînés et jetés dans un chariot, avec le reste du butin. Les femmes elles-mêmes, une fois enchaînées dans leur chariot, furent encapuchonnées. L'endroit où se trouvait la kasbah de Tarna, femme-bandit du Tahari, son repaire, était secret. Nous en étions arrivés à proximité ce matin, peu après l'aube. Les prisonniers avaient pu retirer leurs capuchons d'esclave. Puis, à nouveau, Hassan et moi, nous avions été enchaînés aux étriers. Moi à celui de Tarna, près de sa botte.

– Où sommes-nous ? demandai-je à Hassan.

La cravache d'un garde m'avait frappé sur la bouche.

– Je ne sais pas, répondit Hassan.

Il fut également frappé.

Les femmes furent enchaînées en file entre deux cavaliers, un en tête de la Chaîne, l'autre en queue. Une chaîne d'environ trois mètres de long, fixée au cou de la première, était attachée au pommeau de la selle du garde de tête ; une chaîne d'environ trois mètres de long, fixée au cou de la dernière femme, était attachée au pommeau de la selle du garde de queue. Elles étaient attachées de la sorte afin que les résidents et la garnison de la kasbah, dans la grande cour, derrière les portes, quel que soit le côté sur lequel ils se trouvent, puissent contempler sans obstacles la chair du butin. Les bâches des chariots furent également retirées, afin que les marchandises prises au Rocher Rouge puissent être vues dans leur abondance et leur richesse.

Quand la colonne de pillards arriva, grâce à un miroir, un message fut adressé à la kasbah. Ensuite, une oriflamme, une oriflamme de victoire, fut hissée sur la tour dominant les portes. Nous vîmes les portes s'ouvrir.

Soudain, Tarna donna des coups de talon dans les flancs de son kaiila et quitta la colonne au galop. La chaîne m'écorcha la nuque, je fus jeté à terre et traîné dans les buissons et la poussière, me débattant. Elle galopa une centaine de mètres, puis s'arrêta.

– As-tu de l'énergie ? Peux-tu courir ? demanda-t-elle.

Je la regardai, toussant, couvert de poussière, coupé par les buissons.

– Debout ! dit-elle, les yeux étincelant au-dessus de son voile pourpre. Je vais t'apprendre à ramper, ajouta-t-elle.

Je me levai péniblement. Elle fit alors marcher son kaiila, décrivant un grand cercle, augmentant progressivement, doucement, la vitesse.

– Excellent ! cria-t-elle.

J'appartiens à la Caste des Guerriers. Elle accéléra.

– Excellent !

Même pour un Guerrier, j'étais souple, rapide. Mon cœur battait ; je cherchais mon souffle. Elle me fit courir plus d'un pasang dans le désert.

– Incroyable ! lança-t-elle en riant.

Puis, riant toujours, elle donna des coups de talon à son kaiila et je fus à nouveau jeté à terre, les poignets attachés dans le dos, et traîné, roulant, me débattant, derrière elle. Au bout d'un quart de pasang, elle me laissa me relever puis, au trot, alors que j'étais couvert de sang, que je trébuchais, le corps tremblant, le cou brûlant, la vision trouble, elle regagna la tête de sa colonne ; je tombai à genoux dans la poussière près de son étrier.

– Lève la tête, ordonna-t-elle, Esclave !

Je levai la tête.

– Je vais te faire ramper, dit-elle. (Puis elle ajouta :) Debout !

Je me levai. Elle parut stupéfaite. Elle ne croyait pas que je pourrais me lever.

– Tu es fort, remarqua-t-elle.

Je sentis la pointe de son cimeterre sous mon menton, me forçant à lever la tête.

– J'aime faire courir les hommes à mon étrier, me dit-elle. Tu es fort. Je prendrai plaisir à te dompter !

Puis elle se tourna sur sa selle et, montrant la kasbah de la pointe de son cimeterre, elle cria :

– En avant !

Et la colonne, avec butin et esclaves, se dirigea vers le grand portail voûté de la forteresse du désert. Avec intérêt, je remarquai qu'il y avait, en fait, deux kasbahs. La deuxième, plus grande, se dressait à environ deux pasangs à l'est de l'autre. J'ignorais à qui appartenait cette grande kasbah.

Bientôt, Tarna, avec ses hommes, son butin et ses esclaves, franchit le portail de la forteresse du désert. Elle leva les bras et son cimeterre, répondant aux acclamations.

– Presse-toi, Esclave ! dit la grande femme brune, aux bras nus, vêtue d'une ample robe blanche qui lui couvrait les chevilles. La Maîtresse sera bientôt prête à te recevoir.

– Ta Maîtresse est-elle jolie ? lui demandai-je.

Je n'avais pas, à cause du voile pourpre que portait Tarna, qu'elle avait enroulé autour de sa tête, bien vu son visage. Ce que j'avais vu me semblait non seulement joli, mais beau. J'étais convaincu que c'était une femme orgueilleuse et magnifique. Naturellement, je n'avais pas pu, à cause des vêtements amples et masculins qu'elle portait, juger des courbes de son corps. On ne peut juger de la beauté d'une femme que lorsqu'elle est nue, comme les esclaves sont vendues.

– Elle est laide comme un sleen des sables ! répliqua sèchement la femme. Presse-toi.

– Nous n'avons jamais vu notre Maîtresse, intervint l'autre femme, elle aussi vêtue d'une longue robe, qui était responsable des huiles de bain.

– Presse-toi, Esclave ! lança la première femme, sinon nous appellerons les gardes et tu seras battu !

Elle regarda autour d'elle avec inquiétude. Je compris qu'elle serait certainement tenue pour responsable si je n'étais pas prêt à temps pour le plaisir de sa maîtresse. Je vis l'autre femme préparer une légère tunique de soie rouge et un collier de perles jaunes qui m'étaient sans doute destinés.

– Sors, à présent, dit-elle. Et sèche-toi.

Je roulai dans l'eau. J'avais bien mangé. J'avais beaucoup dormi, depuis le matin. Je me sentais rafraîchi et reposé. Une longue chevauchée à dos de kaiila m'attendait, cette nuit.

– Quel est, demandai-je à la femme, le sort réservé aux femmes capturées au Rocher Rouge ?

– Déjà, répondit-elle, gardées, dans des chariots, elles sont en route pour le Marché de Tor, où elles seront vendues.

– Y a-t-il quelques femmes, dans la forteresse ? demandai-je.

– Il y en a, naturellement, quelques-unes, répondit-elle ; pour les hommes.

– Où ? m'enquis-je.

– Dans les niveaux inférieurs de la kasbah, répondit-elle.

– Mais tu n'es pas ici pour les hommes ? demandai-je.

– Non, bien sûr ! répondit-elle, furieuse.

Quelques hommes appartenant à Tarna étaient assis dans la pièce, vêtus de tuniques en soie, portant parfois des bijoux, nous regardant avec curiosité, Hassan et moi. Quelques-uns étaient plutôt tristes. L'un d'entre eux, un peu plus tôt, un type avec un collier de rubis, avait dit :

– Je suis manifestement plus beau que lui.

Il faisait allusion à moi. Je supposai que c'était vrai. En revanche, Hassan et moi avions l'avantage de la fraîcheur et de la nouveauté. J'étais heureux d'avoir été choisi pour la nuit. Je trouvais le sérail masculin agréable mais ne voulais pas y rester plus longtemps que nécessaire.

– Je ne comprends pas comment il se fait, avait dit Hassan, que ce ne soit pas moi qui aie été choisi pour le plaisir de la Maîtresse.

– Je suis sans doute plus fascinant, répondis-je.

– On ne peut expliquer le goût des femmes, avait-il souligné.

– C'est exact, dis-je. J'ai remarqué qu'Alyena te préfère à moi.

– C'est vrai, opina-t-il.

– Bien entendu, fis-je remarquer, ce n'est qu'une esclave.

– Il est vrai que ce n'est qu'une esclave, acquiesça-t-il, mais c'est également une jeune femme extrêmement intelligente.

– C'est exact, reconnus-je.

Les Marchands d'Esclaves des Kurii, les Autres, sélectionnaient, entre autres, en fonction de l'intelligence des victimes. Les deux critères principaux, compte tenu de ce que j'ai pu constater, sont la féminité et l'intelligence. Ces deux caractéristiques, hormonale et intellectuelle, produisent presque toujours une beauté vulnérable, fragile, vive, sensible, presque toujours prête pour le collier. Les femmes extrêmement intelligentes et féminines, comme presque tous les Goréens le savent, sont d'excellentes esclaves. Les Goréens s'intéressent peu aux femmes stupides, bien que quelques-unes soient sexuellement attirantes, ou masculines. Les femmes stupides sont trop stupides pour être de bonnes esclaves et les femmes masculines ne sont même pas des femmes. Mais la véritable femme, prisonnière éveillée, impuissante, de ses instincts et de son sang, avec un esprit fin, un esprit profond, beau, sensible, imaginatif et inventif, est ce que les Goréens veulent, la tête baissée, à leurs pieds. Qui voudrait passer son collier à un objet moins précieux ?

– Pourtant, suggérai-je, Tarna ne semble pas stupide.

– Non, reconnut-il, c'est vrai.

– Et c'est moi qui ai été choisi, fis-je remarquer.

– On ne peut expliquer le goût des femmes, souligna-t-il. Alyena, par exemple, ajouta-t-il, qui est meilleure, me préfère.

– Je n'ai pas vu Tarna nue et attachée à un anneau d'esclave, relevai-je. Je ne sais pas si Alyena est ou non meilleure.

– Supposons qu'elle le soit, proposa Hassan.

– Très bien, acquiesçai-je.

– Elle me préfère, dit-il.

– On ne peut expliquer le goût des femmes, rappelai-je.

A ce moment-là, deux femmes bras nus, en robe blanche, étaient venues me chercher pour m'emmener dans mon bain.

– Cela te déplaît, Ali ? demanda un des hommes vêtus de soie.

– Non, pas du tout, répliqua sèchement la femme vêtue de blanc, avec ses serviettes.

Je nageai jusqu'au bord de la piscine et la regardai.

– Comment t'appelles-tu ? demandai-je.

Elle recula.

– Ali, répondit-elle.

– C'est un nom d'homme, relevai-je, ou de garçon.

– Ma Maîtresse, répondit la femme, me donne le nom qui lui plaît !

Elle était en colère.

L'homme qui avait parlé rit.

– Tais-toi, Fina ! fit-elle sèchement.

Il blêmit. Il baissa la tête.

– Oui, Maîtresse, dit-il.

– Fina, relevai-je, est un nom de femme, ou de fille.

– La Maîtresse, répondit-elle, aime donner les noms qui lui plaisent.

Elle adressa un bref regard aux hommes vêtus de soie.

– Ils ont tous des noms de femmes ou de filles. (Elle nous foudroya du regard, Hassan et moi.) Vous aussi serez bientôt dans le même cas. (Puis elle cria :) Allez dans vos alcôves, Esclaves ! Allez !

Les hommes, dont quelques-uns parurent effrayés, à l'exception de Hassan qui resta assis, déconcerté, au bord de la piscine, gagnèrent leurs minuscules alcôves.

Les deux femmes en blanc, je commençais à le comprendre, dominaient le sérail, un peu comme des eunuques, le gouvernant et imposant une discipline harmonieuse aux esclaves. Leur parole, prononcée impérieusement, avec l'assurance du pouvoir absolu, probablement soutenue par les fouets et les cimeterres des gardes postés dehors, était la loi des occupants du sérail ; lorsqu'elles parlaient, les hommes obéissaient ; lorsqu'elles parlaient durement, les hommes avaient peur ; dans le sérail, soutenues par la puissance des gardes de Tarna, ces deux belles femmes dominaient les hommes ; elles méprisaient manifestement les mâles vêtus de soie dont elles avaient la charge, surtout la grande brune ; sans se cacher, elle les écrasait de son mépris.

On frappa à la porte du sérail, au bout du couloir.

– Vite ! cria la femme. Ils viennent te chercher. Sors ! Sèche-toi !

Je tendis le bras et, sans quitter la piscine, lui pris la cheville gauche. L'autre femme, qui s'occupait de la tunique de soie rouge, et du collier de perles, retint son souffle. Je regardai la grande femme.

– Tu ne portes pas de collier, relevai-je.

– Non, répondit-elle. (Puis elle ajouta :) Lâche ma cheville, sleen insolent !

– Cette cheville ne me semble pas masculine, dis-je.

Je serrais sa jolie cheville.

– Lâche-moi, dit-elle.

Autour de sa cheville, un anneau métallique était soudé.

– Qu'est-ce que c'est ? demandai-je.

– C'est ainsi que Tarna marque les esclaves femelles de son sérail, répondit la femme. Lâche-moi.

Les coups se firent plus forts.

– Lâche-moi ! cria-t-elle. Je vais te faire fouetter.

– Mais alors, je ne serai peut-être pas prêt à temps pour la Maîtresse, fis-je remarquer.

– Demain, je te ferai battre à mort, cracha-t-elle.

– Dans ce cas, dis-je, ce soir, je devrai expliquer à la Maîtresse pourquoi je ne peux pas lui donner beaucoup de plaisir.

La femme blêmit.

– Tu m'as séduit, expliquai-je.

– Non ! Non ! cria-t-elle.

– Quel était ton nom de femme ? demandai-je.

– Lana ! cria-t-elle, désespérée. (Elle tenta de se dégager.) Lâche-moi !

Des gardes ouvrirent la porte extérieure.

– Ils seront prêts dans un moment ! cria-t-elle. Je t'en prie.

Je lâchai sa cheville et me hissai, trempé, hors de la piscine.

Elle me jeta les serviettes, presque frénétiquement. Nous entendîmes les gardiens s'arrêter derrière la porte intérieure et parler avec les deux hommes qui la gardaient.

– Sèche-toi, dit-elle.

Je levai les bras.

– Sèche-moi, Lana, dis-je.

– Sleen ! cria-t-elle.

Je regardai le sérail. Il était joli. Il y avait de minces colonnes de marbre décorées, de nombreuses voûtes et sculptures, beaucoup de tentures, des dalles de marbre, sur le sol, et des mosaïques. Il était haut de plafond, grand, beau. Je regrettai de ne pas avoir davantage de temps à y passer.

– Sleen, sanglota la femme, commençant à me sécher avec la première serviette. Aide-moi ! cria-t-elle à l'autre femme, qui avait peur.

– Non, dis-je, seulement toi, Lana.

En larmes, furieuse, Lana me frotta avec la serviette.

– Oh ! cria-t-elle, car je l'avais prise dans mes bras. (Je lui serrai la taille. Elle rejeta la tête en arrière.) Non ! cria-t-elle. Es-tu fou ? Je suis la Maîtresse du Sérail. Non !

Les crochets ayant cédé, son vêtement tomba par terre.

– Ton corps non plus n'est pas celui d'un mâle, relevai-je à nouveau.

– Je t'en prie, sanglota-t-elle.

J'embrassai ses seins, car ils étaient beaux.

– Je suis la Maîtresse du Sérail, sanglota-t-elle.

Je l'embrassai sur la bouche, l'immobilisant.

– Non, dis-je. Tu n'es qu'une belle esclave.

Je la lâchai et, maladroitement, en hâte, elle me sécha. Quand elle eut terminé, elle était à mes pieds, les essuyant. Je la relevai et lui appuyai le dos contre une des minces colonnes de marbre froid qui soutenaient le toit voûté du sérail. Je me serrai contre elle, nos lèvres à un centimètre les unes des autres. Du bout des doigts, je caressai les côtés de son cou.

– Ce cou, dis-je, est aristocratique et beau. Un collier lui irait bien.

Elle me regarda dans les yeux.

– J'aimerais porter le tien, souffla-t-elle, Maître.

Je l'embrassai.

J'entendis le verrou de la porte intérieure. L'autre femme me jeta la tunique de soie rouge et je l'enfilai, sans mettre le collier de perles jaunes.

La porte s'ouvrit. Deux gardes entrèrent, vêtus de burnous pourpre et jaune.

– L'esclave est-il prêt ? demanda un garde, regardant autour de lui.

– Que se passe-t-il ? demanda l'autre, contemplant la beauté exposée de Lana, Maîtresse du Sérail.

Effrayée, les mains devant la bouche, elle s'appuya contre la colonne.

– Elle va prendre un bain, leur dis-je.

J'allai près d'elle, la pris par le bras gauche, au-dessus du coude, puis par la cheville, et la jetai la tête la première dans la piscine.

Je regardai Hassan et l'autre femme.

– Je reviendrai bientôt, promis-je.

– Très bien, répondit-il, se dirigeant vers l'autre femme.

– La Maîtresse, prévint un garde, retient ses mâles longtemps.

La tête de Lana, crachant, clignant des yeux, sortit de l'eau.

– Ce soir, ce sera différent, répliquai-je. (Je me tournai vers Hassan.) Tiens-toi prêt, lui dis-je. Une longue chevauchée nous attend, cette nuit.

– Très bien, répondit-il.

Les gardes me regardèrent comme si j'étais fou. Il

se tenait à présent presque exactement derrière l'autre femme, celle qui était responsable des huiles.

– Dépêchons-nous, dis-je aux gardes. Il ne faut pas faire attendre la Maîtresse.

– Il est pressé ! s'exclama un garde.

– Il est stupide ! fit l'autre en riant.

Lana, trempée, la tête baissée, sortit de l'eau. Je vis Hassan estimer la distance séparant les deux femmes.

Je franchis rapidement la porte intérieure du sérail.

– Votre Maîtresse est-elle jolie ? demandai-je aux gardes qui m'emboîtèrent le pas.

– Elle est laide comme un sleen, gronda l'un d'entre eux.

Il verrouilla la porte derrière lui, fermant le sérail à clé de l'extérieur. Je notai que deux gardes se tenaient devant la porte. Au bout du couloir, après cinquante mètres de dalles et de tentures, se dressait la porte extérieure. Ils frappèrent et elle fut ouverte de l'extérieur. Elle était également gardée par deux hommes.

– Franchement, dis-je, votre Maîtresse est-elle jolie ?

– Elle est aussi laide qu'un sleen, répondit le garde.

– Je m'appelle Tarna, dit la femme.

Elle était allongée sur un large canapé, dressée sur le coude, et me détaillait.

Je regardai la pièce. Je gagnai la fenêtre et regardai dans la cour.

– Le sol, dit-elle, est à vingt mètres.

J'examinai les murs, la porte.

– La porte, dit-elle, par les gardes qui se trouvent dehors, n'est ouverte que sur mon signal.

» Viens, reprit-elle, au pied de ma couche.

– Nous sommes seuls ? demandai-je.

– Il y a des gardes derrière la porte, répondit-elle, troublée.

– C'est acceptable, dis-je.

Je la considérai.

– Tu es un esclave bizarre, fit-elle remarquer.

Elle était couchée, appuyée sur le coude. Elle portait une ample robe, jaune, légère, de soie turienne ; elle était fine et, avec son décolleté, ainsi que sur les hanches, ne la dissimulait guère. Ses cheveux étaient noirs, longs, riches, et le coussin jaune les mettait en valeur.

Je constatai avec satisfaction qu'elle n'était pas aussi laide qu'un sleen des sables. Je constatai avec joie, au contraire, qu'elle était très belle. Ses yeux étaient très noirs.

– Je te possède, dit-elle.

– Une longue chevauchée m'attend, cette nuit, dis-je.

– Tu es un esclave étrange, reprit-elle.

– Il y a une autre kasbah, dis-je, à moins de deux pasangs d'ici. A qui appartient-elle ?

– Cela n'a aucune importance, fit-elle. Ton état d'esclave te plaît-il ? demanda-t-elle.

Il y avait des draps de soie rouge, sur la couche où elle était allongée. Au pied, il y avait un anneau d'esclave.

– A mon avis, conformément à la Loi des Marchands et à la coutume du Tahari, dis-je, je ne suis pas un esclave car, quoique je sois prisonnier, je n'ai pas été marqué, ne porte pas de collier et n'ai fait aucun acte de soumission.

– Mon bel esclave insolent ! souligna-t-elle.

Je haussai les épaules.

– Me trouves-tu jolie, demanda-t-elle, sans les vêtements masculins que je portais dans le désert ?

Je la regardai.

– Oui, répondis-je.

Je constatai qu'elle avait une cravache à la main.

– Je suis la Maîtresse, appuya-t-elle.

– Tu es très belle, dis-je. Tu devrais être une esclave.

Elle rejeta la tête en arrière.

– Esclave insolent, fit-elle. Tu me plais. Tu sembles différent des autres. Peut-être vais-je même renoncer à te donner un nom de femme.

– Peut-être, reconnus-je.

– Je me demande parfois, rêva-t-elle, quel effet cela fait d'être une femme.

– De toute évidence, tu es une femme, dis-je.

– Suis-je séduisante ? demanda-t-elle.

– Oui, répondis-je.

– Sais-tu que, avec le cimeterre, demanda-t-elle, je suis très adroite, plus adroite que n'importe quel homme ?

– Non, répondis-je, je ne le savais pas.

– Mais je me demande parfois, reprit-elle, quel effet cela fait d'être une femme.

Je souris.

– Une vraie femme, ajouta-t-elle, à la merci d'un homme.

– Oh ? demandai-je.

Je regardai la pièce. Il y avait, çà et là, dans des coffres, des écharpes et des cordes dont dépendaient les tentures.

Il faudrait s'occuper des gardes.

Puis son comportement changea. Elle devint arrogante, furieuse.

– Sers-moi du vin, Esclave ! ordonna-t-elle.

Je gagnai la petite table et, avec un récipient courbe, emplis une petite tasse de vin. Je la lui donnai. Elle s'assit au bord de la couche et but à petites gorgées. Puis son regard devint irrité.

– J'ai donné l'ordre, dit-elle, que tu me sois présenté ce soir avec des perles jaunes d'esclave. Je vois que je devrai faire fouetter la Maîtresse du Sérail demain matin.

– Non, dis-je. Je les ai, à l'intérieur de ma tunique.

– Sors-les, dit-elle.

– Non, répondis-je.

Elle posa sa tasse de vin.

– Non ? demanda-t-elle.
– Non, répondis-je.
Elle rit.
– Mais tu pourrais être fouetté, releva-t-elle. Torturé, détruit.
– J'en doute, dis-je.
– A genoux sous le fouet ! ordonna-t-elle.
Elle leva sa cravache.
– Non, répondis-je.
Elle recula. Elle ne tenta pas de me frapper.
– Je ne comprends pas, dit-elle. Tu te rends certainement compte que, dans cette pièce, dans cette kasbah, au Tahari, tu m'appartiens et tu dois faire ce que j'ordonne. J'ai tous les pouvoirs sur toi ! Tu es mon esclave, totalement.
– Non, dis-je.
– Quel esclave fantastique tu es ! s'exclama-t-elle. Je ne sais si je dois ou non te faire tuer. (Elle me regarda.) Tu n'as donc pas peur ?
– Non, répondis-je.
– Tu es différent, reconnut-elle, différent de tous les autres. Je dois être prudente. Je ne suis même pas sûre qu'il soit bon de te briser, de te faire gémir et ramper.
Elle paraissait très pensive.
Je me servis une petite tasse de vin, bus puis la remis sur la table.
– Tu es belle, dis-je, la regardant. Tes lèvres, ajoutai-je, sont intéressantes.
Elles étaient un peu pleines, saillantes, boudeuses. Elles s'écraseraient bien sous les dents d'un homme.
– Comment cela ? demanda-t-elle.
– Un maître pourrait les faire saigner sans peine, dis-je.
Ses yeux lancèrent des éclairs.
– Va près de l'anneau d'esclave ! ordonna-t-elle.
– Non, répondis-je.
Elle recula, comme abasourdie.
– Je vais appeler les gardes, prévint-elle.

– Fais-le, suggérai-je.

Mais il était clair qu'elle n'en avait pas envie.

– Tu ne m'obéis pas, fit-elle.

– Tu es une femme, dis-je, c'est à toi d'obéir.

– Sleen insolent ! cria-t-elle, pivotant sur elle-même, sa robe tournoyant. Sleen insolent ! (Puis elle se tourna vers moi.) A présent, je vais appeler les gardes, décida-t-elle. Ils vont entrer et te détruire.

– Mais, dans ce cas, relevai-je, tu ne sauras pas ce que c'est qu'être une femme... à la merci des hommes.

Elle gagna la fenêtre, furieuse, et regarda les murs de la kasbah, les sables argentés par la lumière des trois lunes. Dans le ciel, les étoiles brillaient.

Elle se tourna vers moi, les poings crispés, serrant la cravache dans le poing droit.

– Tu as sûrement déjà eu envie de savoir ce que c'est qu'être une vraie femme, à la merci des hommes ?

– Jamais ! cria-t-elle. Jamais. Je suis Tarna. Je n'ai pas de telles pensées. Je suis Tarna. Je suis Tarna !

Elle se tourna vers la fenêtre.

– Appelle les gardes, alors, suggérai-je.

Elle se tourna à nouveau vers moi.

– Apprends-moi à être une femme, dit-elle.

– Viens, l'invitai-je.

Elle vint s'immobiliser devant moi ; furieuse. Je tendis la main. Elle la regarda. Puis, lentement, elle posa la longue cravache souple dans ma main.

– Oserais-tu me frapper ? demanda-t-elle.

– Si tu n'obéis pas, dis-je.

– Tu le ferais, souffla-t-elle. Tu le ferais.

– Oui, dis-je.

– J'obéirai, accepta-t-elle.

Je jetai la cravache dans un coin, par terre. Elle glissa sur les dalles. Elle la regarda.

– Va chercher la cravache, dis-je.

Elle obéit et la remit dans ma main.

– Tourne sur toi-même, dis-je. Va t'allonger sur la couche.

Ses épaules frémirent de colère. Mais elle pivota sur elle-même, gagna la couche et s'allongea dessus.

Je la laissai là pendant quelques instants. Je la regardai dans les yeux. Je fus persuadé, en regardant ses yeux, et compte tenu de sa respiration, que si je touchais son corps, intimement, ma main serait chaude et mouillée par l'impuissance de son excitation. J'avais rarement vu une femme aussi prête.

Je compris que Tarna attendait depuis longtemps d'être une femme.

Je jetai la cravache.

– Tu ne veux pas de la cravache, s'étonna-t-elle, pour me faire obéir ?

– Va la chercher, dis-je.

Elle se leva, tenant à peine debout, penchée, tellement son désir la tourmentait.

– Non ! l'arrêtai-je.

Elle me regarda.

– A genoux, précisai-je, entre les dents.

Elle rampa jusqu'à la cravache et, penchant la tête sur le côté, la prit entre les dents. Puis, à quatre pattes, elle me la rapporta. Je la lui arrachai rudement de la bouche.

– Sur la couche ! ordonnai-je.

– Oui, Guerrier, souffla-t-elle, grimpant à nouveau sur les draps écarlates.

Je posai la cravache près de la couche, à portée de la main. Je ne pensais pas qu'il serait nécessaire de l'utiliser.

Je gagnai un des coffres et en sortis deux écharpes.

– Que vas-tu en faire ? demanda-t-elle.

– Tu verras, répondis-je.

Je les posai près d'elle, sur l'oreiller.

– Tu m'as envoyée chercher la cravache, dit-elle, à quatre pattes, entre les dents, comme si j'étais un sleen.

– Tu es un sleen, dis-je. Tu seras traitée en tant que tel.

– Je n'ai pas l'habitude, énonça-t-elle, d'aller chercher les cravaches entre les dents pour les hommes.

– Si tu connaissais davantage d'hommes, dis-je, de vrais hommes, tu en aurais l'habitude.

– Je vois, fit-elle.

– Le sleen, repris-je, est un animal sinueux, beau et extrêmement dangereux. On ne peut manifester la moindre faiblesse, avec cet animal. Il s'attaquerait à son maître. Il faut le contrôler parfaitement.

– Et si on le contrôle parfaitement ? demanda Tarna.

– Dans ce cas, c'est un animal familier superbe et très agréable.

– Suis-je un sleen ? demanda-t-elle.

– Oui, répondis-je.

– Et, ajouta-t-elle, suis-je ton sleen, qu'il faut contrôler parfaitement ?

– Bien sûr, dis-je.

– Tu es un monstre, souffla-t-elle.

– Oui, répondis-je.

– Si j'étais un sleen, rêva-t-elle, se lovant sur l'oreiller, je crois que j'aimerais avoir un maître tel que toi.

– Tu es un sleen, dis-je.

– Et toi ? demanda-t-elle.

– Je suis ton Maître, répondis-je.

– Contrôle-moi parfaitement, Maître, dit-elle.

– C'est ce que je vais faire, répondis-je.

Elle me regarda, les lèvres entrouvertes, les yeux brillants.

– Je te donne la permission, dit-elle, de faire ce que tu veux de moi.

– Je n'ai pas besoin de ta permission, précisai-je.

Ses mains étaient près de sa tête, sur l'oreiller.

– Que vas-tu faire de moi ? demanda-t-elle.

– Tu verras, répondis-je.

Je m'immobilisai près de la couche, la dominant, la regardant.

Je vis qu'elle avait envie de parler. J'attendis. Elle se leva sur les coudes.

– Je ne me suis jamais sentie ainsi, dit-elle.

Je haussai les épaules. Ses sentiments ne m'intéressaient pas.

– Tu es différent des autres, souffla-t-elle, de ceux qui sont dociles et faibles.

– C'est la femelle qui est faible, soulignai-je, la femelle qui est docile.

– Et le sleen ? demanda-t-elle avec un sourire.

– Tu n'es pas véritablement un sleen, dis-je.

– Ah ? fit-elle. Que suis-je donc ?

– Que ressens-tu ? demandai-je.

– J'ai des impressions étranges, répondit-elle, que je n'ai jamais eues. (Elle me regarda.) Je me sens, devant toi, ajouta-t-elle, faible, vulnérable. Je veux être dominée par toi, et serrée. J'imagine que les esclaves éprouvent de tels sentiments devant un maître puissant.

Je souris.

– Tu es tellement différent, releva-t-elle, tellement différent des autres, qui sont faibles et dociles.

– C'est toi qui es faible, soulignai-je.

Je lui immobilisai les mains, sous les miennes, près de la tête. Elle ne pouvait se dégager.

– Oui, répondit-elle, je suis faible.

Elle me sourit.

– Et c'est toi, ajoutai-je, qui seras docile.

– Oui, répondit-elle, je serai docile.

Je lui lâchai les mains et la regardai.

– Oui, dit-elle, je suis impuissante. Je serai docile.

– Tu serais une jolie esclave, estimai-je.

– Vraiment ? demanda-t-elle.

– Oui, répondis-je.

– Que vas-tu faire de moi ? s'enquit-elle.

– Tu verras, répondis-je.

– Je te supplie de m'accorder une faveur, dit-elle, Guerrier.

– Que veux-tu ? demandai-je.

– Ce soir, je t'en prie, Guerrier, dit-elle, ce soir, laisse-moi être véritablement une esclave. Traite-moi non comme ta Maîtresse mais comme une simple esclave que tu posséderais, à ta merci. Je t'en prie, Guerrier, traite-moi comme une esclave.

– Oh ? fis-je.

– Apprends-moi, supplia-t-elle, à être femme.

– Je n'ai pas le temps, dis-je.

Elle me regarda, désespérée.

– Une longue chevauchée m'attend, cette nuit, dis-je.

Saisissant une écharpe, que j'avais subrepticement roulée en boule, je la lui enfonçai rapidement, profondément, dans la bouche. Elle ne pouvait plus parler et se débattit, seuls de petits bruits étouffés sortant de sa bouche. A genoux au-dessus d'elle, lui immobilisant les bras contre les flancs, avec l'autre écharpe, je la bâillonnai solidement. Tenant ensuite ses deux mains dans ma main gauche, je la traînai dans un coin de la pièce où, avec la main droite, j'arrachai les cordes qui servaient à soutenir les tentures volumineuses, drapées, décorant les murs. Ensuite je la jetai près de l'anneau d'esclave et, avec les cordes, lui attachai les poignets dans le dos, passant ensuite la corde dans l'anneau et lui croisant puis lui liant les chevilles, avant de les tirer près de ses poignets. Ensuite je la mis à genoux, pieds et poings liés, près de l'anneau d'esclave. Elle se tourna péniblement vers moi, se tortillant, les yeux étincelants de rage.

Je regardai la porte, estimant la distance.

Rapidement, je détachai le bâillon. Puis, très vite, afin d'être en position, je gagnai la porte. La tête baissée, furieuse, Tarna s'efforça de cracher la boule de tissu qu'elle avait dans la bouche. Cela lui prit un peu plus longtemps que je ne l'avais prévu, mais cela ne mettait pas mon plan en péril. Elle cracha la boule d'écharpe mouillée. Elle rejeta la tête en arrière.

– Gardes ! cria-t-elle. Gardes !

Un instant plus tard, la porte s'ouvrit et deux gardes, le cimeterre à la main, entrèrent dans la pièce.

Ils virent Tarna attachée à l'anneau d'esclave. Ils s'immobilisèrent, stupéfaits. J'étais derrière eux. Je les pris par le cou et, en un instant, avant qu'ils aient pu réagir, frappai les deux têtes l'une contre l'autre, abattant les deux hommes.

Je fermai la porte.

Tarna me regardait, désespérée.

– Tu m'as trompée, dit-elle, tirant sur l'anneau.

J'enfonçai de nouveau profondément l'écharpe dans sa bouche, la fixant avec le bâillon.

– Oui, dis-je.

Je traînai les deux gardes inconscients dans un coin. J'enfilai les vêtements de l'un d'entre eux et attachai les deux hommes, les bâillonnant eux aussi. Je jetai une tenture luxueuse sur eux.

Je gagnai rapidement la porte et, l'entrouvrant, regardai dehors.

Je me tournai à nouveau vers Tarna. Elle était furieuse. Elle se débattait. Naturellement, elle avait été attachée par un Guerrier. Elle ne pouvait rien faire. Près de la tunique de soie rouge que j'avais jetée par terre, lorsque j'avais enfilé les vêtements du garde, je vis les perles d'esclave, vulgaires et rondes, le collier que j'avais refusé de mettre.

Tarna se tassa sur elle-même. Elle secoua la tête. Je ramassai le collier, qui avait cinq rangs de perles et, m'agenouillant près d'elle, baissant sa robe sur ses épaules, pour qu'il se voie mieux, le lui passai au cou. Ensuite je posai un grand miroir en face d'elle, de l'autre côté de la pièce, afin qu'elle puisse se rendre compte comme elle était belle.

– Ne te débats pas trop, lui conseillai-je, sinon, quand les hommes viendront, ils te trouveront nue jusqu'aux cuisses.

Je ne compris pas ce qu'elle dit, mais c'était sans doute aussi bien.

– Je reviendrai peut-être un jour, ajoutai-je, pour te réduire en esclavage.

Elle se tortilla dans ses liens, tirant dessus, enragée, puis s'arrêta soudain, furieuse ; un mouvement supplémentaire et elle se serait retrouvée nue.

Je lui envoyai un baiser, à la manière goréenne, du bout des doigts.

Ses yeux étaient déments, au-dessus du bâillon, enragés, furieux.

Peut-être reviendrais-je un jour et la réduirais-je en esclavage. A mon avis, elle serait une esclave agréable.

Je fermai la porte.

Je traversai rapidement le palais, me souvenant du chemin que j'avais emprunté avec les gardes lorsqu'ils m'avaient conduit au boudoir de Tarna, Maîtresse redoutée de la kasbah.

Il était tard et je rencontrai peu de gardes. Le voile était haut sur mon visage, comme si j'étais un messager incognito. Mes vêtements suffisaient à m'ouvrir le passage.

A la porte extérieure du sérail, je prétendis que je devais conduire l'esclave Hassan chez Tarna.

Je fus admis. A la porte intérieure, je fus arrêté.

– J'ai cette lettre, dis-je, cherchant sous ma djellaba.

La lettre était le dos de ma main, remontant vers la droite tandis que mon poing gauche frappait violemment le diaphragme de l'homme. Il ne fit pas le moindre bruit, se plia en deux. Avant que l'homme qui se trouvait à ma droite ait pu récupérer, ou dégainer son arme, je l'avais assommé ; ensuite, tranquillement, je fis la même chose avec l'autre. Je les bâillonnai et les attachai.

Ensuite, j'ouvris la porte du sérail.

– Salut, dit Hassan.

– Salut, répondis-je.

– Tout s'est bien passé ? demanda-t-il.

– Oui, répondis-je. Tout est-il en ordre, ici ? m'enquis-je.

– Apparemment, oui, répondit-il.

J'entendis les voix étouffées des deux Maîtresses de Sérail, Lana et celle qui était responsable des huiles.

Elles étaient bâillonnées et attachées avec des bandes de leurs robes blanches. Elles étaient debout, nues, chacune contre une des minces colonnes de marbre qui soutenaient les voûtes du sérail ; elles avaient les poignets attachés derrière elles, de l'autre côté de la colonne. Elles émettaient des protestations étouffées ; leurs yeux étaient désespérés, au-dessus des bâillons.

Il y avait une tache rougeâtre sur l'intérieur de la cuisse d'une des femmes, la responsable des huiles.

– Elle était vierge, fis-je remarquer.

– Oui, dit Hassan.

– Et l'autre ? demandai-je à Hassan, montrant Lana.

– J'ai fait l'expérience, répondit Hassan. Elle l'est aussi. Je te l'ai laissée.

Lana se tassa contre la colonne.

– Que se passe-t-il ? demandai-je.

Je vis un homme vêtu de soie, celui qui portait un collier de rubis, tentant de gagner furtivement la porte.

Il se mit à courir mais je parvins à lui faire un croche-pied et Hassan se jeta sur lui puis le ramena, se débattant, vers la piscine.

– Nous allons être battus, gémit le type. Donnez l'alarme, cria-t-il à ses compagnons.

Deux ou trois d'entre eux se trouvaient là, mais ils ne crièrent pas. Hassan jeta le type sur le ventre près de la piscine et lui maintint la tête sous l'eau pendant environ une ehn. Lorsqu'il sortit la tête du type de l'eau, il dit :

– Tu pourrais te noyer dans la piscine. Ce genre d'accident arrive.

Puis il lui plongea à nouveau la tête sous l'eau. Lorsqu'il lui sortit une nouvelle fois la tête de l'eau, l'homme implora sa pitié. Hassan le jeta vers deux de ses compagnons.

– S'il tente de donner l'alarme, dit Hassan, noyez-le.

– Très bien, dit un des hommes.

J'en déduisis que le type au collier de rubis n'était guère aimé dans le sérail de Tarna. C'était, avais-je appris, un faible, un informateur, prêt à tout pour obtenir la faveur de la maîtresse, qui le méprisait, un de ses animaux familiers qui comptait parmi les plus obséquieux, et que tout le monde méprisait aussi.

– Vous pourrez dire que c'est nous qui l'avons noyé, bien entendu, précisa Hassan.

– Naturellement, répondit un des hommes vêtus de soie.

L'homme au collier de rubis frissonna.

– Je me tairai, promit-il.

– Tu te tairas ou tu mourras, répliqua un des hommes.

– N'oublie pas, ajouta un autre, que, quoi qu'il arrive, tu reviendras avec nous.

– Je n'oublierai pas, promit l'homme au collier. Je ferai ce que vous voudrez.

– Emmenez-le dans une alcôve, dis-je. Attachez-le et bâillonnez-le. Ensuite, retirez-vous dans vos propres alcôves.

– Très bien, répondirent-ils, se retirant, emmenant l'homme au collier de rubis, qui trébuchait misérablement.

Le sérail, ensuite, parut vide et silencieux. Nous entendîmes le chuintement des torches.

Je regardai à nouveau Lana. Elle se tassa sur elle-même. La Maîtresse du Sérail, vulnérable, attachée, bâillonnée, impuissante, était seule avec nous.

– Je te l'ai laissée, rappela Hassan.

Rapidement, je lui détachai les mains, puis les rattachai de sorte qu'elles soient derrière sa tête et au-dessus, liées sur les côtés de la colonne. Ensuite, la soulevant, je l'allongeai doucement sur les dalles. Elle se débattit en vain. Par les chevilles, je la tirai aussi loin de la colonne que les liens de ses poignets, taillés dans ses vêtements blancs, le permettaient. Elle leva un genou. Je lui écartai les genoux. Elle leva la tête, essayant de me toucher avec sa bouche bâillonnée. J'abaissai le bâillon, pour un instant, et la laissai cracher la boule de tissu qu'elle avait dans la bouche.

– Je t'aime, Maître, souffla-t-elle. Je t'aime.

Je l'embrassai, remis la boule de tissu et le bâillon.

Je me redressai.

– A présent, grâce à toi, dit Hassan, elle ne sera plus une Maîtresse de Sérail efficace.

La femme essayait de poser la jambe contre moi, de me toucher. Je lui pris la cheville et, me baissant, l'embrassai, puis posai les lèvres sur son pied, près de la cambrure, ensuite derrière le mollet puis à nouveau, deux fois, sous le pied, dans la cambrure.

Je regardai ses réactions, les mouvements de ses yeux.

– Oui, dis-je, probablement.

Lana leva désespérément son corps vers moi.

– Je te garantis, ma chère, dis-je, que, désormais, tu seras donnée aux hommes.

Puis, avec son sang virginal, sur son ventre, je traçai la marque des esclaves du Tahari. Voyant cette marque, qui indiquait qu'un homme avait été satisfait d'elle, j'étais persuadé que Tarna la chasserait du sérail, la faisant enchaîner dans les niveaux inférieurs où, avec les esclaves de bas étage, elle servirait les plaisirs des pillards. Les yeux de Lana brillèrent de joie. Je l'avais trouvée acceptable. En outre, je l'avais indiqué sur sa peau. Elle pourrait, à présent, quitter le sérail. Elle aurait, à présent, affaire à des hommes libres, à de vrais hommes, elle, l'esclave. Elle gisait, attachée et bâillonnée, fièrement. Elle étira son corps, comme elle le pouvait, sensuellement, jouissant de la sensation de son corps et de la fraîcheur des dalles sur sa peau.

Je notai que Hassan, suivant mon exemple, avait également indiqué sa satisfaction sur le ventre de l'autre femme.

– Il faut que nous partions, dit-il.

– Il y a deux gardes à la porte extérieure, le prévins-je. Ils savent que je dois te ramener.

– Tout de même, releva-t-il, il me faut des vêtements pour chevaucher dans la nuit.

– Un des gardes de la porte extérieure, émis-je, acceptera peut-être de te prêter des vêtements, des armes et le reste.

– Ce serait vraiment gentil de sa part, fit Hassan.

– Ils m'ont paru très gentils, soulignai-je.

13

JE RETROUVE UNE CONNAISSANCE

Mon pied gauche s'enfonça dans la croûte de sel.

– Tuez-nous ! Tuez-nous ! cria un homme.

J'entendis le claquement du fouet, derrière moi, puis un autre hurlement, long, pitoyable. Ma jambe gauche, jusqu'à la cuisse, s'enfonça dans les couches cassantes de la croûte. Je tombai, incapable d'amortir ma chute à cause des menottes qui m'immobilisaient les mains à la hauteur de la ceinture, attachées à une chaîne brûlante au soleil. Je ne voyais rien car je portais un capuchon d'esclave. Mon dos et mon corps brûlaient. Nos pieds et nos jambes, jusqu'aux genoux, étaient couverts de cuir mais, en de nombreux endroits, tandis que nous progressions sur les croûtes, nous nous enfoncions davantage. Le sel, passant sous le cuir, atteignait nos pieds. Je sentais le sang, sous le cuir. Plusieurs hommes, mais je ne savais pas combien, s'étaient mis à boiter. Ils n'étaient plus dans la Chaîne. Ils gisaient, égorgés, sur les croûtes de sel. La chaîne du collier que je portais se tendit. Le fouet s'abattit sur moi. La chaîne se tendit à nouveau et je me relevai péniblement. Le fouet s'abattit encore. J'avançai en trébuchant. Le chemin est tracé par un kaiila dont les puissantes pattes poilues et les larges pieds brisent la croûte.

– Je ne pensais pas qu'une femme pourrait te retenir, avait dit l'homme.

A peine avions-nous, Hassan et moi, vêtus des habits des gardes, quitté à dos de kaiila les écuries de la kasbah de Tarna et étions-nous sortis de la forteresse que, sur le chemin du Rocher Rouge, une troupe de cavaliers nous avait barré la route. Faisant pivoter nos kaiilas, nous avions voulu nous enfuir, mais avions découvert que nous étions encerclés. Dans la lumière intense des trois lunes de Gor, nous nous étions retournés. Il y avait des cavaliers de tous les côtés, beaucoup avec des arbalètes.

– Nous vous attendions, dit un des cavaliers. Sera-t-il nécessaire de tuer les kaiilas ?

Les cavaliers étaient voilés de rouge.

– Non, avait répondu Hassan.

Il s'était désarmé et avait mis pied à terre. Je suivis son exemple.

On nous passa des cordes au cou ; on nous attacha les mains dans le dos.

A pied au milieu de nos ravisseurs, attachés par le cou aux anneaux de selle, les mains liées, nous gagnâmes la grande kasbah voisine de celle de Tarna. Le trajet n'était pas long, deux pasangs environ.

Devant la grande porte, nous nous arrêtâmes. Les murs faisaient plus de vingt mètres de haut. Les tours, compte tenu de la symétrie de l'ensemble et en comptant celles qui flanquaient la porte centrale, faisaient une trentaine de mètres de haut. Le mur de façade faisait plus de cent mètres de long. Les murs de ce type de kasbah font presque deux mètres d'épaisseur et sont constitués de pierres et de briques de boue séchée ; les murs de cette kasbah, comme ceux de beaucoup d'autres, étaient recouverts d'un enduit rosâtre qui, après des années d'exposition au soleil et à la chaleur, s'écaillait.

– Tu es Tarl Cabot, dit le chef des hommes qui nous avaient capturés, me montrant.

Je haussai les épaules. Hassan me dévisagea.

– Et toi, ajouta l'homme, montrant Hassan, tu es Hassan le Bandit.

– C'est possible, reconnut Hassan.

– C'est nus, prisonniers, que vous entrerez dans cette kasbah, reprit l'homme.

Nous fûmes dévêtus avec la lame des cimeterres.

Nus, attachés, debout dans le sable, entourés de cavaliers, nous regardâmes les murs couverts d'enduit écaillé, les tours flanquant la grande porte. Le clair des lunes se répandait sur les murs couverts d'enduit rosâtre, écaillé.

Deux kaiilas grondèrent, grattant le sable.

La grande porte, sur ses gonds épais, s'ouvrant par le milieu, pivota lentement.

Nous restâmes immobiles face à l'ouverture.

– Vous nous avez fait des ennuis, dit le cavalier. Vous ne nous ferez plus d'ennuis.

Nous vîmes la cour blanchâtre, son sable, derrière la porte, éclairée par des lampes accrochées aux murs.

– A qui appartient cette kasbah ? demandai-je.

– Il ne peut s'agir, dit Hassan, que de la kasbah du Gardien des Dunes.

– Celle de l'Ubar du Sel ? demandai-je.

– Exact, répondit Hassan.

J'avais entendu parler de l'Ubar du Sel, ou Gardien des Dunes. L'endroit où se dresse sa kasbah est secret. Il est probable que, en dehors de ses hommes, seules quelques centaines de personnes savent où elle se trouve, notamment les grands Marchands de Sel, et rares sont ceux d'entre eux qui savent exactement où elle se trouve. Quoiqu'il soit possible d'obtenir du sel à partir de l'eau de mer, ou en brûlant des algues, comme cela se pratique parfois au Torvaldsland, et qu'il y ait plusieurs régions de Gor où l'on trouve du sel, solide ou en solution, les gisements de sel les plus importants et les plus riches se trouvent concentrés dans le Tahari. Le sel du Tahari représente, dans ses variétés, à mon avis, environ vingt pour cent des produits à base de sel, tels que les médicaments, les antiseptiques, les nettoyants, les détergents, le verre de bouteille, qui contient des cendres dérivées du sel, les produits chimiques utilisés pour le tannage. Le sel est un produit d'échange *par excellence*[1]. Il y a des régions, sur Gor, où le sel sert de monnaie, où il est pesé et échangé comme les métaux précieux. La protection et le contrôle du sel du Tahari, naturellement, reposent essentiellement sur la difficulté d'accès, les dépôts de sel, qui sont plusieurs, étant éparpillés et isolés dans le Pays des Dunes, dans les longs trajets nécessaires et la difficulté ou l'impossibilité de se le procurer sans connaître les pistes et les coutumes du désert. La protection et le contrôle reposent également, quoique à un degré moindre, mais non négligeable, sur la puissance de l'Ubar du Sel, ou Gardien des Dunes. L'entretien de la kasbah de l'Ubar du Sel vient des tributs payés par les grands Marchands de Sel, tributs que, naturellement, ils incluent dans le prix de revente à leurs distributeurs. La fonction de la kasbah de l'Ubar du Sel, ainsi, officiellement, est d'administrer et de contrôler les régions productrices de sel pour le compte des Marchands de Sel du Tahari, principalement en surveillant l'accès aux districts, en vérifiant les papiers et les documents des Marchands, en inspectant les caravanes, en réglementant le commerce et ainsi de suite. Par exemple, les caravanes entre le Rocher Rouge et d'autres oasis voyagent sous escorte du Gardien des Dunes. De nombreuses caravanes de sel, incidemment, ne font que le trajet entre les districts producteurs et les oasis de la région, tandis que d'autres font le trajet entre ces oasis et les grands centres, principalement Kasra et Tor. Quelques caravanes, naturellement, font le trajet entre les

1. En français dans le texte. *(N.d.T.)*

grands centres et les districts producteurs, acceptant les inconvénients liés à la traversée du Pays des Dunes mais évitant de payer les prix imposés par les distributeurs des oasis de la région. Ces caravanes, naturellement, une fois dans le Pays des Dunes, sont accompagnées par les hommes du Gardien des Dunes. Le Gardien des Dunes, naturellement, ne doit pas son titre à l'autorité qu'il exerce sur les districts producteurs de sel, autorité qui sert les Marchands de Sel du Tahari. On dit, et je suis de cet avis, que c'est lui, et non les Marchands de Sel, qui contrôle le sel du Tahari. Protecteur officiel des Marchands du Tahari, à l'abri de sa kasbah, guerrier féroce parmi les autres, insaisissable et sans scrupules, il détient le sel du Tahari, ce commerce vital étant dirigé et réglementé suivant sa volonté. Il détient, dans son territoire, le droit de légiférer et d'exécuter. Dans les Dunes, c'est l'Ubar, et les Marchands s'inclinent devant lui. Le Gardien des Dunes compte parmi les hommes les plus puissants et les plus redoutés du Tahari.

– A genoux, Esclave ! lança le cavalier, chef des hommes qui nous avaient capturés.

Nous nous agenouillâmes.

– Embrassez le sable devant la porte de votre Maître ! ordonna l'homme.

Nous posâmes, Hassan et moi, les lèvres sur le sable, devant le portail ouvert.

– Debout, Esclaves ! reprit l'homme.

Nous nous levâmes.

– Vous nous avez fait des ennuis, Esclaves, répéta l'homme. Vous ne nous ferez plus d'ennuis.

La porte était ouverte devant nous. Nous voyions la cour, blanchâtre, le clair des lunes sur le sable, les petites lampes suspendues aux murs.

– Conduisez les esclaves devant leur Maître ! ordonna le cavalier qui commandait nos ravisseurs.

Je sentis la pointe d'un cimeterre dans mon dos.

– Comment s'appelle l'Ubar du Sel ? demandai-je à Hassan.

– Je croyais que tout le monde connaissait son nom, s'étonna Hassan.

– Non, dis-je. Comment s'appelle-t-il ?

– Abdul, répondit Hassan.

La pointe du cimeterre appuya sur mon dos. Nous entrâmes, Hassan et moi, dans la kasbah du Gardien des Dunes, l'Ubar du Sel, dont le nom était Abdul.

Opulentes étaient les salles et les galeries de la kasbah du Gardien des Dunes, que l'on appelait également l'Ubar du Sel du Tahari.

Lisses et riches étaient les dalles variées et vernissées, somptueuses les tentures, minces les piliers et les colonnes, ornés les paravents et les sculptures, magnifiques et complexes les incrustations florales stylisées, les mosaïques géométriques. De hauts récipients en or, parfois aussi hauts qu'une femme, décoraient les couloirs dans lesquels nous passâmes, luisant faiblement dans la lumière des lampes ; dans les pièces supérieures également, de grands vases de porcelaine jaune et rouge, dont beaucoup avaient la taille d'un homme, importés des poteries de Tyros, étaient exposés. Nous franchîmes de nombreux rideaux de perles, ainsi que de hauts portails sculptés.

Nous ne salîmes pas les planchers polis, nous n'apportâmes pas de sable à l'intérieur. Au pied du grand escalier de marbre, en spirale, qui conduisait à l'étage, nous nous arrêtâmes, nous et la douzaine de gardes qui nous accompagnaient. Leurs bottes leur furent retirées par des esclaves à genoux qui, ensuite, avec des serviettes, de l'eau de veminium et des huiles, versant et frottant, leur lavèrent les pieds. Les femmes n'étaient pas originaires du Tahari, de sorte qu'elles leur séchèrent les pieds avec leurs cheveux. Obliger une femme du Tahari, même esclave, à agir ainsi, est considéré comme la dégradation ultime. En tant que punition, naturellement, ce qui est une routine pour une femme qui n'est pas originaire du Tahari, misérablement réduite en esclavage au Tahari, peut être imposé à une esclave originaire du Tahari. Quand les pieds des hommes furent propres, les femmes leur passèrent des babouches souples, sans talon, de celles que l'on porte généralement à l'intérieur dans les résidences permanentes du Tahari, avec une longue pointe courbe. Les pieds de Hassan et les miens furent également lavés et séchés. La femme qui s'occupait de moi avait de longs cheveux presque noirs. Elle se pencha sur son travail. A un moment donné, elle me regarda. Peut-être avait-elle autrefois appartenu à une grande famille d'Ar. A présent, ce n'était plus qu'une esclave au Tahari. Elle baissa la tête, terminant sa tâche.

– Par ici, dit l'homme qui commandait nos ravisseurs.

Nous nous trouvions alors devant un portail imposant, plus étroit en bas, puis formant une courbe élégante à mi-hauteur, avant de devenir à nouveau plus étroit en haut. Cela pouvait être le dessin stylisé d'une lance, d'une flamme ou d'une feuille. Ce portail se trouvait au bout de notre trajet, après de nombreux couloirs et un autre escalier.

Il y avait des hommes, à l'intérieur, assis autour d'un personnage central, lui-même assis sur des tapis, sur une estrade surmontée d'un dais. Les hommes étaient voilés, à la manière du Char. Des femmes, dociles, portant des clochettes et un collier, les servaient.

Une femme sortit de la pièce. Nos regards se rencontrèrent. Elle baissa les yeux. Elle ne nous connaissait pas. Elle s'aperçut qu'elle était examinée. Son corps rougit, de la tête aux pieds. Quoique nous soyons nus, Hassan et moi, elle était plus nue que nous car elle portait la soie des esclaves goréennes.

– Entrez, dit l'homme.

A nouveau, je sentis la pointe du cimeterre sur mon dos.

La corde au cou, les mains attachées dans le dos, nous entrâmes, Hassan et moi, dans la grande salle.

Ceux qui se trouvaient à l'intérieur levèrent la tête.

On nous poussa devant l'estrade.

– A genoux et embrassez les dalles devant les pieds de votre Maître ! nous enjoignit l'homme.

Nous nous agenouillâmes. Les cimeterres étaient levés. Nous embrassâmes les dalles. Nous nous redressâmes. Le refus de se soumettre, dans une telle situation, signifie la décapitation immédiate.

L'homme assis sur l'estrade nous regarda.

Nous restâmes silencieux.

– Je me doutais bien qu'une femme ne pourrait vous garder, dit avec un sourire l'homme qui se trouvait sur l'estrade.

Nous ne répondîmes pas.

– Nous espérons avoir davantage de chance, reprit l'homme.

Il était voilé, à la manière du Char, comme l'étaient les autres. Il prit une grappe de raisin dans une coupe de fruits posée sur une petite table proche de lui et, écartant le voile de son visage, comme le font les hommes du Char, mit un grain de raisin dans sa bouche et mordit dedans. Il mâcha le fruit.

Je regardai autour de moi.

La pièce était magnifique, grande, haute de plafond, avec des dalles et des colonnes, merveilleusement ciselée, ouverte et spacieuse d'aspect, riche dans sa décoration. Un Vizir, un Pacha, un Calife auraient pu recevoir dans une telle salle.

– Cette femme est un excellent outil, dit l'homme assis sur l'estrade, terminant le fruit, rinçant les doigts de sa main droite dans un petit bol d'eau de veminium puis les séchant avec une serviette, mais ce n'est, au bout du compte, qu'une femme. Je ne pensais pas qu'elle pourrait vous garder. Vous n'êtes restés qu'une vingtaine d'ahns sous sa coupe.

– Nous sommes tombés dans ton piège, dit Hassan.

L'homme haussa les épaules, très discrètement, comme on le fait au Tahari, et ce geste fut comme un sourire remerciant Hassan de son compliment.

– Je ne comprends pas pourquoi, reprit Hassan, un simple marchand de dattes, comme mon ami Hakim de Tor, et moi-même, pauvre bandit, intéressons ton auguste personne.

L'homme regarda Hassan.

– Autrefois, dit-il, tu m'as pris quelque chose, quelque chose qui m'intéressait.

– Je suis bandit, répondit Hassan avec une bonne conscience joyeuse. C'est mon travail. Peut-être pourrais-je te le rendre, si tu tiens absolument à le retrouver.

– Je l'ai déjà retrouvé, l'informa-t-il.

– Dans ce cas, je ne peux guère marchander, reconnut Hassan. Qu'ai-je donc pris, qui t'intéresse tant ?

– Une bagatelle, répondit l'homme.

– Peut-être était-ce un autre bandit, suggéra Hassan. Voilés, nous nous ressemblons tous.

– J'ai assisté au vol, précisa-t-il. Tu n'as pas daigné dissimuler tes traits.

– Ce fut peut-être imprudent de ma part, admit Hassan. (De toute évidence, il était curieux.) Pourtant, je ne me souviens pas d'avoir volé quoi que ce soit dans un endroit où tu étais présent. En fait, c'est la première fois que je pénètre dans ta kasbah.

– Tu ne m'as pas reconnu, dit l'homme.

– Je ne cherche pas à me montrer impoli, avança Hassan.

– Effectivement, tu étais pressé, reconnut l'homme.

– Mes affaires exigent souvent que je fasse vite, souligna Hassan. Qu'ai-je donc volé ? s'enquit-il.

– Une babiole, répondit l'homme.

– J'espère que tu me pardonneras, dit Hassan. En

outre, compte tenu du fait que tu as retrouvé ce qui t'intéressait, quelle qu'en soit la nature, je suis persuadé que tu seras disposé à mettre un terme à cette affaire et que tu nous permettras de partir, en nous rendant nos kaiilas, nos vêtements et nos affaires, et peut-être même en nous fournissant un peu d'eau et quelques provisions. Ensuite, nous partirons, vantant ta générosité et ton hospitalité autour des feux de camp, et tu n'entendras plus parler de nous.

– Je crains que cela ne soit pas possible, dit l'homme.

– Je n'étais pas optimiste, reconnut Hassan.

– Tu es un bandit, fit remarquer l'homme assis sur l'estrade.

– De toute évidence, nous avons chacun nos affaires, dit Hassan. Mon affaire, c'est d'être bandit. Tu ne juges tout de même pas les gens sur ce qu'ils font ?

– Non, admit l'homme. Mais j'ai également mes affaires et une de mes tâches consiste à arrêter et à châtier les bandits. Tu ne vas tout de même pas me juger sur ce que je fais ?

– Bien sûr que non, dit Hassan. Cela serait non seulement irrationnel, mais aussi discourtois. (D'un signe de tête, il me montra.) J'ai voyagé avec ce type, reprit-il, un marchand de dattes maladroit, grossier mais bien intentionné, Hakim de Tor, pas très malin mais avec un bon cœur. Nous nous sommes rencontrés par hasard. Si tu le libérais, on parlerait de ta générosité et de ton hospitalité autour des feux de camp.

La description de Hassan ne me plut guère. Je ne suis pas grossier.

– Il faudra que l'on parle d'autre chose autour des feux de camp, dit l'homme.

Il regarda autour de lui. Sur l'estrade, avec lui, il y avait plusieurs hommes, des tables basses chargées de fruits, de ragoûts, de morceaux de verr rôti, de diverses sortes de pain. Lui-même et les hommes étaient voilés. Autour de l'estrade, à genoux, attendant de servir, se trouvaient les esclaves, dont quelques-unes portaient un haut collier, vêtues de bandes de soie. Elles n'étaient pas voilées. Dans les classes supérieures du Tahari il est scandaleusement érotique, en général, que la bouche des femmes ne soit pas cachée. Voir la bouche et les dents d'une femme est une expérience très excitante. Toucher les dents d'une femme avec ses dents est le prélude à la prise de son corps, un acte dans lequel on ne s'engage qu'avec une compagne audacieuse, effrontée ou avec une esclave impudique avec qui on peut faire exactement tout ce que l'on veut.

– Il y a longtemps que j'attends de vous avoir à mes pieds, dit l'homme.

Puis il leva le doigt. Quatre femmes, dans un tintement de clochettes d'esclave, s'approchèrent de Hassan et de moi. Elles regardèrent l'homme voilé assis sur l'estrade.

– Faites-leur plaisir, dit-il.

Nous nous débattîmes. Avec les lèvres, la langue et leurs petits doigts, les femmes se consacrèrent à notre plaisir. La corde nous entailla les poignets. Les cordes que nous avions au cou nous immobilisaient. Nous ne pouvions nous dégager. A nouveau, l'homme voilé leva le doigt. D'autres femmes nous firent manger, nous glissant, avec leurs petits doigts, des morceaux de viande rôtie et des sucreries dans la bouche. Une femme nous tira la tête en arrière tandis qu'une autre, avec des gobelets, nous faisait boire des vins, vins turiens, sucrés et épais, vin de Ta, des célèbres vignes Ta qui poussent sur les terrasses de Cos et même des vins de Ka-la-na, doux et secs, d'Ar. Nous eûmes le vertige. Nous entendîmes de la musique. Des Musiciens étaient entrés dans la salle.

– Festoyez, dit l'homme.

Il claqua dans ses mains. Nous secouâmes la tête, tentant de chasser l'ivresse. Nous nous débattîmes.

J'écartai ma tête des lèvres impatientes d'une esclave qui voulait me prendre dans ses bras et m'embrasser.

– Tafa t'aime, souffla-t-elle en m'embrassant.

Un garde me tenait par les cheveux, m'empêchant de bouger la tête. La corde me brûla le cou. Je fermai les yeux. Je sentis ses lèvres, sous mon oreille gauche, embrassant et mordillant.

– Tafa t'aime, Maître, souffla-t-elle. Laisse Tafa te faire plaisir.

Je fus stupéfait. Je compris soudain que c'était une des femmes capturées par Hassan dans le désert, juste avant que je fasse sa connaissance. C'était la femme libre orgueilleuse vendue aux Deux Cimeterres avec Zina la traîtresse. Il était difficile de voir, à présent, dans cette esclave lascive et délicieuse, qui semblait être née pour le collier, la femme libre orgueilleuse que Hassan avait capturée, et qui avait ensuite été vendue à l'Oasis des Deux Cimeterres. Des Goréens affirment que les femmes sont nées pour un collier et qu'il suffit qu'elles rencontrent un homme assez fort pour le leur mettre.

Je tentai de m'écarter, mais on me tenait.

– Tafa t'aime, souffla-t-elle. Laisse Tafa te donner du plaisir.

Je sentis les lèvres d'une autre femme sur ma cuisse et ma taille.

Les hommes voilés regardaient avec complaisance.

L'homme assis sous le dais frappa une nouvelle fois dans ses mains. Devant nous, à présent, sur les dalles, dans la position de base de l'esclave danseuse, les mains au-dessus de la tête, les poignets dos à dos, se tenait une femme enchaînée.

Les yeux de Hassan étaient durs.

C'était Alyena.

– Te souviens-tu de cette femme ? s'enquit l'homme assis sous le dais.

– Oui, répondit Hassan.

– C'est ce dont je parlais plus tôt, précisa l'homme.

C'est ce qui m'intéressait. C'est ce que tu m'as pris. C'est la bagatelle, la babiole. A présent, je l'ai retrouvée.

Alyena tremblait devant Hassan. Elle portait d'élégantes chaînes en or.

– Je l'ai retrouvée, nous apprit-il, non loin du Rocher Rouge.

Les yeux d'Alyena étaient pleins de larmes. Elle était en position d'esclave danseuse, attendant qu'on lui ordonne de distraire les hommes.

– Elle était avec plusieurs hommes, expliqua l'homme assis sur l'estrade. Ils se sont bien battus, avec adresse et sauvagerie, puis se sont enfuis dans le désert.

Comment se fait-il, dans ce cas, me demandai-je, que la jolie Alyena soit ici debout sur les dalles, esclave ?

– Ensuite, bizarrement, reprit l'homme, alors qu'elle était apparemment en sécurité, fuyant avec son escorte, elle a soudain fait pivoter son kaiila et est repartie en direction du Rocher Rouge.

Je savais que l'oasis, à ce moment-là, était en flammes.

– Bien entendu, elle fut presque immédiatement capturée, dit l'homme. Elle pleurait en prononçant un nom : Hassan.

Je constatai que cela ne plaisait pas du tout à Hassan. Sa volonté avait été bafouée. En outre, je me souvins que la femme avait, au Rocher Rouge, dans l'affolement, crié son nom, le prononçant alors qu'elle n'était qu'une femme asservie.

– Je t'aime, Maître ! cria la femme. Je voulais être avec toi ! A tes côtés !

– Tu es une esclave échappée, dit-il.

Elle sanglota, mais resta en position de danse.

– En outre, reprit-il, à l'oasis, tu as crié mon nom.

Il s'agissait de fautes graves.

– Pardonne-moi, Maître, sanglota-t-elle. Je t'aime !

Elle avait risqué sa vie pour rejoindre Hassan. Elle l'aimait. Pourtant, une esclave doit l'obéissance absolue à son maître. Elle avait bafoué sa volonté en deux occasions. A mon avis, elle s'en repentirait. L'amour, sur Gor, n'autorise pas les femmes à manquer à leurs devoirs ; il n'atténue pas leur asservissement, ne diminue pas leur servitude mais les rend, au contraire, plus complètes, plus impuissantes et plus misérables.

– Maître, sanglota la femme.

Comme Alyena était un beau morceau d'esclave, terriblement vulnérable et féminine, mais comment aurait-il pu en être autrement puisqu'elle était possédée par des Goréens ? L'homme assis sous le dais leva paresseusement le doigt. Les Musiciens se préparèrent. Alyena regarda Hassan, les yeux pleins de douleur.

– Maître, que dois-je faire ? supplia-t-elle.

Elle portait au cou un collier de danse en or, des chaînes en or lui entouraient les poignets, étaient attachées aux anneaux du collier, puis tombaient gracieusement jusqu'au sol ; il y a divers types de chaînes de danse, au Tahari ; elle portait l'ovale et le collier ; brièvement, en préparant une femme, après qu'on lui a mis les chaînes et les soieries, les clochettes, le maquillage et une touche de parfum d'esclave, elle s'agenouille, la tête baissée, dans un grand ovale de chaînes légères et luisantes, les poignets tendus devant elle ; fixés de chaque côté de la pointe de l'ovale, il y a deux anneaux de poignets ; de chaque côté de la pointe inférieure de l'ovale, il y a deux anneaux de chevilles ; on tire ensuite l'ovale sur l'intérieur de sorte que les anneaux de chevilles et de poignets se referment sur l'esclave ; on lui passe ensuite au cou un collier de danse qui a, sous le menton, un anneau ouvert ; on prend ensuite l'ovale dans la main gauche de sorte que les deux chaînes se trouvent dans la paume de la main gauche, que l'on lève ensuite afin de les passer dans l'anneau, que l'on referme ; les deux chaînes glissent librement dans l'anneau ; ainsi, bien que les poignets et les chevilles de la femme soient attachés à une distance généreuse mais inflexibles les uns des autres, généralement un mètre entre les poignets et cinquante centimètres entre les chevilles, une partie importante de la chaîne peut jouer dans l'anneau du collier ; cela permet à une femme adroite de faire de nombreux effets de chaîne ; l'ovale et le collier sont traditionnels au Tahari ; ils soulignent la beauté des femmes ; ils entravent peu la danse, quoiqu'ils lui imposent des limites subtiles et sensuelles ; une bonne danseuse se sert de ces limites, les exploitant délicieusement ; elle peut, par exemple, tendre un bras tout en tenant discrètement la chaîne à sa taille avec l'autre main ; la chaîne glisse dans l'anneau mais arrête le mouvement avant son terme ; la chaîne immobilise le poignet ; le poignet se rebelle mais il ne peut rien faire ; il doit se soumettre ; la tête tombe ; la danseuse est une esclave enchaînée.

– Maître, que dois-je faire ? supplia Alyena.

Comme elle était belle !

Tous les regards étaient sur elle. Outre ses bijoux, ses clochettes, l'ovale et le collier, le maquillage, le parfum entêtant, elle portait six bandes de soie jaune, trois devant et trois derrière, d'environ un mètre vingt de long, fixées à son collier. J'avais toujours admiré sa marque. Elle était profonde, délicate et merveilleusement appliquée.

– Maître ! sanglota Alyena.

Le doigt de l'homme assis sur l'estrade, voilé de rouge, était sur le point de s'abaisser.

– Danse, Esclave, dit Hassan.

Le doigt de l'homme s'abaissa dans un geste languide, les Musiciens se mirent à jouer. Alyena, devant nous, portant les chaînes du Tahari, dansa. C'était une très jolie bagatelle, une babiole exquise.

Nous festoyâmes longtemps et les esclaves de l'Ubar du Sel nous donnèrent beaucoup de plaisir.

Finalement, il dit :

– Il est tard. Et vous devez vous retirer car vous vous lèverez tôt demain matin.

Il y avait de nombreuses heures qu'Alyena avait quitté la salle d'audience du Gardien des Dunes, l'Ubar du Sel.

– Conduisez-la dans la salle des gardes ! avait-il dit. Qu'elle donne du plaisir aux hommes.

Alyena, toujours enchaînée, fut traînée par les cheveux hors de la salle.

– Tu te voiles à la manière du Char, relevai-je, mais je ne crois pas que tu sois du Char.

– Non, répondit l'homme assis sur l'estrade.

– Je ne savais pas que tu étais l'Ubar du Sel, dis-je.

– Rares sont ceux qui le savent, répondit-il.

– Pourquoi êtes-vous tous voilés ? m'enquis-je.

– Les hommes du Gardien des Dunes ont coutume de se voiler, répondit-il. Leur allégeance n'est à aucune tribu, mais à la protection du sel. L'anonymat est une protection. Ils peuvent aller et venir librement lorsqu'ils ne portent pas de voile, personne ne sachant qu'ils sont à mon service. Voilés, leurs actes ne permettent de remonter à aucun individu, mais seulement à une institution, mon Ubarat.

– Tu parles de ta charge avec orgueil, relevai-je.

– Rares sont ceux qui connaissent les hommes de l'Ubar du Sel, souligna-t-il. Et voilés, anonymes, tout le monde les craint.

– Moi, je ne les crains pas ! intervint Hassan. Détache-moi, donne-moi un cimeterre et nous verrons bien.

– Y a-t-il, ici, des gens que je connaisse ? demandai-je.

– Peut-être, répondit l'homme. (Puis il se tourna vers les autres.) Dévoilez-vous, ajouta-t-il.

Les hommes retirèrent leurs voiles rouges.

– Hamid, dis-je, lieutenant de Shakar, capitaine des Aretai.

Je hochai la tête.

L'homme m'adressa un regard chargé de haine. Il avait déjà posé la main sur sa dague.

– Laisse-moi le tuer tout de suite, siffla-t-il.

– Peut-être auras-tu davantage de chance que le jour où tu as frappé Suleiman Pacha ! lui lançai-je.

L'homme poussa un cri de fureur.

Le chef, l'Ubar du Sel, leva le doigt et l'homme se calma, le regard en feu.

– Il y a encore quelqu'un que je connais, dis-je, montrant d'un signe de tête un homme de petite taille assis près de l'Ubar du Sel, bien que ses vêtements soient beaucoup plus somptueux que la dernière fois que je l'ai vu.

– Il est mes yeux et mes oreilles à Tor, m'apprit l'Ubar du Sel.

– Abdul le Porteur d'Eau, dis-je. Autrefois, je t'ai pris pour quelqu'un d'autre.

– Oh ? fit-il.

– Cela n'a plus d'importance, à présent, dis-je.

Je souris intérieurement. J'avais cru que c'était l'Abdul du message tatoué sur le crâne de la messagère, Veema, qui avait été mystérieusement envoyée dans la Demeure de Samos de Port Kar. Je ne savais toujours pas qui avait envoyé le message. Il me parut alors tout à fait clair que le message faisait référence à Abdul, l'Ubar du Sel. Celui qui avait envoyé le message habitait vraisemblablement le Tahari. Il n'avait probablement pas imaginé que le message pourrait être mal interprété. Dans le sens historique, le sens planétaire, il ne pouvait y avoir qu'un Abdul correspondant dans le Tahari à cette époque, le puissant et redoutable Gardien des Dunes, l'Ubar du Sel. C'était probablement l'agent le plus puissant des Kurii. Ni Samos ni moi, cependant, bien que nous connaissions l'Ubar du Sel, ne savions son nom. En outre, on ne mentionne pas souvent son nom, au Tahari. Il est difficile de savoir qui sont ses espions. Ses hommes appartiennent à diverses tribus. Je me serais peut-être comporté autrement, dans le Tahari, si j'avais connu le nom de l'Ubar du Sel. Je me demandai qui avait envoyé le message : « Méfie-toi d'Abdul. » Comme j'avais été complaisant, certain d'avoir percé le mystère !

– Puis-je l'égorger ? demanda le Porteur d'Eau.

– Nous avons d'autres projets pour notre ami, révéla l'Ubar du Sel.

Il ne s'était pas encore dévoilé bien que ses hommes, sur son ordre, l'aient fait.

– Y a-t-il longtemps que tu t'appelles Abdul ? demandai-je à l'Ubar du Sel.

– Depuis environ cinq ans, m'apprit-il, depuis que je me suis infiltré dans la kasbah et ai déposé mon prédécesseur.

– Tu sers les Kurii, dis-je.

L'homme haussa les épaules.

– Tu sers les Prêtres-Rois, dit-il. Nous avons de nombreuses choses en commun car nous sommes tous deux des mercenaires. Mais tu es moins prudent que moi car tu ne sers pas le camp qui goûtera le sel de la victoire.

– Les Prêtres-Rois sont des ennemis redoutables, relevai-je.

– Pas aussi redoutables que les Kurii, souligna-t-il. Le Kur est persévérant. Il est tenace. Il est féroce. Il arrivera à ses fins. Les Prêtres-Rois tomberont. Ils échoueront.

Je me dis qu'il avait peut-être raison. Le Kur est déterminé, agressif, impitoyable. Il est extrêmement intelligent, il aime le sang, il tue pour un territoire ou de la viande. Le Prêtre-Roi est un organisme relativement doux, délicat et calme. Les conflits ne l'intéressent guère ; militairement, il est presque toujours sur la défensive ; il veut seulement qu'on le laisse en paix.

Je ne savais pas si les Prêtres-Rois, avec toute leur intelligence, tout le savoir de leurs bandes odorantes, pouvaient comprendre la nature et les motivations des Kurii. La nature véritable des Kurii leur échappait peut-être, presque physiologiquement, comme une couleur menaçante qu'ils ne pouvaient voir, un bruit terrifiant auquel leurs sens ne réagissaient pas. L'homme, à mon avis, pouvait comprendre le Kur mais il me semblait que les Prêtres-Rois pouvaient simplement le connaître. Pour comprendre le Kur, peut-être fallait-il, au clair des lunes, l'affronter à la hache, respirer le musc de sa rage meurtrière, voir ses yeux, sa puissance intelligente, souple, prête à bondir, le sang coagulé sur ses lèvres, entendre le cri du sang, soutenir sa charge. Une créature n'ayant pas connu la haine, la soif de sang et la terreur, à mon avis, ne pouvait guère comprendre les Kurii, ou les hommes.

– Ce que tu dis est peut-être vrai, répondis-je.

– Je ne te demanderai pas de servir les Kurii, dit l'homme.

– Tu me fais honneur, appréciai-je.

– Tu appartiens à la Caste des Guerriers, dit-il.

– C'est vrai, dis-je.

On ne m'avait jamais retiré le Rouge. J'étais prêt à affronter, avec l'acier, tous ceux qui voudraient me disputer ma caste.

– Eh bien, conclut l'homme assis sous le dais, il est tard et nous devons nous retirer. Il faut que nous nous levions avant l'aube.

– Où est Vella ? demandai-je.

– Je l'ai enfermée dans ses quartiers, répondit-il.

– Dois-je appeler Abdul ? demandai-je.

L'homme baissa son voile.

– Non, répondit-il, pas si tu ne le souhaites pas.

– Je te connais mieux sous un autre nom, dis-je.

– C'est exact, fit l'homme.

Hassan se débattit. Il ne put casser les lanières qui

lui attachaient les poignets. La corde lui brûla le cou. Les gardes le forcèrent à rester à genoux.

La lame d'un cimeterre fut posée contre sa gorge. Il s'immobilisa.

– Serons-nous tués à l'aube ? demandai-je.

– Non, répondit-il.

Je le regardai sans comprendre. Hassan parut également stupéfait.

– Vous partirez en voyage, avec d'autres, à l'aube, précisa l'homme. Ce sera un long voyage, à pied. J'espère que vous arriverez à destination.

– Que vas-tu faire de nous ? s'enquit Hassan.

– Je vous condamne, dit Ibn Saran, aux Mines de sel de Klima.

Nous tentâmes de nous lever mais les gardes nous en empêchèrent.

– Tafa, Riza, dit Ibn Saran à deux femmes, déshabillez-vous. (Elles obéirent, ne gardant que leur collier et leur marque.) On va vous conduire dans les caves du donjon, nous dit Ibn Saran. Vous y serez enchaînés dans des cellules séparées. Dans chaque cellule, nous mettrons une esclave nue, également enchaînée, sa chaîne à portée de votre main afin que vous puissiez, si vous le souhaitez, la tirer vers vous.

– Ibn Saran est généreux, relevai-je.

– Je donne une femme à Hassan, reprit-il, à cause de son audace. Je te donne également une femme à cause de ta virilité et parce que nous sommes tous deux mercenaires d'une guerre qui nous dépasse. (Il se tourna vers les femmes.) Tiens-toi droite, Tafa ! dit-il.

Elle obéit et se tint merveilleusement, magnifiquement.

– Enchaîne Riza, dit-il à un garde, choisissant les femmes qui nous serviraient, près de Hassan le Bandit et Tafa près de cet homme, membre de la Caste des Guerriers, qui se nomme Tarl Cabot.

Des laisses métalliques furent accrochées aux colliers des femmes.

– Contemple Tafa, Tarl Cabot, dit Ibn Saran. (J'obéis.) Puisse le corps de Tafa te donner beaucoup de plaisir, ajouta-t-il, car il n'y a pas de femmes à Klima.

On nous fit pivoter sur nous-mêmes et sortir de la salle d'audience du Gardien des Dunes, Abdul, l'Ubar du Sel, qui était, en fait, Ibn Saran.

14

LA MARCHE JUSQU'À KLIMA

Je fis encore un pas et ma jambe, jusqu'au genou, s'enfonça dans la croûte cassante. Le fouet s'abattit à nouveau sur mon dos. Je me redressai, le capuchon d'esclave sur la tête, les épaules rejetées en arrière sous l'effet du coup. La chaîne que j'avais au cou fut tendue et je fus brutalement tiré en avant. Je serrai les poings dans les menottes attachées sur mon ventre par une boucle de chaîne. Ma jambe gauche s'enfonça dans une douzaine de couches, les cassant avec des centaines de petits bruits doux, rupture d'innombrables structures cristallines extrêmement fines. Je sentais le sang sur ma jambe gauche, au-dessus des bandes de cuir, à l'endroit où un morceau de croûte, tranchant, brûlant, l'avait déchirée. Je perdis l'équilibre et tombai. Je tentai de me lever. Mais la chaîne m'entraîna en avant et je tombai à nouveau. Le fouet s'abattit encore deux fois. Je retrouvai mon équilibre. Je repris la marche vers Klima, dans les croûtes de sel.

Nous marchions depuis vingt jours. Quelques-uns pensaient que c'était cent. Beaucoup avaient perdu le compte.

La Chaîne du Sel comptait au départ plus de deux cent cinquante hommes.

Je ne savais pas combien nous étions encore. La

chaîne était à présent beaucoup plus lourde qu'auparavant car, bien que certaines parties aient été retirées, nous étions beaucoup moins nombreux pour la porter. On dit que, pour être un Esclave du Sel, il faut être fort. On dit que seuls ceux qui sont forts arrivent jusqu'à Klima.

Dans la Chaîne, nous portions des capuchons d'esclave. On nous les avait mis au pied des murs de la kasbah de l'Ubar du Sel. Avant que le mien soit fermé sous mon menton, j'avais vu le désert argenté dans la lumière de l'aube. Le ciel, à l'est, car Gor, comme la Terre, tourne en direction de l'est, semblait frais et gris. Il était difficile de croire, à ce moment-là, dans la fraîcheur du matin, que la température du sol des régions que nous traverserions atteindrait quelques heures plus tard plus de cinquante degrés. Nos jambes, plus tôt, avaient été enveloppées jusqu'au genou dans des bandes de cuir, en prévision des croûtes de sel que nous rencontrerions. Les lunes, à ce moment-là, étaient toujours au-dessus de l'horizon. Les rochers du désert, et les murs aveugles de la kasbah de l'Ubar du Sel, qui se dressaient au-dessus de nous, luisaient, couverts de rosée, ce qui est fréquent dans le Tahari au petit matin. Cette rosée s'évapore dès que le soleil monte dans le ciel. Les enfants et les nomades se lèvent parfois tôt afin de lécher la rosée. De l'endroit où nous étions enchaînés j'avais pu voir, à environ deux pasangs en direction de l'ouest, la kasbah de Tarna. L'Ubar du Sel l'avait qualifiée d'outil utile. Elle n'avait pas pu nous retenir, Hassan et moi. L'Ubar du Sel pensait que le sort lui serait plus favorable, sur ce plan. Le collier fut refermé sur mon cou.

Une ahn avant l'aube, on m'avait réveillé. Tafa, douce et chaude, sur les dalles froides, sur la paille, était couchée contre moi, dans mes bras. Au cou, elle avait un lourd collier, avec un anneau ; attachée à l'anneau, il y avait une chaîne de quatre mètres de long fixée à une plaque proche de nos têtes. J'étais attaché de la même manière. Les plaques n'étaient séparées que par une quarantaine de centimètres. Quand nous avions été enfermés dans la cellule, une petite lampe avait été posée sur une étagère proche de la porte. Les dalles étaient de gros blocs froids, humides par endroits, sur lesquelles on avait étendu une paille mouillée. Nous étions approximativement une trentaine de mètres sous la kasbah. La cellule n'avait pas été nettoyée. Elle sentait les êtres humains et les urts. Tafa hurla mais, détachée, fut jetée contre le mur puis son joli cou fut placé dans le collier, lequel fut refermé. Je fus ensuite attaché.

– Ne me laissez pas ici ! hurla Tafa. Je vous en prie ! Je vous en prie !

Mais ils n'ouvrirent pas le collier. Un urt courut sur les dalles, disparaissant dans un trou d'un mur. Tafa hurla et se jeta aux pieds d'un geôlier, serrant ses jambes dans ses bras, l'embrassant. Avec la main droite et la main gauche, il vérifia le collier qu'elle portait au cou, le tenant dans la main gauche et, avec la droite, tirant deux fois sur la chaîne fixée dans l'anneau ; puis il la jeta sur la paille. L'autre homme vérifia mon collier de la même manière. Ensuite, avec son poignard, il coupa la corde que j'avais au cou et les lanières de cuir qui m'emprisonnaient les mains. Il ramassa les morceaux de corde et de lanières de cuir, puis sortit de la cellule. La lourde porte de bois renforcé avec du métal, qui faisait une vingtaine de centimètres d'épaisseur, fut fermée. Les barres furent mises en place et deux grosses serrures furent, à leur tour, fermées. En haut de la porte, garni de barreaux, il y avait un judas de quinze centimètres sur dix. Les gardiens regardèrent à l'intérieur. Tafa se leva d'un bond, courut jusqu'à la limite de sa chaîne, les mains et les doigts tendus vers le judas. Ses doigts arrivaient à une quarantaine de centimètres des barreaux.

– Ne me laissez pas ici ! cria-t-elle. Je vous en prie, oh, je vous en prie, Maîtres !

Ils s'en allèrent. Elle gémit et tourna le dos à la porte, traînant la chaîne avec ses petites mains. Elle tomba à quatre pattes et vomit deux fois, à cause de la peur et de la puanteur. Un urt passa près d'elle, sortant d'une fissure entre deux dalles du sol, et traversa rapidement la cellule, le long d'un mur, avant de disparaître dans le trou qu'avait emprunté son congénère quelques instants plus tôt. Tafa se mit à pleurer et tira hystériquement sur son collier et sa chaîne. Ils étaient inamovibles. Je vérifiai mon collier et ma chaîne, ainsi que les fixations de l'anneau et de la plaque. J'étais attaché. Je regardai la petite lampe posée sur l'étagère proche de la porte. Elle fumait et brûlait de l'huile, probablement extraite du petit tharlarion des rochers, abondant au sud de Tor au printemps. Je regardai Tafa. Elle secoua la tête.

– Non, dit-elle. Tu es condamné à Klima.

Je m'appuyai contre le mur.

– Tu ne seras qu'un Esclave du Sel, ajouta-t-elle.

Je la regardai. Avec le dos du poignet, elle s'essuya la bouche. Je continuai de la regarder. Elle était à demi à genoux, à demi assise, la tête baissée, les paumes des mains posées sur les dalles de la cellule.

Je ramassai, à l'endroit où elle était posée sur les dalles, attachée à une plaque métallique proche de la mienne, la chaîne qui, traînant sur le sol, était fixée à son collier.

– Non ! cria-t-elle, furieuse.

Je tenais la chaîne. Je ne tirai pas.

– Esclave du Sel ! cria-t-elle.

Elle tira la chaîne à deux mains, à genoux, reculant. Ma main était légèrement posée sur la chaîne. Elle tirait sur son anneau, tendue. Je lâchai la chaîne.

Me surveillant, féline, Tafa s'allongea sur le flanc dans la paille. Je tournai la tête de l'autre côté. Tafa, qui n'était plus sous le regard de son maître, le redoutable Ibn Saran, avait la fierté de l'esclave. C'était, après tout, une femme portant un collier à serrure, qui avait été libre, qui était belle, qui avait, aux Deux Cimeterres, été vendue cher, un prix qui avait certainement été augmenté, même légèrement, par les agents d'Ibn Saran, lorsqu'ils l'avaient achetée pour le compte de leur maître. Les esclaves, généralement obséquieuses et dociles avec les hommes libres, qui peuvent les châtier sur l'instant, sont souvent insolentes et arrogantes avec les mâles qui sont esclaves, qu'elles méprisent. Les Esclaves du Sel, au Tahari, comptent parmi les esclaves les plus méprisés. Les femmes qui, joyeusement, se traînent lascivement aux pieds d'un homme libre, le suppliant de les caresser, lorsqu'elles sont confrontées à des esclaves mâles, les traitent souvent avec le mépris et la froideur généralement réservés aux hommes de la Terre par leurs femmes hautaines et frustrées ; je me suis souvent demandé s'il en est ainsi parce que les femmes de la Terre, privées de la domination du sexe agressif, considèrent ces faibles, peut-être à contrecœur et inconsciemment, comme des esclaves, des hommes incapables de devenir des maîtres, des mâles décidés à n'être que les égaux des femelles, des fous stupides qui portent leurs propres chaînes, des esclaves qui se sont asservis eux-mêmes, craignant d'être libres. Les Goréens, bizarrement, du point de vue d'un Terrien, qui ont été soumis à des processus historiques de conditionnement différents, ne considèrent pas la biologie comme mauvaise ; ceux qui nient la biologie ne sont pas acclamés sur Gor, comme sur la Terre, mais sont considérés comme bizarres et pathétiques. De toute évidence, il est difficile de porter des jugements de valeur. Peut-être est-il intrinsèquement plus désirable, dans un sens obscur, de nier la biologie et de s'exposer à des maladies mentales et physiques que d'accepter la biologie et d'être fort et joyeux, je ne sais pas. Je laisse cette question à plus sage que moi. Quoi qu'il en soit, bien que cela soit sans doute peu pertinent, les hommes et les femmes de Gor sont, en général, entiers et heureux ; les hommes et les femmes de la Terre, le plus souvent, si je n'interprète pas faussement la situation, ne le sont pas. L'antidote du poison n'est peut-être pas davantage du poison, mais quelque chose de différent. Mais, encore une fois, je laisse ce problème à plus sage que moi.

Ma main prit à nouveau la chaîne de Tafa, à l'endroit où elle était fixée à une plaque proche de la mienne. Aussitôt ses yeux, qu'elle avait fermés, le bras sous le côté gauche de la chaîne, s'ouvrirent. Je fermai le poing sur la chaîne.

– Esclave du Sel ! jeta-t-elle.

Elle se mit à genoux. Elle tira de toutes ses forces sur la chaîne. Cette fois, je ne la lâchai pas. Ses mains glissèrent sur la chaîne. Elle tenta une nouvelle fois de me l'arracher, la serrant plus fort. Je ne lâchai pas la chaîne. C'était comme si elle avait été fixée une nouvelle fois, et légèrement raccourcie.

– Non, cria-t-elle.

Je pris un autre poing de chaîne. Elle se leva d'un bond.

– Non ! Non ! cria-t-elle.

Je posai les deux mains sur la chaîne. Je la tirai encore de quelques centimètres vers moi. Elle trébucha puis se campa fermement sur les dalles, prête à résister, les mains serrant la chaîne.

– Non ! cria-t-elle.

Je pris encore un poing de chaîne, tirant son cou et sa tête vers moi. Elle était dans une position désagréable. Elle ne pouvait résister. Elle avança de quelques centimètres et se campa à nouveau, tirant de tout son poids sur la chaîne. Elle ne céda pas. Elle sanglota.

– Non, non, dit-elle.

Je trouvais intéressant qu'elle tente de se mesurer à moi. La force d'une femme adulte est équivalente à celle d'un enfant mâle de douze ans. Du point de vue des Goréens, cela indique qui est le maître. Centimètre par centimètre, lentement, sur le sol de la cellule, tandis qu'elle glissait, se débattait, hurlait, je la tirai vers moi. Je vis que la petite lampe faiblissait, l'huile étant presque usée, la mèche fumant. Puis mon poing se referma sur le collier de la femme et je la jetai sur le dos à côté de moi. Avec la main gauche, je levai le collier sur sa nuque et lui passai la chaîne au-dessus de la tête et derrière. Je vis ses yeux fous, effrayés. Avec un peu de paille, je lui essuyai la bouche, la nettoyant car, un peu plus tôt, dans sa révulsion, son horreur et sa terreur, consécutives à l'aspect de l'endroit où elle avait été incarcérée, elle avait vomi, salissant le sol de la cellule ainsi qu'elle-même.

– Je t'en prie, dit-elle.

– Tais-toi ! ordonnai-je.

La lampe s'éteignit.

Une ahn avant l'aube, j'avais été réveillé. Tafa, douce et chaude, sur les dalles froides, sur la paille, était couchée contre moi, dans mes bras.

Cinq hommes, deux avec des lampes, entrèrent dans la cellule. Une chaîne fut enroulée autour de ma taille. Mes poignets furent attachés devant moi, les menottes étant fixées à la chaîne par un anneau. Deux hommes, un de chaque côté, passèrent une barre dans mon dos, devant les coudes, grâce à laquelle ils pourraient aisément me diriger. Le cinquième homme détacha le collier que je portais au cou et le laissa tomber, avec sa chaîne, par terre. On me fit lever.

Tafa, effrayée, réveillée, était à genoux à mes pieds. Elle se pencha sur mes pieds. Je sentis ses cheveux sur mes pieds. Je sentis ses lèvres embrasser mes pieds. Elle était à genoux comme une esclave. J'avais fait sa conquête.

Au moyen de la barre, ne regardant pas derrière moi, je fus poussé hors de la cellule.

Nous avions été rassemblés, Esclaves du Sel en partance pour Klima, au pied du mur de la kasbah de l'Ubar du Sel. Les lunes n'avaient pas encore disparu sous l'horizon. Il faisait frais, et même froid, à cette heure, à la fin du printemps. L'aube, comme un cimeterre sombre, formait une courbe grise à l'est. Je voyais la kasbah de Tarna, à environ deux pasangs de là. Hassan se trouvait à quatre hommes de moi, également les menottes aux poignets. On avait déjà enroulé les bandes de cuir autour de nos jambes. Le collier de la Chaîne lui fut passé au cou. La rosée luisait sur l'endroit des murs de la kasbah qui se dressaient près de moi, sur les rochers du désert. Un cavalier à dos de kaiila se dirigeait vers nous, suivant le mur. Le voile rouge des hommes du Gardien des Dunes cachait ses traits, flottant derrière lui, et le vent gonflait son large burnous. L'agal, sur le kaffiyeh rouge, était une corde dorée. Des hommes, près de moi, levèrent la chaîne et le collier. L'homme arrêta son kaiila près de moi, tirant sur la rêne unique. Le collier fut refermé sur mon cou. Je sentis le poids de la chaîne.

– Salut, Tarl Cabot, dit le cavalier.

– Tu te lèves tôt, Noble Ibn Saran, répondis-je.

– Je ne voulais pas manquer ton départ, expliqua-t-il.

– De toute évidence, dis-je, c'est une victoire pour toi.

– Oui, reconnut-il. Mais aussi des regrets, Camarade. On remporte une victoire, et on perd un ennemi.

Les hommes du Gardien des Dunes mettaient des capuchons d'esclave aux hommes de la Chaîne. Il y avait plusieurs hommes derrière moi. Ce capuchon d'esclave n'est pas équipé d'un bâillon. Ce n'est pas un capuchon particulièrement cruel, contrairement à d'autres, mais utilitaire et bienveillant. Il a deux fonctions principales. Il facilite le contrôle du prisonnier. Un prisonnier portant un capuchon, même lorsqu'il n'est pas attaché, est pratiquement réduit à l'impuissance. Il ne peut voir pour s'enfuir ; il ne peut voir pour attaquer ; il ne peut même estimer le nombre et la position de ses ravisseurs, s'ils sont en face de lui, le surveillent, et ainsi de suite ; parfois, on dit simplement au prisonnier encapuchonné de s'agenouiller et qu'il sera tué s'il bouge ; les gardiens, pour s'amuser, laissent parfois les prisonniers ainsi et constatent une heure plus tard, lorsqu'ils reviennent, qu'ils n'ont pas changé de position ; le prisonnier, naturellement, ne sait pas s'ils se sont simplement éloignés d'une centaine de pas pour se reposer ou dresser le camp ; il sait seulement que si lui s'éloigne de trente centimètres de l'endroit indiqué, il sentira peut-être le cimeterre lui passer à travers le corps. Encapuchonné, naturellement, le prisonnier ignore qui le frappe ou le tourmente. Il est seul dans le capuchon avec sa confusion, son ignorance, son désespoir, son angoisse, son impuissance. La deuxième fonction principale du capuchon consiste à cacher au prisonnier où il se trouve et où on le conduit. Il inhibe le sens de l'orientation, produit une impression de dépendance vis-à-vis des gardiens. Dans le cas de Klima, naturellement, le capuchon sert à cacher aux prisonniers le chemin des mines. Ainsi, même s'ils espéraient pouvoir survivre quelque temps dans le désert, en essayant de fuir, ils ne sauraient dans quelle direction s'enfuir. Leurs chances de trouver le chemin de la kasbah de l'Ubar du Sel puis, de là, celui du Rocher Rouge, par exemple, seraient réduites, même sans capuchon ; avec un capuchon pendant la marche vers Klima, naturellement, leurs chances de trouver le chemin ultérieurement, après qu'on leur a retiré le capuchon, sont négligeables. Désorientés, les hommes restent à Klima ; ainsi, rares sont ceux qui meurent dans le désert après avoir tenté de s'enfuir. Les deux autres fonctions du capuchon relatives à la marche vers Klima tenaient spécifiquement à la marche elle-même. Le capuchon protège la tête du soleil ; on ne marche pas nu-tête dans le désert ; deuxièmement, l'obscurité qui règne à l'intérieur du capuchon, lorsqu'on arrive aux croûtes de sel, prévient la cécité que peut produire le reflet du soleil du Tahari sur les surfaces blanches des croûtes de sel. Ces capuchons, utilisés pendant la marche vers Klima, ont une petite porte, fermée et attachée avec une lanière de cuir, au niveau de la bouche, par laquelle, plusieurs fois par jour, après l'avoir ouverte, on fait passer le bec d'une outre posée sur le dos d'un kaiila. Les hommes mangent deux fois par jour, le matin et le soir ; on ouvre alors le capuchon et on le remonte de quelques centimètres pour qu'ils puissent absorber la nourriture. On leur met la nourriture dans la bouche. Il s'agit en général de fruits secs, de biscuits et d'un peu de sel afin de compenser la perte de sel, due à la transpiration, pendant la marche. Les protéines : viande, lait de kaiila, œufs de vulo, fromage de verr, exigent beaucoup d'eau pour la digestion. Lorsque l'eau manque, les nomades ne mangent pas du tout. Il faut des semaines pour mourir de faim mais seulement, dans le Tahari, deux jours pour mourir de soif. Dans ces conditions, on évite de consommer l'eau des tissus dans le processus de digestion. Ce serait un mauvais calcul.

Ibn Saran avait tourné son kaiila vers Hassan. Il le regarda pendant quelques instants. Puis il dit :

– Je suis désolé.

Hassan ne répondit pas. Je fus étonné qu'Ibn Saran ait parlé ainsi à Hassan le Bandit. Puis Ibn Saran fit à nouveau pivoter son kaiila et se prépara à s'éloigner de la Chaîne.

– Ibn Saran, dis-je.

Il s'arrêta et poussa son kaiila vers moi. Les hommes étaient plus près, à présent, mettant les capuchons aux prisonniers.

– Le trafic d'esclaves avec la Terre, dis-je, a été interrompu.

– Je sais, répondit-il.

– Cela ne semble-t-il pas étrange ? demandai-je.

Il haussa les épaules.

– Les Prêtres-Rois, repris-je, ont reçu un ultimatum : « Livrez Gor ! » Le savais-tu aussi ?

– Oui, je suis au courant, dit-il.

– Pourrais-tu clarifier cet ultimatum ? demandai-je.

– Je présume, dit-il, qu'il manifeste l'intention d'inviter à la capitulation avant qu'une action agressive soit entreprise.

– Une action de quelle nature ? insistai-je.

– Je n'assiste pas, répondit-il, aux conférences de guerre des Kurii.

– Quelles sont tes responsabilités, dans le désert, pour le compte des Kurii ? m'enquis-je.

– Leur travail, répondit-il.

– Et dernièrement ? insistai-je.

– Précipiter la guerre, répondit-il, entre les Kavars, les Aretai et leurs tribus vassales afin d'interdire le désert aux étrangers, aux intrus.

– Comme les agents des Prêtres-Rois ? demandai-je.

– Comme beaucoup d'autres individus, ils ne sont pas les bienvenus dans le Pays des Dunes, dit-il.

– Tes hommes ne peuvent donc pas contrôler le Pays des Dunes ? demandai-je.

– Nous ne sommes pas assez nombreux, reconnut-il. Le risque de voir des étrangers s'y introduire serait trop grand.

En goréen, le même mot signifie étranger et ennemi.

– De sorte que tu enrôles le désert dans ton camp ? en déduisis-je.

– Sans le savoir, dit-il, des milliers de guerriers se préparent, en hâte et conformément à mes plans, à s'entre-tuer.

– Beaucoup d'hommes vont mourir, s'écria Hassan, Kavars, Aretai et les membres de leurs tribus vassales ! Il faut empêcher cela ! Il faut les avertir !

– C'est nécessaire, affirma Ibn Saran. Je suis désolé.

Le capuchon d'esclave fut mis sur la tête de Hassan. Il serra les poings. Le capuchon fut attaché sous son menton.

– On remporte une victoire, dit Ibn Saran, mais on perd un ennemi.

Il me regarda. Il dégaina son cimeterre.

– Non, refusai-je. Je marcherai jusqu'à Klima.

– Je suis prêt à me montrer magnanime, dit-il, Camarade.

– Non, répondis-je.

– Il fait frais ici, souligna-t-il, ta mort serait rapide.

– Non, dis-je.

– Tu appartiens à la Caste des Guerriers, reconnut-il. Tu as leur stupidité, leur force et leur courage.

– Je marcherai jusqu'à Klima, affirmai-je.

Il leva son cimeterre devant moi, me saluant.

– Dans ce cas, marche, conclut-il, jusqu'à Klima.

Il rengaina rapidement sa lame. Il fit pivoter son kaiila. Il s'éloigna le long de la file, son burnous flottant au vent.

Hamid, qui était lieutenant de Shakar, capitaine des Aretai, et qui portait à présent le voile rouge des hommes du Gardien des Dunes, se tenait à quelque distance.

– J'accompagne la Chaîne, m'apprit-il.

– Ta compagnie me fait plaisir, dis-je.

– Tu sentiras mon fouet, me promit-il.

Je vis les kaiilas à genoux des gardes, les gardes s'étant à présent mis en selle, se lever. Je comptai rapidement les kaiilas portant de l'eau.

– Klima n'est pas loin, estimai-je.

– C'est loin, me détrompa-t-il.

– Il n'y a pas assez d'eau, fis-je remarquer.

– Il y en a plus qu'assez, dit-il. Beaucoup n'atteindront pas Klima.

– Dois-je atteindre Klima ? m'enquis-je.

– Oui, répondit Hamid. Si tu es assez fort.

– Que se passera-t-il s'il arrive des difficultés imprévues en route ? demandai-je.

– Dans ce cas, malheureusement, répondit Hamid, je serai obligé de te tuer dans la Chaîne.

– Est-il important que j'atteigne Klima ? demandai-je.

– Oui, répondit Hamid.

– Pourquoi ? m'enquis-je.

– Tu as fait beaucoup d'ennuis aux Kurii et à leurs agents, répondit-il. Tu t'es opposé à leur volonté. Tarl Cabot, pour cette raison, servira à Klima.

– Tarl Cabot, pour cette raison, répétai-je, servira à Klima.

– Regarde, dit Hamid.

Il montra une fenêtre étroite, en haut du mur.

Je levai la tête.

A la fenêtre, voilée de jaune, un Maître des Esclaves se tenant derrière elle, se trouvait une esclave.

Avec élégance, la femme, de toute évidence avec la permission du Maître des Esclaves, retira son voile. C'était Vella.

– Tu te souviens peut-être, dit Hamid, la tête levée, de la délicieuse esclave, Vella, qui s'est révélée très utile aux Kurii, qui a témoigné contre toi devant le tribunal des Neuf Puits, qui, par son faux témoignage, t'a fait condamner aux Mines de sel de Klima ?

– Je me souviens de cette esclave, répondis-je. Elle appartient à Ibn Saran.

Je me souvenais très bien d'elle.

– C'est elle, reprit Hamid, montrant la femme qui se tenait derrière la fenêtre étroite, un Maître des Esclaves derrière elle.

– Oui, répondis-je. Je vois.

La femme me regardait. Elle avait un sourire ironique. Elle m'avait supplié, à Lydius, de l'affranchir. J'avais compris seulement alors que c'était une esclave véritable. Mais je l'aurais, de toute façon, compris à ce moment-là, devant son insolence, sa beauté mesquine et le collier qu'elle portait. J'étais sous sa fenêtre, dans la Chaîne des Esclaves du Sel. Les esclaves, craintives et obséquieuses, effrayées par les hommes libres, manifestent souvent du mépris vis-à-vis des mâles esclaves. Parfois, elles exposent même leur beauté devant eux, dans leur démarche et leurs gestes, sachant que le mâle esclave peut être tué s'il ose prendre la liberté de toucher leurs vêtements de soie. Je constatai qu'elle était heureuse de me voir ainsi, impuissant dans la Chaîne en partance pour Klima. Je vis, dans son sourire, la manière dont elle me regardait, comme une esclave regarde un mâle asservi, mais je vis également, dans son sourire, le plaisir que lui procurait son triomphe.

– Une journée délicieuse pour l'esclave, souligna Hamid.

– Exact, fis-je.

La femme, glissant la main sous sa tunique, en sortit un petit carré de soie écarlate, légère, diaphane.

Elle se tourna vers le Maître des Esclaves qui se tenait derrière elle. Elle lui demanda quelque chose. Il parut intraitable. Elle se fit suppliante. Avec un rire, il accepta. Triomphante, elle se tourna à nouveau vers l'extérieur et jeta le morceau de soie. Il tomba gracieusement, se posant au pied du mur, sur le sable, près de nous.

– Apporte-le, dit Hamid à un homme.

L'homme le ramassa, le sentit, puis l'apporta à Hamid.

Hamid le prit. Il sentait le parfum d'esclave. C'était de la soie d'esclave.

– Un souvenir, dis-je.

– Un souvenir d'une esclave, précisa Hamid d'une voix méprisante.

Hamid glissa brutalement le carré de soie sous le métal de mon collier, puis le noua.

– Souviens-toi d'elle à Klima, dit-il.

Elle avait témoigné contre moi aux Neuf Puits. Elle avait souri quand j'avais été condamné aux Mines de sel de Klima.

Je levai la tête, le morceau de soie attaché à mon collier.

Elle me regarda, comme une esclave regarde un mâle asservi. Et, surtout, elle me regarda avec un air de triomphe. Son visage était rouge. Il était rouge de plaisir, illuminé par la joie. Comme sa vengeance féminine, mesquine, lui était délicieusement douce ! Comme je la trouvais stupide ! Ne savait-elle donc pas que j'étais goréen ? Ne savait-elle donc pas que je la retrouverais ?

Mais on disait que personne ne revenait de Klima.

Je la regardai.

Je résolus de revenir de Klima.

– Souviens-toi d'elle, à Klima, dit Hamid.

– Oui, dis-je.

Je me souviendrais d'elle. Je me souviendrais bien d'elle.

A la fenêtre, la femme se crispa. L'homme qui se tenait derrière elle lui avait dit quelque chose. Elle se tourna vers lui, désespérée. Elle le supplia. Cette fois, son visage resta impassible. Furieuse, elle se tourna à nouveau vers la fenêtre. Elle sourit. Elle m'envoya un baiser, à la manière goréenne, l'accompagnant avec les doigts. Puis, rapidement, elle pivota sur elle-même et quitta la fenêtre.

– N'est-elle pas, demandai-je, autorisée à nous regarder commencer la marche vers Klima ?

– C'est une esclave, dit Hamid. Elle n'y est pas autorisée.

– Je vois, fis-je.

On prive souvent les esclaves de petits plaisirs ou gratifications. Cela leur montre, plus profondément, qu'elles sont esclaves.

Quelques kaiilas passèrent, chargés de provisions. Des gardiens passèrent.

Je respirai le parfum d'esclave. Je me souvins que je l'avais senti dans le palais de Suleiman Pacha quand la femme, avec une autre esclave, Zaya, avait servi le vin noir. Les maîtres riches font souvent fabriquer des parfums spéciaux correspondant à leurs divers types d'esclaves. Toutes sont esclaves, complètement, mais chaque femme, portant un collier, asservie, est délicieusement différente. Certains parfums correspondent à certaines esclaves et d'autres pas. Le parfum de Vella, à mon avis, probablement dû à la compétence d'un Parfumeur, lui convenait parfaitement. Il lui allait bien, comme un collier fabriqué sur mesure.

Je souris. Peut-être Vella avait-elle regagné le quartier des esclaves où elle attendait d'être appelée, par les hommes, pour ses exercices ou son bain, ses soieries ou son maquillage, son embellissement, ou bien pour de petites tâches serviles, ou bien sur la couche de son maître, ou bien celle de ceux à qui il avait décidé de la prêter. Mais il était tôt. De toute évidence, on lui avait sans doute retiré sa soie avant de lui ordonner de s'allonger à plat ventre, la tête près du mur, dans son alcôve, et de refermer la petite porte carrée sur elle. Ces deux précautions sont fréquentes dans les sérails de femmes du Tahari. Lorsqu'une femme est à plat ventre la tête près du mur, elle ne peut empêcher la porte de se fermer à clé derrière elle. En outre, la petite ouverture, qui fait environ cinquante centimètres de côté et se trouve approximativement à trente centimètres du sol, ne peut être commodément franchie qu'à quatre pattes. Les femmes ne peuvent sortir rapidement de l'alcôve à esclave du Tahari. Le fait qu'elle ne puisse entrer et sortir qu'à quatre pattes est censé avoir sur la femme un effet psychologique désirable, montrant aux femmes hautaines elles-mêmes qu'elles ne sont que des esclaves. Cette position, en outre, évidemment, permet de fouetter facilement la femme lorsqu'elle sort de l'alcôve ou y entre.

Je regardai la fenêtre où s'était tenue la femme. Elle était à présent vide.

Il était probable que, déjà, dans le quartier des esclaves, Vella était couchée sur les coussins de son alcôve. Peut-être ses petits poings étaient-ils serrés tandis qu'elle gisait nue, sur les soieries et les coussins, à plat ventre, la tête près du mur, derrière les barreaux sculptés de sa niche minuscule et luxueuse. La petite porte métallique, avec ses barreaux, lourde, était fermée à clé derrière elle. Elle n'avait pas été autorisée, triomphante, à regarder mon départ pour Klima. Ce qu'elle n'avait pu faire aux Neuf Puits, son Maître, Ibn Saran, sournois, félin et souple, l'avait accompli. La petite brunette délicieuse, possédée, n'avait pas été autorisée à regarder. Cette gratification lui avait été refusée. Elle avait été enfermée dans son alcôve. C'était une esclave, seulement une esclave.

Je souris. Je respirai le parfum. Hamid prit un capuchon d'esclave des mains d'un homme qui se tenait près de lui. Je vis le ciel grisâtre, les lunes qui descendaient, le désert, puis le capuchon fut mis sur ma tête, installé en place puis fermé.

Nous avancions péniblement, grimpant, enchaînés, encapuchonnés, à demi traînés, tortueusement, sur une longue pente. Le temps semblait rythmé par les pas, les coups de fouet, le soleil passant lentement, au fil des ahns, d'une épaule à l'autre.

Depuis vingt jours, nous marchions. Quelques-uns pensaient que c'était cent. Beaucoup avaient perdu le compte. Beaucoup d'hommes étaient devenus fous. Nous étions deux cent cinquante au départ. La chaîne était plus lourde, à présent. Nous ne savions pas combien nous étions à présent, pour porter la chaîne, ou ce qu'il en restait.

Normalement, on ne marche pas dans le désert de jour, mais la marche jusqu'à Klima se fait au soleil, afin que seuls les plus forts survivent. On nous donnait peu à manger mais beaucoup d'eau. Dans le désert, sans eau, même les plus forts meurent rapidement.

– Tuez-nous ! Tuez-nous ! hurlait un homme.

Au sommet de la pente, un homme cria :

– Halte !

La Chaîne s'arrêta.

Je tombai à genoux, les cuisses enfoncées dans les croûtes. L'intérieur du capuchon d'esclave semblait clair et granuleux. Même à l'intérieur, je gardais les yeux fermés. Je gardais les mains, le cou, aussi immobiles que possible car le moindre mouvement faisait bouger le collier, les menottes, la chaîne qui m'entourait la taille de sorte que l'acier brûlant frottait sur ma chair déchirée. Je ne voulais pas perdre connaissance. Trop nombreux étaient ceux qui, l'ayant fait, n'avaient jamais repris conscience. Les gardiens de la Chaîne n'aimaient pas être retardés par ceux qui ne pouvaient se lever.

Le sel collait à ma peau.

Le soleil était le soleil de la fin du printemps dans le Tahari. La température de la surface des croûtes devait se situer aux environs de soixante degrés. La température de l'air, elle, devait se situer entre quarante-cinq et cinquante degrés. Les marches vers Klima n'ont jamais lieu en été, mais seulement au printemps, en hiver et en automne, afin que tout de même quelques hommes survivent.

Je levai la tête vers le soleil et fermai les yeux à cause du rouge, de la chaleur et de la réverbération qui parurent emplir le capuchon. Je baissai la tête. Malgré le capuchon, je sentis la chaleur réfléchie par les croûtes.

Cela fait plaisir aux Kurii, me dis-je, que Tarl Cabot serve à Klima. Comme ils vont trouver cela amusant ! Il y avait un morceau de soie, probablement blanchie par le soleil, à présent, noué à mon collier. De toute évidence, quelqu'un d'autre était heureux que je serve à Klima.

Un kaiila me dépassa rapidement, ses pattes projetant du sel. Je le sentis dans les marbrures de mon dos et les entailles produites par les chaînes.

– Tuez-nous ! Tuez-nous ! hurla à nouveau l'homme, enchaîné derrière moi, à plusieurs colliers de moi.

Un autre kaiila passa près de moi, se dirigeant vers la tête de la Chaîne. Mes poings se serrèrent.

Je me demandai si je tiendrais encore une journée. Je savais que j'en étais capable. J'avais de nombreuses raisons de vivre. Un morceau de soie était noué au collier que je portais.

– Tuez-nous ! Tuez-nous ! hurla l'homme.

– Ils sont trop nombreux, dit un garde.

– Un collier sur deux, dit une voix.

– Non ! hurla quelqu'un. Non !

Les gardiens connaissaient l'eau, pas nous.

Il me sembla que nous restâmes longtemps à genoux sur les croûtes. Au bout de quelques ehns, j'entendis des hommes à pied près de moi. Ils marchaient le long de la Chaîne. Je me crispai. Soudain, la chaîne, devant moi, eut une secousse. Je n'entendis pas un bruit. Puis elle se tendit, vers le bas. Je me levai péniblement, tirant sur la chaîne avec mon cou, incapable de voir, frénétique.

– A genoux ! dit une voix.

Je m'agenouillai. Je me crispai. Je ne voyais rien, à cause du capuchon. J'étais à genoux, captif, enchaîné, sur les croûtes de sel. Je ne pouvais lever les mains. J'étais impuissant, absolument.

– Non ! hurla quelqu'un. Non !

La chaîne fixée à mon cou, derrière, se tendit soudain. J'entendis des pas, craquant, glissant sur la croûte de sel. Il y eut un cri et je perçus, par la chaîne, une secousse et un frisson. Puis les hommes continuèrent leur chemin.

– J'ai fait une mauvaise estimation de l'eau, dit Hamid.

– Peu importe, répondit quelqu'un.

Nous étions à genoux sur les croûtes de sel. A quelques mètres de moi, un homme chantait à mi-voix.

Un autre homme passa le long de la Chaîne. Je l'entendis ouvrir les colliers qui se trouvaient devant et derrière moi.

J'entendis, un peu plus tard, le battement des ailes d'un ou plusieurs grands oiseaux. Ces oiseaux, aux grandes ailes, noir et blanc, suivent les marches vers Klima. Leur bec, jaunâtre, mince, est long et légèrement crochu, ce qui est bien utile pour percer et déchirer.

Les oiseaux s'éparpillèrent avec des cris rauques lorsqu'un kaiila passa au galop. Ces oiseaux s'appellent : zads.

– Debout, Esclaves ! entendis-je.

Le fouet s'abattit deux fois sur moi. Je ne me rebiffai pas. J'enregistrai simplement. Le sang courut dans mon corps. La douleur fut brutale, riche, profonde et insidieuse. Je ne m'opposai pas à la douleur, car je pus la ressentir. L'exaltation s'empara de moi, sauvage, incontrôlable, car j'étais vivant. Le fouet s'abattit de nouveau. Je ris, me redressant péniblement. Je me tins droit.

– Marchez, Esclaves ! entendis-je.

Et je me remis à marcher, avançant d'abord le pied gauche, puis le pied droit, afin que la démarche soit uniforme, que le poids de la chaîne soit bien réparti. Elle était plus lourde que précédemment mais elle me paraissait légère parce que j'étais vivant. Je ne m'opposais plus au sel dans ma chair, à la chaleur. Il était suffisant que je sois vivant. Comme il me parut stupide, à ce moment-là, de vouloir davantage ! Comment pouvait-on demander davantage sauf, peut-être, la santé, l'honneur et une esclave à ses pieds ? Je marchai à nouveau, passant parmi les zads qui mangeaient, vers Klima. Je fredonnais une mélodie toute simple, une mélodie que je n'avais jamais oubliée, une chanson de Guerrier de la cité septentrionale de Ko-ro-ba.

Quatre jours plus tard, sur une crête, la voix cria à nouveau :

– Halte !

Et la Chaîne s'arrêta.

– Ne nous tuez pas ! Ne nous tuez pas ! hurla quelqu'un.

Je reconnus la voix. C'était celle de l'homme qui, pendant presque toute la marche, avait crié qu'il voulait que nous soyons tués. Il s'était tu depuis que nous nous étions arrêtés, quatre jours plus tôt. J'ignorais alors s'il était toujours vivant.

Des kaiilas nous dépassèrent.

Les colliers furent ouverts. A cause du capuchon, je ne voyais rien. Le morceau de soie noué à mon collier fut retiré. Il fut attaché, sur l'ordre de Hamid, qui se trouvait à proximité, à mon poignet gauche, sous la menotte. Je sentis la soie sur mon poignet déchiré. Une grosse clé fut glissée dans la serrure de mon collier. La serrure contenait du sel. A cause de la chaleur, le métal s'était dilaté. La serrure résista. Puis la clé, forcée, avec un claquement sonore, tourna, libérant le pêne. Le collier fut ouvert. Le collier me fut brutalement retiré et tomba avec la chaîne, sur les croûtes de sel. L'homme passa ensuite au prisonnier suivant.

Personne ne tenta de fuir.

– Nous ne pouvons pas faire entrer les kaiilas, dit un homme.

Nous restâmes quelques minutes immobiles. Je sentais le sel et le sang dans les craquelures des bandes de cuir qui couvraient mes jambes. Je pris soin de ne pas bouger les menottes et la chaîne.

La clé fut introduite dans la serrure du capuchon d'esclave. Je constatai avec surprise qu'on le soulevait et qu'on me le retirait. Je criai soudain sous l'effet de la douleur, de l'incroyable lumière blanche, brûlante, féroce, universelle, impitoyable, frémissante dans l'air en fusion des croûtes étincelantes qui nous entouraient, d'un horizon à l'autre, explosant, entaillant et brûlant, comme des fers rouges, mon visage et mes yeux.

– Je suis aveugle ! cria un homme. Je suis aveugle !

Des kaiilas passèrent le long de la file. De nombreuses minutes s'écouleraient avant que nous puissions voir.

Les chaînes furent enroulées et rassemblées. D'autres kaiilas passèrent.

Mes membres étaient faibles et douloureux. J'avais le vertige. C'était à peine si je pouvais bouger. C'était à peine si je tenais debout.

– Mange du sel, dit une voix.

C'était Hassan.

– Tu es vivant ! m'écriai-je.

Il tomba à genoux, plongea son visage dans le sel. Il mordit les croûtes. Il lécha les cristaux.

Je suivis son exemple. Nous n'avions pas eu de sel depuis quatre jours.

– Regardez ! cria un garde.

Nous levâmes la tête. Nous nous dressâmes péniblement. Nous fermâmes hermétiquement les yeux, à cause de la chaleur et de la lumière aveuglante.

– De l'eau ! cria une voix. De l'eau !

Je vis un homme émerger du désert. Il ne faisait pas partie de la Chaîne. Il avait des menottes.

– De l'eau ! cria-t-il.

Il se dirigeait vers nous en trébuchant. Il était vêtu d'un morceau de tissu déchiré. Son corps bougeait maladroitement. Il n'avait plus d'ongles. Son visage semblait craquelé comme de la boue séchée.

– C'est un esclave évadé dans le désert, dit Hamid.

Il dégaina son cimeterre et se dirigea vers l'homme. Il se pencha souplement sur sa selle, la lame prête, mais il ne frappa pas et revint près des autres gardes. L'homme était debout sur les crêtes, regardant stupidement le cavalier.

– De l'eau, dit-il, de l'eau, je vous en prie.

– Est-ce que nous nous amusons un peu ? demanda Hamid à deux de ses compagnons.

– La tête ? proposa l'un d'entre eux. L'oreille gauche ?

– D'accord, acquiesça l'autre.
Ils dégagèrent leurs lances.
– De l'eau, dit l'homme. De l'eau.
Le premier homme, lançant son kaiila, manqua son coup. La démarche du kaiila, sur les croûtes, n'est pas régulière. La cible, en outre, n'était pas facile. L'atteindre exigerait beaucoup d'adresse.
L'homme, hagard, restait stupidement debout sur les croûtes de sel.
– L'oreille droite, annonça l'homme suivant, serrant la lance longue et mince, de trois mètres de long, ornée de spirales jaunes et rouges, terminée par une pointe extrêmement étroite, tranchante comme un rasoir, de vingt-cinq centimètres de long et lancéolée comme une feuille de flahdah.
Il n'avait pas quitté la cible des yeux.
– De l'eau ! cria l'homme.
Puis il hurla lorsque la lance le frappa, le faisant tourner sur lui-même.
Le deuxième cavalier était adroit. La lame avait pénétré sous l'ourlet et ouvert l'oreille.
L'homme recula en vacillant. Il leva la main. Le premier cavalier jura. Il chargeait à nouveau. Cette fois l'homme, trébuchant, essayant de fuir, avait été touché au bras gauche, juste sous l'épaule. Je fus stupéfait qu'il y ait aussi peu de sang, car la blessure était profonde. C'était comme si l'homme n'avait plus de sang. Il y avait une ligne de fluide rougeâtre dans la blessure. Je regardai, les paupières plissées à cause de la lumière. Avec horreur, je vis l'homme poser les lèvres sur sa blessure, suçant un peu de sang. Il ne bougea pas et resta debout sur les croûtes, suçant son sang.
Hamid, avec aisance, à dos de kaiila, le cimeterre levé, se dirigea vers l'homme. Je ne regardai pas.
– Le point est à Baram, déclara Hamid.
De toute évidence, le deuxième cavalier était plus adroit.

– Nous ne pouvons pas faire entrer les kaiilas, dit un garde.

– Nous avons assez d'eau pour rentrer, dit un autre, en progressant tranquillement.

Avec stupéfaction, je vis un gardien détacher la chaîne et les menottes d'un prisonnier. L'homme ne portait déjà plus de capuchon d'esclave. Et on nous avait déjà retiré nos colliers.

Je regardai autour de moi, les yeux mi-clos. Je n'étais pas solide sur mes jambes. Je comptais. Il y avait vingt prisonniers sur la crête. Je frémis.

Hamid s'arrêta près de moi. Il avait essuyé sa lame sur la crinière de son kaiila. Il rengaina sa lame. Je sentais la chaleur. Nous étions sur une crête dominant une large vallée peu profonde.

Hamid se pencha.

– Là-bas, dit-il, montrant la vallée. Vois-tu ?

– Oui, répondis-je.

Au loin, en bas, à environ cinq pasangs, dans le blanc incurvé du sel, semblable à une immense cuvette blanche et peu profonde, il y avait de longs bâtiments bas, blancs, de boue séchée recouverte d'enduit. Ils étaient nombreux. Ils étaient difficiles à voir, au loin, dans la lumière, mais je les distinguai néanmoins.

– Klima, annonça Hamid.

– J'ai fait la marche jusqu'à Klima, dit un prisonnier. (Il cria, exalté :) J'ai fait la marche jusqu'à Klima !

C'était l'homme qui, pendant de nombreux jours, avait demandé que nous soyons massacrés. C'était lui qui, depuis la halte que nous avions faite quatre jours plus tôt, était resté silencieux.

Je regardai les prisonniers. Nous nous regardâmes mutuellement. Nos corps étaient brûlés, noirs, à cause du soleil. La peau, en de nombreux endroits, était fendillée. On pouvait voir, dessous, une chair plus claire. Nous avions du sel jusqu'aux cuisses. Les bandes de cuir qui entouraient nos jambes étaient en loques.

Notre cou et notre corps étaient déchirés par le collier et les chaînes. Pendant les derniers jours, on nous avait privés de sel. Nos corps n'étaient que crampes et faiblesse. Mais nous nous tenions droit, tous, car nous étions arrivés à Klima.

Vingt hommes étaient arrivés à Klima.

Le premier prisonnier, dont les poignets avaient été libérés, fut poussé vers les bâtiments. Il descendit la pente en trébuchant, se dirigeant vers la vallée, glissant sur les croûtes de sel, s'enfonçant parfois jusqu'au genou.

Un par un, les prisonniers furent détachés. Personne ne tenta de fuir dans le désert. Chacun, une fois libéré, prit la direction de Klima. Il n'y avait pas d'autre endroit où aller.

L'homme qui avait crié : « J'ai fait la marche jusqu'à Klima ! » fut libéré. Il partit en trébuchant vers les bâtiments, courant, tombant presque.

Nous fûmes détachés, Hassan et moi. Nous prîmes la direction de Klima, suivant les hommes qui nous précédaient.

Nous arrivâmes près d'une silhouette gisant dans le sel. C'était l'homme qui avait couru, celui qui avait crié, incrédule : « J'ai fait la marche jusqu'à Klima ! »

Nous retournâmes le corps dans le sel.

– Il est mort, dit Hassan.

Nous nous redressâmes.

Dix-neuf hommes étaient arrivés à Klima.

Je me retournai et vis Hamid, qui était payé par le Gardien des Dunes, l'Ubar du Sel, qui était également censé être le lieutenant fidèle de Shakar, capitaine des Aretai. Il fit pivoter son kaiila et, dans un déluge de sel, suivant ses compagnons, disparut derrière la crête.

Je regardai le soleil impitoyable. Sa présence indomptable semblait emplir le ciel.

Je baissai la tête.

Autour du poignet gauche, noué, blanchi par le soleil, j'avais un carré de soie. Il sentait encore un peu le parfum d'une esclave qui, achetée, avait été utile aux Kurii, qui avait témoigné contre moi aux Neuf Puits, qui, avec mépris et insolence, m'avait envoyé ce symbole de sa considération, un morceau de soie parfumée, afin que je me souvienne d'elle tandis que je servirais à Klima. Je n'oublierais pas de sitôt la jolie Vella. Je me souviendrais d'elle.

Je regardai à nouveau le soleil puis, amer, tournai la tête. Je chassai la femme de mes pensées. Ce n'était qu'une esclave, de la chair à collier.

Ce qui comptait, c'était le travail des Prêtres-Rois. Nous n'avions pas trouvé la tour d'acier, Hassan et moi. Nous avions échoué.

J'étais amer.

Puis je suivis Hassan qui avait pris de l'avance ; pataugeant dans le sel, je le suivis vers Klima.

15

T'ZSHAL

A Klima, et dans d'autres régions semblables, le sel est une industrie. Des milliers d'hommes y servent, captifs dans le désert. Klima possède son eau mais dépend des caravanes sur le plan de la nourriture. Ces réserves de nourriture sont déposées à quelques pasangs des bâtiments, où les Esclaves du Sel vont ensuite les chercher. De même, les lourds cylindres de sel, produits et moulés à Klima, sont transportés à dos d'esclave des entrepôts de Klima aux zones de stockage du désert, où ils sont répertoriés, vendus et distribués aux caravanes. Les cylindres pèsent dix Pierres, c'est-à-dire un Poids goréen, soit vingt kilos. Un kaiila normal transporte dix cylindres de ce type, cinq de chaque côté. Un kaiila plus fort peut en porter seize, huit de chaque côté. La charge est toujours équilibrée. Il est difficile pour un animal ou un homme, naturellement, de porter une charge mal équilibrée. Le sel de Klima est généralement blanc mais quelques mines produisent du sel rouge, teinté par l'oxyde de fer qui entre dans sa composition, que l'on appelle : le Sel Rouge de Kasra car c'est dans ce port du confluent du Fayeen Supérieur et du Fayeen Inférieur qu'il est embarqué.

Dans le passé géologique de Gor il semble que les régions productrices de sel, comme des flaques éparpillées de résidus cristallins, soient les vestiges de ce qui fut autrefois une ou plusieurs mers intérieures très salées. Il est possible que, dans un passé lointain, un bras de Thassa soit venu jusque-là, ou bien y soit venu et, plus tard, à la suite de dislocations séismiques ou de la dérive des continents, se soit trouvé isolé de la masse d'eau principale, formant ainsi une ou plusieurs petites mers. Ou peut-être les mers étaient-elles indépendantes, nourries par des fleuves qui emportaient le sel accumulé sur les rochers sur des milliers de pasangs carrés. On l'ignore. Dans les régions productrices de sel, on trouve le sel soit sous forme solide, soit en solution. Klima est célèbre pour ses mines inondées. On trouve le sel solide soit à la surface du sol, soit sous la surface. Avec la disparition de la mer et le tassement des strates, certains pasangs cubiques de sel, dans certaines régions, ont été comprimés en une matière compacte qui ressemble à du granit et dans laquelle on peut creuser des tunnels. Certains de ces dépôts sont très profonds. Les hommes y vivent, parfois plusieurs semaines de suite. Dans d'autres régions, ces dépôts sont proches de la surface et les hommes y travaillent comme dans des mines à ciel ouvert ou des carrières. Par endroits, ces montagnes de sel font deux cents mètres de haut. A Klima, toutefois, l'essentiel du sel est dissous. Il s'agit de vestiges souterrains des mers disparues qui ont glissé dans des fissures et, protégés de la chaleur, sont toujours alimentés par d'antiques cours d'eau qui coulent à présent lentement sous la surface, restes cachés d'un océan autrefois puissant dont les vagues roulaient, il y a longtemps, sur la surface de Gor. Le sel en solution est produit de deux manières, en creusant puis en remplissant les trous d'eau et, dans les mines profondes, en envoyant des hommes chercher l'eau saturée de sel. Dans le cas des forages, deux systèmes sont utilisés : le système à double tube et le système à tubes séparés. Dans le système à double tube, de l'eau douce est envoyée dans la cavité par un tube extérieur et la solution saline sort, bouillonnante, par le second tube, ou tube intérieur, qui se trouve dans le premier. Dans le système à tubes séparés, deux tubes, séparés par plusieurs mètres, sont utilisés, l'eau douce étant introduite dans le premier et la solution saline, le sel étant dissous par l'eau douce, sort par l'autre. Le système à tubes séparés est considéré comme plus efficace par les Maîtres du Sel. L'avantage du système à double tube est qu'il suffit d'un seul forage. Les deux systèmes, naturellement, utilisent des pompes. Mais l'essentiel du sel de Klima provient des célèbres mines. Ces mines sont de deux types : « ouvertes » ou « fermées ». Les hommes, dans les mines fermées, descendent effectivement à l'intérieur et, à pied ou sur des radeaux, se déplacent sur la solution, remplissant leurs récipients puis en déversant le contenu dans des sacs suspendus à des crochets et que l'on remonte avec des treuils. Le récipient de ramassage, pas le récipient de stockage, est une sorte de cône perforé avec une anse à laquelle est attachée une corde. On le traîne dans la solution puis on le soulève de sorte que l'eau libre s'échappe, ne laissant que la bouillie de sel qui est ensuite versée dans de grands récipients en bois. Ces récipients sont ensuite versés dans les sacs de levage, lesquels comportent un anneau qui se fixe au crochet de la corde. Par endroits, les mines sont à ciel ouvert, l'eau étant renouvelée par de petites sources souterraines qui compensent l'évaporation, laquelle est très importante compte tenu de la chaleur qui règne au Tahari. Les hommes ne durent pas longtemps dans les mines à ciel ouvert. Les infiltrations souterraines qui, par endroits, remplissent les mines, dans d'autres endroits, passant à travers des strates dépourvues de sel, fournissent de l'eau douce à Klima. Elle a un goût légèrement salé, comme presque toute l'eau du Tahari, mais elle est parfaitement potable, n'étant pas passée dans les dépôts de sel. Elle ne présente que le sel normalement contenu dans l'eau du Tahari. Le sel de l'eau douce du Tahari, incidemment, n'est pas sans vertu car il contribue dans une certaine mesure, quoique cela ne soit pas suffisant, à compenser la perte de sel due à l'évaporation chez les hommes et les animaux. Le sel, naturellement, comme l'eau, est essentiel à la vie. Transpirer est dangereux dans le Tahari. Cela n'est pas sans rapport avec les mouvements élégants, presque paresseux, des nomades et des animaux du Tahari. Les lourds vêtements du Tahari, également, ont pour objet la prévention de la perte d'eau, la rétention de l'humidité de la peau, réduisant l'évaporation. On ne peut se permettre de transpirer abondamment que lorsque l'on dispose de beaucoup d'eau et de sel.

Outre les mines des régions productrices de sel, il y a des entrepôts et des bureaux dans lesquels des comptes complexes sont tenus à jour et d'où les chargements sont envoyés dans les zones de stockage du désert. Il y a aussi les zones de traitement où le sel est séché et raffiné à divers degrés de qualité par un système complexe de tables et de plats, généralement exposés au soleil. Les esclaves sont chargés de ce travail, étalant, remuant et tamisant. Il y a également les ateliers de moulage où le sel est pressé en gros cylindres de sorte qu'il soit possible de les attacher avec des cordes, puis de les charger sur les kaiilas. Il y a neuf qualités de sel. Tous les cylindres portent la marque de leur qualité, celle de la région de production et celle du Maître du Sel de cette région.

Inutile de dire que Klima dispose également, nécessaire à l'industrie du sel qui y est concentrée, de l'intendance indispensable à ces opérations d'extraction et de transformation. Il y a des cuisines et des dépôts de vivres, des dortoirs et des réfectoires, des fosses où sont enfermés les délinquants, des points de rassemblement, des forges et des boutiques, les quartiers des gardes et des Scribes, leur infirmerie et ainsi de suite. Sur de nombreux plans, Klima fait penser à une communauté, sauf sur deux points importants : il n'y a ni femmes ni enfants.

Tandis que nous approchions de Klima, Hassan me dit :

– Laisse le carré de soie que tu portes au poignet dans les croûtes de sel, cache-le.

– Pourquoi ? demandai-je.

– C'est de la soie d'esclave, répondit-il, et elle porte encore un parfum de femme.

– Pourquoi dois-je le laisser ?

– Parce que, à Klima, dit-il, les hommes vont te tuer pour te le voler.

Je cachai le carré de soie dans les croûtes, près d'un bâtiment bas couvert d'enduit blanc.

L'homme qui s'adressait à nous était T'Zshal, Maître du Dortoir 804.

– Vous êtes libres de quitter Klima quand vous le voulez, dit-il. Personne n'est retenu ici contre sa volonté.

Il était debout devant nous.

Nous étions assis sur le plancher de la cabane, nus. Nous étions attachés les uns aux autres par le cou avec une corde légère. Elle aurait suffi, en fait, pour attacher des femmes. Pourtant, personne ne la coupa ; personne ne s'échappa.

– Je ne plaisante pas, reprit l'homme.

Nous étions à Klima depuis quatre jours. On nous avait donné beaucoup d'eau et on nous avait bien nourris. Nous étions restés à l'ombre. La corde nous avait été passée au cou lorsque nous étions arrivés du désert, afin que nous ne soyons pas séparés. On nous dit de ne pas la retirer ; nous ne la retirâmes pas. Quatre hommes, cependant, avaient été libérés ; ils étaient morts des conséquences de la marche. Ainsi, au bout du compte, seulement quinze hommes avaient survécu à la marche.

– Non, dit T'Zshal, je ne plaisante pas.

Il portait des bottes, un pantalon de toile large, une ceinture rouge ; dans la ceinture était glissée une dague courte, courbe. Sa poitrine nue était poilue ; il portait le kaffiyeh et l'agal, mais ils étaient en reps. Il portait la barbe. Il avait un fouet, le « serpent », symbole de l'autorité qu'il exerçait sur nous. Derrière lui, armés de cimeterres, se tenaient deux gardes, également torse nu, avec des turbans plats, en reps. La lumière entrait dans le dortoir par une ouverture du plafond.

Il s'approcha de nous. Plusieurs hommes se tassèrent sur eux-mêmes. Il sortit sa dague courbe et coupa les cordes que nous avions au cou.

– Vous êtes libres de partir, dit-il.

Personne ne bougea.

– Ah, fit-il, vous décidez de rester. C'est votre décision. Très bien, je l'accepte. Mais, si vous restez, vous devez le faire à mes conditions.

Il fit soudain claquer son fouet. Le claquement fut bref, puissant.

– Est-ce bien compris ? demanda-t-il.

– Oui, dirent quelques hommes, avec empressement.

– A genoux ! aboya T'Zshal.

Nous nous agenouillâmes.

– Mais serez-vous autorisés à rester ? demanda-t-il.

Plusieurs hommes se regardèrent avec appréhension.

– Peut-être que oui. Peut-être que non, souligna T'Zshal. Cette décision, voyez-vous, m'appartient. (Il roula le fouet.) Il n'est pas facile de gagner sa vie, à Klima. A Klima, les prix sont élevés. Vous devez gagner le droit de rester à Klima. Vous devez travailler dur. Vous devez me satisfaire... en tout point.

Il regarda les visages, tous les visages, un par un.

Il ne demanda pas si nous avions compris. Nous comprenions.

– Cependant nous pouvons, demanda Hassan, partir quand nous en avons envie ?

T'Zshal le dévisagea. De toute évidence, il se demandait s'il était fou. Je souris. T'Zshal était troublé.

– Oui, répondit-il.

– Très bien, dit Hassan, notant ce point.

– Il y a peu de cuir, à Klima, souligna T'Zshal. Il y a peu d'outres. Celles qui existent font un talu. Elles sont gardées.

L'eau, à Klima, est généralement transportée dans de petits seaux, accrochés à des jougs en bois, avec de petits robinets pour les esclaves. Un talu correspond approximativement à huit litres. Une outre d'un talu est une petite outre. C'est ce type d'outre que les nomades utilisent lorsqu'ils gardent les verrs à proximité du camp. Les caravanes ont rarement ce type d'outre, sauf pour les accrocher à la selle des éclaireurs.

– As-tu l'intention, s'enquit T'Zshal, s'adressant à Hassan, de voler quelques outres, de les remplir après avoir neutralisé les gardes, puis de quitter Klima à pied ?

Même, naturellement, s'il était possible de se procurer plusieurs outres et de les remplir d'eau, il ne semblait pas probable que l'on puisse transporter assez d'eau pour traverser le désert.

Hassan haussa les épaules.

– C'est une idée, reconnut Hassan.

– Tu dois penser que tu es fort, releva T'Zshal.

– J'ai fait la marche jusqu'à Klima, répondit Hassan.

– Nous avons tous fait la marche jusqu'à Klima, précisa T'Zshal.

Cette déclaration nous stupéfia.

– Tous ceux qui habitent Klima, expliqua T'Zshal, ont fait cette marche. (Il nous regarda.) Tous ceux qui sont ici, reprit-il, mes Jolis, sont des Esclaves du Sel, des Esclaves du Désert. Nous extrayons le sel pour les hommes libres ; nous sommes nourris.

– Même le Maître du Sel ? s'enquit Hassan.

– Lui aussi, il y a bien longtemps, est arrivé nu à Klima, affirma T'Zshal. Nous nous organisons en fonction de la compétence et de l'acier. Nous, esclaves, avons constitué une nation que nous administrons à notre convenance. Le sel étant produit, les étrangers n'interviennent pas dans nos affaires. Nous sommes autonomes.

– Et nous ? dit Hassan.

– Vous, dit T'Zshal avec un sourire ironique, vous êtes les véritables esclaves, car vous êtes les esclaves des esclaves.

Il rit.

– Es-tu arrivé encapuchonné à Klima ? demanda Hassan.

– Oui, comme nous tous, même le Maître du Sel en personne, répondit T'Zshal.

C'était une information décevante. Hassan avait certainement dans l'idée de contraindre un garde, ou un Maître de Dortoir, peut-être T'Zshal lui-même, à le guider dans le désert, s'il parvenait à se procurer de l'eau. Et il apparaissait à présent, et il n'y avait pas de raison de mettre en doute la parole du Maître de Dortoir, qu'aucun habitant de Klima n'en était capable.

Nous savions, en gros, que le Rocher Rouge, la kasbah de l'Ubar du Sel et le reste se trouvaient au nord-ouest de Klima mais, faute de connaître précisément la direction, cette information était inutile. Même pendant une marche d'une journée, on peut passer sans le savoir près d'une oasis, la manquant de quelques pasangs.

La connaissance des pistes est capitale.

Personne, à Klima, ne connaissait les pistes. Les hommes libres, les maîtres, y veillaient.

En outre, pour protéger le secret des régions productrices de sel, les pistes n'étaient pas indiquées. C'était une précaution destinée à protéger le monopole du Tahari en ce qui concernait le sel, comme si le désert lui-même ne suffisait pas.

T'Zshal sourit, paraissant un instant humain, oubliant son rôle de Maître de Dortoir.

– Personne, mes Jolis, dit-il, ne sait quitter Klima. Il n'y a, par conséquent, dans le désert, aucun moyen de quitter Klima.

– Il y a un moyen, releva Hassan. Il suffit de le trouver.

– Bonne chance ! lança T'Zshal.

Avec son fouet, il montra la porte ouverte du dortoir.

– Pars, fit-il.

– Je décide de rester un peu, dit Hassan.

– Mon Dortoir est honoré, souligna T'Zshal, inclinant la tête.

Hassan inclina également la tête, politesse du Tahari lorsqu'on accepte un compliment.

T'Zshal sourit.

– Sachez cependant ceci, reprit-il. Si vous nous quittez, cela nous déplaît parce que notre hospitalité a été rejetée. Rares sont ceux qui reviennent à Klima. Parmi ceux qui reviennent, rares sont ceux qui survivent aux fosses pénitentiaires, et ceux qui y survivent travaillent ensuite dans les mines à ciel ouvert.

Il leva son fouet, regardant sa courbe élégante. C'était un serpent avec de nombreux crocs, petits morceaux de métal tressés dans le cuir.

– Klima, dit T'Zshal lentement, vous apparaîtra peut-être comme un endroit sauvage, terrible. C'est peut-être le cas. Je ne sais pas. J'ai oublié tous les autres endroits. Pourtant, à mon avis, il n'est pas différent du monde tel qu'il est de l'autre côté de l'horizon. A Klima, vous constaterez que, comme ailleurs, il y a ceux qui tiennent le fouet et ceux qui creusent et meurent. (Il nous regarda.) Ici, ajouta-t-il, dans ce dortoir, c'est moi qui tiens le fouet.

– Comment, demandai-je, devient-on Maître de Dortoir ?

– Tue-moi, répondit T'Zshal.

16

NOUS ACCEPTONS D'ACCOMPAGNER T'ZSHAL

Je tenais dans la main droite la corde enroulée qui était attachée à l'anse du cône métallique perforé qui se balançait sur ma gauche.

Il faisait frais, dans la mine, sur le grand radeau. Aux quatre coins du radeau, sur un pieu, il y avait une petite lampe à huile. Il faisait noir, dans la fosse, à l'exception de la lumière de nos lampes et de celles des autres radeaux. Je voyais deux autres radeaux, éclairés dans le noir, le premier à deux cents mètres, l'autre à plus d'un pasang. Par endroits, nous pouvions voir le plafond de la mine, quelques dizaines de centimètres au-dessus de nos têtes ; ailleurs, il se perdait dans l'obscurité, se trouvant peut-être plusieurs dizaines de mètres au-dessus de nous. J'estimais que nous étions à plus de cent mètres sous la surface du sol. Le radeau, sur les eaux noires, denses, bougeait sous nos pieds.

Je lançai le cône, dans le noir, laissant la corde se dérouler, entraînée par le cône qui disparaissait, coulait.

Je partageai le radeau avec huit hommes, trois autres ramasseurs équipés de cônes, quatre rameurs et un timonier. Les ramasseurs et les rameurs changeaient périodiquement de position. Le radeau est dirigé par un gouvernail situé à l'arrière et manœuvré par le timonier. Il est propulsé par les rameurs. Les gaffes sont lestées à l'extrémité inférieure et font environ six mètres de long. Une gaffe, lâchée dans l'eau, reste droite, un mètre environ sortant de l'eau. Le lest permet de maintenir plus aisément la gaffe, qui est longue, dans l'eau. Son maniement est ainsi moins fatigant. Le fond des mines, en général, se trouve quatre mètres cinquante sous la surface de l'eau. Il y a des endroits, cependant, où la profondeur dépasse la longueur des gaffes. Dans ces endroits, on utilise les pagaies. Chaque radeau dispose de quatre pagaies rangées près des récipients en bois contenant la solution saline. Il est difficile et laborieux, toutefois, de mouvoir ainsi les lourds radeaux. Le radeau fait approximativement quatre mètres de large et entre sept mètres cinquante et huit mètres de long. Chaque radeau comporte une estrade basse sur laquelle sont posés les récipients, grandes cuvettes en bois d'environ un mètre de haut et un mètre vingt de diamètre. Chaque radeau en a quatre disposés soit sur les côtés soit au centre. Les nôtres se trouvaient sur les côtés. Cette disposition facilite le déchargement ; la disposition en carré central permet d'augmenter l'espace disponible sur le pont à l'avant et à l'arrière. Du point de vue du ramassage, les dispositions sont équivalentes, à ceci près que les ramasseurs, naturellement, pour se faciliter le travail, se placent différemment. Lorsqu'on est droitier, on travaille avec le récipient de gauche, de sorte que l'on puisse se tourner et, avec la main droite, basculer le cône, le tenant avec la main gauche.

Je laissai le cône descendre jusqu'au fond.

Les récipients sont, sur les quais du sel, soulevés au moyen de poulies et de contrepoids. L'équipage du radeau exécute ce travail. Lorsque les récipients sont suspendus, ils sont basculés et la solution saline, avec des pelles, est versée dans un grand sac à large ouverture et comportant un anneau. Ceux-ci, posés sur des wagonnets roulant sur des rails en bois recouvert de métal, sont transportés jusqu'aux cordes équipées de crochets. Les cordes montent jusqu'à la surface et reviennent. Les hommes qui manœuvrent le treuil, à la surface, montent le sac, qui redescend ensuite vide. L'anneau lesté ne peut pas se désengager parce que, à son tour, chaque crochet, avant que le sac soit vidé, engage un des nombreux pivots de la machinerie, laquelle ne peut plus tourner alors que dans un seul sens. Il y a vingt pivots, montés sur un grand cercle ; lorsqu'un crochet sort, libéré par la pesanteur, un autre crochet est déjà engagé, maintenu en place par le poids des sacs qui montent. Les sacs vides sont accrochés aux crochets tombés, puis redescendus dans la mine.

Le timonier, lorsqu'il ne s'occupait pas de la barre, avait une lance. Nous n'étions pas seuls dans la mine.

Je tirai le cône, dans la solution saline, vers le radeau.

J'avais appris avec stupéfaction que les mines, qui étaient en réalité un réseau de petites mers souterraines, n'étaient pas dépourvues de vie. Je pensais qu'il s'agissait d'eau stérile, à cause de l'absence de lumière empêchant la photosynthèse et le commencement de la chaîne de la nourriture, ainsi que de la haute teneur en sel du fluide. Un homme, par exemple, ne peut couler dans cette eau. C'est une des raisons pour lesquelles, dans cet environnement, il est nécessaire de lester les gaffes. Cela permet de contrebalancer la portance du fluide salé. Mes déductions initiales, toutefois, concernant la stérilité de ces petites mers, étaient fausses.

– Regardez ! cria un ramasseur.

Je vis également. Les autres hommes vinrent de mon côté du radeau et nous vîmes l'eau bouger. Le timonier dirigea la pointe de sa lance vers l'eau, attentif également.

Je tirai lentement le cône de métal perforé. L'eau s'en échappa en petits jets irréguliers qui tombèrent dans l'eau et sur les planches du radeau. Puis je levai le cône et versai la solution saline dans le récipient, grande cuvette en bois qui se trouvait à ma gauche. Je n'enroulai pas à nouveau la corde. Je regardais également l'eau.

La lumière de nos lampes clignotait à la surface, jaunâtre, en reflets changeants, éparpillés.

– Là ! cria un homme.

Les lelts sont souvent attirés par les radeaux, principalement grâce aux vibrations de l'eau perçues par leurs protubérances latérales anormalement développées et leur récepteur de vibrations crânien, en forme de fougère, captant celles des cônes et des gaffes. En outre, bien qu'ils soient aveugles, je crois que la lumière, ou la chaleur peut-être, des lampes, les attire. La petite tête dépourvue d'yeux jaillit hors de l'eau et les filaments en forme de fougère, sur les côtés de la tête, s'ouvrent et se ferment, s'orientant vers l'une ou l'autre lampe. Le lelt fait entre vingt et trente centimètres de long. Il est blanc, avec de grandes nageoires. Il nage lentement et régulièrement, ses nageoires ne déplaçant que très peu d'eau ce qui, apparemment, contribue à sa discrétion, dans l'eau, et facilite la détection de ses proies, qui sont constituées de plusieurs variétés de minuscules créatures segmentées, principalement des isopodes. Le cerveau du lelt est intéressant du fait qu'il contient un centre de perception des odeurs exceptionnellement développé et deux centres de réception des vibrations. Son organe de l'équilibre, ou « oreille » interne, est également exceptionnellement gros et est relié à un centre cérébral, lui aussi exceptionnellement grand. Son centre visuel, en revanche, est atrophié et sous-développé, vestige, souvenir génétique vague d'un organe abandonné depuis longtemps au cours de l'évolution de l'animal. Parmi les lelts il y avait également, de temps en temps, de toutes petites salamandres, blanches et aveugles, elles aussi. Comme les lelts, elles étaient longues, comparativement à leur grosseur, et capables de grandes périodes d'hibernation ; en outre, elles possédaient un métabolisme lent, ce qui est utile dans un environnement où la nourriture n'est pas abondante. Contrairement aux lelts, elles ont des pattes longues et minces. Au début, je les prenais pour des lelts nageant rapidement autour des radeaux, jusqu'aux filaments sur les côtés de la tête, mais ces filaments, dans le cas des salamandres, bizarrement, ne sont pas des capteurs de vibrations mais un système extérieur de branchies. Ce système, répandu chez les animaux n'ayant pas terminé leur croissance, existe chez les salamandres adultes qui, dans cet environnement, possèdent des branchies permanentes. Les branchies du lelt se trouvent sur la partie inférieure de sa mâchoire, non sur les côtés, comme c'est le cas chez presque tous les poissons. Les branchies extérieures des salamandres, apparemment, leur permettent de chasser, dans les mêmes endroits que les lelts, les mêmes proies, les vibrations de ces organes étant similaires, sans les effrayer, en agitant l'eau et alertant les proies possibles. Ils chassent souvent dans les mêmes endroits. Bien que ce type de salamandre possède des récepteurs de vibrations latéraux, comme le lelt, il n'a pas de récepteurs crâniens et ses récepteurs latéraux n'ont pas la sensibilité de ceux du lelt. En suivant le lelt, sans le déranger, la salamandre trouve parfois plus aisément sa proie. En revanche la salamandre, au moyen de ses pattes et de ses pieds, peut déloger des proies inaccessibles pour le lelt. La longueur des pattes minces de la salamandre, incidemment, lui permet de quadriller l'eau. Elle prend de petites proies tandis qu'elles nagent. Les longues pattes ne font guère vibrer l'eau. En outre, elles permettent à l'animal de se déplacer efficacement, couvrant des distances importantes sans dépenser beaucoup d'énergie. Dans un environnement ténébreux, où la nourriture est rare, la conservation de l'énergie est un élément capital. Les longues pattes minces de la salamandre lui permettent également de se dresser sur le fond, de sorte qu'il lui est possible de repérer les vibrations des proies sur une distance plus importante. La station debout, chez l'homme, représente des avantages similaires, visuellement, en augmentant le champ visuel mais aussi, naturellement, en lui permettant de repérer les dangers alors qu'ils sont encore éloignés et, peut-être, évitables.

Mais ce n'étaient ni les lelts ni les salamandres qui expliquaient pourquoi nous nous intéressions aux mouvements de l'eau.

– Là ! cria l'homme. Il revient !

Mais il disparut. Je ne l'avais pas vu.

Dans les mines, il n'y a pas de lumière, sauf celle que les hommes produisent. Sans lumière, il ne peut y avoir de photosynthèse. Sans photosynthèse, il n'y a pas de réduction de l'oxyde de carbone, de formation de sucre, de début de la chaîne de la nourriture. En dernier ressort, dans ces conditions, la nourriture parvient dans les mines, généralement sous la forme de débris organiques, venant de centaines de sources, parfois éloignées de centaines de pasangs ; ces débris sont apportés par les alimentations d'eau douce, à travers de minuscules failles et fissures, et même à travers les roches poreuses, jusqu'aux vestiges des mers antiques qui se trouvent à présent sous le sol. Sur ces débris et dans ces débris, il y a diverses variétés de bactéries. Ces bactéries sont dévorées par les protozoaires et les rotifères. Ceux-ci, à leur tour, nourrissent de nombreuses créatures segmentées minuscules, telles que les isopodes, lesquels sont à leur tour mangés par de petites langoustes aveugles, les lelts et les salamandres.

Ces derniers, cependant, ne se trouvent pas au sommet de l'échelle de la nourriture. Parfois, on prend des lelts ou des salamandres dans les cônes. Ce n'étaient pas eux qui suscitaient l'intérêt des hommes.

– Est-ce Le Vieux ? demanda un homme.

– Je ne sais pas, répondit un autre.

Le timonier tenait sa lance levée.

– Là ! cria un homme, le bras tendu.

Je le vis alors, approchant lentement, puis faisant demi-tour. Les lelts et les salamandres disparurent, s'enfonçant dans l'eau. La créature s'évanouit. L'eau redevint calme.

– Il est parti, dit un homme.

– Etait-ce Le Vieux ? demanda un autre.

– Je ne sais pas, répondit le timonier, qui tenait toujours sa lance.

Il y avait plus de dix ans que l'on n'avait pas vu Le Vieux dans les mines.

– Il est parti, à présent, dit un autre homme.

– Regardez ! criai-je.

Cette fois il était près, faisant surface à moins de trois mètres du radeau. Nous vîmes la grosse tête lisse, sans yeux, blanche. Puis il plongea dans un mouvement de sa longue colonne vertébrale et de sa queue.

Le timonier était blême.

– C'est Le Vieux, dit-il.

Sur le dos blanchâtre, près de la nageoire dorsale, il y avait une longue cicatrice. La nageoire dorsale elle-même était partiellement déchirée et couverte de cicatrices. C'étaient les marques d'une lance.

– Il est revenu, dit un homme.

Les eaux étaient immobiles.

Au sommet de la chaîne de la nourriture des mines, il y avait un descendant, adapté à l'obscurité, de la terreur des mers antiques, le long requin du sel à neuf nageoires.

Les eaux étaient calmes.

– Ramassons le sel, dit un homme.

– Attendez ! prévint le timonier. Regardez bien d'abord.

Pendant plus d'un quart d'ahn, nous ne fîmes rien.

– Il est parti, dit un homme.

– Nous devons faire nos quotas, dit un autre ramasseur.

– Ramassez le sel, décida le timonier.

A nouveau, avec la corde et le cône, nous ramassâmes le sel.

– Les lelts ne sont pas revenus, me dit le timonier.

– Qu'est-ce que cela signifie ? demandai-je.

– Que Le Vieux est toujours là, répondit-il, regardant les eaux noires. (Puis il ajouta :) Ramasse le sel.

Je lançai à nouveau la corde et le cône.

Il se faisait tard.

Les lampes à huile, sur les pieux, aux coins du radeau, baissèrent.

Je me demandai comment il était possible de s'échapper de Klima. Même s'il était possible de se procurer de l'eau, il ne me semblait pas possible, à pied, de transporter assez d'eau pour quitter les régions productrices de sel. Et même s'il était possible de traverser des centaines de pasangs de désert à pied, il me semblait improbable, dans ces contrées désolées, que je puisse gagner le Rocher Rouge ou une autre oasis. Les habitants de Klima, par la volonté des hommes libres, leurs frères, ignoraient tout des pistes susceptibles de les conduire à la liberté. Je me souvins également du pauvre esclave que notre Chaîne avait rencontré, pendant la marche vers Klima. Il avait servi de cible, puis on l'avait tué. Personne, disait-on, ne revenait de Klima.

Je pensai aux Prêtres-Rois et aux Autres, les Kurii, ainsi qu'à leur guerre. Tout cela me semblait très loin.

Cela arriva très soudainement, jaillissant de l'eau, à moins d'un mètre cinquante de moi. Je vis l'homme, hurlant, entre les mâchoires. La tête faisait plus d'un mètre de large, blanche, avec des trous à la place des yeux. Le radeau bascula, heurté par son dos lorsqu'il tourna sur lui-même et s'éloigna dans le noir.

– Les gaffes ! hurla le timonier. Les gaffes !

Les esclaves prirent les gaffes et les enfoncèrent dans l'eau.

Une lampe s'éteignit.

J'entendais des hurlements, à présent, au loin. Compte tenu de la teneur en sel de l'eau, le requin du sel, lorsqu'il ne chasse pas, nage souvent à moitié hors de l'eau. Ses branchies, comme celles du lelt, sont situées sous la mâchoire. C'est une adaptation au sel qui économise l'énergie qui serait, autrement, continuellement utilisée pour conserver une attitude favorable à l'oxygénation.

– Je ne touche plus le fond ! cria un homme, désespéré.

Le radeau avait dérivé.

– Les pagaies ! cria le timonier, appuyé sur le gouvernail.

Les esclaves prirent les grandes pagaies posées près des récipients. Une autre lampe s'éteignit.

Seules deux lampes brûlaient encore.

– Vous autres, cria le timonier, prenez les gaffes !

Nous obéîmes. Nous espérions que les hommes, avec les pagaies, pourraient amener le radeau dans un endroit où il serait possible d'utiliser les gaffes.

– Il est parti, à présent, dit un pagayeur.

– C'est Le Vieux, précisa le timonier. C'est le crépuscule.

Je compris alors, grâce à ces paroles, ce que signifiait la rareté de la nourriture dans les mines. Quand la chasse est bonne, on chasse. On peut s'occuper plus tard des proies mortes, en chassant les lelts qui s'y attaquent. En outre, je m'interrogeais sur le requin du sel, aveugle, vivant dans le noir complet. Pourtant il chassait à l'aube et au crépuscule, apparemment guidé par des rythmes biologiques antiques. La longue créature fantomatique, chassant dans les eaux noires, suivait encore les rythmes de son horloge ténébreuse, réglée par son espèce un quart de million d'années auparavant, dans un monde disparu, lointain, ensoleillé.

– Vite ! cria le timonier. Vite !

La troisième lampe s'éteignit. Il ne restait plus qu'une seule lampe, à bâbord, à l'avant. Puis elle s'éteignit également.

Nous étions dans le noir. Autour de nous, ou en dessous de nous, nageait Le Vieux.

Nous étions dans le noir absolu. Il n'y avait pas de clair de lunes, pas même d'étoiles. Puis, dans le noir, un déluge d'eau salée s'abattit sur nous et nous entendîmes le grand corps, qui faisait plus de six mètres de long, s'abattre dans l'eau.

Puis, pendant quelques instants, tout fut calme à nouveau.

Nous entendîmes un coup sourd contre le radeau, perçûmes les vibrations du bois. Nous comprîmes que Le Vieux se trouvait sous le radeau. Le radeau se souleva, mais retomba. Nous nous accrochions, dans le noir, aux récipients pleins de solution saline. Par deux fois encore, le radeau se souleva et retomba.

Plus d'un quart d'ahn s'écoula. Nous crûmes que Le Vieux n'était plus là. Puis le radeau, à bâbord, parut s'enfoncer dans l'eau. Un homme hurla, terrifié, frappant avec sa pagaie. La grosse tête plongea sous l'eau. Le Vieux avait posé la tête sur le radeau, tentant de percevoir dans le noir.

Nous dérivâmes pendant plus d'une ahn, en silence, dans le noir. Puis, soudain, jaillissant hors de l'eau, le corps puissant s'abattit en travers du radeau, battant vigoureusement de sa queue puissante. J'entendis le craquement du bois, les récipients de solution saline, frappés et disloqués, tombant lourdement de leur estrade. J'entendis des hommes hurler, sentis que quelques-uns étaient projetés à plusieurs mètres du radeau, puis les entendis tomber dans l'eau.

Je me jetai à plat ventre dans les décombres de l'estrade cassée, m'accrochant aux morceaux de bois.

Il y eut des hurlements dans le noir. Plus d'un homme fut capturé.

– Je ne vois rien ! cria quelqu'un.

Quatre fois encore, le grand corps s'abattit sur le radeau.

A un moment donné, il roula sur mon dos, mais mon corps fut protégé par les décombres de l'estrade. Sa peau n'était pas rugueuse, abrasive, comme celle des autres requins, mais lisse, couverte d'un limon bactérien. Il roula sur moi sans m'arracher à mon abri. Il me toucha, mais je ne vis rien.

– Où êtes-vous ? cria quelqu'un, dans l'eau.

– Ici ! répondis-je. Le radeau est ici !

Je m'agenouillai sur le radeau. Je ne savais pas si j'étais seul ou non.

– Ici ! criai-je. Ici ! Ici !

– Au secours ! entendis-je. Au secours !

Deux hommes se hissèrent péniblement sur le radeau. L'un d'entre eux se mit à hurler. L'autre se hissa sur le radeau puis, stupidement, se mit à aller et venir.

– Baissez-vous ! criai-je.

– Sauve qui peut ! cria-t-il.

Il sauta dans l'eau.

– Reviens ! criai-je.

Je suppose qu'il voulait regagner le quai, qui se trouvait à plus d'un pasang, à la nage. Il ne revint pas, même quand je lui indiquai qu'il se trompait de direction.

– Pauvre imbécile, dit une voix.

– Hassan ! m'écriai-je.

– C'est moi, dit-il, près de moi.

– Au secours ! entendis-je.

Je cherchai une gaffe à tâtons, en trouvai une et la tendis en direction de la voix. Je tirai l'homme sur le radeau. Je tentai de sauver un autre homme de la même manière, mais il fut emporté, hurlant, par Le Vieux.

Je vis des lumières, celles d'un autre radeau qui approchait. A la proue, la lance levée, se tenait T'Zshal.

Les deux radeaux se heurtèrent doucement. Nous montâmes sur l'autre radeau.

– Il y a un autre homme dans l'eau, dis-je à T'Zshal. Il est parti par là.

– L'imbécile, dit T'Zshal. L'imbécile. (Il nous regarda.) Le Vieux, dit-il, ne posant pas la question.

Le timonier hocha la tête. Il avait survécu.

– Rentrons, dit un des hommes de T'Zshal, serrant sa gaffe.

T'Zshal nous regarda. Nous avions survécu, Hassan et moi, ainsi que le timonier et l'homme que j'avais sauvé. J'ignorais si l'homme qui avait sauté dans l'eau avait ou non survécu. A mon avis, il y avait peu de chances.

– Regagnons rapidement le quai, dit un des hommes de T'Zshal.

T'Zshal regarda les eaux noires.

– Le Vieux est revenu, émit-il, et il n'a pas oublié ses ruses.

– Retournons rapidement au quai, insista un homme.

– Un de mes hommes, rappela T'Zshal, est encore dans l'eau.

Il indiqua à ses compagnons la direction qu'il fallait prendre.

Ils gémirent mais ne désobéirent pas au Maître de Dortoir.

T'Zshal en personne se tenait à la proue, la lance dans une main, une lanterne dans l'autre.

Une ahn plus tard, nous retrouvâmes l'homme.

– Salut, dit l'homme.

– Salut, répondit T'Zshal, le tirant hors de l'eau.

– J'ai nagé, dit l'homme.

– Oui, répondit T'Zshal.

T'Zshal posa l'homme sur les planches du radeau.

L'homme ne semblait pas se souvenir du Vieux et de la raison pour laquelle il était dans l'eau. Il s'endormit.

– Regagnons le quai, dit T'Zshal.

Le lourd radeau fit demi-tour et prit la direction du quai. Nous nous regardâmes, Hassan et moi. Nous avions décidé de ne pas tuer T'Zshal.

– Demain, dit T'Zshal, au crépuscule, je reviendrai dans cette zone.

– Je t'accompagnerai, dis-je.

– Et moi aussi, dit Hassan.

17

CE QUI SE PASSA DANS LA MINE

Je crois que personne, sur le radeau, ce soir-là, n'avait pas perdu au moins un camarade, récemment ou autrefois, à cause du Vieux.

« Nous chassons Le Vieux », avait dit T'Zshal. Il avait visité plusieurs mines, souterraines ou à ciel ouvert, les entrepôts, les raffineries. « Nous chassons Le Vieux », avait-il dit. Et ils l'avaient suivi. Même dans l'ombre du donjon de Klima lui-même, bâtiment carré, trapu, aux allures de forteresse qui abrite l'armurerie, le domicile et les bureaux du Maître du Sel, il avait recruté notre équipage. Au sommet du donjon je vis, tendu dans le vent brûlant, sous le soleil impitoyable, défiant les mines et le désert lui-même, le drapeau de Klima, le fouet et le cimeterre. Personne n'avait été contraint ; personne, sur le radeau, n'avait répondu à la persuasion du fouet roulé ou de l'acier dénudé. Il y avait beaucoup d'hommes âgés, calmes et mûrs, noircis par le soleil. Tous étaient esclaves mais ils ne vinrent pas en tant qu'esclaves ; ils vinrent de leur propre chef, librement. « Nous chassons Le Vieux », avait dit T'Zshal. Il l'avait dit dans les mines, dans les entrepôts, dans les raffineries. « Nous chassons Le Vieux », avait-il dit. Et les hommes le suivirent.

Je crois que personne, sur le radeau, ce soir-là, n'avait pas perdu au moins un camarade, récemment ou autrefois, à cause du Vieux.

– Réveillez-moi, avait dit T'Zshal, quand les lelts seront partis.

Au fond de la mine, loin des quais du sel, nous arrêtâmes le radeau et l'immobilisâmes avec des gaffes, le maintenant autant que possible en place. Le timonier de la veille, pendant l'attaque du Vieux, tenait la barre qui gouvernait les mouvements de la plate-forme ouverte, peu maniable, qui constituait notre embarcation. Près de lui, seuls Hassan, d'un côté, et moi, appartenant à l'équipage de la veille, accompagnaient T'Zshal. Aux coins du radeau, des lampes, fixées sur des pieux, brûlaient. Néanmoins, nous avions des torches, en cas de nécessité.

– Réveillez-moi quand les lelts seront partis, avait dit T'Zshal. A présent, je vais dormir.

Il s'était allongé, derrière l'estrade sur laquelle on dispose les récipients contenant la solution saline, à l'avant, et s'était endormi. Près de lui, était posée une longue lance de près de trois mètres de long.

– Vas-tu empoisonner la lame ? avait demandé un homme, sur le quai du sel. Ceux qui accompagnaient T'Zshal n'avaient pas posé la question.

– Non, avait répondu T'Zshal.

Je me demandai s'il avait autrefois appartenu à la Caste des Guerriers.

Je regardai T'Zshal dormir, sa tête barbue sur un bras. Je me demandai pourquoi personne ne le tuait afin de devenir Maître du Dortoir à sa place. Comment se faisait-il que, détenant une souveraineté précaire sur notre dortoir, il ose dormir parmi des esclaves qui pourraient gagner son kaffiyeh et son agal, bien qu'ils soient en simple reps, en l'égorgeant avec sa dague glissée sous sa ceinture ? Le Maître du Dortoir, bien qu'esclave, est un Ubar, avec droit de vie et de mort, dans son domaine sordide. Comment se fait-il, me demandai-je, que cet homme peut survivre à la nuit, que cet homme ose tourner le dos aux sleens féroces, jaloux, parmi lesquels, avec son fouet, il marche en riant ? Sa volonté, sa parole, dans le dortoir, ont force de loi. Il peut, s'il le veut, attacher au soleil, fouetter ou tuer l'homme qui ne ramasse pas son quota de sel, ou frapper, administrant un châtiment féroce, redoutable, lorsque l'envie l'en prend, et pourtant, s'il était tué, son assassin ne serait pas puni, mais accéderait à son autorité et, à sa place, deviendrait Maître du Dortoir. Comment se fait-il, me demandai-je, que les hommes survivent à Klima et qu'ils ne s'entre-tuent pas continuellement ?

Je regardai les têtes des lelts et, parmi elles, les têtes pâles des salamandres, sortant de l'eau, attirés par les mouvements ou la conscience de la lumière ou de la chaleur des lampes.

Ils étaient près du radeau depuis plus d'une ahn, à présent, étant arrivés environ un quart d'ahn après que nous avions immobilisé notre embarcation malcommode.

Il est difficile de décrire l'obscurité des mines.

T'Zshal dormait.

Près de lui, était posée une lance ; sous sa ceinture rouge, était glissée la dague de sa charge.

– Les lelts restent, dit un homme, près de moi, qui tenait également une gaffe.

Je regardai les lelts et, parmi eux, çà et là, les salamandres. Leurs têtes lisses, blanchâtres, sortaient de l'eau, curieuses, orientées vers les diverses lampes du radeau. Je m'agenouillai sur le radeau et, rapidement, sortis un lelt de l'eau. Je le serrai dans la main. Il se débattit brièvement, puis s'immobilisa. Le lelt est un petit poisson au corps très long proportionnellement à sa grosseur, et aux grandes nageoires. En général, il nage lentement, régulièrement, économisant l'énergie dans le monde noir et salin où se déroule son existence. Il y a peu à manger, dans ce monde ; c'est un désert liquide, désolé, noir, aveugle et frais. Il nage lentement, économisant l'énergie, sans alerter sa proie, généralement des vers plats et des isopodes. Je retournai le lelt, regardant les petites dépressions couvertes situées sur les côtés de sa tête. Je me demandai s'il était capable de percevoir vaguement la lumière. Existait-il une aptitude, une prédisposition génétique à la perception de la lumière, comme une mémoire génétique presque oubliée, enfouie dans le petit cerveau linéaire tout simple situé au sommet de la moelle épinière ? Ce n'est pas possible, me dis-je. Les minuscules branchies, bizarrement situées sous la mâchoire, s'ouvraient et se fermaient. Elles faisaient un bruit à peine perceptible. Je baissai la main et le remis dans l'eau. Il disparut. Puis je le vis à nouveau, à quelques dizaines de centimètres du radeau. Sa tête sortait à nouveau de l'eau, orientée vers la même lampe.

– Pourquoi ne l'as-tu pas mangé ? demanda mon voisin.

Je haussai les épaules. Certains Esclaves du Sel mangeaient les lelts, crus, les sortant de l'eau ou les prenant dans leurs cônes.

La première bouchée est prise à la base du cou.

Je regardai le poisson.

Peut-être ont-ils une conscience vague de la lumière. Peut-être est-ce simplement la chaleur qui les attire. Je suppose que, dans les mines de sel, une de nos petites lampes doit apparaître, à ceux qui ne connaissent que le noir pendant toute leur vie, comme la gloire d'un millier de soleils. Nous ne savons pas grand-chose des lelts. Mais nous savons qu'ils sortent du noir et lèvent les trous aveugles de leurs yeux vers les sources de lumière.

– Tu aurais pu me le donner, me reprocha mon voisin.

– Je n'y ai pas pensé, répondis-je.

Je me dis que, de même, nous ne savons pas grand-chose des hommes. Mais nous savons qu'ils cherchent la vérité. Je ne sais pas s'ils peuvent la voir. Peut-être sommes-nous incapables de voir la vérité. Peut-être la nature nous a-t-elle refusé ce don. Peut-être pouvons-nous seulement sentir sa présence. Peut-être pouvons-nous seulement sentir sa chaleur. Peut-être suffit-il d'être exposé de temps en temps à sa présence.

– Les lelts sont partis, annonça l'homme.

Les eaux étaient noires, apparemment vides. Les lelts et les salamandres étaient partis.

– Réveille-toi, T'Zshal, dit l'homme.

Les cheveux se dressèrent sur ma nuque.

Soudain, à ce moment-là, je compris l'institution du Maître du Dortoir et des lois ténébreuses gouvernant son domaine, comment elles réglaient et ordonnaient le comportement des habitants de Klima.

– Les lelts sont partis, souffla l'homme.

Je regardai T'Zshal, sa grosse tête barbue sur le bras, la lance posée près de lui.

Je m'étais demandé pourquoi les hommes ne tuaient pas T'Zshal et les autres Maîtres du Dortoir, pourquoi l'organisation sociale était aussi stable. Je savais, à présent. C'était parce que l'assassin, à son tour, deviendrait Maître du Dortoir. Il lui faudrait assumer cette responsabilité redoutable. Le fardeau effroyable de l'autonomie, de la liberté, lui appartiendrait. Il faut parler avec prudence quand les paroles que l'on prononce sont la loi. Il n'est pas facile d'être un maître à Klima. En outre, on serait alors le prochain mort. C'est payer cher le fouet. Il faut réfléchir soigneusement avant de tuer un Maître de Dortoir car les raisons pour lesquelles on commet un tel acte, si elles suffisent à justifier son assassinat, suffisent également à justifier l'assassinat de son successeur. Il y a deux contrôles importants de la charge de Maître de Dortoir, celui des hommes et celui du maître. Le contrôle des hommes consiste en ceci que l'assassin doit prendre la place de sa victime, avec ses vulnérabilités et ses hasards. Le contrôle du Maître de Dortoir est la fureur contenue, menaçante, de ses hommes. S'il ne gouverne pas intelligemment et correctement, s'il n'applique pas une justice rude, il provoque des dissensions et du ressentiment qui, parmi les hommes pris au piège de Klima, produiront tôt ou tard une insurrection. Il ne peut pas être doux avec eux, naturellement, car il est lui-même sujet aux sanctions de ses supérieurs, surtout en ce qui concerne les quotas de sel imposés à son dortoir. Néanmoins, il faut que l'un d'entre eux règne : il faut que l'un d'entre eux accepte le fardeau. Ce sont l'acier et la volonté qui empêchent la catastrophe et le massacre. Il faut que quelqu'un tienne le fouet. Qui sera assez courageux et fort pour le lever, parmi les bêtes sauvages de Klima ? Qui sera assez audacieux, assez généreux pour accepter la charge redoutable de Maître de Dortoir à Klima ?

– Réveille-toi, T'Zshal, souffla l'homme.

J'allai près de la silhouette allongée du Maître de Dortoir. Je posai la main sur son épaule.

– Réveille-toi, T'Zshal, dis-je. Les lelts sont partis.

T'Zshal ouvrit les yeux. Il s'assit. Avec les doigts et un peu d'eau, prise dans une outre, il se frotta les yeux. Il but. Il s'étira et se leva. Il examina les eaux entourant le radeau, noires et calmes. Il quitta sa chemise et ses bottes.

Les eaux étaient tranquilles.

Il était torse nu. Il portait le kaffiyeh et l'agal. Il était pieds nus. La dague était glissée sous sa ceinture. Il examina la longue pointe de la lance, passant le doigt sur le fil. La pointe était fixée à la hampe par quatre rivets. De sous sa ceinture, il sortit une longue lanière de cuir qu'il enroula à la base de la pointe de la lance, à l'endroit où elle était rivetée à la hampe, sur une quinzaine de centimètres, renforçant ainsi la hampe. Puis il prit de l'eau douce dans l'outre et mouilla la lanière de cuir. Ensuite, il posa la lance sur deux grands récipients en bois destinés à recevoir la solution saline.

Il n'y avait pas le moindre mouvement, autour du radeau.

Personne ne parlait.

T'Zshal fut le premier à le voir. Nous ne le vîmes qu'après qu'il eut perçu le mouvement léger.

Il s'était produit à une dizaine de mètres du radeau, à l'arrière et à tribord. Puis il disparut.

T'Zshal prit la lance, la tenant la pointe en bas. Il la serrait à deux mains.

– Ne restez pas au bord du radeau, dit-il.

Nous reculâmes.

Je me sentais joyeux. Je cessai soudain de ruminer les réalités et les vérités qui ne pouvaient être révélées aux hommes. Il suffit de savoir qu'elles existent. Il est inutile de rester à jamais le visage collé à un mur qu'il est impossible de pénétrer. Il faut rire, crier, être un homme. L'homme peut penser ; il doit agir. Au milieu de mystères impénétrables qui ne se soucient pas de lui, le dépassent, il existe, choisit, agit. La sagesse stipule qu'il ne faut pas planter l'arbre de la pensée là où il ne peut pas produire de fruits. On peut mourir de faim en essayant de manger une illusion de nourriture. Il y a des réalités, des vérités, auxquelles l'homme a accès. Ce sont celles de son espèce, de son être, de son domaine animal. Pour connaître ces vérités, il n'a pratiquement besoin que de son cerveau, de son sang, de ses yeux et de ses mains. Il écoute trop ce qui ne lui parle pas, ce qui ne peut pas lui parler. Dans les limites de son être, dans ce domaine étincelant, il doit pouvoir clamer la suprématie qui est la sienne ; il restera vide, sauf s'il s'en empare. Elles lui appartiennent ; il peut les prendre ou non. C'est à lui de choisir. Tout le reste est ténèbres et obscurité. Il chantera parmi les rochers et le silence. Il chantera pour lui-même ; la justification, c'est lui-même et la chanson. A quoi doit-il être fidèle, sinon à lui-même ? A quoi d'autre pourrait-il être fidèle ? Il est né chasseur. Il ne faut pas qu'il oublie le goût de la viande.

Il jaillit hors de l'eau à moins d'un mètre du radeau, sautant plus de trois mètres en l'air, dominant les planches, et T'Zshal, avec un cri de rage et de joie, alors que je hurlais également, enfonça profondément la lance dans le corps au moment où il tournait en l'air, mâchoires armées de dents comme des crochets, branchies triangulaires et courbes sous la mâchoire, dépressions sur les côtés de la grosse tête qui faisait plus d'un mètre de large, puis il retomba dans l'eau et ondula sous la surface, décrivant des cercles, sa grande nageoire dorsale, qui portait déjà d'anciennes cicatrices, passant et repassant.

– Salut, Le Vieux ! cria T'Zshal.

Il avait la lance ensanglantée à la main, couverte d'un fluide épais, noir dans la lumière des lampes.

Le Vieux fit à nouveau face au radeau. Il bougeait à peine dans l'eau. Il semblait nous surveiller.

– Il n'est pas content, dit un homme.

– Tu l'as mis en colère, dit un autre.

Mon cœur battait très fort. Je ne pensais pas, à ce moment-là, à nos camarades de la veille, tués par le monstre dans l'eau. Je pensais plutôt à l'animal, l'adversaire, et à la chasse. Je craignais qu'il ne renonce au combat.

Mais j'avais tort de craindre cela, car c'était au Vieux que nous avions affaire.

– Ah, Le Vieux, fit doucement T'Zshal, nous nous retrouvons.

Je me demandai pourquoi il avait dit cela.

– Protégez les lampes, dit T'Zshal à voix basse. Couvrez-les quand l'eau sera haute.

Si les lampes étaient perdues, et les torches encore éteintes, je ne pensais pas que nous rentrerions au quai du sel.

Je vis l'eau bouger près de la queue du Vieux. Il bougeait sa queue d'avant en arrière. Puis il glissa sous la surface.

– Tenez-vous aux récipients ! lança T'Zshal.

Nous sentîmes que le corps puissant du Vieux se tordait sous les grosses poutres du radeau. Puis le radeau se souleva, presque à quarante-cinq degrés, tandis que le monstre s'arc-boutait dessous, poussant. Les hommes glissèrent, quelques-uns tombèrent, mais personne ne fut projeté dans l'eau. Par quatre fois, Le Vieux tenta de faire basculer le radeau. Avant de quitter le quai, nous avions rempli les récipients de sel. Il ne put faire basculer le radeau. Les lampes ne s'éteignirent pas. Le Vieux décrivit à nouveau des cercles puis se tapit dans l'eau, à dix ou quinze mètres, paraissant nous surveiller.

Puis il disparut à nouveau. Il resta invisible pendant un quart d'ahn.

Puis, soudain, à bâbord, devant, il jaillit hors de l'eau à trois mètres de nous et s'abattit, dans un déluge d'eau, sur le radeau.

– Couvrez les torches ! cria T'Zshal. Protégez les lampes !

La lampe du coin avant, à bâbord, trempée, s'éteignit. Les hommes couvrirent les torches avec leur corps. Le Vieux disparut à nouveau.

– Il est peut-être parti, à présent, dit un homme.

– Peut-être, dit T'Zshal.

Les hommes rirent.

– Aiiii ! cria un homme.

Le Vieux sauta, se tordant, près de lui, à l'avant, sur bâbord. Il recula d'un bond. Le Vieux pivota, son énorme queue en forme de faux claquant sur les poutres. Elle coinça la jambe de l'homme contre un récipient, la cassant, la fléchissant bizarrement vers l'intérieur, sous le genou. Mais nous devinâmes que ce n'était pas l'homme que Le Vieux voulait. La queue, comme une branchette, avait arraché le pieu de la lampe, le projetant, tournoyant, avec une traînée d'huile enflammée, en dehors du cercle éclairé par nos lampes, dans l'eau noire et salée.

– Mettez les lampes au centre du radeau ! ordonna T'Zshal. Montez sur l'estrade des récipients !

Des plaques d'huile, provenant de la lampe arrachée, brûlèrent brièvement sur l'eau. Puis elles s'éteignirent.

Je regardai l'homme à la jambe cassée. Il s'accrochait à un récipient, du sel sur la joue, les bras et la poitrine. Il ne disait rien.

– Tu as été maladroit, commenta T'Zshal.

Le Vieux fit quatre fois le tour du radeau, s'arrêtant de temps en temps, comme pour nous surveiller.

– Si tu nous veux, tu dois venir nous chercher ! cria T'Zshal. Viens, mon petit, viens à T'Zshal. T'Zshal t'attend !

L'eau se mit à bouger autour de la queue du Vieux. Les trous de ses yeux se trouvaient juste à la surface de l'eau.

– Attention, dis-je à T'Zshal.

– Il arrive ! cria un homme.

Le corps long et énorme fila dans l'eau, la queue battant. Presque au bord du radeau, le corps jaillit hors de l'eau, se tournant sur le côté, la mâchoire ouverte, tendue, tombant, mordant les poutres. T'Zshal projeta la longue lance, presque droite, vers le monstre et elle coupa, entaillant le flanc sur plus d'un mètre. Les dents se refermèrent sur son pantalon bouffant, faisant pivoter T'Zshal sur lui-même, déchirant le tissu jusqu'à la hanche. T'Zshal frappa une nouvelle fois avec sa lance, l'enfonçant dans la queue du monstre au moment où il s'éloignait.

– Allumez une torche. Tenez-la bien haut ! ordonna T'Zshal.

Sa lance était levée. Sur la jambe gauche de T'Zshal, à l'endroit où le tissu avait été déchiré, je vis, blanche et large, irrégulière, une longue cicatrice. Elle faisait presque le tour de la jambe, faisant entre un et trois centimètres de large.

– Nous nous connaissons bien, Le Vieux ! cria T'Zshal. Reviens.

C'était la première fois que je voyais la cicatrice. Je compris alors que, à un moment donné, T'Zshal et Le Vieux s'étaient rencontrés.

T'Zshal et Le Vieux, comme il l'avait dit, se connaissaient bien. Je me demandai combien d'hommes de T'Zshal avaient été tués par Le Vieux. Beaucoup, à mon avis.

Dans la lumière des lampes, sur le radeau, sur les eaux noires, parmi nous, la lance levée, il attendait.

Nous restâmes silencieux.

Personne ne s'en doutait. Cela arriva par surprise, par-derrière, sous l'eau, puis les hommes se mirent à hurler, le bois vola en éclats, nous tombâmes les uns sur les autres et il ne resta plus qu'une seule lampe allumée, minuscule, dans le noir.

– Allumez les torches ! criai-je.

Des torches furent allumées à la lampe. Nous vîmes Le Vieux jaillir hors de l'eau, son corps énorme, puissant, se dressant au-dessus de nous, l'eau dégoulinant sur sa peau, le corps de T'Zshal entre ses mâchoires.

Je bondis dans l'eau. J'arrivai près du Vieux avant d'avoir réellement compris ce que je faisais. Les dents du Vieux, comme celles des longs requins de Gor, et celles de nombreuses espèces voisines, ainsi que celles des espèces similaires de la Terre, sont dirigées vers l'arrière ; la morsure immobilise les matières mordues qui ne peuvent être dégagées qu'en direction de la gorge. En bref, Le Vieux ne pouvait lâcher facilement sa proie. En outre le réflexe naturel, instinctif, de l'animal, serait de tenir, non de lâcher. Même pour Le Vieux, dans ces eaux noires, désolées, la nourriture devait être rare. Dans un tel environnement, on pouvait supposer que cet instinct serait pratiquement inflexible. Je saisis la nageoire latérale droite de l'animal. Il plongea et se frotta, se tordant, contre le sel du fond de la mine. Je ne lâchai pas prise. Je tendis la main vers la mâchoire. Elle était ouverte, serrée sur le corps de T'Zshal. Je pus mettre la main dans la mâchoire. Puis l'animal sauta et, accroché à sa nageoire, je jaillis hors de l'eau avec lui, le sel me piquant les narines et les yeux, à demi aveuglé. J'aperçus les torches, sur le radeau, j'entendis les cris des hommes, puis le squale, auquel j'étais toujours accroché, retomba dans l'eau, battant de la queue. Lorsqu'il retomba dans l'eau, il roula sur lui-même, me projetant en l'air. Je secouai la tête et lâchai la nageoire, me jetant vers la mâchoire. Le squale roula. Je lâchai prise. Je me retins au corps de T'Zshal. J'introduisis à nouveau le bras dans la mâchoire. Je posai la main sur la poignée de la dague. L'animal sauta à nouveau et je parvins à dégager la dague, la plongeant dans les branchies situées sous la mâchoire, adaptation à l'eau extrêmement salée des mines. Je ne savais ni combien il avait de cœurs, ni où ils se trouvaient. Ces éléments varient chez les requins goréens. En outre, le cœur est profondément enfoncé à l'intérieur du corps. Je ne pensais pas pouvoir l'atteindre avec la lame dont je disposais. Mais le tissu des branchies est délicat, semblable à des couches de pétales, essentiel pour extraire l'oxygène de l'environnement. Le monstre marin se débattit follement ; ses mâchoires s'ouvrirent, tentant de cracher leur victime, mais elle était maintenue en place par les dents ; il tenta de couper le corps en deux, mais celui-ci était profondément enfoncé, de sorte qu'il n'avait guère de force. Puis il se débattit plus faiblement. Le Vieux était toujours vivant quand je fus hissé, par Hassan et un autre homme, sur le radeau. Je ne pouvais lâcher la dague. Hassan m'ouvrit les doigts pour la retirer. Je restai allongé sur le radeau. Près de moi, gisait T'Zshal. A quatre pattes, je me dirigeai vers lui.

– Tu t'es laissé prendre par Le Vieux, dis-je.

– J'ai été maladroit, répondit-il avec un sourire.

Sa chair était déchirée. Je tentai de refermer les blessures.

– Le Vieux ? demanda T'Zshal.

– Mort, répondis-je.

La carcasse gisait dans l'eau, blanchâtre, flottant à cause de la teneur en sel.

– Bien, dit T'Zshal.

Puis il ferma les yeux.

– Il est mort, dit un homme.

– Allez chercher la pointe de la lance ! ordonnai-je. Déroulez la lanière de cuir. Apportez-moi la dague !

– Tu ne peux pas le sauver, fit Hassan.

Les poutres, sous le corps du Maître de Dortoir, étaient couvertes de sang. Mon front était couvert de sueur. Je regardai les blessures dans la lumière vacillante des torches. Il y avait du sel, sur mes mains, du sang. Je refermai, de mon mieux, les chairs déchiquetées.

– Je ne savais pas qu'il pouvait y avoir autant de sang dans un homme, dit quelqu'un, derrière moi.

– Apportez-moi ce que j'ai demandé ! ordonnai-je.

La lance, dont la hampe était brisée, flottait près du radeau. La lanière de cuir fut déroulée. La dague fut plantée dans le bois, près de moi.

– Aide-moi, dis-je à Hassan.

– Aie pitié de lui, dit Hassan. Tue-le.

– Aide-moi, répétai-je.

– Il n'y a pas d'espoir, insista-t-il.

– Nous avons partagé le sel, lui rappelai-je.

– Je vais t'aider, céda Hassan.

Utilisant la dague comme poinçon, perçant la chair, et la longue lanière de cuir de la lance, tandis que Hassan réunissait les bords déchiquetés des sillons, je parvins à recoudre grossièrement la chair déchirée.

A un moment donné, T'Zshal ouvrit les yeux.

– Laisse-moi mourir, supplia-t-il.

– Je croyais que tu avais fait la marche jusqu'à Klima, dis-je.

– C'est vrai, dit T'Zshal.

– Marche à nouveau jusqu'à Klima, dis-je.

Les poings du Maître de Dortoir se serrèrent. Quelques instants plus tard, il s'endormit.

Je me penchai à nouveau sur le corps de T'Zshal.

– Tu ne pourrais pas appartenir à la Caste des Médecins, releva un homme, derrière moi.

– Personnellement, intervint Hassan, je ne l'admettrais même pas dans la Caste des Bourreliers.

Nous rîmes. T'Zshal dormait.

– Et Le Vieux ? demanda un autre homme.

– Laisse-le, dis-je.

Les lelts n'osaient pas encore approcher de la carcasse flottante du Vieux. Avec le temps, leur faim les attirerait près de la masse et un festin aveugle commencerait.

– Retournons au quai du sel, dis-je.

Les hommes prirent leurs gaffes. Le grand radeau fit demi-tour et prit la direction du quai.

18

JE RETROUVE UN CARRÉ DE SOIE ; NOUS ENTRONS DANS LE DÉSERT

– Pourquoi m'as-tu sauvé la vie ? demanda T'Zshal.

– Comment se fait-il, demandai-je, que cette entrevue se déroule dans la demeure du Maître du Sel ?

J'étais debout sur les dalles bleues et jaunes d'une salle voûtée, dans le donjon du Maître du Sel. Je me tenais devant la couche sur laquelle T'Zshal était allongé. Des gardes nous entouraient. Près de moi, se tenait Hassan.

– Je suis le Maître du Sel, dit T'Zshal.

Des membres de la Caste des Médecins, esclaves également, se tenaient près de la couche.

– Pourquoi as-tu fait cela ?

– Ma liberté, dis-je, et de l'eau.

Je considérai T'Zshal. Il était allongé, nu jusqu'à la ceinture, ne daignant pas cacher les blessures horribles, recousues, dont son corps était couvert.

– Il n'y a pas de kaiila, à Klima, dit-il.

– Je sais, répondis-je.

– Tu entrerais dans le désert à pied ? demanda-t-il.

– J'ai à faire loin de Klima, répondis-je.

– Tu m'as sauvé la vie, dit T'Zshal. En échange, tu demandes la mort ?

– Non, répondis-je. Je demande la liberté et de l'eau.

– Tu ne connais pas le désert, dit-il.

– Je l'accompagnerai, intervint Hassan. Je demande également la liberté et de l'eau. J'ai également à faire loin de Klima.

– Tu connais le désert ? demanda T'Zshal.

– « Le désert est ma mère et mon père », répondit Hassan.

C'était un dicton du Tahari.

– Et, pourtant, tu veux quitter Klima à pied ?

– Fournis-moi un kaiila, proposa Hassan. Je ne le refuserai pas.

– Je pourrais vous donner des postes importants, suggéra T'Zshal.

– Nous avons à faire ailleurs, dis-je.

– Vous êtes déterminés ? s'enquit T'Zshal.

– Oui, répondis-je.

– Moi aussi, dit Hassan.

– Très bien, fit T'Zshal. Attachez-les au soleil.

Les gardes, par-derrière, se saisirent de nous. Nous nous débattîmes.

– Je t'ai sauvé la vie ! criai-je.

– Attachez-le au soleil, répéta T'Zshal.

– Sleen ! cria Hassan.

– Lui aussi, ajouta T'Zshal.

Je tirai sur le pieu auquel mon poignet droit était attaché.

– Ne bouge pas ! dit le garde.

Je sentis la pointe de sa lance sur ma gorge.

Il retourna sous le dais sous lequel, avec de l'eau, il s'assit près de son compagnon. Entre eux ils avaient, sur la croûte de sel, tracé un damier de Zar. Il ressemble au damier utilisé pour le Kaissa. Les pièces, cependant, ne peuvent être posées qu'aux intersections des lignes, à l'intérieur ou au bord du damier. Chaque joueur a neuf pièces de valeur égale qui sont placées à l'origine aux intersections des neuf lignes verticales intérieures avec ce qui serait la ligne horizontale arrière, constituée par le bord du damier, du point de vue de chaque joueur. Les coins ne sont pas utilisés dans la disposition d'origine, mais il est autorisé d'y poser les pièces lorsque la partie a commencé. Les pièces sont généralement des cailloux ou des morceaux de crotte de verr, et des bâtons. Les « cailloux » bougent d'abord. Les pièces avancent d'une intersection à la fois, sauf lorsqu'elles sautent. On peut sauter soit les pièces de l'adversaire, soit les siennes. Il faut sauter jusqu'à un point inoccupé. Les sauts multiples sont possibles. L'objectif est de faire le retournement complet de la position d'origine. Le premier joueur à occuper complètement la position d'origine de l'adversaire gagne. Naturellement, on ne prend pas les pièces. C'est un jeu de stratégie et de manœuvres.

– Hassan, dis-je.

– Reste tranquille, dit-il. Ne parle pas. Essaie de vivre.

Je me tus.

– Ah ! s'écria un garde.

Il venait de faire un mouvement qui le satisfaisait.

Je gardai les yeux fermés, afin de ne pas devenir aveugle.

Il faisait froid.

Je bougeai le pieu, auquel mon poignet droit était attaché, d'un centimètre.

– Hassan, dis-je. Es-tu vivant ?

– Oui, répondit-il, près de moi.

Nous avions été attachés sur les croûtes de sel.

Le soleil était couché, à présent.

Sous le soleil du Tahari, il y a des hommes qui ne tiennent que quatre heures, même parmi ceux qui ont fait la marche jusqu'à Klima.

Il y avait de l'eau, à proximité, mais on ne nous en avait pas donné. Nous étions attachés aux pieux. Il faut bouger le moins possible. Il faut éviter de transpirer. En outre, on protège avec son corps la surface sur laquelle on est couché. La température de surface peut atteindre cinquante-cinq degrés en fin d'après-midi.

Bizarrement, j'avais froid. C'était la nuit du Tahari. Je voyais les étoiles et les trois lunes.

Les gardes étaient partis.

– Demain à midi, nous serons morts, dit Hassan.

Je déplaçai encore le pieu, auquel mon poignet droit était attaché, d'un centimètre. Puis lentement, petit à petit, je l'arrachai.

Le visage de Hassan était tourné vers moi.

– Ne parle pas, lui dis-je.

Avec le pieu arraché et la main droite, je roulai sur le côté gauche et attaquai les croûtes entourant le pieu auquel était attaché mon poignet gauche. Puis il fut dégagé et, avec les dents et la main droite, je détachai mon poignet gauche. Ensuite, je détachai mes chevilles.

– Sauve-toi, dit Hassan. Je ne peux pas marcher.

Je lui détachai les poignets, puis les chevilles. A mon poignet droit était suspendu le pieu que j'avais arraché en premier.

– Va-t'en, insista Hassan. Je ne peux pas marcher.

Je me penchai et l'aidai à se lever. Je le soutins en lui passant le bras gauche autour de la taille. Son bras droit était sur mes épaules.

Nous levâmes la tête.

Autour de nous, comme un nuage noir, se tenaient douze hommes, le cimeterre à la main.

Je pris le pieu dans la main droite, pour lutter contre l'acier.

Les hommes qui nous entouraient s'écartèrent. Je vis, parmi eux, dans une chaise à porteurs, T'Zshal. La chaise fut posée devant nous.

– T'Zshal ! criai-je.

Il nous dévisagea, sous les lunes.

– Etes-vous toujours décidés à entrer dans le désert ? demanda-t-il.

– Nous le sommes, répondîmes-nous.
– Votre eau est prête, dit-il.
Deux hommes, avec des jougs chargés d'outres, de chaque côté, avancèrent.
– Nous avons cousu plusieurs outres d'un talu, expliqua T'Zshal, pour fabriquer celles-ci.
Je fus stupéfait.
– J'espérais, reprit T'Zshal, vous enseigner le soleil et le manque d'eau, afin de vous faire renoncer à votre folie.
– Tu nous as bien montré, T'Zshal, dis-je, le manque d'eau et le sens du soleil.
Il hocha la tête.
– A présent, conclut-il, vous savez, avant d'entrer dans le désert. (Il se tourna vers un garde.) Coupe le lien du pieu suspendu à son poignet, dit-il.
Ce fut fait. Puis il se tourna vers un autre garde, qui avait une outre d'un talu, qui était parmi les hommes qui nous surveillaient, lorsque nous avions été attachés.
– Donne-lui de l'eau, dit-il.
– Tu ne m'as pas laissé me débattre, dis-je au garde.
– Tu as sauvé la vie de T'Zshal, répondit l'homme. Je ne voulais pas que tu meures.
Puis il nous donna l'eau qu'il portait.
Avant de terminer l'outre, nous la passâmes aux hommes et à T'Zshal, afin que nous buvions tous l'eau de la même outre. Nous aurions, ainsi, partagé l'eau.
– Bien entendu, dit T'Zshal, vous allez rester quelques jours à Klima, afin de reprendre des forces.
– Nous partons ce soir, répondis-je.
– Et lui ? demanda T'Zshal, montrant Hassan.
– Je peux marcher, dit Hassan, se redressant. A présent, j'ai de l'eau.
– Oui, reconnut T'Zshal, tu es vraiment du Tahari.
Un homme me tendit un sac de nourriture. Il contenait des fruits séchés, des biscuits et du sel.
– Merci, dis-je.

Nous ne nous attendions pas à recevoir de la nourriture.

– Ce n'est rien, répondit-il.

– Tenteras-tu, demandai-je à T'Zshal, quand tes blessures seront guéries, de quitter Klima ?

– Non, répondit T'Zshal.

– Pourquoi ? demandai-je.

Je n'ai pas oublié sa réponse.

– Je préfère être le premier à Klima que le deuxième à Tor, dit-il.

– Je te souhaite tout le bien, dis-je, T'Zshal, Maître du Sel de Klima.

Nous pivotâmes sur nous-mêmes, Hassan et moi puis, avec notre eau et nos provisions, nous partîmes dans la nuit du désert.

Nous nous arrêtâmes en dehors du périmètre de Klima. A l'endroit où, dans les croûtes de sel, je l'avais caché, je repris le carré de soie décolorée qui avait été noué à mon collier pendant la marche jusqu'à Klima. Je le pressai sur mon visage, puis sur celui de Hassan.

– Il sent encore un tout petit peu le parfum, dit-il.

– Peut-être devrais-je le donner aux hommes de Klima, fis-je avec un sourire.

– Non, répondit Hassan, ils s'entre-tueraient pour lui.

Mais je n'avais aucune envie de le donner aux hommes de Klima. Je voulais le rendre, personnellement, à la femme.

J'attachai le carré de soie à mon poignet gauche.

Puis, sous les lunes goréennes, sur les croûtes de sel, nous nous éloignâmes de Klima.

Nous nous arrêtâmes une fois, sur la crête de la grande cuvette au fond de laquelle se trouve Klima, et nous nous retournâmes. Nous regardâmes les bâtiments de Klima, blancs dans la lumière des trois lunes. Puis nous reprîmes notre chemin.

19

LE VENT SOUFFLE DE L'EST ;
NOUS RENCONTRONS UN KUR

J'entendis Hassan crier.

Dans le sable, je le rejoignis en courant.

Il se tenait sur le flanc d'une dune, dans le clair des lunes. Il y avait une grande roche plate, exposée par le vent, en dessous de lui.

– Je l'ai vu là ! cria-t-il. Je l'ai vu !

Il montrait la grande roche plate. Le vent la balayait. Je ne vis rien.

– C'est de la folie, reprit Hassan. Il n'y a rien. Je suis fou.

– Qu'as-tu vu ? demandai-je.

– Un monstre, dit-il. Un gros animal. Il s'est soudain mis debout. Ses bras étaient longs. Il m'a regardé. Puis il a disparu. (Il secoua la tête.) Mais il ne pouvait pas être là. Il n'y a pas d'endroit où il aurait pu se cacher.

– Tu décris un Kur, estimai-je.

– J'ai entendu parler d'eux, releva Hassan. Ne s'agit-il pas de créatures mythiques ?

– Les Kurii existent, affirmai-je.

– Un tel animal ne pourrait survivre dans le désert, déclara Hassan.

– Non, reconnus-je, un tel animal ne pourrait survivre dans le désert.

– Bizarre, reprit Hassan, que j'aie imaginé un Kur ici, dans le Tahari.

J'allai sur la roche et l'examinai. Je ne trouvai pas le moindre indice de l'animal. Le vent soulevait le sable alentour. Je ne discernai aucune empreinte de pas.

– Continuons, dit Hassan, avant de devenir fous tous les deux.

Prenant à nouveau l'eau sur l'épaule, je suivis Hassan.

La veille, nous avions fini la nourriture. Mais nous avions de l'eau. Hassan vit cinq oiseaux volant dans le ciel.

– Tombe à quatre pattes, dit-il. Baisse la tête.

Ce qu'il fit. Je suivis son exemple. Les cinq oiseaux se mirent à voler en cercles. Je levai la tête. Il s'agissait de vulos sauvages, trapus et avec de grandes ailes. Un peu plus tard, ils se posèrent à quelques mètres de nous. Ils nous regardèrent, la tête tournée sur le côté. Hassan se mit à embrasser rythmiquement le dos de sa main, la tête baissée, mais s'arrangeant pour voir les oiseaux. Le bruit qu'il émettait faisait nettement penser à celui d'un animal buvant de l'eau.

Il y eut un cri rauque lorsqu'il s'empara d'un des oiseaux qui, curieux, s'était aventuré trop près. Les autres vulos s'envolèrent. Hassan tordit le cou de l'oiseau entre ses doigts et se mit à le plumer.

Nous mangeâmes de la viande.

Nous étions dans le désert depuis douze jours quand je perçus soudain, dans un coup de vent, l'odeur.

– Arrête, dis-je à Hassan. Sens-tu ?

– Quoi ? demanda-t-il.

– Elle a disparu, dis-je.

– Qu'as-tu senti ? demanda-t-il.

– Un Kur, répondis-je.

Il rit.

– Toi aussi, releva-t-il, tu es fou.

Je scrutai les dunes qui nous entouraient, argentées dans le clair des lunes. Je changeai la position de l'outre d'eau posée sur mon épaule. Hassan était près de moi. Il changea la position de l'outre qu'il portait sur l'épaule gauche, gonflée devant et derrière.

– Ce n'est rien, dit-il. Continuons.

Je regardai autour de moi.

– Il est près de nous, quelque part, maintins-je. Quelque part.

– Viens, dit Hassan. Le matin ne va pas tarder.

– Très bien, acquiesçai-je.

– Pourquoi hésites-tu ? demanda-t-il.

Je regardai autour de moi.

– Nous ne marchons pas seuls, déclarai-je. Quelqu'un marche avec nous.

Hassan scruta les dunes.

– Je ne vois rien, dit-il.

– Nous ne sommes pas seuls, insistai-je. Il y a, quelque part, quelqu'un qui marche avec nous.

Nous nous remîmes en marche.

La marche de Hassan avait pour objectif non le Rocher Rouge, qui se trouvait au nord-ouest de Klima, mais les Quatre Palmiers, avant-poste kavar qui se trouvait nettement au sud du Rocher Rouge. Malheureusement, l'Oasis des Quatre Palmiers était plus éloignée de Klima que celle du Rocher Rouge. En revanche, sa décision semblait sage. Le Rocher Rouge était une oasis tashid sous l'hégémonie des Aretai, ennemis des Kavars. En outre, entre Klima et le Rocher Rouge se trouvaient les régions où patrouillaient les hommes d'Abdul, l'Ubar du Sel, que je connaissais sous le nom d'Ibn Saran. En outre, bien que les Quatre Palmiers fussent plus loin de Klima que le Rocher Rouge, le chemin qui y conduisait quittait apparemment le Pays des Dunes plus tôt que le chemin du Rocher Rouge, nous faisant pénétrer plus tôt dans le Tahari typique de rochers et de buissons, où il était possible de trouver un peu de gibier, de l'eau de temps en temps et peut-être des groupes de nomades ne se montrant pas hostiles vis-à-vis des Kavars. Tout bien considéré, la décision de tenter d'atteindre les Quatre Palmiers semblait la plus rationnelle, compte tenu des circonstances. Cette décision, naturellement, comportait des risques. Notre unique possibilité était de jouer. Hassan avait joué adroitement ; restait à savoir s'il avait également bien joué.

Je suivis Hassan, qui s'orientait sur le soleil et le vol de certains oiseaux migrateurs. Nous n'avions, naturellement, aucun instrument, aucune piste marquée, et nous ignorions la position exacte de Klima relativement au Rocher Rouge et aux Quatre Palmiers.

Nous jouions. Nous marchions. L'alternative du jeu n'était pas la sécurité mais la mort certaine.

La conséquence du plan de Hassan était que nous nous dirigions en gros vers le sud-ouest, c'est-à-dire, pendant un certain temps, dans la région la plus désolée, la moins fréquentée, du Pays des Dunes, à l'écart même des routes du sel.

Je compris alors que c'était pour cette raison que l'animal nous suivait.

– Nous n'avons de l'eau, dis-je à Hassan, que pour quatre jours.

– Six, répondit-il. Et nous vivrons peut-être deux jours sans eau.

Nous avions atteint la limite du Pays des Dunes. Je regardai les collines accidentées, les failles, les rochers, les buissons.

– Est-ce encore loin ? demandai-je.

– Je ne sais pas, répondit Hassan. Peut-être cinq jours, peut-être dix.

Nous ne savions pas à quel endroit nous étions sortis des dunes.

– Nous avons fait beaucoup de chemin, dis-je.

– As-tu remarqué le vent ? s'enquit Hassan.
– Non, répondis-je.
Je n'avais pas fait attention.
– De quelle direction vient-il ? demanda Hassan.
– De l'est, dis-je.
– C'est le printemps, conclut Hassan.
– Cela signifie-t-il quelque chose ? demandai-je.
Le vent me paraissait semblable au vent chaud qui souffle continuellement dans le Tahari, en dehors de la direction.
Nous étions dans le désert depuis quatorze jours quand le vent tourna à l'est.
– Oui, répondit Hassan, cela signifie quelque chose.
Deux ahns plus tôt, le bord du soleil était apparu sur l'horizon, illuminant les crêtes des dunes qui se faisaient plus rares. Une ahn plus tôt, Hassan avait dit :
– A présent, il est temps de creuser une tranchée.
A quatre pattes, avec les mains, nous creusâmes la terre desséchée. La tranchée faisait environ un mètre vingt de profondeur, étroite, facile à creuser. Elle est orientée de telle sorte que le soleil passe perpendiculairement à son axe. Cela fournit de l'ombre le matin et l'après-midi. Elle n'est complètement exposée que lorsque le soleil est haut.
Nous nous tenions au bord de la tranchée, Hassan et moi, regardant vers l'est.
– Oui, répéta Hassan, cela signifie quelque chose.
– Je ne vois rien, dis-je.
Des grains de sable me fouettaient le visage.
– Nous sommes arrivés jusqu'ici, dit Hassan.
– Ne pouvons-nous rien faire ? demandai-je.
– Je vais dormir, décida Hassan. Je suis fatigué.
Je fis le guet tandis que Hassan dormait. Cela commença à l'est, comme une ligne mince à la limite du désert. C'est seulement lorsque cela approcha que je compris que cela faisait plusieurs dizaines de mètres de haut, peut-être cent pasangs de large ; le ciel, au-

dessus, était gris, puis noir, comme de la fumée ; puis je dus cesser de regarder, de peur de devenir aveugle ; je protégeai mes yeux avec mes mains ; je tournai le dos ; je me tassai dans la tranchée ; le vent hurla au-dessus de moi ; des grains de sable étaient enfoncés dans le dos de mes mains ; par endroits, quand je les délogeais, il y avait du sang. Je levai la tête. Le ciel était noir de sable ; des buissons, comme des tabuks surpris, bondissants, passaient au-dessus de ma tête ; le vent hurlait. Je restai assis dans la tranchée. Je posai le front sur les bras, la tête baissée, les bras sur les genoux. J'écoutai la tempête. Puis je m'endormis.

Le soir, nous nous réveillâmes. Nous bûmes. La tempête faisait toujours rage. Nous ne pouvions voir les étoiles.

– Combien de temps durent ces tempêtes ? demandai-je.

– Au printemps, dit-il, haussant les épaules à la manière du Tahari, qui sait ?

– Suis-je ton ton frère ? demandai-je.

Il leva la tête.

– On ignore combien de temps une telle tempête peut durer, précisa-t-il. Elle peut durer de nombreux jours. C'est le printemps, ajouta-t-il. Le vent vient de l'est.

Puis il baissa à nouveau la tête.

Il s'endormit. Finalement, je m'endormis également.

Soudain, peu avant l'aube, je me réveillai.

Il se tenait là, dans les tourbillons de sable, énorme, nous regardant.

– Hassan ! criai-je.

Il se réveilla immédiatement. Nous nous levâmes péniblement, les pieds enfoncés dans le sable qui s'était accumulé au fond de la tranchée, le dos soudain lacéré par le vent.

Il ouvrit sa grande gueule, tournant la tête. Il faisait deux mètres dix de haut, arc-bouté contre le vent. Du sable était collé à sa fourrure. Il me regarda. Il leva son long bras. Il montrait le Pays des Dunes.

– Fuyons ! cria Hassan.

Nous sortîmes de la tranchée d'un bond, jetés à terre par la tempête, nous relevant péniblement. Nous nous baissâmes, tentant de conserver notre équilibre, la tranchée entre nous et l'animal dressé. Il vacilla dans le vent, s'appuyant contre lui, mais ne tenta pas de s'approcher de nous. Il me regardait. Il montrait le Pays des Dunes.

– L'eau ! s'écria Hassan. L'eau !

Il prit position au-dessus de la tranchée, pour me protéger, dans toute la mesure du possible. Je me glissai dans la tranchée et, lentement, afin de ne pas provoquer l'attaque de l'animal, tirai les deux outres. Hassan les prit et, quand je fus sorti de la tranchée, nous reculâmes, sans quitter l'animal des yeux. Nous étions fouettés par le vent et le sable. L'animal ne bougea pas et resta debout, ses yeux à demi fermés, bordés de sable, fixés sur moi, son grand bras montrant le Pays des Dunes.

Nous pivotâmes sur nous-mêmes, Hassan et moi, puis, trébuchant, portant l'eau, nous prîmes la fuite dans le désert. A un moment donné, brièvement, je perdis Hassan de vue, puis je le vis à nouveau, à moins d'un mètre de moi, dans l'obscurité, les tourbillons de sable. Nous courûmes ensemble. L'animal ne nous poursuivit pas.

20

LE KUR VEUT RETOURNER DANS LE PAYS DES DUNES ; JE L'ACCOMPAGNE

– Il est là, dit Hassan. Mais tu es fou de retourner près de lui.

– Il aurait pu nous tuer dans la tranchée, soulignai-je. Il ne l'a pas fait.

La tempête, d'un seul coup, s'était calmée. Elle n'avait duré qu'un peu moins d'une journée. Le paysage semblait légèrement différent mais il ne nous fut pas difficile de retrouver la tranchée. Nous n'avions pas pu aller loin, dans la tempête. Nous avions parcouru moins de dix pasangs quand nous tombâmes, jetés à terre par le vent, dans le sable. Nous restâmes couchés, protégeant nos têtes et l'eau. Presque aussi brusquement qu'elle était arrivée, le vent tournant au nord, elle avait disparu.

– Il va y avoir d'autres tempêtes, prédit Hassan. Celle-ci était trop courte. (Il me regarda.) Il faut que nous avancions pendant que nous le pouvons, avant qu'une autre tempête, plus longue, arrive.

– Je retourne à la tranchée, dis-je.

– Je vais avec toi, répondit-il.

Depuis une petite éminence, nous vîmes ce qu'il restait de la tranchée, qui était pratiquement pleine de sable. Le soleil était haut. Près de la tranchée, sur le dos, à demi couvert de sable, gisait le Kur.

Quand nous arrivâmes, il tourna la tête vers nous.

– Il n'est pas mort, dit Hassan.

– Il semble faible, dis-je.

– Nous aussi, nous sommes faibles, releva Hassan. C'est à peine si nous avons la force de porter l'eau.

Je fis le tour du Kur, qui ferma les yeux. Sa fourrure était pleine de sable.

Je m'accroupis près de lui. Il ouvrit les yeux et me regarda.

Sur sa patte antérieure droite, sur un des six doigts, il y avait un anneau, apparemment en or.

C'était la première fois que je voyais un Kur avec un tel bijou. J'avais vu des anneaux de ce type portés aux bras et aux poignets ; et des boucles d'oreilles, mais aucun anneau de la taille d'un doigt. Les Kurii sont souvent des animaux pleins de vanité.

– J'ai déjà vu ce Kur, dis-je.

Je l'avais vu dans une cellule de la Demeure de Samos. Il avait été capturé plusieurs mois auparavant, se dirigeant apparemment vers le Tahari. Samos l'avait acheté à des chasseurs. Six hommes étaient morts pendant sa capture. Les yeux, bordés de sable, avaient une pupille noire ; la cornée, généralement jaune, semblait pâle, terne ; le mufle parcheminé paraissait sec, les lèvres étaient retroussées sur les crocs ; la langue, noire, semblait grosse ; il paraissait maigre, pour un Kur, hagard ; je compris que ses tissus étaient vraisemblablement déshydratés. Le fait que le Kur se soit dirigé vers le Tahari était une partie du mystère qui m'avait poussé à m'aventurer dans le désert. Qu'allait-il faire dans le Tahari ?

– Il va mourir bientôt, dit Hassan. Laisse-le.

Je restai près du Kur, le regardant.

– Il a besoin d'eau, dis-je.

– N'approche pas de lui, me conseilla Hassan.

A mon avis, les hommes avaient peu d'ennemis aussi terribles et redoutables que le Kur, en dehors des autres hommes. Ces créatures et les Prêtres-Rois se livraient une guerre sans merci, deux mondes, deux planètes, Gor et la Terre, en étant l'enjeu. Les hommes semblaient être les alliés négligeables de l'une ou l'autre espèce. Devant moi, gisait un ennemi impuissant.

– Tue-le, dit Hassan.

– C'est une créature rationnelle, relevai-je. Elle a besoin d'eau.

– Renonce à cette folie ! cria Hassan.

Je soulevai la tête velue, qui faisait plus de soixante centimètres de large. Entre les rangées de crocs, l'outre sur mon épaule, je plaçai l'embout de l'outre.

Les pattes de l'animal se levèrent lentement et se posèrent sur l'outre. Je les vis appuyer sur l'outre ; l'envergure des doigts faisait plus de quarante centimètres. Il y avait six doigts, aux articulations multiples, velus. Je vis l'anneau en or, lourd, étrangement incrusté, me sembla-t-il, d'un carré en argent, sur le cuir brun de l'outre. Ce n'était, apparemment pas, une bague normale.

– Ce matin, rappelai-je, avant l'aube, il aurait pu nous tuer et prendre l'eau. Il ne l'a pas fait.

Hassan ne répondit pas.

Lentement, le Kur se leva. Je fermai l'outre. Il ne restait que quatre ou cinq litres d'eau dans l'outre. Cela permet à un être humain de tenir une journée ; ensuite, il lui faut entamer les réserves de ses tissus.

Hassan resta à l'écart.

Le Kur nous tourna le dos. Très lentement, il leva la tête, comme s'il sentait littéralement l'eau couler dans les vaisseaux de son corps. C'était terrifiant à voir, dans un sens. C'était comme s'il revivait, et c'était un Kur.

– Tu es fou, souffla Hassan. Le désert l'aurait tué à ta place.

– Il ne nous a pas tués quand il aurait pu le faire, insistai-je. Il n'a pas pris l'eau.

– Il était fou à cause du désert, de la tempête, suggéra Hassan. A présent, il va avoir les idées claires.

Je regardai le Kur. Il se mit à quatre pattes ; puis il se redressa partiellement, les doigts dans la poussière, comme se déplacent généralement les Kurii. Soudain, il roula dans le sable. Puis il se leva. Il tendit une patte. La patte saisit les tiges épaisses, tortueuses d'un gros buisson à feuilles minces. Comme presque toutes les plantes du désert, il avait des racines profondes. D'un seul geste, le Kur arracha le buisson, le leva au-dessus de sa tête puis le jeta au loin. Il bondit, puis frappa le sable avec son poing droit. Puis, sortant les griffes de son appendice préhensile droit, grosse main à six doigts, il griffa la poussière, en projetant un déluge derrière lui. Ensuite il se redressa, hurla puis, se mettant à quatre pattes, se tourna vers nous et nous regarda. Puis, lentement, penché, les doigts dans la poussière, il se dirigea vers nous.

La cornée de ses yeux était à présent jaune clair. Son mufle luisait de sueur. Sa langue passait sur ses lèvres, qui étaient humides.

Il s'arrêta à quelques dizaines de centimètres de nous. J'étais convaincu qu'il était capable de tuer deux hommes désarmés dans le désert.

Mais il n'attaqua pas. Il me regarda. Puis il montra le Pays des Dunes.

Il se redressa, peut-être pour prendre une apparence plus humaine. Je constatai qu'il avait été blessé. Par endroits, sa fourrure était coupée. Plusieurs entailles, apparemment produites par des cimeterres, partiellement cicatrisées, couvraient son corps. Il devait avoir, à un moment donné, perdu beaucoup de sang.

– Je connais ce Kur, dis-je. (Je le considérai.) Peux-tu me comprendre ? demandai-je.

Rien n'indiqua qu'il avait compris.

– Je l'ai fait libérer d'une cellule de Port Kar, expliquai-je à Hassan. A Tor, dans une cour, plusieurs hommes m'attendaient pour me tuer. Ils ont été massacrés comme seul un Kur pouvait le faire. Dans la prison des Neuf Puits, quoique, bizarrement, il m'ait été impossible de le voir, un Kur est entré dans ma cellule. Il aurait pu me tuer, puisque j'étais enchaîné. Il ne l'a pas fait. Je crois qu'il a tenté de me libérer. Il a été surpris par Ibn Saran et ses hommes. Il a presque été tué, pris au piège dans la cellule. Il a été gravement blessé. Ibn Saran m'a dit que l'animal avait été tué. Il mentait. C'est lui. C'est ce Kur. Je le connais, Hassan. C'est, même provisoirement, mon allié. Je crois, Hassan, si étrange que cela paraisse, que nous combattons pour la même cause.

– Un homme et un Kur ! protesta Hassan. C'est impossible.

Le Kur montrait toujours le Pays des Dunes.

Je me tournai vers Hassan.

– Je te souhaite tout le bien, Hassan, dis-je.

– C'est de la folie de retourner dans le Pays des Dunes, me remontra-t-il. Il n'y a presque plus d'eau.

– Tente de gagner les Quatre Palmiers, dis-je. Tu te dois avant tout à ta tribu. La guerre va bientôt faire rage dans le Tahari. Quand les Kavars chevaucheront, il faudra que tu chevauches avec eux.

– C'est un choix difficile que tu m'imposes, dit Hassan. Il me faut choisir entre mon frère et ma tribu. (Puis il ajouta :) Je suis du Tahari. Je dois choisir mon frère.

– L'eau décide, dis-je. Ta tribu attend.

Hassan regarda le Kur. Puis il me regarda.

– Je te souhaite tout le bien, mon frère, dit-il. (Puis il sourit.) Puissent tes outres ne jamais être vides. Puisses-tu ne jamais manquer d'eau.

– Puissent tes outres ne jamais être vides, répondis-je. Puisses-tu ne jamais manquer d'eau.

Hassan pivota sur lui-même. Je lui souhaitais tout le bien. J'espérais qu'il atteindrait les Quatre Palmiers.

Déjà, bondissant, puis se retournant, puis avançant à nouveau, le Kur allait devant moi vers les ondulations irrégulières des dunes qui se dressaient à notre gauche.

Je le suivis.

21

CE QUI ARRIVA DANS LE PAYS DES DUNES

Le Kur était un animal incroyable. Sans lui, je n'aurais pas survécu.

Le lendemain, nous n'avions plus d'eau.

Je constatai avec surprise que, bien qu'il ait montré le Pays des Dunes, le Kur suivit la limite des dunes, sur un terrain plus typique du Tahari. Je compris qu'il avait montré sa destination, quelle qu'elle soit, laquelle se trouvait à l'intérieur du Pays des Dunes, comme si je la connaissais, mais que le chemin qu'il avait intelligemment choisi suivrait la limite du Pays des Dunes jusqu'à un point donné à partir duquel nous nous engagerions dans les dunes redoutables en direction de l'objectif qui l'intéressait, ou nous intéressait.

– Il n'y a plus d'eau, lui dis-je.

Je levai l'outre de manière à lui montrer qu'il ne restait plus rien à l'intérieur. Après avoir bu, près de la tranchée, le Kur n'avait plus absorbé d'eau.

Le Kur regarda un vol d'oiseaux. Il les suivit pendant une journée. Il trouva leur eau. Elle était mauvaise. Nous bûmes cependant avec reconnaissance. Je plongeai mon outre dans l'eau. Nous tuâmes quatre oiseaux et les mangeâmes crus. Le Kur prit un petit tharlarion des rochers et nous le mangeâmes également. Puis nous continuâmes notre chemin. Je bus beaucoup car le Kur semblait pressé. Il savait certainement qu'il est préférable de marcher la nuit, pourtant il semblait infatigable, me poussant à continuer, comme si je n'avais besoin ni de manger ni de dormir. Savait-il que je n'étais pas un Kur ? Protégé par sa fourrure, il était moins exposé au soleil. Il avançait jour et nuit, mais moi je ne le pouvais pas. Impatient, il s'accroupissait près de moi lorsque je m'effondrais sur le sable pour dormir. Une ahn plus tard, il me réveillait et montrait le soleil. Pourtant, je ne crois pas qu'il voulait m'indiquer l'heure, mais simplement attirer mon attention sur le passage du temps. Il paraissait pressé. De toute évidence, malgré la puissance de son corps, la chaleur, le soleil, le manque de nourriture et d'eau devaient prélever un lourd tribut sur lui. Parfois, ses blessures devaient le tourmenter. Par deux fois, je le vis lécher les croûtes ensanglantées. Puis, lentement, comme par la force de sa volonté, il repartait. J'étais convaincu qu'il nous tuerait. On ne provoque pas le désert. Il est implacable, comme la pierre ou le feu.

– J'ai besoin d'eau, lui dis-je.

Il avait disparu pendant plus d'une journée.

Le Kur leva huit doigts et montra le soleil.

Je ne compris pas ce qu'il voulait dire.

Nous continuâmes. Une ahn plus tard, les narines au ras du sol, dilatées, il s'agita. Il montra le sol. Il me regarda comme s'il fallait que je comprenne. Naturellement, je ne compris pas. Il regarda le soleil, puis me regarda, comme s'il examinait les deux pôles d'une alternative. Puis il s'éloigna rapidement de la direction que nous suivions. Je compris, plusieurs ahns plus tard, qu'il suivait la piste d'un animal et que mes sens n'étaient pas assez aiguisés pour la percevoir. Nous nous jetâmes à plat ventre près de l'eau sale, empestant les excréments, et je remplis à nouveau l'outre. Il y avait un tabuk partiellement dévoré, près de la mare. Le Kur m'interdit de prendre certains morceaux, les reniflant. D'autres morceaux, éloignés des parties mangées, davantage exposés au soleil, il me les donna. Il arracha une hanche et, avec des mouvements rapides, avec ses dents, tenant le morceau, arracha la viande séchée de l'os.

Le Kur me fit signe de me lever. Il fallait repartir. Ayant mangé et bu, je le suivis mais chaque pas, à cause de mon épuisement, était une torture.

Il regagna la piste que nous suivions à l'origine, dont nous nous étions écartés, et poursuivit son chemin.

Le lendemain matin, il montra le soleil et leva sept doigts. Mais il me laissa dormir, à l'ombre d'un rocher, et monta la garde. Cette nuit-là, nous marchâmes à nouveau. Le repos me fit beaucoup de bien. Le lendemain matin, il montra le soleil et leva six doigts. Je compris que son rendez-vous, ou ce qu'il avait à faire, devait être accompli dans six jours. C'était pour cette raison qu'il était pressé.

L'eau se fit plus rare.

Le Kur progressa plus lentement et but davantage. Je crois que ses blessures le handicapaient. Il ne paraissait plus disposé à s'écarter de la piste pour trouver de l'eau. Il devint désespéré. Il avait peur, supposai-je, de manquer son rendez-vous. Il n'avait pas compté avec sa faiblesse. Le cuir que je portais autour des pieds était en loques, mais il y avait du sang dans les traces de pas du Kur. Il avançait, indomptable.

Puis l'eau fut épuisée.

Au matin, le Kur avait montré le soleil et levé quatre doigts.

Nous marchâmes une journée sans eau.

Le lendemain, nous trouvâmes des mouches volant au-dessus de la terre desséchée. Là, avec ses grosses pattes, lentement, péniblement, le Kur creusa. Plus d'un mètre vingt sous la surface, nous trouvâmes de la boue. Nous la pressâmes, dans le carré de soie que je portais au poignet, dans ses grandes paumes. Il me donna presque toute cette eau. Il ne lécha que ce qui resta dans ses paumes. Ailleurs, cette même nuit, nous trouvâmes un étroit chenal de boue craquelée, lit d'un minuscule cours d'eau disparu comme ceux qui, en hiver, lorsqu'il pleut, ont de l'eau pendant quelques jours. Nous le suivîmes jusqu'à une petite mare à sec. En creusant, nous trouvâmes des escargots. Sous le clair des lunes, nous cassâmes les coquilles et suçâmes le fluide. Il empestait. Je ne vomis qu'au début. A nouveau, le Kur me donna l'essentiel de notre découverte. Puis nous ne trouvâmes plus rien.

Nous revînmes sur nos pas jusqu'à l'endroit où nous nous étions écartés de la piste, puis reprîmes notre chemin.

Le lendemain matin, le Kur montra le soleil et leva trois doigts.

L'outre, entre mes mains, était vide et sèche.

– Reposons-nous, dis-je au Kur.

Il voulut continuer. Je suivis l'empreinte de ses pas. Il y avait du sang à l'intérieur. Je fermai les yeux à cause de la luminosité du sol.

Je mettais inlassablement, interminablement, un pied devant l'autre. Le Kur commença de boiter.

Je me sentais faible, j'avais envie de dormir. Je n'avais plus guère envie de manger. Je me sentis étrangement brûlant. Je touchai mon front. Il était sec et semblait extrêmement chaud. J'avais mal à l'estomac et des nausées. C'est étrange, me dis-je. Nous n'avions pratiquement rien mangé.

– Il faut que nous nous reposions, dis-je au Kur.

Mais il continua de marcher. Je le suivis en trébuchant, l'outre à la main. Je la regardai. Elle s'était fendillée au soleil. Je m'accrochai à elle, de manière irrationnelle. Je ne voulais pas la lâcher. Quand le soleil fut haut, je tombai. Le Kur attendit que je me sois relevé, puis partit en boitant devant moi.

– J'ai le vertige, lui dis-je. Attends !

Je restai immobile et attendis que le vertige soit passé. Le Kur attendit. Puis nous repartîmes. J'avais mal à la tête. Je secouai la tête. La douleur était violente. Je mis un pied devant l'autre, continuant de suivre le Kur. Puis j'eus des démangeaisons. Je me grattai les bras et le corps. Je trébuchai. Le Kur avançait devant moi. C'était étrange de ne plus avoir de salive dans la bouche. Mes yeux étaient secs. J'avais l'impression d'avoir des grains de sable entre l'œil et la paupière ; je sentis, également, des grains de sable dans ma bouche ; je ne pouvais les cracher ; je n'avais plus de larmes. Mes lèvres devinrent douloureuses. Ma langue était grosse. Je sentis que la peau de ma langue pelait. J'eus des crampes dans l'estomac, les bras et les jambes. Je regardai autour de moi. Il semblait y avoir beaucoup d'eau, çà et là, dans les endroits plats, au loin, mouvante. Parfois, nos pas nous conduisaient dans sa direction mais, lorsque nous arrivions, c'était du sable, la chaleur du désert produisant des ondulations au-dessus.

– Je ne peux pas aller plus loin, dis-je au Kur.

Il se tourna vers moi, penché. Il montra la droite, pour la première fois. Il montrait l'est, les dunes. Je compris que c'était là qu'il nous fallait prendre la direction de l'intérieur.

Je regardai les dunes, sur ma gauche, miroitantes à cause de la chaleur, caressées par le vent qui formait comme de petites fumées aux sommets.

Entrer signifiait la folie et la mort.

Il tendait son long bras droit vers les dunes.

– Je ne peux pas aller plus loin, dis-je.

Il approcha de moi. Je le regardai. Il me prit par le bras et me releva violemment. Je l'entendis prendre et déchirer l'outre. Mes mains furent tirées dans mon dos et attachées. Mes chevilles furent croisées et attachées. Avec des morceaux d'outre et des lambeaux, le Kur s'enveloppa les pieds, pour les protéger du sable. Avec des bandes de cuir, il confectionna une corde. Je sentis, couché dans le sable et les pierres, qu'il me la mettait au cou. Avec les dents, il coupa le cuir qui m'attachait les chevilles. Je fus presque étranglé. Il me releva rudement. Le Kur se tourna vers les dunes, la corde de cuir dans la patte droite. Puis il m'entraîna, en laisse, prisonnier humain, gravissant en trébuchant et glissant, la première longue pente, dans le Pays des Dunes.

– Tu es fou, fou ! voulus-je crier.

Mais je pus seulement murmurer et c'est à peine si j'entendis ma propre voix.

Il continua et, en laisse, je le suivis.

Le vent fouettait le sable.

Tu as fait la marche jusqu'à Klima, me dis-je. Tu marches à nouveau jusqu'à Klima. Mais, pendant la marche jusqu'à Klima, j'avais de l'eau, du sel.

A un moment donné, en fin d'après-midi, je dus perdre connaissance. Je rêvai des bains d'Ar et de Turia.

Je m'éveillai pendant la nuit. Je n'étais plus attaché. Le Kur me portait, parmi les dunes argentées. Il avançait lentement. Il boitait du pied droit. J'étais contre les blessures du sommet de sa poitrine. Elles étaient ouvertes. Mais elles ne saignaient pas.

Je m'endormis à nouveau. Je m'éveillai à nouveau peu avant l'aube. Le Kur, près de moi, partiellement couvert de sable apporté par le vent, dormait. Je me levai, péniblement. Puis je tombai. Je ne tenais plus debout.

Je m'assis dans le sable, le dos à la dune. Je regardai le Kur. L'animal avait été admirable, puissant. Mais, à présent, le désert et ses blessures le tuaient. Il était faible et épuisé. Sa peau semblait plissée sur sa charpente énorme, souvenir atrophié de la puissance de l'animal. Je regrettai, bizarrement, d'assister à son déclin. Je me demandai ce qui le poussait, pourquoi il voulait tellement mener à bien cette mission, quelle qu'elle soit. Il osait s'opposer au désert. Je remarquai sa fourrure. Elle n'était plus lisse mais, à présent, apparemment morte, cassante ; elle était sèche ; elle était couverte de sable. Le cuir de son mufle, avec les deux narines, était craquelé et, bizarrement, gris. Sa bouche et ses lèvres étaient sèches, comme du papier. Autour du mufle, des narines, de la bouche et des lèvres, il y avait de petites fissures pleines de sable. En outre, les narines, les yeux, la bouche et les lèvres étaient bordés de sable. Il était couché dans le sable, en rond, la tête à l'opposé de la direction du vent, comme un objet abandonné, jeté, inutile. Cet animal orgueilleux avait défié le désert. Il avait perdu. Quel objectif, me demandai-je, valait le risque que l'animal avait pris, le risque de perdre la vie ? Je me demandai s'il pourrait se relever. Je ne pensais pas que nous tiendrions la journée.

Le soleil pointait.

L'animal se leva, secoua le sable accumulé dans sa fourrure. Il vacillait.

– Pars sans moi, dis-je. Je ne peux plus marcher. Tu ne peux plus me porter.

L'animal tendit son long bras vers le soleil. Il leva deux doigts.

Il s'approcha de moi.

– Je ne peux pas aller avec toi, dis-je. Qu'est-ce qui est tellement important ? demandai-je.

L'animal se passa un doigt sur les lèvres et la langue. Il posa le doigt sur mes lèvres. Je sentis le sable et le sel.

– Je ne peux pas avaler, dis-je.

L'animal me regarda longtemps. Sa cornée n'était plus jaune, mais pâle, blanchâtre. Les petites fissures, aux coins de ses yeux, étaient pleines de sable. Ses yeux semblaient secs. Mes yeux me piquaient. Je n'essayais plus de retirer les particules qui se trouvaient à l'intérieur.

L'animal me tourna le dos et pencha la tête au-dessus de ses mains. Quand il se tourna à nouveau vers moi, je vis, dans les paumes noires de ses mains, un fluide nauséabond. Je baissai le visage vers ses mains et, les mains tremblantes, tenant ses mains, je bus. L'animal fit cela quatre fois. C'était l'eau de la dernière mare que nous avions trouvée, près de laquelle il y avait un tabuk mort, stockée dans l'estomac de l'animal. C'était, dans un sens, l'eau de ses tissus qu'il me donnait, la prenant à son organisme et me la cédant afin que je ne meure pas. L'animal tenta encore de me donner de l'eau, mais il n'en avait plus. Il m'avait donné toute l'eau qui lui restait. A nouveau, il gratta sa bouche, ses lèvres, son corps, pour se procurer du sel. Il en prit également sur les croûtes sanglantes de ses blessures. Je le pris, avec le sable, le léchant, capable à présent de l'avaler. Il m'avait donné, présent apparemment inexplicable, l'eau et le sel de son corps.

– A présent, je peux marcher, dis-je. Il ne sera pas nécessaire que tu me portes, à supposer que tu en sois capable, ou que tu m'attaches et me traînes comme un prisonnier. Tu m'as donné l'eau et le sel de ton corps. Je ne sais pas ce que tu cherches, ou quelle est la nature de ta mission, mais je t'accompagnerai. Nous irons ensemble.

L'animal me fit signe de me reposer. Puis il s'installa entre le soleil et moi et, dans l'ombre de son corps, qu'il déplaçait de temps en temps, je dormis.

Je rêvai de l'anneau qu'il portait au deuxième doigt de la main gauche.

Quand les lunes furent hautes, je me réveillai. Puis je suivis le Kur. Il avançait lentement, du fait qu'il boitait. Ses tissus desséchés, à mon avis, n'abriteraient pas longtemps la vie. L'eau qu'il avait conservée, peut-être pour moi, avait disparu.

Je ne savais pas ce qu'il cherchait. Pourtant je l'admirais parce qu'il le cherchait, indomptablement. Je ne trouvais ni mauvais ni déplacé de mourir aux côtés d'un tel animal.

A ses côtés, je percevais la volonté et la noblesse du Kur. Les Kurii étaient, en fait, des ennemis splendides pour les Prêtres-Rois et les hommes. Je me demandai si les Prêtres-Rois ou les hommes étaient dignes d'eux.

Ainsi, ennemis naturels, un humain et un Kur, dans

une étrange trêve du désert, marchaient côte à côte. Je ne savais pas vers quoi. Je ne posai pas la question et, si j'avais posé la question, je ne crois pas que mon compagnon aurait répondu. Je l'accompagnais.

De nombreuses fois, pendant la nuit, il tomba. Il s'affaiblissait. J'attendais qu'il se redresse. Puis nous nous remettions à marcher.

Un peu avant le matin, nous nous reposâmes. Une ahn plus tard, il voulut se lever mais en fut incapable. Il regarda le soleil. Dans le sable, du bout d'un doigt, il traça une seule ligne. Il serra son énorme poing droit, frappa une fois le sable, désespérément. Puis il s'effondra.

Je crus alors qu'il allait mourir, mais il ne mourut pas. De temps en temps, pendant la journée, couché à l'ombre de son corps, je le crus mort mais, posant l'oreille sur sa poitrine, j'entendis le battement de son gros cœur, lent, irrégulier, sporadique, capricieux, comme un poing faiblement serré.

Le soir, je me préparai à enterrer le Kur. Je creusai une tranchée dans le sable. J'attendis qu'il meure.

Je regrettai de ne pas avoir une pierre pour marquer sa tombe.

Quand les lunes furent pleines, il rejeta la tête en arrière et je vis ses rangées de dents. Il se leva péniblement, ce qui m'horrifia, et, secouant le sable accumulé dans sa fourrure, se remit en marche. Stupéfait, je le suivis.

Au matin, il ne s'arrêta pas pour se reposer. Il montra à nouveau le soleil et, cette fois, leva le poing serré.

Je ne compris pas ce qu'il voulait dire. Puis les cheveux se dressèrent sur ma nuque. Il m'avait montré le temps, en indiquant le soleil, et les jours en levant les doigts. A présent, il montrait le soleil et levait un gros poing sec, entêté, fermé.

Je compris alors, horrifié, soudain, le sens de sa mission. Il ne restait plus de jours. C'était le dernier jour. C'était le dernier jour du monde.

« Livrez Gor ! » avait été le message envoyé aux Sardar par les vaisseaux des Kurii. C'était un ultimatum. Les Prêtres-Rois, bien entendu, avaient été troublés ; leur réaction avait été la curiosité, la recherche d'informations ; créatures rationnelles, ils ne pouvaient imaginer l'énormité du plan des Kurii. Je compris qu'il devait y avoir différents groupes parmi eux, parmi ces créatures menaçantes, féroces, agressives, fières, impérialistes, intraitables et belliqueuses. Après l'échec de la tentative du Torvaldsland, il semblait probable qu'un groupe ou une tribu ait perdu le pouvoir. Il me parut clair, alors, qu'une force nouvelle était venue au pouvoir parmi les ennemis des Sardar, une force prête, si nécessaire, à sacrifier une planète pour conquérir l'autre.

Le Kur avait levé le poing fermé. Il ne restait plus de jours. Je fis tout mon possible pour ne pas me laisser distancer.

Le trafic d'esclaves avait cessé. De toute évidence, les responsables importants, surtout ceux qui parlaient les langues de la Terre, avaient été évacués. Les autres, ignorant tout de la stratégie de la guerre interplanétaire, resteraient. Ibn Saran lui-même, à mon avis, malgré son intelligence, n'imaginait pas qu'il jouait un rôle de dupe dans ce plan en précipitant la guerre tribale, ce qui avait pour effet d'interdire le désert aux intrus, aux étrangers, qu'il s'agisse des agents des Prêtres-Rois ou de représentants d'autres groupes de Kurii. Je pensai que les Kurii devaient être aussi désunis que les hommes car il s'agit également d'animaux jaloux, orgueilleux et territoriaux.

Jc compris que Gor serait détruite. Cela éliminerait une planète, mais aussi les Prêtres-Rois, et laisserait la Terre sans protection, vulnérable aux attaques des flottes des mondes d'acier. Il valait mieux une seule planète qu'aucune planète.

Bien que le soleil brûlant du Tahari soit au zénith, l'animal ne s'arrêta pas. Le Kur, comme les grands félins, chasse quand il a faim, mais c'est un animal magnifiquement adapté à la nuit. Sa vision nocturne est peut-être cent fois meilleure que celle des êtres humains. Il peut voir à la seule clarté des étoiles. Il ne serait aveugle que dans le noir total, comme au fond des Mines de Klima. Les pupilles de ses yeux, comme celles des félins, peuvent prendre la taille d'une tête d'épingle ou bien devenir de grandes lunes sombres, sensibles à la lumière, capables de perceptions subtiles dans ce qui serait, pour un être humain, le noir complet. Le Kur, en général, sort de son repaire au crépuscule. C'est à ce moment-là que ses narines se distendent, que ses oreilles se dressent et qu'il se met à chasser. J'étais persuadé que la destruction du monde, conformément aux habitudes des Kurii, aurait lieu à la tombée de la nuit. C'est à ce moment-là, en général, que le Kur se met en chasse.

En fin d'après-midi, le Kur poussa un cri de rage. Il se tenait au sommet d'une dune, du sable presque jusqu'aux genoux, dans un tourbillon de sable. Le vent s'était levé. Sa fourrure flottait.

Le vent avait à nouveau tourné à l'est.

Quelques instants plus tard, la tempête commença. Le Kur avança dans le vent chargé de sable. Le ciel était noir. Je tenais la fourrure de son bras, luttant pour ne pas perdre l'équilibre. Soudain, le Kur s'arrêta, s'appuyant contre le vent. J'ouvris les yeux et vis, brièvement, devant moi, à moins de cent mètres, dans un trou de la tempête, qui se referma rapidement, penché sur le côté, partiellement enfoui dans le sable, un cylindre d'acier ; il faisait environ quatre mètres de diamètre ; une douzaine de mètres étaient exposés ; au sommet, j'aperçus des tuyères ; c'était un vaisseau qui s'était écrasé dans le sable.

La main du Kur se referma sur mon bras.

Il est difficile de parler de ce que je vis ensuite. Le Kur, près de moi, me lâcha le bras. Avec la main droite, il prit l'anneau qu'il portait à sa main gauche, au deuxième doigt, et tourna le chaton à l'intérieur, de sorte que la plaque d'argent soit tournée à l'intérieur. Sur la partie visible de l'anneau, il y avait un bouton rond qu'il enfonça. Pendant quelques instants, dans le sable, il parut miroiter, puis je ne vis plus que les tourbillons de sable. J'étais seul.

Je compris alors qu'il chassait en direction de la tour. A quatre pattes, je fis quelques mètres vers la tour. Je la vis à nouveau, brièvement, dans une déchirure de la tempête. La conception me parut primitive. Les tuyères faisaient penser à une fusée à combustible liquide. Elle n'était pas en forme de disque. Je supposai qu'il s'agissait d'un vaisseau démodé, peut-être d'une épave, même un vaisseau antique, pratiquement un fuselage abritant une bombe.

Je frissonnai en pensant à la puissance cachée dans cette carcasse d'acier.

Je voulus fuir dans la tempête. Mais je savais qu'il était impossible d'échapper à ce vaisseau inerte. « Méfie-toi de la tour d'acier », avait été gravé sur le rocher. C'était une arme posée sur la tempe du monde, et qui serait actionnée à la tombée de la nuit.

Je crus entendre, sauvages, mais ce fut difficile à dire dans le vent, des hurlements d'hommes. Puis j'entendis le cri d'un Kur et quatre explosions en succession rapide.

Ensuite, je n'entendis que le vent.

J'attendis plus d'un quart d'ahn. Puis je le sentis près de moi. L'air miroita. Il vacillait. Le Kur était devant moi. Ses pattes étaient rouges. Il avait quatre trous d'un centimètre de diamètre, un à la cuisse gauche et trois dans la poitrine. Ses yeux étaient vitreux. Il me tourna le dos. Dans son dos, aux endroits où la force était sortie de son corps, il y avait des trous correspondant à ceux de sa poitrine et de sa cuisse. Je sentis la chair brûlée. Une fumée blanche, mince, semblable à la fumée de la glace sèche, s'échappait des trous, puis était emportée par le vent. Le Kur s'effondra sur le sable. Je m'agenouillai près de lui. Il ouvrit les yeux. Il me regarda.

– Est-ce accompli ? demandai-je. La mission est-elle remplie ?

Avec sa patte ensanglantée, l'animal retira l'anneau qu'il portait au doigt. Il le poussa vers moi. Il était couvert de sang, celui, supposai-je, des hommes qu'il avait tués. L'anneau n'était pas conçu pour un être humain. Il faisait trois centimètres de diamètre. Je serrai l'anneau entre mes mains. Avec une bande de cuir, arrachée aux bandes de mes pieds, je le mis à mon cou.

L'animal gisait dans le sable. Il saignait lentement. Je présumai qu'il n'avait plus beaucoup de sang. En outre, la force qui avait pénétré son corps avait apparemment, brûlante, partiellement cicatrisé les blessures. C'était comme si un pique-feu brûlant, chimiquement actif, lui avait traversé le corps. Le sable rougit sous l'animal. Je pris les bandes de mes pieds et les enfonçai dans les blessures. L'animal me repoussa. Il leva le bras vers l'endroit où le soleil aurait dû se trouver, s'il avait été visible.

Je me levai, vacillant, près de lui. Puis, dans la tempête, je pris la direction du vaisseau.

Près du vaisseau, je trouvai les ruines d'un abri de pierres et de toiles. Eparpillés autour, il y avait des hommes. Je ne pensai pas qu'ils soient vivants. Je me figeai quand j'aperçus, à travers le vent et le sable, un autre Kur. Il était armé. Dans la patte droite, il serrait un petit appareil. Il était perché, scrutant la tempête.

Je fus stupéfait de trouver un Kur près du vaisseau. Je crois que le Kur que j'accompagnais n'avait pas prévu cette éventualité. Les Kurii, comme les hommes, ne s'exposent pas volontairement à la destruction. Pourtant, un Kur gardait le vaisseau. Je savais que ce serait un animal déterminé, désespéré. Il était prêt à mourir, apparemment, pour assurer le succès du plan de ses supérieurs. Je suppose que de nombreux Kurii s'étaient opposés pour avoir cet honneur. Ce Kur, entre tous, dans la cruelle sélection des mondes d'acier, avait survécu. Les Kurii ne croient pas à l'immortalité. Ils croient, cependant, à la gloire. Ce Kur, entre tous, dans la cruelle sélection des mondes d'acier, avait survécu. C'était le plus dangereux. Il se tourna vers moi.

Je vis sa patte se lever et me jetai sur le côté. Une grosse pierre carrée, près de moi, une de celles qui tenaient la toile, sauta, fendue en deux, brûlée, presque à l'instant où j'entendis l'explosion produite par l'arme.

Je crois que le Kur fut stupéfait de me voir. Il ne s'attendait pas à voir un humain près du vaisseau. Peut-être est-ce cela qui, dans son réflexe, l'amena à mal viser. Puis les tourbillons de sable nous cachèrent l'un à l'autre. Je m'éloignai de l'abri en rampant. Je le vis, deux fois, dans des déchirures de la tempête. Mais lui ne me vit pas. Lorsque je l'aperçus à nouveau, il se tourna vers moi, penché. Je reculai. Il approcha, dans le sable. Il ne tira pas. Il pointait son arme vers moi. Il s'efforçait de ne pas perdre l'équilibre. Je supposai que son arme ne contenait qu'un nombre limité de charges. Elle ne tirait pas un rayon mais fonctionnait plutôt comme une arme à balles. Soudain, je sentis l'acier du vaisseau contre mon dos. L'animal sortit des tourbillons de sable. Je vis ses lèvres se retrousser ; il prit son arme, dans le vent violent, à deux mains ; j'appuyai sur le bouton rond de l'anneau que je portais au cou. Soudain, je vis le Kur comme dans une lumière rouge et le sable, également, rouge et noir. Il parut stupéfait, ce qui me surprit ; il hésita ; je bondis sur le côté. La décharge de l'arme de poing frappa l'acier du vaisseau. Il y eut un trou noir, comme percé avec une mèche ; des gouttelettes de métal coulèrent sur le flanc du vaisseau.

Je compris soudain, avec exaltation, que le Kur ne pouvait pas me voir.

L'anneau contenait un appareil de diversion de la lumière, produisant un champ dans lequel se trouvait le porteur. Nous voyons grâce aux ondes lumineuses réfléchies par les textures diverses des surfaces, ondes qui stimulent les récepteurs sensoriels. Le champ qui m'entourait, supposai-je, rendait à ces ondes leur texture d'origine ; ainsi, une onde lumineuse donnée dans le spectre visuel normal, au lieu de me toucher et d'être réfléchie en direction des organes récepteurs d'un autre organisme, était détournée ; de même, les structures lumineuses des objets qui se trouvaient derrière moi étaient détournées autour de mon champ et reconstituées devant afin d'impressionner, comme si je n'étais pas là, les récepteurs visuels de l'organisme qui me regardait. La lumière grâce à laquelle je voyais changeait de spectre ; elle était, originellement, à mon avis, dans la partie non visible du spectre, peut-être la partie infrarouge, qui pouvait pénétrer le champ mais était transformée de telle manière par celui-ci que, de l'intérieur, je pouvais voir, grâce à elle, le monde extérieur. Cet appareil aurait été inutile parmi les Prêtres-Rois car ils ne comptent guère sur les récepteurs visuels. Chez les Kurii, je n'étais pas certain de son efficacité. Les Kurii, comme les hommes, sont des organismes principalement visuels, mais leur ouïe et leur odorat sont considérablement plus aiguisés.

J'ignorais de combien de charges disposait l'arme du Kur. En outre, j'étais désarmé. Je plongeai dans les tourbillons de sable. Je m'accroupis.

Le hurlement du vent dissimula le bruit de mes mouvements ; la violence des rafales devait disperser mon odeur, l'éparpillant dans toutes les directions, ne fournissant au Kur que des sensations rapides, incertaines, trompeuses, confuses. Il ne pouvait, pour le moment, me localiser. Je le vis, rouge dans les tourbillons de sable, se déplaçant, l'arme au poing, me cherchant.

Je me demandai pourquoi le Kur avec qui j'avais marché, qui portait l'anneau, avait été touché quatre fois par l'arme du Kur qui me cherchait. En outre il avait été touché, si mes suppositions étaient bonnes, de face. Ce n'était pas comme si le Kur armé l'avait surpris égorgeant un homme et avait tiré.

Il me parut probable que le Kur ait été touché alors qu'il se détachait, peut-être dans une ouverture, l'autre Kur, le flairant, l'entendant, faisant feu pendant qu'il entrait. Le Kur armé, ensuite, était sorti, le cherchant, pour l'achever.

Il n'avait pas compté sur un allié, un être humain.

Les mêmes pensées avaient dû traverser le cerveau du Kur et le mien, mais je ne connaissais ni l'emplacement ni la nature de l'entrée.

Je le vis retourner vers le vaisseau, abandonnant les recherches, se consacrant à nouveau à son objectif principal.

C'est ainsi qu'il me conduisit à l'entrée. Il l'atteignit avant moi. Il grimpa, ses griffes crissant sur l'acier, puis s'accroupit à l'intérieur. L'ouverture devait être la partie extérieure d'un ancien sas ; elle était rectangulaire ; la porte extérieure manquait ; il y avait des morceaux de métal tordu, sur le côté de l'ouverture, comme si la porte avait été arrachée à ses gonds rouillés ; l'animal était accroupi dans le sas, regardant la tempête. Puis il disparut à l'intérieur.

Mon cœur se serra ; le temps jouait pour lui ; la nuit tomberait bientôt ; il lui suffisait d'attendre.

Je retournai près des pierres et des toiles ; là, à tâtons, je localisai un corps pratiquement entier. D'autres avaient la tête ou les bras arrachés.

Je traînai le corps contre le vaisseau. Bien que le Kur ne les ait pas utilisées, il y avait des entailles dans le métal, probablement utilisées par les humains pour entrer et sortir. Une échelle métallique, tordue, était fixée au flanc arrondi du vaisseau. Compte tenu de la position du vaisseau, cependant, l'échelle faisait approximativement un angle de vingt degrés avec le sol et se trouvait à six mètres du sable ; elle ne pouvait me servir. J'utiliserais les entailles. Je n'essayai pas d'être silencieux. Je grattai le flanc du vaisseau. Je m'arrangeai pour que le Kur de l'intérieur, s'il pouvait entendre, soit persuadé que quelqu'un gravissait le flanc du vaisseau, traînant un poids inerte, probablement un cadavre.

Je savais que le Kur devait être rusé, sinon exceptionnellement intelligent. Ce n'était pas par hasard que ce Kur, et pas un autre, s'était vu confier cette mission terrifiante consistant à protéger une bombe capable de détruire une planète jusqu'au moment où elle exploserait.

Mais il devait également être nerveux. Et, dans la tempête, il ne devait pas voir distinctement l'extérieur. Il supposerait que je ne renoncerais pas à la protection de l'anneau d'invisibilité. Une diversion serait inefficace car qu'est-ce qui pourrait amener le Kur à quitter sa position ? Si le sang des humains massacrés n'avait pas suffi à vaincre son obéissance aux impératifs ténébreux des mondes d'acier, je ne pourrais rien imaginer qui puisse l'attirer dehors. Il avait résisté au sang ; la volonté de ce Kur, qui parvenait à résister à ses instincts, devait être exceptionnelle. Il supposerait, sans doute, que je le ferais tirer sur un appât, en profitant pour me glisser dans le vaisseau. Le seul objet utilisable dans un tel plan était le cadavre d'un humain tué par le Kur avec qui j'avais traversé le désert. Je ne tentai pas de rester silencieux. Je manifestai clairement que j'étais à l'extérieur, que je gravissais le flanc du vaisseau, que je traînais un objet inerte, probablement un cadavre.

Un plan valable, me semblait-il, consistait à jeter un corps inerte dans l'ouverture, attirant ainsi le feu du Kur qui se trouvait à l'intérieur. Peut-être alors, dans la confusion, pourrais-je me glisser à l'intérieur, invisible.

Ce serait la stratégie élémentaire de l'appât.

C'était un plan valable. Je ne l'adoptai cependant

pas. Le Kur attendait à l'intérieur. Je ne pensais pas que je disputais une partie de Kaissa avec un imbécile.

Mais j'utiliserais la stratégie de l'appât. Seulement, c'est moi qui serais l'appât. Derrière l'appât, il n'y aurait rien. Une chose à laquelle le Kur ne s'attendrait pas serait que je renonce à la protection de l'invisibilité ; la chose à laquelle il ne s'attendrait pas serait que je m'offre moi-même au feu de son arme.

Je m'agrippai au côté de l'ouverture. Je serrai le corps contre moi, le tenant de manière qu'il ne s'écarte pas du flanc du vaisseau.

Je comptai lentement cinq mille ihns afin que les réflexes du Kur, à l'intérieur, soient tendus à craquer, que la puissance nerveuse de l'animal soit en équilibre instable, que toutes les fibres et tous les instincts de son corps hurlent d'envie de presser sur la détente au moindre mouvement. Mais je comptai, également, sur son intelligence, son calme, pensant qu'il ne tirerait pas au premier mouvement, surtout s'il était visible.

Le vent hurlait et le sable tourbillonnait autour du vaisseau. J'appuyai sur le bouton rond de l'anneau que je portais au cou. Je vis à nouveau dans le cadre du spectre normal. Je compris alors que je voyais dans la lumière des lunes ; mon corps se couvrit de sueur ; il faisait nuit. Mou, comme si on me poussait par-derrière, je me propulsai, maladroitement, dans l'ouverture et tombai en avant. A peine étais-je tombé dans le sas que j'entendis, puissantes, au-dessus de moi, les explosions de l'arme qui tira cinq fois ; presque au même moment, le Kur bondit à l'intérieur, sortant d'un enchevêtrement de tubes, et passa près de moi ; son pied se posa sur mon épaule ; il scruta la tempête ; il examina le corps, en bas, qui avait glissé contre le flanc du vaisseau tandis que j'entrais, du fait que je l'avais lâché ; il parut un instant troublé ; il tira encore deux fois sur le corps ; il franchit l'ouverture, tournant, glissant sur l'acier, puis descendit au pied du vaisseau.

Je me remis en mouvement, franchissant la porte

intérieure, qui était ouverte, attachée de manière que le Kur puisse tirer correctement. Je me glissai à l'intérieur, faillis tomber, mes pieds cherchant un appui. Je le trouvai. J'entendis le Kur, dehors, hurler de rage. Je tentai de fermer le sas, mais les gonds étaient rouillés et la porte refusa de pivoter. Peut-être le Kur avec qui j'avais marché, avec la frénésie de la force d'un Kur, les avait-il tordus avant de recevoir les quatre charges de l'arme de l'autre Kur. J'entendis les griffes du Kur crisser sur l'acier, dehors. Je cherchai l'anneau que je portais au cou. Il n'y était plus. La lanière de cuir, desséchée, usée par le soleil, avait cassé. J'entendis le claquement de l'arme. Je levai la tête. Elle était à moins de quarante centimètres de ma tête. Elle claqua à nouveau. Je tombai dans l'obscurité du vaisseau. Il était vide. Le Kur poussa un hurlement rageur. Je tombai, heurtant des objets, glissant, sur douze ou quinze mètres. Puis je fus arrêté par une paroi. Je levai la tête. L'intérieur du vaisseau fut soudain éclairé. Dans le cylindre, au-dessus de moi, dans l'ouverture, la main sur le disque, se tenait le Kur. Il me regarda. Ses lèvres se retroussèrent. Il avait jeté son arme. Je regardai désespérément autour de moi. L'intérieur du vaisseau, compte tenu de sa position, semblait étrangement décalé. En outre, il n'était pas aussi compact que je le pensais, aussi plein de machines, de tableaux de commande et de placards. On avait retiré beaucoup de choses, apparemment pour l'alléger. Je vis le Kur, aisément, gracieusement compte tenu de sa taille, avec ses longs bras, d'un tube à l'autre, descendre vers moi. Lorsqu'il arriva à mon niveau, je tentai de remonter, m'accrochant aux tubes. Sa main se referma sur ma cheville et je fus obligé de lâcher prise. Il me souleva, me jeta contre la paroi du vaisseau et je tombai au pied de la paroi, tombant de trois mètres dans les restes tordus, brisés, de la coque, glissai à nouveau et tombai sur des débris et des morceaux de fil électrique. Je me mis à quatre pattes. J'entendis le Kur approcher.

Sous des tubes, soudain, en dessous de moi, je vis l'anneau. Je me glissai à plat ventre, le bras tendu. Je ne pus l'atteindre. Je me levai péniblement. Le Kur baissa la tête et vit également l'anneau. Je reculai, trébuchant un peu, dans les débris et les fils. Je levai la tête, dans le cylindre incliné du vaisseau. Dix-huit ou vingt mètres au-dessus de moi, je vis six cadrans. Le Kur tendit son long bras. Je me penchai sur le tas de débris et de fils. Le bras du Kur était assez long pour atteindre l'anneau, contrairement au mien, mais l'enchevêtrement de tubes derrière lequel il était tombé était trop dense pour qu'il puisse passer le bras à travers. Je grimpai, grâce à des excroissances, des tubes, contre la paroi tordue, en direction des cadrans. Le Kur saisit les tubes, pour les écarter. Il les avait écartés de quelques centimètres lorsqu'il me vit. Il hurla de fureur. Il cessa de s'intéresser à l'anneau. Il se mit aussitôt à grimper vers moi. Il monta rapidement, déterminé.

Je m'accroupis sur une poutre métallique qui traversait le cylindre, en face des six cadrans. Les quatre premiers cadrans étaient immobiles. Les deux derniers bougeaient toujours. Chaque cadran n'avait qu'une seule aiguille. Chaque cadran était divisé en douze parties. Les aiguilles des quatre premiers cadrans étaient verticales. Je ne pouvais lire les chiffres des cadrans. Je supposai que la position verticale était équivalente à douze ou zéro. C'était, de toute manière, la position, manifestement, où les appareils étaient arrêtés. Les aiguilles bougeaient en sens inverse des aiguilles d'une montre.

Le Kur grimpait vers moi.

Le premier cadran, à mon avis, indiquait un équivalent quelconque des mois, le deuxième les semaines, le troisième les jours, le quatrième les heures. J'ignorais le temps de révolution de la planète d'origine des Kurii, et son temps de rotation. J'étais persuadé, cependant, que ces mesures étaient calquées sur les mouvements d'une planète, probablement disparue, détruite par les guerres. Ils avaient détruit un monde ; ils en voulaient à présent un autre.

Avec les dents, j'arrachai l'isolant d'un morceau de fil que j'avais pris sur le tas de débris et de fils et emporté, entre mes dents, en grimpant.

Je fis une boucle à l'endroit où le fil était nu. Tandis que le Kur montait vers moi, me tournant le dos, je lui passai la boucle autour du cou et la serrai. Il tenta d'arracher le fil fin avec ses six doigts épais, mais il ne pouvait les glisser dessous. Je me jetai dans le vide et le fil écarta le Kur de la paroi de sorte qu'il fut pendu, se débattant, tandis que je me balançais quelques dizaines de centimètres en dessous de lui. Il tendit les bras mais ne put rien saisir. Il tenta de prendre le fil, d'y grimper ou de diminuer la pression qui s'exerçait sur son cou, mais ses pattes glissèrent sur le filament ; puis son poids me fit monter ; accroché à la partie isolée du fil, je repoussai le Kur à coups de pied lorsqu'il tenta de se saisir de moi ; puis je fus au-dessus de lui, son poids me tirant vers la poutre ; les épaules du Kur étaient couvertes de rouge ; des flots de sang bouillonnant s'échappaient de sa gorge ; je me campai, la tête en bas, les pieds sur la poutre, pour maintenir le Kur en place ; puis, d'un seul coup, le fil cassa ; quand le fil cassa, j'étais presque horizontal par rapport à la poutre, tentant d'éviter d'être tiré au-dessus, tentant de tenir le Kur ; la force de mes jambes, délivrées soudain du poids du Kur, me jeta pratiquement de l'autre côté du vaisseau et je m'accrochai à des tubes. Le Kur, se cognant quatre fois, tomba tout au fond du vaisseau, dix-huit ou vingt mètres plus bas, plus bas que la porte, plus bas que le niveau du sable, dehors.

Je regardai les cadrans. L'aiguille du cinquième cadran était presque verticale.

Je savais que, dehors, il faisait nuit. La tempête faisait toujours rage.

Les cadrans étaient protégés par du verre épais. Je montai sur la poutre d'où j'avais pris le Kur. Je ne pouvais atteindre les cadrans.

Je regardai désespérément autour de moi. Je ne pouvais les arrêter.

En bas, avec horreur, je vis le Kur, masse de sang, se relever péniblement. Il saignait encore, abondamment, de la gorge. Je fus convaincu qu'un gros vaisseau de son cou avait été déchiré, sinon coupé.

L'animal semblait indomptable. Sa force était presque inconcevable.

Il grimpait lentement. Je vis son visage levé, ses yeux terribles, ses crocs, les oreilles couchées sur le crâne. À la force des bras, lentement, à présent, difficilement, centimètre après centimètre, il grimpait.

Je pris un mince tube qui se trouvait au-dessus de ma tête, tirant violemment dessus. Il contenait des fils. Frénétiquement, je tentai de l'arracher. Je ne pouvais le faire bouger.

L'animal était proche, à présent, et grimpait toujours. Je vis ses yeux. Il gravit encore quelques centimètres.

J'arrachai enfin le tube. L'aiguille du cinquième cadran s'arrêta soudain. L'aiguille du sixième cadran monta vers la verticale, dans le sens inverse des aiguilles d'une montre. A mon avis, elle ne mettrait que quelques secondes. Je frappai à coups répétés le sixième cadran, faisant voler le verre en éclats. Je vis le Kur, moins de trente centimètres au-dessous de moi. Il tenta de lever le bras, pour me saisir. Le sang ne coulait plus de sa gorge. Il était mort. Il tomba contre les tubes de la paroi du vaisseau, puis au niveau inférieur.

Je plantai le mince tube, depuis la poutre, comme une lance, dans le cadran. La sixième aiguille, un instant plus tard, heurta cet obstacle, s'arrêtant avant la verticale.

Couché sur la poutre, je pleurai et eus peur de tomber.

Quand j'eus le courage de bouger, je sortis du vaisseau. Dehors, la tempête s'était calmée. Je retrouvai, dans le sable, le Kur avec qui j'avais marché.

– La mission est accomplie, lui dis-je. C'est fait.

Mais il était déjà mort.

Ses lèvres découvraient ses dents, mimique analogue, d'après ce que je sais, chez les Kurii, au sourire. A mon avis, il n'est pas mort malheureux.

Je retournai au vaisseau où je trouvai beaucoup de nourriture et d'eau. Les jours suivants, soigneusement, de mon mieux, les débranchant, je démontai et détruisis les composants du vaisseau. Plus tard, les Prêtres-Rois trouveraient le vaisseau et le désamorceraient plus correctement. J'enterrai les hommes qui étaient morts près du vaisseau. Je sortis le Kur du vaisseau, mais je n'enterrai ni l'un ni l'autre. Je les laissai aux charognards du désert car ils n'étaient que des animaux.

22

JE ME PROCURE UN KAIILA

J'étais accroupi entre les tuyères, à une vingtaine de mètres du sol, au sommet du grand vaisseau partiellement enfoncé dans les sables du Tahari. Les tuyères, faisant face au soleil, étaient pleines de sable. Entre elles, j'avais construit un abri qui me protégeait du soleil. J'accédais au sommet du vaisseau avec une corde. Je buvais de l'eau, regardant approcher les deux cavaliers. De l'endroit où je me trouvais, je pouvais voir plusieurs pasangs à la ronde. Le désert était clair.

Comme je l'avais supposé, il y avait des contacts entre le vaisseau et les agents des Kurii dans la région, les hommes d'Abdul, Ibn Saran, l'Ubar du Sel. La nourriture et l'eau, les provisions, avaient dû être apportées à dos de kaiila. Il y avait probablement des approvisionnements de routine, ou des communications, avec les agents des Kurii, mais ni par radio ni par l'entremise d'appareils comparables qui auraient pu attirer l'attention des stations d'écoute des Sardar. Les tournées d'approvisionnement devaient être préparées des semaines à l'avance. Les programmes devaient être conçus pour dépasser la date de destruction de la planète, afin de ne pas éveiller la curiosité et les soupçons des agents humains des Kurii. Les hommes qui approchaient, conduisant quatre kaiilas de trait, ne savaient rien. Ils approchaient lentement, à la manière nonchalante du Tahari. Il n'y avait rien d'exceptionnel, de leur point de vue, sur le plan de la livraison et de la date à laquelle elle avait lieu. Je souris. La planète aurait pu exploser sous leurs pieds. Pourtant, ils arrivaient tranquillement.

Je fus satisfait de les voir. J'avais envisagé de sortir à pied du désert. Il y avait beaucoup de nourriture et d'eau dans le vaisseau. J'aurais dû fabriquer un traîneau, avec un harnais pour les épaules, que j'aurais fait glisser sur le sable, chargé d'eau et de nourriture, et j'aurais pu marcher de nuit, mais j'y avais renoncé. Je ne savais ni à quelle distance ni dans quelle direction se trouvaient les oasis. J'aurais pu errer dans le désert pendant des semaines, jusqu'à ce que mes provisions soient épuisées. J'aurais pu rencontrer des cavaliers hostiles. J'aurais été à pied. J'ignorais combien de temps durerait l'énergie de l'anneau. Je supposai qu'il ne pouvait produire son champ que pendant une période donnée. Si je rencontrais plusieurs cavaliers, je pourrais, grâce à l'anneau, leur échapper, mais je pourrais aussi perdre mes provisions. Il me fallait un kaiila ; il me fallait une direction. En une journée, s'il boit correctement, un kaiila fort peut couvrir une distance qu'il faudrait des semaines pour parcourir à pied. En outre, le kaiila trouve souvent de l'eau.

Il ne me paraissait pas improbable qu'il y ait un signal de reconnaissance, donné par les cavaliers arrivant à proximité du vaisseau, auquel un autre signal répondait, avant qu'ils fassent approcher leurs kaiilas. Faute de le recevoir, j'étais persuadé qu'ils approcheraient très prudemment ou, tout simplement, s'en iraient. J'ignorais quelles étaient leurs instructions. Je n'étais pas prêt à prendre le risque de la deuxième solution. Je jetai l'abri que j'avais construit sur le sable, derrière le vaisseau. Je jetai également la bonbonne métallique pleine d'eau. Puis, grâce à la corde, également derrière le vaisseau, je descendis lentement à la force des bras. Bien que je puisse me tenir, invisible, dans le champ de l'anneau, le sable, déplacé, révélerait mes mouvements et ma présence. Si j'attaquais un cavalier, invisible, l'autre, alerté, fuirait peut-être, pris de panique et terrifié. Sur le sable, au pied du fuselage, je bus abondamment. Puis j'allai dans le désert.

– A boire ! criai-je. A boire !

Les cavaliers s'arrêtèrent à cent mètres de moi. Je ne venais pas de la direction du vaisseau.

– A boire ! criai-je.

J'avançais en trébuchant. Je vacillai et tombai plusieurs fois.

Ils me laissèrent approcher. Je les vis échanger un regard. Je tombai sur un genou et me relevai péniblement. Je tendis la main droite vers eux. J'avais du sable dans les cheveux, sur le corps. J'avançais comme si j'avais mal, comme si je souffrais de crampes abdominales et musculaires, comme si j'avais le vertige. Je vacillais.

– A boire ! criai-je. A boire, je vous en prie !

Je m'arrêtai à une cinquantaine de mètres d'eux. Je les vis dégager leurs lances.

Je tombai à plat ventre sur le sable. Je gardai la tête baissée. Dans le sable, je souris. Je connaissais ces hommes. Je les avais vus chevaucher. Il s'agissait vraiment d'agents des Kurii, de séides d'Ibn Saran, Abdul, l'Ubar du Sel. Ils étaient parmi les gardiens de la marche jusqu'à Klima.

– Debout ! cria l'un d'entre eux.

Il était là à une quarantaine de mètres de moi.

Je me relevai péniblement, les pieds enfoncés dans le sable. Je vacillais. Je les regardais stupidement. J'avais le soleil dans le dos. Ce n'était pas par hasard.

Celui qui s'appelait Baram, le plus adroit, ferait le premier passage.

– A boire ! criai-je. A boire, je vous en supplie !

Il était droitier. Il passerait à ma droite. Je regardai

la lance. Elle était longue, mince, faisait approximativement trois mètres de long. Elle était décorée de lignes rouges et jaunes, en spirales ; elle était terminée par une pointe extrêmement étroite, d'acier tranchant comme un rasoir, de vingt-cinq centimètres de long, lancéolée comme une feuille de flahdah. Ce n'était pas par hasard que je me trouvais à cet endroit. Je voulais que le pas de son kaiila soit régulier. Le sable, entre nous, était lisse. Je jaugeai l'angle de sa lance. Il frapperait à la tête ; je supposai qu'il s'agissait de l'oreille droite. Cela serait facile à voir lorsque la pointe foncerait sur moi. On feinte souvent avec la pointe, la déplaçant d'un côté et de l'autre, la levant ou la baissant, pendant une bataille ; mais, dans un jeu, la précision comptait davantage que la ruse ; je regardai le cavalier ; je vis son sourire ; le kaiila se cabra ; je vis la lance se mettre en position ; il s'amusait ; moi, je faisais la guerre.

Il ne se méfiait pas ; toute son attention était concentrée sur la cible ; croyait-il que j'étais un esclave des Plaines des Peuples des Chariots, debout, un topsit dans la bouche, pour qu'il puisse démontrer son adresse à la lance ?

Je fis un pas de côté et, à deux mains, un mètre derrière la pointe, me tournant, saisis la lance ; le cavalier, avec un cri, fut désarçonné et roula dans le sable tandis que son kaiila s'éloignait au galop ; la lanière de la lance cassa ; je levai la lance et, tandis qu'il roulait sur le dos, les yeux pleins d'horreur, lui passai la lance à travers le corps, le clouant au sable ; j'arrachai l'arme, posant le pied gauche sur lui, et pivotai pour affronter la charge de son compagnon. Je fus stupéfait. Il n'avait pas chargé. Il n'avait pas saisi sa chance. Il n'était pas adroit.

Je lui fis signe de charger.

Il resta immobile. Son visage exprimait la peur.

Je lui tournai le dos et, lentement, avec insolence,

allai chercher le kaiila dont la selle était vide. S'il avait approché, je l'aurais entendu.

Je pris la rêne de l'autre animal. Les kaiilas de trait étaient près de l'autre homme, personne ne s'occupant d'eux.

Je mis le pied dans l'étrier et montai en selle. L'autre cavalier fit pivoter son kaiila et s'enfuit. Il négligea les animaux de trait.

J'allai près des animaux de trait et les conduisis près du guerrier mort.

Il ne serait pas difficile de suivre la piste de l'autre homme. Je le ferais tranquillement. Je pris ce dont j'avais besoin au guerrier mort : bottes, armes et vêtements. Je ne pris pas la chemise car elle était pleine de sang. Puis, sur mon kaiila, conduisant les autres animaux, je retournai près du vaisseau pour faire l'inventaire des paquets et, avec les provisions du vaisseau, choisir ce que j'emporterais.

Il ne serait pas nécessaire de suivre la piste des deux cavaliers qui étaient venus jusqu'au vaisseau. Il y avait une piste plus fraîche. Le fuyard me conduirait hors du désert. Il n'avait certainement pas plus d'une outre d'un talu à sa selle.

Je dormis jusqu'en fin d'après-midi puis, lorsqu'il fit frais, les kaiilas ayant mangé et bu, je partis. Dans la lumière des lunes, la piste n'était pas difficile à suivre.

23

JE FAIS LA CONNAISSANCE DE HAROUN, GRAND PACHA DES KAVARS

J'entendais les tambours de guerre.

– Pour qui chevauches-tu ? s'enquit un homme.

– Je chevauche pour les Kavars, répondis-je.

Je poussai mon kaiila, avec la file d'animaux de trait, sur l'autre flanc de la colline. L'épave, nue, les poignets liés et attachés à une laisse fixée à mon pommeau, trébuchait derrière moi, sur le côté. Je lui avais même pris ses bottes. Il boitait presque ; ses pieds étaient couverts de sang ; ses jambes étaient couvertes de poussière et de sueur et tachées de sang parce qu'il m'avait suivi, attaché, dans les buissons. Je l'avais pisté pendant quatre jours, utilisant sa trace puis, lorsque je l'avais trouvé dans le sable, délirant et faible, tremblant, assoiffé, incapable de bouger, je l'avais déshabillé et attaché. Je lui avais donné de l'eau et du sel. Puis j'étais remonté en selle.

– Ne t'en va pas ! sanglota-t-il.

– Je n'ai plus besoin de ta piste, avais-je répondu. A présent, je peux retrouver le Rocher Rouge.

– Ne me laisse pas ! cria-t-il.

Il était à genoux, nu, sur le sable brûlant, les chevilles attachées, les poignets liés dans le dos.

Lentement, je m'éloignai de lui. Quand j'eus parcouru quelques mètres, je me retournai sur ma selle.

– La guerre va éclater, dis-je. Les Kavars, les Aretai et leurs tribus vassales se rassemblent.

– Ne me laisse pas ! cria l'homme.

Il ne pouvait se lever.

– Sais-tu où se déroulera cette guerre ? lui demandai-je.

– Oui ! Oui ! cria-t-il.

Je le regardai.

– Oui, dit-il, ... Maître.

– Peux-tu m'y conduire ? m'enquis-je.

– Oui, Maître ! s'écria-t-il. Oui, Maître !

Son kaiila était parti. Les kaiilas de trait étaient attachés les uns aux autres, la longue rêne du premier animal étant enroulée autour du pommeau de ma selle. Je redistribuai les fardeaux des animaux. Je détachai les chevilles de l'homme et le mis, les mains toujours liées dans le dos, sur l'animal de tête. Je lui attachai ensuite les chevilles sous le ventre de l'animal.

– Conduis-moi, lui dis-je.

– Oui, répondit-il.

Je dégainai mon cimeterre.

Il se crispa.

– Oui, Maître, corrigea-t-il.

Je rengainai mon cimeterre.

Deux jours plus tard, nous arrivâmes à proximité du champ de bataille. A environ cinq heures du champ de bataille, je coupai la corde qui attachait ses chevilles sous le kaiila et, poussant son pied gauche, l'envoyai rouler dans la rocaille, le tournant ensuite sur le ventre.

– Ne me tue pas maintenant, sanglota-t-il.

Je lui attachai les chevilles. Je redistribuai à nouveau les charges des animaux.

– Veux-tu m'affronter en combat à mort ? lui demandai-je.

– Non ! Non, Maître ! répondit-il.

Ensuite, je lui attachai les mains sur le ventre, déliai

ses chevilles et attachai une laisse au pommeau de ma selle.

J'entendais les tambours de guerre.

– Pour qui chevauches-tu ? s'enquit l'homme.

– Je chevauche pour les Kavars, répondis-je.

Je franchis la crête de la colline.

C'était un spectacle splendide.

Dans la plaine, il y avait une dizaine de milliers de cavaliers. Répartis sur plusieurs lignes, ils s'étendaient sur un pasang. J'entendais les tambours. Je vis les oriflammes, les étendards. Ils étaient séparés par quelques centaines de mètres. Les rangs étaient hérissés de lances. Derrière chaque camp, il y avait des centaines de tentes de couleurs différentes.

Mon kaiila bougea, au sommet de la colline. Le sang du Guerrier bouillonnait en moi.

– Es-tu un Kavar arrivant en retard ? demanda l'homme.

– Non, répondis-je.

– A quelle tribu vassale appartiens-tu ? s'enquit l'homme.

– A aucune tribu vassale, répondis-je. Mais c'est avec les Kavars que je choisis de chevaucher.

– Bienvenue ! s'écria l'homme, ravi, levant sa lance. (Ceux qui se tenaient derrière lui levèrent également leurs lances.) La bataille devrait être magnifique, dit l'homme.

Je me dressai sur les étriers. J'aperçus le centre des Kavars, blanc. Sur le flanc gauche, il y avait l'oriflamme des Ta'Kara et le pourpre des Bakahs. Sur le flanc droit, il y avait le doré des Char et les divers rouges et jaunes clairs des Kashani.

– Mais, comment t'appelles-tu ? demanda l'homme.

– Hakim de Tor, répondis-je.

– Vas-tu aller à la bataille avec des kaiilas de trait ? demanda l'homme.

– Je ne crois pas, dis-je. Je te les donne.

L'homme fit un signe et un de ses compagnons emmena les kaiilas de trait, contournant le champ de bataille, près des tentes des Kavars. Il y avait des centaines de kaiilas de trait, parmi les tentes.

– Qui est-ce ? demanda l'homme, montrant l'épave attachée à mon pommeau.

Je m'adressai à l'épave.

– Veux-tu m'affronter en combat à mort ? demandai-je.

Il baissa la tête.

– Non, Maître, répondit-il.

– C'est un esclave, dis-je à l'homme. Je n'en ai plus besoin. Je te le donne aussi.

– Nous pourrons l'utiliser, accepta l'homme. Ils sont parfois utiles pour piocher les légumes dans les oasis isolées.

Je jetai la laisse de l'esclave à un cavalier, indiqué par l'homme avec qui je parlais.

– Viens, Esclave ! lança le cavalier, qui tenait à présent la laisse.

– Oui, Maître, dit l'homme.

Il n'était que trop content que sa laisse ne soit plus attachée à mon pommeau. Le cavalier s'éloigna. Il n'épargna pas l'esclave, qui avait du mal à suivre. Derrière les lignes kavars, parmi les tentes, avec les kaiilas et les autres marchandises, l'homme serait enchaîné en attendant les décisions des maîtres.

A ma droite, il y avait les lignes des Aretai. Les Aretai eux-mêmes, naturellement, en kaffiyeh noir et agal blanc, tenaient le centre. Le flanc droit était tenu par les Luraz et les Tashid. Le flanc gauche était tenu par les Raviri et quatre tribus mineures, les Ti, les Zeyars, les Arani et les Tajuks. Les Tajuks ne sont pas, en fait, une tribu vassale des Aretai, bien qu'ils chevauchent avec eux. Il y a plus de deux cents ans, un Tajuk égaré a été sauvé dans le désert par des cavaliers Aretai qui le traitèrent bien puis lui donnèrent de l'eau et un kaiila. L'homme regagna ses tentes. Depuis, les Tajuks, lorsqu'ils entendent dire que les Aretai se rassemblent et appellent les tribus, viennent chevaucher avec eux. Ils n'ont jamais été appelés par les Aretai, qui n'ont pas le droit de le faire, mais ils sont toujours venus. En général, un marchand Aretai vendant des marchandises banales, visite la tente du Khan des Tajuks, le kaffiyeh noir et l'agal blanc garantissant sa sécurité, et, autour du feu de campement du Khan, après avoir vendu ses marchandises, en buvant le thé, dit :

– Il paraît que les Aretai se rassemblent en prévision de la guerre.

– Où ? demande le Khan des Tajuks, comme l'ont fait son père et son grand-père avant lui.

L'endroit est ensuite indiqué au Khan.

– Nous y serons, dit alors le Khan.

Je constatai qu'il y avait quelques problèmes sur le flanc gauche des Aretai. Les cavaliers Tajuks se frayaient un chemin vers les premières lignes, entre les Zevars et les Arani. Les Tajuks étaient accoutumés à cette position. Ils tenaient les premières lignes du flanc gauche des Aretai depuis deux cents ans. Le flanc gauche, incidemment, est capital du point de vue stratégique. La raison est intéressante et simple. Les armes offensives sont la lance et le cimeterre, l'arme défensive est le petit bouclier rond. Une fois la bataille commencée, les deux forces ont tendance à dériver sur la droite. Dans une bataille goréenne à pied, incidemment, en supposant des lignes uniformes, cette dérive est presque inévitable parce que les hommes, en combattant, ont tendance à se protéger partiellement, comme ils peuvent, derrière le bouclier de l'homme qui se trouve à leur droite. Cela explique la dérive des lignes d'infanterie. En conséquence, il est fréquent que le flanc gauche soit débordé par le flanc droit de l'adversaire. Il y a divers moyens de remédier à ceci. On peut augmenter les rangs sur le flanc gauche, si on dispose des hommes nécessaires. On peut utiliser des tharlarions sur le flanc gauche. On peut, si on dispose des hommes nécessaires, utiliser des groupes d'archers pour contenir l'ennemi. On peut choisir le terrain de telle sorte que l'avance du flanc droit ennemi soit difficile. On peut abandonner la formation en lignes, et ainsi de suite. La dérive est beaucoup moins prononcée, mais existe dans les batailles de cavalerie. Cette dérive est probablement liée à la tendance qu'ont les combattants de mettre le bouclier sur la droite pour se protéger. Ces considérations, naturellement, présupposent qu'un semblant de lignes soit maintenu. Cela est beaucoup plus difficile à réaliser dans une bataille de cavalerie que dans une bataille d'infanterie. Les batailles du Tahari, à un moment ou un autre, presque toujours, les forces s'interpénétrant profondément, se transforment en une mêlée de combats individuels. On disait que, depuis deux cents ans, le flanc gauche des Aretai n'avait pas été débordé. Il était tenu par les Tajuks, peuple culturellement homogène mais composé de plusieurs races, dont beaucoup étaient caractérisées par le pli de l'épicanthus. Je compris que les Zevars et les Arani avaient obtenu des Aretai de tenir les premières lignes du flanc gauche, ou que les Tajuks étaient peut-être arrivés en retard, constatant que leur position était occupée par d'autres. Les Tajuks d'un côté, les Zevars et les Arani de l'autre, ne s'aimaient guère.

– Ce n'est pas une tribu vassale des Aretai, disait-on. Pourtant, on leur donne la première place sur le flanc gauche.

Un petit groupe de cavaliers se dirigea rapidement vers le flanc gauche.

Il ne fallait pas que les Tajuks, les Zevars et les Arani se mettent à se battre entre eux. Je compris, cependant, comme les cavaliers qui se hâtaient, que ce n'était pas impossible. Les Tajuks étaient venus faire la guerre ; sur un mot de leur Khan, sans hésiter, en hurlant, ils se lanceraient contre les Zevars et les Arani. Les Tajuks étaient susceptibles, arrogants, fiers, généreux et capricieux. Offensés, et ne considérant pas comme honorable d'attaquer les alliés des Aretai, ils pouvaient aussi retirer leurs forces et rentrer dans leur pays, qui se trouvait à plus de mille pasangs de là. Il n'était pas impossible non plus, pour manifester leur contrariété, qu'ils passent du côté des Kavars, supposant qu'on leur donnerait les premières lignes du flanc gauche. Je respectais les Tajuks mais, comme la majorité des gens, ne prétendais pas les comprendre.

Un des cavaliers se dirigeant vers le flanc gauche était attaché sur sa selle. La douleur lui raidissait le corps. Je le reconnus. Je fus satisfait. Je constatai que Suleiman, Pacha des Neuf Puits, maître d'un millier de lances, vivait. Quittant sa couche, alors que la blessure infligée par Hamid, assassin manqué, n'était pas encore guérie, il s'était mis en selle. Près de lui, tenue par Shakar, capitaine des Aretai, se dressait une haute lance surmontée de l'oriflamme du commandant en chef.

Devant le centre des Kavars, je vis une autre silhouette, vêtue de blanc, barbue. Près de lui, un cavalier tenait l'oriflamme du commandement en chef des Kavars. Un autre tenait l'oriflamme du vizir. Cet homme devait être Baram, nom assez répandu dans le Tahari, Cheik de Bezhad, vizir de Haroun, Grand Pacha des Kavars. Je ne vis pas l'oriflamme du Grand Pacha en personne. Je ne savais même pas s'il existait.

Au cou, accroché à une lanière de cuir, je portais l'anneau de Kur, qui contenait un appareil à diversion de lumière. Je le touchai, tout en regardant les lignes.

Il y avait encore beaucoup d'agitation sur le flanc gauche des Aretai, des centaines de cavaliers allaient et venaient, Tajuks, Zevars et Arani mêlés. Suleiman, avec sa suite, était parmi eux, expliquant probablement.

Je vis des mouvements dans les rangs des Kavars et de leurs tribus vassales. Le rythme des tambours changea ; les lignes de cavaliers s'ordonnèrent. Des oriflammes furent levées. Je supposai que, lorsqu'elles s'abaisseraient, les oriflammes de la charge seraient levées sur leurs lances, que les lances seraient ensuite abaissées, et avec elles, les lances de tous les cavaliers Kavars et que, les tambours battant, les lignes, presque parallèles, chargeraient.

Il me semblait que Baram choisissait bien le moment d'engager ses forces.

Grâce aux Tajuks, Suleiman n'était pas au centre et, également grâce à eux, le flanc gauche des Aretai, au lieu d'être prêt pour l'action, grouillait comme la foule d'un bazar.

Je vis Baram, vizir de Haroun, tendre le bras puis le lever. Je vis les oriflammes de la charge, avec son bras, se lever.

Suleiman, au milieu des Tajuks, des Zevars et des Arani, se retourna, stupéfait.

Mais le bras de Baram, le vizir, ne s'abaissa pas, entraînant les lances avec lui. Soudain, il se dressa sur ses étriers, se retourna, levant les deux bras pour annuler l'ordre. Les lances, prêtes pour la charge, furent remises dans leur logement.

Lentement, sans se presser, entre les lignes, arriva un cavalier seul, vêtu du blanc des Kavars. Dans la main droite, il tenait une lance à l'extrémité de laquelle flottait une oriflamme large et puissante, rouge et blanc, celle de Haroun, Grand Pacha des Kavars. Derrière lui et sur le côté, trébuchaient trois individus nus, les poignets croisés et liés, chacun étant attaché par une laisse au pommeau de la selle.

Baram, rapidement, avec sa garde, alla à la rencontre du cavalier. Les lignes, des deux côtés, frémirent mais ne bougèrent pas. Suleiman regagna rapidement le centre des Aretai.

Je vis la lance, surmontée de l'oriflamme puissante, du cavalier, s'abaisser et décrire un arc de cercle, puis s'abaisser et décrire à nouveau un arc de cercle. Les cavaliers, des deux côtés, poussèrent lentement leurs kaiilas vers la silhouette, leurs gardes restant derrière eux. Puis, dans cet espace vinrent les Pachas des Ta'Kara, des Bakahs, des Char et des Kashani ; et aussi, chevauchant d'un air décidé, attaché sur sa selle, vinrent Suleiman, Grand Pacha des Aretai, Shakar, capitaine des Aretai et leur garde, ainsi que les Pachas des Luraz, des Tashid et des Raviri, avec leurs gardes. Puis le Pacha des Ti, avec sa garde, se joignit à eux. Finalement, chevauchant côte à côte, rapidement, les Pachas des Zevars et des Arani, ainsi que le jeune Khan des Tajuks, les rejoignirent. Les Pachas des Zevars et des Arani étaient suivis de leurs gardes. Personne ne suivait le jeune Khan des Tajuks. Il venait seul. Il n'avait pas besoin de garde.

Je ne représentais que moi-même et j'étais curieux. Je poussai mon kaiila sur la pente. Je me mêlerais au groupe. J'étais persuadé que tout le monde penserait que j'appartenais à un autre groupe.

Quelques instants plus tard, me frayant un chemin avec courtoisie mais résolution parmi les gardes, je me trouvais près du centre du groupe, derrière les Pachas et le Khan.

– Puissant Haroun, dit Baram, Cheik de Bezhad, le commandement t'appartient ! Les Kavars attendent !

– Les Bakahs aussi ! cria le Pacha des Bakahs.

– Les Ta'Kara !

– Les Char !

– Les Kashani !

Les Pachas levèrent leurs lances.

La silhouette voilée, vêtue de blanc, avec sa lance surmontée d'une oriflamme, hocha la tête, acceptant le commandement de ces milliers de guerriers féroces.

Haroun, ensuite, se retourna.

– Salut, Suleiman, dit-il.

– Salut, Haroun, Grand Pacha des Kavars, répondit Suleiman.

– J'ai entendu dire que ta blessure était grave, dit Haroun à Suleiman. Pourquoi t'es-tu mis en selle ?

– Pour te faire la guerre, naturellement, répondit Suleiman.

– Pour des raisons précises ou bien pour le plaisir ? demanda Haroun.

– Pour des raisons précises, répondit Suleiman avec colère. Des raids kavars sur des communautés aretai, la destruction de puits !

– Souviens-toi du Rocher Rouge ! cria un garde Tashid.

– Souviens-toi des Deux Cimeterres ! cria un membre de la suite du Pacha des Bakahs.

– Pas de pitié pour ceux qui détruisent l'eau ! cria un Luraz.

Les cimeterres furent dégagés. Je changeai la position de mon voile devant mon visage. Il y avait des Aretai. Ils ne faisaient guère attention à moi. Shakar me regarda puis tourna la tête, troublé.

– Regardez ! dit Haroun.

Il montra les individus nus, aux poignets liés, attachés à son pommeau.

Les hommes levèrent leurs poignets croisés au-dessus de la tête.

– Vous voyez ? demanda Haroun.

– Des Kavars ! cria un Raviri.

– Non ! s'écria Suleiman. Le cimeterre sur l'avant-bras ! La pointe n'est pas dirigée vers l'extérieur. (Il regarda Haroun.) Ces hommes ne sont pas des Kavars, dit-il.

– Non, répondit Haroun.

– Les Aretai ont attaqué les oasis kavars ! cria un garde Ta'Kara. Ils ont détruit les puits !

Suleiman serra le poing sur le pommeau de son cimeterre.

– Non, s'écria-t-il, ce n'est pas vrai !

Des cris furieux s'élevèrent parmi les Kavars et leurs alliés.

Haroun leva la main.

– Suleiman dit vrai, affirma-t-il. Les Aretai n'attaquent pas en cette saison et, s'ils l'avaient fait, ils n'auraient pas détruit les puits. Ils sont du Tahari.

C'était le plus grand compliment qu'un homme puisse faire à un autre.

– Les Kavars aussi, dit Suleiman clairement, lentement, sont du Tahari.

Les hommes se calmèrent.

– Nous avons un ennemi commun qui veut que nous nous détruisions mutuellement, dit Haroun.

– Qui ? s'enquit Suleiman.

Haroun se tourna vers les individus attachés. Ils baissèrent les bras et tombèrent à genoux sur le sable et les pierres du champ de bataille. Ils baissèrent la tête.

– Pour qui chevauchez-vous ? demanda Haroun.

Un homme, misérable, leva la tête.

– Pour Tarna, répondit-il.

– Et pour qui travaille-t-elle ? s'enquit Haroun.

– Pour Abdul, l'Ubar du Sel, dit l'homme. Puis il baissa de nouveau la tête.

– Je ne comprends pas bien tout ceci, dit le jeune Khan des Tajuks.

Il avait un bouclier de cuir noir, laqué, au bras gauche, une mince lance de bois de Tem, noire, dans la main droite. Au côté, il avait un cimeterre. Il portait un turban et un burnous dont la capuche reposait sur ses épaules. Ses yeux, noirs et durs, avaient le pli épicanthique. A sa selle, était suspendu un casque d'acier conique, bizarrement entouré d'une bande de fourrure, ce qui trahissait une tradition armurière dont l'origine ne se trouvait certainement pas au Tahari. Le jeune Khan regarda les visages. Il était furieux.

– Je suis venu pour faire la guerre, dit-il. Il n'y aura pas de guerre ?

Haroun le regarda.

– Tu auras ta guerre, promit-il. (Puis il se tourna vers Suleiman.) Je parle en toute bonne foi, reprit-il.

Les Kavars et toutes leurs tribus vassales sont sous tes ordres.

– Je suis faible, répondit Suleiman. Je ne suis pas encore remis de ma blessure. Commande les Aretai et ceux qui chevauchent avec eux.

Haroun se tourna vers le jeune Khan Tajuk.

– Et toi ? demanda-t-il.

– Me conduis-tu à la guerre ? demanda le Tajuk.

– Oui, répondit Haroun.

– Dans ce cas, je te suivrai, dit-il.

Le jeune Khan fit pivoter son kaiila. Puis il se retourna et demanda par-dessus l'épaule :

– Qui tient ton flanc gauche ?

– Les Tajuks, répondit Haroun.

– Aiiii ! cria le jeune Khan, se dressant sur ses étriers, levant sa lance.

Puis il rejoignit ses hommes au galop.

– Ne devrais-tu pas retourner aux Neuf Puits ? demanda Haroun à Suleiman.

– Non, répondit Suleiman. (Puis il ajouta :) Je vais m'occuper de mes hommes.

Les Pachas et leurs gardes, qui nous entouraient, regagnèrent leurs troupes. Haroun, Grand Pacha des Kavars, tendit la lance portant son oriflamme, symbole de sa fonction, à un des hommes de Baram, son vizir.

– Tuerons-nous ces sleens ? demanda Baram, montrant les hommes à genoux, soumis, attachés au pommeau de la selle de Haroun.

Ils posèrent le front sur le sable et les pierres, tremblants.

– Non, répondit Haroun. Conduisez-les dans les tentes et enchaînez-les comme des esclaves. Il y en aura d'autres plus tard. Ils se vendront un bon prix à Tor.

Les laisses des hommes furent données à un cavalier. On les emmena.

Des ordres furent lancés. Un peu plus tard les lignes, étendues, partirent vers le désert. Au centre, il y avait les Kavars et les Aretai. Sur le flanc droit, chevauchant côte à côte, il y avait les Ta'Kara et les Luraz, les Bakahs et les Tashid, les Char, les Kashani et les Raviri. Sur le flanc gauche, il y avait les Ti, les Arani, les Zevars et, tenant l'extrémité, sur quarante rangées, les Tajuks.

Derrière nous, derrière Haroun et moi, qui chevauchions seuls, sous notre direction, s'étendaient les longues lignes des cavaliers des tribus du Tahari.

– Comment les choses se sont-elles passées, dans le Pays des Dunes ? demanda Haroun.

– Bien, répondis-je.

Il baissa le voile sur ses épaules.

– Je vois que tu portes toujours, au poignet gauche, un carré de soie, fit-il remarquer.

– Oui, répondis-je.

– Tu dois, pendant la marche, dit-il, me raconter ce qui s'est passé dans le Pays des Dunes.

– Ce sera avec plaisir, acceptai-je. Quel nom dois-je te donner ?

– Celui que tu connais le mieux, répondit-il.

– Excellent, dis-je, Hassan.

24

J'ATTACHE UNE FEMME, ME LA RÉSERVANT ; PUIS JE M'ADRESSE AUX DEVOIRS DE L'ACIER

L'issue de la bataille qui se déroula à une vingtaine de pasangs de la kasbah de l'Ubar du Sel ne fut jamais douteuse. Le fait qu'Ibn Saran nous combattit, avec les vingt-cinq mille mercenaires qu'il put rassembler, est un point en sa faveur.

Il fut rapidement débordé. Ses hommes, en majorité, me semble-t-il, comprirent la nature des forces qu'ils combattaient seulement au moment où nous fondîmes sur eux depuis le sommet des collines. Nous étions cinq fois plus nombreux. De nombreux mercenaires, dans l'impossibilité de fuir, laissèrent tomber leur bouclier, mirent pied à terre, jetèrent leur lance et leur cimeterre sur le sol. Les combats furent durs, cependant, à proximité des hommes d'Ibn Saran, ceux de l'Ubar du Sel et de ses alliés, ceux qui avaient combattu avec Tarna. J'arrivai à cent cinquante mètres d'Ibn Saran ; Hassan, ou Haroun, Grand Pacha des Kavars, arriva à vingt mètres de lui, se battant comme un animal sauvage, mais il fut repoussé par un mur de boucliers, une haie de lances. Je ne vis pas Tarna dans la bataille. Je vis ses hommes mais ils combattaient sous les ordres d'Ibn Saran. Je supposai qu'elle avait été démise de son commandement.

En fin d'après-midi, avec quatre cents cavaliers, Ibn

Saran franchit nos lignes et s'enfuit en direction du nord-est.

Nous ne le poursuivîmes pas et consolidâmes notre victoire.

– Il va se réfugier dans sa kasbah, dit Hassan.

– Il sera difficile de prendre la kasbah.

C'était vrai. Si elle ne pouvait être prise rapidement, il serait peut-être impossible de la prendre. Nous n'avions pas assez d'eau pour maintenir nos hommes dans le désert. Au mieux, nous pourrions, si nous ne parvenions pas à prendre la kasbah, l'assiéger avec une force moins nombreuse, facile à ravitailler en eau depuis le Rocher Rouge. Mais un tel siège pouvait durer des mois. Nos lignes, longues, minces, seraient faciles à attaquer ; il serait difficile, en outre, même si nos lignes n'étaient pas percées en force, d'empêcher la fuite de petits groupes pendant la nuit.

– Ibn Saran, soulignai-je, risque de nous glisser entre les doigts.

– Il faut que nous prenions la kasbah, décida Hassan.

– Je peux peut-être t'aider, dis-je, touchant l'anneau que je portais au cou.

La femme était à genoux devant sa table à maquillage, avec la grâce naturelle, insolente, de l'esclave. Elle se peignait avec un large peigne courbe en corne de kailiauk. Ses cheveux étaient longs et bruns. Le peigne était jaune. Elle portait un morceau de soie jaune des esclaves et son collier. Elle était belle, dans le miroir. Je me trouvai stupide de l'avoir autrefois laissée échapper. Elle était à genoux sur de grandes dalles rouges. A la cheville, elle portait plusieurs bracelets d'esclave. La pièce était éclairée par deux lampes à huile de tharlarion posées de chaque côté du miroir.

Elle n'avait pas encore remarqué le carré de soie que j'avais déposé à côté.

Je regardai l'esclave se peigner. Dans une prison, dans la demeure d'agents des Kurii, elle avait trahi les Prêtres-Rois. Enchaînée, nue, dans une cellule, parmi les urts, elle avait imploré la pitié. Elle avait révélé tout ce qu'elle savait des Sardar, des plans des Prêtres-Rois, de leurs pratiques et de leurs machines, de la faiblesse du Nid. Si elle tombait entre les mains de Samos, il la ferait certainement attacher et jeter aux urts, parmi les ordures, dans les canaux de Port Kar. Ayant livré ce qu'elle savait, elle avait été amenée, par Ibn Saran, au Tahari. Pour lui, elle m'avait identifié lorsque j'étais entré dans le Tahari. Je me souvenais que c'était une des esclaves qui, vêtue d'une tunique rouge, en soie, et d'un chalwar diaphane, serré par une ceinture, avait servi le vin noir dans le palais de Suleiman, aux Neuf Puits. Elle se trouvait dans la salle d'audience lorsque Suleiman avait été frappé. Elle avait affirmé que c'était moi qui l'avais attaqué. Je l'avais vue sourire lorsqu'on l'avait détachée, après qu'elle eut témoigné. Autrefois, elle avait servi les Prêtres-Rois ; puis, plus tard, elle avait servi les Autres, les Kurii, et leurs agents ; je la regardai se peigner ; il me semblait que, à présent, elle n'avait plus la moindre utilité dans la politique des planètes ; mais elle avait été épargnée ; je regardai ses mouvements ; je souris ; moi aussi, je l'aurais épargnée ; de toute évidence, elle n'était pas complètement inutile ; elle conservait, remarquai-je, la raison d'être de toute esclave jolie et charmante, ce qui expliquait pourquoi elle avait été épargnée. Sa chair se vendrait un bon prix. La voir, c'était avoir envie de la posséder. Jolie Vella.

Elle posa le peigne et tendit la main vers les minuscules flacons de parfum. Elle toucha son cou, sous les oreilles, et son corps, autour des épaules, avec le parfum. Je respirai le parfum.

Je l'avais emporté à Klima. Je ne l'avais pas oublié.

Ses yeux, lorsqu'elle remit le petit flacon de parfum

en place, se posèrent sur le carré de soie déposé sur un coin de la table à maquillage.

Elle le regarda, troublée, curieuse.

Je me souvins du matin où, enchaîné, j'avais attendu, avec les autres prisonniers, de partir pour Klima. J'avais levé la tête. Dans une fenêtre étroite du mur de la kasbah, très haut, se tenait une femme, une esclave, voilée et vêtue de jaune, un Maître des Esclaves derrière elle. Avec la permission du Maître des Esclaves, elle avait retiré le voile. Avec mépris, ironie et triomphe, elle m'avait regardé, simple esclave enchaîné partant pour Klima. Elle m'avait jeté un souvenir, un carré de soie rouge, de la soie d'esclave, embaumant un parfum fabriqué par quelque Parfumeur, sur l'ordre de son maître, correspondant à sa personnalité d'esclave, sa nature d'esclave et son corps d'esclave. Grâce à cela, je devais me souvenir d'elle à Klima. J'avais fait le vœu de revenir de Klima. Elle voulait voir les gardiens me mettre le capuchon d'esclave et m'emmener. Cette satisfaction, malgré ses prières, lui avait été refusée par le Maître des Esclaves. Elle m'avait alors envoyé un baiser puis, poussée par le Maître des Esclaves, avait quitté la fenêtre.

Je reculai. J'actionnai le bouton de l'anneau que je portais, afin d'être visible.

Elle prit le carré de soie. Elle l'ouvrit ; il était en loques, décoloré, presque blanc. Elle le tint, ouvert, devant elle. Elle le regarda. Elle le prit dans les mains et le posa sur son visage, le respirant. Soudain, elle poussa un cri de joie.

– Tarl ! (Elle se retourna, se levant d'un bond.) Tarl ! s'écria-t-elle. Tarl !

Elle courut dans ma direction, dans un tintement de bracelets, et me prit dans ses bras, la tête sur ma poitrine, en larmes.

– Tarl ! sanglota-t-elle. Tarl ! Tarl ! Je t'aime ! Je t'aime !

Je lui pris les poignets et les écartai lentement. Je

les serrai. Elle voulut approcher, poser les lèvres sur mon corps. Je ne la laissai pas faire. Frustrée, elle balançait la tête latéralement. Son visage était trempé de larmes. Elle sanglotait.

– Laisse-moi te toucher ! cria-t-elle. Laisse-moi te serrer ! Je t'aime ! Je t'aime !

La tenant par les bras, je l'écartai de moi. Elle me regarda dans les yeux.

– Oh, Tarl, sanglota-t-elle. Pourras-tu jamais me pardonner ? Pourras-tu jamais me pardonner ?

– A genoux ! lui ordonnai-je.

Lentement, sans un mot, la jeune femme tomba à genoux devant moi.

– Tarl ? dit-elle.

Je sortis un morceau de tissu de mes vêtements. Il était mince, court, déchiré ; c'était du reps bon marché, marron et rugueux ; il était taché de poussière, de graisse. Je l'avais trouvé dans les cuisines d'Ibn Saran.

Je le jetai sur elle.

– Mets cela ! lui ordonnai-je.

– Je suis une esclave de classe, répondit-elle.

– Mets cela ! répétai-je.

Elle écarta le vêtement de soie qu'elle portait, le laissant tomber par terre. Elle tendit la main vers le morceau de reps.

– Retire d'abord tes bracelets ! ordonnai-je.

Elle s'assit sur les dalles et, un par un, retira les bracelets qu'elle portait à la cheville gauche. Puis elle se leva et passa la tunique de reps. Son corps, involontairement, frémit lorsque le tissu raide de graisse glissa sur son corps, collant à sa peau, révélant sa beauté ; je l'examinai, marchant autour d'elle ; je déchirai l'encolure, pour mieux exposer la beauté de ses seins ; je déchirai une bande, à l'ourlet, raccourcissant le vêtement ; il fallait, à présent, qu'elle marche très prudemment ; je déchirai le côté gauche du vêtement un peu plus, pour exposer les lignes délicieuses entre son sein et sa hanche.

Je reculai.

Elle se tourna vers moi.

– Ce vêtement m'expose beaucoup, dit-elle, Tarl.

– Tends les bras et croise les poignets ! ordonnai-je.

Elle obéit. Avec une lanière de cuir, je les attachai. La lanière était longue et pouvait aussi servir de laisse.

– Nous n'avons pas beaucoup de temps, dis-je. On va bientôt se battre dans la kasbah.

– Je t'aime, dit-elle.

Je la foudroyai du regard.

Ma colère la surprit.

– Je regrette de t'avoir offensé, souffla-t-elle. J'ai beaucoup souffert à cause de cela. Tu ne peux pas savoir à quel point j'ai souffert, pleurant la nuit. Je regrette tellement, Tarl.

Je ne répondis pas.

– J'ai été cruelle et horrible, reprit-elle, et mesquine. (Elle baissa pitoyablement la tête.) Je ne me le pardonnerai jamais. (Elle leva la tête.) Pourras-tu jamais me pardonner, Tarl ? demanda-t-elle.

Je regardai autour de moi. Je pouvais utiliser une des lampes à huile de tharlarion posées près du grand miroir.

– J'ai témoigné contre toi, aux Neuf Puits, rappela-t-elle. J'ai menti. Ce que j'ai dit était faux.

– Tu as fait ce qu'on t'a ordonné, Esclave, dis-je.

– Oh, Tarl ! sanglota-t-elle. (Elle me regarda, sans crainte.) A cause de Lydius, reprit-elle, je voulais qu'on t'envoie à Klima.

– Ce que tu veux ne m'intéresse pas, dis-je.

Elle me regarda avec horreur. Elle pleura, alors, et baissa la tête.

– Je t'ai identifié pour le compte d'Ibn Saran, rappela-t-elle encore.

Je haussai les épaules.

– Tu n'es même pas en colère, cria-t-elle.

– L'esclave, dis-je, doit l'obéissance absolue à son maître.

Elle tourna la tête, avec colère.

– Je n'ose pas te dire ce que j'ai encore fait, ajouta-t-elle.

– Tu as trahi les Prêtres-Rois, déclarai-je, totalement et au mieux de tes possibilités.

Elle blêmit.

– Cela fera-t-il une différence ? demanda-t-elle.

– Je ne sais pas, répondis-je. Cela pourrait signifier la perte de la Terre et de Gor, la victoire des Kurii.

Elle frissonna.

– J'étais faible, évoqua-t-elle. Il y avait un donjon. J'étais nue, enchaînée. Il faisait noir. Il y avait des urts. J'étais terrifiée. Je ne pouvais rien faire. Ils m'ont dit qu'ils m'affranchiraient.

Avec la lanière de cuir, je tirai sur ses poignets, lui montrant qu'ils étaient bien attachés.

– Tu ne seras pas affranchie, dis-je.

– Oh, Tarl, sanglota-t-elle. (Puis elle demanda :) Ce que j'ai fait changera-t-il quelque chose ?

– Je ne sais pas, répondis-je. Peut-être ceux des mondes d'acier ne croiront-ils pas tes protestations. Peut-être croiront-ils que tu as seulement raconté sincèrement ce qui te semblait vrai et non, nécessairement, ce qui est vrai.

Elle frémit pitoyablement.

– Beaucoup de gens sont au courant de ta trahison, précisai-je. De toute évidence, certains seront capturés ou tomberont entre les mains des agents des Prêtres-Rois. Bientôt, ta vie ne vaudra plus grand-chose dans le camp des alliés des Prêtres-Rois.

Je pensai à Samos. Ce n'était pas un homme patient.

Elle me regarda.

– Je pourrais être torturée et empalée, dit-elle.

– Tu es une esclave, répondis-je. Tu n'aurais pas droit à une mort aussi honorable. Tu aurais la mort d'une esclave qui s'est montrée désagréable. A Port

Kar, de toute évidence, tu aurais la Mort des Ordures... attachée, nue, et jetée aux urts des canaux.

Elle tomba à genoux, horrifiée. Je la regardai. Quelques instants plus tard, elle releva la tête.

– Peux-tu pardonner, demanda-t-elle, ce que j'ai fait ?

– Ce qui semble t'inquiéter, dis-je, ne me semble pas devoir être pardonné. Tu es une esclave. Tu as simplement obéi à ton maître. Personne ne peut s'opposer à ce qu'une esclave obéisse à son maître.

– Dans ce cas, fit-elle à voix basse, tu n'auras même pas la gentillesse de te montrer cruel avec moi ?

– Je ne suis pas indulgent, dis-je. Ma fille, tu t'es autorisé quelques plaisirs qui ne t'ont pas été ordonnés.

Elle me regarda.

– Lesquels ? demanda-t-elle.

– Aux Neuf Puits, rappelai-je, après ton témoignage, qui m'accusait faussement lorsqu'on t'a détachée, tu m'as regardé et tu as souri.

– Une si petite chose ? fit-elle. Je m'excuse, Tarl.

– Et quand j'étais enchaîné, avant de partir pour Klima, repris-je, tu t'es à nouveau moquée de moi. Tu m'as envoyé un carré de soie. Et tu m'as envoyé un baiser.

– Je te hais ! cria-t-elle, à genoux.

Je souris.

– J'ai agi en esclave, dit-elle, baissant la tête.

– Sais-tu pourquoi tu as agi en esclave ? demandai-je.

– Non, répondit-elle.

Je la regardai, avec sa courte tunique, attachée, à genoux devant moi, la tête levée vers moi.

– Parce que tu es une esclave, dis-je.

– Tarl ! s'écria-t-elle.

Soudain, on frappa à la porte. Je me glissai aussitôt derrière la femme, la main sur sa bouche, le poignard en travers de sa gorge. Elle en sentait le fil.

– Tu ne vas pas crier, tu ne vas pas donner l'alerte ! ordonnai-je.

Elle acquiesça pitoyablement. Je retirai la main posée sur sa bouche.

– Vella ! Vella ! appela une voix.

On frappa à nouveau.

– Tu ne me fais donc pas confiance, Tarl ? demanda-t-elle à voix basse.

– Tu es une esclave, soufflai-je. Réponds !

Le poignard était toujours sur sa gorge.

– Oui, Maître ? cria la femme.

– Tu sais que, à la vingtième heure, tu dois donner du plaisir aux gardes de la Tour Nord ! cria l'homme.

– Je me maquille, répondit-elle. Je vais faire vite.

– Si tu es en retard, même de cinq ehns, menaça-t-il, tu seras caressée par les cinq doigts du cuir.

C'était une allusion au fouet goréen à cinq lanières, destiné aux esclaves, généralement utilisé sur les femmes à cause de la largeur et de la douceur de ses lanières. Il punit sévèrement mais, compte tenu de sa structure, ne marque pas les femmes de manière permanente.

– Je me dépêche, Maître ! Je me dépêche ! cria Vella.

L'homme s'en alla.

– Tu es en danger, dit Vella. Tu dois fuir.

Je rengainai le poignard avec lequel je l'avais contrainte à obéir.

– Les occupants de la kasbah sont davantage en danger que moi, dis-je.

– Comment es-tu entré ? demanda-t-elle. Y a-t-il une entrée secrète ?

Je haussai les épaules.

– Je suis entré sans me faire voir, dis-je. (Je la regardai.) La curiosité ne sied pas à une Kajira, ajoutai-je. Elle pourrait justifier que l'on te batte.

Elle se raidit.

J'avais attendu près d'une des portes de la kasbah,

à l'abri de l'invisibilité de l'anneau. Lorsqu'une patrouille était sortie de la kasbah, je m'étais simplement glissé à l'intérieur. Je m'étais arrêté dans les cuisines de la kasbah afin de me procurer un vêtement destiné à Vella. Puis j'avais exploré divers endroits jusqu'au moment où je l'avais trouvée, dans une pièce où les femmes destinées au plaisir des hommes peuvent se préparer.

Je regardai les lampes posées près du miroir. L'une d'entre elles ferait l'affaire.

Bientôt, Vella près de moi, les poignets liés, la laisse enroulée autour des avant-bras, j'entrai dans une longue salle dallée, une lampe à la main.

Nous ne croisâmes qu'un ou deux hommes. Je portais les vêtements des hommes de l'Ubar du Sel, pris à un prisonnier. Il y avait de nouveaux mercenaires dans la kasbah. Personne ne fit attention à moi, mais on remarqua l'esclave lascive qui, honteusement vêtue, me précédait. Je vis Vella, femme vaniteuse, se redressant, instinctivement, magnifiquement, effrontément lorsque les yeux des hommes se posèrent sur elle. Esclave, elle était très contente de se trouver exposée aux regards des hommes.

Je ricanai. Elle rejeta furieusement la tête en arrière.

Lorsque j'arrivai près d'une fenêtre étroite, pas assez large pour qu'un homme puisse y passer, donnant sur le désert, au nord, je levai et baissai la lampe, puis recommençai. J'éteignis alors la lampe. Je la posai. Nous restâmes dans le noir, éclairés seulement par le clair des lunes entrant par la fenêtre.

La barre de la sentinelle, contre le mur, sonna la vingtième heure.

– Ils vont m'attendre dans la Tour Nord, dit Vella. C'est la vingtième heure.

– Je ne crois pas, dis-je.

Je regardai le désert. Nous entendions la barre de la sentinelle.

– Quand ils verront que je ne viens pas, ils iront me

chercher. Ils risquent de te trouver. Fuis pendant que c'est possible.

Je vis des hommes, des cavaliers, sortir du désert.

– On m'attend dans la Tour Nord, dit-elle.

– Je crois que, dans la Tour Nord, dis-je, ils ont mieux à faire que de penser aux esclaves.

– Je ne comprends pas, dit-elle.

Je m'étais introduit dans la Tour Nord, qui commandait la Porte Nord.

– La kasbah, dis-je, va tomber.

– La kasbah ne tombera jamais, contra la femme. Il y a de l'eau et des provisions pour des mois. Un homme, sur les murs, en vaut dix dans le désert. Il est impossible de maintenir dans la région une force capable d'investir la kasbah !

A la Porte Nord, dans la salle de garde, au pied de la tour, dix hommes se débattaient, venant à peine de reprendre connaissance, attachés et bâillonnés. Au-dessus de la porte, dans la tour elle-même, dix autres hommes étaient dans la même situation.

Nous entendîmes le dernier coup de barre. C'était la vingtième heure.

– Fuis, souffla Vella. Fuis.

La Porte Nord, malheureusement, peut-être, du point de vue des occupants de la kasbah, et certainement du point de vue des gardes, était restée entrouverte.

– Fuis ! répéta Vella.

– Regarde, lui dis-je.

Je posai la main sur sa bouche et la poussai vers la fenêtre. Elle eut un cri étouffé et se débattit. Elle se tortilla. Femme à l'intérieur de la kasbah, ce qu'elle voyait la terrifiait. Comme n'importe quelle belle femelle, esclave ou libre, elle savait ce qui risquait de lui arriver. Elle voulut crier. Elle ne put le faire.

– Crie, Esclave, soufflai-je. Donne l'alerte !

Sa voix, sous ma grosse main, qui lui écrasait la bouche, était étouffée. Elle gémit pitoyablement. Elle était impuissante. Ses yeux étaient fous au-dessus de ma main.

Les cavaliers avançaient vers la kasbah. Je vis le burnous blanc de Hassan, gonflé par le vent, les conduisant.

A ce moment-là, quelqu'un aperçut les cavaliers. Il y eut des cris. La barre d'alerte, sous l'effet des coups de masse, retentit follement. Des hommes apparurent dans la cour, en bas. Des hommes prirent position sur les murs. Mais ils constatèrent avec horreur que, dans la cour, des cavaliers combattaient déjà les défenseurs. Des hommes mirent pied à terre et gravirent, le cimeterre au poing, les escaliers étroits conduisant aux murs. L'ennemi était à l'intérieur. L'ennemi était derrière. Un flot de cavaliers et de fantassins franchissait la porte. La Porte Nord était tombée. La Tour Nord était investie. D'autres hommes entrèrent, envahissant les murs de la kasbah. Les défenseurs avancèrent. Partout, on se battait au cimeterre, partout l'acier tintait sur les boucliers. Je vis des torches. On criait. J'entendis les hurlements des hommes. Je reculai. Je retirai la main posée sur la bouche de la femme. Vella me regarda, les yeux dilatés par l'horreur.

– Crie à présent, Esclave, dis-je. Donne l'alerte !

– Pourquoi ne m'as-tu pas laissée crier ? demanda-t-elle. Ils vont tous nous tuer !

Comme toutes les femmes, elle avait une peur instinctive des cavaliers du désert.

Je la fis pivoter sur elle-même et la poussai devant moi dans la salle.

– Je suis dans leur camp, dis-je.

Elle gémit.

Des cris retentissaient dans la kasbah. Par le bras, je la jetai dans la pièce où je l'avais trouvée, où il y avait les grandes dalles rouges, la table à maquillage, le miroir et, à présent, une seule lampe à huile de tharlarion.

– Tu es revenu pour moi, dit-elle, se serrant contre

moi, levant la tête. Je voulais que tu reviennes pour moi. J'en rêvais.

Je la repoussai. J'entendais des cris, dehors.

– Je ne suis pas revenu pour toi, dis-je.

– Tu m'aimes ! cria-t-elle.

Elle poussa un hurlement de désespoir lorsqu'elle vit mes yeux.

– Alors, pourquoi ? demanda-t-elle pitoyablement.

– Je te veux, répondis-je.

– Tu m'aimes, souffla-t-elle.

– Non, répondis-je.

– Je ne comprends pas, souffla-t-elle.

– Terrienne stupide, dis-je en riant, tu ne comprends donc pas que tu es incroyablement désirable ? Ne comprends-tu donc pas que les hommes qui te voient deviennent fous de désir ? Tu ne perçois donc pas, femme stupide, la passion folle que tu inspires aux hommes ?

Elle me tourna le dos.

– Je sais que je suis jolie, dit-elle.

Sa voix était hésitante, effrayée.

– Tu es une femelle ignorante, fis-je. Tu ne sais pas ce que le spectacle que tu offres fait aux hommes.

Elle se tourna violemment vers moi, les yeux étincelants.

– Que fait-il ? s'enquit-elle.

– Te voir, c'est vouloir te posséder, dis-je.

– Posséder ! cria-t-elle, horrifiée.

– Oui, répondis-je. Tout homme veut posséder complètement sa femme. Il veut avoir un pouvoir absolu sur elle. Il veut la contrôler totalement, sur tous les plans, même s'ils sont négligeables. La dominance est une caractéristique génétique de sa nature. Les hommes sont divisés entre ceux qui satisfont leur nature et ceux qui ne la satisfont pas. Les hommes qui satisfont leur nature sont énergiques, joyeux et, statistiquement, vivent longtemps ; ceux qui nient leur nature sont misérables et, statistiquement, vivent moins longtemps, la chimie torturée de leur corps les exposant à des maladies hideuses.

– Les hommes veulent que les femmes soient libres, souffla Vella.

– Les hommes, parfois, reconnus-je, accordent de petites libertés aux femmes, pensant que cela les rendra plus agréables. Tu connais certainement des maîtres qui, de temps en temps, autorisent les femmes à parler franchement. Et, dans ces moments-là, elles le font, bien et avec audace. Mais elles savent qu'il peut leur retirer cette permission d'un instant à l'autre. Cela les tourmente avec joie et elles aiment la puissance du maître. Il leur donne ce qu'elles désirent le plus, dans les profondeurs génétiques de leur féminité, le sentiment délicieux d'être dominées, la soumission de leur beauté et de leur faiblesse à un mâle puissant.

– Sur Terre, cria-t-elle, les hommes seront détrônés par le droit !

– La Terre a une histoire politique complexe et embrouillée, dis-je. Les politiques et les institutions, au fil des siècles, ont parfois des conséquences que leurs auteurs n'ont pas prévues, des conséquences qui les auraient horrifiés. Sur Terre, les hommes ont construit un piège dont ils ne pourront peut-être pas s'échapper. Peut-être pourront-ils en briser les barreaux. Peut-être, dans la cage qu'ils ont construite, dépériront-ils et mourront-ils.

Vella ne répondit pas.

– Crois-tu, demandai-je, que les femmes de la Terre soient plus heureuses que celles de Gor ?

– Non, répondit-elle. Non, non.

– A genoux ! ordonnai-je.

Elle s'agenouilla.

– Sur Gor, demandai-je, quelles sont les femmes les plus heureuses que tu aies connues ?

– Les femmes les plus heureuses que j'aie connues sur Gor, souffla-t-elle, étaient de simples esclaves.

– L'homme est génétiquement porté à la dominance, dis-je. Cela n'est mis en doute par aucune autorité qualifiée pour émettre une opinion sur la question. Il peut être, dans certaines circonstances, politiquement utile de nier cette vérité, mais c'est une question distincte qui soulève des problèmes différents.

– Je ne doute pas que les hommes soient portés à dominer, dit Vella. Mais ils doivent contrôler cette tendance.

– Dis aux hommes de ne pas respirer, relevai-je. Demande à leur cœur de ne pas battre. (Je la regardai.) Demande à l'homme de ne pas être lui-même !

Vella me dévisagea, choquée.

– Je ne sais pas grand-chose des droits, reconnus-je, car je m'occupe davantage des réalités, mais permets-moi de te poser cette question : L'homme a-t-il le droit d'être un homme ?

– Bien sûr, répondit Vella.

– Et si, demandai-je, étant un homme, il lui était nécessaire d'exercer sa disposition à la dominance ?

– Dans ce cas, répondit Vella, aucun homme n'a le droit d'être un homme.

– Et si, demandai-je, afin de s'accomplir en tant que femme, il était nécessaire, du moins aux moments essentiels, qu'elle soit soumise à la domination totale de l'homme ?

– Dans ce cas, dit Vella, aucune femme n'aurait le droit d'être une femme.

– Dans ces circonstances, ainsi, relevai-je, ni l'homme ni la femme n'auraient le droit d'être eux-mêmes.

– Oui, répondit Vella.

– Les circonstances que j'ai décrites, repris-je, sont la réalité. Il est indéniable que l'homme est génétiquement porté à la dominance. Te semble-t-il probable que cette disposition ait été sélectionnée dans l'isolement ?

Elle me regarda, à genoux, sans répondre.

– Ne te semble-t-il pas probable que les hommes et

les femmes, ensemble, de manière complémentaire, formant une race, un genre d'animal, aient été conjointement formés par la longue et dure application des forces de l'évolution ? Te semble-t-il probable que la biologie ait formé l'homme et négligé la femme ?

– Non, répondit Vella. Non.

Elle baissa la tête.

– La Nature, en apprenant à l'homme à dominer, n'a pas manqué de lui fournir une victime.

Vella leva la tête, furieuse.

– Des femmes sensuelles et belles, soulignai-je. Et quelles doivent être les tendances génétiques de ces femmes, sous le vernis, les incrustations, les conditionnements de sociétés impersonnelles, mécaniques, industrielles pour lesquelles le sexe est embarrassant et les êtres humains une énigme ?

– Je ne sais pas, répondit-elle.

– Il y a peut-être en elles, suggérai-je, une disposition à réagir à la dominance, à la désirer, à la rechercher et, au travers du comportement, à la quémander. Elles tentent de contrôler mais, dans leur cœur, elles désirent être contrôlées, totalement, car elles sont femmes.

– Ce que tu dis va à l'encontre de tout ce que l'on m'a appris, gémit Vella.

– Les femmes, demandai-je, préfèrent-elles les hommes forts ou les hommes faibles ?

– Les hommes forts, répondit-elle.

– Pourquoi ? m'enquis-je.

Elle baissa la tête sans répondre.

– Et si, Tarl, demanda-t-elle soudain, j'éprouvais ces sentiments, ces sentiments terribles et indignes ? Et si, dans mon cœur, je désirais la domination d'un mâle ?

– Une société saine, répondis-je, s'arrangerait pour fournir la satisfaction de ces désirs.

Elle me regarda.

– La société goréenne, indiquai-je, s'arrange pour les satisfaire. Tu as certainement entendu parler des relations du maître et de l'esclave ?

– J'en ai entendu parler, répliqua-t-elle sèchement.

– L'institution la plus complète et la plus parfaite pour la domination totale de la femme est l'esclavage, expliquai-je. Comment une femme pourrait-elle être plus parfaitement et complètement dominée, plus impuissante, dépendante du mâle, plus vulnérable, plus soumise à la volonté de l'homme, plus à la merci de l'homme que lorsqu'elle est, littéralement, son esclave ? (Je la regardai.) Jolie Vella, dis-je, te regarder, c'est te désirer, te désirer c'est vouloir te posséder, complètement, d'un bout à l'autre, t'avoir complètement à sa merci... complètement.

– C'est ce désir, sanglota-t-elle. C'est ce désir complet et sans compromis. Qu'est-ce qui pourrait se comparer à lui ? Je ne savais pas qu'un tel désir, une telle passion pouvaient exister. Cela me dépasse. Je peux à peine respirer. Je serai leur victime impuissante.

J'entendis des cris, dans les couloirs proches de la porte.

– Non ! sanglota-t-elle, se levant, tentant de fuir.

Je fus sur elle en un instant, la prenant dans mes bras, l'asseyant par terre. Je lui pris les poignets et, avec la lanière de cuir de la laisse, la penchant en avant, lui attachai les poignets aux chevilles. L'extrémité de la laisse, je l'attachai et l'enroulai autour du cuir de ses poignets, de sorte qu'elle ne pourrait l'atteindre, même avec les doigts d'une de ses mains. Je la regardai. Elle était assise, attachée, le haillon que je lui avais donné remonté sur les cuisses. Elle était incroyablement désirable. Elle se vit dans le miroir. Elle ne pouvait se lever, attachée comme elle l'était, de sorte qu'elle ne pouvait atteindre l'autre lampe à huile de tharlarion, posée près du miroir.

– Libère-moi ! sanglota-t-elle. Libère-moi !

Je vérifiai les nœuds. Ils étaient satisfaisants. Elle serait parfaitement immobilisée.

Le tintement des cimeterres retentit dans le couloir.

– Ne serai-je pas libérée ? demanda-t-elle.

Sur sa cuisse gauche, petite et profonde, il y avait la marque des quatre cornes de bosk. Je la touchai. Elle se crispa.

– Kamchak m'a marquée, me rappela-t-elle. Que signifie le fait que tu m'aies attachée ? demanda-t-elle alors.

Je décidai de la faire marquer à nouveau.

Elle me regarda. Je pris une longue mèche de ses cheveux noirs d'environ trois centimètres d'épaisseur. Je la nouai sur sa joue droite.

– Le nœud d'asservissement, souffla-t-elle.

– Cela indiquera que tu as été prise, dis-je.

– Prise ? s'enquit-elle.

Je me levai. Elle se débattit. Je me dirigeai vers la porte.

– Tarl ! cria-t-elle.

Je me tournai vers elle.

– Je t'aime ! cria-t-elle.

– Tu es une comédienne consommée, estimai-je.

– Non, cria-t-elle, c'est vrai !

– Peu m'importe que ce soit vrai ou non, dis-je.

Elle me regarda, les yeux pleins de larmes, assise, attachée, le nœud d'asservissement sur sa joue droite, et rouge.

– Cela ne compte donc pas pour toi ? cria-t-elle.

– Non, répondis-je.

– Tu ne m'aimes pas ? sanglota-t-elle.

– Non, répondis-je.

– Mais tu es venu ici, dit-elle. (Elle se débattit.) Tu as pris de gros risques. (Elle pleurait.) Dans ce cas, que veux-tu de moi ? demanda-t-elle.

Je ris.

– Je veux te posséder, répondis-je.

– Tu es un homme de la Terre, protesta-t-elle.

– Non, dis-je, je suis de Gor.
Elle frissonna.
– C'est vrai, souffla-t-elle. Je le vois dans tes yeux. Je suis à la merci d'un homme de Gor.
Impuissante, attachée, elle frémit en comprenant les implications de cet état de fait.
Je lui tournai le dos.
– Tarl ! cria-t-elle.
Je me retournai à nouveau, furieux.
– Me garderas-tu comme esclave ? demanda-t-elle.
– Oui, répondis-je.
– Avec tout ce que cela implique ? demanda-t-elle, incrédule.
– Oui, répondis-je.
– Même le fouet ? demanda-t-elle.
– Oui, répondis-je.
– Pourrais-tu, Tarl, demanda-t-elle, me fouetter ? En serais-tu capable, si je te déplaisais ? Pourrais-tu, ancien Terrien, être aussi fort ?
– Tu m'as déjà déplu beaucoup, lui rappelai-je.
Je me souvins des Neuf Puits, où elle avait souri. Je me souvins de la fenêtre de la kasbah, du baiser qu'elle m'avait envoyé, et du carré de soie.
– Vais-je être fouettée tout de suite ? demanda-t-elle.
Il aurait été facile, en déchirant le haillon qu'elle portait, du fait qu'elle était attachée, de la fouetter. Elle le savait.
– Non, répondis-je.
J'allai près d'elle et pris le carré de soie que j'avais emporté à Klima, et rapporté. Elle le regarda, pitoyable. Je l'attachai à son poignet gauche, au-dessus de la lanière de cuir. Elle le porta comme je l'avais porté.
– Quand me fouetteras-tu ? demanda-t-elle.
– Quand j'en aurai envie, répondis-je.
La porte s'ouvrit brutalement et deux hommes, me tournant le dos, se battant contre d'autres qui se trouvaient dehors, entrèrent dans la pièce. Les cimeterres

tintaient. Un homme se retourna désespérément. Je dégainai mon cimeterre. Il comprit alors que j'étais un ennemi. Nous engageâmes le combat. Ma lame le transperça. L'autre homme fut abattu près de la porte. Je jetai mes vêtements d'homme de l'Ubar du Sel. Les hommes qui se tenaient sur le seuil levèrent leurs cimeterres.

– Je vous rejoins ! lançai-je.

Avec mes bottes, je poussai les deux hommes abattus hors de la pièce, refermai la porte et me tournai à nouveau vers Vella. Nous étions à nouveau seuls dans la pièce, à la lumière de l'unique lampe à huile de tharlarion.

Je me tournai vers elle. Elle était assise par terre, penchée en avant, les poignets attachés aux chevilles ; le haillon qu'elle portait était remonté sur ses cuisses ; les plaisirs de ses seins n'étaient guère dissimulés, du fait que j'avais déchiré son vêtement ; ses mollets étaient merveilleux ; son visage et sa chevelure étaient beaux.

– Tu es une esclave délicieuse, Vella, appréciai-je.

– Une que les hommes aiment posséder ? releva-t-elle.

– Oui, répondis-je.

– Et sur cette planète, sanglota-t-elle, je peux être possédée !

– Tu es possédée ! affirmai-je.

– Oui, sanglota-t-elle. Je sais. Je sais que je suis possédée.

– Je crois, dis-je, que je vais te donner à Hakim de Tor.

Je me levai. Elle me regarda.

– Non ! Non ! sanglota-t-elle. Non, je t'en prie !

– Je peux faire ce que je veux, soulignai-je.

– Oh, non, non, non, sanglota-t-elle.

Elle comprit alors, véritablement, la misère de l'esclave.

J'allai près d'elle et déchirai son haillon sur l'épaule

droite. Avec un rouge à lèvres, pris dans un petit tiroir, j'inscrivis une lettre taharique sur son épaule.

– Qu'est-ce que cela veut dire ? demanda-t-elle.

– Cela veut dire, répondis-je : « Je suis l'esclave de Hakim de Tor. » Voilà.

Elle regarda, horrifiée, les lettres tracées sur son corps.

– Non, Tarl, je t'en supplie ! cria-t-elle.

Je me levai. Elle me regarda.

– Tarl, sanglota-t-elle.

– Tais-toi, dis-je, Esclave !

Elle baissa la tête.

– Oui, dit-elle.

– Oui ? m'enquis-je.

Elle leva la tête. Ses yeux étaient pleins de larmes.

– Oui, souffla-t-elle, Maître.

Je m'éloignai rapidement et fermai la porte derrière moi. Il y avait des hommes à tuer dans les couloirs. C'était un travail d'homme. Il y avait un temps pour travailler et un temps pour les plaisirs des esclaves. C'était, à présent, le moment de travailler. Je me dirigeai vers le fracas d'armes qui retentissait au loin.

25

LA DEUXIÈME KASBAH TOMBE ; CE QUI FUT FAIT À TARNA

– Où est Ibn Saran ? s'enquit Haroun, vêtu du blanc du Grand Pacha des Kavars.

L'homme à genoux devant lui, les poignets attachés dans le dos, cria :

– Je ne sais pas ! Je ne sais pas !

– La kasbah est investie, dit un autre homme. Elle est à nous. Il n'est pas dans la kasbah. Il ne s'est pas échappé non plus.

– Il doit être toujours à l'intérieur ! s'écria un autre homme.

Haroun, ou Hassan, tandis que je continuais à réfléchir, avec sa botte, donna un coup de pied au prisonnier.

– Il doit être encore dans la kasbah ! cria l'homme qui s'était déjà fait entendre.

– Brûlons la kasbah ! cria un autre.

– Non, dit Haroun.

La kasbah était trop importante pour qu'on la brûle. Il la voulait pour les Kavars.

Il regarda les prisonniers attachés dans la grande salle, à genoux. De toute évidence, Ibn Saran n'était pas parmi eux.

Dehors, dans l'ombre de la muraille de la kasbah,

il y avait également de nombreux prisonniers. Ibn Saran n'était pas non plus parmi eux.

Ibn Saran n'était pas le seul homme manquant. Je ne trouvai, parmi les prisonniers ou les tués, ni le petit Abdul, Porteur d'Eau et homme de main du grand Abdul, Ibn Saran, Ubar du Sel, ni Hamid, traître aux Aretai, qui avait frappé Suleiman Pacha.

Haroun pivota sur lui-même, son burnous tourbillonnant, et, furieux, bondit sur l'estrade de l'Ubar du Sel puis y fit les cent pas comme un larl frustré.

– Supposons, Pacha, dis-je à Hassan, qu'Ibn Saran soit entré dans cette kasbah.

– Il y est entré ! cria quelqu'un.

– Supposons en outre que nos recherches aient été très efficaces et nos lignes impénétrables.

– Ces suppositions semblent raisonnables, admit Haroun, mais comment est-il possible qu'elles soient exactes et qu'Ibn Saran ne soit ni mort ni enchaîné ?

– Il y a une autre kasbah à proximité, celle de son alliée Tarna, rappelai-je.

– Il ne pouvait s'y rendre par le désert, dit l'homme.

– Oui ! Oui ! s'écria Hassan. Venez avec moi !

Suivi de nombreux hommes portant des lampes, il gagna les fosses, les cellules et les entrepôts situés sous la kasbah. Une heure plus tard, sous une trappe et derrière les étagères d'un petit entrepôt, nous trouvâmes la porte.

Enfoncée, elle fit apparaître un tunnel obscur. Ce tunnel permettait, sous le désert, de gagner la petite kasbah de Tarna.

– De toute évidence, dit un homme, Ibn Saran se trouve dans la kasbah de Tarna.

– Mais nous n'avons pas investi cette kasbah, dit un autre homme.

– Ainsi, ajouta un autre, Ibn Saran a franchi nos lignes. Il va à présent fuir la kasbah de Tarna. Nous l'avons perdu.

– Je ne crois pas, dit Hassan avec un sourire.

Les hommes restèrent silencieux. Puis le vizir, Baram, Cheik de Bezhad, prit la parole.

– Comment est-il possible que nous ne l'ayons pas perdu, Pacha ? demanda-t-il.

– Parce que, répondit Haroun, la kasbah de Tarna est investie.

– C'est impossible, dit Suleiman Pacha, appuyé sur un homme, le cimeterre toujours à la main. Aucun Aretai n'est là-bas.

Les autres Pachas parlèrent également. Les Char ne l'avaient pas investie, ni les Luraz, ni les Tajuks, ni les Arani, ni les autres.

– Par qui, Pacha, demanda Suleiman, si ce n'est ni par les Kavars ni par les Aretai, et ni par les autres, la kasbah de Tarna a-t-elle été investie ?

– Par un millier de lances, un millier de cavaliers, répondit Haroun.

– Et où t'es-tu procuré ce millier de lances ? demanda Suleiman.

Haroun sourit.

– Nous discuterons cette question devant de petites tasses de thé de Bazi, à la fin de la journée, suggéra-t-il. Nous avons mieux à faire pour le moment.

Suleiman sourit.

– Conduis-nous, Sleen Kavar, dit-il. Tu as l'audace de Hassan le Bandit, à qui tu ressembles beaucoup.

– On me l'a déjà dit, répliqua Haroun. Ce doit être un type formidable et séduisant !

– Nous pourrons discuter ce point devant de petites tasses de thé de Bazi, à la fin de la journée, rappela Suleiman, regardant fixement Haroun.

– Exact, fit Haroun.

Hassan pivota alors sur lui-même et entra dans le tunnel. Des centaines d'hommes, y compris moi-même, beaucoup avec des lampes, le suivirent.

C'est au sommet de la plus haute tour de la kasbah

de Tarna que Hassan, que je suivais de près, coinça Ibn Saran.

– Camarades ! s'écria Ibn Saran, levant son cimeterre.

– Il est à moi ! lança Hassan.

– Sois prudent, lui glissai-je.

Aussitôt, le combat s'engagea. J'ai rarement vu une escrime aussi brillante.

Puis les deux hommes s'écartèrent l'un de l'autre.

– Tu te bats bien, déclara Ibn Saran. (Il vacillait.) Je t'ai toujours battu, ajouta-t-il.

– C'était il y a longtemps, dit Hassan.

– Oui, admit Ibn Saran, c'était il y a longtemps.

Ibn Saran, levant son cimeterre, me salua.

– On remporte une victoire, dis-je. On perd un ennemi.

Ibn Saran inclina la tête, signe de politesse du Tahari. Puis son visage blêmit, il se retourna et gagna en trébuchant le parapet de la tour. Il tomba dans le désert.

Hassan rengaina son cimeterre.

– J'avais deux frères, dit-il. Le premier combattait pour les Prêtres-Rois. Il est mort dans le désert. Le deuxième combattait pour les Kurii. Il est mort sur la tour de la kasbah de Tarna.

– Et toi ? demandai-je.

– Je voulais rester neutre, dit-il. Je me suis rendu compte que c'était impossible.

– La neutralité n'existe pas, affirmai-je.

– Non, admit-il. (Puis il me regarda.) Autrefois, dit-il, j'avais deux frères.

Il me prit par les épaules. Ses yeux étaient pleins de larmes.

– A présent, reprit-il, à présent, je n'en ai plus qu'un.

Nous avions partagé le sel sur un toit en flammes, au Rocher Rouge.

– Mon frère, dis-je.

– Mon frère, dit-il.

Hassan se secoua.

– Il faut agir ! reprit-il.

Nous descendîmes rapidement l'escalier de la tour, jusqu'au mur d'enceinte. Je vis, depuis le mur, des prisonniers que l'on reconduisait à la kasbah, des hommes qui avaient tenté de fuir dans le désert.

Poussé par la pointe d'une lance, attaché, il y avait Abdul, le Porteur d'Eau. Egalement poussé par la pointe d'une lance, des cordes au cou, entre deux kaiilas, vacillant, ensanglanté, il y avait Hamid, qui avait été le lieutenant de Shakar, capitaine des Aretai. Shakar en personne quitta la kasbah pour se charger du misérable Hamid. Hamid, qu'il soit ou non coupable d'avoir frappé Suleiman Pacha, avait, de toute évidence, combattu avec les hommes de l'Ubar du Sel et avait levé sa lame contre sa propre tribu, celle des Aretai.

D'autres prisonniers furent amenés du désert. Les lances de Haroun avaient bien investi la kasbah.

Nous gagnâmes la cour de la kasbah.

Je découvris avec stupéfaction, dans la cour, monté sur la haute selle d'un kaiila, le chef des lanciers mystérieux de Hassan, qui avaient investi la kasbah de Tarna. Il écarta son voile.

– T'Zshal ! m'écriai-je.

Toujours barbu, il m'adressa un sourire depuis sa selle, la lance à la main.

– J'ai envoyé, expliqua Hassan, Haroun, Grand Pacha des Kavars, mille kaiilas et mille lances, à titre de provisions, à Klima. Je me suis dit que ces hommes pourraient être utiles.

T'Zshal leva sa lance. Le kaiila se cabra.

– Nous n'oublierons pas les Kavars, Pacha ! promit T'Zshal.

Je craignis que Hassan n'ait fait une terrible erreur. Qui oserait armer de tels hommes ?

T'Zshal fit magnifiquement pivoter son kaiila. Il

avait été, autrefois, du Tahari et, dans un déluge de sable, suivi par ses hommes, retourna dans le désert où ses camarades enfermaient la kasbah dans un cercle de volonté, d'acier et de chair de kaiila.

Hamid et Abdul étaient à genoux sur le sable, attachés.

Hassan posa sa lame sur la gorge de Hamid.

– Qui a frappé Suleiman Pacha ? demanda-t-il.

Hamid le regarda. Suleiman et Shakar étaient à proximité.

– C'est moi, répondit Hamid.

– Emmenez-le ! dit Suleiman Pacha.

On emmena Hamid.

– Comment sais-tu que c'est lui qui m'a frappé ? demanda Suleiman.

– J'étais là, répondit Hassan. Je l'ai vu.

– Haroun, Grand Pacha des Kavars ! s'écria Shakar.

Hassan sourit.

– Non ! cria-t-il. Il n'y avait là que des Aretai, Ibn Saran, Hakim de Tor et...

Shakar se tut.

– Et Hassan le Bandit, compléta Hassan.

– Toi ! s'écria Suleiman en riant.

– Tu devais bien te douter qu'il n'y a pas tellement de types formidables et séduisants, souligna Hassan.

– Sleen Kavar ! s'exclama Suleiman en riant.

– Ne sois pas trop prolixe avec mon identité supplémentaire, demanda Hassan. Elle m'est utile, de temps en temps, surtout lorsque les devoirs du Pacha deviennent trop oppressants.

– Je vois ce que tu veux dire, répondit Suleiman. Ne crains rien.

– Je garderai également ce secret, promit Shakar.

– Tu es Hakim de Tor, n'est-ce pas ? demanda Suleiman, se tournant vers moi.

– Oui, Pacha, dis-je, faisant un pas en avant.

– Nous nous sommes lourdement trompés sur ton compte, dit-il.

Je haussai les épaules.

– Il y a encore des poches de résistance à nettoyer, dans la kasbah, dis-je. Je te prie de bien vouloir m'excuser.

– Puisse ton œil être vif, ton acier rapide, dit Suleiman Pacha.

Je m'inclinai.

– Et ce petit sleen ? demanda Shakar, montrant le petit Abdul, à genoux, tassé sur lui-même, dans le sable.

– Lui aussi, dit Suleiman Pacha, emmenez-le !

Une corde fut passée au cou d'Abdul, qui fut entraîné.

Je regardai le bâtiment central de la kasbah. A l'intérieur, çà et là, dans les pièces, on se battait encore.

– Trouvez Tarna ! ordonna Suleiman Pacha. Amenez-la-moi !

Des hommes partirent en hâte. Je n'enviais pas la femme. Elle était libre. Elle avait détruit des puits. Des tortures prolongées et hideuses l'attendaient, culminant avec son empalement public, nue, sur les murs de la grande kasbah des Neuf Puits.

Les hommes du Tahari ne sont pas tendres avec ceux qui détruisent les puits. Ils ne montrent pas la moindre indulgence vis-à-vis de ce crime.

Je quittai discrètement le groupe.

Tarna, dans ses appartements, pivota sur elle-même et me regarda. Elle fut stupéfaite. Elle ne savait pas que j'étais là. J'avais touché l'anneau. Un instant plus tard, se retournant, elle me vit dans la pièce.

– Toi ! s'écria-t-elle.

Son regard était fou. Elle était désespérée. Elle portait les vêtements des hommes du Tahari, à l'exception du voile, du kaffiyeh et de l'agal. Son visage et sa tête, fiers et beaux, étaient nus. Ses cheveux étaient défaits, longs, sur la capuche rejetée en arrière de son burnous. Ses vêtements étaient déchirés et tachés. La jambe droite de son pantalon était coupée. Sa manche gauche était en lambeaux, tailladée par les cimeterres. Elle ne semblait pas blessée. Le côté gauche de son visage était sale.

– Tu es venu me chercher ! s'écria-t-elle.

Elle avait un cimeterre.

– Tu as perdu ta guerre, dis-je. C'est terminé.

Elle me foudroya du regard. Pendant un instant, ses yeux s'emplirent de larmes étincelantes et brûlantes. Je compris que c'était une femme. Puis elle fut à nouveau Tarna.

– Jamais ! cria-t-elle.

Nous entendions des bruits de bataille dans les couloirs.

– La kasbah est tombée, dis-je. Ibn Saran est mort. Haroun, Grand Pacha des Kavars, et Suleiman, Grand Pacha des Aretai, sont déjà à l'intérieur.

– Je sais, fit-elle avec désespoir. Je sais.

– Tu as été relevée de ton commandement, repris-je. Tu ne servais plus à rien. Même les hommes qui te suivaient, décimés, ne font plus que défendre leur vie. (Je la considérai.) La kasbah est tombée, répétai-je.

Elle me regarda.

– Tu es seule, repris-je. C'est terminé.

– Je sais, dit-elle.

Puis elle leva la tête, furieuse, pleine d'orgueil.

– Comment as-tu deviné que tu me trouverais là ? demanda-t-elle.

– Je connais un peu les appartements de Tarna, répondis-je.

– Bien sûr, dit-elle. (Elle sourit.) Et, à présent, tu es venu me chercher.

Elle rit.

– Oui, dis-je.

– De toute évidence, celui qui me conduira, la corde

au cou, devant les Nobles Pachas Haroun et Suleiman, aura une grosse récompense, estima-t-elle.

– Je suppose que tel sera le cas, opinai-je.

– Imbécile ! cria-t-elle. Sleen ! Je suis Tarna ! (Elle leva son cimeterre.) Je suis supérieure à tous les hommes !

Je m'opposai à sa charge. Elle n'était pas maladroite. Je parai ses coups. Je n'appuyai pas mes attaques, afin de ne pas la fatiguer. Je la laissai frapper de taille et de pointe, feinter. Par deux fois elle recula brusquement, effrayée, renonçant presque, comprenant qu'elle s'était exposée à ma lame et que je ne l'avais pas frappée.

– Tu n'es pas supérieure à un Guerrier, lui dis-je.

C'était vrai. J'avais croisé le fer avec des centaines d'hommes, à l'entraînement et dans les jeux féroces de la guerre, qui auraient pu en terminer avec elle, rapidement et avec facilité, s'ils l'avaient voulu.

Furieuse, elle attaqua à nouveau.

Je m'opposai à nouveau à son attaque, jouant avec elle.

Elle pleurait, frappant à l'aveuglette. J'étais à l'intérieur de sa garde, la lame sur son ventre.

Elle recula. Elle combattit encore. Cette fois, j'avançai sur elle, lui faisant sentir le poids de l'acier, le poids d'un bras d'homme. Soudain, elle se retrouva adossée à un pilier. Elle n'avait plus de garde. Elle ne pouvait pratiquement plus lever le bras. Ma lame était sur sa poitrine. Je reculai. Elle avança en trébuchant, désespérée. Elle leva à nouveau son cimeterre, essaya d'attaquer. Je m'opposai à sa lame, haut, la contraignant à baisser la sienne ; elle mit un genou à terre, levant la tête, tentant d'écarter la lame, ; elle n'avait pas d'appui ; elle n'avait plus de force. Je la repoussai et elle tomba sur les dalles, devant moi ; ma botte gauche, lourde, fut sur son poignet droit ; la petite main s'ouvrit et le cimeterre glissa sur les dalles. La pointe de ma lame était sur sa gorge.

– Debout ! ordonnai-je.

Je cassai son cimeterre au niveau de la garde et le jetai dans un coin de la pièce.

Elle se leva, au milieu de la pièce.

– Mets ta corde à mon cou, Guerrier, dit-elle. Tu m'as prise, Guerrier.

Je marchai autour d'elle, l'examinant. Elle était debout, furieuse, inspectée.

Avec la lame de mon cimeterre, j'écartai la jambe droite, lacérée, de son pantalon. La jambe, à l'intérieur, était magnifique.

– Je t'en prie, dit-elle.

– Quitte tes bottes, dis-je.

Furieuse, elle les quitta. Puis elle se tint, pieds nus, au centre de la pièce.

– Tu vas me conduire, pieds nus, devant les Pachas ? demanda-t-elle. Ta vengeance n'est donc pas assez douce, que tu veuilles aussi m'humilier ?

– N'es-tu pas ma prisonnière ? m'enquis-je.

– Si, répondit-elle.

– Dans ce cas, tu feras ce que je veux, déclarai-je.

– Oh, non, sanglota-t-elle.

Quelques instants plus tard, je lui dis de s'agenouiller. Elle s'agenouilla sur les dalles, la tête baissée, le visage dans les mains. Elle fut complètement dénudée par la lame du cimeterre.

– Que se passe-t-il ? demanda Hassan, entrant dans la pièce.

Je constatai avec intérêt qu'il s'était changé. Il ne portait plus le blanc du Grand Pacha des Kavars mais des vêtements plus simples qui auraient pu convenir à Hassan, hors-la-loi du Tahari.

– Lève la tête, ma Jolie, dis-je, posant doucement ma lame sous son menton et la forçant à le lever.

Elle regarda Hassan, incroyablement belle, les joues mouillées de larmes.

– Voici Tarna, annonçai-je.

– Tellement belle ? demanda-t-il.

– Oui, dis-je.

– Tu l'as capturée, releva Hassan. Mets ta corde à son cou. Haroun, Grand Pacha des Kavars, et Suleiman, Grand Pacha des Aretai, sont impatients de la voir.

Je souris. Je sortis une corde de ma ceinture. C'était une corde grossière.

– Il est probable, estima Hassan, que Haroun, Grand Pacha des Kavars, et Suleiman, Grand Pacha des Aretai, accorderont une forte récompense à l'homme qui leur livrera Tarna.

– C'est probable, opinai-je.

– Je les ai entendus dire qu'ils la voulaient, affirma Hassan.

Je nouai la corde autour du cou de la femme. Elle m'appartenait.

Hassan regarda la belle femme nue et attachée.

– Je ne veux pas mourir ! cria-t-elle soudain. Je ne veux pas mourir !

Elle se cacha le visage dans les mains et pleura.

– Le châtiment de ceux qui détruisent les puits, souligna Hassan, n'est pas léger.

Tarna, frissonnante, pleura, la tête par terre, ma corde au cou.

– Viens, Femme, dis-je. (Je tirai sur la corde, lui relevant la tête.) Il faut que nous allions voir les Pachas.

– Il n'y a pas de fuite possible ? sanglota-t-elle.

– Pour toi, il n'y en a pas, répondis-je. Tu as été capturée.

– Oui, fit-elle d'une voix sourde. J'ai été capturée.

– Crois-tu, Hassan, demandai-je, comme moi, qu'il reste peut-être un espoir pour sa vie ?

– Peut-être, fit Hassan avec un sourire ironique.

– Lequel ? s'écria Tarna. Lequel ?

– Non, dis-je. C'est trop horrible.

– Lequel ? cria-t-elle.

– N'y pense plus, dis-je.

– N'y pensons plus, admit Hassan. Tu n'accepterais jamais. Tu es trop fière, trop noble, trop belle.

– Lequel ? cria-t-elle.

Je tirai sur la corde pour faire lever Tarna et la conduire devant les Pachas.

– La torture et l'empalement sur les murs de la kasbah des Neuf Puits sont préférables, dit Hassan.

– Lequel ? sanglota Tarna.

– C'est trop horrible, trop affreux, trop totalement humiliant et sensuel, dis-je.

– Lequel ? sanglota la beauté attachée. Oh, lequel ?

– Aux niveaux inférieurs, dit Hassan, il me semble que se trouvent les esclaves.

– Oui, dit Tarna. Pour le plaisir de mes hommes.

– Tu n'as plus d'hommes, lui rappelai-je.

– Je comprends ! s'écria Tarna. Je pourrais me glisser parmi elles.

– C'est une possibilité, reconnut Hassan.

– Mais je ne suis pas marquée, sanglota-t-elle.

– Cela peut s'arranger, dit Hassan.

Elle le regarda, horrifiée.

– Mais alors, releva-t-elle, je serais véritablement une esclave.

– Je savais que tu ne serais pas d'accord, rappela Hassan.

Je tirai sur la corde attachée au cou de la femme. Cela l'obligea à lever le menton. Le nœud était sous sa mâchoire, sur la droite, lui tournant la tête à gauche.

– Non, dit-elle. Non.

Nous la regardâmes.

– Asservissez-moi, souffla-t-elle. Je vous en prie. Je vous en prie.

– C'est très dangereux, fit valoir Hassan. Si Haroun, Grand Pacha des Kavars, l'apprenait, il me ferait écorcher vivant.

– Je vous en prie, supplia Tarna.

– Ce ne sera pas facile, dis-je.

– Je vous en prie, je vous en prie, sanglota-t-elle.

– Comment pourrions-nous nous y prendre ? demandai-je.

– D'abord, dit Hassan, la corde au cou ne convient pas. Il faut une laisse de poignets.

– Cela semble facile, dis-je.

– Le plus difficile, reprit Hassan, sera de la conduire dans les couloirs.

– Je peux marcher la tête baissée, comme une esclave, proposa Tarna.

– En général, contra Hassan, les esclaves marchent très fièrement. Elles sont fières de leur asservissement, d'être dominées par les hommes. Elles ont appris leur féminité. On la leur a enseignée. A leur manière, bien qu'elles soient asservies, je crois qu'elles comptent parmi les femmes les plus vraies et les plus fières. Elles sont plus proches, peut-être, de l'essentiel de la féminité : la soumission à la volonté masculine, l'obéissance, le service et le plaisir. En étant véritablement elles-mêmes, complètement esclaves, elles sont très libres. C'est paradoxal, bien sûr. La plupart des femmes, verbalement, s'opposent à l'esclavage mais cette demi-haine boudeuse, rhétoriquement inefficace, est démentie par la joie de leur comportement. Les femmes qui n'ont pas été esclaves ne peuvent comprendre la joie que cela représente, la profondeur de leur liberté. Les objections des femmes à l'esclavage, je l'ai souvent constaté, ne sont pas des objections à l'institution que, dans la chaleur douce de leur corps, elles aiment beaucoup et craignent de perdre, mais à un maître donné. Avec le maître qui leur convient, elles sont parfaitement satisfaites. Dans le collier qu'elles aiment, elles sont sereines et joyeuses.

– Les esclaves sont-elles véritablement fières ? demanda Tarna.

– Presque toutes, répondit Hassan. Tu ne penses peut-être qu'aux femmes que tu as dominées, aux Maîtresses du Sérail régnant sur des mâles faibles. Mais as-tu déjà vu des femmes devant des hommes ?

– Dans un café, autrefois, répondit-elle, j'ai vu une femme danser devant les hommes. Elle m'a scandalisée. Et les serveuses ! Honteux ! Scandaleux !

– Sois prudente, Petite, l'avertit Hassan, car un jour, tu serviras et danseras peut-être.

Elle blêmit.

– Les femmes semblaient-elles fières ? demanda Hassan.

– Oui, répondit tristement Tarna. Mais pourquoi étaient-elles fières ?

– Elles étaient fières de leur corps, de leurs sentiments, de leur désirabilité, expliqua Hassan, et fières, aussi, de leur maître, qui avait la volonté et le pouvoir de leur faire porter son collier et de les garder, parce que cela lui faisait plaisir.

– Comme les hommes doivent être forts ! souffla Tarna.

– En outre, reprit Hassan, femelles indéniables, confiantes en leur sexualité, il leur serait difficile de ne pas être fières. De plus, la joie rend les femmes fières.

– Mais pourquoi, pourquoi ? sanglota Tarna. Pourquoi sont-elles fières ?

Hassan haussa les épaules.

– Parce qu'elles savent qu'elles comptent parmi les femmes les plus parfaites et les plus profondes, expliqua-t-il. C'est pour cela qu'elles sont fières. (Hassan rit.) Parfois, ajouta-t-il, les femmes sont tellement fières qu'il est nécessaire de les fouetter, pour leur rappeler qu'elles sont esclaves.

– Je peux marcher fièrement, déclara Tarna. Conduisez-moi dans les couloirs.

Elle se leva devant nous.

– Il y a une différence, rappela Hassan, entre la fierté de la femme libre et celle de l'esclave. La fierté de la femme libre est celle d'une femme qui se considère comme l'égale des hommes. La fierté de l'esclave est celle d'une femme qui sait qu'aucune femme ne l'égale.

Tarna, soudain, involontairement, frémit de plaisir. Je constatai que cette idée l'excitait.

– Tu ne concurrences plus les hommes, releva Hassan. Tu es, à présent, différente.

– Oui, oui, souffla soudain Tarna. Je vois. Je suis différente. Je ne suis plus la même. (Elle nous regarda.) Soudain, dit-elle, pour la première fois, l'idée de ne pas être la même me plaît.

– C'est un début, admit Hassan.

– Crois-tu qu'elle soit prête à aller dans les couloirs ? demandai-je.

J'entendais les cris des hommes, dehors. On chantait, on faisait la fête.

– Elle ne sait pas encore marcher véritablement comme une esclave, releva Hassan, car ce n'est pas encore une esclave, mais si on ne fait pas trop attention à elle, nous avons peut-être une chance. (Il se tourna vers la prisonnière.) Comment regardes-tu les hommes, Petite ? demanda-t-il. Comment soutiens-tu leur regard ?

Tarna le regarda.

Hassan gémit.

– Nous allons y laisser notre tête, dit-il.

Avec la corde, je tirai Tarna jusqu'à la couche immense et la jetai sur les coussins jaunes. A la tête de la couche, j'attachai la corde qui était passée à son cou. Elle ne pouvait plus se soulever sur les coussins. Elle se débattit, se tournant vers moi et me regardant.

– Qu'allez-vous faire de moi ? demanda-t-elle, horrifiée.

Hassan eut un sourire ironique.

– Tu l'as capturée, dit-il. Les premiers droits de capture t'appartiennent.

Tarna poussa un cri de désespoir.

Un peu plus tard, nous conduisîmes Tarna dans les couloirs de la kasbah. Nous lui avions retiré la corde du cou pour dissimuler le fait que c'était une prisonnière libre. Je lui avais attaché les poignets et tenais la laisse à la main. Parfois, je tirais brusquement, la faisant trébucher, courir ou tomber. J'agissais ainsi pour trois raisons : cela dissimulait sa maladresse, j'étais pressé, et cela me faisait plaisir. La corde qui lui attachait les poignets provenait de tentures de sa chambre. Ces cordes étaient telles, qu'elles n'étaient pas aisément identifiables.

– Ne trouve-t-on ce type de corde que dans tes appartements ? lui avais-je demandé.

– Non, avait-elle répondu. Non.

Je l'avais alors attachée avec.

– N'est-elle pas trop propre ? demanda Hassan.

Je regardai la femme attachée.

– Si, dis-je. (Puis j'ordonnai à la femme :) Couche-toi par terre et roule-toi !

Elle me foudroya du regard, puis obéit. Quand elle se fut relevée, Hassan prit de la suie dans une lampe à huile de tharlarion et lui en passa çà et là sur le corps. Puis il prit de l'huile et elle frissonna lorsqu'il lui en versa sur l'épaule gauche et frotta.

– Le plus dangereux, à présent, releva Hassan, c'est l'absence de marque.

– A moins que tu n'aies un fer sur toi, dis-je, nous n'y pouvons rien.

Néanmoins, le problème était grave. Les femmes sont généralement marquées de manière visible, sur la cuisse droite ou gauche. La marque d'une esclave n'est pas quelque chose que l'on doit chercher lorsque la femme est nue. Si l'on remarquait, sur le trajet des niveaux inférieurs, que la femme n'était pas marquée, on supposerait qu'elle était libre. Cela éveillerait la curiosité et l'on s'en souviendrait certainement plus tard. Tarna, naturellement, n'était pas marquée. En fait, c'était probablement la seule femme non marquée de la kasbah.

J'arrachai une tenture jaune et en coupai une mince bande. Je l'enroulai autour des cuisses de la femme, bas, pour exposer le nombril. Cela s'appelle : le Ventre d'Esclave. Sur Gor, seules les esclaves montrent leur nombril. Mais le morceau de tissu couvrirait les endroits ordinairement réservés à la marque.

– Il serait sans doute préférable, avança Hassan, qu'elle soit complètement nue.

– Pas sans marque, rappelai-je.

– Tu as raison, admit Hassan. Nous ne pouvons pas prendre ce risque.

– Supposons, suggérai-je, que nous la conduisions à quelqu'un à qui nous allons la donner et que nous ne voulions lui arracher son dernier voile que devant son nouveau maître.

– Excellent, acquiesça Hassan. Au moins, c'est plausible.

– Il le faudra bien, dis-je.

– Je vous en prie, demanda Tarna. Couvrez mon nombril !

Je descendis, au contraire, un peu plus le morceau de tissu sur ses hanches. Elle frémit de colère mais ne dit rien. Elle ne fut pas contente, en outre, lorsque Hassan s'essuya les mains sur le morceau de tissu. Cela salit le morceau de tissu, ce qui rendait plus vraisemblable le fait qu'il soit porté par une esclave ; en outre, cela enleva la suie d'huile de tharlarion qu'il avait sur les mains.

Quand nous passions près des soldats qui fêtaient la victoire, de nombreuses mains se tendaient vers la femme qu'ils prenaient pour une esclave.

– Oh ! s'écriait-elle. Oh !

Elle fut beaucoup caressée, avec la familiarité rude que l'on réserve aux esclaves.

– Vite, Esclave ! aboyai-je.

Elle ne savait pas répondre : « Oui, Maître. »

Je ne la menais pas doucement. Finalement, avec soulagement, j'arrivai devant la porte conduisant aux niveaux inférieurs.

– Les avez-vous vus me regarder ? demanda-t-elle. Est-ce ce que c'est que d'être une esclave ?

Nous ne répondîmes pas. Hassan ouvrit la lourde porte. Je détachai la femme et jetai ses liens dans un coin. Je la pris par le bras et, Hassan nous précédant, je m'engageai dans l'étroit escalier tortueux descendant sous la kasbah.

Nous étions passés sans ennuis dans les couloirs et cela nous faisait plaisir.

J'étais convaincu que notre succès, sur ce plan, était dans une large mesure dû à ce que Tarna, nue et attachée par le cou, avait appris sur sa couche. Il y a de grandes différences dans les rapports de divers types de femmes avec les hommes et la manière dont elles les considèrent. Ces différences sont souvent fonction des expériences qu'elles ont vécues avec les hommes. Par exemple : se considèrent-elles comme égales ou supérieures aux hommes ? Ou bien ont-elles appris, de force et clairement, qu'elles ne sont pas l'organisme dominant ? Se sont-elles retrouvées, impuissantes, soumises à la volonté d'un mâle ? Connaissent-elles leur vulnérabilité délicieuse, à savoir qu'elles sont la victime et la proie du mâle, son plaisir et son délice ? Et connaissent-elles, impuissantes, horrifiées et joyeuses, les choses fantastiques qu'il peut faire à leur corps ?

– Comment regardes-tu les hommes, Petite ? avait demandé Hassan. Comment soutiens-tu leur regard ? avait-il demandé.

Et Tarna l'avait regardé.

Il avait gémi.

– Nous allons y laisser notre tête, avait-il dit.

Je l'avais traînée, par le cou, jusqu'à sa couche, afin qu'elle y reçoive un enseignement rapide.

Elle avait encore des milliers de pasangs à parcourir, mais nous l'avions dégrossie et elle pouvait aller dans les couloirs.

J'avais vu ses réactions quand nous l'avions traînée parmi les soldats. Ce n'était plus la Tarna d'autrefois. C'était une femme qui avait compris ce que les hommes pouvaient lui faire.

J'entendis des cris et des chansons, en bas. Nous descendîmes quatre étages, jusqu'au niveau le plus bas. Tarna parut écœurée.

– Quelle odeur ! s'écria-t-elle.

Un soldat ivre, une bouteille à la main, passa près de nous. Je la laissai vomir deux fois dans le couloir. Puis je la poussai devant moi, la tenant par le bras, glissant sur la paille et la boue du couloir. Elle cria, misérablement, quand un urt lui frôla la cheville. Nous regardâmes par une porte ouverte. Elle donnait sur une pièce longue et étroite. Contre le mur du fond, une centaine d'esclaves étaient enchaînées par le cou sur la paille. Des soldats, dont beaucoup étaient ivres, s'amusaient avec elles. Quelques-uns, les tenant avec le bras gauche, les obligeaient à boire du vin. D'autres femmes, tirant sur leur chaîne, se trémoussaient avec impatience, à genoux, les bras tendus.

– Du vin, Maître, s'il te plaît, criaient-elles.

Elles ne marchandaient pas, comme l'aurait fait une femme libre désespérée : « N'importe quoi pour une gorgée de vin, Noble Sire ! », car elles étaient esclaves.

On pouvait tout exiger d'elles et on exigeait tout d'elles, car elles étaient esclaves.

– Comme les hommes sont horribles ! gémit Tarna.

– Ne parle pas trop vite, la prévint Hassan, car, bientôt, comme toutes ces femmes enchaînées contre le mur, tu appartiendras aux hommes.

Tarna rejeta la tête en arrière et gémit.

– C'est ici, annonça Hassan.

Il tira la lourde porte métallique et nous entrâmes dans la pièce. Je regardai les chaînes et les appareils. Tarna se tassa sur elle-même. Elle ne pouvait fuir car je la tenais par le bras. Elle parut sur le point de s'évanouir. Je la soutins. Il faisait sombre, dans la pièce, qui était uniquement éclairée par une lampe à huile de tharlarion, dans un coin, et les braises du feu proche du chevalet à marquer. Hassan piqua les braises. Dans une grande kasbah, il y a toujours des fers au feu. Les esclaves le savent. J'arrachai le morceau de tissu qu'elle portait sur les hanches et la jetai sur le chevalet. Je manœuvrai les deux gros anneaux métalliques et les serrai sur sa cuisse. Elle se tourna, essayant de frapper le métal qui l'immobilisait. Je lui pris les poignets et les tirai vers deux barres séparées par une vingtaine de centimètres, les emprisonnant dans les anneaux qui y étaient suspendus, faisant partie du chevalet à marquer. Ce sont des mécanismes simples. Ils sont faciles à ouvrir et à fermer, et on peut le faire d'un mouvement du doigt. Comme les bracelets sont assez loin l'un de l'autre, et qu'ils se ferment indépendamment sur les poignets, naturellement, la femme ne peut les ouvrir. Quelqu'un d'autre peut les ouvrir aisément. La femme, en revanche, est parfaitement immobilisée. Je serrai à nouveau les anneaux qui lui maintenaient la cuisse.

– Oh, oh ! cria-t-elle.

Elle tira en vain sur les anneaux de ses poignets. Puis je serrai encore.

– Je t'en prie ! cria-t-elle.

– Silence ! lui dis-je.

Elle se mordit la lèvre. Je serrai encore et bloquai les fermetures, afin que les anneaux ne se desserrent pas. Sa cuisse était absolument immobile.

– Je vois que tu aimes les femmes marquées sur la cuisse gauche, fit remarquer Hassan.

La femme peut se débattre sur le chevalet, se tortiller et hurler, sa cuisse ne bougera pas. Elle attendra le baiser de l'acier.

Avec un gros gant, Hassan sortit le fer du feu.

– Que penses-tu de celui-ci ? demanda-t-il.

C'était une marque en taharique.

– Il est joli, répondis-je. Mais assurons-nous que ce sera une marque ordinaire et que nous pourrons vendre l'esclave dans le Nord.

– Bonne idée, acquiesça Hassan.

Il remit le fer dans le feu et en sortit un autre. Il était rouge. C'était un bon fer, propre et précis. A l'extrémité, rouge luisante, il y avait la marque ordinaire des Kajirae de Gor. Tarna la regarda, horrifiée.

– Il n'est pas encore assez chaud, ma Jolie, dit Hassan.

Il le remit dans le feu.

Nous entendîmes des cris, comme s'ils venaient de loin. Hassan me regarda.

– Je vais voir, dis-je.

Je sortis de la pièce et gagnai le niveau supérieur. Le bruit venait du deuxième niveau. Un soldat me croisa en trébuchant.

– Que se passe-t-il, demandai-je, en haut ?

– On cherche Tarna, répondit-il en riant.

Puis il s'éloigna en trébuchant.

Deux filles enchaînées passèrent devant moi, conduites par un soldat.

Je regagnai le quatrième niveau et la pièce où Hassan attendait.

– Ils cherchent Tarna, dis-je.

– A quel niveau sont-ils ? demanda Hassan.

– Au deuxième, répondis-je.

– Ah, fit Hassan. Dans ce cas, nous avons tout le temps.

Quelques ehns plus tard, il sortit le fer du feu et l'examina. Puis il le remit en place. Un instant plus tard, cependant, comme il devait être presque prêt, il le sortit à nouveau. Il était d'un blanc luisant.

– Tu peux crier et hurler, ma Jolie, proposa Hassan, non sans gentillesse.

Elle tira sur les chaînes de ses poignets, les yeux fixés sur le fer. Puis elle hurla. Pendant cinq longues ihns, Hassan appliqua fermement le fer. Je le vis s'enfoncer dans la cuisse, fumant et sifflant. Puis, proprement, il le retira. Tarna était marquée.

Elle sanglotait convulsivement. Nous ne l'en empêchâmes pas. Je libérai sa cuisse. Elle tomba à genoux, en larmes. J'ouvris les anneaux qui lui emprisonnaient les poignets. Je la pris, en larmes, dans mes bras.

Suivant Hassan, je la jetai dans une cellule vide du quatrième niveau. Hassan tira seulement la porte, la laissant entrouverte. La cellule était faiblement éclairée par le couloir. Je posai Tarna, qui pleurait toujours, sur la paille humide, contre le mur du fond.

– Je suis une esclave, souffla-t-elle. Je suis une esclave.

Nous trouvâmes une chaîne et un collier et attachâmes la femme.

Nous la regardâmes.

Elle était enchaînée contre le mur.

– Je suis une esclave, souffla-t-elle, incrédule, à travers ses larmes.

Nous entendîmes du bruit, au niveau supérieur.

– Ils fouillent le troisième niveau, releva Hassan. Ils vont bientôt arriver ici.

– Je suis une esclave, dit-elle.

– Si l'on découvrait que tu étais Tarna, souligna Hassan, les choses ne seraient pas faciles pour toi.

Elle le regarda en silence, comprenant l'allusion. Il avait parlé de Tarna au passé. Elle n'était plus Tarna. Tarna n'existait plus. Elle était à présent une esclave qui n'avait pas de nom, comme un kaiila ou un verr.

– Si l'on découvrait que tu étais Tarna, reprit Hassan avec gravité, les choses ne seraient pas faciles pour toi. Tu n'aurais pas le droit à certaines formes de torture, convenant aux personnes libres et se terminant par un empalement honorable. Ta mort serait certainement celle d'une esclave qui n'a pas été agréable.

– Que puis-je faire ? sanglota-t-elle. Que puis-je faire ?

– Tu es une esclave, dit cruellement Hassan. Fais-nous plaisir.

Et, dans la cellule sale, sur la paille nauséabonde, dans la faible lumière de la lampe du couloir, Tarna, autrefois orgueilleuse, qui n'était plus qu'une esclave sans nom, enchaînée par les maîtres, fit tout son possible pour provoquer notre plaisir. Nous ne fûmes pas faciles. Nous fûmes rudes, durs et cruels. Elle pleura souvent, désespéra de son aptitude à nous faire plaisir, mais elle fut giflée, reçut des coups de pied et s'attela à nouveau à la tâche.

Finalement, nous nous levâmes.

– L'esclave espère qu'elle á fait plaisir aux Maîtres, souffla la femme.

Hassan me regarda.

– Elle a beaucoup à apprendre, dit-il. Mais je crois que, avec le temps, elle sera satisfaisante.

Je hochai la tête, étant de la même opinion que lui. Puis nous sortîmes dans le couloir. Nous y rencontrâmes un soldat avec une lampe.

– Je cherche Tarna, dit-il.

– Tarna n'est pas ici, répondis-je. Il n'y a qu'une esclave, dans cette cellule.

Le soldat regarda dans la cellule, levant sa lampe. La femme était couchée sur la paille, enchaînée par le cou. Elle protégea ses yeux de la lumière. Elle n'était pas forte mais, dans l'obscurité de la cellule, elle faisait mal aux yeux.

La femme était belle, couchée sur la paille. Elle leva la tête, se protégeant les yeux.

– Maître ? demanda-t-elle.

– Comment t'appelles-tu, Petite ? demanda le soldat.

– Comme le souhaite le Maître, répondit-elle.

Il leva la lampe, examinant sa beauté. Dans un mouvement souple et un tintement de chaînes, elle se redressa, le dos droit. Elle tendit la jambe droite, le regardant par-dessus l'épaule droite ; ses orteils étaient tendus ; sa jambe était fléchie, mettant en valeur la courbe de son mollet.

J'eus envie de la violer.

– Comment s'appelle ton Maître ? demanda le soldat.

– Je ne sais pas, répondit-elle. J'appartenais à Tarna. A présent, j'ai appris par des soldats que Tarna était tombée. Je ne sais pas qui sera mon Maître. (Elle le regarda.) Tu sembles fort, ajouta-t-elle.

Assise, elle tendit les seins, accentuant la ligne de sa beauté.

– Salope ! fit-il en riant.

Elle baissa la tête, rabrouée.

Il rit.

– Reprends la position que tu avais, dit-il. (Elle obéit.) Davantage, dit-il.

Elle obéit.

– Je cherche Tarna, reprit-il.

– Ne la cherche plus, dit la femme. Reste avec moi.

– Tu es sale, répliqua-t-il. Et tu empestes.

– Va chercher du parfum d'esclave, suggéra-t-elle. Passe-le sur mon corps.

Il se tourna vers la porte. Elle se précipita vers lui, tendant sa chaîne, à genoux, les bras tendus.

– Le quatrième niveau est profond, dit-elle. Je suis seule dans ma cellule. Beaucoup d'hommes ne savent même pas que je suis ici. La kasbah est tombée et seuls deux soldats sont entrés dans ma cellule. Reste avec moi !

– Je dois chercher Tarna, dit le soldat.

– Quand tu auras terminé, proposa la femme, les bras tendus, reviens.

– D'accord, répondit le soldat.

Il eut un rire brutal.

– Merci, cria-t-elle, Maître bien-aimé !

Il tourna le dos.

– Maître bien-aimé, souffla-t-elle.

Elle était à genoux. Elle baissa la tête.

– Si j'étais une femme libre effrontée, reprit-elle, et non une femme asservie, je te demanderais de rapporter une bouteille de vin pour ton plaisir, afin que tu profites mieux de moi.

– Petit sleen ! s'écria-t-il en riant.

Il traversa la cellule, gifla la femme et lui donna des coups de pied jusqu'au moment où, tassée sur elle-même sur la paille, emmêlée dans sa chaîne, elle se couvrit la tête. Puis il reprit sa lampe et regagna la porte.

– Je reviendrai, promit-il. Et j'apporterai du vin.

Elle s'assit.

– Merci, Maître ! cria-t-elle.

– Et j'apporterai également du parfum d'esclave, ajouta-t-il. Afin de couvrir ta puanteur, Esclave !

– Merci, Maître ! s'écria-t-elle.

En riant, il sortit de la cellule, continuant de chercher Tarna.

– Remontons, dit Hassan. Il y a probablement des gens qui se demandent où est passé Haroun, Grand Pacha des Kavars.

– Probablement, fis-je.

Je regardai la femme.

– Tu es une excellente actrice, dis-je.

Elle me dévisagea, troublée.

– Je suis convaincu que le soldat reviendra, ajoutai-je.

Elle cassa un brin de paille entre ses doigts.

– Je l'espère, dit-elle.

Je la regardai.

– As-tu envie qu'il revienne ? m'enquis-je.

– Oui, répondit-elle.

Elle levait la tête, enchaînée.

– Pourquoi ? demandai-je.

– Tu ne l'as pas trouvé fort ? demanda-t-elle. Tu n'as pas vu l'aisance, l'audace, l'autorité avec lesquelles il m'a traitée ?

– J'ai vu, répondis-je.

– Je veux être possédée par lui, dit-elle. Je veux qu'il me possède.

– Es-tu sérieuse ? demandai-je.

– Oui, répondit-elle. Je veux être son esclave.

Hassan se tenait derrière moi.

– Je te souhaite tout le bien, Petite, dit-il.

– Moi aussi, je te souhaite tout le bien, Esclave, dis-je.

– L'esclave vous exprime sa gratitude, dit-elle. (Alors que nous quittions la cellule, elle ajouta :) Je vous souhaite tout le bien, Maîtres.

26

LA MARCHE

C'était le matin.

J'entendais les tambours. La marche commencerait bientôt. Le kaiila griffait le sable. Une lanière de cuir était nouée, peu serrée, au haut pommeau de ma selle du désert. Mes bottes étaient dans les étriers. J'avais mon cimeterre au côté. J'avais la lance légère du Tahari, dont la hampe était glissée dans un fourreau fixé à mon étrier droit.

Je vis Haroun, Grand Pacha des Kavars, tout de blanc vêtu, passer près de moi. A ses côtés, portant le kaffiyeh noir et l'agal blanc des Aretai, chevauchait Suleiman, Grand Pacha de cette tribu, régnant sur la kasbah des Neuf Puits, maître d'un millier de lances. Derrière Haroun, chevauchait Baram, Cheik de Bezhad, son vizir. Derrière Suleiman, sur un kaiila rapide, chevauchait Shakar, avec une lance à pointe d'argent, capitaine des Aretai.

Je regardai, derrière moi, les longues files d'hommes. Le soleil touchait à présent le mur sud de ce qui avait été la kasbah d'Abdul, Ibn Saran, ex-Ubar du Sel. La colonne s'étendait de sa kasbah, dans le désert, à la kasbah qui avait été celle de Tarna, autrefois orgueilleuse pillarde du désert. C'était près de cette kasbah que se trouvait la tête de la colonne.

Je vis le jeune Khan des Tajuks, portant un turban

blanc, passer au galop, se dirigeant vers l'arrière de la colonne. Il était accompagné par vingt cavaliers.

La marche gagnerait le Rocher Rouge, puis les Deux Cimeterres, puis les Neuf Puits et, de là, par l'itinéraire des caravanes, Tor. Divers groupes d'hommes quitteraient la file à certains points, les tribus regagnant leurs domaines respectifs. Seules quelques centaines d'hommes iraient jusqu'à Tor, essentiellement pour conduire des centaines d'esclaves sur les Marchés de cette ville, qui est la plaque tournante, au Tahari, des esclaves destinés à être vendus au nord. Tor avait déjà été prévenue, afin que tout soit prêt. Il fallait prévoir des cages, forger des chaînes, stocker de la nourriture. En ce qui concernait les femmes, il fallait prévoir des parfums et du maquillage. Les ventes aux enchères devaient être préparées. Il fallait fixer des dates. La publicité était extrêmement importante. La vente devait être soigneusement annoncée dans de nombreuses cités. Il y a de nombreuses choses à faire avant que la première femme, nue, monte sur l'estrade pour y être vendue. De nombreux préparatifs, une organisation précise et beaucoup de travail doivent être faits avant qu'elle lève la tête devant les acheteurs, les regardant, l'un d'entre eux devant la posséder, et qu'elle entende le premier appel du commissaire-priseur, levant son fouet roulé derrière elle :

– Que m'offre-t-on ?

Dans la colonne, il y avait les Kavars, les Aretai, les Ta'Kara, les Bakahs, les Char, les Kashani, les Luraz, les Tashid, les Raviri, les Ti, les Zevars, les Arani et, tenant l'arrière, avec leurs lances noires, les Tajuks.

Il y avait des centaines de kaiilas de trait, beaucoup portant de l'eau.

Le rythme des tambours s'accéléra, indiquant que le moment du départ approchait.

Le soleil éclairait à présent en plein le mur sud de ce qui avait été la kasbah de l'Ubar du Sel.

Une douzaine de kaiilas, en file, passèrent tranquillement, chargés d'eau.

Approximativement quinze cents hommes, qui s'étaient rendus, portaient à présent les chaînes des esclaves.

Six cents femmes avaient été capturées dans les deux kasbahs.

Les hommes marchaient à l'arrière de la colonne, devant la garde chargée de défendre les arrières. Les femmes, car il n'y avait pas assez de chariots et de kaiilas, marcheraient, par groupes de cinquante, au centre de la colonne. Elles étaient plus précieuses que les hommes. Toutes les femmes étaient attachées les unes aux autres par le poignet.

Je poussai mon kaiila et regardai les groupes de femmes qui se tenaient contre le mur, n'ayant pas encore été conduites à la place qu'elles occuperaient dans la colonne. Toutes les femmes étaient attachées par le poignet gauche. Elles étaient séparées l'une de l'autre par environ un mètre cinquante de chaîne brillante. Les chaînes n'étaient pas lourdes. Tandis que je passais devant les femmes enchaînées, les examinant, la lanière de cuir attachée au pommeau de ma selle se tendit. Elle conduisait aux poignets croisés, liés, d'une femme. La laisse faisait trois mètres. La femme suivait.

Les pieds des femmes avaient été enveloppés avec du cuir. Elles avaient du sable jusqu'aux chevilles. Plus tard, quand le soleil serait haut, on leur lancerait des draps qui protégeraient leurs yeux de la luminosité, leur corps de la chaleur. Le drap se met sur la tête, complètement, de sorte que la femme ne peut rien voir. Puis on attache une lanière de cuir autour du cou de l'esclave, afin que le drap reste bien en place. Il est préférable, naturellement, que les femmes voyagent dans un chariot fermé ou dans un kurdah.

Les draps, naturellement, n'étaient pas encore en place.

Les femmes se tenaient droites, fièrement, sous le regard d'un Guerrier.

– Tal, Maître, dirent plusieurs quand je passai lentement devant elles.

– Achète-moi à Tor, Maître ! cria l'une d'entre elles.

Une femme, dans le quatrième groupe, s'éloigna des autres, son poignet gauche tiré en arrière par la chaîne. Elle appuya le visage sur le train avant de mon kaiila puis, en larmes, leva le visage vers moi. C'était Tafa. Je me souvins d'elle, dans la prison de ce qui avait été la kasbah d'Ibn Saran, le matin de mon départ pour Klima. C'était une bonne fille. Je continuai mon chemin. Zina, qui avait été capturée avec Tafa dans la caravane prise par Hassan le Bandit ne se trouvait pas dans les deux kasbahs du désert. Nous ne savions pas à qui elle avait été vendue. Nous ne savions pas aux pieds de qui elle était, à présent, à genoux.

Au début du quatrième groupe, je vis une autre femme dont je me souvenais. Elle tourna la tête, essayant de se cacher. J'arrêtai mon kaiila. Sentant que je m'étais arrêté, elle tomba à genoux et se tourna vers moi, la tête baissée.

– Pardonne-moi, Maître, souffla-t-elle.

– Regarde-moi, Esclave ! ordonnai-je.

Elle leva la tête, effrayée. C'était Zaya, la femme rousse qui servait les sucres et le vin noir au palais de Suleiman Pacha. Elle avait témoigné contre moi, aux Neuf Puits.

– Te souviens-tu, demandai-je, qui a frappé Suleiman Pacha ?

– Hamid, sanglota-t-elle. Hamid, lieutenant de Shakar, capitaine des Aretai.

– Ta mémoire s'est améliorée, constatai-je.

Je pris un bonbon dans mon sac de selle et le lui lançai.

– Tu n'es donc pas en colère contre moi, Maître ? demanda-t-elle.

– Non, répondis-je.

Elle mit le bonbon dans sa bouche. Je continuai mon chemin.

Hamid n'était pas enchaîné avec les prisonniers. Il avait été conduit dans une oasis aretai isolée. Là, en exil, il serait esclave.

Dans le deuxième groupe, je passai devant deux femmes que j'avais rencontrées, Lana, la grande femme responsable du sérail, maîtresse dans la kasbah de Tarna, et sa compagne, qui s'occupait des huiles du bain. Comme nous avions, Hassan et moi, mis un terme à leur utilité au sein du sérail, Tarna, furieuse, les avait envoyées dans les niveaux inférieurs de la kasbah, où elles avaient servi les plaisirs des hommes. Elles ne savaient pas que leur Maîtresse orgueilleuse, qu'elles n'avaient jamais vue, avait récemment, comme elles l'avaient fait, esclave sans aucun droit, servi les hommes, qu'elle s'était délicieusement abandonnée au plaisir de soldats rudes.

– Tal, Maître, dirent-elles.

– Tal, Esclaves, répondis-je.

Je continuai mon chemin. Les esclaves mâles du sérail avaient été affranchis. On leur donnerait de l'argent et un sauf-conduit jusqu'à Tor. Ils marcheraient avec la colonne. Haroun, Grand Pacha des Kavars, avait fait une exception.

– Celui-ci, avait-il dit, siégeant dans la salle d'audience de ce qui avait été la kasbah d'Ibn Saran, montrant le type vêtu de soie qui portait un collier de rubis, et qui avait voulu nous livrer aux gardes de Tarna, doit être vendu à Tor... Vendez-le à une femme.

L'homme avait été emmené. Il était avec les prisonniers, à l'arrière de la colonne ; lui seul n'était pas nu ; il portait sa tunique de soie et son collier de rubis ; les prisonniers le regardaient de travers.

Dans le premier groupe de cinquante femmes, nues, attendant, je m'arrêtai. C'était la vingt-troisième femme en partant du début.

Le poignet dans le dos, attachée à ses sœurs d'asservissement, elle avança. Elle posa le front contre mon étrier, sans me regarder. Je la sentis presser les lèvres, intensément, avec ferveur, sur ma botte.

Elle leva la tête, les yeux pleins de larmes.

– Merci, souffla-t-elle, Maître.

– Tu es dans le premier groupe, en vingt-troisième position, dis-je. D'après les hommes, tu es très bonne.

– Je suis reconnaissante, dit-elle, si les hommes me trouvent agréable.

Je voulus m'éloigner. Sa petite main droite était sur l'étrier. La gauche était derrière elle, enchaînée.

– Je ne suis pas comme un homme, dit-elle, levant la tête.

– C'est une évidence, dis-je, contemplant sa nudité d'esclave.

– Je suis différente, reprit-elle. (Elle me regarda.) J'aime être différente, souffla-t-elle.

Je hochai la tête.

– J'aime les hommes, reprit-elle. Ils sont terriblement forts et magnifiques. J'aime être commandée par eux. J'aime leur obéir. J'aime savoir que si je leur déplais un tout petit peu, je serai peut-être tuée ou fouettée. Je ne savais pas que de tels sentiments étaient possibles.

Je regardai la femme asservie. Comme elle était heureuse de découvrir les délices de sa domination par les hommes ! Les femmes désirent la domination des hommes. Lorsqu'elles en sont privées, elles deviennent mesquines, frustrées, compétitives, hostiles et méchantes, une fonction de ce besoin fondamental n'ayant pas été satisfaite. L'institution de l'esclavage des femmes, dans une société, fournit le véhicule de l'expression et de la satisfaction de ce besoin fondamental. L'esclave, naturellement, est complètement et totalement à la merci des hommes. C'est la plus dominée des femmes. En outre, sa domination est soutenue par la civilisation ; elle est juridiquement obligatoire et sanctionnée culturellement ; elle est complète ; elle la voit dans les yeux de tous ceux qui la regardent ; elle est complète ; c'est une esclave.

– J'aime être esclave, dit la femme, me regardant.

– A genoux ! lui ordonnai-je.

– Oui, Maître, dit-elle.

Elle s'agenouilla. Je tirai sur la rêne de mon kaiila. Je donnai des coups de talon dans ses flancs, pour le faire avancer vers la tête de la colonne.

– Maître, dit la femme.

– Oui ? dis-je, m'arrêtant de nouveau.

– Puis-je parler ? demanda-t-elle.

– Oui, répondis-je.

– Serai-je vendue à Tor ? demanda-t-elle.

– Oui, répondis-je. Tu seras vendue, nue, à Tor, sur une estrade.

– A qui serai-je vendue ? demanda-t-elle.

– A un maître, répondis-je.

Puis je donnai des coups de talon dans les flancs de mon kaiila et m'éloignai. La lanière de cuir attachée à mon pommeau se tendit tandis que je tirais la femme trébuchante qui y était attachée. Derrière moi, à genoux dans le sable, attachée à d'autres femmes par le poignet, je laissai une beauté sans nom qui avait été Tarna.

Il serait toujours temps, à Tor, de lui donner un nom. Son maître lui en donnerait un. Il le choisirait. Il est utile que les esclaves aient un nom. Il est ainsi plus facile de les appeler et de les commander.

Je regardai la femme attachée à ma selle. De toutes les esclaves, sauf une qui se trouvait dans un kurdah blanc, près de la tête de la colonne, elle seule était habillée. Au cou, elle avait une bande d'acier, un collier d'esclave. Ce n'était plus celui d'Ibn Saran ; il portait le nom de Hakim de Tor. C'était à lui que la femme appartenait. Du cuir lui liait les poignets ; sa laisse était attachée à ma selle. Le vêtement qu'elle portait était incroyablement court, un simple morceau de tissu ; c'était du reps marron, taché de graisse et de poussière ; je l'avais trouvé dans les cuisines d'Ibn Saran ; il avait servi à une esclave qui devait nettoyer les casseroles ; j'avais déchiré l'encolure ; j'avais déchiré le côté gauche pour révéler la courbe merveilleuse de son sein gauche, jusqu'à la hanche ; il fallait que les hommes voient sa beauté ; je pouvais l'exposer autant que cela me plaisait, car c'était mon esclave.

Après qu'elle eut faussement témoigné contre moi aux Neuf Puits, elle avait souri, sournoisement, triomphante, contente de son travail, satisfaite que je sois condamné aux Mines de sel de Klima ; je m'étais échappé des Neuf Puits mais, capturé à nouveau, enchaîné, j'étais parti pour Klima ; je n'avais pas oublié sa satisfaction, son mépris, son ironie, alors qu'elle me regardait, enchaîné et impuissant. Elle m'avait jeté un souvenir, afin que je ne l'oublie pas, un morceau de soie d'esclave, embaumant le parfum d'esclave ; elle m'avait envoyé un baiser, en riant, avant qu'un Maître des Esclaves lui ordonne de regagner son alcôve.

Je n'oublierais pas la jolie Vella. A présent, je la possédais. Elle m'avait supplié de lui pardonner, comme si un mot de moi pouvait tout arranger. Quand elle avait été jetée aux pieds de Hakim de Tor, elle avait levé la tête, terrifiée, puis joyeuse en voyant qui était Hakim de Tor, le maître à qui je l'avais donnée, moi-même.

– Ne te lève pas, Esclave, lui avais-je dit.

– Suis-je pardonnée, Tarl ? avait-elle supplié. Suis-je pardonnée ?

– Va chercher le fouet ! avais-je ordonné.

Je vis T'Zshal qui passa à la tête de ses mille lances. Il s'arrêta, ses hommes faisant de même.

– Nous retournons à Klima, dit-il.

– Mais vous avez des kaiilas, lui remontrai-je.

– Nous sommes les Esclaves du Sel, les Esclaves du Désert, dit-il. Nous retournons à Klima.

– Il n'y a plus d'Ubar du Sel, relevai-je.

– Nous négocierons avec les Pachas locaux, réglementerons le désert et discuterons les prix des différentes variétés de sel, dit T'Zshal.

– Le prix du sel va bientôt monter, estimai-je.

– Ce n'est pas impossible, admit T'Zshal.

Je me demandai s'il avait été sage d'armer les hommes de Klima et de leur donner des kaiilas. Il ne s'agissait pas d'hommes ordinaires. Tous avaient survécu à la marche jusqu'à Klima.

– Si tu as besoin d'aide, dit encore T'Zshal, envoie un messager à Klima. Les Esclaves du Sel viendront.

– Merci, dis-je.

Ils seraient des alliés féroces. Ces hommes étaient désespérés et puissants. Ils avaient tous fait la marche jusqu'à Klima.

– Je suppose, repris-je, que les choses vont changer, à Klima.

Je me souvins que Hassan m'avait empêché d'emporter le morceau de soie parfumée à Klima. Je l'avais caché dans les croûtes de sel.

– On pourrait te tuer pour l'avoir, avait-il dit.

T'Zshal regarda autour de lui. Les esclaves enchaînées se tassèrent sur elles-mêmes.

– Il nous faudra des tavernes et des cafés, à Klima, dit-il. Les hommes sont restés longtemps sans distractions.

– Avec le contrôle d'une telle quantité de sel, soulignai-je, vous aurez tout ce que vous voudrez.

– Nous allons confédérer les régions productrices de sel, m'apprit T'Zshal.

– Tu es très ambitieux, relevai-je.

T'Zshal était, de toute évidence, un chef. Haroun, siégeant dans ce qui avait été la salle d'audience de la kasbah d'Ibn Saran, avait invité T'Zshal et ses lances à entrer à son service. T'Zshal et ses compagnons avaient refusé.

– Nous allons retourner à Klima, dit-il, Maître.

Je savais que T'Zshal ne servirait personne.

– Je préfère être le premier à Klima que le deuxième à Tor, avait-il déclaré.

Il n'était l'esclave de personne, seulement celui du sel et du désert.

– Je te souhaite tout le bien, dit T'Zshal.

– Je te souhaite tout le bien, répondis-je.

Son kaiila, projetant un nuage de sable, s'éloigna. Mille cavaliers le suivaient.

Je gagnai lentement la tête de la colonne qui s'étendait entre les deux kasbahs.

A environ deux cents mètres de la tête de la colonne, je passai devant le petit Abdul, Porteur d'Eau de Tor et agent d'Ibn Saran. Il n'était pas impossible, dans le cadre de son travail avec Ibn Saran, qu'il soit au courant de problèmes importants concernant les guerres des Prêtres-Rois et des Kurii. Deux chaînes fixées à son collier métallique étaient attachées aux étriers de deux cavaliers qui l'escortaient. Ses mains étaient attachées à une chaîne qui lui entourait la taille. Il ne leva pas la tête. Il n'osait pas me regarder en face.

– Envoyons-le à Tor, avais-je suggéré. Je vais y faire envoyer aussi des agents de Samos de Port Kar.

– Ce sera fait, avait répondu Haroun, Grand Pacha des Kavars.

Les agents de Samos avaient des techniques d'interrogatoire particulières. J'étais convaincu qu'ils sauraient tout ce que le petit Abdul avait à dire. Ensuite, n'étant plus d'aucune utilité, il pourrait être vendu dans le Tahari.

A une centaine de mètres de la tête de la colonne, je passai près d'un grand kurdah blanc posé sur un gros kaiila noir. Je n'écartai pas le rideau. Je ne possédais pas la femme qui se trouvait à l'intérieur. Il contenait une esclave, une femme délicieusement féminine, blonde, aux yeux bleus. Elle était richement voilée et portait des bijoux ; c'était l'esclave préférée du grand Haroun en personne, Grand Pacha des Kavars ; on disait qu'elle s'appelait Alyena ; elle était d'un rang très élevé ; elle portait des soieries, des voiles et des bijoux ; mais son collier était en acier.

Dans ce qui avait été la kasbah d'Ibn Saran, elle avait été jetée, nue, au pied de l'estrade sur laquelle le grand Haroun en personne était assis. Elle n'avait pas osé lever la tête.

– Je vais garder cette esclave, avait-il dit.

Elle avait été emmenée, en larmes.

– Je suis l'esclave de Hassan ! avait-elle crié. Je n'aime que lui !

Ce soir-là, envoyée dans ses appartements, elle s'était agenouillée devant son maître voilé.

– Aimes-tu quelqu'un d'autre, Petite ? demanda-t-il avec gravité.

– Oui, répondit-elle, Maître. Pardonne-moi, tue-moi s'il le faut.

– Et qui est-ce ?

– Hassan, sanglota-t-elle. Hassan le Bandit.

– Un type absolument formidable ! acquiesça son maître.

La jeune femme leva la tête, stupéfaite. Il avait baissé son voile sur les épaules.

– Hassan ! sanglota-t-elle.

Elle se jeta à ses pieds, les couvrant de baisers, comme une esclave.

Lorsqu'elle leva la tête, il lui ordonna d'aller sur sa couche. Elle y courut avec impatience, arrachant les soieries d'esclave dont son corps avait été orné, puis elle s'agenouilla dessus, petite, la tête baissée, attendant son Maître. Il la rejoignit, quittant ses robes. Puis il la prit par les cheveux, la souleva et la jeta sur le dos dans les soieries profondes et luxueuses ; ensuite, avec la vigueur d'un maître du Tahari, il lui montra qu'elle lui appartenait.

Au matin, il lui rappela qu'elle devait être fouettée trois fois. Premièrement, elle avait prononcé son nom, au Rocher Rouge, dans les flammes, pendant le raid des hommes de Tarna ; deuxièmement, elle avait quitté ses compagnons pour retourner au Rocher Rouge et le chercher, de sorte qu'elle avait été capturée ; troisièmement, elle avait, ce soir même, en découvrant qui serait son Maître, prononcé à nouveau son nom.

– Fouette-moi, Maître, dit-elle, couchée dans ses bras. Je t'aime.

– Suis-je pardonnée, Tarl ? avait demandé Vella. Suis-je pardonnée ?

– Va chercher le fouet, lui avais-je ordonné.

Elle me regarda, stupéfaite. Les femmes de la Terre sont toujours pardonnées. Elles ne sont jamais punies, quoi qu'elles fassent. Naturellement, ce ne sont pas des esclaves. Elles sont juridiquement libres et ne portent pas de collier.

– Tu ne parles pas sérieusement, dit-elle.

– Ne t'ai-je pas parlé de cela, lorsque je t'ai attachée, Esclave ? demandai-je.

Je faisais allusion à notre conversation dans la salle de préparation, lorsque je l'avais surprise et capturée, en faisant mon esclave.

– Je t'ai demandé quand tu me fouetterais, dit-elle d'une voix sourde. Tu as répondu que ce serait à ta convenance.

Elle me regarda pitoyablement.

– Le moment est venu, dis-je.

Elle se leva d'un bond.

– Je te hais, cria-t-elle. Je te hais !

Ses petits poings étaient serrés. Elle était folle de rage, très belle dans le haillon taché que je lui avais donné.

– Je te hais, cria-t-elle. Je vous hais tous ! cria-t-elle, se tournant vers les nombreux Guerriers rassemblés dans la grande salle. Je hais les hommes ! cria-t-elle. (Elle était pieds nus sur les dalles. C'était la seule femme de la pièce, et c'était une esclave.) Je hais tous les hommes ! cria-t-elle. Je les hais ! Je les hais ! (Elle se tourna vers moi.) Et je hais aussi les Prêtres-Rois ! cria-t-elle. Je vous hais tous !

Personne ne répondit ; tout le monde la regarda avec impassibilité.

– J'ai trahi les Prêtres-Rois ! cria-t-elle. Oui ! J'ai servi les Kurii ! Oui ! Et je suis heureuse de l'avoir fait, heureuse ! Oui, heureuse ! Heureuse ! Heureuse ! (Ses yeux lançaient des éclairs.) Punis-moi ! exigea-t-elle.

– Tu ne seras pas punie parce que tu as trahi les Prêtres-Rois, dis-je.

– Tu m'as laissée dans une taverne de Lydius, cria-t-elle. Esclave de Taverne enchaînée !

– Tu as décidé de fuir les Sardar, répondis-je. C'était un acte courageux. Cela s'est mal terminé. Tu as été asservie. Sur Gor, contrairement à ce qui se passe sur Terre, les femmes doivent assumer les conséquences de leurs actes.

– Tu aurais pu m'acheter, à Lydius ! cria-t-elle.

– Oui, répondis-je, j'avais assez d'argent pour le faire.

– Mais tu ne l'as pas fait ! cria-t-elle.

– Il m'a semblé, dis-je, que ce n'était pas le moment de t'acheter et de te garder comme esclave.

– Comme esclave ! cria-t-elle. Tu aurais dû m'affranchir !

– Si mes souvenirs sont exacts, dis-je, tu m'as supplié de t'affranchir.

– Oui ! cria-t-elle.

Les hommes présents dans la salle se regardèrent.

– Je ne savais pas, avant, dis-je, que tu étais, dans le ventre, une véritable esclave.

Elle me foudroya du regard. Elle rougit.

Sur Gor, on dit que seules les esclaves véritables supplient d'être affranchies. Cet acte, induditablement, sur Gor, plus profondément que la marque et le collier, indique que l'individu est un esclave véritable. Qui, à part un esclave véritable, supplierait d'être affranchi ? Ces individus, naturellement, ne sont jamais affranchis mais, en général, leur nature ayant ainsi été indéniablement révélée, ils sont mieux surveillés et traités plus durement. Quand Talena, fille de Marlenus d'Ar, Ubar d'Ar, avait, dans une lettre, mendié sa liberté, il avait, sur son épée et sur le médaillon d'Ar, fait le serment de la renier. En conséquence, elle n'était plus de haute naissance, elle n'était plus sa fille. J'avais demandé à Samos de la libérer et de l'envoyer à Ar. Elle y habitait, libre, mais sans statut ; elle n'était plus considérée, vis-à-vis de la Pierre du Foyer, comme une citoyenne de la cité ; elle ne portait même pas de collier d'esclave ; elle était séquestrée par Marlenus dans le Cylindre Central, afin que son ignominie ne soit pas exposée publiquement sur les Hauts Ponts de la cité.

– Non ! cria la femme. Tu aurais dû m'affranchir !

Je la regardai, furieux. Je supposai qu'elle avait agi approximativement comme l'auraient fait d'autres femmes. Les Goréens croient, naturellement, que toutes les femmes sont, au fond, des esclaves et que cet état de fait est révélé par le maître approprié.

– Tu aurais dû m'affranchir ! cria-t-elle. Tu aurais dû m'affranchir !

Je la regardai, furieuse, dans sa beauté, ses poings serrés, son haillon court et révélateur.

– Tu es trop belle pour être libre, dis-je.

Elle réagit comme si elle avait été frappée.

Elle regarda autour d'elle, les hommes présents dans la salle, portant les vêtements du Tahari. Ils ne la quittaient pas des yeux. Elle frémit, comprenant que, parmi eux, elle était trop belle pour être libre.

Elle se tourna à nouveau vers moi. Elle se redressa.

– Je suis contente de t'avoir identifié pour le compte d'Ibn Saran, dit-elle. Je suis contente d'avoir témoigné contre toi aux Neuf Puits. Punis-moi !

– Tu ne seras pas punie parce que tu m'as identifié pour le compte d'Ibn Saran, dis-je, ni parce que tu as témoigné contre moi aux Neuf Puits.

Elle me foudroya du regard.

– Ton Maître, Ibn Saran, demandai-je, ne t'a-t-il pas ordonné de témoigner ?

– Si, répondit-elle.

– Tu étais une bonne esclave. Tu dois être commandée, dis-je. Lance-lui un bonbon, demandai-je à un homme.

Il le fit.

– Mange-le, dis-je à Vella.

Elle obéit.

– Tu seras punie, précisai-je, parce que, et uniquement parce que, en tant qu'esclave, tu n'as pas été agréable.

Elle me regarda, horrifiée.

– Pour si peu ? se récria-t-elle.

Je fis signe à un homme, un Aretai en burnous blanc, kaffiyeh noir et agal blanc, qui se tenait à proximité. Il jeta un fouet goréen sur les dalles, à environ cinq mètres de la femme.

Elle regarda le fouet, incrédule. Les femmes de la Terre, quoi qu'elles fassent, ne sont jamais punies. Elle ne pouvait croire qu'elle serait traitée en esclave goréenne.

– Va chercher le fouet ! ordonnai-je.

Elle se redressa.

– Jamais ! cria-t-elle. Jamais ! Jamais !

– Qu'on apporte un sablier, dis-je, d'une ehn.

On l'apporta. La journée goréenne compte vingt ahns ; l'ahn goréenne compte quarante ehns, ou minutes ; l'ehn compte quatre-vingts ihns, ou secondes. L'ihn est légèrement plus brève que la seconde terrienne.

Le sablier fut retourné.

Elle le regarda.

– Tu ne pourras jamais m'obliger à faire cela, dit-elle, Tarl.

Elle regarda le sable couler dans le sablier. Elle se tourna vers moi.

– Je suis heureuse d'avoir trahi les Prêtres-Rois. Je suis heureuse d'avoir servi les Kurii. Je suis heureuse de t'avoir identifié pour le compte d'Ibn Saran. Je suis heureuse d'avoir témoigné contre toi, aux Neuf Puits. Comprends-tu ? Heureuse !

Un quart du sable s'était écoulé dans le sablier.

– Tu ne m'as pas affranchie à Lydius. Tu m'as abandonnée à l'asservissement ! cria-t-elle avec vigueur.

La moitié du sable s'était à présent écoulée dans le sablier. Elle regarda les visages qui l'entouraient, les trouvant tous impassibles, puis elle se tourna à nouveau vers moi.

– Bien sûr, j'ai souri, aux Neuf Puits ! cria-t-elle. Je voulais que tu ailles à Klima. Je voulais que tu y ailles. La vengeance était douce. Mais tu t'es enfui. Bien sûr, je me suis moquée de toi, depuis la fenêtre de la kasbah d'Ibn Saran ! Il n'y aurait pas de femmes, à Klima ! Bien sûr, avec insolence, je t'ai jeté un morceau de soie parfumée, pour te torturer pendant la marche et, plus tard, à Klima. Bien sûr, je t'ai envoyé un baiser d'adieu, ravie de mon triomphe. Bien sûr ! Bien sûr ! Oui, oui, je me suis moquée de toi quand tu étais impuissant ! Cela m'a donné beaucoup de plaisir.

Il ne restait plus qu'un quart du sable. Elle le regarda, pitoyablement.

Elle se tourna à nouveau vers moi.

– J'ai été cruelle et mesquine, Tarl, dit-elle. Pardonne-moi.

Il n'y avait pratiquement plus de sable dans le sablier.

– Je suis une femme de la Terre ! cria-t-elle. De la Terre ! (Ces femmes, naturellement, n'étaient jamais punies, quoi qu'elles fassent. Elles étaient toujours pardonnées.) Pardonne-moi, Tarl ! cria-t-elle. Pardonne-moi !

Mais c'était une esclave goréenne.

– Je n'irai jamais chercher le fouet ! cria-t-elle.

Puis, en larmes, gémissant de désespoir, effrayée,

un instant avant que le sable finisse de glisser dans le sablier, elle se tourna vers le fouet.

– A la manière du Tahari, précisai-je.

Elle gémit et se mit à quatre pattes. Les hommes, impassibles, la regardèrent aller jusqu'au fouet et le prendre entre les dents.

– Pose le fouet ! ordonnai-je.

Elle posa le fouet, le laissant tomber. Elle me regarda, joyeuse.

– A genoux ! ordonnai-je. (Elle obéit, troublée.) Déshabille-toi, ajoutai-je, sans te mettre debout.

Elle obéit, furieuse, passant le minuscule haillon déchiré par-dessus la tête et le posant par terre. Elle secoua sa chevelure ; elle se redressa. Un murmure d'appréciation courut dans la salle. Puis un homme, à la manière goréenne, se frappa l'épaule gauche, et d'autres l'imitèrent. Elle resta à genoux, droite, tandis que les hommes applaudissaient sa beauté. Comme elle était fière ! Comme elle était fantastiquement belle ! Et je la possédais.

– Attache ton vêtement autour de ta cheville droite ! lui ordonnai-je.

Elle obéit, puis s'agenouilla à nouveau.

– A présent, repris-je, ramasse le fouet... avec les dents !

Elle obéit.

Elle ne portait pas de collier. J'avais fait enlever celui d'Ibn Saran. Je lui mettrais le mien plus tard. Elle était nue, à l'exception du haillon noué autour de sa cheville droite et, bizarrement, un morceau de soie décolorée attaché au poignet gauche.

Elle le regarda, le fouet entre les dents.

– A présent, va dans ton alcôve ! ordonnai-je. Tu y seras battue.

Elle sortit de la pièce, esclave allant subir son châtiment.

Je me tournai vers un homme qui se tenait à proximité.

– Sois son gardien, lui dis-je.

Il hocha la tête et, se penchant, ramassa une lanière de cuir posée par terre.

– Je vais venir, ajoutai-je.

Il acquiesça. Puis il sortit de la pièce, suivant la femme.

Le gardien ne sert pas, dans cette situation, à empêcher la femme de s'échapper car, dans une demeure ou une kasbah, elle ne peut s'échapper. Il sert à la protéger, bizarrement, contre les autres esclaves. La lanière de cuir ou la corde roulée qu'il porte est moins souvent utilisée pour faire aller plus vite, d'une manière humiliante, la fille qui pourrait, autrement, traîner en chemin, bien qu'elle soit parfois utilisée dans ce but, que pour éloigner les autres femmes. Ce type de lanière, naturellement, peut faire très mal, même à travers la soie. Elle est très vulnérable, voyez-vous, la femme allant vers le lieu de son châtiment. Elle est nue ; il ne lui est pas permis de se lever ; elle ne peut même pas parler car elle doit tenir le fouet entre les dents ; si elle le fait tomber, elle recevra vingt coups supplémentaires. Les ressentiments, les jalousies, les conflits mesquins, les animosités sont fréquents parmi les esclaves. Les jalousies et les haines sont particulièrement virulentes à l'égard des belles esclaves, celles qui occupent le sommet de la hiérarchie. Une telle femme, allant à son châtiment, est une aubaine pour celles qui la haïssent et la jalousent, de sorte qu'elles profitent de cette occasion pour se moquer d'elle et la tourmenter, parfois cruellement et physiquement. Bien que de nombreuses femmes, dans la kasbah, soient enchaînées pour le plaisir des hommes, beaucoup étaient libres de leurs mouvements afin qu'elles puissent travailler et servir, et être prises chaque fois que les hommes avaient envie d'elles. Dans les couloirs, elles constitueraient un véritable danger pour Vella qui, occupant le sommet de la hiérarchie des esclaves, était l'objet de beaucoup de haine et de jalousie. Comme elles seraient heureuses de voir la jolie Vella gagnant à quatre pattes, dans les couloirs, l'endroit où elle serait battue ! La deuxième raison pour laquelle un homme accompagne la femme est qu'il est son héraut. Il exécute ce que l'on appelle parfois le Chant du Fouet, bien qu'il ne s'agisse pas d'un chant mais plutôt d'une succession d'appels et de déclarations. Ceux-ci sont destinés à appeler les autres femmes afin qu'elles regardent passer celle qui va recevoir son châtiment.

– Voici une femme qui n'a pas été totalement agréable ! crie l'homme. Regardez-la. Elle va à son châtiment. Elle n'a pas été totalement satisfaisante. Regardez-la. Venez voir la femme qui n'a pas été totalement satisfaisante !

Ces cris attirent les autres femmes qui regardent la fille punie passer à quatre pattes dans les couloirs. Bientôt, il y a une foule moqueuse dans laquelle la femme punie, pitoyable, doit continuellement se frayer un chemin. On lui crache dessus, on la frappe avec les mains et des lanières de cuir, on lui donne des coups de pied, on la tourmente beaucoup mais seulement, bien entendu, dans les limites imposées par le gardien. Ce genre de chose est considéré comme utile, au Tahari, car il encourage la femme qui porte le fouet à être plus appliquée dans l'avenir, ainsi que les femmes qui la regardent passer afin que ce ne soient pas elles qui, ensuite, à la merci de leurs ennemies, soient obligées de porter le fouet. Les coups de fouet en eux-mêmes, au Tahari, incidemment, sont généralement donnés par le maître, ou bien ses hommes. Il est rare que les femmes soient autorisées à voir fouetter une de leurs sœurs. Elles savent seulement, lorsque la porte se referme, qu'elle sera fouettée.

Je trouvai la femme à genoux devant la porte métallique de son alcôve d'esclave. Le gardien, l'ayant accompagnée dans le quartier des esclaves, qui était vide, les femmes servant les hommes, l'y avait laissée. Nous étions seuls dans une grande et belle salle dont le plafond était soutenu par des colonnes. Elle me regarda. Je pris le fouet et le glissai sous ma ceinture.

– Enlève le haillon que tu as à la cheville droite ! ordonnai-je.

Elle obéit et le posa par terre.

Elle était venue à quatre pattes de la salle d'audience, portant le fouet, la tête baissée, entre les dents, entre deux files d'esclaves qui avançaient en même temps qu'elle, les femmes courant, lorsqu'elle arrivait près d'elles, afin de se trouver à nouveau en tête de la file pour la fouetter, la frapper, l'injurier.

Je lui jetai une serviette afin qu'elle puisse essuyer son corps et sa longue chevelure noire. Elle le fit, reconnaissante. Je constatai qu'on l'avait beaucoup frappée et tourmentée. Les femmes s'étaient beaucoup amusées avec elle, tandis qu'elle allait, à quatre pattes, jusqu'à l'endroit où elle serait châtiée. Vella, de toute évidence, n'était pas aimée des esclaves. Apparemment, on lui en voulait et on la haïssait. Vella était trop belle, supposai-je, pour être populaire parmi les femmes. La beauté qui la faisait désirer par les hommes lui valait l'hostilité et la haine des femmes. Une beauté comme Vella, sur Gor, ne pouvait pratiquement que s'en remettre aux hommes et, étant esclave, suivant leurs termes. En outre, elle occupait le sommet de la hiérarchie des esclaves, dominant toutes les femmes, et elle était à présent tombée, objet de leurs coups et de leurs quolibets, lesquels n'étaient tempérés que par le degré auquel elles étaient prêtes à s'exposer aux coups de la lanière du gardien. Elle me regarda, les yeux pleins de larmes.

– Tarl ? demanda-t-elle.

Elle se dirigea vers moi et se leva, entourant mon corps de ses petits bras. Au poignet gauche, noué, elle portait le morceau de soie de Klima. Elle posa la tête sur mon épaule, puis la leva lentement, m'embrassant. C'était une esclave nue, belle et délicieuse.

– Je t'aime, Tarl, dit-elle.

– Donne-moi ton poignet gauche, dis-je.

Elle tendit le poignet gauche. Je retirai le morceau de soie et le remplaçai par ma ceinture.

– Je comprends ton plan seulement maintenant, dit-elle. Tu as feint de faire de moi ton esclave pour tromper les autres. (Elle regarda autour d'elle.) Nous sommes seuls, ajouta-t-elle avec un sourire.

J'ouvris la petite porte carrée de l'alcôve, qui se trouvait à environ trente centimètres du sol. L'ouverture fait environ quarante centimètres de côté.

– Que fais-tu ? demanda-t-elle.

J'utiliserais un lien ordinaire du Tahari.

– Tarl ? demanda-t-elle.

La porte s'ouvre de telle sorte que les barreaux de la porte minuscule n'endommagent pas la beauté de la femme.

– Oh ! s'écria-t-elle.

Je la jetai, la tenant par les bras, par-derrière, à genoux, le ventre sur la plaque métallique sur laquelle la porte pivote lorsqu'elle se ferme. Ses genoux, ainsi, étaient passés entre les barreaux, à l'intérieur de la cellule. Avec une lanière de cuir, passée autour des genoux et derrière les barreaux, je l'immobilisai dans cette position. Elle ne pouvait basculer en arrière. Puis je lui pris les poignets, un par un, alors que, stupéfaite, elle ne pouvait réagir, et les attachai chacun à un barreau, de chaque côté de la porte métallique.

– Tarl, dit-elle.

Elle pouvait prendre le barreau dans sa petite main.

Je la considérai.

– Tarl, dit-elle, ce n'est pas la peine d'appliquer ton plan jusque-là. Nous ne serons pas surpris. Les femmes ne seront pas autorisées à rentrer avant l'aube. Nous ne serons pas surpris. Il n'est pas nécessaire de m'attacher ainsi, de me réduire à une telle impuissance.

Je ne répondis pas. Je la trouvais stupide. Mais c'était, naturellement, une femme de la Terre.

– La plaisanterie a assez duré, reprit-elle, irritée. Détache-moi, à présent ! Tout de suite !

Mais je ne la détachai pas.

– Tarl, dit-elle.

Le côté droit de son visage était appuyé contre la barre métallique plate, d'environ cinq centimètres de large, située en haut de l'ouverture, contre laquelle repose la porte, lorsqu'elle est fermée.

– Comprends-tu ce que tu as fait ?

– Quoi ? demandai-je.

– Tu m'as mise dans la position où l'on fouette les femmes, au Tahari, dit-elle.

– Oh ? fis-je.

– C'est humiliant, reprit-elle. Détache-moi immédiatement ! (Elle se débattit. Elle ne pouvait rien faire, attachée par un Guerrier.) Immédiatement ! répéta-t-elle. Immédiatement !

Mais je ne la détachai pas.

Je sortis le fouet de ma ceinture.

– Tu ne vas pas me frapper avec le fouet, n'est-ce pas ? demanda-t-elle. (Elle me parlait par-dessus son épaule gauche.) Je suis une femme de la Terre, ajouta-t-elle. Tu ne peux pas me traiter comme une simple esclave goréenne. Tu sais que tu ne peux pas le faire !

J'ouvris le fouet, libérant les larges lanières de cuir.

– Nous sommes seuls ici, reprit-elle. Personne ne saura si tu m'as frappée ou non. Tu n'as pas besoin de me fouetter. Tu peux te contenter de dire que tu l'as fait. Je corroberai ton récit. Il est inutile de feindre plus longtemps le fait que je sois ton esclave. (Elle voulut tourner la tête pour me regarder. Mais elle ne pouvait me voir.) Tu n'as probablement pas l'intention de faire de moi une véritable esclave, car tu n'es qu'un homme de la Terre. (Elle rit.) Seulement un homme de la Terre ! (Puis elle ajouta :) Détache-moi, à présent ! Je l'exige ! Tu es seulement un homme de la Terre ! Seulement de la Terre. J'exige d'être détachée, Tarl ! Tout de suite ! Tout de suite !

Je ne répondis pas.

Je ne la détachai pas.

– Si tu ne me fouettes pas, personne ne le saura, dit-elle.

– Moi, je le saurai, répondis-je. Et quelqu'un d'autre le saura.

– Qui ? demanda-t-elle.

– Une jolie petite esclave, Vella, répondis-je.

Elle serra les poings.

– Tu peux m'appeler Elizabeth, dit-elle.

– Qui est-ce ? demandai-je.

– Oh, Tarl, fit-elle ironiquement.

Je souris. Ignorait-elle qu'il n'y avait pas d'Elizabeth, sauf si un maître décidait de lui donner ce nom ?

Elle parlait, à présent, avec davantage d'assurance.

– Je suis une femme de la Terre, dit-elle. Il n'est pas nécessaire de battre une femme de la Terre pour lui donner une leçon, à supposer que, quoique cela soit amusant et présomptueux, ce soit ce que tu as dans l'idée. Ce n'est pas, Tarl, un animal qu'il faut fouetter. C'est une personne. Ce n'est pas une fille goréenne, simple, vive, presque animale. C'est une personne ! Une véritable personne ! J'ai compris la leçon, Tarl. Je suis véritablement désolée. J'ai été cruelle et mesquine. Je sais. Je m'excuse. J'ai compris la leçon. Il ne sera pas nécessaire de me battre. (Elle sourit.) Détache-moi, Tarl, dit-elle. Détache-moi, à présent.

J'approchai des barreaux.

– Merci, Tarl, dit-elle.

Mais je ne la détachai pas. Je fixai le morceau de soie décolorée, que j'avais sorti de ma ceinture, sur son nez et sa bouche. Elle pouvait aisément respirer et parler, à travers. Mais elle ne pouvait ni parler ni respirer sans prendre conscience de sa présence, sans inhaler son odeur presque imperceptible de parfum d'esclave, le sien, qu'il contenait encore. Soudain sa voix, ses lèvres bougeant derrière la soie, se fit plus incertaine.

– Je ne suis pas une fille goréenne, dit-elle, que l'on fouette. Je ne suis pas un de ces animaux qui ne comprennent que les coups.

Je détachai le morceau de soie et le remis dans ma ceinture. Je reculai.

– Je suis une femme de la Terre ! cria-t-elle.

Ses petites mains, dont les poignets étaient attachés aux barreaux par un Guerrier, serrèrent les barreaux avec terreur. Elle se retourna à nouveau, essayant désespérément de me voir. Elle ne pouvait me voir.

– Tarl ! cria-t-elle. Tarl !

Je tendis le bras qui tenait le fouet.

– Tu ne me puniras pas comme une esclave goréenne ! cria-t-elle.

– Tu n'as pas été satisfaisante, dis-je.

Après quatre coups, elle hurla, en larmes :

– J'ai été punie ! Arrête ! Arrête ! La femme a été punie ! Arrête ! (Après six coups, elle hurla :) Je t'en prie, arrête ! Je t'en supplie, Maître !

Je donnai vingt coups à l'esclave. Puis je la détachai. Elle tomba sur les dalles, devant moi, tendant les mains vers ma cheville, posant ses lèvres brûlantes et mouillées sur ma botte, mouillant le cuir de ses larmes.

– Qu'est-ce que tu es ? demandai-je.

– Une esclave goréenne aux pieds de son Maître, répondit-elle.

– Tu n'es pas encore punie, déclarai-je.

Elle me regarda avec crainte et étonnement. Je lui attachai son vêtement, que j'avais ramassé par terre, autour du cou, puis les mains dans le dos. Je partis dans les couloirs et elle me suivit, en larmes, courant et trébuchant. Dehors, je la détachai puis la rattachai, sur le dos, la tête en bas, sur la selle de mon kaiila, puis l'emmenai dans la kasbah voisine, qui avait appartenu à Tarna. Je la conduisis ensuite au quatrième niveau, le niveau inférieur, et, jetant le vêtement dans une cellule, où je le reprendrais plus tard, je la poussai dans la salle de marquage, la jetai sur le chevalet, fermai les anneaux sur sa cuisse et les menottes autour de ses poignets. Hassan était là et le fer était déjà chaud. C'était le fer avec lequel, la veille, nous avions marqué la fière Tarna. Il avait été nettoyé. Un fer, lorsqu'on l'entretient correctement, peut marquer des milliers de femmes.

– Non, Maître, cria-t-elle. Je t'en prie !

– Veux-tu la marquer toi-même ? demanda Hassan.

– Oui, répondis-je.

Je la marquerais sur la cuisse gauche, au-dessus des quatre cornes de bosk. Ce serait une marque ordinaire d'esclave goréenne, convenant à une femme de bas étage qui n'a pas été satisfaisante.

Je montrai le fer chauffé à blanc à la femme.

– Tu vas bientôt être marquée, Petite, lui annonçai-je.

– Ne me marque pas ! cria-t-elle. Je t'en prie, ne me marque pas ! sanglota-t-elle.

Hassan la regarda avec intérêt.

– Nous sommes prêts, dis-je.

Elle me regarda, puis fixa le fer chauffé à blanc, luisant. Elle le fixa avec horreur tandis qu'il s'approchait d'elle.

Je le mis en position au-dessus de sa cuisse.

– Non ! hurla-t-elle. Non !

– Tu vas être marquée, Esclave, dis-je.

– Non ! hurla-t-elle.

Puis je la marquai. Pendant cinq longues ihns, j'appliquai le fer, appuyant dessus. Je le regardai s'enfoncer dans la chair, fumant, chuintant et sifflant. La marque était plus grosse que celle des quatre cornes de bosk ; je m'assurai qu'elle serait plus profonde. Nous respirâmes l'odeur de brûlé de sa chair d'esclave marquée. Puis, rapidement, proprement, je retirai le fer. Sa tête était rejetée en arrière. Elle hurlait et pleurait.

– Une marque parfaite, commenta Hassan, la regardant. Parfaite.

Je fus content. Les autres femmes seraient jalouses de cette marque. Elle augmenterait la valeur de l'animal.

Je détachai les anneaux métalliques, libérant sa cuisse. J'ouvris les menottes. Je la portai, nue, marquée, en larmes, dans la petite cellule où j'avais jeté son vêtement. Je la posai sur la paille. Son cou était nu car, la veille, j'avais fait retirer le collier d'Ibn Saran.

– Prends la position de la soumission de la femme ! ordonnai-je.

Elle obéit, s'agenouillant, assise sur les talons, les bras tendus, les poignets croisés, la tête entre les bras. Elle pleurait.

– Répète après moi, dis-je. Moi, autrefois Elizabeth Cardwell, de la planète Terre...

– Moi, autrefois Elizabeth Cardwell, de la planète Terre... dit-elle.

– ... je me soumets complètement, totalement et en toutes choses...

– ... je me soumets complètement, totalement et en toutes choses... dit-elle.

– ... à celui que l'on appelle Hakim de Tor...

– ... à celui que l'on appelle Hakim de Tor... dit-elle.

– ... étant sa femme, son esclave, une partie de ses propriétés qu'il peut utiliser comme bon lui semble.

– ... étant sa femme, son esclave, une partie de ses propriétés qu'il peut utiliser comme bon lui semble, dit-elle.

Hassan me tendit le collier. Il portait : « Je suis la propriété de Hakim de Tor. » Je le montrai à la femme. Elle ne savait pas lire le taharique. Je lus le texte. Je fermai le collier sur son cou.

– Je t'appartiens, Maître, dis-je à la femme.

Elle me regarda, les yeux pleins de larmes, mon collier à serrure au cou.

– Je t'appartiens, Maître, répéta-t-elle.

– Je te félicite de posséder une telle esclave, dit Hassan. Elle est jolie. A présent, je dois m'occuper de la mienne.

Il rit et s'en alla.

La femme se laissa tomber sur la paille et me regarda. Ses yeux étaient pleins de larmes. Elle souffla :

– Je t'appartiens, à présent, Tarl. Tu me possèdes. Tu me possèdes vraiment.

– Comment t'appelles-tu ? demandai-je.

– Comme cela plaît au Maître, souffla-t-elle.

– Je vais t'appeler Vella, dis-je.

– Je m'appelle Vella, dit-elle, baissant la tête. (Quelques instants plus tard, elle releva la tête.) Puis-je t'appeler Tarl ? demanda-t-elle.

– Seulement si je t'en donne la permission, répondis-je. C'est une habitude normale avec les esclaves goréennes. En général, bien entendu, on ne demande même pas cette permission et, lorsqu'elle est demandée, elle est refusée. Parfois, les femmes sont fouettées pour avoir osé demander cette permission.

– La femme demande la permission d'appeler le Maître par son nom, dit-elle.

– La permission est refusée, répondis-je.

– Bien, Maître, dit-elle.

Je ne permettrais pas à une esclave de prononcer mon nom. Il n'est pas convenable que le nom d'un maître soit souillé par les lèvres d'une esclave.

Je la regardai, couchée sur la paille.

– Tu as été désagréable, dis-je.

– La femme a été punie par son Maître, dit-elle.

Je pris la chaîne et le collier de la cellule et le fermai sur son cou, par-dessus le collier à serrure qui faisait d'elle ma propriété. Elle fut, ainsi, enchaînée au mur.

– Je ne t'ai pas encore punie, dis-je, la regardant.

– Je te hais, dit-elle d'une voix lasse. Je te hais ! (Elle me regarda.) Tu m'as fait très mal, dit-elle. Tu m'as fouettée. Tu m'as marquée au fer rouge. (Elle tourna la tête.) Je ne comprends pas, dit-elle. Je ne sais plus quoi penser.

– Comment cela ? demandai-je.

– Cela fait terriblement mal d'être fouettée et marquée, dit-elle.

– Oui ? dis-je.

– Et pourtant, à cause de cela, j'éprouve un respect merveilleux et je me sens vulnérable vis-à-vis de toi et des hommes en général, dit-elle.

– Ce qui t'excite, expliquai-je, ce n'est ni le fouet ni le fer rouge, ni la douleur, c'est la domination masculine. C'est à elle que, sans le savoir, tu réagis. Ce qui compte, ce n'est pas que le maître te fouette ou non, mais le fait que tu saches qu'il est capable de te fouetter, et qu'il le fera si tu es désagréable.

– Oui, dit-elle, c'est cela... pas la douleur... mais ma faiblesse et la force des hommes, le fait que je sois sous leur domination et que, si je suis désagréable, il sera assez masculin et fort pour me battre durement, sans le moindre regret.

– Ton corps est brûlant, à présent, Esclave, dis-je.

– Non ! gémit-elle.

Je la touchai et elle se tortilla sur la paille, me tournant le dos, remontant les jambes. Je lui touchai l'épaule et elle frémit. Elle était très sensible.

– Esclave, ironisai-je.

– Oui, esclave ! cria-t-elle, se retournant et m'offrant effrontément son corps.

– Tu ne ressembles plus guère à une femme de la Terre, fis-je remarquer en riant.

Elle étendit sa chevelure sur la paille.

– Je ne suis qu'une esclave en chaleur, dit-elle en riant. Traite-moi en tant que telle. Je t'aime, Maître.

Nous entendîmes des soldats dans le couloir.

– Vas-tu me donner aux soldats ? demanda-t-elle.

– Si j'en ai envie, répondis-je.

– Oui, dit-elle. Tu le feras... si tu en as envie. (Elle tourna la tête.) Comme je suis vulnérable ! (Elle me regarda. Sa tête était posée sur la paille.) Pour la première fois de ma vie, reprit-elle, je sais que je suis une esclave, seulement une esclave. C'est une impression étrange, incontrôlable. Je ne suis plus une femme de la Terre. Je ne suis plus qu'une esclave goréenne.

Je la pris dans mes bras.

– Je ne sais pas si j'aime ou si je hais, dit-elle. Je sais seulement que je suis une esclave, que je suis impuissante et que je suis dans les bras de mon Maître.

Je la soulevai pour prendre ses lèvres.

– As-tu oublié la Terre ? demanda-t-elle.

– Je n'en ai jamais entendu parler, répondis-je.

Elle me tendit timidement, délicatement, ses lèvres.

– Moi non plus, dit-elle. (Elle souffla, très doucement :) Je t'aime, Maître.

Je ne la laissai pas m'embrasser. Mais, soudain, avec la férocité d'un larl, j'appuyai cruellement mes lèvres sur les siennes, dans le Baiser violent du Maître, et la pressai sur la paille, sur les pierres de la cellule où elle gisait, esclave, enchaînée sous moi. Elle se débattit puis, immobilisée, cria, un cri qui dut résonner dans toutes les cellules, tous les couloirs de cet étage lugubre, surprenant les beautés enchaînées, amusant les soldats qui les serraient dans leurs bras, le hurlement d'amour et de soumission totale, impuissante, de l'esclave.

En tête de la colonne, je rejoignis Hassan.

– Une chose me trouble, lui dis-je. Une chose que je ne comprends pas encore.

– Laquelle ? demanda-t-il.

– Dans la Demeure de Samos de Port Kar, dis-je, il est arrivé une femme, une messagère, Veema. Le message qu'elle portait était : « Méfie-toi d'Abdul. » Par erreur, je crus que l'Abdul de ce message était le Porteur d'Eau de Tor.

– Un habitant du Tahari n'aurait pas commis une telle erreur, dit Hassan. Ibn Saran, à ce moment-là, n'était-il pas dans la Demeure de Samos ?

– Si, répondis-je.

– Le choix du moment est intéressant, dit-il. Peut-être celui qui a envoyé le message supposait-il que les renseignements des Prêtres-Rois leur permettraient de faire le lien entre Ibn Saran et Abdul, l'Ubar du Sel, ou, du moins, de faire le rapprochement.

– A cette époque, tel n'était pas le cas, dis-je.

Depuis la Guerre du Nid, les services de renseignements et de surveillance des Prêtres-Rois étaient très affaiblis. Même s'ils ne l'avaient pas été, leurs informations, du fait qu'ils quittaient rarement les Sardar et n'étaient pas humains, n'étaient guère meilleures que celles de leurs agents humains, très isolées dans l'espace et le temps.

– Mais qui a envoyé Veema dans la Demeure de Samos ? demandai-je.

– Moi, dit Hassan. Mon frère m'a demandé de le faire. Il avait fait tatouer le message plusieurs mois auparavant. Je n'ai fait que transmettre la femme. Ensuite, il est entré dans le désert pour enquêter sur les rumeurs concernant une tour d'acier. Il a certainement été capturé par les hommes d'Ibn Saran. On l'a libéré dans le désert avec des réserves d'eau insuffisantes.

– Il a fait beaucoup de chemin, appréciai-je.

– Il était très fort, souligna Hassan.

– Les Prêtres-Rois ont de la chance, estimai-je, que de tels hommes combattent pour eux.

– J'ai connu un autre homme, rappela Hassan, très fort également, qui combattait pour les Kurii.

Je hochai la tête. Je n'oublierais pas Ibn Saran, souple comme une panthère soyeuse. C'était un ennemi valeureux. On remporte une victoire ; on perd un ennemi.

Je levai la tête vers le ciel, immense et bleu, sans nuages. Quelque part, au-delà des atmosphères, au-delà des orbites de Gor, de la Terre et de Mars, dans l'obscurité énigmatique, peuplée de rochers, de l'espace, dans le silence des fragments de la Ceinture d'Astéroïdes, il y avait les mondes d'acier, repaires et domiciles des Kurii. Un Kur avait combattu à mes côtés pour sauver Gor. Tel n'était pas seulement le désir des hommes. C'était aussi le désir des Kurii. Je ne croyais pas que les Kurii accepteraient à nouveau de sacrifier une planète pour conquérir l'autre. Déjà, dans un passé lointain, ils avaient perdu une planète, la leur. L'association politique du parti qui avait accepté de détruire Gor pour conquérir la Terre avait, avec l'échec du projet, probablement été brève. Le fait qu'un Kur ait été envoyé pour le contrer avait certainement son importance. En outre, Gor était la plus séduisante des planètes tournant autour du Soleil, pas la Terre car au nom des droits et de la liberté, et des affaires, les fous de la Terre, abusés par la rhétorique du droit et de la moralité, dissimulant une avidité à courte vue et la folie, avaient baissé les bras, permettant l'empoisonnement de l'air qu'ils respiraient, de l'eau qu'ils buvaient, de la nourriture qu'ils mangeaient. Le fait que les empoisonneurs périront avec les empoisonnés les consolait peut-être un peu. Les Prêtres-Rois, naturellement, qui raisonnent directement en termes de réalités et de conséquences, pas en termes de planètes, n'avaient pas laissé cette duplicité folle se développer dans leur domaine. Ils ne reculent pas face à la ferveur morale des fanatiques ; ils cherchent à voir au-delà des planètes, les considérant largement comme insignifiantes, le sens véritable, les désirs, les volontés et, si ces programmes et ces politiques sont mis en application, quelle sera la nature du monde résultant et si ce monde est ou non acceptable. A l'exploitation, au gâchis, à la pollution, les Prêtres-Rois avaient simplement imposé des limitations technologiques à l'homme, dit : « Non. » C'est, plaiderais-je pour défendre leur tyrannie, leur despotisme, voyez-vous, après tout, de peur que vous ne les jugiez mal, aussi leur habitat.

Je regardai le ciel. A mon avis, les Kurii ne voulaient pas la Terre ; ils voulaient Gor. La Terre serait peut-être utile en tant que planète-esclave mais leur véritable désir, l'objet de leur envie, était Gor.

Quelle serait, dans ce cas, l'étape suivante ? Le soulèvement des Kurii indigènes avait été écrasé au Torvaldsland. J'étais au Torvaldsland à cette époque. La destruction de Gor, destinée à supprimer les Prêtres-Rois, avait échoué. Lorsque cela s'était produit, je me trouvais dans la tour d'acier du Tahari, vaisseau partiellement enfoui dans le sable, contenant une bombe. Je regardai le ciel tranquille.

De toute évidence, à présent, les Kurii devaient percevoir la faiblesse du Nid. Le vaisseau, par exemple, contenant la bombe, avait pénétré les défenses affaiblies des Prêtres-Rois. Mais les Prêtres-Rois, après la Guerre du Nid, reconstruisaient leur puissance.

Les Kurii estimeraient peut-être qu'il faudrait frapper bientôt. Il n'y avait pas un seul nuage dans le ciel immense et clair du Tahari. L'invasion, à mon avis, devait être imminente.

Le rythme des tambours s'accéléra. Je me retournai sur le kaiila, regardant, derrière moi, les longues colonnes de cavaliers, de kaiilas, d'esclaves. Je vis le désert, les oriflammes. Je vis les deux kasbahs, celle d'Abdul, Ibn Saran, l'Ubar du Sel, et celle de Tarna, autrefois orgueilleuse pillarde du désert.

Je sentis la joue de la femme attachée à ma selle se presser contre le flanc de ma botte. Je baissai la tête et elle me regarda.

– Maître ? demanda-t-elle.

– La marche sera longue, lui dis-je. Si tu tombes, tu seras traînée.

Elle me sourit. Elle embrassa le flanc de ma botte.

– La femme le sait, dit-elle, Maître. (Elle embrassa à nouveau le flanc de ma botte, dans l'étrier, puis leva encore la tête vers moi.) Je sais que j'ai mérité d'être fouettée, dit-elle, me regardant avec respect, avec admiration. Et tu m'as fouettée.

Elle embrassa une nouvelle fois ma botte, me regarda, souriant avec les yeux.

– J'étais fière, reprit-elle, arrogante, insolente, méprisante et lorsque tu étais réduit à l'impuissance, je me suis moquée de toi alors que je ne risquais rien. Cela ne t'a pas plu. Tu es revenu de Klima. Tu m'as marquée au fer rouge et tu as fait de moi ton esclave. (Ses yeux brillaient.) Tu es magnifique ! ajouta-t-elle.

Avec le dos de la main gauche, je la giflai, l'écartant de ma selle.

Je vis les oriflammes sur les lances. J'écoutai les tambours. J'étais impatient de partir.

Hassan, vêtu de blanc, leva le bras. Les tambours se turent. Je chevauchais entre Hassan, Haroun, Grand Pacha des Kavars, et, portant le kaffiyeh noir avec l'agal blanc, Suleiman, Grand Pacha des Aretai. Près de nous, il y avait Baram, Cheik de Bezhad, vizir de Haroun, Grand Pacha des Kavars, et Shakar, avec une lance à pointe d'argent, capitaine des Aretai. D'autres Pachas chevauchaient à nos côtés. Dans la colonne, il y avait des Kavars, des Aretai, des Ta'Kara, des Bakahs, des Char, des Kashani, des Luraz, des Tashid, des Raviri, des Ti, des Zevars, des Arani et, tenant l'arrière, avec leurs lances noires, des Tajuks.

Je regardai les kasbahs qui avaient appartenu à Abdul, Ibn Saran, l'Ubar du Sel, et à Tarna, autrefois orgueilleuse pillarde du désert. Leurs murs étaient brillants, chauds et blancs dans le soleil du matin.

Hassan baissa le bras. Les oriflammes s'abaissèrent et se redressèrent. Les tambours battirent la marche. Il y eut le tintement des harnais des kaiilas, le mouvement des armes.

Je commençai la marche. Près de moi, à mon étrier, se trouvait mon esclave, Vella.

4026

Photocomposition Assistance 44-Bouguenais
Achevé d'imprimer en Europe (France)
par Brodard et Taupin à La Flèche (Sarthe)
le 25 septembre 1995. 1914M-5
Dépôt légal sept. 1995. ISBN 2-277-24026-5
Éditions J'ai lu
27, rue Cassette, 75006 Paris
Diffusion France et étranger : Flammarion